Aus Freude am Lesen

Auch den hartgesottenen Kriminalbeamten der Polizei Reykjavík geht es an die Nieren, als sie die übel zugerichtete Leiche eines Mannes vor laufendem Fernseher finden. Offenbar ist der Mann schon seit über einem Jahr tot. Kommissar Árni und seine Kollegen stehen vor einem Rätsel. Der Tote war Mitglied einer fanatischen Sekte, angeführt von einem charismatischen TV-Prediger. Dieser verspricht seinen Anhänger, den wahren Weg zu Gott und Erlösung von den Sünden zu kennen. Für das Opfer scheint sich dies auf grausige Weise erfüllt zu haben. Und der Fernsehprediger, der so erfolgreich im Sender seines Bruders auftritt, ist keinesfalls der Saubermann mit christlichen Werten, für den er sich ausgibt.

ÆVAR ÖRN JÓSEPSSON, Jahrgang 1963, studierte an der Albert-Ludwigs-Universität in Freiburg Philosophie und Englische Literatur. Seit 1994 arbeitet er als freiberuflicher Übersetzer und ist als Journalist für zahlreiche isländische Zeitungen und Magazine tätig. Jósepsson lebt in Reykjavík. »Wer ohne Sünde ist« ist sein dritter Roman, der bei btb erscheint.

ÆVAR ÖRN JÓSEPSSON bei btb:
Dunkle Seelen. Kriminalroman (73476)
Blutberg. Kriminalroman (73858)

Ævar Örn Jósepsson

Wer ohne Sünde ist

Kriminalroman

Aus dem Isländischen
von Coletta Bürling

btb

Die isländische Originalausgabe erschien 2006
unter dem Titel »Sá yđar sem syndlaus«
bei Uppheimar, Reykjavík.

MIX
Papier aus verantwortungsvollen Quellen
FSC® C083411

Verlagsgruppe Random House FSC-DEU-0100
Das für dieses Buch verwendete
FSC®-zertifizierte Papier *Munken Pocket*
liefert Arctic Paper Munkedals AB, Schweden.

1. Auflage
Deutsche Erstveröffentlichung Juli 2011

Umschlaggestaltung: semper smile, München
Umschlagfoto: © Wilfried Krecichwost / Corbis
Satz: Uhl + Massopust, Aalen
Druck und Einband: CPI – Clausen & Bosse, Leck
KR · Herstellung: BB
Printed in Germany
ISBN 978-3-442-74173-1

www.btb-verlag.de

Meinem Vater gewidmet,
der nie Druck auf mich ausübte,
mir aber immer den Rücken stärkte

I

Ostern 2005

1

Samstag

Die letzten Tage im Leben von Ólafur Áki Bárðarson waren zwar in gewissem Sinne ungewöhnlich, doch im Prinzip unterschieden sie sich nicht im Geringsten von den zweitausend Tagen, die ihnen vorangegangen waren.

Am Karfreitagabend setzte er sich in seinen amerikanischen Lazy-Boy-Sessel, trank einige nicht übermäßig starke Gin Tonics, rauchte und hatte den Alpha-Sender eingeschaltet. Gegen halb drei leerte er sein sechstes Glas, schaltete den Fernseher aus und erhob sich mühsam aus dem tiefen Sessel. Er wankte durch die Wohnung, löschte überall das Licht und ging zu Bett. Wachte sechs Stunden später auf, übel gelaunt und unausgeschlafen, und wie gewöhnlich mit steifem Hals und schmerzhaftem Harndrang. Letzterer zwang ihn aus dem Bett und ins Bad, eine Räumlichkeit, die mit Reinlichkeit nur wenig gemein hatte. Nachdem er die Blase unter krampfartigen Anstrengungen entleert hatte, ohne allzu viel daneben zu pinkeln, legte er sich wie immer noch einmal ins Bett. Dort wälzte er sich wie gewohnt eine Viertelstunde von einer Seite auf die andere, doch dann kapitulierte er und stand auf, um die Kaffeemaschine anzuwerfen. Vier Tassen Wasser, vier Löffel Kaffee.

Sieben Minuten später beendete die Maschine ihre glucksenden und röchelnden Geräusche, und etwa zur gleichen Zeit hatte Ólafur auch seinen Morgenhusten hinter sich gebracht. Er holte Milch aus dem Kühlschrank und nahm Zucker vom Küchentisch. Nach der ersten Tasse Kaffee und der ersten Zigarette bestrich er zwei Scheiben Roggenbrot mit Butter, belegte sie mit Käse und verdrückte sie zur nächsten Tasse. Zur dritten und vierten schluckte er zwei Schmerztabletten, rauchte drei weitere Camel und blätterte in den Tageszeitungen, in denen nichts stand, was seine Aufmerksamkeit auf sich zog, abgesehen von einer Nachricht aus dem Heiligen Land. Wieder mal ein typisches Beispiel dafür, wie die Journalisten hierzulande ständig Partei für die Gottlosen ergriffen, dachte er.

Aus alter Gewohnheit hörte sich Ólafur die Mittagsnachrichten an, bekam aber nur wenig von dem mit, was gesagt wurde. Danach ging er wieder ins Bad, um den Kaffee loszuwerden, und zog anschließend im Schlafzimmer ohne zu überlegen dieselben Sachen an, die er bereits seit zwei Tagen trug. Er wollte ja schließlich nirgendwohin. Einigermaßen in die Gänge gekommen, stellte er eines von den Fertiggerichten für einsame Isländer in die Mikrowelle, Hackbällchen mit brauner Sauce und Kartoffelpüree. Das hatte er ungefähr jeden dritten oder vierten Tag getan, seit er in diese Wohnung in einem Hochhaus in Krummahólar eingezogen war, nachdem ihn Sigurlaug vor knapp sechs Jahren aus dem Haus geworfen hatte. Die Hackbällchen schmeckten ihm einfach.

Ein paar Minuten später saß er bereits wieder in seinem Lazy Boy, hatte das Essen auf einem Tablett vor sich stehen und daneben einen halben Liter Cola. Im Alpha-Sender predigte gerade irgendein Amerikaner. Das fand er alles andere als gut, denn wie so oft machten die sich nicht die Mühe, das, was die Gottesmänner aus den Vereinigten Staaten zu sagen hatten, zu untertiteln, und mit Ólafurs Englischkenntnissen war es nicht allzu weit her. Warum können die nicht unseren Meister zeigen, dachte er, da weiß man, was man hat. Eine halbe Stunde später wurde seine Bitte erhört. Meister Magnús höchstpersönlich, der geistige Führer der heiligen WAHRHEIT, erschien in imposanter Gestalt auf dem Bildschirm und erhob seine unnachahmlich inspirierte Stimme. Schon jetzt freute sich Ólafur auf den morgigen Tag.

Die Osterpredigten des Meisters waren berühmt bis über die Kreise der WAHRHEIT hinaus, wie die Gemeinde meist genannt wurde, sowohl von denen, die des Segens teilhaftig geworden waren, zum Licht gefunden zu haben, als auch von den anderen, die immer noch in der Finsternis nichtiger Eitelkeit und auf dem Pfad des Verderbens wandelten, wie der Meister es so zutreffend ausgedrückt hatte. Berühmter war nur noch der Meister selbst. Er wurde immer Meister oder Meister Magnús genannt – obwohl, wie Ólafur fand, nicht wenige diese Ehrenbezeichnung reichlich leichtfertig in den Mund nahmen, einige sogar mit kaum verhohlenem Spott. Die Strafe dafür würde sie am Jüngsten Tag, wenn nicht sogar schon vorher ereilen, so viel stand fest.

Gegen drei bereitete sich Ólafur eine Schnitte mit Rollwurst und Senf zu, die er sich zu einer außerordentlich interessanten Sendung auf Alpha zu Gemüte führte. Ari, der Direktor des Senders und Bruder von Meister Magnús, unterhielt sich mit einem jungen Mädchen, das vor kurzem durch die Gnade Gottes aus den Abgründen und Verstrickungen von Drogen und Depressionen erlöst worden war.

»Wunder jeden Tag«, murmelte Ólafur, »Wunderwerke an jedem gesegneten Tag des Herrn.« Nachdem er die Schnitte verzehrt hatte, griff er nach der Camel-Schachtel, musste aber feststellen, dass sie leer war. Zu seinem großen Bedauern war auch keine Schachtel mehr in der Stange, die er in der Küche aufbewahrte. Das brachte ihn darauf, seine Ginvorräte zu kontrollieren, und es stellte sich heraus, dass sie ziemlich dürftig waren. Er sah auf die Uhr – der Alkoholladen würde in einer Viertelstunde schließen. Ólafur war kein Freund von Eile, aber wenn es darauf ankam, konnte er ausgesprochen fix sein. Er schlüpfte in seine alten bequemen Mokassins, zog die verschlissene blaugraue Windjacke an, die in der Diele auf dem Boden lag, und griff nach den Autoschlüsseln.

»Verzeih mir, Ari«, murmelte er, als er den Fernsehdirektor und das Mädchen ausschaltete. Auf dem Weg nach unten pries er den Herrn für die Erfindung des Aufzugs.

* * *

Ragnar sah Bárður besorgt an. Es war immer dieselbe Geschichte, wenn sie nach Island kamen. Ólafur rief Bárður an, noch bevor sie aus dem Duty-free-Shop heraus waren, und ließ nicht locker, bis Bárður sich damit einverstanden erklärte, ihn zu besuchen. Und dann folgten einige Tage voller Ängste und Beklemmungen, bis es zum Wiedersehen zwischen Vater und Sohn kam. Stets endete es auf dieselbe Weise, mit Beschimpfungen, Türenknallen und Tränen. Jedes Mal bot Ragnar Bárður an, ihn bei diesen Besuchen zu begleiten, doch Bárður lehnte das Angebot stets mit der gleichen Begründung ab – der Alte würde sich noch schlimmer aufführen, wenn sie beide zusammen zu ihm gingen.

Seltsamerweise war der Alte aber immer sehr genau informiert, wann sie zu erwarten waren. Ragnar konnte sich das nur so erklären, dass Hólmfríður ihn angerufen und ihm davon erzählt haben musste. Sigurlaug tat das bestimmt nicht, so viel stand fest, und der Kerl würde wohl kaum auf ihre Blogseite gehen können, soweit sie wussten, hatte er überhaupt keinen Netzanschluss. Zudem hatten sie schon lange aufgehört, ihre Islandreise dort anzukündigen, in der schwachen Hoffnung, dass das etwas bewirken würde. Bárður ließ nicht zu, dass etwas Negatives über Hólmfríður gesagt wurde, und Ragnar wusste nur zu gut, wie seine Reaktion in einem solchen Fall ausfallen würde. Dennoch konnte er sich nicht zurückhalten, als er wieder einmal mit ansehen musste, wie sein Lebensgefährte sich mit einem Kissen im Arm vor und zurück wiegte und mit leeren Augen auf die gegenüberliegende Wand starrte.

»Weshalb macht Hólmfríður das eigentlich immer?«, fragte er wütend. »Weshalb sagt sie eurem Vater Bescheid, wann wir in Island zu erwarten sind?«

Wie gewöhnlich antwortete Bárður mit einer Gegenfrage: »Weshalb sollte sie das Papa erzählen?«

Und wie immer hatte Ragnar die Antwort parat: »Keine Ahnung. Aber wie erfährt er dann immer davon? Du sagst es ihm doch sicher nicht.«

»Nein«, antwortete Bárður, »natürlich nicht. Genauso wenig wie Hólmfríður.«

»Wer denn? Deine Mutter vielleicht?«, brummte Ragnar.

»Ganz bestimmt nicht.«

»Dann geh doch einfach diesmal nicht zu ihm hin. Du weißt ganz genau, dass es derselbe Quatsch wie immer sein wird. Du musst das ewig gleiche verdammte Geschwätz von diesem Blödmann über dich ergehen lassen.«

»Ich muss zu ihm. Wir kommen doch höchstens einmal im Jahr nach Island, da kann ich nicht nein sagen, wenn er mich unbedingt sehen will.«

»Warum nicht?« Ragnar wusste nicht, wieso er überhaupt fragte, die Antwort konnte er genau wie dieses ganze Gespräch auswendig.

»Weil er mein Vater ist«, antwortete Bárður. »Weil du mein Mann bist, und weil ich jedes Mal hoffe, dass sich etwas geändert hat.«

»Du weißt ganz genau, dass sich nichts geändert hat.«

»Nein, das weiß ich nicht. Und du genauso wenig. Lass mich in Ruhe.«

Und Ragnar kapitulierte. Wie immer.

* * *

Die vier Ginflaschen wanderten in den Schrank, und die zwei Stangen in das Regal darunter. Ólafur betrachtete seine kostbaren Vorräte eine Weile, und ein schwaches Lächeln umspielte seine Lippen, als er den Schrank zumachte und begann, den Rest seiner Einkäufe in den Kühlschrank und die anderen Schränke einzuräumen. Als er vor sechs Jahren in diese Wohnung eingezogen war, hatte er sich nicht vorstellen können, dass das Leben so wunderbar werden könnte.

Er erinnerte sich noch an die Hoffnungslosigkeit und Trostlosigkeit, die ihm am Einzugstag über die Schwelle der Wohnung folgten und sich noch steigerten, als er die Stapel mit Kartons, die Schränke und den neuen, gebraucht gekauften Kühlschrank, der noch nicht angeschlossen war, betrachtete. Das einzige Bild, das er mitgenommen hatte, war ein kleines Landschaftsaquarell von Þingvellir. All das stand oder lag in einem wüsten Chaos mitten im Wohnzimmer, beleuchtet von einem russischen Kronleuchter. Da endlich hatte er wirklich begriffen, dass er nach dreißig Jahren Ehe wieder alleinstehend war.

Da endlich hatte er geweint.

Dieser Zustand hatte sich zunächst noch verschlimmert, denn Sigurlaug war nicht nur seine Ehefrau und Köchin, Waschfrau und sein Anker im Leben gewesen – sie hatte sich auch um die Finanzen gekümmert und versucht, seinen Alkoholkonsum in Schranken zu halten.

Ólafur hatte nie unmäßig getrunken, er hatte zwar hin und wieder mal genau wie andere über die Stränge geschlagen und sich auch zwischendurch immer mal wieder das ein oder andere Gläschen genehmigt, aber darüber hinaus hatte er kein besonderes Bedürfnis nach Alkohol verspürt. Das änderte sich, als er wieder allein war, und zwar überaus schnell.

Anfangs nur ein Glas nach dem Abendessen. Warum nicht? Da war niemand, der daran etwas auszusetzen hatte, und es gab nichts anderes, um sich zu trösten. Außerdem schadete es niemandem.

Dann wurden es zwei …

Sein Gesicht verzerrte sich zu einer Grimasse, als ihm die erste Abmahnung bei der Arbeit in den Sinn kam. Der Personalchef, der von Ólafurs privaten Problemen wusste, hatte ihn unvermittelt mitten in der Arbeit zu sich bestellt und ihm gesagt, dass er sich Sorgen wegen seiner Gesundheit machte; er empfahl ihm, ein oder zwei Wochen Urlaub zu machen, um nach dem, was vorgefallen war, die Batterien wieder aufzuladen. Da war Ólafur bereits zwei Wochen lang zu spät zur Arbeit erschienen, unausgeschlafen und verkatert. Er hatte aber rundheraus abgestritten, irgendwelche Probleme zu haben, abgesehen von leichter Schlaflosigkeit, und das würde sich schon wieder geben. Er habe keine Zeit für derartigen Blödsinn, hatte er noch hinzugefügt, bevor er beleidigt aus dem Zimmer stolziert war.

Nur einen Monat später wurde er zu einer weiteren Unterredung bestellt, und diesmal stieg ihm der Personalchef wirklich aufs Dach. Es ginge einfach nicht, hatte er erklärt, dass der Ressortleiter einer so wichtigen Abteilung wie der elektrotechnischen wegen Alkoholproblemen mehr oder weniger arbeitsunfähig sei. Er hatte ihn knallhart vor die Alternative gestellt, sich entweder einer Entziehungstherapie zu unterziehen oder nüchtern und pünktlich zur Arbeit zu erscheinen. Obwohl er es nicht direkt sagte, war dem Klang seiner Worte zu entnehmen, dass Entlassung die dritte Alternative war.

Ólafur hatte dem Personalchef versichert, dass alles wieder völlig in Ordnung kommen würde, dass er sein Trinken unter Kontrolle habe und unter gar keinen Umständen auf die dummen Tricks irgendwelcher Pseudoärzte angewiesen sei, um seinen Alkoholkonsum einzuschränken. Sie verabschiedeten sich höflich, aber kaum war die Tür hinter Ólafur zugefallen, verfluchte dieser die Verständnislosigkeit und Einmischung des verdammten Kerls und aller anderen nach Strich und Faden.

»Der Stolz«, seufzte Ólafur manchmal, wenn er sich an seine Reaktion erinnerte, und zitierte den Meister. »Dummheit und Stolz wachsen auf einem Holz.« Neun Monate nach der Scheidung war er arbeitslos, und wenig später bekam er solche Probleme mit seinem Rücken, dass er als fünfundsiebzigprozentiger Invalide eingestuft wurde, und damit war er zusätzlich zu allem anderen als verkrachte Existenz legalisiert.

Er konnte von Glück reden, dass die Linken, die damals in Reykjavík an der Macht waren, gerade die letzten Sozialwohnungen weit unter Marktwert verscherbelten, als Sigurlaug ihn rauswarf, und dass er genug Geld besaß, um sich diese Bude kaufen zu können, ohne sich nennenswert in Schulden zu stürzen. Sonst wäre er bestimmt auf der Straße gelandet, wenn nicht gar in der Gosse. Und es war nur seinem Nachbarn Úlfur zu verdanken, dass er nicht tatsächlich dort geendet war. Úlfur und den guten Leuten in der Therapieklinik Vogar. Und selbstverständlich Gott, das wusste er inzwischen. Denn Gott sorgte für die Seinen. Er fiel einem nicht in den Rücken, o nein, Schicksalsschläge dienten immer einem Zweck.

Ólafur lernte Gott bei der dritten Therapie kennen. Zwar hatte es auch bei den beiden vorangegangenen Entziehungskuren Leute gegeben, die sie zusammenführen wollten, doch erst bei der Anschlusstherapie in Staðarfell war Ólafur bereit gewesen, sich ihm zu öffnen – denn dazu musste man bereit sein. Gott bedurfte zwar weder einer Einladung noch einer Erlaubnis, aber er drängte sich auch nicht einfach so in die Herzen von Menschen, die ihn nicht willkommen hießen, wie der Meister sich gerne ausdrückte. Und als Ólafur ihn endlich willkommen hieß, änderte sich alles. Das war im Frühjahr 2001 gewesen.

Zuerst hörte er auf zu trinken, und zwar ganz. Dann bekehrte er sich zur heiligen WAHRHEIT, wo er zahlreiche Menschen traf, die ähnliche Erfahrungen wie er hinter sich hatten, und häufig genug sogar noch schlimmere. Hier waren alle in einer neuen Hoffnung vereint: in Christus und der Gewissheit seiner bevorstehenden Wiederkehr.

Es dauerte allerdings nicht lange, bis er entdeckte, dass er sich durchaus wieder dem Alkohol zuwenden konnte, ohne die Kontrolle über seinen Konsum zu verlieren, so segensreich und mächtig waren der Herr und seine Gemeinschaft. Drei, höchstens vier Gläser am Abend, mehr nicht. Vielleicht hin und wieder auch etwas mehr, aber nie so viel, dass es besorgniserregend war. Und niemals auch nur ein Tropfen vormittags, das passierte einfach nicht mehr. Das war mehr, als der arme Úlfur sagen konnte, der immer wieder in die alten Bahnen zurückfiel, sobald ein Tropfen seine Lippen benetzte. Úlfur hatte aber – trotz sechs Aufenthalten in Vogqr und drei in Staðarfell – Gott immer noch nicht gefunden.

Es dauerte gar nicht lange, bis Ólafur trotz seines lädierten Rückens eine der wichtigsten Stützen und einer der Assistenten des Meisters wurde, er durfte auf keiner Versammlung fehlen. Der Meister machte sich die moderne Technik, die Gott den Menschen zugänglich gemacht hatte, ausgiebig zunutze, und diesbezüglich war Ólafur auf heimischem Terrain. Auch Ari, dem Bruder des Meisters, stand er unermüdlich zur Seite. Der hatte es sich zur Aufgabe gemacht, die frohe Botschaft des Meisters über die Ätherwellen unter die Leute zu bringen. Ólafur wusste schon gar nicht mehr, wie oft es durch seinen Einsatz gelungen war, die ganze Chose auf Sendung zu halten.

»So arbeitet der Herr«, hatte der Meister vor versammelter Gemeinde erklärt, als Ólafur mitten in einer Predigt, die direkt vom Alpha-Sender übertragen wurde, die Mikrofonanlage repariert hatte. Erst drei Wochen vorher war er zum ersten Mal bei einer Versammlung der WAHRHEIT erschienen. »So arbeitet ER, meine Brüder und Schwestern. ER weiß um die Unvollkommenheit menschlichen Tuns, ER weiß, dass Maschinen und Apparaturen versagen können, und was tut der Herr? ER schickt uns einen neuen Bruder und lässt ihn die Dinge für uns in Ordnung bringen.«

Das hatte Ólafur tief berührt. Und er war dem Herrn dankbar. Und dem Meister. Und seinem Bruder Ari. Sie alle gaben ihm die Hoffnung, dass alles gut werden würde. Am 12. Februar 2005, einem Samstag, hatte sich diese Hoffnung in Gewissheit verwandelt. Da war das Wunder geschehen. Ein Wunder war es nämlich, ein Mirakel und ein Mysterium, vom Himmel gesandt. Der Haken war bloß, dass er diese schöne Gewissheit mit niemandem teilen konnte. Er war allein, ganz allein. Und einsam. Aber auch das würde sich noch ändern, davon war er überzeugt. Weshalb sonst hätte der Herr ihm an diesem kalten Samstag im Februar, mitten im dunklen Winter, sein Wohlgefallen auf so eindeutige Weise erwiesen?

* * *

Hólmfríður hob die Schellfischstücke aus dem Topf und reihte sie ordentlich mit der Haut nach unten auf einem Porzellanteller mit Blümchenmuster auf. An dem Tag, als ihr Bankkonto zum ersten Mal nach der Scheidung in den Miesen war, hatte sie sich geschworen, dass es, auch wenn man beim Einkaufen zu Sparsamkeit gezwungen sein würde, nicht in Frage käme, im Hinblick auf die ästhetischen Grundsätze nachlässig zu werden. Das Gleiche galt für die Anforderungen im Haushalt, Putzen beispielswiese, und im Grunde genommen für alles. Obwohl sie gezwungen war, in ein kleineres Haus zu ziehen, achtete sie doch sehr darauf, dass die Kinder nicht das Gefühl bekamen, dass Lebensstandard und Ambiente sich verschlechtert hatten. Bei den Mitteln, die ihr zur Verfügung standen, kostete es sowohl Umsicht als auch Mühe, das Haus immer tipptopp instand zu halten, aber auch hier galt dasselbe wie für das Essen – blank zu sein war keine Entschuldigung für Schmutz und Schlamperei.

Kochfisch mit Pellkartoffeln waren allerdings ihrer Meinung nach an der untersten Grenze des Tragbaren, daran konnte auch ein hübsch gedeckter Tisch nichts ändern. Ihre Mutter hatte zwar keine Probleme damit, auch heute noch so ein Essen anzubieten, ihrer Meinung nach sollte sich kein Isländer dafür zu schade sein. Das änderte aber nichts an der Tatsache, dass Hólmfríður es als Niederlage empfand, wenn sie gezwungen war, ihren beiden Kindern ein solches Essen vorzusetzen, auch wenn die Schellfischfilets erheblich teurer waren als das Hackfleisch, das sie gestern zu Frikadellen verarbeitet hatte. Es machte die Sache auch nicht besser, als ihr klar wurde, dass sie die Reihenfolge hätte umdrehen sollen; den Fisch gestern auf den Tisch bringen und heute die Fleischbällchen. Daran ließ sich aber nichts mehr ändern, also musste man das Beste daraus machen.

»Essen!«, rief sie, und kurze Zeit später saßen sie zu dritt am Tisch, Svana, Eiríkur und sie selbst, und zu ihrer großen Erleichterung verputzten sie den Schellfisch mit bestem Appetit und einem Klacks Ketchup, bevor sie wieder in ihre Zimmer verschwanden und sich vor ihre Computer oder Fernseher hockten. Sie wusste, dass es Proteste hageln würde, wenn sie ihnen mitteilen musste, dass sie wahrscheinlich sowohl den DSL-Anschluss als auch Digital Island zum Monatsende kündigen musste.

Hólmfríður seufzte. Entweder musste sie eine besser bezahlte Arbeit oder einen neuen Mann finden, oder auf ein Wunder warten. Sie wusste sehr genau, dass das Erstere für sie mit ihrer einfachen Ausbildung und geringen Berufserfahrung schwierig sein würde. Und an einem neuen Mann hatte sie kein Interesse. Mit keinem von den wenigen, die sie nach der Scheidung von Sigmundur kennen gelernt hatte, hätte sie es auch nur einen Winter lang ausgehalten, und sie ging nicht davon aus, dass in absehbarer Zukunft ein Kandidat für eine engere Beziehung auftauchen würde. Letzten Endes verlangte es sie auch gar nicht danach, das waren doch alles dieselben beschissenen Typen. Mit Ausnahme von Bárður natürlich, aber der war ihr Bruder und außerdem schwul. Nein, ein neuer Mann war nicht in Sicht. Also blieb nur das Wunder.

Sie brummte ärgerlich vor sich hin, während sie den letzten Teller abtrocknete und an seinen Platz stellte.

Wunder, auf so was war ja nun echt Verlass. Sie streckte ihre Hand nach der Rotweinflasche aus und zündete sich eine Zigarette an.

* * *

Ólafur stellte Teller und Besteck zu dem anderen Geschirr ins Waschbecken. Das Spülen hatte Zeit bis nach Ostern. Vielleicht würde ja auch Hólmfríður das morgen erledigen, die seltenen Male, wenn sie sich blicken ließ, packte das Mädchen manchmal zu.

Er mixte sich einen Drink und machte es sich wieder in seinem Sessel bequem. Mit Beefeater, Tonic und Gottes Auserwählten im Alpha-Sender verging der Abend in gewohnter Weise, bis Ólafur schließlich gegen drei in die Falle kroch.

2

Sonntag

Der Ostersonntag begann genau wie die meisten anderen Tage mit Kopfschmerzen, steifem Hals und schmerzhaftem Harndrang nach viel zu wenig Schlaf. Ólafur machte danach zwar wieder einen Versuch, noch einmal einzuschlafen, aber das gelang ihm genauso wenig wie zuvor. Als er sich schließlich ankleidete, wählte er zur Feier des Tages seine beste Hose und ein einigermaßen sauberes Hemd aus.

Das Hemd war ihm allerdings etwas zu eng geworden, zwischen den aufspringenden Knöpfen war das hellgraue Unterhemd zu sehen. Er besaß aber kein anderes, das diesem heiligen Tag angemessen gewesen wäre. Mittags aß er wieder ein Fertiggericht der Firma 1944, die sich auf alleinstehende Isländer spezialisiert hatte, geräuchertes Lammfleisch mit Kartoffeln in Mehlschwitze und Beilagen. Zu Ostern musste es ja etwas Besonderes sein. Dann telefonierte er dreimal, was ungewöhnlich war.

Zuerst rief er seinen Sohn Bárður Áki an, der ihm versprach, am nächsten Tag zur verabredeten Zeit zu erscheinen. Der Junge – der allerdings bereits auf die vierzig zuging – war wie immer keineswegs sonderlich erpicht auf diesen Besuch, aber Ólafur machte sich nichts daraus. Wichtig war nur, dass er vorhatte zu kommen, dann bestand immer noch Hoffnung. Danach telefonierte er mit seiner Tochter Hólmfríður. Wie gewöhnlich war sie noch abweisender als ihr Bruder, aber schließlich erklärte sie sich doch bereit, ihr Versprechen einzuhalten, genau wie ihr Bruder. Zum Schluss rief er bei Sigurlaug an, doch bei ihr meldete sich wie immer nur der Anrufbeantworter. Dagegen war nichts zu machen. Er leierte sein Sprüchlein auf den Anrufbeantworter und legte auf. Auch sie würde zum Licht gelangen. Früher oder später würde auch sie das Licht sehen, daran hatte er nicht den geringsten Zweifel. Dann setzte er sich wieder vor den Fernseher und wartete darauf, dass es halb vier wurde.

* * *

»… und denk daran, dass Gott dich liebt und dass du nur durch ihn errettet werden kannst. Ich vergebe dir, und das tut der Herr auch. Dein Ehemann in Christus, Ólafur.« Als Ólafur aufgelegt hatte, drückte Viðar auf die Löschtaste und wandte sich Sigurlaug zu, knallrot im Gesicht.

»Ist das nicht zum elften Mal in dieser Woche?«

Sie zuckte mit den Achseln. »Das zehnte, elfte oder das zwanzigste Mal, was für eine Rolle spielt das? Der Mann hat sie nicht mehr alle, und das weißt du. Für mich ist er wie ein kläffender und bissiger Köter.«

»Ich halte nichts von kläffenden und bissigen Kötern«, entgegnete Viðar. »Und früher bei uns auf dem Land wurde mit …«

»… bissigen Kötern nicht lange gefackelt, ich weiß«, unterbrach ihn Sigurlaug. »Das sagst du nicht zum ersten Mal.« Sie legte den Mascarastift ab und griff nach dem Lippenstift. »Wir haben getan, was wir konnten – und du hättest diese Nachricht nicht löschen sollen. Die haben uns doch darum gebeten, das aufzubewahren, es nicht zu vernichten. Sie schürzte die Lippen und beugte sich mit gezücktem Lippenstift zum Spiegel vor.

»Kein Problem, wenn das ein altmodischer Anrufbeantworter mit einer Kassette wäre«, sagte Viðar, der sich wieder etwas beruhigt hatte. »Ich finde das einfach ausgesprochen lästig, dass die Bullen jedes Mal hierherkommen, wenn dieser Idiot anruft.« Er befasste sich wieder mit seinem Krawattenknoten.

»Nun hab dich doch nicht so«, sagte Sigurlaug und verzog den Mund, bis sich der Lippenstift wunschgemäß verteilt hatte. »Es ist nicht schön, schlecht über Leute zu reden, die arm dran sind. Und ich war ja schließlich dreißig Jahre mit ihm verheiratet, wenn er ein Idiot ist, was bin ich dann?«

»Du? Du bist ein Wunder und ein Engel. Das bist du, denn du hast ihn all diese Jahre ertragen können.«

»Ertragen können habe ich ihn nur zehn Jahre. Ich brauchte bloß ziemlich lange, um mich dazu aufzuraffen, ihm den Laufpass zu geben, ein Wunder bin ich deshalb nicht. Er war ja auch nicht immer so, dieses fromme Gesülze hat er erst seit ein paar Jahren drauf. Nicht, dass das andere besser war, das will ich nicht behaupten. Aber ich verstehe nicht, warum du die Aufzeichnungen immer gleich löschst, dieses Gerät kann bis zu hundert Nachrichten aufnehmen. Wenn wir das Zeug einen Monat sammeln würden, könnten sie das dann auf einmal abhören. Vielleicht würden diese Typen da am Hlemmur dann endlich mal was unternehmen.«

»Pah«, gab Viðar von sich. »Die und was unternehmen.« Er schlang die Arme um seine Frau und sah sie im Spiegel an. »Die werden überhaupt nichts in dieser Sache unternehmen, diese Deppen, davon bin ich überzeugt«, sagte er und klang ärgerlicher als beabsichtigt. »Bislang haben sie jedenfalls gar nichts gemacht, und sie werden es auch in Zukunft nicht tun. Das ist genau wie bei vielen anderen Dingen: Wenn man möchte, dass etwas geschieht, nimmt man es am besten selber in Angriff.«

Sigurlaug zog die Brauen hoch. »Und was glaubst du, was du in Angriff nehmen kannst, mein Lieber?«

Er ließ sie los und ging in den Flur. »Ich weiß es nicht«, sagte er scharf, »aber irgendetwas muss unternommen werden, so viel steht fest. Irgendwie muss dieser alte Zausel zu Verstand gebracht werden. Kommst du jetzt endlich?« Ungeduldig und herrisch klimperte er mit dem Schlüsselbund. Sigurlaug wischte sich ein unsichtbares Stäubchen vom Rock, bevor sie ihm ohne Hast folgte.

»Ja, ja, ich komme. Reg dich ab.« Viðars Ausdrucksweise gefiel ihr nicht, weder das, was er gesagt hatte, noch wie er es gesagt hatte. Bislang war sie davon ausgegangen, dass sie von dem Tag an, an dem sie Ólafur vor die Tür gesetzt hatte, nie wieder solch unerträglichem Verhalten ausgesetzt sein würde. Sie war einigermaßen überrascht gewesen, wie wenig Widerstand Ólafur letztendlich geleistet hatte, wie schnell er den Kampf aufgab, als sie endlich aus ihrem Dornröschenschlaf erwachte und irgendwo in dem Wrack, das sie geworden war, noch ihr altes Selbst wiederfand, und dass sie weiter den Mut besessen hatte, sich gegen ihn aufzulehnen und ihm den Stuhl vor die Tür zu setzen.

Zwanzig Jahre, zwanzig gute Jahre waren vergeudet, weil sie es einem totalen Versager gestattet hatte, sie ihr zu stehlen. Sie dachte an die ersten Wochen, nachdem sie ihn an die Luft gesetzt hatte. Die Psychologin und die Damen in der Frauenselbsthilfe gaben sich zwar alle Mühe, die ganze Schuld auf Ólafur abzuschieben, aber sie gab sich mit dieser Erklärung nicht ganz zufrieden. Sie war nicht so erzogen worden, immer den anderen, nur nicht sich selber die Schuld am eigenen Missgeschick zu geben. Und an der eigenen Charakterschwäche. Im tiefsten Inneren war sie sich vollkommen sicher und ließ sich auch nicht davon abbringen, dass auch sie in irgendeiner Form Schuld hatte, auch wenn sie inzwischen nachgegeben hatte und dazu übergegangen war, diese mehr oder weniger auf das Konto von Ólafur zu schreiben.

Nein, sie war gegenüber Ólafur viel zu lange viel zu nachsichtig gewesen. Fehler waren aber dazu da, dass man aus ihnen lernte, und Viðar sollte nicht damit durchkommen, so mit ihr zu reden. Sie herumzukommandieren wie ein Dienstmädchen.

Nach dem Gottesdienst, dachte sie, während sie die Haustür hinter sich schloss, ich rede nach dem Gottesdienst mit ihm. Und blase ihm den Marsch, falls nötig…

In einem aber hatte Viðar selbstverständlich Recht. Es musste etwas in Bezug auf Ólafur unternommen werden, und zwar so bald wie möglich.

* * *

Ólafur überprüfte ein Kabel nach dem anderen und vergewisserte sich, dass sie samt und sonders richtig angeschlossen waren, dass alle Tasteneinstellungen mit den Bedürfnissen des Meisters übereinstimmten. Danach ging er in den Saal zurück und setzte sich in der dritten Reihe ganz links hin. Das war seit seinem ersten Besuch im Tempel der WAHRHEIT sein Platz gewesen, und hier fühlte er sich am wohlsten. Die Atmosphäre im Saal war wie elektrisiert, und das Raunen steigerte sich, je mehr Menschen sich einfanden. Es lag auf der Hand, dass die Gemeinde große Erwartungen hegte. Und sie wurde auch nicht enttäuscht. Der Meister war an diesem Abend ganz besonders in Fahrt, so als hätte er zur Feier des Tages noch eine Extra-Inspiration von Gott bekommen. Er legte seiner Predigt eine Textstelle aus dem zweiten Buch Mose zugrunde, und Ólafur freute sich unwillkürlich darüber, seinem Gefühl und nicht Haushaltstraditionen vergangener Zeiten gefolgt zu sein, indem er das geräucherte Lammfleisch und nicht das Kassler gekauft hatte.

»Und auf diese Weise sicherte der Herr die Zukunft des Reiches Israel bis in alle Ewigkeit«, erklärte der Meister, »bis zur Wiederrichtung von Jerusalem und Christi Wiederkehr, von der wir wissen, dass sie nah bevorsteht. Denn, meine lieben Brüder und Schwestern, die Zeichen dafür sehen wir allenthalben am Himmel. Seht den tobenden Sturm, der Bäume und Menschen fällt, seht die Gottlosen, die nach ihrer eigenen Vernichtung schreien, ja, seht das Gift, das an jedem Tag durch isländische Seelen und Körper flutet – und-nun-alle-miteinander: Ameen!«

Amen- und Halleluja-Rufe gingen Ólafur wie von selbst über die Lippen, und sie kamen aus den Tiefen seiner Seele. Anderthalb Stunden nachdem er das Podium betreten hatte, bat der Meister um den Segen Gottes für alle Anwesenden und wankte von der Bühne, der Heilige Geist hatte ihn völlig ausgelaugt.

Ólafur brauchte einige Minuten, um sich wieder zurechtzufinden. Danach begab er sich nach vorn in die Eingangshalle und trank Kaffee mit denen, die noch nicht gegangen waren. Die Gespräche waren lebhafter als gewöhnlich, und er lauschte interessiert und wohlwollend einer Gruppe von jungen Leuten, die darüber diskutierten, wie man sich gegen das hemmungslose Agitieren von Irrgläubigen zur Wehr setzen könnte, die mit ihren Lügen über die Leiden von palästinensischen Ungläubigen und ihren Verleumdungen in Bezug auf das Heilige Land anscheinend ungehinderten Zugang zu den Medien hatten. Er öffnete den Mund, aber nur, um ihn gleich wieder zu schließen. Aus Erfahrung wusste er, dass die jungen Leute wenig Wert auf seine Diskussionsbeiträge legten. Als der letzte Versammlungsgast gegangen war, schloss Ólafur die Tür ab und schlenderte zurück in den Saal, um noch das ein oder andere in Ordnung zu bringen, bevor er seine Windjacke anzog. Anschließend ging er nach unten und verließ das Haus durch die Hintertür. Er war schon fast beim Auto, als ihm einfiel, dass er wahrscheinlich vergessen hatte, den Strom abzuschalten. Er ging zurück in den Gemeindesaal, wo sich sein Verdacht bestätigte. Ólafur schaltete die Anlage aus und blickte sich um. Da lag etwas in der Luft – etwas Wunderbares.

Ólafur ging noch einmal zu seinem Platz und setzte sich. Schloss die Augen. Er ignorierte das leichte Ziehen im Kreuz und konzentrierte sich stattdessen darauf, die Atmosphäre in sich aufzusaugen, das Göttliche.

Eine halbe Stunde später schreckte er aus einem friedlichen Schlummer hoch und musste unwillkürlich lächeln. Göttlich war das nicht gerade gewesen. Aber war es nicht genau das, was ihm fehlte? Ein kleines Nickerchen zum Ausgleich für die Nächte mit wenig Schlaf? Er richtete sich vorsichtig auf, ging wieder nach unten und erschrak fast zu Tode, als er sich auf einmal zwei kraftstrotzenden bärtigen und kahlgeschorenen Riesen gegenüber sah. Sie schienen nicht erfreut über diese Begegnung zu sein, im Gegensatz zu den dick angemalten Mädchen, die ihnen auf den Fersen folgten und strahlend lächelten.

»Mein lieber Ólafur, mein genialer Helfer, bist du immer noch hier?«, sagte der Meister, der mitsamt einem kleinen, fettleibigen und wie aus dem Ei gepellten Mann den Schluss der Truppe bildete. Irgendwie kam dieser kleine Mann Ólafur bekannt vor, doch auf die Schnelle konnte er sich nicht auf seinen Namen besinnen. Er wurde rot. Es passierte ja schließlich nicht jeden Tag, dass er vom Meister so leutselig angeredet wurde.

»Ja, ich – entschuldige bitte, da gab es ein kleines Problem mit der Anlage, ich musste …«

»Du brauchst dich doch nicht zu entschuldigen, mein lieber Ólafur.« Der fette kleine Mann warf fragende Blicke auf den Meister und Ólafur, die Kraftprotze verhielten sich abwartend. Mit einer Handbewegung schickte Meister Magnús die Leute in sein Büro am Ende des Korridors.

»Nein, mein lieber Ólafur«, fuhr der Meister fort, als sie allein zurückgeblieben waren, »wie gesagt, du brauchst mich nicht um Entschuldigung zu bitten, das müsste viel eher ich tun, weil ich dir mit deinem kranken Rücken diese ganze Arbeit zumute. Aber wir wissen, dass alles zur Ehre Gottes geschieht und am Jüngsten Tage belohnt wird.«

»Nein, nein, das ist doch wirklich keine große Sache«, beeilte sich Ólafur zu versichern. »Ich bin doch dankbar dafür, dass ich … dass ich auch etwas beisteuern kann.« Er zögerte. Es ging ihn natürlich gar nichts an, und wahrscheinlich gab es dafür auch die normalsten Erklärungen der Welt. Trotzdem konnte er sich nicht im Zaum halten, er musste einfach fragen. »Diese … diese Leute da«, stammelte er, »die da in dein Büro gegangen sind … Der Mann da, dieser kleine Dicke, ist das nicht … Wer ist das noch?« Er befürchtete, den Meister mit seiner Neugierde zu kränken, doch Magnús lächelte nur milde und legte seinen Arm um Ólafurs Schultern.

»Mein lieber Ólafur«, sagte er, während er ihn sanft, aber bestimmt in Richtung Tür schob. »Es spielt doch keine Rolle, wie er heißt. Er ist ein verirrtes Schaf, genau wie die anderen, die bei ihm waren. Einer von vielen, von allzu vielen auf dieser Welt. Und wer ist mehr auf den Guten Hirten angewiesen als eben das verlorene Schaf, mein lieber Ólafur?«

Ólafur schämte sich für seine gottlosen Gedanken. Für einen Augenblick hatten sich Zweifel bei ihm eingeschlichen, vielleicht sogar Misstrauen gegenüber dem Meister. Er hätte es besser wissen müssen. Der Meister segnete ihn zum Abschied und schloss die Tür hinter ihm.

Ólafur ging eilig zu seinem treuen, zwölf Jahre alten Hyundai Accent, der wie immer sofort ansprang. Kurz nachdem er sich zur WAHRHEIT bekehrt hatte, war ihm in den Sinn gekommen, dass es vielleicht nicht richtig war, ein Auto aus einem Land zu fahren, das nicht im Licht lebte, einen von gottlosen Händen gebauten Wagen. Er hatte seinerzeit dem Meister seine Besorgnisse unterbreitet, doch der hatte ihm versichert, so etwas sei keine Sünde, und zudem seien viele Koreaner Christen. Deswegen könnte genauso gut ein Mann letzte Hand an diesen Glückstreffer von Auto gelegt haben, der Gott im Herzen trage.

Darüber war Ólafur außerordentlich erfreut gewesen, denn das Auto hatte sich bestens bewährt, und er hatte nicht die geringste Lust, sich mit dem Kauf eines Gebrauchtwagens herumschlagen zu müssen, etwas Unangenehmeres konnte er sich kaum vorstellen. Bei dem Gedanken an dieses Gespräch, eines von vielen, das ihm mit dem Meister vergönnt gewesen war, seitdem er nicht mehr in die Irre ging, sondern auf dem einzig wahren Pfad wandelte, wurde ihm warm ums Herz, und die letzten Reste des Argwohns wurden hinweggefegt. Auf dem Weg zu seiner Wohnung in Krummahólar murmelte er ständig vor sich hin.

»Nicht zurückschauen, das ist vergangen, dort ist die Trauer, die Sünde, die Schande«, brummte er. »Lebe mit dem Herrn, lebe wohlbehalten, denn bei ihm sind Freude, Glück und ewige Seligkeit …«

* * *

»Tür zu«, sagte der Mann leise. Magnús tat wie geheißen und nahm widerspruchslos auf dem Besucherstuhl vor seinem Schreibtisch Platz, da der Gast sich auf seinem Schreibtischstuhl breitgemacht hatte. »Wer war das?«

Die schwarz gekleideten Gorillas, die dem Mann auf Schritt und Tritt folgten, standen jetzt mit vor der Brust verschränkten Armen rechts und links von ihm und starrten Magnús an. Die beiden Mädchen dagegen saßen auf dem Sofa und machten einen ziemlich abgedrehten Eindruck, genau wie die meisten anderen Begleiterinnen dieses Mannes. Meister Magnús tat, als würde ihm diese Unverschämtheit nichts ausmachen, aber sie hatte ihn unbestreitbar etwas aus der Fassung gebracht. Bislang hatte der Mann ihm die selbstverständliche Höflichkeit erwiesen, sich auf den Besucherplatz zu setzen und ihm den Schreibtischstuhl zu überlassen. Er räusperte sich.

»Das war nur Óli, der Elektriker. Ein armes Schwein, vollkommen harmlos. Invalide und Alkoholiker.«

»Er hat mich erkannt. Was hat er gesagt? Und was hast du gesagt?«

»Mach dir keine Gedanken. Ich glaube nicht, dass er dich erkannt hat. Und selbst wenn dem so wäre, ist es völlig überflüssig, sich wegen dem armen Óli Gedanken zu machen.«

»Besten Dank, ich entscheide selber, worüber ich mir Gedanken mache, ich brauche dazu keinen Rat von dir. Und genauso wenig von Gott.« Jetzt setzte er sein Lächeln auf, das manchmal Gutes verhieß. »Du hast mir grünes Licht gegeben, du hast gesagt, dass alle weg seien.«

»Ja, ich glaubte, dass ...«

»Sei das nächste Mal sicher. Glauben bringt nichts, mein lieber Freund. Wie heißt Óli der Elektriker wirklich? Óli oder Ólafur? Wessen Sohn ist er? Wo wohnt er? Wie versoffen ist er?«

Magnús befeuchtete so unauffällig wie möglich die Lippen. Sein Gast lächelte immer noch, die personifizierte Geduld. Das wiederum verhieß in diesem Fall nichts Gutes. So war es auch das erste Mal gewesen, als Magnús es erlebte. Der Unterschied war der, dass er das damals erst begriffen hatte, als es zu spät war.

* * *

Später an diesem Abend, als Ólafur sich eine weitere Packung mit geräuchertem Lammfleisch nebst Zutaten und außerdem drei Gin Tonics zu Gemüte geführt hatte, begann sich wieder der Zweifel in Ólafurs Herz und Sinn einzunisten. Er konnte sich zwar immer noch nicht daran erinnern, woher er den Mann kannte, aber die Begegnung mit ihm weckte unangenehme und unwillkommene Fragen in ihm. Er versuchte zwar nach Kräften, sie zu verdrängen, aber je mehr Gin er sich einverleibte, desto aufdringlicher wurden sie.

Beim vierten Glas beschloss er kurzerhand, den Meister persönlich anzurufen, nahm dann aber in allerletzter Sekunde Abstand davon. Der Meister hatte es ihm ja erklärt, was würde er jetzt denken, wenn Ólafur ihn anriefe und noch einmal um eine Erklärung bat? Aber er musste mit irgendjemandem reden.

Bárður konnte er nicht anrufen, der würde das bestimmt auf die schlimmste Weise auslegen, falls er überhaupt bereit wäre, mit ihm zu reden. Hólmfríður war keinen Deut besser. Sigurlaug würde wie immer nicht ans Telefon gehen, und dann blieben nur noch wenige übrig. Eigentlich niemand. Er war zwar seit mittlerweile vier Jahren in dieser Gemeinde, kannte aber keinen seiner Brüder und Schwestern im Herrn gut genug, um einfach so bei ihnen anzurufen, und erst recht nicht mit einem derartigen Anliegen. Sie würden ihm auch nur Vorwürfe machen, weil er dem Meister gegenüber Misstrauen an den Tag legte. Und ihn womöglich verraten. Nein, unter denen war niemand, mit dem man reden konnte. Oder vielleicht doch?

Ólafur erhob sich ächzend aus seinem Lazy Boy und holte das Telefonbuch. Er musste sich ganz vorsichtig ausdrücken und möglichst vermeiden, den Meister beim Namen zu nennen. Bloß nach diesen Leuten fragen – oder nach diesem einen Mann, der ihm bekannt vorkam, ihn beschreiben und hören, wie Ari darauf reagierte. Vielleicht würde er diesen Mann von der Beschreibung her erkennen und erklären können, was für eine Verbindung er zur WAHRHEIT hatte.

Genau so würde er es machen, Ari anrufen, ihm die Sache unterbreiten und ihn darum bitten, das für sich zu behalten. Das Gespräch beenden, falls Ari nach dem Grund für seine Neugierde forschte. Aber vielleicht war es besser, bis morgen zu warten, es würde wohl etwas schwierig sein zu erklären, weshalb er so spät am Abend dieses heiligen Tags zum Telefon griff. Dadurch könnte der Verdacht entstehen, dass etwas Ernstes dahintersteckte, und das galt es unbedingt zu vermeiden.

Ólafur schaffte es jedoch nicht, seine Gedanken in andere Bahnen zu lenken, und schließlich kapitulierte er. Er musste dieser Sache auf den Grund gehen, er musste sich irgendwie von diesen unchristlichen Zweifeln befreien.

Ari ging beim dritten Klingeln dran und war anscheinend noch hellwach.

* * *

Ari saß lange bewegungslos in seinem zweihundert Jahre alten, cognacfarbenen Ledersessel und dachte angestrengt nach. Selbstredend konnte man sich eine normale Erklärung für das vorstellen, was Ólafur ihm da gerade am Telefon erzählt hatte. Denkbar sogar, dass Magnús dem armen Kerl die Wahrheit gesagt hatte, er wusste selbst aus langjähriger Erfahrung, dass sich Menschen bekehren konnten, von denen man es am allerwenigsten erwarten würde. Aber wenn er seinen Bruder richtig kannte, steckte da etwas anderes dahinter, etwas, worüber er selber auch Bescheid wissen sollte. Bislang war er aber in nichts eingeweiht gewesen. Die fleischlosen Knöchel knackten bedenklich, als er die Finger lang zog und auf die dunkelrote Polstertapete auf der anderen Seite des Flurs starrte.

»Wer hat denn da noch angerufen, Liebling?«

Er blickte hoch. In der Schlafzimmertür stand seine Frau Selma im rosa Nachthemd, mit rosa Nase und besorgter Miene. Er machte eine abwehrende Handbewegung.

»Einer der Jungen vom Sender, da gab es Probleme mit der Übertragung. Geh wieder schlafen.«

»Aber …«

»Geh schlafen, Frau. Gott sei mit dir.«

Selma schniefte und strich sich über den Nasenrücken. »Na schön. Gott schütze dich, mein Freund.« Die Tür fiel leise hinter ihr ins Schloss, und Ari atmete auf. Natürlich konnte die Beschreibung von Ólafur auf alle möglichen Leute zutreffen. Und außerdem handelte es sich vermutlich nur um besoffenes Geschwätz, das jeglicher Grundlage entbehrte. Es war schließlich nicht das erste Mal, dass Ólafur ihn in ziemlich betrunkenem Zustand anrief, weil er sich nicht traute, den Meister wegen einer Sache zu belästigen, die ihm auf der Seele lag. Doch das hier war irgendwie anders und hatte unleugbar ziemlich seltsam geklungen.

Vielleicht war das die Erklärung dafür, weshalb Magnús in letzter Zeit so unnahbar und abwesend gewesen war. Und ziemlich gereizt. Als würde etwas auf ihm lasten, worüber er nicht einmal mit seinem Bruder sprechen konnte. Ari hatte mehr als einmal versucht, etwas aus ihm herauszuholen, seit er diese Veränderung bei Magnús bemerkt hatte, aber Magnús hatte alles weit von sich gewiesen, wovon sein Bruder redete. Doch Ari kannte seinen Bruder viel zu gut, um sich dadurch täuschen zu lassen. Da war etwas im Gange, die Frage war bloß, was. Und ob oder vielleicht auch was dieser Mann, wer immer er war, damit zu tun hatte.

Eine halbe Stunde, nachdem Ólafur ihm das feierliche Versprechen abgenommen hatte, dieses Gespräch dem Meister gegenüber mit keinem Wort zu erwähnen, nahm Ari den Hörer zur Hand und wählte die Nummer seines großen Bruders.

»Mein lieber Bruder, wir müssen miteinander reden.«

3

Montag

Ólafur fühlte sich nach diesem Gespräch und dem fünften Gin Tonic wesentlich wohler; trotzdem schreckte er zusammen, als kurz vor eins in der Nacht zum Ostermontag noch jemand an seine Tür klopfte. Er beruhigte sich aber schnell wieder, denn er glaubte zu wissen, wer da unterwegs war. Er hievte sich aus dem Sessel, streckte die Glieder und bedauerte zutiefst, nicht auch seine Ibuprofen-Vorräte ergänzt zu haben. Ein schneller Blick durch den Spion bestätigte seine Vermutung.

»Was stehst du denn da so dumm auf dem Flur rum, Úlfur«, sagte er lächelnd. »Du weißt doch, dass du hier immer willkommen bist. Komm herein, in Gottes Namen.«

»Es war schon so spät, und da wollte ich nicht einfach die Bude stürmen«, sagte der Nachbar entschuldigend und folgte Ólafur ins Wohnzimmer.

»Du weißt doch, dass ich nicht zu denen gehöre, die früh ins Bett gehen. Nimm Platz.«

Úlfur blickte sich unschlüssig um. »Hör mal, du hast nicht zufällig noch ein paar Tropfen für mich übrig? Bei mir zu Hause ist total Ebbe, ich hab nicht drangedacht, das Zeug …«

»Nun schenk dir schon einen ein, Junge. Du weißt ja, wo ich das aufbewahre. Im Kühlschrank ist Tonic, kaltes Wasser ist im Kran, und Eiswürfel sind im Eisfach. Aber Zitrone gibt es nicht«, fügte er entschuldigend hinzu, »die hab ich glatt vergessen.«

»Macht nix«, erklärte Úlfur erleichtert und ging in die Küche.

»Ich hatte dich gar nicht erwartet«, rief Ólafur hinter ihm her. »Ich dachte, du würdest mindestens bis morgen Abend in diesem Ferienhaus bleiben – hast du das nicht gesagt? Und wo ist Tinna?«

»Die ist noch dageblieben«, rief Úlfur zurück, »zusammen mit den Kindern. Ich hatte bloß keine Lust, da noch länger rumzuhängen.« Nun kehrte er mit einem Glas in der Hand ins Wohnzimmer zurück. »Prost«, sagte er mit gespielter Fröhlichkeit. »Prost auf die Freiheit.«

»Auf die Freiheit«, stimmte Ólafur zu und leerte sein Glas. »Bist du so nett und mixt mir auch noch einen, lieber Freund?« Úlfur streckte die Hand aus und nahm das Glas seines Gastgebers entgegen.

»Kein Problem.«

»Zwischen euch beiden gibt's wohl wieder Probleme?«, erkundigte sich Ólafur.

»Nicht mehr als gewöhnlich«, seufzte Úlfur und füllte Ólafurs Glas auf, er hatte in weiser Voraussicht die Flaschen mit Gin und Tonic mit ins Wohnzimmer gebracht. »Aber ich hab echt keine Lust, jetzt darüber zu reden. Diese Weiber«, sagte er und reichte Ólafur das Glas, »du weißt ja, wie die sind.«

»Ja«, sagte Ólafur und nickte verständnisvoll, »das weiß ich leider nur zu genau. Aber weißt du, mein lieber Freund, sobald du IHM dein Herz öffnest und IHN hereinlässt, IHM gestattest, dich mit seinem Heiligen Geist zu erfüllen …«

Úlfur hörte nicht mehr hin, sondern nickte nur ab und zu mal mit dem Kopf, während er sein Glas so schnell wie möglich leerte, ohne es jedoch direkt in einem Zug runterzukippen.

»Könnte nicht einverstandener sein«, erklärte er schließlich und stand auf. »Also ich will dich nicht länger stören, du hast dir was im Fernsehen angeschaut, und ich geh jetzt lieber …«

»Nein, nein, nein, Úlfur, du störst doch gar nicht – überhaupt nicht!« Ólafur tastete nach der Fernbedienung und beeilte sich, den Fernseher auszuschalten. »Du bist doch gerade erst gekommen, Mensch, komm, jetzt setz dich wieder. Möchtest du nicht noch ein Gläschen?«

Úlfur grinste verlegen. »Doch ja, gern, aber verstehst du, ich muss noch … Ach, du weißt schon, ich hatte meinem Bruder versprochen, nach ihm zu schauen, sobald ich wieder in der Stadt wäre, der ist mal wieder in der Krise. Das verstehst du doch, Óli? Ist man nicht der Hüter seines Bruders?«

Ein mattes Lächeln umspielte Ólafurs Lippen. »Doch, das ist richtig, da hast du völlig Recht«, murmelte er. »Man ist der Hüter seines Bruders.« Die Enttäuschung war ihm anzusehen und anzuhören. Es fehlte nicht viel, und Úlfur hätte Gewissensbisse bekommen. Er knirschte mit den Zähnen und versuchte, sich nichts anmerken zu lassen.

»Hör mal, Óli, ich hab gesehen, dass du noch ganz nette Vorräte hast. Könntest du mir nicht bis Dienstag ein paar Tropfen leihen?«

Er griff nach der halb vollen Ginflasche und hielt sie mit fragender Miene seinem Gastgeber unter die Nase. Ólafur sah ihn aus traurigen Hundeaugen an, aber Úlfur ging nicht darauf ein.

»Ja, doch, du kannst das gerne mitnehmen«, sagte Ólafur schließlich, und Úlfur atmete auf. »Aber du musst dann auch endlich mal mit mir zu einer Versammlung gehen, einverstanden? Und bring doch auch Tinna mit und die Kinder! Ich weiß, dass euch das wirklich helfen würde, wirklich sehr helfen würde. Am Dienstag ist wieder Versammlung, was meinst du dazu?«

»Man kann nie wissen«, antwortete Úlfur wie gewöhnlich, »ich melde mich. Und vielen Dank…« Er schwenkte noch einmal die Flasche, drehte sich auf dem Absatz um und beeilte sich, aus der Wohnung herauszukommen. Er ließ die Tür hinter sich ins Schloss fallen und ging so entschlossenen Schritts zum Aufzug, dass es im hellhörigen Korridor widerhallte. Er drückte auf den Knopf, wartete auf den quietschenden Aufzug, ging kurz hinein, um auf den Knopf fürs Erdgeschoss zu drücken, und huschte sofort wieder hinaus. Er zog die Schuhe aus und schlich auf Zehenspitzen in seine Wohnung, wo er sich den nächsten Drink mixte und Steven Seagal in den DVD-Player einlegte.

Ólafur wusste nicht, ob er lachen oder weinen sollte, als er durch den Spion beobachtete, wie Úlfur vom Lift zurück in seine eigene Wohnung schlich, deren Eingang seinem eigenen direkt gegenüberlag. Er schob die Klappe vor den Spion und schwankte ins Wohnzimmer zurück.

»Was der Kerl sich nicht alles einfallen lässt«, murmelte er. »Der verlorenen Seelen sind viele.« Das erinnerte ihn wieder an den Meister und dessen Bruder Ari. Und an den Mann, der anscheinend der Anführer dieser Leute gewesen war, die den Meister nach der Versammlung besucht hatten, auch wenn er als Letzter das Haus betreten hatte. Diese Szene beschäftigte ihn immer noch, trotz der Erklärungen des Meisters und trotz der vernünftigen Argumente seines Bruders, des Fernsehdirektors. Er holte die nächste Ginflasche aus dem Vorratsschrank und überlegte angestrengt, kam aber zu keinem Ergebnis.

Seine Besorgnis verringerte sich nicht, als ihm blitzartig

einfiel, woher und warum er diesen Mann kannte, auch wenn er sich immer noch nicht an seinen Namen erinnern konnte. Am liebsten hätte er Ari noch einmal angerufen, um ihm das zu sagen, aber er fand, dass es inzwischen viel zu spät geworden war, um den Fernsehdirektor zu stören. Das hatte Zeit bis morgen, und bis dahin mussten Gott und der Gin genügen, um seine Zweifel zu beschwichtigen.

Diese heilige Zweifaltigkeit tat ihre Dienste, Ólafur grinste über beide Ohren, als die Erleuchtung kam.

»Natürlich«, murmelte er. »Natürlich. Wer bin ich denn, dass ich an Wundern zweifle? Hab ich nicht am eigenen Leib eines erlebt?«

»Du solltest dich was schämen, Ólafur Áki Bárðarson«, brummte er in das Schweigen seines übel riechenden Wohnzimmers hinein. Natürlich hätte er deswegen nicht misstrauisch zu werden brauchen, ganz im Gegenteil, es hätte ihm vielmehr neue Hoffnung einflößen sollen: Wenn man einen Mann wie diesen retten konnte, über den er im Laufe der Zeit vieles, und zwar wenig Schönes, gelesen hatte, dann waren alle zu retten. Auch Bárður und Hólmfríður. Vielleicht sogar Sigurlaug, und nicht zu vergessen Úlfur und Tinna. Angesichts der Kraft, über die der Meister verfügte, würde eine einzige Versammlung genügen. Nein, korrigierte er sich unwillkürlich, es war die Kraft der Gnade des Herrn, die sich im Meister offenbarte.

Ólafur lächelte zufrieden. Bárður und Hólmfríður würden ebenfalls zu einer Versammlung mitkommen, und zwar ganz bald, da war er sich sicher. Nach dem morgigen Tag würden sie nicht anders können, denn die Habgier war nun mal stärker als alles andere. Auf diese Weise würde eine der sieben Todsünden sie zum Schluss erretten und der liebenden Umarmung des Herrn zuführen. Was wiederum nur bewies, dass die alte Weisheit stimmte: Die Wege des Herrn waren unerforschlich.

Beim nächsten Schluck kam ihm die nächste Erleuchtung. Die Habgier würde seine Kinder bekehren, und genauso würde die Sucht Úlfur und Tinna zu ewigem Leben verhelfen. Ólafur war fest entschlossen, Úlfur das nächste Mal, wenn er kam, um Alkohol von ihm zu schnorren, klarzumachen, dass er nicht einen einzigen Tropfen mehr bekäme, falls er nicht endlich zu seinem Versprechen stand, mit zu einer Versammlung zu kommen. Und damit basta.

Ólafurs Freude über seinen Entschluss hielt jedoch nicht lange vor. Als er sich mit verschwommenem Blick umsah, überkam ihn wieder das Elend. Aus bitterer Erfahrung wusste er, dass er da etwas unternehmen musste, und zwar rasch, wenn er nicht wieder in Selbstmitleid und Zweifel versinken wollte. Deswegen mixte er sich rasch noch einen weiteren Drink und schaltete den Fernseher wieder ein. Das Glück war mit ihm.

»Eeehrrre sei Gott«, verkündete der Meister.

»Ameen«, sagte Ólafur laut.

Es war schon nach drei, als er endlich ins Bett torkelte. Mit seiner Sonntagshose auf den Hacken schlief er ein.

* * *

Am Montagmorgen ging es Ólafur noch dreckiger als gewöhnlich, sowohl die Kopfschmerzen als auch der steife Hals waren schlimmer, und der Druck auf der Blase war geradezu unerträglich, als er kurz vor neun aus dem Schlaf hochschreckte. In Schweiß gebadet, zitterte er gleichzeitig wie Espenlaub. Er sprang aus dem Bett und wollte schnell ins Badezimmer, fiel aber der Länge nach hin, weil er die Sonntagshose vergessen hatte, die ihm um die Knöchel schlackerte. Im Sturz ging ein ordentlicher Guss aus der Blase ab. Der Rücken reagierte mit heftigen Schmerzen, und nur unter Aufbietung aller Kräfte schaffte er es im letzten Augenblick noch ins Badezimmer, bevor es zur Katastrophe kam.

Ganz entgegen der Gewohnheit schlummerte er nach dem Wasserlassen noch einmal ein, aber nicht lange. Noch vor zehn war er wieder auf den Beinen, und eine Stunde später, nach der zweiten Kaffeetasse, erinnerte er sich an den Sturz. Er machte sich auf die Suche nach einem Lappen, um die Bescherung aufzuwischen, und den warf er anschließend zurück in den übervollen Wäschekorb.

Den Ärzten zufolge war so etwas kein Anlass zur Besorgnis, sie behaupteten sogar, es handele sich um einen ganz normalen Zustand bei einem Menschen seines Alters. Dagegen könne man nichts anderes tun, als abends weniger Flüssigkeit zu sich zu nehmen.

Diese Argumente fand Ólafur keineswegs überzeugend. Die verdammte Blase war ja wohl kaum mit dem Alter zusammengeschrumpft? Musste sie sich nicht ebenso ausdehnen wie andere Organe, beispielsweise der Magen? Er beförderte die beste Hose ebenso wie die Unterhose in den Wäschekorb und zog seine zweitbeste Hose an. Sie war ebenso grau wie die anderen.

Der Gedanke, sich einen kleinen Drink zu genehmigen, bevor Bárður kam, war verlockend, das würde gegen das Zittern und die Rückenschmerzen helfen. Heute gab es keine Versammlung, und da alles, was er brauchte, im Haus war, würde er tagsüber auch nicht mehr Auto fahren müssen. Ólafur warf einen Blick auf die Uhr, Viertel nach zwölf. Er schaltete das Radio ein und holte die Ginflasche. Nie vor zwölf, war sein Motto, und Gott hatte ihm geholfen, sich daran zu halten. Alles unter Kontrolle, dachte Ólafur, dank Gottes Gnadenkraft und Segen war alles in Ordnung.

Den ersten Schluck genehmigte er sich zu den Mittagsnachrichten um zwanzig nach zwölf. Das Wohlgefühl, das ihn durchrieselte, war ähnlich wie bei einer Dusche nach einem kalten und anstrengenden Arbeitstag.

»Also denn, mein lieber Bárður«, murmelte er in das halb leere Glas, »jetzt könntest du dich so langsam blicken lassen.«

* * *

Meister Magnús betrat entschlossenen Schritts das Büro seines Bruders und machte die Tür unnötig fest hinter sich zu.

»Da bin ich«, sagte er. »Was willst du? Was ist so dringend?«

Ari wandte sich vom Monitor ab und faltete die Hände im Schoß.

»Setz dich, Bruder«, sagte er gelassen. »Möchtest du einen Kaffee?«

Magnús schüttelte den Kopf. »Du weißt, dass ich keinen Kaffee trinke. Was willst du?« Er setzte sich.

»Ja, richtig. Kaffee ist vom Bösen«, entgegnete Ari lächelnd. »Es waren ja auch katholische Mönche, die ihn zuerst aufgebrüht haben, um sich für ihre papistischen Morgengebete wachzuhalten, nicht wahr? Ich vergesse das manchmal.«

»Haha«, sagte Magnús kurz angebunden. »Was willst du?«

Er wirkte nervös und gereizt, und Ari war überzeugter denn je, dass ihn etwas belastete, und zwar etwas ungewöhnlich Schweres.

»Ich wollte einfach mit dir reden«, sagte er schließlich. »Dich mal wieder sehen. Du hast in letzter Zeit ein etwas merkwürdiges Verhalten an den Tag gelegt, und ich mache mir schlicht und ergreifend Sorgen um dich.« Er lehnte sich auf seinem Stuhl zurück. »Was ist los?«

Magnús schüttelte den Kopf und stand auf. »Nichts ist los. Sonst noch etwas?«

Ari überlegte eine halbe Sekunde, ob es wichtiger war, das Versprechen, das er Ólafur gegeben hatte, zu halten, oder herauszufinden, was hinter Magnús' seltsamem Verhalten in letzter Zeit steckte.

»Ja«, sagte er, »da ist in der Tat noch etwas. Du hast gestern Abend Besuch gehabt ...«

Magnús setzte sich wieder.

* * *

Bárður zögerte. Vielleicht hatte Ragnar Recht, vielleicht war es an der Zeit, sich mit den Tatsachen abzufinden und damit aufzuhören, den Kerl zur Vernunft bringen zu wollen. Sich damit abzufinden, dass der Alte unverbesserlich dumm und gemein war. Er holte tief Luft und klopfte an die Wohnungstür. Es war ja schließlich sein Vater, und man durfte die Hoffnung nie aufgeben.

»Mein lieber Bárður!« Ólafur strahlte seinen Sohn an, als er die Tür öffnete. »Komm rein.«

Bárður folgte seinem Vater ins Wohnzimmer und rümpfte die Nase. Hier war lange nicht gelüftet worden, so viel stand fest. Die dicke Luft von abgestandenem Rauch wurde vom Qualm kürzlich gerauchter Zigaretten überlagert, und der säuerliche Schnapsgeruch aus dem verdreckten Teppich war fast stärker als die frische Fahne des Alten. Hinzu kam ein undefinierbarer Cocktail aus allem möglichen anderen Mief, und das im Verein mit dem Dreck und der Unordnung hätte beinahe dazu geführt, dass Bárður kehrtmachte und die Wohnungstür hinter sich zuschlug. Doch stattdessen ging er zur Balkontür und stieß sie weit auf. Es war erstaunlich warm draußen, sogar wärmer als in Kopenhagen, und Bárður lehnte sich gegen die Brüstung. Die Aussicht war nicht schlecht, in der Ferne die Bergkette der Bláfjöll, und in der Nähe Wellblechdächer in allen Farben des Regenbogens. Die Luft war hier unbestreitbar besser als in Vesterbro, wo er die letzten Jahre gelebt hatte. Die

Luft und das Wasser waren das Einzige an dieser gotterbärmlichen Insel, was er vermisste. Und Hólmfríður. Er drehte sich um. Ólafur stand mit einem Glas in der Hand in der Tür.

»In Ordnung«, sagte Bárður, »da bin ich. Was willst du von mir?«

Sein Vater zuckte die Achseln und lächelte. »Dasselbe wie immer, mein lieber Junge. Dir helfen. Dich retten. Dir einen Weg aus der Sünde weisen ...«

Bárður stöhnte. Ragnar hatte Recht gehabt, wie immer. Er bereitete sich auf das Schlimmste vor.

* * *

Einen kurzen Moment blickten sich die Brüder durch die Scheibe in Aris Büro in die Augen. Magnús winkte Ari noch einmal lächelnd zu, bevor er sich in seinen weißen Land-Cruiser-Jeep setzte und davonfuhr, als sei nichts vorgefallen.

Ari nahm wieder hinter seinem Schreibtisch Platz. Es fiel ihm schwer, zu einem Fazit zu kommen. Zwischen ihnen beiden hatte immer vollstes Vertrauen geherrscht, und er konnte sich nur schwer mit dem Gedanken abfinden, dass das jetzt nicht mehr galt. Aber wie er die Dinge auch drehte und wendete, es blieb ihm gar nichts anderes übrig, als sich selber einzugestehen, dass er kein Wort von dem glaubte, was Magnús ihm während dieses kurzen und ungewöhnlichen Gesprächs aufgetischt hatte.

»Wem kann man vertrauen«, seufzte er laut, »wem kann man denn noch vertrauen, wenn man seinem eigenen Bruder nicht vertrauen kann?« Christus an der gegenüberliegenden Wand sah ihn anklagend aus seinem goldenen Rahmen an, und Ari senkte den Kopf.

Nach kurzem Überlegen blickte er auf. Jetzt war seine Miene entschlossen; er musste mehr in Erfahrung bringen. Er stand auf, zog seine Krawatte zurecht und steckte sein Handy ein.

»Ich muss kurz weg«, sagte er zu der Sekretärin in der Rezeption. »Ich habe mein Handy dabei, falls mich jemand dringend erreichen muss. Und wenn ich dringend sage, dann meine ich es so.« Mit einem Kopfnicken eilte er hinaus in das ungewöhnlich milde Wetter.

* * *

»Du hast dich gestern gar nicht blicken lassen«, sagte Ólafur vorwurfsvoll. Er stand in der Tür zur Waschküche und sah seiner Tochter zu, wie sie die Wäsche sortierte.

»Nein«, stöhnte Hólmfríður, »und ich werde auch morgen Abend nicht zu der Versammlung erscheinen, wenn du darauf anspielst. Und auch nicht am Samstag oder am Sonntag. Wie oft muss ich dir das noch sagen, Papa?« Hólmfríður zog eine Grimasse. Es war nicht das erste Mal, dass die Wäsche nach Urin stank, aber so schlimm wie diesmal war es noch nie gewesen. Machte der Alte sich jetzt schon in die Hose? Wundern konnte es einen nicht …

Hólmfríður versuchte, nicht zu denken und nicht zu atmen, während sie die Buntwäsche in die Waschmaschine stopfte. Die seltenen Male, die sie ihn besuchte, wusch sie fast immer zwei Maschinen, erst die Kunststofftextilien, anschließend die Baumwolle. Dann nahm sie meist auch den Abwasch in Angriff, versuchte, im Wohnzimmer aufzuräumen und die Teppiche mit dem Staubsauger zu begehen. Nicht immer schaffte sie es, eine zweite Maschine in Gang zu setzen, und sie wartete nie darauf, bis das Programm zu Ende war. Aufhängen musste er das Zeug selber. Es kam ihr fast so vor, als würde der Alte zwischen ihren Besuchen nie selber Wäsche waschen, obwohl das eigentlich auch nicht sein konnte. Ihre Besuche waren sehr sporadisch geworden, seit er diesen frommen Fimmel bekommen hatte.

»Wo ich schon mal hier bin, könntest du mir vielleicht auch ein Glas anbieten, Alter«, sagte sie, als sie die Tür zur Waschküche hinter sich zugemacht hatte. »Was bist du eigentlich für ein Gastgeber?«

Er gehorchte, latschte in die Küche und kramte in Schränken herum. Sie zündete sich eine Zigarette an und inhalierte den mentholhaltigen Rauch tief. Immerhin waren das die Pluspunkte bei diesen Besuchen, dachte sie, der Alte hatte immer was zu trinken im Haus, und hier war man keine Geächtete, wenn man sich eine Zigarette ansteckte. Aber die Minuspunkte waren in der Überzahl und wesentlich schlimmer. Der Mief. Der unglaubliche Dreck. Und natürlich der Alte selber.

»Du musst morgen mit mir zu der Versammlung kommen, Hólmfríður«, lamentierte ihr Vater, als er ihr das Glas reichte. »Das musst du einfach, und ich will dir sagen, warum. Wir leben in einer gottlosen Welt …«

Wirklich die einzigen Pluspunkte, dachte Hólmfríður und trank einen ordentlichen Schluck. Wenn es so weiterging, würde sie es bestimmt nur eine Waschmaschine lang aushalten, und er musste dann seine pissnassen Unterhosen ohne ihre Hilfe in die Maschine stopfen. Sie setzte das Glas ab, drückte ihre Zigarette aus und holte den Staubsauger.

»Hör mit deinem Gesülze auf und sammle mal den Müll hier im Wohnzimmer ein, damit ich staubsaugen kann. Und bring die dreckigen Gläser in die Küche.«

»Liebe Hólmfríður, wie kannst du nur so reden? Ich versuche, dir zu sagen, dass …«

Sie schaltete den Staubsauger ein. »Ein neuer Sessel?«, fragte sie und nickte in Richtung des Lazy Boy.

* * *

Magnús fuhr auf den Parkplatz an der Nordseite des Versammlungssaals vor und begab sich tief in Gedanken versunken in sein Büro im Erdgeschoss, setzte sich auf seinen Stuhl, griff nach der Bibel und öffnete sie aufs Geratewohl.

»*Nun, Israel*«, las er, »*was fordert der Herr, dein Gott, noch von dir, als dass du den Herrn, deinen Gott fürchtest und immer auf seinen Wegen wandelst und ihn liebst, und dem Herrn, deinem Gott dienst, von ganzem Herzen und von ganzer Seele …*« Magnús schloss die Bibel und strich sich über den Bart. Antwort auf alles, dachte er. Weshalb sollte ich mich um irdische Dinge sorgen, was habe ich zu fürchten, wenn all meine Arbeit IHM geweiht ist?

Er legte die Hand auf die Bibel und lächelte.

»Nichts«, murmelte er, »ich habe nichts zu fürchten, denn der Herr ist mein Hirte, und nichts wird mir fehlen …«

* * *

»… dein dich liebender Ehemann in Christo, Ólafur«, sagte er zum Schluss, bevor er auflegte. Sie hatte sich natürlich wieder einmal nicht blicken lassen. Er hatte allerdings auch nicht damit gerechnet. Aber vielleicht würde sie nach dieser Nachricht zur nächsten Versammlung erscheinen. Vielleicht hatte er sich bislang nicht deutlich genug ausgedrückt. Diese Nachricht würde aber Klarheit schaffen. Sie würde kommen. Sie musste kommen. Wenn nicht, war sie ein schlechterer Mensch, als er glaubte, und in dem Fall wahrscheinlich überhaupt nicht zu retten.

Ólafur hatte sich noch keine zwei Schritte vom Telefon entfernt, als er zusammenschrak. Es war lange her, seit er dieses Geräusch gehört hatte. Er nahm den Hörer ab.

»Hallo?«, sagte er.

»Bist du heute Abend zu Hause?«

»Ja, was …«

»Gut. Ich komme vorbei.«

Ólafur hielt den tutenden Hörer von sich weg und starrte ihn einen Augenblick ungläubig an. Dann ging ein Strahlen über sein Gesicht.

»Wunder an jedem Tag«, murmelte er und legte auf. »Wundertaten an jedem gesegneten Tag des Herrn.« Dann ließ er sich vor dem Fernseher nieder und schaltete auf den Alpha-Sender.

4

Dienstag

Der Schmerz hatte nachgelassen, Ólafur verspürte nur noch ab und zu ein Ziehen unten im Bauch, die Abstände dazwischen wurden aber größer. Er hatte Durst. Ansonsten ging es ihm relativ erträglich. Sogar die Rückenschmerzen waren weg.

»Eehrrre sei Gott«, sagte der Meister, »und-nun-alle-miteinander: Ameen!« Ólafur versuchte einzustimmen. »In dieser Welt ist jedoch nicht alles so, wie es sein sollte«, fuhr der Meister fort. »O nein! O nein, sage ich! Aber wir wissen, dass die Rettung naht! Wir wissen, dass ER auf dem Weg zu uns ist! Halleluja!«

Ólafur nickte zustimmend. Zumindest im Geiste, denn der Kopf bewegte sich nicht. Der Meister hatte vollkommen Recht. Wie bei allem, was er sagte. Wie bei dem, was er gestern gesagt hatte, als Ólafur zusammen mit Dutzenden, nein Hunderten von glücklichen Seelen seiner Osterbotschaft gelauscht und gespürt hatte, wie der Heilige Geist seine Sinne erfüllte und Blut, Herz und Seele aufwühlte.

Und jetzt, fast anderthalb Tage später, saß er vor dem Fernseher und lauschte ein weiteres Mal dem Meister. Er konnte sich nicht so recht erinnern, was in der Zwischenzeit passiert war, doch das spielte keine Rolle. Die Hauptsache war, dass er das Heil gefunden hatte. Aber er war durstig.

»Wir wissen, dass die goldene Stadt, das neue Jerusalem, zur Erde herniederkommen wird«, sagte der Meister. »Wir wissen, dass für uns, die wir glauben, für uns, die wir wissen, dass ER zu uns zurückkehrt, neue Zeiten anbrechen werden. Halleluja! Und wir wissen, dass Satan schäumend vor Wut und zähnefletschend den ganzen Erdkreis nach denen absucht, die er vom Leben zum Tode befördern kann, denen er die Hoffnung nehmen kann, bevor ER kommt! Denn Satan weiß, dass er hier auf Erden viele Helfershelfer hat! Brüder und Schwestern im Herrn, der Teufel hat viele Helfershelfer auf dieser Welt, ja sogar auch in diesem Land des Eises! Helfershelfer, die uns mit allen Mitteln daran hindern wollen, der Versprechungen des lebendigen Gottes teilhaftig zu werden. Halleluja! Denn so arbeitet Satan, er setzt alles daran, um uns auf Abwege zu locken, uns den Blick zu verstellen, den Blick auf das ewige Leben. Aber wir wissen auch, dass es einen Höheren gibt, der stärker ist als er, wir wissen, dass es Verzweiflung ist, die Satan vorantreibt, denn das Gottesreich auf Erden naht! Halleluja! Und-nun-alle-miteinander: Ameen!«

Von dieser erbaulichen Predigt bekam Ólafur außer den letzten Worten so gut wie gar nichts mit. Er versuchte, der Aufforderung des Meisters nachzukommen, doch das klappte auch diesmal nicht. Die Zunge wollte ihm nicht gehorchen, und die Lippen, die Stimmbänder, die Kiefer schafften es nicht, in das Ameen einzustimmen, wie der Meister gebot. Seine Hand weigerte sich, nach dem Glas auf dem Tisch zu greifen. Wie gern hätte er sich jetzt ein Schlückchen Gin zu Gemüte geführt, sein Durst wurde immer schlimmer, während der Meister nicht abließ, Satan zu verfluchen und den Herrn zu preisen und ein Ameen nach dem anderen einzufordern. Nur eines war seltsam: Der Meister schien auf einmal leisere Töne anzuschlagen. Und je weiter die Predigt fortschritt, desto auffälliger wurde auch sein Nuscheln, was vielleicht noch ungewöhnlicher war.

Ólafur schüttelte den Kopf, doch der rührte sich nicht. Der Fernseher muss kaputt sein, dachte er, oder er ist irgendwie falsch eingestellt. Die Fernbedienung lag vor ihm auf dem Tisch, war aber ebenso unerreichbar wie das Glas. Das verwirrte ihn. Er müsste doch die Fernbedienung zu fassen bekommen können, oder das Glas, beides war in Reichweite. Und doch …

Das ist wirklich komisch, dachte Ólafur und beobachtete, wie sich der Tisch langsam, aber sicher entfernte und gleichzeitig den Fernseher und die grauen Wände vor sich herschob. Auch der grüngelbe Teppichboden streckte sich, das Wohnzimmer dehnte sich und schrumpfte dann wieder zusammen, die ganze Welt schien in Wellen zu wallen. Er fuhr sich über die Lippen, ohne die Zunge zu bewegen. Der Durst war unerträglich und der Meister unverständlich geworden.

Da stimmt etwas nicht, dachte Ólafur. Da stimmt ganz sicher etwas nicht. Und dann erinnerte er sich an das Messer. Sein Kinn sank unwillkürlich auf die Brust. Richtig, dachte Ólafur, das Messer. Ich muss da was mit diesem Messer machen. Ich hab solche Lust auf Beeren. Blaubeeren. Ich muss telefonieren. Ich will Blaubeeren. Ich muss pinkeln. Und anrufen …

»Halleluja!«, rief der Meister auf einmal laut und deutlich.

Gut, dass ich nicht meine beste Hose anhabe, dachte Ólafur, der vier Hosen besaß, alle waren grau.

»Eehrrre sei Gott!«, sagte der Meister.

Ameen, dachte Ólafur.

Draußen wehte eine leichte Brise aus südlichen Richtungen.

II

Juli 2006

1

Freitag

Die Wohnblocks im Breiðholt-Viertel waren keineswegs alle gleich schlimm, dachte Stefán, als er auf den Parkplatz vor dem Block Krummahólar zwölf einbog. Er selber hatte eigentlich nur schöne Erinnerungen an die ersten Jahre des Zusammenlebens mit Ragnhildur in einem mehrstöckigen Haus an der Lönguhlíð. Das war fünfunddreißig Jahre her, und ihre drei Kinder hatten sich dort wohl gefühlt und viele Freunde gehabt. Einige von diesen Hochhäusern in Breiðholt sahen ganz passabel aus, sie machten einen familienfreundlichen und geradezu wohnlichen Eindruck, sogar an grauen Regentagen wie diesem. Aber das galt nicht für alle, und vor allem nicht für Krummahólar zwölf. Es war ein viel zu grauer, viel zu großer, viel zu abweisender und monströser Betonklotz, an dem allenfalls ein paar wenige Technokraten ihr Wohlgefallen haben konnten.

Stefán stieg aus und betrachtete das Monstrum. Zehn Etagen, auf jeder neun Wohnungen. Vorne Asphalt, und hinter dem Haus wahrscheinlich ein Stückchen Rasen mit zwei Schaukeln und einem Sandkasten … Er riss sich zusammen. Hier wohnten Menschen, dachte er, alle möglichen Menschen, angefangen von tatterigen Senioren mit armseligen Renten bis hin zu den etwas Betuchteren in den Penthousewohnungen ganz oben, und alles dazwischen. Normale Menschen mit Hoffnungen, Erwartungen, Freunden, Verwandten, Kindern und Enkelkindern, mit Schulden, Sorgen und Freuden. Glück und Trauer. Und hier war jemand tot, wenn er das richtig verstanden hatte. Er schloss das Auto ab und ging mit großen Schritten an den Streifenwagen vorbei, die vor dem Eingang standen.

Der Treppenaufgang passte zu dem Haus, er war genauso grau und freudlos wie das Wetter draußen, und nur wenig wärmer. Ein schwacher Geruch von Müll hing in der Luft, die kaputte Neonleuchte im Eingang summte laut und blinkte auf. Stefán sah den bleichen Polizisten in Uniform, der ihm die Tür geöffnet hatte, fragend an. Der junge Mann war nicht älter als fünfundzwanzig und hatte erst vor kurzem die Polizeiausbildung hinter sich gebracht, glaubte Stefán sich zu erinnern.

»Ist dir schlecht?«, fragte Stefán.

Der junge Mann nickte. »Es geht aber schon wieder.«

»Du hast den Einsatzbefehl bekommen?«

»Ja. Einar und ich. Wir sind zusammen auf Schicht und waren hier oben in Breiðholt unterwegs.« Aus irgendwelchen Gründen nickte er immer noch. »Er ist noch oben. Ich ...« Der junge Polizist sah Stefán betreten an. »Ich musste kotzen. Ich hoffe dass ... dass das, na du weißt schon, dass ich da nichts für euch kaputtgemacht habe.« Der junge Mann würgte wieder heftig. Stefán hätte ihm am liebsten väterlich den Kopf getätschelt, setzte aber stattdessen eine strenge Miene auf.

»Das hoffe ich auch. Und jetzt berichte. Was ist Sache, wer hat wann was gemeldet und so weiter?«

»Sein Sohn hat die Hundertzwölf angerufen«, sagte der junge Mann und richtete sich auf, froh, dass er sich auf etwas anderes konzentrieren konnte als die eigene Fehlleistung. »Einar ist da oben bei ihm. Der war wohl ziemlich außer sich, soweit ich aus der Zentrale – ich meine, vom Wachdienstleiter bei Hundertzwölf – gehört habe, der hat uns hierhergeschickt …«, versuchte er zu erklären, aber Stefán machte eine abwehrende Handbewegung.

»Und?«

»Ja, er war ziemlich außer sich, sagte der Typ vom Notruf, und er war immer noch ziemlich durch den Wind, als wir eintrafen, aber jetzt hat er sich wohl wieder einigermaßen gefangen. Wahrscheinlich steht er unter Schock oder so was …« Stefán räusperte sich. Der junge Mann errötete bis zu den Haarwurzeln. »Ja, ähm«, murmelte er, während er sein Notizbuch aus der Brusttasche fischte. Er öffnete es und klammerte sich nun an das, was er da hineingekritzelt hatte.

»Fünfzehn null vier, Einsatzbefehl von der Zentrale, Krummahólar zwölf. Ein Mann namens Bárður hat in großer Erregung den Notruf verständigt und gemeldet, dass sein Vater Ólafur Áki Bárðarson ermordet worden ist. Fünfzehn Uhr elf, Wagen siebenundzwanzig – das sind wir«, fügte er hinzu, während er dem Riesen mit der grünen Kappe einen scheuen Blick zuwarf, »Wagen siebenundzwanzig trifft in Krummahólar zwölf ein, und wir klingeln bei diesem Ólafur, und uns wird aufgemacht. Fünfzehn dreizehn …«

»Schon in Ordnung, in Ordnung«, unterbrach Stefán ihn, »ihr seid also hierhergekommen. Der Sohn hat euch hereingelassen. Besteht Anlass zu glauben, dass er etwas damit zu tun hat?«

Der junge Mann schüttelte energisch den Kopf. »Du verstehst das nicht – er ist …« Er senkte den Kopf und starrte eine Weile auf seine Zehen, bevor er sich traute, Stefán wieder in die Augen zu sehen. »Ich glaube, es ist am besten, wenn du nach oben gehst. Der Hund ist auch schon da.«

»Der Hund?«, fragte Stefán, obwohl er genau wusste, wer gemeint war.

»Entschuldigung, ich meine natürlich Friðjón vom Erkennungsdienst. Er ist schon da, und seine Lesbe auch.«

Der junge Polizeidienstanwärter starrte wieder auf seine Zehen.

Das war zu viel. Man konnte unter solchen Umständen jungen und unerfahrenen Dummköpfen alles Mögliche verzeihen, aber es gab doch Grenzen. Stefán fasste ihm mit seiner Pranke ans Kinn und zwang ihn, ihm direkt in die Augen zu sehen.

»Vielleicht wirst du irgendwann mal ein anständiger Polizist«, sagte er, »und gemessen an dem, was ich letzten Winter von dir gesehen habe, sollte das eigentlich möglich sein. Aber über zweierlei musst du dir im Klaren sein. Erstens solltest du es dir verkneifen, Höhergestellte vor den Ohren anderer Höhergestellter mit Spitznamen zu benennen, es sei denn, du bist sicher, dass sie solche Spitznamen aus deinem Mund hören wollen. Unser Erkennungsdienstchef heißt Friðjón, wenn du mit mir sprichst, und weder Hund noch Kater oder Ähnliches, was dir aus dem Tierreich vertraut sein könnte. Und zweitens ist Eydís nicht Friðjóns Lesbe, sondern gehört auf ihrem Gebiet zu den fähigsten Experten hierzulande, und du bist weit davon entfernt, es dir leisten zu können, abschätzig über sie zu reden. Und drittens …« Stefáns Griff um das Kinn verstärkte sich, als er sah, dass der Junge die Stirn runzelte. »Ich weiß, dass ich zweierlei gesagt habe, aber scheiß drauf. Also, drittens musst du dir Gewissheit darüber verschaffen, welche Vorgesetzten sich dafür interessieren, wer welche sexuellen Präferenzen hat, bevor du versuchst, bei ihnen mit irgendwelchen Kommentaren dieser Art zu punkten, die nur deine eigene Unbedarftheit und Voreingenommenheit offenbaren. Capito?«

Der junge Polizist starrte Stefán mit großen Augen an und machte einen schwachen Versuch, zustimmend zu nicken. Das spürte Stefán, und er ließ das Kinn los.

Er ärgerte sich über diesen Jungen. Er fand Strafpredigten unerträglich, und dieses Bürschchen hatte ihn dazu gezwungen. Außerdem war es Freitag und schon nach vier, alles deutete darauf hin, dass es mit der lang ersehnten Erholung am Wochenende Essig war. Seine Gereiztheit verringerte sich auch nicht durch die Tatsache, dass der Hund wieder einmal vor ihm am Tatort eingetroffen war, obwohl Stefán als Erster die Meldung erhalten und sich sofort auf den Weg gemacht hatte. Dieser Friðjón war ein mysteriöser Hund, er kam ihm stets zuvor. Und jetzt war außerdem noch Eydís vor ihm eingetroffen. Aber Stefán erinnerte sich, dass sie in Breiðholt wohnte, vielleicht war sie zu Hause gewesen, als der Einsatzbefehl erging.

»Okay«, sagte Stefán, »zurück zur Sache. Friðjón und Eydís sind also da oben, und auch dein Kollege Einar, und dieser Bárður?« Der Junge nickte mit feuerrotem Kopf. »Schön. Sechste Etage links?«

»Ja«, murmelte der Junge.

»Du bleibst hier, es kommen noch mehr. Und jetzt reiß dich zusammen«, fügte Stefán hinzu, als er sah, wie geknickt das Bürschchen war. »Falls du bei der Polizei bleiben willst, musst du solche Anpfiffe von einem alten Griesgram wie mir ertragen lernen. Glaub mir, mein Junge, das hier war nur ein leichtes Tätscheln und keine Watsche.«

Der Junge schien nicht so ganz vom Wahrheitsgehalt dieser Worte überzeugt zu sein. Sein Problem, dachte Stefán. Auf dem Weg nach oben rief er den Hund an, obwohl er ihm in ein paar Sekunden gegenüberstehen würde.

»Stefán hier. Ist der Arzt schon da?« Unter normalen Umständen hätte er gefragt, ob Geir schon da sei, aber angesichts der Tatsache, dass der Freitag schon weit fortgeschritten war und dass Geir Jónasson, der Rechtsmediziner, der am häufigsten in Mordfällen zum Tatort gerufen wurde, um diese Zeit meist schon eine halbe Whiskyflasche geleert hatte, nannte er lieber keinen Namen. Es war zwar nicht die Regel, dass sich Geir um diese Zeit bereits ordentlich einen hinter die Binde gekippt hatte, aber auch nicht die Ausnahme. Stefán mochte den Alten und vermied es deswegen nach Möglichkeit, die Aufmerksamkeit auf dieses spezifische Problem zu lenken.

»Nein, Geir ist noch nicht da«, blaffte der Hund, der für seine alles andere als sozialen Umgangsformen bekannt war, wie auch sein Spitzname besagte. »Er ist aber auf dem Weg. Mir ist schleierhaft, wozu der überhaupt kommen muss.«

»Natürlich muss er kommen, was soll denn das?«

»Das wirst du selber sehen. Wo steckst du?«

»Im Aufzug, auf dem Weg nach oben. Muss ich mir das wirklich ansehen?«, fragte Stefán, der nach Möglichkeit eine Tatortbegehung erst dann in Angriff nahm, wenn das Opfer bereits abtransportiert worden war. In ausländischen kriminalistischen Theorien und unzähligen Krimis wurde zwar der Standpunkt vertreten, dass alle seriösen Kripobeamten den Tatort unbedingt ganz genau inspizieren mussten, um »Tuchfühlung mit dem Verbrechen zu bekommen« oder etwas ähnlich Intelligentes, aber auf diese Weisheiten hatte er nie so recht etwas gegeben. Fotos und Protokolle taten seiner Einschätzung nach genauso gute Dienste, und seine Erfahrungen hatten ihm bislang keinen Anlass gegeben, diese Einschätzung anzuzweifeln. Der Hund wusste sehr wohl von Stefáns Abneigung gegen Begegnungen mit Leichen, aber er blieb hart.

»Ja, in diesem Fall musst du dir das ansehen. Tut mir leid«, sagte er und brach das Gespräch ab. Stefán fluchte leise, verließ den Aufzug und bereitete sich auf das Schlimmste vor. Doch obwohl die Tür schräg gegenüber weit offen stand, spürte er nur den gleichen schwachen Müllgeruch wie unten im Eingangsbereich. Der süßliche, Übelkeit erregende Geruch, mit dem er gerechnet hatte, fehlte ganz und gar. Merkwürdig, dachte er und blieb in der Tür stehen. Er schloss die Augen und atmete ein paarmal tief durch den Mund ein, bevor er entschlossen über die Schwelle trat. An der Tür zum Wohnzimmer hielt er abrupt inne. Kein Wunder, dass da kein Leichengeruch in der Luft lag.

Der Mann, oder das, was noch von ihm übrig geblieben war, saß in einem dunkelbraunen Ledersessel gegenüber dem laufenden Fernseher, und dort hatte er offensichtlich lange gesessen. Sehr lange.

Stefán ging davon aus, dass es sich um ein männliches Wesen handelte, darauf deuteten sowohl das Schild an der Tür als auch die Informationen des Mannes hin, der den Notruf verständigt hatte. Von Ólafur Áki Bárðarson war kaum etwas anderes übrig als Haut und Knochen. Leere Augenhöhlen in einem entstellten Gesicht starrten Stefán an. Die Nase war fast völlig verschwunden, ebenso die Lippen. Umso auffälliger waren die gelben Zähne und das grotesk bleckende Grinsen. Die gelbbraune, ledrige Haut lag so straff über den Knochen, dass die kleinste Unebenheit, jede vertrocknete Sehne und jedes Knöchelchen sich deutlich abhoben. Haarbüschel an einigen Stellen auf dem eingedorrten Kopf machten den Anblick noch grässlicher, genau wie die angefressenen Sachen an dem verschrumpelten Körper. Das Heft eines großen Messers ragte knapp unterhalb des Nabels aus dem Bauch heraus, und am Hemdkragen tauchte ab und zu etwas auf, was Stefán für lebendig hielt.

Insgesamt ähnelte das Phänomen im Sessel eher einer miesen Reklame für einen noch mieseren Horrorfilm als den sterblichen Überresten eines menschlichen Wesens, dachte Stefán. Der Gedanke half ihm aber wenig, und erst als Eydís ihm die Hand tätschelte, schrak Stefán aus seiner Erstarrung auf und ging schnell hinaus auf den Etagenflur.

»Alles in Ordnung mit dir?«, fragte Eydís besorgt.

Stefán nahm seine grüne Kappe ab, wischte sich über die feuchte Stirn und setzte das Teil wieder auf. Sein Gesicht war aschgrau.

»Nein«, sagte er, »Mir geht's nicht gut, und ich verstehe nicht, wie zum Teufel du auf die Idee kommen kannst, dass bei mir alles in Ordnung ist? Und warum zum Kuckuck habt ihr gedacht, dass ich mir das ansehen muss?« Er drehte sich auf dem Absatz herum und stiefelte zum Aufzug. »Katrín und Guðni sind auf dem Weg hierher. Richte ihnen aus, dass ich in meinem Büro bin, falls sie mich brauchen.«

»Aber sein Sohn ist...«

Die Aufzugtür hatte sich hinter Stefán geschlossen, noch bevor Eydís ihren Satz zu Ende bringen konnte. Sie schüttelte resignierend den Stoppelkopf und ging zurück in die Wohnung.

»Wo ist Stefán?«, fragte Friðjón, ihr Chef. Der Hund. Sein Bart wurde von dem Gesichtsschutz verhüllt, und der weiße Tyvek-Anzug verdeckte sein grau meliertes Haar ebenso wie die Jeans und das knallbunte Hawaii-Hemd, eins von etwa vierzig Hemden dieser Art, die er im Lauf der Zeit gehortet hatte. Mit Schutzanzug machte er unbestreitbar einen wesentlich seriöseren Eindruck als ohne.

»Er ist wieder weg«, antwortete Eydís achselzuckend.

»Weg? Und was sollen wir mit dem da machen?«, beschwerte sich der Hund, indem er mit dem Kopf zu dem Mann deutete, der das Kinn in die Hände gestützt hatte und sich weigerte, seinen Platz auf dem Sofa zu verlassen.

Eydís runzelte die Stirn. »Nichts, glaube ich, jedenfalls im

Augenblick nicht. Katrín und Guðni sind unterwegs, und Einar ist ja bei ihm.«

Der Hund gab ein verächtliches Knurren von sich. Er hielt nicht viel von Einar, diesem uniformierten Klotz, der auf dem Sofa neben Bárður Ólafsson saß und verlegen vor sich hinstarrte. Katrín war in Ordnung, ein intelligentes Mädchen seiner Meinung nach, und er verstand Stefán gut, dass er sich lieber auf sie als Stellvertreterin verließ als auf Guðni, diesen ungehobelten Kerl, auch wenn der etliche Jahre länger bei der Kriminalpolizei gewesen war als sie. Guðni hatte allerdings auch gewisse Vorzüge, im Gegensatz zu dem Vollidioten, der da wie ein geprügelter Köter auf dem Sofa saß. Ein Polizist, der nicht mal Verstand genug besaß, einen Tatort gemäß den Richtlinien umgehend sicherzustellen und alle Unbefugten aus dem Weg zu schaffen, sondern ihnen gestattete, sich da nach Lust und Laune zu tummeln. Und zu allem Überfluss hing er dann auch noch selber da herum und pflanzte sich wie selbstverständlich aufs Sofa. So einer war nach Meinung des Hunds schlimmer als gar keiner.

»Dürfen wir jetzt gehen?«, erkundigte sich Einar vorsichtig.

»Nein«, bellte Friðjón. »Ihr bleibt, wo ihr seid. Ich lass euch wissen, wann ihr euch vom Platz rühren dürft. Eydís, du gehst mit ihnen durch, was sie hier drinnen angefasst haben. Und nimmst den beiden Fingerabdrücke ab.« Er griff nach seiner Tasche und holte seine Ausrüstung heraus. »Idioten«, murmelte er so vernehmlich, dass alle es hörten. »Vollidioten, wohin man auch blickt.«

Er zog eine Digitalkamera aus der Tasche und zückte sie mit dramatischer Geste. »Und wo ist eigentlich dieser dämliche Fotograf?«, fragte er dann. »Ich soll hier wohl alles selber machen?« Ohne auf eine Antwort zu warten, begann er zu knipsen. Bis vor zwei Jahren war für die Aufnahmen am Tatort ein Spezialfotograf zuständig gewesen, doch dann wurde diese Aufgabe dem Erkennungsdienst übertragen, und Friðjón wurde nicht müde, sich über diese zusätzliche Arbeitsbelastung zu beklagen, obwohl alle wussten, dass er in Wirklichkeit sehr froh darüber war, denn mit dieser Maßnahme verringerte sich die Anzahl unbefugter Personen am Tatort um zumindest eine. Eydís konnte sich wegen dieser ewigen Standardphrase nicht mal mehr ein schwaches Lächeln abringen, aber Friðjón selber fand sie so komisch, dass er sie bei jeder Gelegenheit anbrachte.

»Und-nun-alle-miteinander: Ameen!«, brüllte jemand, und Bárður schien bei dieser Aufforderung aus dem Fernseher urplötzlich wieder zum Leben zu erwachen.

»Kann man das nicht ausmachen?«, fragte er mit einem Kloß im Hals.

»Nicht gleich«, blaffte der Hund. »Was ist das für ein Sender?«

* * *

»War der eingeschaltet, als du gekommen bist?«, fragte Katrín. »Der Fernseher, meine ich?« Sie blickte sich um, versuchte aber, an der Leiche im Sessel vorbeizusehen. Sie war zwar einiges gewöhnt, vor allem, seit sie vor rund acht Jahren zur Kriminalpolizei gestoßen war, doch das hier war der schlimmste Anblick, der ihr bisher untergekommen war. Zumindest erinnerte sie sich nicht daran, je eine scheußlichere Leiche als diese Mumie gesehen zu haben, die dort saß und absurd die Zähne bleckte. Anders als Mumie konnte man dieses Etwas nicht bezeichnen.

Bárður nickte, Katrín tat ein Gleiches.

»Genau. Und das Licht war an?« Bárður brummte etwas, was Katrín als Zustimmung auslegte. »Bitte komm mit mir auf den Flur«, sagte sie. »Du bist sein Sohn, nicht wahr?« Das Häufchen Elend von einem Mann nickte erneut, und gleichzeitig stand er wie in Trance auf. Er war wahrscheinlich in ihrem Alter, dachte Katrín, irgendwo zwischen dreißig und vierzig. Das blonde Haar war am Scheitel bereits etwas schütter geworden, und der Ansatz zu einem Wohlstands- oder Bierbauch wurde von dem offenen grauen Blazer nicht verdeckt. Er wölbte sich über Storchenbeinen, die in einer teuren blauen Hose und glänzenden schwarzen Lederschuhen steckten.

»Und du bist gestern von Kopenhagen gekommen? Hast du das nicht gesagt?«

»Ja.«

»Genau. Komm, mein Lieber, wir gehen raus. Achte aber bitte darauf, dass du auf dem Weg nach draußen nichts anrührst und direkt hinter mir hergehst. Erinnerst du dich, ob und was du angefasst hast, nachdem du in die Wohnung gekommen bist? Ich weiß, ich weiß«, sagte sie entschuldigend, als sie Bárðurs Miene sah. »Du hast Eydís gesagt, du könntest dich nicht erinnern, aber es ist wichtig. Du brauchst mir auch nicht gleich zu antworten, versuch einfach, dich zu erinnern. In Ordnung?«

Von seiner Miene her zu urteilen, begriff der Mann gar nichts. Verständlicherweise vielleicht, dachte Katrín. Es galten aber ganz klare Anordnungen für die Vorgehensweise am Schauplatz eines Verbrechens, da durfte niemand sich aufhalten, bis der Erkennungsdienst seine Arbeit am Tatort abgeschlossen hatte. Katrín hegte nicht den geringsten Zweifel daran, dass hier ein Verbrechen begangen worden war, obwohl seitdem ganz offensichtlich sehr viel Zeit verstrichen war. Zum einen war der Sitz auf dem dunkelbraunen Sessel beinahe schwarz, und zum anderen befand sich ein ähnlicher großer Fleck im gelbgrünen Teppich vor dem Sessel, hier war viel Blut geflossen. Und nicht zuletzt steckte ein großes Messer in dem eingefallenen und wurmzerfressenen Bauch der Leiche.

Obwohl alles darauf hindeutete, dass sie etliche Monate zu spät dran waren, um den Mörder auf frischer Tat zu ertappen, änderte das nicht im Geringsten etwas an der Tatsache, dass Vorschriften Vorschriften waren. Der Hund wurde es nicht müde, seinen Kollegen von der Kriminalpolizei Vorträge darüber zu halten, und dafür gab es letzten Endes auch gute Gründe.

»Eehrrre sei Gott«, rief jemand aus dem Fernseher hinter ihnen her.

»Amen«, murmelte Katrín gedankenlos. »Der Fernseher war auf diesen Sender eingestellt, als du kamst?«, fragte sie.

»Ja«, antwortete Bárður scharf, »du glaubst doch hoffentlich nicht, dass ich auf diesen Mist umgeschaltet habe?«

Die Wut in seiner Stimme überraschte Katrín, doch sie ließ sich nichts anmerken. »Er hat sich in den letzten Jahren fast nichts anderes mehr angesehen«, fuhr Bárður fort, »für etwas anderes interessierte er sich nicht mehr. Nur noch für Jesus, die WAHRHEIT und den Meister. Und den Schnaps natürlich.« Seine Wut verebbte genauso schnell, wie sie aufgeflammt war, er ließ die Schultern hängen, und die Farbe wich aus seinem Gesicht. »Der verfluchte Alkohol«, murmelte er wie zu sich selber, während sie zum Aufzug gingen. Auf dem Weg nach unten schwiegen sie.

»Und was geschieht als Nächstes?«, fragte Bárður, als sie wieder an der frischen Luft waren. Er zog die Jacke enger an sich, steckte die geballten Fäuste tief in die Taschen und zog die Schultern hoch. Es war kühl und ungemütlich, obwohl laut Kalender eigentlich Hochsommer war.

»Ich muss dich bitten, mit mir aufs Revier zu kommen«, sagte Katrín. »Ich glaube, das ist besser, als hier im Auto zu hocken.« Sie ging zu ihrem Wagen, den sie ganz in der Nähe geparkt hatte, und öffnete die hintere Tür.

»Ich bin auch mit dem Auto da«, sagte Bárður. »Mit einem Leihwagen.«

»Der bleibt hier stehen«, sagte Katrín, »du kommst besser mit mir. Ich lass dich nachher wieder hierherbringen, damit du ihn abholen kannst.«

Bárður setzte sich widerspruchslos auf den Rücksitz. Sie waren schon fast beim Hauptdezernat am Hlemmur, als er die Frage stellte, über die Katrín nachgedacht hatte, seit sie die übel zugerichtete Leiche erblickt hatte.

»Wie kann so etwas geschehen?«, schluchzte er. »Jemand stirbt, und monatelang merkt niemand etwas.«

Nicht mal jemandes Sohn, dachte Katrín, sagte aber nichts.

* * *

»Was ist denn hier los?«, fragte der Mann und stellte die Tüten mit den Aufschriften von Bónus und dem staatlichen Alkoholladen ab. Im nächsten Moment machte er Anstalten, in die Wohnung von Ólafur Áki Bárðarson zu marschieren, um der Sache auf eigene Faust auf den Grund zu gehen. Dort machte sich aber Guðni im Türrahmen breit, was ihm nicht sonderlich schwerfiel. Er trug mehr als doppelt so viel Kilo wie Lebensjahre mit sich herum, und das waren achtundfünfzig. Achtunddreißig Jahre war er im Polizeidienst gewesen, davon zwanzig bei der Kriminalpolizei. Die Leute, die imstande waren, sich an ihm vorbeizuzwängen, wenn es ihm nicht passte, konnte man an den Fingern einer Hand abzählen. Der Mann, der ihm jetzt gegenüberstand, gehörte nicht zu der Kategorie, auch wenn er ungefähr genauso groß war wie Guðni und überdies zwanzig Jahre jünger und mindestens vierzig Kilo leichter.

»Wer bist du?«, fragte Guðni, während er sich die Hose hochzog, die ihm dauernd unter den Bauch rutschte.

»Und wer bist du?«, war die Gegenfrage des Mannes. Er versuchte, den Kopf vorzustrecken, um über Guðnis Schulter einen Blick in die Wohnung zu erhaschen, doch Guðni setzte ihm die flache Hand ins Gesicht und schob ihn zurück.

»Ich habe zuerst gefragt. Wer bist du?« Der Mann wich beleidigt zurück. Guðni sah ihn forschend an. Unter den graugrünen Augen hatten sich Ringe gebildet, die Furchen von der Kartoffelnase herunter zum Mund hatten sich vertieft, und der mausgraue Haarschopf hatte gegenüber den Geheimratsecken an Boden verloren. Das Kinn war aber immer noch fliehend, die Lippen genauso dünn und die Zähne genauso schief wie früher. Guðni grinste und nahm den Stumpen aus dem Mund, an dem er herumgekaut hatte. »Blöde Frage. Du bist doch Úlfur, nicht wahr? Moment, wer war noch dein Vater …« Úlfur öffnete den Mund, doch Guðni wehrte ungeduldig ab. »Nein, sag's mir nicht, das kommt schon – Kolbeinsson, nicht wahr?« Er sah Úlfur erfreut an. Der blickte allerdings weniger erfreut drein, denn auch ihm war ein Licht aufgegangen. »*Long time no see*«, fuhr Guðni fort. »Wann war das noch, warte mal, war es nicht 92?«

»93«, murmelte Úlfur und griff nach seinen Plastiktüten.

»Da hast du wahrscheinlich recht«, pflichtete Guðni ihm nach kurzem Überlegen bei und strich sich über das schlecht rasierte Kinn. »Im Oktober 1993, nicht wahr?« Úlfur ging darauf nicht ein, sondern überquerte den Korridor, stellte seine Tüten wieder ab und fummelte in allen Taschen nach seinem Schlüssel. Guðni blieb ihm auf den Fersen. »Am sechzehnten Oktober 1993«, fuhr er ungerührt fort. »Damals hattest du auf der Hverfisgata fast einen Mann umgebracht. Und dann hast du versucht, mir ein Messer in den Bauch zu jagen, du Arschloch, auf dem Skólavörðustígur. Erinnerst du dich daran?« Er lehnte sich an die Wand und sah Úlfur anklagend an, der nun endlich den Schlüssel gefunden hatte und ihn mit zittrigen Fingern ins Schlüsselloch steckte.

»Ja«, sagte er, als die Tür aufging. »Ich erinnere mich. Und ich erinnere mich auch, dass du mir etliche Rippen gebrochen hast.« Úlfur griff ein weiteres Mal nach den Tüten und betrat seine Wohnung. »Und mir das Handgelenk verstaucht hast.« Bevor er die Tür hinter sich zumachen konnte, hatte Guðni seinen Fuß dazwischengesetzt.

»Was denn, was denn, soweit ich sehen kann, hast du dich prächtig davon erholt. Ist ja auch nicht nötig, ständig in der Vergangenheit herumzuwühlen. Wie lange wohnst du hier schon?«

»Geht dich nichts an«, antwortete Úlfur scharf. »Raus mit dir, du kannst nicht einfach so in meine Wohnung eindringen. Ich kenne meine Rechte.«

»Bla, bla, bla«, brabbelte Guðni freundlich. »Wer drängt sich hier wo rein? Wie lange wohnst du schon hier?«

»Ich hab dir bereits gesagt, dass dich das nichts angeht«, sagte Úlfur.

Guðni verdrehte die Augen. »Hör zu, du Arsch«, sagte er dann, »ich kann das natürlich auch im Volksregister überprüfen lassen. Aber wir beide kommen wesentlich besser dabei weg, wenn du es mir jetzt gleich sagst. Okay?«

»Wieso das denn?«, trotzte Úlfur. »Und wieso willst du das überhaupt wissen?«

Guðni nahm den zerkauten und durchweichten Stummel aus dem Mund, ließ ihn auf den Dielenboden fallen und zertrat ihn effektvoll.

»Weil ich es wissen will«, sagte er, »das sollte dir genügen. Wenn du möchtest, können wir uns aber auch auf dem Revier unterhalten.« Er drückte seine Wampe gegen Úlfurs mageren Bauch und starrte ihn drohend an. »Oder in der Ambulanz. Du bist ja berüchtigt dafür, Widerstand gegen die Staatsgewalt zu leisten, erinnerst du dich?«

»98«, winselte Úlfur und wich weiter zurück. »Wir sind 98 hier eingezogen.«

Guðni hob die Brauen. »Wir? Du und wer?«

»Tinna und ich. Meine Frau.« Jetzt war bei Úlfur die Luft heraus, und er ließ sich auf einen Küchenhocker fallen. Guðni setzte sich ihm gegenüber und zog einen neuen Stumpen aus seiner Brusttasche.

»Tinna«, wiederholte er nachdenklich. »Tinna. Der Name kommt mir bekannt vor. Moment mal, war sie nicht ...« Er sah Úlfur ungläubig an. »Hieß sie nicht Tinna, die Frau von dem da, wie auch immer er hieß, den du damals beinahe abgemurkst hast? Sag mir bloß nicht, dass es sich um dieselbe verdammte Tinna handelt!«

Úlfur nickte. »Doch. Wieso glaubst du eigentlich, dass ich zugestochen habe?«, fragte er im Gegenzug, jetzt ein wenig forscher. Schon vierzig Jahre bei der Polizei, dachte Guðni kopfschüttelnd, und trotzdem hielt das Leben immer noch Überraschungen für einen bereit. Es fiel ihm aber nicht schwer, das zu kaschieren.

»Ich weiß genau, weshalb du zugestochen hast, amigo«, sagte er, »es ging nicht um Tinna.« Úlfur setzte zu einem Protest an, doch Guðni bedeutete ihm zu schweigen. »Ólafur Áki Bárðarson, der Typ, der hier gegenüber wohnt, kennst du ihn?«

»Natürlich kenne ich ihn. Nicht besonders gut, aber ich kenne ihn. Komischer Kerl.«

»Und tot«, sagte Guðni ungewöhnlich sanft. »Wann hast du ihn zuletzt getroffen?«

Úlfur zuckte zusammen und rutschte unruhig auf seinem Hocker hin und her. »Ey, glotz mich nicht so an, ich habe den Kerl schon eine Ewigkeit nicht mehr getroffen. Und es ist auch schon Monate her, seit ich ihn überhaupt nur von weitem gesehen habe. Was meinst du denn, wieso denn tot?«

»Mausetot. Was glaubst du, wann du ihn zuletzt gesehen hast?«

Úlfur kratzte sich am Kopf. »Mann, daran erinner ich mich nicht. Es ist wirklich lange her, irgendwann im vorigen Jahr.«

»Könntest du dich vielleicht etwas präziser ausdrücken?«, fragte Guðni, immer noch unangenehm sanft. Úlfur zappelte weiter auf seinem Hocker herum.

»Mann, wie soll man sich denn an so was erinnern? Es ist so lange her, dass ich einfach … Oder nein, warte – es war zu Ostern. Voriges Jahr zu Ostern, meine ich. Ich hab damals bei ihm angeklopft und mich ein bisschen mit dem Kerl unterhalten.«

»Über was?«

Úlfur verdrehte die Augen. »Das weiß ich nicht mehr. Bestimmt Gott.«

»Gott?«, echote Guðni verblüfft.

»Ja, der hat eigentlich kaum über was anderes geredet. Jedenfalls nicht mit mir. Der Kerl war bekehrt, und zwar echt schlimm.«

»Und du warst da in seiner Wohnung und hast mit ihm über Gott gesprochen?«

»Ja, nein, eigentlich habe ich nur mit einem Ohr hingehört, du weißt schon.« Er sah Guðni entschuldigend an. »Ich hatte keinen Schnaps mehr im Haus, und der Alte hat immer Fusel vorrätig gehabt. Ich hab mir eine halbe Flasche bei ihm geborgt und musste deswegen seinen salbungsvollen Schwulst über mich ergehen lassen. Das war so was wie, wie soll man das sagen, das war die Routine, verstehst du. Wenn ich Schnaps brauchte, habe ich manchmal bei Óli angeklopft, ihn ein bisschen was über den Herrn schwafeln lassen und bin dann mit dem Schnaps abgezogen. Er hat mir immer ausgeholfen, und ich habe im Gegenzug immer zugehört, so 'n bisschen, verstehst du. Man weiß ja schließlich, was sich gehört.« Úlfur versuchte es mit einem schwachen Grinsen, er fand sich selber witzig. Guðni grinste nicht.

»Habt da nur ihr beide gottesfürchtig geplaudert, oder war die Dame des Hauses auch daran beteiligt?«, fragte er scharf.

»Äh, hm, ja, nein, ich war allein. Tinna war nicht zu Hause.«

»Sondern wo?«

»In einem Wochenendhaus auf dem Land.«

»Oha, nicht nur eine Tussi, sondern auch ein Ferienhaus. Sag bloß noch, dass du auch Kinder hast?«

»Zwei«, entgegnete Úlfur angriffslustig.

»Zwei Sommerhäuser?«

»Kinder.« Jetzt war es Úlfur, der Guðni nicht witzig fand. »Zwei Kinder, einen Jungen und ein Mädchen. Aber kein Ferienhaus. Das hatten wir nur über Ostern gemietet.«

»Und trotzdem warst du hier?«

»Ja, ich … Wir – ach, das spielt doch keine Rolle«, sagte Úlfur mürrisch. »Das geht dich nichts an.«

Ein Grinsen umspielte Guðnis Lippen. »Da ist anscheinend einiges, was mich nichts angeht«, sagte er. »Okay, lassen wir das. Du warst hier, sie war dort. Ich versteh sie übrigens gut. Aber was dann? Willst du mir etwa weismachen, dass du seit voriges Jahr Ostern keinen Bedarf für Schnaps mehr gehabt hast?«

Úlfur hob resignierend die Hände. »Klar, Mann, was glaubst du denn. Ich hab oft genug bei ihm angeklopft, aber er ist nie zur Tür gekommen, kapiert?«

»Nein«, sagte Guðni, »ich kapiere nicht. Du hast ihn mehr als ein Jahr lang nicht gesehen, du hast häufig bei ihm angeklopft und du hast da nichts unternommen?«

Úlfur sah seinen Peiniger verständnislos an. »Was denn?«

Guðni holte tief Luft und bekam einen Hustenanfall.

»Ich unterhalte mich heute Abend eingehender mit dir«, sagte er dann, »oder irgendwann am Wochenende.« Er räusperte sich, stand auf und beugte sich über den Küchentisch. »Und lass dir bloß nicht einfallen, auch nur einen Schritt aus dem Haus zu gehen, bevor ich es dir gestatte. Capito?«

»Kapi... was?«, fragte Úlfur.

»Kapiert?«, sagte Guðni und zog ab, ohne eine Antwort abzuwarten. Das wollte erst mal verdaut werden. Úlfur Kolbeinsson und Tinna Dagsdóttir. Er konnte sich gut an den Fall erinnern. Zuerst hatten sich kurz vor Mitternacht die Leute unten im Haus wegen zu lauter Musik und noch lauteren Streitereien in der Dachwohnung beschwert. Der Anruf war registriert und an die diensthabenden Bereitschaftspolizisten im Innenstadtbereich weitergeleitet worden, war aber nicht als besonders prioritär eingestuft worden. An diesem Freitagabend war nämlich im Stadtzentrum genug los gewesen. Gegen halb zwei rief dann aber eine Frau in Panik bei der Ambulanz an und verlangte einen Krankenwagen, und zwar an dieselbe Adresse auf der Hverfisgata. Die Sanitäter verständigten die Polizei, und Guðni hatte an diesem Wochenende Bereitschaftsdienst gehabt. Tinna war in der Wohnung und völlig außer sich, als er dort eintraf, ob aus Panik oder weil sie betrunken war oder womöglich wegen beidem, das hatte er nie richtig feststellen können. Laut Einwohnermeldeamt war sie dort behördlich registriert, genau wie der Mann, auf den jemand mit dem Messer losgegangen war. Sie konnte eine brauchbare Beschreibung von Úlfur geben, der zwei Stunden später blutbefleckt auf dem Skólavörðustígur aufgegriffen worden war. Das Blut stammte vom Opfer, und Úlfur konnte keine plausible Erklärung dafür abgeben, wieso er damit bespritzt war. Und jetzt lebte er mit dieser Tinna zusammen – nein, er war sogar mit ihr verheiratet, und sie hatten zwei Kinder.

»Diese Menschheit«, murmelte Guðni mit zusammengebissenen Zähnen, während der Stumpen auf und ab ging. »*Fucking idiots*, alle durch die Bank.« Er schlug die Wohnungstür hinter sich zu und ging hinüber in Ólafurs Wohnung, wo Friðjón und Eydís sich immer noch um die Leiche herum zu schaffen machten. Der Rechtsmediziner Geir war immer noch nicht erschienen, aber dadurch ließen sie sich nicht beeinträchtigen, denn es bedurfte keiner Bestätigung seinerseits, dass Ólafur Áki Bárðarson tot war.

»Fingerabdrücke am Messer?«, fragte Guðni ohne Umschweife.

Der Hund nickte. »Ja.«

»Einer oder mehrere?«

»Weiß ich noch nicht. Alle ziemlich undeutlich.«

»War er Säufer?«

»Wer?«, bellte der Hund.

Guðni schlug die Hände zum Himmel. »Mr. Iceland natürlich, wer denn sonst?« Er nickte zu den Überresten im Sessel hinüber. »Unser anorektischer Freund dort, der war doch Säufer, oder nicht?«

»Was meinst du damit?«

»Was ich damit meine? War er Säufer oder war er kein Säufer?«, knurrte Guðni, der genauso bissig sein konnte wie der Hund, wenn er wollte. »*Simple question, yes or no.*«

Friðjón gab ihm voll Kontra. Er sprang wie von der Tarantel gestochen auf und fuchtelte mit dem Handstaubsauger vor Guðnis Nase herum. »Säufer, Säufer, Säufer«, blaffte er geifernd, und Guðni war froh, dass der Kerl eine Maske trug. »Selber Säufer. Hier sind Gläser, hier sind Flaschen, und zwar überall. Du ziehst die Schlüsse, nicht ich.«

Guðni ließ sich zwar selten ein ordentliches Wortgefecht durch die Lappen gehen, aber er wusste auch, dass es nichts brachte, sich mit dem Hund zu fetzen. Ganz entgegen seiner Gewohnheit steckte er zurück.

»Okay«, lenkte er ein. »Sorry. Sind diese Fingerabdrücke digital abrufbar?«

Friðjón schüttelte den Kopf. »Noch nicht. Würde auch nichts bringen, hier gibt's keinen Netzanschluss. Wieso?«

»Weil ich den Verdacht habe, dass dieselben Abdrücke bei euch in der Datenbank zu finden sind«, erklärte Guðni selbstzufrieden und klemmte die Daumen hinter den stramm sitzenden Hosenbund. »Ich würde euch empfehlen, dass ihr damit beginnt, sie mit denen eines gewissen Úlfur Kolbeinsson zu vergleichen. Je eher, desto besser.« Als Guðni Friðjóns Grimasse sah, beeilte er sich, Missverständnissen vorzubeugen. »Nicht, dass ich euch Dampf machen will«, sagte er und zwinkerte dem Hund zu, »ein akuter Fall ist es ja nun wirklich nicht.« Dann drehte er sich auf dem Absatz um und verließ die Wohnung.

»Was sollte das denn?«, fragte Eydís, die auf allen vieren hinter dem Sofa herumkroch.

»Keine Ahnung«, antwortete der Hund brüsk, »und ich hab auch keinen Bock, darüber nachzudenken. Aber diesen Gefallen können wir ihm tun.« Er zog die Kamera hervor und hielt sie Eydís hin. »Hier, bring das ins Dezernat, und das hier kannst du auch mitnehmen …« Er streckte die Hand nach den Folien aus, mit deren Hilfe er die Fingerabdrücke am Messer abkopiert hatte. »Gib das den Jungs, und dann komm wieder her, hier gibt's noch jede Menge zu tun.«

Als Eydís das Beweismaterial entgegengenommen hatte, kniete Friðjón sich wieder hin und schaltete den Staubsauger ein. Natürlich wäre es einfacher und schneller gegangen, irgendjemanden von den beiden Uniformierten mit diesen Sachen loszuschicken, aber Eydís dachte nicht im Traum daran, ihn auf eine so augenfällige Tatsache hinzuweisen, denn man wusste nie, wie er darauf reagieren würde. Die eine Möglichkeit bestand darin, dass er ihr Vorwürfe machte, weil sie sich in organisatorische Dinge einmischte, und sie hatte nicht die geringste Lust, sich diese Litanei für den Rest des Abends anhören zu müssen. Die andere bestand darin, dass er auf sie hören würde. Und dann würde sie es weder in den Alkoholladen schaffen noch irgendwo unterwegs einen Happen essen können.

Manchmal, dachte Eydís, als die Aufzugtür hinter ihr zuging, ist es am besten, wenn man nichts sagt. Manchmal …

2

Freitag

»Hattest du ein gutes Verhältnis zu deinem Vater?«, fragte Katrín vorsichtig.

Bárður war jetzt anscheinend wieder in den früheren Zustand zurückgefallen, er saß geduckt und triefäugig auf der anderen Seite des Tisches und zog ständig die Nase hoch.

»Was ist denn das für eine Frage?«, stöhnte Bárður nach einigem Schweigen.

»Meiner Meinung nach eine ganz normale«, entgegnete Katrín achselzuckend. »Hattest du ein gutes Verhältnis zu ihm?« Wieder überraschte sie Bárðurs Reaktion, und diesmal gelang es ihr nicht, mit ihrer Verwunderung hinter dem Berg zu halten. »Was ist daran so komisch?«, fragte sie.

Er hörte auf zu lachen und fing wieder an zu schnüffeln. »Ich lebe in Dänemark«, sagte er dann, »und ich bin mehr als ein Jahr nicht in Island gewesen. Dir dürfte wohl nicht entgangen sein, dass Papa dieser Tage nicht gerade in Topform ist.« Er sah sie mit kaum verhohlener Verachtung an. »Findest du, dass sein Zustand darauf hindeutet, dass mein Vater und ich gut miteinander auskamen? Glaubst du nicht, dass ich mich dann vielleicht etwas eher mit euch in Verbindung gesetzt hätte?«

Wieder zuckte Katrín die Achseln. »Vielleicht«, sagte sie. »Ja, wahrscheinlich hast du Recht.« Es sei denn, du hättest ihn umgebracht, fügte sie im Stillen hinzu. »Aber du hattest trotzdem einen Schlüssel zu der Wohnung?«

»Ja, er hat mir vor drei oder vier Jahren einen Schlüssel gegeben. Kurz nachdem er sich bekehrt hat. Das war bei unserem ersten Treffen nach seiner Bekehrung. Aber ich habe ihn nie zuvor benutzt.«

»Weshalb?«

»Weshalb was?«

»Weshalb hast du ihn nie zuvor benutzt und weshalb hast du ihn jetzt benutzt?«

Bárður streckte seine Hand nach der Packung mit Papiertaschentüchern aus, die Katrín aus der Schublade gezogen und auf den Tisch gelegt hatte. »Bislang hatte ich keinen Anlass dazu«, sagte er, während er das feuchte Papiertuch zusammenknüllte. »Ich habe immer unten geklingelt, das macht man ja üblicherweise, wenn man Leute besucht. Vor allem bei Leuten, die man selten besucht. Ich wartete darauf, dass er mir die Eingangstür unten öffnete, oben hat er mich dann immer an der Tür in Empfang genommen und … Ja. Aber diesmal …«

Er zögerte, überlegte. Katrín versuchte, sein Schweigen zu deuten, kam aber zu keinem Ergebnis.

»Du musst eines wissen«, fuhr Bárður endlich fort, »ich habe ihn in den letzten Jahren, seitdem er diesen Jesusfimmel bekam, höchstens einmal im Jahr getroffen. Ich will nicht sagen, dass ich ständig bei ihm ein und aus gegangen bin, bevor er auf diesen Scheiß abgefahren ist, ich lebe ja auch schon seit elf Jahren im Ausland. Vor der Scheidung meiner Eltern habe ich mich immer bei ihnen einquartiert, wenn ich nach Island kam. Und in den ersten zwei oder drei Jahren nach der Scheidung habe ich immer mehrmals bei ihm vorbeigeschaut, wenn ich hier zu Besuch war. Wir haben uns dann unterhalten, und manchmal hab ich ihn zum Essen eingeladen oder so etwas. Er hat uns auch in Dänemark besucht. Aber in den letzten Jahren, wie gesagt, da …« Er geriet ins Stocken und starrte auf das zusammengeknüllte Papiertuch in seiner Hand. Katrín langte nach dem Papierkorb und schob ihn zu ihm hinüber.

»Danke«, sagte er abwesend. »Ja, wie gesagt, in den letzten Jahren … Ich bin schwul, verstehst du.«

Katrín hob die Brauen und wartete auf weitere Ausführungen zu diesem unerwarteten Statement. Sie ließen auch nicht auf sich warten.

»Mein Vater war von Anfang an alles andere als glücklich über diese Tatsache, und es war nicht einfach, ihm das beizubringen. Ich habe es meiner Mutter überlassen, das zu tun«, fügte er mit leicht beschämter Miene hinzu. »Auf jeden Fall hat er aber deswegen keinen Ärger oder Theater gemacht. Es war eher so, als würde er es einfach nicht wahrhaben wollen. Gesprochen haben wir darüber nie. Sogar nachdem Ragnar und ich – das ist mein Mann«, fügte er erklärend hinzu und sah Katrín an, die ihm aufmunternd zunickte. In solchen Situationen neigten Menschen häufig dazu, vertraulich zu werden, und als Kriminalbeamtin war sie ungewöhnlich gut für die Rolle der Zuhörerin gerüstet, denn sie hatte Psychologie studiert. Die Erfahrung hatte sie auch gelehrt, dass es sich bezahlt machte, das Gegenüber so lange wie möglich in diesem Zustand der Mitteilsamkeit zu halten. Durch die Anwesenheit der Polizei wurden die Leute häufig genug so nervös, dass ihnen das ein oder andere herausrutschte, was sie sonst nicht von sich gegeben hätten, vorausgesetzt, dass man sie ungehindert reden ließ.

»Daran änderte sich auch nichts, nachdem Ragnar und ich in Kopenhagen zusammengezogen waren und zusammen bei meinen Eltern zu Besuch kamen – und umgekehrt haben sie uns übrigens auch in Dänemark besucht«, fuhr Bárður fort, und Katrín glaubte, einen anklagenden Unterton in seiner Stimme zu hören. »Er ignorierte das einfach. Natürlich war es nicht leicht, sich damit abzufinden, dass er so tat, als wären wir gar nicht zusammen, verstehst du. Als wären wir einfach nur Freunde oder so etwas, ich weiß es nicht. Ich weiß nicht, was der Alte sich dabei gedacht hat. Ich habe ein- oder zweimal versucht, mit ihm darüber zu sprechen, doch irgendwann habe ich es aufgegeben und ihm gestattet, dieses Stück zu spielen, und selber mitgespielt. Das war zwar ziemlich schlimm, aber längst nicht so schlimm wie die Zeit, nachdem er sich bekehrt hatte. Nach der Scheidung fing er an zu trinken, und sein Konsum steigerte sich ständig. Irgendwann gelang es aber, ihn dazu zu bringen, eine Entziehungstherapie zu machen. Und nicht nur eine, sondern eine nach der anderen. Dadurch wurde es aber letzten Endes kein bisschen besser, denn bei der dritten oder vierten kam er mit diesem elenden Schwachsinn in Berührung. In Staðarfell hat er jemanden getroffen, der ihn mit zu diesen Versammlungen bei der WAHRHEIT geschleift hat. Du weißt, wie diese Typen sind, die krallen sich die Leute, die für so etwas besonders empfänglich sind, Säufer, geistig Behinderte, Menschen ohne Angehörige … Und dann beginnt die Gehirnwäsche. Genau so war es bei meinem Vater. Gegen diese Leute hatte er keine Chance …«

Katrín lehnte sich auf ihrem Schreibtischstuhl zurück und hörte aufmerksam zu.

* * *

Guðni war nicht danach zumute, sich dieses dämliche Gewäsch anzuhören, und schlug mit der Faust auf die Theke.

»Das ist doch nicht so kompliziert, verdammt nochmal,

Junge. Einen doppelten Burger mit doppelt Käse und doppelt Bacon, und kein verfluchtes Grünzeug, nur Pommes und Cocktailsoße. Und dazu ein Leichtbier. Keine Cola, keine Diät-Cola, keine Cola Light. Ich scheiß auf das, was bei euch im Angebot ist. Alles klar?«

Der Junge schien endlich kapiert zu haben und nickte heftig. Guðni stöhnte, bezahlte den verlangten Wucherpreis und setzte sich an einen Tisch in der Nähe des Eingangs, solange er wartete.

Es wurde viel über die Generation X, die verlorene Generation, die verwöhnte Generation und diese und jene Generationen geredet und geschrieben, die angeblich derzeit in diesem Land lebten oder groß wurden, aber er wusste es besser. Die Generation, die jetzt aufwuchs, würde später entweder die hirnlose oder die willenlose Angebots-Generation genannt werden. Letzten Endes lief es auf dasselbe hinaus. Egal, in welche Imbissschuppen er kam, überall schienen Idioten zu bedienen, die ihm irgendwelche Angebote aufzuschwatzen versuchten. Diesen Burger mit jenem Getränk, Würstchen mit diesem Sprudel oder jenem Schokoriegel, diese oder jene Pizza zum Sonderpreis, wenn man nur eine Riesenflasche Blubberzeug und irgendwelche Brotstangen dazu wählte. Sogar Kellner in besseren Restaurants zogen die Brauen hoch, wenn er etwas von der Speisekarte wählte, anstatt wie alle anderen Idioten das Tagesgericht zu bestellen.

Er blickte sich um. Drei Männer mittleren Alters unterhielten sich angeregt an einem Tisch in der Ecke über Resten von frittiertem Fisch und Pommes, Angebot Nummer zwei, neunhundertneunzig Kronen. Aus dem wenigen zu schließen, was er hören konnte, musste es sich um Polen handeln. Oder Litauer. Irgend so etwas. Abgesehen von ihnen war das Lokal leer. Die Tische waren kunststoffüberzogen, ebenso wie die

Stühle und die Musik, die aus kleinen, schlechten Lautsprechern irgendwo über ihm schallte.

Gin, dachte Guðni. Beefeater. Im Notfall würde man sich so was zwar reinziehen können, aber er gehörte keineswegs zu seinen Lieblingsgetränken. Zwei Flaschen Beefeater hatten im Wohnzimmer bei dem Skelett gestanden, das einmal Ólafur Áki Bárðarson gewesen war. Die eine leer, die andere halb voll. Die halb volle Flasche war das Einzige, was im Augenblick einen Schatten auf Guðnis Gemütsverfassung warf. Aber der Schatten war weder groß noch dunkel.

Er war einfach in Panik und hat die Flucht ergriffen, dachte er, diese verdammte Lusche.

»Nummer siebenundvierzig«, flötete das Bürschlein an der Theke.

»Bingo«, brummte Guðni.

* * *

Nachdem sein Vater sich bekehrt hatte, veränderte sich alles, sagte Bárður aus. Urplötzlich war seine Homosexualität und sein Zusammenleben mit Ragnar nicht mehr tabu oder Anlass zu peinlichen Bemerkungen, sondern ein sündiger und krankhafter Lebenswandel, ein widernatürliches Laster, das man heilen konnte und heilen musste, selbstredend mit Gottes Hilfe. Ólafur hatte seinem Sohn hartnäckig zugesetzt, sich der WAHRHEIT anzuschließen, um sich aus den Verstrickungen dieser Perversion zu befreien und des ewigen Lebens teilhaftig zu werden. Darum war es bei all ihren Treffen in den letzten Jahren gegangen, und Bárður hatte sich innerlich immer mehr gegen diese Besuche bei seinem Vater gesträubt, was Katrín durchaus verständlich fand. Trotzdem hatte er nie die Hoffnung aufgegeben, den »alten Zausel«, wie er sich ausdrückte, zur Vernunft bringen zu können, und er hatte immer Verbindung zu ihm aufgenommen, wenn eine Reise nach Island bevorstand. Mit feuerrotem Gesicht gab er sogar zu, dass er sich nicht einmal getraut hatte, seinem Lebensgefährten Ragnar zu sagen, dass er selber immer diesbezüglich die Initiative ergriffen und seinen Vater informiert hatte, wann sie nach Island kommen würden.

»Ragnar wollte immer, dass ich ihn einfach aus meinem Leben streiche«, sagte er, nachdem Katrín ihm den dritten Plastikbecher mit dem Gebräu gebracht hatte, das aus dem Automaten auf dem Flur sprudelte, wenn man auf den Knopf drückte, auf dem Kaffee stand.

»Aber wie kann man so etwas machen? Wie streicht man seinen Vater aus seinem Leben? Ich hab das jedenfalls nicht gekonnt.« In den letzten sechzehn Monaten aber schon, dachte Katrín, behielt es aber für sich.

Bárður trank einen Schluck von dem angeblichen Kaffee und faselte weiter. Alle seine Besuche waren auf dieselbe Weise verlaufen, seit sein Vater sich bekehrt hatte, sagte er; egal was für Einwände Bárður machte, der Alte ließ nicht locker mit seinem Geschwätz über Laster und Abartigkeit und Seelenheil.

»Und ständig hat er aus der Bibel zitiert«, sagte Bárður. »Es nützte auch nichts, wenn ich das ebenfalls tat. Diese Typen wollen angeblich Christen sein, aber für sie gilt im Grunde genommen nur das Alte Testament. Und obwohl sie sich nicht oft genug darüber auslassen können, dass an den Worten der Bibel nicht herumgedeutelt werden darf, tun sie selber die ganze Zeit nichts anderes als genau das. Sie wählen ganz nach Gutdünken aus und lassen weg, wenn ihnen etwas nicht in den Kram passt. Einmal hab ich den Alten gefragt, weshalb er nicht einfach mit mir vor die Stadtmauern ginge, um mich dort zu steinigen, wie es im Alten Testament den Vätern empfohlen wurde, wenn die kein Wohlgefallen an ihrem erstgeborenen Sohn hatten. Daraufhin ist er mir dann allerdings mit dem Neuen Testament gekommen, da war Christus auf einmal die einzige Richtschnur im Leben, aber ein Jesus nach seiner Fasson. Ein Jesus, der alles verzeiht, aber nur zu bestimmten Konditionen. Wie beispielsweise, dass man sich abgewöhnen muss, schwul zu sein.«

Aus jedem Wort von Bárður sprach Bitterkeit; alles war die Schuld der heiligen WAHRHEIT und des Meisters. Einzig und allein durch deren Gehirnwäsche war es dazu gekommen, dass er die ganze Zeit keine Verbindung zu seinem Vater gehabt hatte. Der letzte Besuch zu Ostern im vorigen Jahr hatte den Ausschlag gegeben, erklärte er. Da hatte sein Vater ein weiteres Mal versucht, dem Sohn klarzumachen, auf welchen Irrwegen des Verderbens er wandelte und dass er zu einer Versammlung bei der WAHRHEIT kommen müsse, um »durch die Gnadenkraft des Herrn von seinem widernatürlichen Laster geheilt zu werden.« Bárður spuckte diese Worte beinahe aus. Katrín notierte sich alles sehr genau.

»Ich weiß nicht, ob ich sagen soll, dass er versucht hat mich zu bestechen oder zu erpressen, im Grunde genommen kommt es ja auch auf dasselbe heraus. Damit hat er es auch bei meiner Schwester versucht, aber sie …« Er fasste sich an den Kopf und starrte Katrín entsetzt an.

»Was ist los?«, fragte Katrín.

»Ich muss telefonieren«, stöhnte Bárður. »Ich muss Hólmfríður anrufen – sie weiß noch gar nicht, was …« Er sprang auf und fummelte in allen Taschen nach seinem Handy. »Und Ragnar auch, und Mama … Wie kann man nur so blöd sein, hier sitze ich und und quassele ohne Ende … Entschuldige, ich komme gleich wieder.« Als er sein Handy gefunden hatte, wählte er die erste Nummer und verließ Katríns Büro. Sie machte keinen Versuch, ihn zu stoppen, ging aber zur Tür, um zu hören, was er sagte. Weiter brauchte sie gar nicht zu gehen, denn der Korridor war sehr hellhörig. Zwei Kinder also, dachte sie, und keines von ihnen hatte mitbekommen, dass ihr Vater seit vielen Monaten tot war, vielleicht sogar noch länger. Sie schüttelte den Kopf. War das wirklich möglich?

* * *

»Aha, aha, ahaa«, brummte Geir mit allen Anzeichen der Begeisterung. Ungeachtet seiner Korpulenz und seines Rheumas, nicht zu reden vom Altersweltschmerz, von dem die hängenden Schultern deutlich Zeugnis ablegten, tänzelte er mit Taschenlampe und Vergrößerungsglas bewaffnet um Ólafur herum wie ein leichtfüßiger Boxer im besten Alter. Geir Jónasson war dreiundsechzig Jahre alt und hatte in seiner dreißigjährigen Dienstzeit als einer der fähigsten Rechtsmediziner der Kriminalpolizei einiges erlebt, aber so etwas war ihm noch nicht untergekommen. Er war fasziniert.

Ein »aha« nach dem anderen entfuhr ihm, und dazwischen das ein oder andere Mal »aber hallo« oder »heiliger Bimbam«.

Guðni war nach dem Abstecher in den Schnellimbiss kurz nach Geir an den Tatort zurückgekehrt, war jedoch keineswegs so angetan wie er von dem Anblick. Ihm reichte es nach einer Viertelstunde.

»Und wann ist der Typ abgekratzt?«, fragte er übertrieben unwirsch.

»Am fünfzehnten Mai 2005, das war ein Dienstag, und zwar zwischen ein und zwei Uhr nachmittags«, erklärte Geir ohne hochzublicken.

»Hä?«, war das Einzige, was Guðni herausbrachte. Beinahe hätte er seinen Stumpenstummel entzweigebissen.

»Am fünfzehnten Mai 2005 …«

»Ich hab gehört, was du gesagt hast. Hör mit dem Quatsch auf, Geir.«

Geir richtete sich auf und deutete mit einem Stummelfinger auf Guðni. »Dann hör auf, mich so einen Quatsch zu fragen, mein lieber Guðni. Du solltest es besser wissen.«

Guðni zog sich die Hose zurecht, die bestimmte empfindliche Organe beengte. »Schon gut. Aber über was für eine Zeitspanne reden wir hier? Monate, ein Jahr?«

»Auf jeden Fall Monate«, antwortete Geir ohne zu zögern, »und zwar etliche. Wie viele genau, kann ich noch nicht sagen, werde ich vielleicht auch nie können. So viel kann ich dir aber jetzt schon sagen, dass ihr von mir nichts Genaueres bekommt als plus minus ein oder zwei Monate, vielleicht sogar noch ungenauer. Möglicherweise können Friðjón und seine Leute das präzisieren, falls so etwas überhaupt möglich ist.«

»Was?«, ließ Friðjon sich vernehmen. Er kam zu den beiden hinüber und schaltete jetzt auch endlich den Fernseher aus, mitten in einem Aufruf für eine bessere Welt und mehr Geldspenden für den Alpha-Sender und die WAHRHEIT. Alle drei waren sichtlich erleichtert, als endlich Ruhe in dem Zimmer einkehrte.

»Überlässt du ihn jetzt mir?«, fragte Friðjón, während er sich die weiße Maske abriss. »Ist der Herr Doktor zu einem Votum gekommen?«

Geir verbeugte sich schwungvoll und gab Friðjón mit einer theatralischen Gebärde den Weg frei. »Der Patient ist tot«, erklärte er laut und vernehmlich, »und soweit ich sehen kann, ist es unwahrscheinlich, um nicht zu sagen ausgeschlossen, dass Wiederbelebungsversuche hier noch etwas ausrichten können. Du darfst nach Belieben an ihm herumpieksen, mein werter Freund.« Das ließ Friðjón sich nicht zweimal sagen, er griff nach einer Pinzette und einer Kunststoffdose und machte sich daran, kleine weiße Würmer von dem Wenigen, was von Ólafur übrig geblieben war, abzuklauben.

»Reesa vespulae«, murmelte er, »da müsste ich mich schon sehr irren. Ich muss mich mit Erling in Verbindung setzen und ihm ein Exemplar schicken.«

»Reesa was?«, fragte Guðni.

»Vespulae«, wiederholte Friðjón. »Amerikanische Wespenkäfer. Sie lieben derartige Nahrung. Die schlimmsten Feinde von Präparatoren.«

»*Right*«, sagte Guðni, als es ihm mit der Wurmklauberei reichte. Viel kam auch nicht zusammen. Er wandte sich wieder Geir zu. »Der Kerl ist also vor langer Zeit gestorben, wie du sagst. Aber wodurch? Kannst du mir darüber etwas sagen?«

»Selbstverständlich kann ich das«, sagte Geir schmunzelnd. »Oder es zumindest mit einiger Sicherheit mutmaßen. Irgendwann, wenn ich mir den armen Kerl genauer angeschaut habe.« Er setzte seinen karierten Sporthut auf und fing an, seine Gerätschaften einzusammeln.

»*Come on*, Geir«, schnaubte Guðni ungeduldig. »Du hast dir jetzt diesen Kadaver lange genug mit Vergrößerungsglas und Lupe und Leuchte und so weiter angeguckt. Er wurde doch mit dieser Machete umgebracht, die da aus seinem Bauch herausragt, oder nicht?«

Geir schloss seelenruhig seine Tasche, nahm sie in die Hand und starrte nachdenklich zunächst auf seine Füße und dann auf Guðni. »Wollen wir es nicht so ausdrücken, mein lieber Guðni«, sagte er nach einer nachdenklichen Pause, »die Wahrscheinlichkeit, dass eine Stichwaffe verwendet wurde, ist durchaus sehr groß. Ob es aber genau dieses Messer war, das ihn dahingerafft hat – tja, weißt du, beim gegenwärtigen Stand der Dinge traue ich mir da keine Behauptung der einen oder anderen Art zu. Aber ich werde ihn bei allernächster Gelegenheit besser untersuchen und informiere dich dann.«

»Es ist aber doch am wahrscheinlichsten, oder nicht?«, insistierte Guðni. »Und eigentlich doch auch ziemlich sicher, dass er mit diesem Messer abgemurkst wurde?«

»Die Antwort darauf kannst du dir vermutlich selber geben«, entgegnete Geir achselzuckend. »Aber klar, es ist wahrscheinlicher als vieles andere, würde ich sagen«, fügte er hinzu, »weil du es bist, mein Lieber. Schönes Wochenende, Guðni.« Er wandte sich Friðjón zu. »Du schickst ihn mir dann, sobald du mit ihm fertig bist, werter Kollege. Meine Herren, das wird eine spannende Nacht. Ich glaube, ich muss mir glatt den Kneipenbummel verkneifen.« Mit diesen Worten tippte er mit zwei Fingern an den Hutrand und verließ die Wohnung ungewöhnlich leichtfüßig.

Guðni rannte kurzatmig hinter ihm her. »Mord oder Selbstmord?«

»Nun hab dich doch nicht so, Guðni«, sagte Geir unwillig, »wie soll ich denn das …«

»Hab dich doch selber nicht so. *Come on*, Mord oder Selbstmord, *best bet*?«

Der Aufzug klingelte, und Geir stieg ein. »Gemessen an diesem und jenem«, sagte er, während er auf die Eins drückte, »halte ich es für wenig wahrscheinlich, dass er es selber getan hat. Unwahrscheinlich, aber nicht …« Die Tür schloss sich.

Unwahrscheinlich, aber nicht unmöglich, dachte Guðni zufrieden. Was heißt, dass das andere wahrscheinlicher ist. *Good enough for me, amigo …* Er warf einen Blick auf seine Uhr, halb sieben. Er würde es noch vor Geschäftsschluss in den Alkoholladen schaffen.

»Wann kann ich mich hier umtun?«, erkundigte er sich vorsichtshalber bei Friðjón.

»Frühestens in zwei Stunden, eher sogar drei oder vier, oder noch mehr«, antwortete Friðjón, ohne von seiner Beschäftigung aufzublicken.

»Okay. Dann bis später.« Guðni schlenderte hinaus auf den Korridor und zündete sich endlich die lang ersehnte London Docks an, während er auf den Aufzug wartete.

»*Open and shut*«, brummte Guðni, als er sich in seinen zwanzig Jahre alten, unverwüstlichen Mercedes setzte und den Motor anließ. »*Open and bloody shut case.*« Das waren seiner Meinung nach die besten Fälle, vor allem so spät an einem Freitagnachmittag.

Als er Wodka und Bier im Kofferraum verstaut hatte, zog er sein Handy aus der Tasche und rief Stefán an. Er brauchte noch nicht einmal zwei Minuten, um ihm mitzuteilen, wie er die Lage einschätzte, und Stefán brauchte noch weniger Zeit, um sich zu entscheiden.

»Klingt gut, aber heute Abend unternehmen wir nichts mehr«, sagte er bedächtig. »Wir warten zumindest zuerst auf das, was uns der Erkennungsdienst sagen kann. Mach Feierabend, wir treffen uns morgen früh hier. Zehn Uhr reicht, denke ich.«

Guðni atmete auf. »*Fucking brilliant*«, sagte er zu sich selber, während er zu seiner Wohnung in Fellsmúli fuhr. Elvis folgte ihm in seinen blauen Wildlederschuhen.

3

Freitag

»Und was nun?«, fragte Katrín, nachdem Stefán ihr in groben Zügen von Guðnis Theorie berichtet hatte. »Worauf warten wir noch? Lassen wir nicht einfach den Mann holen und knöpfen ihn uns vor?«

Stefáns Gesicht verzog sich, und er nahm seine Baseballkappe ab. »Weißt du was«, sagte er, »eigentlich habe ich keine Lust dazu. Nicht heute Abend.«

Katrín stutzte bei dieser Äußerung und musste sich auf die Zunge beißen, um nicht zu protestieren, was Stefán nicht entging.

»Ich weiß, ich weiß«, sagte er nachsichtig, »die ersten vierundzwanzig Stunden und all das, hab oft genug selber darüber doziert. Aber bei diesem Fall geht es ja wohl kaum um die ersten vierundzwanzig Stunden, oder? Was Guðni sagt, klingt zwar ganz einleuchtend, aber das allein reicht wohl kaum für einen Antrag auf Untersuchungshaft. Und so, wie die Dinge liegen, sehe ich im Augenblick auch keinen Sinn darin, den Mann zur Vernehmung hierherzuschleifen. Dazu müssen wir erst etwas Handfesteres vorliegen haben. Wir warten auf jeden Fall ab, bis irgendwelche Ergebnisse im Hinblick auf Fingerabdrücke am Messer vorliegen, es ist einfach besser, konkrete

Anhaltspunkte zu haben, um ihn damit zu konfrontieren, falls Guðni Recht hat. Falls dieser Úlfur es tatsächlich getan haben sollte – ich will ja auch gar nichts dagegen sagen, vieles deutet darauf hin –, dann hat er jetzt ein Jahr oder gar mehr sozusagen neben der Leiche gewohnt, so als sei gar nichts vorgefallen. Er hat demnach Zeit genug gehabt, um sich eine Story auszudenken. Er wird wohl kaum jetzt das Weite suchen, und wenn, dann kommt er wohl nicht weit.« Er klatschte sich die abgegriffene giftgrüne Baseballkappe wieder auf den großen Schädel und lehnte sich zurück.

»Friðjón und seine Leute sind immer noch da oben in Breiðholt, und sie versiegeln die Wohnung, wenn sie gehen«, fuhr er fort, noch bevor Katrín ein Wort dazwischenschieben konnte. »Wir sehen uns das morgen an, wenn wir mehr wissen. Die Leiche ist auf dem Weg zu Geir, und er hat mir am Telefon versichert, er würde mit der Obduktion beginnen, sobald sie auf seinem Tisch läge. Der wartet schon mit hochgekrempelten Ärmeln, ich hatte den Eindruck, als wäre der Kerl richtiggehend gespannt darauf. Unterdessen trinkt er dann auch wenigstens nicht, und das ist gut. Zudem hat er mir versprochen, morgen früh die vorläufigen Ergebnisse entweder per E-Mail zu schicken oder vielleicht sogar selber vorbeizukommen. Dasselbe gilt für Friðjón, er wird sich morgen mit uns treffen und uns vermutlich etwas sagen können. Deshalb habe ich Guðni nach Hause geschickt, und ich glaube, du solltest ebenfalls bald Feierabend machen. Es reicht doch, wenn ich hier herumhänge und mir etwas aus den Fingern sauge, was ich den Journalisten sagen kann. Dabei fällt mir ein: Du hast doch mit seinem Sohn gesprochen, wann können wir den Namen bekannt geben?«

»Eigentlich sofort«, sagte Katrín. Sie war nicht ganz einverstanden mit Stefáns Handhabung der Dinge, und sie hatte nicht die geringste Lust, jetzt seinem Rat zu folgen und einfach nach Hause zu gehen und sich aufs Sofa zu legen. Aber genauso wenig wäre ihr eingefallen, ihm zu widersprechen oder sein Urteilsvermögen in Zweifel zu ziehen. Im Dezernat würde es nämlich demnächst erhebliche Veränderungen geben, da im Zuge einer Reorganisation Zusammenlegungen von Dienststellen bevorstanden. Sie wusste zwar, dass Stefán weder übelnehmerisch noch nachtragend war, nichtsdestotrotz war sie aber entschlossen, sich in den nächsten Tagen und Wochen nur von ihrer besten Seite zu zeigen. Nur so zur Sicherheit …

»Soweit ich weiß, hat Ólafur weder Geschwister noch Eltern, die am Leben sind«, fuhr sie fort. »Abgesehen von ein paar entfernten Verwandten sind da nur seine beiden Kinder und die frühere Ehefrau, die man als nächste Angehörige bezeichnen kann. Bárður hat seine Schwester und seine Mutter angerufen, bevor er von hier wegging, mit anderen Worten, alle, die Bescheid wissen müssen, sind informiert.«

»Prima«, sagte Stefán zufrieden. »Dann kann ich denen grünes Licht geben, den Namen gleich morgen zu veröffentlichen, meiner Meinung nach spricht nichts dagegen. Was hat übrigens der Sohn gesagt?«

»Na ja, das ein oder andere.« Katrín überlegte eine Weile, bevor sie fortfuhr. »Am wichtigsten ist wohl, dass er angeblich keine Ahnung hat, wer das getan haben könnte. Auf jeden Fall stand er unter Schock, das war nicht gespielt. Aber er war auch wütend.«

»Wütend?«, fragte Stefán verwundert, und Katrín nickte bestätigend. »Auf wen denn?«

»Auf sich selber und auf seine Schwester«, entgegnete Katrín achselzuckend. »Ich meine, der Mann ist da viele, viele Monate in seinem Sessel vermodert, und die beiden hatten keine Ahnung. Was nicht darauf hindeutet, dass sie sich sehr um ihren Vater gekümmert haben. Trotzdem …« Sie unterbrach sich und nagte an ihrer Unterlippe. »Trotzdem hatte ich das Gefühl, dass seine Wut sich in erster Linie gegen seinen Vater richtete.« Sie zögerte wieder, diesmal etwas länger. »Als ob … Ich weiß nicht richtig, wie ich das ausdrücken soll, es war, als gäbe er dem Vater selber die meiste Schuld daran, dass die Geschwister so wenig mit ihm zu tun haben wollten. Und natürlich Gott.«

»Gott? Was hat der denn damit zu tun?«, fragte Stefán, der sich keine Mühe gab, seine Verwunderung zu verhehlen.

»Vielleicht nicht Gott selber«, antwortete Katrín, »auf jeden Fall aber seine selbst ernannten Stellvertreter hier auf Erden. Hier in Island zumindest.« Sie berichtete Stefán von ihrem Gespräch mit Bárður und ließ sich nicht dadurch stören, dass Stefán dabei einzunicken schien. Sie kannte ihn nach den acht Jahren, die sie unter seiner Leitung gearbeitet hatte, recht gut. Auch nachdem sie geendet hatte, schwieg er noch eine ganze Weile.

»Schön und gut«, ließ er sich dann, plötzlich wieder hellwach, vernehmen. »Gut und schön. Erpressen oder bestechen – was hat er damit gemeint?«

Katrín zuckte die Achseln. »Ich weiß es nicht. Ungefähr bei dem Punkt fiel ihm auf einmal ein, dass er vielleicht seine Schwester anrufen müsste, und danach bin ich nicht mehr dazu gekommen, ihn zu fragen. Ich hätte natürlich noch weitermachen können, aber ich war mit den wichtigsten Punkten durch und fand es deswegen in Ordnung, ihn einstweilen wieder laufen zu lassen.«

»Okay, der Sache gehen wir morgen auf den Grund. Du sagst, dass er seinen Vater voriges Jahr zu Ostern zuletzt gesehen hat, am Ostermontag?«

»Ja, gegen Mittag.«

»Und wenn ich mich richtig erinnere, hat Úlfur Guðni gesagt, dass er ihn zuletzt am Ostersonntagabend gesehen hat.« Stefán blätterte in seinem Notizblock, bis er gefunden hatte, was er suchte. »Jawohl, er sagt, dass er bei Ólafur angeklopft und sich ein bisschen mit ihm unterhalten hat, um Alkohol von ihm zu schnorren, oder Fusel, wie er sich ausdrückt. Und zwar am Ostersonntagabend, und seitdem hat er angeblich nie wieder etwas von ihm gehört oder gesehen. Wir müssen wohl die Frage, wer Ólafur zuletzt lebend gesehen hat, vorrangig behandeln. Wir müssen sämtliche Kontenbewegungen von ihm kontrollieren und mit allen in dem Haus sprechen, mit allen Angehörigen …« Stefán unterbrach sich mitten im Satz und war auf einmal wie vom Donner gerührt.

»Wie zum Teufel kann so etwas passieren?«, fragte er empört. »Und das hier in Island, verdammt nochmal? Wir sind doch bloß dreihunderttausend Seelen, das ist doch nicht mehr als ein Kaff. Wie kann ein Mensch da monatelang herumliegen und verrotten, ohne dass irgendjemand es merkt? Was ist hier eigentlich los?«

Darauf hatte Katrín keine Antwort. Nachdem Bárður gegangen war, hatte sie fast die ganze Zeit darüber nachgedacht, war aber zu keinem befriedigenden Ergebnis gekommen. Sie entschied sich dafür, nichts zu sagen. Stefán schien auch keine Antwort ihrerseits erwartet zu haben.

»Jedenfalls müssen wir herausfinden, wann er gestorben ist«, sagte er nach einer kurzen Pause. »Ich weiß, ich habe gesagt, dass du Feierabend machen sollst, aber vielleicht bist du doch bereit, noch …«

Katrín nickte. »Ich rede mit seiner Tochter. Und seiner Exfrau. Ich kann vielleicht auch noch eine Runde bei den Nachbarn drehen, mal sehen, wie spät es wird.«

Stefán schüttelte den Kopf. »Lass es für heute Abend genug

sein mit den beiden Frauen. Mit den Nachbarn befassen wir uns morgen. Oder wir schicken einfach irgendwelche Kollegen in Uniform hin. Mal sehen.« Er runzelte die Brauen. »Vielleicht nimmst du besser Guðni mit, oder einen Uniformierten.«

Katrín wehrte ab. »Ich glaube, dafür besteht kein Bedarf. Diesmal nicht.«

* * *

Ragnar verstand das einfach nicht. Ólafur war tot, aus ihrem Leben verschwunden, und damit war endlich Schluss mit seinen Schikanen, doch statt auf diese guten Nachrichten anzustoßen, saßen alle drei, Bárður, Hólmfríður und Sigurlaug trübselig auf dem Sofa und heulten Rotz und Wasser. Er schielte zu Viðar hinüber, dem neuen Lebensgefährten von Sigurlaug und damit so etwas wie sein Schwiegervater. Viðar fing seinen Blick auf und gab ihm mit einem fast unmerklichen Kopfschütteln zu verstehen, dass er offensichtlich nicht weniger verwundert und ärgerlich über diese Reaktion war als Ragnar selber.

»Noch etwas Rotwein?«, erkundigte sich Ragnar vorsichtig und hielt die Flasche hoch. Sie nahmen das Angebot an, und er füllte die Gläser auf. »Also denn«, erklärte er anschließend in angemessen aufmunterndem Ton, »das ist natürlich alles entsetzlich und so weiter, aber ich meine… ich frage mich, wer kann denn so etwas getan haben?«

Sie starrten ihn alle drei wie auf Kommando an, und er errötete bis zu den Haarwurzeln. Er hatte keine Ahnung, was er als Nächstes sagen sollte, und kam bald zu dem Schluss, dass es vielleicht besser war, nichts zu sagen. Es hatte ganz den Anschein, als wollte niemand über diese Frage sprechen, obwohl sie ihnen allen auf der Seele brannte. Stattdessen räusperte sich Ragnar.

»Prost«, sagte Bárður, als das Schweigen peinlich zu werden

begann. »Auf Papa. Er war …« Bárður hob das Glas und beäugte die rubinrote Flüssigkeit, während er nach den richtigen Worten suchte. »Er war eben so, wie er war.«

»Das hätte ihm gefallen«, sagte Hólmfríður nach kurzem Schweigen mit unterdrücktem Kichern, »dass wir hier sitzen und auf ihn prosten. So wie wir ihm wegen dem Schnaps Vorhaltungen gemacht haben.«

Bárður grinste durch seine Tränen. »Ja. Wahrscheinlich wäre es ihm aber lieber gewesen, wenn wir mit etwas anderem anstoßen würden, für Rotwein war er nicht zu haben, der Gute.«

Sigurlaug sah ihre beiden Kinder an und führte sich einen ordentlichen Schluck zu Gemüte. »Euer Vater war gewiss nicht durch und durch schlecht«, erklärte sie dann, und angesichts der vorausgegangenen Tränenflut wirkte sie auf einmal erstaunlich ruhig und gelassen. »Aber trotzdem war er ein unglaublich mieser Typ, ihr Lieben, und das wisst ihr nur zu gut. Vor allem in den letzten Jahren, wo er euch von seinem Lazy Boy aus Vorschriften machen wollte, wie ihr euer Leben zu leben hättet, die seltenen Male, die ihr zu ihm gegangen seid. Ausgerechnet er hat sich das erdreistet, dieser Versager, der jeden Tag an der Flasche hing. Macht jetzt um Himmels willen keinen Heiligen aus ihm, bloß weil er tot ist.«

Bárður und Hólmfríður fiel beiden die Klappe herunter, und Ragnar in seiner Ecke musste grinsen. Endlich, dachte er. Es wurde Zeit, dass auf dieser Party jemand mal was Vernünftiges von sich gab. Viðar erwiderte Ragnars verschwörerisches Lächeln und hob sein Glas zum Zeichen, dass sie genau auf derselben Linie lagen. Und dann klingelte jemand an der Haustür.

* * *

»Ostermontag letztes Jahr«, sagte Hólmfríður ohne zu zögern. »Seitdem habe ich ihn nicht mehr gesehen. Und nicht mehr mit ihm gesprochen.«

»Warum?«, fragte Katrín. Sie war zufrieden – fünf Fliegen mit einer Klappe, dachte sie, mehr konnte man sich nicht wünschen. Sie saßen in Sigurlaugs Küche. Die anderen vier, Sigurlaug, Bárður, Ragnar und Viðar warteten im Wohnzimmer. Hólmfríður zuckte mit den schmalen Schultern, die unter einem löcherigen grün glitzernden Etwas von einem Häkelpulli halb nackt wirkten. Katrín glaubte zu wissen, dass jede einzelne Masche nicht weniger als eine Krone gekostet haben musste.

»Früher war ich Papas Mädchen«, sagte sie, »ein typisches Papakind. Wenn ich Geld brauchte, hab ich mich an Papa gewandt. Wenn's mir dreckig ging, war Papa für mich da. Wenn ich das Bedürfnis hatte, mit jemandem zu schmusen, kroch ich zu Papa aufs Sofa.« Wieder ließ sie die Schultern sprechen, zog sie hoch und beugte sich über den Tisch vor. »Ich hab ihn auch noch besucht, nachdem Mama ihn vor die Tür gesetzt hatte und nachdem ich aus ihr herausgelockt hatte, weshalb. Etwas anderes wäre gar nicht möglich gewesen.«

»Und warum hat deine Mutter ihn vor die Tür gesetzt?«, fragte Katrín. Sie würde dieselbe Frage nachher auch Sigurlaug stellen, aber es konnte nie schaden, zwei Versionen eines Sachverhalts zu hören, wenn das möglich war.

Doch den Gefallen tat Hólmfríður ihr nicht. »Das musst du schon Mama selber fragen«, erklärte sie bestimmt. »Ich würde dir ja auch sowieso nur das erzählen können, was sie mir gesagt hat.«

Katrín wollte sich nicht so leicht geschlagen geben. »Und was hat sie dir gesagt?«, fragte sie so neutral wie möglich.

Hólmfríður blieb stur. »Wie gesagt, danach musst du Mama

fragen. Auf jeden Fall habe ich ihn weiterhin besucht. Anfangs war es auch immer ganz nett, aber das änderte sich leider mit der Zeit. Er war immer öfter besäuselt, wenn ich kam, dagegen war ja auch vielleicht nichts einzuwenden, solange er nicht sturzbesoffen war. Und ich fand es auch ganz nett, ein Gläschen mit ihm trinken und eine rauchen zu können, ohne dass jemand meckerte, aber irgendwann wurde es wirklich zu viel. Und nachdem sie ihn gefeuert hatten, wurde es immer schlimmer. Danach habe ich dann bald aufgehört, die Kinder mit zu ihm zu nehmen, was ich wirklich schade fand. Er war doch mein Vater und ihr Großvater …«

Katrín schwieg und wartete ab.

»Die letzten Jahre …«, fuhr Hólmfríður stockend fort, »in den letzten Jahren wäre ich am liebsten auch selber nicht mehr hingegangen. Er wurde … er wurde von Mal zu Mal schwieriger.« Ihre Augen waren gerötet, wichen aber Katríns Blick nicht aus. »Er machte eine Therapie mit, und nicht nur eine, und dazwischen war er immer ein paar Wochen lang trocken. Jedenfalls habe ich ihn in den allerletzten Jahren nie wieder sturzbesoffen erlebt, auch wenn er wieder angefangen hatte, seinen Gin zu süffeln. Genau genommen tat er das wohl ziemlich häufig und nicht zu knapp. Mir blieb wahrscheinlich das Schlimmste erspart, weil ich immer nur tagsüber zu ihm gegangen bin und nicht abends. Von mir aus hätte er sich, ehrlich gesagt, auch gerne mit Schnaps volllaufen lassen dürfen, aber nicht mit diesem religiösen Mumpitz. Und selbst der wäre möglicherweise auch zu ertragen gewesen, aber nicht in Kombination mit Alkohol. Zum Schluss hab ich dann einfach das Handtuch geworfen. Es ist hässlich, so etwas zu sagen, und du darfst mir gern glauben, wenn ich dir sage, dass ich mich zu Tode schäme, jetzt, wo ich den Grund dafür weiß – aber als er aufhörte, mich anzurufen, war ich einfach nur froh.

Unheimlich froh. Und mir fiel gar nicht ein, bei ihm anzurufen.«

Katrín beschloss, es dabei bewenden zu lassen und andere Fragen anzuschneiden. »Dein Besuch bei ihm im letzten Jahr«, sagte sie, »dieser letzte Besuch am Ostermontag, könntest du mir schildern, wie der verlief? Worüber habt ihr gesprochen, was habt ihr gemacht? Hast du irgendetwas Ungewöhnliches bemerkt?«

»Nein«, entgegnete Hólmfríður, »nichts dergleichen. Er hatte schon das ein oder andere Glas intus und kam mir wieder mit der alten Leier über Gott und das bevorstehende Weltende und das neue Jerusalem und die Rückkehr des Messias und dieses ganze endlose Gewäsch. Und wie immer setzte er mich unter Druck, ihn zu einer Versammlung bei der WAHRHEIT zu begleiten. Nur einmal dem Meister zu lauschen …« Sie schüttelte resigniert den Kopf. »Der Meister, über den hat er immer geredet, als sei der ein Gott, fand ich, und nicht irgend so ein Prophet oder Pfaffe. Aber …«

»Aber du hast dich geweigert, mit ihm zu gehen?«

»Ja, wie immer. Allerdings …« Sie hielt inne und runzelte die Brauen. »Eins war da doch anders als normalerweise. Er hat nämlich zum ersten Mal versucht, mich zu bestechen, damit ich mich breitschlagen lasse, mit ihm zu gehen, und zwar nicht mit dem Versprechen auf ein ewiges Leben, sondern ganz konkret mit Geld.«

»Aber das hat auch nichts bei dir bewirkt, oder?«

Hólmfríður lachte. »Nein. Wenn ich wirklich geglaubt hätte, dass er irgendwelches Geld besaß, hätte ich vermutlich sogar nachgegeben und wäre einmal mit ihm gegangen. Ich war nämlich damals total abgebrannt.«

»Was hat er genau gesagt, kannst du dich daran erinnern?«

»Bloß irgend so was in der Art, dass er genug Geld hätte,

viele Millionen, die er mir und Bárður geben würde, wenn wir nur mit ihm zu so einer Versammlung gingen. Wenn nicht, würde das Geld an die WAHRHEIT gehen, zur Verbreitung der frohen Botschaft oder so.«

»Hat er erwähnt, woher er all dieses Geld hatte?«

»Er behauptete, dass er im Lotto gewonnen hätte.«

»Aber das hast du ihm nicht geglaubt?«

»Nein, und Bárður ebenfalls nicht. Wir wussten beide, dass es einfach nur ein weiterer Versuch war, um uns zu dieser Gehirnwaschanstalt in Kópavogur zu schleifen. Du bist doch in seiner Wohnung gewesen, hast du da den Eindruck von Luxus und Reichtum gehabt? Die Sache hatte nämlich einen Haken, und das ist der Hauptgrund dafür, dass es mir nie eingefallen wäre, ihm zu glauben. Mein Vater spielte aus Prinzip kein Lotto, und er hat mich wer weiß wie oft deswegen angemacht, weil ich das tat. Lotto war in seinen Augen nichts anderes als eines der unzähligen Werkzeuge des Antichristen.«

»Alles klar«, sagte Katrín. »Du hast also deinen Vater zu Ostern besucht, und da war es wie lange her, seit du zuletzt bei ihm gewesen warst?«

»Ich habe einen Tag vor Heiligabend bei ihm vorbeigeschaut. Also 2004.«

»Und was wolltest du bei ihm?«

»Dasselbe wie immer. Ein bisschen aufräumen, sauber machen, Wäsche waschen. Es war ja kurz vor Weihnachten.«

»Aber zu Weihnachten im letzten Jahr hast du nicht bei ihm vorbeigeschaut?«

»Nein.«

»Weshalb nicht?«

»Er hat mich nicht darum gebeten«, sagte Hólmfríður geradeheraus.

Nein, dachte Katrín, natürlich hat er dich nicht darum gebeten, er war ja bereits mehrere Monate tot. Anscheinend war es ihr aber diesmal nicht gelungen, sich nichts anmerken zu lassen.

»Ja, ja«, sagte Hólmfríður, und die Miene, die sie aufsetzte, war nicht misszuverstehen. »Du darfst ruhig schockiert sein. Ich habe dir gesagt, dass ich mich schäme, reicht das nicht? Du hast den Alten ja schließlich nicht gekannt. Und ob du es glaubst oder nicht, einen Tag vor Weihnachten hat man ohne Mann und mit zwei Kindern reichlich zu tun.«

Katrín lächelte entschuldigend. »Verzeih«, sagte sie, ich wollte dich nicht verletzen oder kränken …«

»Nur verurteilen«, erwiderte Hólmfríður böse.

»Nein«, sagte Katrín, »auch das nicht. Okay. Weißt du etwas über seine Freunde? Hatte er viele Freunde?«

Hólmfríður zündete sich eine Zigarette an und blies Katrín den Rauch ins Gesicht. »Das glaube ich kaum. Er hatte noch nie viele Freunde, auch nicht, als alles noch in Ordnung war. Und die wenigen, die er hatte, haben sich ungefähr zur gleichen Zeit wie ich von ihm abgewendet, denke ich. Als er sich bekehrte. Möglicherweise hat er noch Verbindung zu jemandem gehalten, vielleicht zu irgendwelchen früheren Arbeitskollegen, darüber weiß ich nichts. Ich bezweifle es aber. Natürlich kann er auch neue Kontakte in der Gehirnwäscherei bekommen haben. Andere mit Jesusfimmel. Darüber weiß ich allerdings nichts.«

»Und was ist mit Feinden?«

»Mit Feinden?«, echote Hólmfríður. »Nein«, erklärte sie dann, »das kann ich mir nicht vorstellen, wirklich nicht. Bestimmt haben ihn viele in den letzten Jahren stinklangweilig und unangenehm gefunden, aber Feinde – nein. Höchstens der Erzfeind in eigener Person, der Antichrist, Beelzebub, Satan oder wie diese Typen alle heißen, über die hat er oft genug geredet.«

»Ich habe meine Zweifel, dass der – oder die – hier am Werk waren«, sagte Katrín, »insofern muss er doch irgendeinen anderen Feind gehabt haben. Hast du eine Vorstellung, eine Idee, wer deinem Vater das angetan haben könnte?«

»Nein«, sagte Hólmfríður entschlossen und drückte die halb gerauchte Zigarette energisch aus. »Keinen blassen Schimmer.«

* * *

Úlfur warf das leere Glas in die Ecke, wo es in tausend Stücke zersprang.

Scheiße, dachte er. Und holte sich das nächste Glas.

4

Samstag

Guðni sah auf die Uhr. Halb zwei, dachte er, Zeit, in die Falle zu gehen. Er leerte das halb volle Bierglas in einem Zug, knallte es auf den Tisch, strich sich den Schaum von den Lippen und rülpste. Dann stand er auf, schaltete den Fernseher aus und wankte ins Schlafzimmer, zog sich aus und legte sich auf die rechte Seite. Anders konnte er nicht einschlafen, denn wenn er sich auf die linke Seite oder den Rücken legte, bekam er eine verstopfte Nase. Er hatte öfter als einmal mit dem Arzt über dieses Problem gesprochen und immer die gleiche Antwort erhalten: Du musst abnehmen, du musst mit dem Rauchen aufhören.

Yeah, right.

Sechs Stunden später wachte er übellaunig und unausgeschlafen auf, wie immer mit Kopfschmerzen und zum Platzen voller Blase. Letztere zwang ihn schließlich aus dem Bett, und er taperte halb blind ins Badezimmer. Er wusste, dass es keinen Zweck hatte, wieder ins Bett zu gehen, und machte sich ans Kaffeekochen. Fünf Tassen Wasser, sechs gehäufte Esslöffel Kaffee.

Der Kaffee war fertig, als Guðni seinen Morgenhusten hinter sich gebracht hatte. Er holte die H-Milch aus dem Kühlschrank und die Parkodin-Tabletten gegen den Husten aus der Schublade daneben. Zwei große Tassen Kaffee, zwei Parkodin, eine London Docks zum Kauen, eine zum Rauchen, und dazu die Zeitungen. In denen stand nichts, was sein Interesse weckte, abgesehen von einer Nachricht über einen vermeintlichen Möbeldiebstahl und einer anderen über die Probleme von Taxifahrern. Beide Artikel trugen nicht dazu bei, seine Laune zu verbessern. Er hörte sich die Nachrichten im isländischen Rundfunk an, ohne viel von dem mitzubekommen, was gesagt wurde. Danach ging er wieder ins Bad, gähnte gewaltig, kratzte sich am Bauch, rasierte sich und befreite sich pinkelnd von dem Kaffee. Anschließend ging er ins Schlafzimmer, um sich anzuziehen.

Guðni schnüffelte an den Socken, die er gestern und vorgestern getragen hatte, und befand, dass sie noch mindestens einen Tag zu verwenden waren. Die gleiche Untersuchung am Hemd führte zum gleichen Ergebnis, und die graublaue Hose brauchte er gar nicht erst abzuchecken, um zu wissen, dass nichts an ihr auszusetzen war.

Er schluckte zwei weitere Parkodin und massierte sich kräftig die Schläfen. Alles in Butter, dachte er, alles in gottverfluchter Butter, und goss den Rest des Kaffees in seinen Becher. Wenn er den leer getrunken hatte, war er imstande, es mit was oder wem auch immer aufzunehmen – nur nicht mit sich selber.

* * *

Katrín ertappte sich dabei, wie sie fröhlich pfiff, während sie darauf wartete, dass das Wasser zum Kochen kam, und unwillkürlich biss sie sich zur Strafe auf die Zunge. Kurz darauf begann sie aber wieder zu pfeifen und gestattete sich, damit bis zum ersten Schluck Kaffee weiterzumachen. Es war an der Zeit, sich nicht mehr gegen dieses Wohlgefühl zu sträuben, beschloss sie. Sich damit abzufinden und es einfach zu genießen. Das schlechte Gewissen zu verdrängen, das sich immer wieder einstellte und jedes Mal die Freude dämpfte, sobald sie in ihr aufkommen wollte. Sveinn war mit den Kindern irgendwo auf Zeltfahrt, und sie war allein und ungestört zu Hause. Was war dabei, wenn man sich darüber freute?

Wenn das womöglich der Anfang vom Ende war, musste man sich damit abfinden. Vielleicht war es aber auch genau das, was sie sich erhoffte – oder vielmehr, was sie Sveinn einzureden versuchte, was sie sich erhoffte. Nämlich der Anfang eines neuen Abschnitts in ihrer aller Leben, wie sie sich, leicht beschwipst vom Rotwein, ausgedrückt hatte, als sie zu Ostern im Ferienhaus seiner Eltern diese Idee vom getrennten Sommerurlaub zuerst ins Spiel gebracht hatte. Die Idee dazu war ihr zwar schon lange vorher gekommen, aber sie wusste, dass sie sowohl den Zeitpunkt als auch die Worte überaus sorgfältig wählen musste, wenn sich das Ganze nicht in das Gegenteil von dem verkehren sollte, was sie beabsichtigte. Als er sie unverhofft zu einem romantischen Wochenende ohne Kinder in das Ferienhaus seiner Eltern eingeladen und es auch bereits so arrangiert hatte, dass die Kinder so lange bei Oma und Opa blieben, war ihr klar, dass dies das Jetzt oder Nie bedeutete.

Unter normalen Umständen hätte sie bestimmt ihren grünen Badeanzug mit den roten Blumen angezogen, falls sie sich überhaupt bei dem Sauwetter in den heißen Pool gesetzt hätte. Der schwarze Bikini taugte aber wesentlich besser für ihre Zwecke. Im Grunde genommen schämte sie sich im Nachhinein ein bisschen für ihre Hinterhältigkeit, beruhigte sich aber damit, dass es alles doch nur im Interesse ihrer Ehe und ihrer Kinder geschah. Wenn diese Ehe Bestand haben sollte, musste einfach etwas geschehen, etwas musste sich ändern. Sie wusste bloß nicht ganz genau, was.

Einiges lag auf der Hand, vor allem, was Sveinn und seine Probleme betraf, auch wenn er sich weigerte, sie als Probleme einzustufen. Seine Kumpel. Die Autos. Die Motorschlitten. Der Mangel an Verantwortungsbewusstsein und die Kindsköpfigkeit. Und außerdem natürlich der Fußball und das Bier, die in den vergangenen Jahren unzertrennliche Gefährten von Sveinn geworden waren. Die WM in Deutschland hatte dieses Zusammengehörigkeitsgefühl noch vertieft. Es gab genug in Angriff zu nehmen, und es war höchste Zeit.

Was sie selber betraf, so war alles sehr viel weniger klar. Katrín war nicht so anmaßend, dass sie alles, was in ihrer Beziehung schieflief, Sveinn in die Schuhe schob; von diesen Problemen ging sicherlich einiges auf ihr Konto. Es war ihr aber ein Rätsel, was das sein könnte.

Trotz des ewigen Regens war sie immer noch fröhlich und pfiff vor sich hin, als sie um Viertel vor neun ihr Kabuff im Hauptdezernat am Hlemmur betrat. Allein zu Hause, eine Mordermittlung im Gange und möglicherweise auch eine Beförderung in Reichweite – was wollte man mehr?

»Tag«, knurrte Guðni ihr durch die offene Tür zu. Das Pfeifen verging ihr auf der Stelle.

* * *

Die Besprechung zog sich in die Länge, es war schon nach zwölf, als Stefán endlich den Notizblock zuklappte und aufstand.

»Das wär's wohl fürs Erste«, sagte er. Er nickte Friðjón und Geir zu, die das Nicken erwiderten und den Raum verließen, jeder auf seine Weise. Friðjón wie der Blitz, und Geir ganz gemütlich. »Ich glaube, wir drei bestellen uns erst mal eine Pizza«, sagte Stefán, »und treffen uns in meinem Büro. Oder wollt ihr lieber was Chinesisches oder Hamburger?«

»Mir ist es egal«, sagte Katrín.

Guðni knurrte etwas Unverständliches.

»Prima. Dann ordere ich die jetzt, wir treffen uns in einer Viertelstunde.« Er griff nach dem Notizblock und den anderen Papieren und stiefelte aus dem Zimmer.

»Was ist denn los mit dem Alten?«, fragte Guðni sauer. »Wir haben alles, was wir brauchen. Sogar mehr, als wir brauchen, in Anbetracht dessen, was der Hund gesagt hat. Warum sind wir nicht auf dem Weg nach Krummahólar, um uns diesen *Loser* zu greifen?«

Katrín zuckte nur mit den Schultern. Ganz entgegen ihrer Gewohnheit stimmte sie diesmal völlig mit Guðni überein, doch sie fand es überflüssig, das laut zu sagen. »Er wird schon seine Gründe haben. Und er hat ja auch Recht, es besteht gar kein Grund zur Eile.«

»Was du nicht sagst«, knurrte Guðni. »Meiner Ansicht nach ist das idiotisch. Denn deswegen geht jetzt nämlich das ganze verdammte Wochenende mit dem Scheiß drauf.«

* * *

Stefán war keineswegs zufrieden mit sich selbst.

»Verdammter Mist«, brummelte er. Er saß am Schreibtisch und wartete auf die Pizzen und seine Mitarbeiter. Natürlich hatte Guðni völlig Recht, dachte er, natürlich deutete alles darauf hin, dass dieser Fall hier nicht anders gelagert war als statistisch gesehen zwei von drei Morden in Island: Zwei Männer lassen sich volllaufen, geraten in Streit, einer bleibt tot auf der Strecke. Punkt. Mordfall 1.01: Saufkumpane abchecken. Die wahrscheinlichste Erklärung ist oft die richtige. Nicht immer, aber oft. Sehr oft… Und trotzdem gestattete Stefán sich seine Zweifel.

Nach dem, was Katrín sagte, hatten beide Kinder seit Ostern 2005 nichts von ihrem Vater Ólafur gesehen oder gehört. Und seine frühere Frau war seitdem auch nicht mehr von ihm belästigt worden. Stefán versuchte, sein eigenes Gekrakel zu entziffern. Sigurlaug hatte seinerzeit schon dreimal bei der Polizei angerufen, denn Ólafur hatte sie wiederholt belästigt und ihr sogar gedroht, aber man hatte nichts in der Sache unternommen. Er nahm sich vor, das überprüfen zu lassen, irgendwo musste es ja etwas darüber geben, wenn die Frau sich offiziell an die Polizei gewandt hatte.

Zwar hatten sie immer noch nicht bei Nachbarn und anderen Bekannten von Ólafur vorgesprochen, auch die Kontenbewegungen und Bankgeschäfte und verschiedene andere Dinge mussten sie sich noch ansehen, aber aus dem, was sie bereits jetzt wussten, war mit einiger Wahrscheinlichkeit zu schließen, dass Ólafur im vergangenen Jahr zu Ostern oder kurz danach gestorben sein musste. Also vor knapp sechzehn Monaten. Das passte auch ausgezeichnet zu dem, was der alte Geir gesagt hatte. Der alte Geir, wiederholte Stefán im Stillen. Der Altersunterschied zwischen ihnen betrug nur sieben Jahre. Du hast gut reden, dachte er kopfschüttelnd, du gehörst ja bald auch schon zum alten Eisen.

Da es keine Möglichkeit gab, den Todestag mit Gewissheit festzulegen – sogar der Hund glaubte nicht, dass er präzisere Angaben machen könnte –, würde Úlfur sich nicht mit einem Alibi aus der Affäre ziehen können. Doch das Gleiche galt natürlich auch für alle anderen, rief Stefán sich in Erinnerung. Und da war auch noch mehr.

Úlfur hatte zugegeben, Ólafur am Ostersonntagabend besucht, ein Glas mit ihm getrunken und sich eine halbe Flasche Gin bei ihm geborgt zu haben. Er blieb aber felsenfest bei seiner Aussage, dass niemand zur Tür gekommen war, als er das nächste Mal angeklopft hatte, wusste allerdings nicht mehr genau, wann das gewesen war. Guðni war aus begreiflichen Gründen nicht bereit, dieser Behauptung Glauben zu schenken.

Beide Kinder von Ólafur, Bárður und Hólmfríður, hatten ihren Vater am Ostermontag besucht, Bárður kurz nach Mittag, und Hólmfríður am Nachmittag. Und beide stimmten in ihren Aussagen überein: Ihr Vater hatte behauptet, im Lotto gewonnen zu haben und den Gewinn mit ihnen teilen zu wollen, aber nur unter der Bedingung, dass sie ihn zu einer Versammlung begleiteten, sonst würde das ganze Geld an die WAHRHEIT gehen. Beide hatten ihn angeblich überhaupt nicht ernst genommen.

Das war wohl das, worauf Bárður in seinem ersten Gespräch mit Katrín angespielt hatte, als er sagte, er wüsste nicht, ob er das als Bestechungs- oder Erpressungsversuch von Seiten seines Vaters bezeichnen sollte. Beide Kinder verwendeten das Wort »Gehirnwäsche« über die Praktiken dieser Glaubensgemeinschaft, der ihr Vater sich angeschlossen hatte, ohne es jedoch näher zu begründen.

Am Ostermontagabend waren die Geschwister mitsamt Hólmfríðurs Kindern und Bárðurs Lebensgefährten bei der Mutter und deren jetzigem Mann zum Abendessen eingeladen gewesen. Dort waren sie fast bis Mitternacht geblieben. Dann hatten sie sich auf den Heimweg gemacht, Hólmfríður mit ihren Kindern in ihre Wohnung, und Bárður und Ragnar in das Hotel, in dem sie die letzten Jahre bei ihren Islandbesuchen immer abgestiegen waren. Úlfur war laut eigener Aussage an dem Abend allein zu Hause gewesen.

Die Bestätigung für Guðnis Theorie vom Vortag, die ihnen Friðjón vorhin gegeben hatte, setzte Úlfur sozusagen im wahrsten Sinne des Wortes das Messer an die Kehle: An der Tatwaffe befanden sich Fingerabdrücke von Úlfur. Von den

Spuren her zu urteilen, die das Messer an Rippen und Wirbelsäule hinterlassen hatte, war Selbstmord nahezu vollkommen ausgeschlossen. Mindestens vier Stiche hatten Geir und Friðjón festgestellt, mit einem gezähnten Messer mit breiter Schneide, und einer von ihnen war offensichtlich durch den Bauch bis zur Wirbelsäule gedrungen.

Und Guðni hatte mehrfach darauf hingewiesen, dass Úlfur im Oktober 1993 verhaftet, verhört, angeklagt und dafür verurteilt worden war, in betrunkenem Zustand seinen Zechgenossen mit einem Messer attackiert zu haben. Er hatte dreimal mit voller Wucht zugestochen – und das Messer im Bauch stecken lassen. Der Zechkumpan hatte unglaubliches Glück gehabt und den Anschlag wahrscheinlich nur deswegen überlebt, weil Úlfur das Messer nicht herausgezogen hatte. Er sagte vor Gericht aus, dass Úlfur über ihn hergefallen sei, als er ihm nichts mehr zu trinken geben wollte und ihm rundheraus gesagt hatte, er solle sich verpissen und sich in die Falle hauen. Unbestreitbar deutete vieles darauf hin, dass Úlfur dasselbe Spiel dreizehn Jahre später wiederholt hatte; von den wenigen, die dafür überhaupt in Frage kamen, passte die Rolle des Täters am besten auf ihn. Stefán rief sich wieder und wieder ins Gedächtnis, was er nicht müde wurde, den Rekruten in der Polizeischule und seinen Mitarbeitern einzuschärfen:

Die wahrscheinlichste und augenfälligste Erklärung ist meistens die richtige.

Im Grunde genommen waren es nur drei Dinge, die einen Strich durch diese Rechnung machten und zur Folge hatten, dass sie in Stefáns Kopf nicht ganz aufging. Zum einen die halb volle Ginflasche auf dem Tisch. Hätte Úlfur die zurückgelassen? Wohl kaum, entschied Stefán.

Zum anderen die Tatsache, dass seitdem fast anderthalb Jahre vergangen waren, und Úlfur war weder umgezogen, noch hatte er sich gestellt und ein Geständnis abgelegt, wie es ein Mann von seinem Kaliber wohl früher oder später tun würde – und gemäß Stefáns jahrzehntelanger Erfahrung mit Leuten von Úlfurs Schlag meist sogar eher früher als später. Denn Úlfur war laut den Berichten über ihn, die Stefán am Abend vorher gelesen hatte, ein charakterschwacher Mensch mit bescheidenem IQ.

Und drittens war da noch Guðnis Bericht über das Verhalten von Úlfur am Tag vorher. Demzufolge hatte Úlfur sich in Ólafurs Wohnung hineinzudrängen versucht, um zu sehen, was da los war. So verhielt sich entweder ein neugieriger Nachbar, oder aber ein mit allen Wassern gewaschener Verbrecher. Stefán hatte keinerlei Zweifel, welcher Gruppe er diesen Úlfur zuordnen würde.

Zwar war er ein zwielichtiger und cholerischer Säufer, ein typischer ewiger Kleinkrimineller mit einem Strafregister auf dem Buckel, das sich von seinen jungen Jahren bis über die Jahrtausendwende erstreckte, mit unterschiedlich langen, erzwungenen Pausen dazwischen, die längste davon drei Jahre als Folge einer Messerstecherei, die als Tötungsversuch eingestuft worden war. Aber ein kaltblütiger Mörder?

Stefáns Gesicht verzerrte sich. Das ging einfach nicht auf. Außerdem waren die meisten der von Friðjón und Eydís asservierten Fingerabdrücke, DNA-Spuren und Papiere noch keineswegs ausgewertet worden, genauso wenig wie anderes Beweismaterial diverser Art. Niemand wusste, was dabei herauskommen würde. Überdies mussten sie selber noch den Tatort in Augenschein nehmen, und auch noch einiges andere war ungetan. Es war einfach viel zu früh, um Schlüsse zu ziehen.

Aber trotzdem … Úlfur stand wohl zuoberst auf der Liste der Verdächtigen, anderes zu behaupten, wäre unverantwortlicher Leichtsinn.

»Also«, verkündete er, als die Pizzen, Katrín und Guðni in seiner Tür auftauchten, so frisch und munter, wie es ihr jeweiliger Zustand erlaubte, »wir ziehen uns jetzt das hier rein, und dann marsch ab mit euch nach Breiðholt, dort könnt ihr euch Úlfuv schnappen. Ich glaube, es ist an der Zeit, den Kerl ein wenig in die Zange zu nehmen.«

»*Now you're talkin'*«, grinste Guðni erfreut und öffnete eine Pizza-Schachtel. »Ey, wieso ist da kein verdammter Thunfisch drauf?«, fragte er ärgerlich. »Du weißt doch, dass ich Thunfisch will …«

5

Samstag

Ari legte die Zeitung zur Seite und wandte sich dem Computer zu, doch die Online-Nachrichtenagenturen brachten auch nicht viel mehr als das, was er bereits gelesen hatte. Er ging auf die Webseite des Isländischen Rundfunks und hörte sich noch einmal die Mittagsnachrichten an, aber da war auch nichts verändert, er hatte beim ersten Hören nichts verpasst. Das beruhigte ihn einerseits, aber andererseits alarmierte es ihn auch, denn er wusste nicht, wie er diese reduzierte Weitervermittlung von Informationen an die Medien zu interpretieren hatte. Möglicherweise bedeutete es, dass die Ermittlung erst im Anfangsstadium war, weiter war man einfach noch nicht gekommen. Aber es konnte genauso gut bedeuten, dass sie das ein oder andere wussten, es aber zu diesem Zeitpunkt vorzogen, darüber zu schweigen.

Er kam zu dem Ergebnis, dass es letzten Endes auf das Gleiche hinauslief. Er wusste zwar nicht sonderlich viel über die Vorgehensweisen der Kriminalpolizei, so viel aber doch, dass sie früher oder später vor seiner Tür stehen würden, und dann war es wichtig, gut darauf vorbereitet zu sein. Er griff nach seinem Handy und rief seinen Bruder an.

»Mein lieber Bruder«, sagte er. »Wir müssen miteinander

reden, und zwar so schnell wie möglich. Hast du gehört, dass sie den Elektriker gefunden haben?«

* * *

Sie drückten auf den Knopf, aber nichts rührte sich. Auch nicht beim zweiten Drücken, und Guðnis geballte Faust konnte ebenfalls nichts ausrichten.

»Bleibt nur die Treppe«, sagte Katrín achselzuckend, so als sei das vollkommen selbstverständlich, und stiefelte los. »Kommst du nicht?«

Guðni fluchte innerlich, ließ sich aber nichts anmerken.

»*Right*«, sagte er, »geh du schon vor, ich komme gleich.« Sechs Etagen, dachte er und sah Katrín nach, wie sie die Treppen hinaufhüpfte und anscheinend vollkommen mühelos zwei Stufen auf einmal nahm. Sechs Stockwerke, *fuck*. Er zog den Hosenbund hoch und setzte sich in Bewegung. Auf der zweiten Etage musste er verschnaufen und sich den Schweiß von der Stirn wischen. Im vierten Stock war er ein weiteres Mal gezwungen, keuchend und japsend eine Pause einzulegen und sich die Hose wieder hochzuziehen. Er konnte die verdammte Tussi nicht so lange warten lassen. Scheiße nur, dass er wie ein Rotbarsch aussehen würde, wenn er es bis nach oben geschafft hätte. Aber das war nicht zu ändern.

»*Four down, two to go*«, murmelte er. »Oder besser *four up*«, korrigierte er sich, »aber trotzdem: *two to go*.« Kaum hatte er das gesagt, wurde oben über ihm eine Tür so fest zugeschlagen, dass es im ganzen Haus widerhallte, und dann hörte er, wie jemand die Treppe heruntergestürzt kam. Guðni richtete sich auf und bezog Position auf dem Treppenabsatz. Úlfur war jedoch nicht bereit, sich aufhalten zu lassen; als er um die Ecke bog, starrte er Guðni mit wildem Blick an und preschte vorwärts. Er hatte ein solches Tempo drauf, dass Guðni trotz des

Gewichtsunterschieds gegen die Wand geschleudert wurde. Úlfur fing sich nach dem Zusammenprall als Erster und raste weiter nach unten, noch bevor Guðni wieder Luft bekam. Er entging nur knapp einem zweiten Zusammenstoß, als Katrín nur wenig später die Treppe hinuntergesaust kam und auf dem Treppenabsatz eine scharfe Kurve kratzte.

»Ruf im Dezernat an!«, konnte sie gerade noch rufen, bevor sie um die nächste Ecke verschwand, »Die sollen abchecken, ob nicht gerade ein Streifenwagen hier in der Nähe ist.« Und schon war sie weg. Guðni sah ihr verdattert nach, er tastete nach seinem Handy, während er, so schnell es ging, die Treppe hinunterlief. Er wusste nicht, was schlimmer war, der hämmernde Schmerz rechts in der Seite, wo er mit Úlfur zusammengeprallt war, oder das Stechen in der linken Schulter, die bei dem Zusammenstoß gegen die Wand geprallt war. Er hatte gerade die Tastatur des Handys wieder freigegeben, als sich der dritte und wesentlich schlimmere Schmerz irgendwo in der Mitte zwischen den beiden anderen einstellte.

Guðni hielt mitten auf der Treppe inne und krümmte sich unwillkürlich zusammen.

»Verfluchte Kacke«, sagte er mit verzerrtem Gesicht. Der Schmerz schien nun etwas nachzulassen, und er riskierte es, sich aufzurichten. »*Fucking fuck fuck*, das war massiv.« Er rief im Dezernat an. Zwei Stockwerke tiefer knallte eine Tür gegen die Wand und schlug wieder zu. Es vergingen einige Sekunden, es klingelte dreimal, bevor Guðni ein weiteres Mal dieselben Geräusche vernahm, und dann waren sämtliche Schritte verstummt. In dem Augenblick kam aber der Schmerz wieder, der in der Mitte. Ein stechender, bohrender, lähmender, ein gnadenloser Schmerz.

»Dreimal verfluchte Kacke«, ächzte Guðni.

»Hallo?«, sagte jemand am anderen Ende der Leitung.

Stefán öffnete die Mappen mit den zusammenfassenden Berichten von Geir und Friðjón und vertiefte sich darin. Die erste war keine angenehme Lektüre. Ólafur hatte wahrscheinlich lange zum Sterben gebraucht, das glaubte Geir aus den Messerspuren und der Verteilung des Blutes im Sessel und auf dem Fußboden rings um den Lazy Boy herauslesen zu können. Er hatte offenbar mindestens vier relativ flache Stiche erhalten, die an seinen Rippen abgeglitten waren, doch dann wurde ihm das Brotmesser tief in den Bauch gestoßen und dort zurückgelassen.

Die Verletzung an der Wirbelsäule war beim letzten und kraftvollsten Stich entstanden und von der Art gewesen, dass sie nach Geirs Einschätzung zu einer Querschnittslähmung geführt hatte, sodass Ólafurs Beine ihm den Dienst versagten und er nicht mehr aufstehen konnte. Er war auch nicht imstande gewesen, sich das Messer aus dem Bauch zu ziehen, aber Geir traute sich im Augenblick noch nicht zu, Gründe dafür zu benennen. Danach war er dann anscheinend langsam, aber sicher in seinem Sessel verblutet, was nach Geirs Einschätzung bis zu zwölf Stunden gedauert haben konnte. Wahrscheinlich sei er aber nur noch ein oder zwei Stunden bei Bewusstsein gewesen, allerhöchstens drei, vorausgesetzt, dass seine Deutung der Anzeichen richtig war. Nach diesen ersten Untersuchungsergebnissen von Geir deutete alles darauf hin, dass seit dem Ableben von Ólafur mindestens ein Jahr vergangen war, obwohl er nicht ausschließen wollte, dass weitere Untersuchungen zu einem anderen Ergebnis kommen konnten.

»Wunderbar«, murmelte Stefán und nahm Friðjóns Bericht zur Hand. Genau wie bei Geir wimmelte es von Vorbehalten aller Art bezüglich der Ergebnisse. Auf dem Messer befanden sich mindestens elf Fingerabdrücke, vielleicht konnte man mit etwas Geschick und Glück sogar noch mehr finden.

Wie Friðjón bereits bei der Besprechung erläutert hatte, waren diese Abdrücke mit denen von Úlfur verglichen worden. Kein Abdruck war perfekt, einige waren sogar sehr undeutlich, aber drei waren klar genug, um mit einiger Gewissheit behaupten zu können, dass es sich um den Zeige-, den Mittel- und den Ringfinger der rechten Hand von Úlfur Kolbeinsson handelte. Was aber noch wichtiger war, auch wenn sie unklar waren, wie der Hund sich ausdrückte: Über diesen dreien lagen keine anderen. Unklar waren sie insofern, als nicht ausgeschlossen war, dass jemand anderes den Messergriff später mit Handschuhen angefasst haben konnte – so glaubte Stefán herauslesen zu können.

Er überflog den Rest des Berichts und stöhnte. Falls Úlfur ihnen nicht den Gefallen tat, sofort ein Geständnis abzulegen, würde der Erkennungsdienst in der nächsten Zeit alle Hände voll zu tun haben. Stefán ging allerdings davon aus, dass das Geständnis nicht lange auf sich warten lassen würde, wenn man den Kerl erst einmal vorgeladen und ordentlich unter Druck gesetzt hatte.

»Der gesteht noch vor dem Abendessen«, murmelte er und rieb sich die Schläfen. »Der Kerl gesteht vor dem Abendessen.«

Doch ganz entgegen seiner Gewohnheit irrte sich Stefán diesmal gewaltig.

* * *

Katrín blickte sich um und sah niemanden. Es gab nur drei Möglichkeiten: abzuwarten, bis er irgendwann zwischen den Autos auf dem großen, dicht besetzten Parkplatz auftauchen würde. Die anderen Möglichkeiten führten entweder nach links oder rechts, und in Fortsetzung dessen hinter den Wohnblock. Ohne zu überlegen sprintete sie nach links und bog um die Ecke des Hauses, von wo aus sie die Rasenfläche dahinter überblicken konnte. Dort war niemand zu sehen. Jetzt erweiterten sich die Möglichkeiten auf sechs. Sie machte einen halbherzigen Versuch, in die Richtung zu rennen, die sie für die wahrscheinlichste hielt, aber irgendwie rechnete sie nicht damit, dass das irgendetwas bringen würde. Und natürlich war von Úlfur auch nirgends etwas zu sehen, als sie um die Ecke des nächsten Wohnblocks bog.

»Verdammt«, murmelte sie und griff nach ihrem Handy. Sie war stinkwütend auf sich selber, dass sie sich von so einem Versager hatte übertölpeln lassen. Er hatte die Tür geöffnet, und sie hatte sich vorgestellt, woraufhin er sie höflich hereingebeten und ihr die Tür aufgehalten hatte. Sie war auf nichts gefasst gewesen, als er sie von hinten umstieß, das Schuhregal umkippte und dann die Tür hinter sich zuschlug.

»Sogar ein blutiger Anfänger würde sich nicht dämlicher anstellen«, schimpfte sie und stampfte ungeduldig auf. Fünf Klingeltöne, sechs, sieben … »Jetzt geh doch endlich dran, du Fettwanst«, fauchte sie. Aber Guðni antwortete nicht. Sie rief im Dezernat an und fragte, ob ein Wagen unterwegs sei. Dort fielen die Leute aus allen Wolken, und sie hatte ihre liebe Mühe, ihre Wut im Zaum zu halten, während sie schilderte, was vorgefallen war, und verlangte, dass sämtliche verfügbaren Wagen nach Breiðholt geschickt werden sollten, um nach Úlfur zu suchen.

»Etwa einsachtzig«, gab sie durch, »circa fünf-, sechsunddreißig, mittelblond, hager, Jeans und Jeansjacke …« Sie wies den Wachdienstleiter darauf hin, dass er ein Foto in der Datenbank finden würde, das müsse umgehend an alle Einsatzwagen weitergeleitet werden.

»Okay«, erwiderte der folgsam, »mach ich. Sag mal, ist Guðni Pálsson da irgendwo in deiner Nähe?«, fragte er. Der

Stimme nach zu urteilen hätte er genauso gut fragen können, ob da irgendwo in der Nähe ein Kiosk sei.

»Ja«, fauchte sie wütender als beabsichtigt. »Er ist in einem Haus hier ganz in der Nähe, und er hätte dich schon längst anrufen sollen.«

»Äh, ja, eigentlich ... Eigentlich hat er das auch gemacht«, stammelte der Wachdienstleiter. »Aber dann hat er gar nichts gesagt.«

Katrín hielt abrupt inne. »Was meinst du damit?«, fragte sie scharf. »Was hat er gesagt?«

»Ich glaube, es war so etwas wie verfluchte Kacke.«

»Und sonst nichts?«

»Nein. Mehr hat er nicht gesagt. Deswegen habe ich gedacht, ich frage dich, ob du weißt, wo er ...«

»Schick die Wagen hierher«, unterbrach Katrín ihn, »und zwar dalli. Und wehe, wenn du die Leitung blockierst oder dich vom Telefon wegbegibst, bevor du wieder von mir hörst.« Sie brach das Gespräch ab und hastete zurück, was die Beine hergaben, aber ohne richtig zu wissen, warum.

* * *

Magnús sah seinen Bruder besorgt an.

»Mein lieber Ari«, sagte er in seinem weichsten Bariton, »was ist denn los?« Aus jedem Wort trieften Fürsorglichkeit wie auch Verständnislosigkeit.

»Was los ist?«, gab Ari zurück. Seine Stimme, sonst ebenfalls ein angenehmer Bariton, klang im Augenblick geradezu schrill. »Du sagst, dass du die Nachrichten gehört hast, und fragst, was los ist?«

Magnús legte seinem Bruder den Arm um die Schultern, hielt den Kopf schräg und sah Ari direkt in die Augen.

»Wir sind das doch alles durchgegangen, mein Lieber«,

sagte er. In seiner Stimme schwangen nicht nur tröstliche, sondern auch anklagende Untertöne mit. »Das ist zwar schrecklich, aber es geht uns gar nichts an. Nicht das Geringste. Waren wir nicht zu diesem Ergebnis gekommen? Weshalb jetzt dieses Theater?« Er sah Ari forschend an, doch der starrte nur auf seine Fußspitzen, bevor er einen Schritt zurücktrat und sich traute, hochzublicken.

»Ja, wir sind das durchgegangen«, antwortete er zögernd. »Und ich habe dich gewarnt, ich habe dir gesagt, es würde noch viel mehr Aufsehen erregen, wenn wir nichts unternehmen würden, aber du …«

»Ich setze mein Vertrauen in Gott«, entgegnete Meister Magnús resolut und stellte sich wieder direkt vor seinen Bruder. »Und ich habe dir geraten, das auch zu tun, erinnerst du dich?«

Ari wich weiter zurück. »Ja«, antwortete er, jetzt etwas selbstsicherer. »Ich erinnere mich. Aber ich erinnere mich auch, dass ich dich gebeten habe, sofort mit unserem Freund, nein, mit deinem Freund da am Hlemmur zu reden, um sicherzustellen, dass die Sache nicht total aus dem Ruder läuft. Das mit Gott ist ja alles gut und schön, Magnús, aber einiges gehört einfach nicht in seinen Zuständigkeitsbereich, und das weißt du sehr gut.«

Magnús schlug die Hände zum Himmel. »Dass du von allen Menschen so redest …«

»Nun tu bloß nicht so, Brüderchen, nicht mir gegenüber, nicht so«, fiel ihm Ari ins Wort. »Ich weiß, dass du an dem Abend noch zu ihm gegangen bist, nachdem ich dich angerufen hatte. Ich weiß, was passiert ist.«

Magnús kniff die blauen Augen zusammen, strich sich über den grau melierten patriarchalischen Bart und setzte sich.

»Dann weißt du mehr als ich«, sagte er gelassen, »Ich weiß

nämlich nur, dass Ólafur noch am Leben war, als ich mich von ihm verabschiedete. Betrunken, aber quicklebendig, genau wie ich dir seinerzeit schon gesagt habe. Die Frage allerdings, die sich mir schon die ganze Zeit aufdrängt – Verzeihung, dass ich das zur Sprache bringe –, die Frage ist nämlich die, ob er noch am Leben war, als du zu ihm kamst? Denn als du gingst, war er tot, oder nicht?«

Ari ließ sich ebenfalls in einen Sessel fallen und gab der Versuchung nach, seine Verwunderung und seine Unsicherheit wie schon so oft mit frommer Missbilligung zu tarnen.

»O ja«, sagte er, »er war tot, als ich ging. Und er war auch tot, als ich kam, so wie ich dir gesagt habe, als das ... als wir zuerst über das Ganze gesprochen haben. Mir kam es jedenfalls so vor. Wie kommst du nur darauf, mich zu fragen, ob ich ...«

»Und wie kommst *du* darauf, Bruder, mich zu fragen, ob ich in dieser Weise einem Menschen das Leben genommen habe? Ich habe dir ganz genau geschildert, was geschah, und es verletzt mich zutiefst, dass du, Bruder, ein weiteres Mal in diese Kerbe haust und ein weiteres Mal meine Worte in Zweifel ziehst. Meine Worte, die Worte deines Bruders.« Magnús unterstrich das Gesagte mit den Gesten des Predigers und sah seinem Bruder eindringlich, anklagend, trauernd, aber auch väterlich in die Augen. Darin war er Meister.

»Verzeih mir«, sagte Ari schließlich betreten.

»Dir ist verziehen, Bruder«, erklärte Magnús milde. Er schlug die Beine übereinander und machte es sich im Sessel bequem. »Und du kannst ganz beruhigt sein – ich habe bereits mit unserem Freund am Hlemmur gesprochen und ihm alles offen dargelegt. Und im Gegenzug hat er mir genau erklärt, wie wir ihnen gegenüber das Ganze am besten angehen, darauf werden wir gleich zu sprechen kommen. Im Augenblick müssen wir uns nämlich mit der Frage beschäftigen, wie wir das Ganze nach außen hin darstellen, wenn es zum Schlimmsten kommen sollte. Wir müssen versuchen, die negativen Auswirkungen in Grenzen zu halten.«

Ari starrte seinen Bruder verständnislos an. »Was meinst du damit, wenn es zum Schlimmsten kommt?«

Magnús seufzte, faltete die Hände und lehnte sich vor.

»Mein lieber Ari, mein geliebter Bruder, ich weiß, dass ich es dir schon vor langer Zeit hätte sagen sollen, vielleicht schon vor deinem Anruf im vergangenen Jahr. Glaub mir aber, der einzige Grund, weshalb ich das nicht getan habe, ist der, dass ich dich liebe. Dich, die WAHRHEIT und Alpha. Aber …« Er blickte sich forschend um. »Sind wir ganz bestimmt alleine hier?«, fragte er.

* * *

Katrín beobachtete, wie der Krankenwagen hinter der Ecke verschwand. Nach den turbulenten Ereignissen der letzten Minuten musste sie erst einmal verschnaufen. Der Gedanke, dass sie Guðni körperlich berührt hatte, verursachte ihr nachträglich einen Schauder, den sie aber nicht verspürt hatte, als sie ihrem am Boden liegenden Kollegen das Hemd vom Leib gerissen und ihm nach allen Regeln der Kunst die haarige Brust geknetet und gleichzeitig über ihr Handy, das neben ihm auf dem Boden lag, Anweisungen gegeben hatte. Als die Sanitäter endlich auftauchten, mussten sie beinahe Gewalt anwenden, um an Guðni heranzukommen, und ihr die Wagentür vor der Nase zuschlagen, als sie ebenfalls in den Krankenwagen einsteigen wollte.

Jetzt stand sie wie Falschgeld auf dem Parkplatz herum und trat von einem Fuß auf den anderen, zitternd vor Kälte und Erregung.

»Dieser verdammte, dämliche Kerl«, zischte sie zwischen

zusammengebissenen Zähnen und stampfte mit dem Fuß auf. Dann rief sie Stefán an. Er reagierte, wie nicht anders zu erwarten, mit Flüchen und Verwünschungen, und sie stimmte aus vollster Überzeugung darin ein, weil sie sich selber die meiste Schuld an Guðnis Zustand gab, obwohl sie wusste, dass das völlig unlogisch war. Guðni war viel zu fett, er ernährte sich von ungesundem Essen, er rauchte und kaute seine Stumpen, er war körperlich völlig außer Form. Im Grunde genommen hätte er bei sämtlichen Fitnesstests durchfallen müssen und deswegen nur auf Bewährung weiterarbeiten sollen, oder sogar krankgeschrieben oder in Pension geschickt werden müssen. Aber dort an ihrem ansonsten guten Arbeitsplatz herrschte eben diese unerträgliche Männer- und Cliquenwirtschaft. Sie hatte ihm mit ihrer Herzmassage aller Wahrscheinlichkeit nach das Leben gerettet, wenn man diesen Jungs vom Sanitätsdienst Glauben schenken durfte.

Da sie sich seit langem damit abgefunden hatte, dass Argumente und Tatsachen weder Anfang noch Ende von allem waren, versuchte sie nicht eine Sekunde, gegen dieses Gefühl anzukämpfen, sondern ließ den Gewissensbissen freien Lauf. Und das, obwohl sie den verdammten Kerl nie hatte ausstehen können.

»Idiotisch«, murmelte sie, nachdem das Gespräch mit Stefán zu Ende war. »So idiotisch kann nur eine Frau sein.« Sie hatte aber nichts dagegen, denn das war immerhin besser, als ein idiotischer Mann zu sein. Wesentlich besser, versicherte sie sich, während sie in ihre Klapperkiste einstieg, einen fünfzehn Jahre alten und ziemlich mitgenommenen Mazda, der aber immer sofort ansprang. Dem Himmel sei Dank für die Japaner, dachte sie, als sie sich auf den Weg zum Krankenhaus machte.

* * *

Stefán starrte zum Wohnzimmerfenster hinaus, und sein Blick unter der grünen Kappe war ebenso düster und verhangen wie der Himmel mit den bleigrauen Wolken draußen.

»Nicht zu fassen, dieses ewige Sauwetter«, knurrte er. »Mitte Juli, und nichts als Sturm und Regen. Und laut Vorhersage ist kein Ende abzusehen. So ist es jetzt mehr oder weniger den ganzen Sommer gewesen. Ein Tag dazwischen mit ein bisschen Sonne, aber ansonsten nur Sturm und Regen und groteske Temperaturen. Sommer kann man diese Scheiße doch wirklich nicht nennen.«

»Hm, in Nordisland ist das Wetter schön«, entgegnete Ragnhildur. »Oder zumindest war es das gestern, und es soll wohl auch die nächste Woche so bleiben. Wir hätten schon früher in den Norden fahren und länger dort bleiben sollen.«

Stefán grunzte etwas Unverständliches.

Sie hatten die letzte Woche seines diesjährigen Sommerurlaubs in Akureyri verbracht, wo es fast die ganze Zeit sonnig und warm gewesen war. In den ersten beiden Wochen – die restlichen Urlaubstage wollte er sich noch aufheben – hatte er auf die wenigen Sonnenstunden gelauert, um zu Hause bei sich im Vogar-Viertel im Garten herumzuwühlen. Die meiste Zeit musste er aber wegen des schlechten Wetters im Keller herumpusseln, was sich sehr übel auf seine Laune ausgewirkt hatte, denn die Sonnenstunden waren nicht nur spärlich, sondern ganz sporadisch gewesen, und entsprechend vernachlässigt sah der Garten aus. Er konnte sich kaum etwas Schöneres vorstellen, als sich bei sonnigem Wetter im Garten abzurackern, aber der Vorstellung, sich dazu in Regenzeug vermummen und im Matsch buddeln zu müssen, konnte er nur wenig abgewinnen. Der Keller war allerdings noch nie so sauber und aufgeräumt gewesen, seit sie ihn den früheren Mitbewohnern des Hauses abgekauft hatten. Bald konnte auch die dort gelagerte Sommerproduktion getestet werden, diesmal hatten sie einen australischen Shiraz gewählt, und die Blume versprach Gutes.

»Die Kartoffeln gedeihen zumindest einigermaßen«, sagte er, »und auch die Radieschen. Aber soweit ich sehen kann, hat der Sturm unsere Nachtviolen plattgemacht.«

»Die richten sich schon wieder auf«, entgegnete Ragnhildur besänftigend, »das tun sie doch immer. Das wird schon alles wieder.«

»Das sagst du. Die Mispelhecke sieht so aus, als wär's schon Herbst, die Weiden sind von Raupen zerfressen, und der Rhododendron steht unter Schock. Ganz zu schweigen von allem anderen, das Einzige, was hier richtig gut gedeiht, sind Löwenzahn und dieser verflixte Hahnenfuß. Im Januar Sonne, der Februar viel zu warm, der März auch, alles treibt aus, bis auf die Birken, und danach geht alles vor die Hunde«, schnaubte Stefán kopfschüttelnd. »Ewig dieses Scheißwetter auf dieser elenden Schäre. Würde mich nicht wundern, wenn das alles zum Teufel geht.«

»Ach, komm, das wird schon wieder«, sagte Ragnhildur, während sie die Kaffeetassen auffüllte. »Die Weiden lassen sich doch nicht unterkriegen, und die Mispelhecke wird sich im nächsten Sommer wieder erholen, auch wenn sie jetzt etwas lädiert ist. Los, du Meckerbolzen, nun trink noch einen Schluck Kaffee. Mir reicht es so langsam mit deinem Gejammere.« Ragnhildur schob ihm die Kaffeetasse und die Zuckerschale hin. Und beschloss, das Thema anzuschneiden, das ihrem Mann wirklich auf der Seele lag.

»Gibt es etwas Neues von Guðni?«, fragte sie.

Stefán rührte mit verzerrtem Gesicht heftig in seiner Tasse. »Nein, nichts. Er ist immer noch bewusstlos und muss künstlich beatmet werden.«

»Was sagen die Ärzte?«

»Nichts Vernünftiges. Wahrscheinlich dasselbe, was sie dir da vor ein paar Jahren erzählt haben.«

»Das glaube ich kaum«, entgegnete Ragnhildur und versuchte, fröhlich zu klingen. »Dann würdest du jedenfalls nicht so finster dreinblicken. Die Herren Doktoren haben mir seinerzeit nämlich sofort gesagt, dass es sich nur um eine geringfügige Verengung der Herzkranzgefäße handelte, die sich ganz leicht beheben ließe und dass du viel früher wieder wohlauf sein würdest, als ich überhaupt Zeit hätte, mir Sorgen zu machen. Und das hat auch genau gepasst. Also, sag mir bitte, wie die Chancen bei Guðni stehen?«

»Er wird's überleben«, knurrte Stefán, »zumindest gehen sie davon aus. Aber diese Götter in Weiß müssen natürlich immer irgendwelche Wenn und Aber an ihre Auskünfte hängen. Wenn er die Nacht schafft, wird er es wahrscheinlich überleben. Eine Weile zumindest.«

Ragnhildur ging zu ihrem Mann hinüber, der ihr seit fast vierzig Jahren Lebensgefährte und Freund war, und schloss ihn fest in ihre Arme. »Der kommt schon durch«, murmelte sie an seiner Brust, »das wirst du sehen. Der Kerl ist zäh«. Sie drückte Stefan noch einmal fest an sich, bevor sie ihn freigab und seinen Kopf nach hinten bog, um ihm in die Augen sehen zu können. »Ist jemand bei ihm?«, fragte sie.

Stefán zuckte mit den Achseln und seufzte schwer. »Ich weiß es nicht«, gab er zögernd zu. »Katrín ist ihm ins Krankenhaus nachgefahren und eine Weile bei ihm geblieben, aber sie hat seine Tochter Helena nicht erreichen können.« Stefán sah Ragnhildur fragend an.

Ragnhildur nickte. »Ich kann mich an Helena erinnern«, sagte sie. »Wohnt sie nicht immer noch bei ihm?«

»Nein«, antwortete Stefán. »Wenn ich Guðni richtig verstanden habe, ist sie bei ihm ausgezogen, als sie achtzehn wurde. Frag mich nicht, wer von den beiden froher darüber war.«

Es gelang ihm, sich ein kleines Lächeln abzuringen, das Ragnhildur ihm intensiv vergalt. »Aber Katrín hat sie, wie gesagt, nicht erreicht.«

»Schade«, sagte Ragnhildur. »Du versuchst einfach nachher noch einmal, das Mädchen anzurufen. Und jetzt los mit dir und fahr zum Krankenhaus, sonst machst du dich hier noch total verrückt.« Stefán sah sie in gespielter Verwunderung an. »Los mit dir«, sagte sie entschlossen, »meinetwegen brauchst du nicht hier herumzuhängen. Ich bin nicht sehr erpicht darauf, dass du den ganzen Abend hier im Haus herumtigerst. Falls der arme Kerl aufwachen sollte, bestell ihm Grüße von mir.«

Solche Frauen, überlegte Stefán, als er auf die Hringbraut einbog, solche Frauen wurden nur im Eyjafjörður produziert. Dann aber fiel ihm etwas anderes ein, und er rief Katrín an.

»Gibt's was Neues?«, fragte er.

»Nein«, entgegnete Katrín. Stefán fand, dass sie noch nie so ärgerlich geklungen hatte. »Gar nichts. Keine Spur von Úlfur, und seine Frau ist ebenfalls nicht aufzufinden, sie meldet sich nicht auf ihrem Handy, und niemand scheint zu wissen, wo sie sich aufhalten könnte. Und von Guðni auch nichts Neues. Ich werde noch eine Weile hier im Büro bleiben und sag dir Bescheid, wenn etwas passiert.«

»Mach das«, sagte Stefán. »Ich bin auf dem Weg zum Krankenhaus, ich will noch mal nach dem Kerl schauen.«

Als er vor dem Nationalkrankenhaus aus dem Auto stieg, peitschte ihm der Regen ins Gesicht, aber das merkte er gar nicht.

6

Sonntag

Árni schreckte aus dem Schlaf hoch und sah auf die Uhr. Halb zehn.

»Scheiße.« Anderthalb Stunden zu spät, Stefán würde sauer sein, und Katrín und Guðni würden ihn bestimmt den ganzen Tag damit aufziehen. Vor allem Guðni, der verdammte Kerl ... Árni hüpfte aus dem Bett und warf sich in Windeseile in die Klamotten. Erst als er zu seinen Shorts griff, wurde ihm klar, wo er sich befand, und ließ sich wieder ins Bett fallen.

»Was ist los?«, murmelte Ásta in das Kissen neben ihm. »Wo willst du denn hin?«

»Ach, nichts«, gähnte Árni. »Schlaf einfach weiter.« Sie gähnte ebenfalls und gehorchte widerspruchslos.

Urlaub auf Kreta, dachte Árni. Weshalb nicht in London? Oder Paris? Amsterdam sogar, oder notfalls auch Kopenhagen? Sie waren jetzt rund eine Woche hier, und fünf Tage standen ihnen noch bevor. Er schnitt eine Grimasse, kroch geräuschlos aus dem Bett, zog den Reißverschluss am Schlitz hoch und schlich auf Zehenspitzen aus dem Zimmer. Er war ohnehin wach, und am besten stopfte man sich jetzt erst einmal etwas in den Magen.

Noch fünf Tage, das war fast eine ganze Woche. Der Alkohol war allerdings billig, und das Essen meist in Ordnung. Es gab auch das ein oder andere schöne Haus, das einer Besichtigung wert war, und eine passable Kneipe, in der einige fette, glatzköpfige Italiener am Sonntag vor lauter Weltmeisterschaftsbegeisterung Randale gemacht hatten. Sonst war da aber gar nichts, außer Sonne, Sand, Felsen und verkrüppelter Vegetation. Und diese verdammten Touristen überall.

»*Good morning*«, sagte der Boy am Empfang mit strahlendem Lächeln. »*Nice day for the beach, yes?*«

Halt die Klappe, dachte Árni.

»*Very nice, yes*«, sagte er laut. Er freute sich fast schon auf den zweiten Teil des Sommerurlaubs. Oder doch nicht? Was zum Teufel konnte man zwei Wochen lang in Húsavík machen?

»Grüß dich, Kumpel«, rief ihm ein stämmiger Mann Mitte fünfzig zu, als Árni den Frühstücksraum betrat. »Schon auf den Beinen, was? Und wo ist denn die Traumprinzessin, wohl immer noch im Land der Träume, hahaha … Du willst wohl schon an den Strand?«

Húsavík, dachte Árni. Was für ein verdammt attraktives Örtchen.

Er hatte sich gerade ein Brötchen geschmiert, als der Boy von der Rezeption in den Saal stürmte und vor seinem Tisch Halt machte.

»*Mister Eisteinsson?*«

Árni blickte hoch. »*Yes?*«

»*Telephone for you, Mister Eisteinsson.*«

* * *

Ansichten, dachte Meister Magnús und schaltete das Radio aus. Nicht zu fassen, was für großartige Ansichten die Menschen über alle möglichen Dinge haben. Die Mittagsnachrichten hatten wieder einmal deutlich gezeigt, dass es jede Menge

Leute gab, die Ansichten zu diesem und jenem hatten. Konnte man das vielleicht in einer Predigt thematisieren?

Magnús hatte ganz entgegen seiner Gewohnheit erhebliche Probleme, etwas zu finden, worüber er predigen konnte. Weltliche Verstrickungen lasteten auf ihm wie nie zuvor. Er kratzte sich am Kopf, was die grauen Zellen zu aktivieren schien. Er schlug den zweiten Korintherbrief auf und fand das, was er suchte:

Ich selbst aber, Paulus, ermahne euch bei der Sanftmut und Güte Christi …

Der Apostel sprach da zwar ganz profan über Erkenntnisse, aber war Erkenntnis nicht einfach ein anderes Wort für Ansicht? Ansichten und Meinungen waren die Wurzeln allen Übels. Er notierte sich das. Die Leute hatten derartig viele Ansichten, dass sie nicht länger die Wahrheit erkennen konnten, dachte er, die Wahrheit, die in Gottes Wort allen zugänglich ist. Ansichten können sich ändern, und sie ändern sich auch ständig, im Gegensatz zu Gottes Wort, das stets in sich ruht und in Ewigkeit unerschütterlich ist.

»Das klingt gut«, murmelte er vor sich hin und atmete auf. Er las weiter.

Wir leben in einem anderen Reich, wo andere Gesetze gelten …

Magnús lächelte. »Das ist wunderbar«, stimmte er sich selbst und Paulus zu, »und unerhört wahr.«

Die Heilige Schrift versagte nie. Er nahm sich vor, seinen Bruder anzurufen und ihm das einzuschärfen, falls er nicht zur Versammlung erschien. Das würde den Jungen beruhigen.

* * *

»Ich habe heute Morgen mit Árni telefoniert«, sagte Stefán und gähnte fürchterlich, obwohl es erst kurz nach Mittag war.

»Er nimmt die nächste Maschine nach London und von da aus nach Island. Er wird wahrscheinlich morgen Nachmittag eintreffen, oder spätestens am Dienstag.«

Katrín zog die Augenbrauen hoch. »Weshalb?«

»Weil wir trotz aller schönen Versprechungen der letzten zwei Jahre immer noch nicht den fünften Mann bekommen haben«, entgegnete Stefán, »und weil Guðni da ist, wo er ist. Und das bedeutet, dass nur wir beide übrig sind, und das ist einfach nicht genug.«

»Aber es liegt doch alles ganz ...«

»... klar auf der Hand, ja, ja, ich weiß«, führte Stefán ihren Satz zu Ende. »Im Augenblick sieht es jedenfalls so aus. Aber es fehlen in sämtlichen Abteilungen Leute, deswegen kann ich dieser Tage nirgends jemanden abziehen, und zwar genau deswegen, weil anscheinend alles so klar auf der Hand liegt. Wenn der Mord gerade erst passiert wäre und niemand etwas wüsste, würde man selbstverständlich mehr Leute bekommen.« Stefán lehnte sich auf seinem Schreibtischstuhl zurück und faltete die Hände. »Aber der Mann ist verschwunden, und wir müssen ihn finden«, fuhr er fort, »und außerdem fällt dabei jede Menge Papierkram an. Und wir wissen auch gar nicht, ob uns nicht weitere Fälle auf den Tisch flattern, angeblich ist zwar Hochsommer, aber es hat nicht den Anschein, als würden die Ganoven Urlaub machen.« Er schnaubte verächtlich. »Sommer, pah. Aber wie dem auch sei, ich habe Árni angerufen und ihm gesagt, er solle mit der nächsten Maschine kommen.«

»Und was sagt Ásta dazu?«, fragte Katrín.

»Wie zum Teufel soll ich das denn wissen«, fragte Stefán im Gegenzug und klang dabei bärbeißiger als beabsichtigt. Katrín hob entschuldigend die Hände.

»*Sorry*«, sagte sie, »das ist mir so rausge ...«

»Ach, Mädel, nun mach kein Theater draus«, unterbrach Stefán sie, »und ich entschuldige mich auch.« Er lächelte ihr müde zu und beugte sich vor. »Er scheint durchzukommen, der Kerl, und das hat er in erster Linie dir zu verdanken, ist mir zu Ohren gekommen. Er ist jetzt wieder imstande, selber zu atmen, und alles ist so normal, wie es unter den gegebenen Umständen sein kann, soweit ich verstanden habe.«

Katrín nickte und war auf einmal etwas verlegen. »Das ist gut«, sagte sie. »Prima. Weißt du etwas ... Wie steht es also ...«

»Nur, dass es auf der Kippe stand. Ich erinnere mich nicht mehr, was sie genau gesagt haben, drei oder vier Bypässe und was weiß ich, wie das alles heißt. Und er wird lange brauchen, um sich davon zu erholen. Falls er sich denn je wieder davon erholt, der Kerl war ja wirklich alles andere als in Topform. Und genau genommen ist er ja auch nicht mehr der Jüngste, genauso wenig wie andere hier. Wir beide sind nur drei Jahre auseinander.« Er nahm sich die Kappe ab, kratzte sich im Nacken und starrte wie in Trance vor sich hin. Katrín war sich nicht sicher, wie sie darauf reagieren sollte, und zog es deshalb vor, nichts zu sagen. Stefán kam nach einiger Zeit wieder zu sich, schlug mit der flachen Hand auf den Schreibtisch und räusperte sich.

»Also«, sagte er dann, »vielleicht machen wir uns einfach an die Arbeit. Du hast ein Foto von Úlfur an alle Streifenwagen geschickt, nicht wahr?«

»Ja«, antwortete Katrín, froh, wieder zu den Tatsachen zurückkehren zu können. »Ich habe zumindest den Wachdienstleiter gestern damit beauftragt, und angeblich hatte er das auch gemacht, als ich gestern Abend hierherkam, um das Foto auch nach Keflavík weiterzuleiten.«

»Akureyri, Egilsstaðir, Seyðisfjörður?«, fragte Stefán.

»Ja, auch dorthin. Und an alle Häfen, alle Polizeistationen

und an den Busbahnhof, wo wir das schon einmal angeleiert haben. Im Nachrichtensender NFS haben sie das Fahndungsfoto schon dreimal gezeigt, und heute Abend kommt es auch im Fernsehen. Und die Beschreibung wurde im Rundfunk verlesen. Für die Sonntagszeitungen kam es zu spät, aber morgen früh bringen sie es in allen Zeitungen.«

»Der Mann kann ja kaum weit kommen«, sagte Stefán ruhig, »was meinst du?«

»Wohl kaum«, pflichtete Katrín ihm bei.

»Und seine Frau?«, fragte Stefán. »Hast du die erreicht? Heißt sie nicht Tinna, oder was hast du gesagt?«

»Tinna Dagsdóttir«, bestätigte Katrín und schüttelte den Kopf. »Nein, die habe ich noch nicht erreicht. Ich habe eine Handynummer und habe eine Nachricht in der Voicemail hinterlassen. Ihre Mutter weiß nichts von ihr, genauso wenig ihre Schwester. Sie muss aber früher oder später wieder auftauchen.«

»*All right*«, sagte Stefán, »ich werde mein Bestes tun, um Leute zu bekommen, die nach ihr suchen. Haben wir wirklich überhaupt keine Anhaltspunkte, wo sie sein könnte?«

»Nein, nicht die geringsten.«

»Hm. Dann ist die Frage, was wir als Nächstes in Angriff nehmen«, sagte Stefán. »Eins steht fest, wir beide werden nicht in der Stadt herumkutschieren, um nach dem Ehepaar zu suchen. Irgendwelche Vorschläge?«

»Nur den einen, der eigentlich auf der Hand liegt«, sagte Katrín.

»Jawohl«, stimmte Stefán zu, »worauf warten wir also noch? Ich gehe davon aus, dass die Verfügung in der nächsten halben Stunde oder so eintreffen wird. Vielleicht schaffen wir es, bis dahin einen Happen zu uns zu nehmen, und dann befassen wir uns mit Krummahólar.« Er stand auf. »Obwohl ich mir wirklich kaum vorstellen kann, dass wir nach all dieser Zeit irgendetwas bei diesem unseligen Úlfur finden.«

* * *

Nicht zu fassen, was für ein Dreck sich in ein paar Tagen ansammeln kann, dachte Hólmfríður, als sie das Tuch auf dem Balkon ausschüttelte. Feuchtes Tuch oder trockenes, das war die Frage, und da ihre Mutter noch keinen endgültigen Schiedsspruch abgegeben hatte, welches die einzig wahre Staubputzmethode war, und sie selber nie zu einem schlüssigen Ergebnis gekommen war, wandte sie sie abwechselnd an. Manchmal mit einem feuchten, manchmal mit einem trockenen Tuch, manchmal zuerst feucht und anschließend trocken, aber nie umgekehrt. So viel hatte sie doch aus eigener Erfahrung gelernt. Heute wirbelte sie mit dem trockenen Staubtuch und nichts anderem durch die Wohnung.

»Ich bin weg, tschüs«, krähte ihre dreizehnjährige Tochter in dem Moment, als Hólmfríður ins Wohnzimmer zurückkam. Die Tür fiel ins Schloss, noch bevor Hólmfríður Zeit hatte, sie zu fragen, wohin sie wollte. Ihr vierzehnjähriger Sohn hatte sich vor einer Stunde auf ähnliche Weise verabschiedet.

»Tschüs«, murmelte sie und begann, den Flachbildschirm abzustauben. Sie tröstete sich damit, dass sie die Kinder immer über ihre Handys erreichen könnte, und die beiden umgekehrt sie auch. Eine halbe Stunde später befand sie, dass die Wohnung so sauber war, wie es im Augenblick erforderlich war. Sie setzte sich mit dem Laptop vor den Fernseher. Auf den isländischen Sendern war nichts Interessantes, deswegen endete sie wieder einmal bei einem Naturfilm auf *Animal Planet*. Oder war es *Discovery*, da war sie sich nicht sicher, denn während die Viecher da im Fernsehen herummachten, konzentrierte sich mindestens die Hälfte ihrer Aufmerksamkeit auf das, was sie im Internet las. Sie fand nichts Neues über den Mord, und nachdem sie die Beiträge auf drei Online-Nachrichtenagenturen überflogen hatte, die alle von scheinheiliger Missbilligung über die allgemeine Gleichgültigkeit gegenüber den Benachteiligten in der Gesellschaft trieften, hatte sie die Nase gestrichen voll. Sie browste durch ausländische Webseiten, bis eine Viertelstunde später die Türklingel ging.

»Island ist das mieseste Land der Welt«, sagte sie, als sie Bárður und Ragnar hereinließ, »wusstet ihr das?«

»Wie kommst du denn darauf?«, fragte Bárður irritiert und reichte ihr seinen halblangen Mantel zum Aufhängen.

»Eine Gesellschaft, in der ein Mensch monate-, ja sogar jahrelang tot in seiner Wohnung liegen kann, ohne dass es entdeckt wird, ist krank und außerordentlich deformiert«, zitierte sie mit übertriebenem Pathos. »Das sagt *Morgunblaðið* zumindest. Im Leitartikel, nichts weniger als das. Und was besagt das über uns beide, seine Sprösslinge? Oder zumindest mich, du bist ja entschuldigt.«

Bárður fasste seine Schwester bei den Schultern und zwang sie, ihm in die Augen zu blicken. »Bitte, sag das nicht«, sagte er mit zittriger Stimme. »Nimm doch dieses verdammte Geschwätz nicht so ernst. Was wissen diese Zeitungsleute über uns oder über ihn? Gar nichts, verdammt nochmal. Verdammte Heuchler sind das, die sind selber keinen Deut besser. Okay?«

Hólmfríður strich sich das krampfhafte Lächeln aus dem Gesicht.

»Okay. Kaffee?«

* * *

Zuerst hatte er nur Erleichterung empfunden und war unendlich zufrieden, dass Ásta so viel Verständnis und Toleranz an den Tag legte, doch dann begannen Zweifel an ihm zu nagen, und das unangenehme Gefühl, dass sie die Nachricht etwas zu gelassen aufgenommen hatte. Mit solchen Gedanken quälte sich Árni noch eine ganze Weile nach dem Abflug herum. Er war auf dem Weg nach Hause, fünf Tage – oder sechs, je nachdem, wie man rechnete, früher als geplant, und sie hatte notgedrungen allein auf Kreta zurückbleiben müssen. Sie hatte eigentlich kaum eine Miene verzogen, sondern ihm nur achselzuckend den Rat gegeben, sich schleunigst auf den Weg zu machen, wenn es denn so pressierte.

Er ging im Geiste die letzten zehn Tage durch und musste feststellen, dass er wahrscheinlich kein sehr angenehmer Urlaubspartner gewesen war. Ständig hatte er miese Laune gehabt und an allem herumgemeckert. Natürlich war sie jetzt heilfroh, ihn los zu sein. Es waren ja auch genügend andere Männer zur Stelle, überlegte er trübsinnig; gut aussehende, sonnenbraune, gut gewachsene und vor allen Dingen positiv gestimmte Männer in bestem Alter, die das Leben in vollen Zügen genossen …

Erst als er sich an den Grund dafür erinnerte, dass er jetzt auf halbem Weg nach London war, gelang es ihm, sich aus den finsteren Abgründen zu erbaulicheren Gedanken aufzuschwingen. Eigentlich konnte er Guðni genau wie die meisten anderen kaum ausstehen, aber trotzdem hoffte er, dass der Kerl durchkommen würde. Er befand, dass es vielleicht nicht unangebracht war, sich mit dem Fall vertraut zu machen.

Mit seiner Konzentration war es aber nicht weit her, zudem wurde er ständig gestört. Trotzdem gelang es ihm, sich fast den gesamten Rest des Flugs mit dem zu befassen, was Stefán ihm per E-Mail an das Hotel geschickt hatte. Beim Anflug auf London war er zu dem Ergebnis gekommen, dass Úlfur sich mit diesem Ólafur im Suff gestritten und ihn umgebracht hatte, wahrscheinlich glaubte er, gute Gründe dafür gehabt zu haben, obwohl in den Unterlagen nicht sehr ausführlich auf sie eingegangen wurde.

Erstens war es in Anbetracht dessen, was über Ólafur und Úlfur und ihre Verbindung bekannt war, ganz einfach die allerwahrscheinlichste Erklärung. Stefán hatte ihm beigebracht, dass die wahrscheinlichste Erklärung meist die richtige war und dass erst dann Anlass bestand, nach anderen Erklärungen zu suchen, wenn sie hinfällig geworden war.

Zweitens war es die Mordwaffe. Katrín hatte der Tochter das Brotmesser gezeigt, das im Bauch des Opfers gesteckt hatte, und die Bestätigung erhalten, dass es ihrem Vater gehörte. Die Tatsache, dass der Täter die Waffe sowohl am Tatort vorgefunden als auch dort zurückgelassen hatte, deutete nicht darauf hin, dass der Betreffende mit dem Vorsatz zu Ólafur gekommen war, ihn umzubringen. Es handelte sich wohl eher um eine spontane Handlung mit anschließender Panik, was gut zu einem Streit im Suff passte, der ausgeartet war.

Und drittens war es die Post. Árni verspürte ein intensives und überaus angenehmes Gefühl der Erleichterung, als ihm das aufging. In den Anhaltspunkten, die Stefán ihm geschickt hatte, war dieses kleine, aber überaus wichtige Detail nirgends aufgeführt. Ólafur war mehr als ein Jahr tot. In allen normalen Wohnblocks – und Árni glaubte genau zu wissen, dass Krummahólar zwölf trotz seiner Größe ein ganz normaler Wohnblock war – besaß jeder Hausbewohner einen nicht sonderlich großen Briefkasten unten im Eingangsbereich. Ein solcher Kasten würde mit Sicherheit nach einigen Tagen, spätestens nach einem halben Monat überquellen. So etwas müsste doch bei irgendjemandem Aufmerksamkeit und Verwunderung hervorrufen, und sei es auch nur beim Postboten. Was wiederum nur eines bedeuten konnte: Jemand musste den Briefkasten in regelmäßigen Abständen geleert haben, um zu vermeiden, dass sich andere den Kopf über das Schicksal des Eigentümers zerbrachen. Beinahe hätte Árni vor lauter Zufriedenheit über die eigene Kombinationsgabe laut aufgestöhnt, als die Maschine auf britischem Boden aufsetzte.

Eine halbe Stunde später saß er an einer Bar auf dem Heathrow-Flughafen vor einem Bier und wartete auf den Abflug der Maschine nach Keflavík, als ihm die nächste Erleuchtung kam. Da dieser Ólafur tot gewesen war, hatte er keine Post beantworten oder in irgendeiner Form auf sie reagieren können.

»Hat der Mann keine Rechnungen bekommen?«, fragte er sich laut. Die sommersprossige, rothaarige Frau neben ihm blickte ihn fragend an.

»*Sorry*«, sagte Árni. »Ich habe bloß laut gedacht.«

»*Excuse me*?«, fragte die Frau verwundert.

»*Nothing*«, antwortete Árni.

* * *

»Es sieht nicht gut aus für Úlfur«, sagte Stefán und blickte auf die verknitterten Umschläge vor ihnen.

»Nein«, pflichtete Katrín ihm bei, »ganz und gar nicht.« Sie hatte die Briefe aus dem Abfalleimer unter der Spüle gefischt. Sie steckten in Fensterumschlägen, der eine war vom Telefonanbieter, der andere von der Rentenversicherung. Beide waren an Ólafur Áki Bárðarson adressiert, auf dem einen war der Poststempel vom vergangenen Donnerstag. Um den anderen zu entziffern, würde man andere Mittel zu Hilfe nehmen müssen.

»Über die Sache mit der Post habe ich gestern auch nachgedacht«, sagte Stefán, »da muss irgendjemand den Briefkasten geleert haben. Sonst hätte nicht so viel Zeit verstreichen können …«

»Vielleicht nicht«, sagte Katrín zweifelnd, »aber ich bin mir da nicht sicher. Was wäre geschehen, wenn er übergequollen wäre? Jemand hätte das gemeldet, der Postbote hätte einen Zettel an den Briefkasten geklebt, jemand hätte natürlich irgendwo nachgefragt – aber was dann? Wenn niemand Ólafur erreicht hätte und niemand etwas wusste, meine ich? Hätte das irgendetwas geändert?«

»Vielleicht nicht«, gab Stefán nach langem Schweigen zu. »Vielleicht hätte es nichts geändert. Irgendwie kommt es einem aber so vor, verflixt nochmal, als hätten da doch irgendwo bei irgendwem irgendwelche Alarmglocken losgehen müssen.«

»Es gab da letztes Jahr zwei Fälle, oder waren es sogar drei, wo alte Menschen verstorben waren und wochenlang niemand etwas gemerkt hat. Und vor kurzem habe ich gelesen, dass eine arme alte Frau in England fast drei Jahre lang tot in ihrer Wohnung gelegen hat, bevor man sie fand, umgeben von Weihnachtspaketen vom Sozialamt. In ähnlichem Zustand wie Ólafur, wenn ich mich richtig erinnere, nur noch Haut und Knochen, aber hauptsächlich Knochen …«

»Trotzdem«, widersprach Stefán, »das war in England, in einer Gesellschaft von Millionen von Menschen, einer Millionenstadt. Wie viele Menschen leben in London? Wir sind doch bloß dreihunderttausend hier, und davon leben rund hunderttausend in Reykjavík, das ist doch ein winziges Kaff im Vergleich zu London und diesen Städten im Ausland. Und zwei, drei Wochen sind ja auch etwas anderes als viele Monate.«

»Das stimmt zwar«, pflichtete Katrín ihm bei, »aber es ändert nichts an der Tatsache, dass Ólafur mindestens ein Jahr tot war, bevor irgendjemand etwas gemerkt hat – oder etwas unternommen hat. Und was sagt das über uns aus, die wir hier in diesem winzigen Kaff leben, wie du es nennst?«

»Wie zum Teufel soll ich das wissen«, antwortete Stefán in

resignierendem Ton. »Was mich daran erinnert …« Er blickte hoch. »Hast du Guðnis Tochter erreicht? Die kleine Helena?«

»Ja«, antwortete Katrín gedehnt. »Sie sagt, sie würde vielleicht heute bei ihm vorbeischauen.«

»Vielleicht?«, fragte Stefán ungläubig.

»Ja, falls sie Zeit dazu hätte, sagte sie.« Katrín bemerkte Stefáns Miene und fühlte sich gezwungen, Partei für Helena zu ergreifen. »Mensch, *come on*, sie ist doch erst neunzehn, und sie hat ihren Alten doch erst voriges Jahr zum ersten Mal getroffen, und zwar unter nicht ganz normalen Umständen, wie du weißt. Sie hatte ihn noch nie in ihrem Leben gesehen und ist dann mehr oder weniger unfreiwillig bei ihm eingezogen. Ich glaube, sie hat es drei Monate bei ihm ausgehalten, und dann hatte sie die Nase voll von ihm und fand, dass es besser sei, auf eigenen Füßen zu stehen. Vielleicht waren es auch vier. Man kann wohl kaum sagen, dass sie ein enges Verhältnis zueinander hatten, sie kannte ihn ja so gut wie gar nicht.«

Stefán Gesicht verzerrte sich wieder. »Ich weiß«, sagte er, »aber trotzdem …«

»Trotzdem was?«

»Ach, nichts. Man hat bloß das Gefühl …« Er verstummte mitten im Satz, als plötzlich eine kleine, stämmige Frau mit orangefarbenem Haar und weit aufgerissenen Augen in der Küchentür auftauchte, in der einen Hand eine Einkaufstüte und in der anderen eine Pistole.

»Wer seid ihr denn?«, fragte sie mit zittriger Stimme. »Was macht ihr hier?«

7

Sonntag

»Die sind noch bei ihrer Oma«, erklärte Tinna, als Katrín sie nach den Kindern fragte. »Wir waren da übers Wochenende.« Die Pistole, die sich als Feuerzeug entpuppt hatte, lag auf dem Tisch zwischen ihnen. »Ich … Sie wollten noch etwas länger bleiben.«

Katrín streckte eine Hand über den Tisch, und Tinna zuckte unwillkürlich zurück. Wie ein geprügelter Hund, dachte Katrín, während sie ihr vorsichtig unters Kinn fasste. Die Platzwunde im Mundwinkel war schon fast wieder geheilt, und das Veilchen wurde an den Rändern bereits gelb.

»Hat er das getan?«, fragte sie und gab sich Mühe, ihr Mitgefühl stärker durchklingen zu lassen als den Zorn, der in ihr kochte.

»Das geht dich einen feuchten Kehricht an«, entgegnete Tinna abweisend und kramte in der Tasche nach ihren Zigaretten. »Ich hab das mit Ólafur im Radio gehört«, sagte sie, nachdem sie sich eine angezündet und den ersten Zug inhaliert hatte. »Seid ihr seinetwegen hier?«

Katrín nickte. Stefán stand bewegungslos neben dem Kühlschrank, hatte die Arme verschränkt und gab keinen Ton von sich.

»Was denn, ihr glaubt doch wohl nicht, dass Úlfur … dass Úlfur etwas damit …? Mensch, was soll das denn?«

»Wir glauben noch gar nichts«, log Katrín, »aber wir müssen unbedingt mit Úlfur reden. Er hat sich selber – und seiner Familie – keinen Gefallen damit getan, sich aus dem Staub zu machen.« Sie erzählte Tinna in kurzen und bündigen Worten, was gestern vorgefallen war.

»Der verdammte Idiot«, brummte Tinna, »nicht zu fassen, was für ein Idiot der Kerl sein kann. Ich verstehe ihn aber trotzdem gut«, sagte sie und deutete mit ihrer Zigarette anklagend auf Katrín. »So wie ihr ihn die letzten Jahre behandelt habt. Immer hattet ihr ihn auf dem Kieker. Kaum wird hier im Viertel ein Kiosk überfallen, schon kommt der nächstbeste dämliche Bulle daher und macht ihm die Hölle heiß. Das ist doch, wie nennt man das noch, Schikane? Verdammte Schikane. Oder Mobbing. Und jetzt wollt ihr ihm einen Mord in die Schuhe schieben.« Sie schüttelte den orangefarbenen Kopf. »Vielleicht nicht komisch, dass er abgehauen ist.«

»Wir wollen niemandem was in die Schuhe schieben«, begann Katrín zu widersprechen, »wir wollten ihn bloß fragen …«

»Ja, ja, ja,« unterbrach Tinna sie, »vergiss es. Ihr seid doch alle gleich, immer.« Sie verrenkte sich fast den Hals, um sicherzugehen, dass diese Bemerkung auch Stefán nicht entgangen war. Der zeigte aber keinerlei Reaktion. »Irgendjemand krepiert, und weil ihr keine Lust habt, eure Arbeit zu tun, pickt ihr Flaschen euch einfach den Erstbesten raus, nur weil er schon mal im Knast gesessen hat.« Sie zündete sich mit dem Stummel der ersten die nächste Zigarette an.

»Waren Úlfur und Ólafur Freunde?«, fragte Katrín, ohne sich durch Tinnas Beschimpfungen aus der Ruhe bringen zu lassen.

»Nein«, erklärte Tinna eingeschnappt, »das würde ich nicht sagen. Jedenfalls nicht in letzter Zeit.«

»Aber früher schon?«

Tinna zuckte mit den Achseln. »Na, ja. Er wohnt ja schließlich, ich meine er wohnte ja direkt gegenüber. Sie haben sich manchmal zusammen einen hinter die Binde gekippt. Ziemlich oft sogar. Dann hab ich Úlfur aber dazu gebracht, eine Entziehungskur mitzumachen, und der hat anschließend auch den alten Knacker dazu überreden können. Aber lange hat das nie vorgehalten, dann war es wieder wie vorher. Als Ólafur von der Therapie zurückkam, wurden sie schon nach ein paar Wochen wieder rückfällig.«

»Und was dann?«, fragte Katrín. »Was ist passiert? Weshalb sagst du, dass sie in letzter Zeit nicht mehr befreundet waren?«

»Er hat sich bekehrt. Ólafur, meine ich. Deswegen hatte Úlfur einfach keinen Bock mehr, mit ihm zu trinken. Der hat nämlich nur noch über Gott und den Weltuntergang und sowas geredet. Ólafur, meine ich, und er hat auch versucht, Úlfur da in diesen Jesusquatsch reinzuziehen. Eigentlich hatte Úlfur ganz damit aufgehört, zu ihm rüberzugehen, höchstens wenn er… wenn er keinen Alkohol mehr im Haus hatte und ihm niemand anders aushelfen konnte.« Sie sah Katrín ins Gesicht. »Aber er hat ihn nicht umgebracht. Úlfur hat Ólafur nicht umgebracht, und ihr könnte das nicht einfach so behaupten, bloß weil er da anno dunnemals mit dem Messer auf einen anderen losgegangen ist. Er ist kein Krimineller. Nicht mehr.«

»Sag mir eines«, ließ sich Stefán hinter ihrem Rücken vernehmen, »was hast du vorhin gedacht, wer hier in der Wohnung ist?« Seiner Stimme war keine Spur von Gereiztheit oder Ungeduld anzuhören. Tinna hingegen rutschte unruhig auf ihrem Stuhl herum und schwieg eine Weile, bis sie die richtige Antwort gefunden hatte.

»Bloß jemand, der hier nichts zu suchen hat«, sagte sie. »Einbrecher oder so was.«

Stefán trat einen Schritt auf den Tisch zu und setzte seinen kräftigen Zeigefinger auf die beiden Umschläge, die an Ólafur adressiert waren.

»Und was kannst du uns darüber sagen?«, fragte er.

»Nichts«, erklärte Tinna. »Wieso sollte ich euch etwas über irgendwelche Briefe an Ólafur sagen können?«

»Weil sie hier bei dir im Abfalleimer waren. Bei euch. Irgendeine Idee, wie sie dorthin gekommen sein könnten?«

»Nein«, entgegnete Tinna prompt, »keinen Schimmer.«

* * *

Erst als sie wieder im Hotel waren, sich geliebt, geduscht, wieder angezogen und das erste Glas getrunken hatten, traute sich Ragnar, Bárður zu fragen, was ihm die ganze Zeit, seit sie Hólmfríður verlassen hatten, nicht aus dem Kopf gegangen war.

»Was verdient deine Schwester eigentlich bei ihrer Arbeit?«, fragte er schwer atmend. Er war feuerrot geworden. Wie erwartet, reagierte Bárður böse.

»Was meinst du damit, was sie verdient?«, fragte er scharf. »Wieso willst du das wissen?«

»Nur so.« Ragnar legte den Kopf schräg und hoffte, dass es unbefangen wirken würde. »Ihr scheint es im Augenblick richtig gut zu gehen.«

»Und? Ist was dabei? Habe ich da etwa was verpasst, gibt es irgendwelche Gesetze, die besagen, dass geschiedene Frauen mit Kindern am Hungertuch nagen müssen?«

Ragnar seufzte. Ihm war klar, dass er dieses Thema nicht hätte anschneiden dürfen, aber nun es war zu spät. Bárður würde für den Rest des Tages beleidigt sein. So gesehen war es wohl am besten, einfach weiter in diese Kerbe zu hauen.

»Nein«, sagte er, »aber soweit ich mich erinnern kann, war sie total blank, als wir sie im vergangenen Jahr getroffen haben. Sie redete sogar davon, dass sie das Haus verkaufen müsse, und hat sie dich nicht sogar gefragt, ob du ihr Geld leihen könntest? War es nicht so?«

»Moment mal, worauf willst du eigentlich …«

Ragnar fiel ihm ins Wort und ließ nicht locker. »Aber du hast ihr nichts geliehen, oder? Daraus ist nichts geworden, und trotzdem hat sie seitdem kein Wort mehr über Geldprobleme verloren. Sie wohnt immer noch in ihrem schönen Haus, hat DSL-Anschluss und Digitalfernsehen und fährt überdies einen ziemlich neuen Wagen. Soweit ich mich erinnern kann, besaß sie letztes Jahr auch keinen Flachbildschirm. Deswegen frage ich jetzt danach, was sie so verdient, ist diese Frage vielleicht unnormal?«

Sie sahen sich eine Weile in die Augen, dann zog Bárður sein Handy aus der Tasche und reichte es Ragnar. »Willst du sie nicht einfach selber fragen, wo du dir schon so viele Gedanken darüber machst?«

»Warum machst du immer gleich so ein Theater«, beklagte sich Ragnar. »Weshalb schaltest du jedes Mal in diesen Gang, wenn ich deine Schwester überhaupt nur erwähne?«

»Weshalb erwähnst du Hólmfríður nur, um sie madig zu machen?«, entgegnete Bárður wütend. »Was hast du eigentlich gegen sie? Was hat sie dir getan?«

Ragnar hob resignierend die Hände. »Gar nichts, warum sagst du so etwas? Warum sagst du, dass ich sie madig mache, nur weil ich wissen möchte, was sie …«

»Ach, Mensch, halt die Klappe. Ich kenne dich, Ragnar, du würdest nicht nach so etwas fragen, wenn dir nicht etwas im Hinterkopf herumspuken würde. Hinter solchen Fragen von dir steckt immer etwas. Glaubst du vielleicht, dass ich das nach all diesen Jahren nicht durchschaut hätte? Also raus damit, spuck's aus, was steckt dahinter?«

Ragnar stand mit feuerrotem Gesicht mitten im Zimmer und hielt ein leeres Rotweinglas in der Hand. »Nichts«, murmelte er, »lassen wir das.« Plötzlich war er nicht mehr darauf erpicht, weiterzumachen, und er bereute es zutiefst, das Thema überhaupt aufs Tapet gebracht zu haben. Er bezweifelte nämlich stark, ob es diesmal mit einem Tag Beleidigtsein abgetan sein würde, falls er Bárður sagte, was ihm wirklich auf der Seele lag. Doch nun war Bárður in Fahrt gekommen und nicht bereit, einzulenken.

»Sag du mir doch, wo Hólmfríður ihr Geld her hat?«, fragte er höhnisch. »Du glaubst offensichtlich nicht, dass sie dafür arbeitet, also musst du doch irgendeine Theorie haben? Was meinst du, ist es Prostitution? Erpressung? Drogenhandel? Oder hat sie vielleicht im Lotto gewonnen und ...«

»Euer Vater hat im Lotto gewonnen«, entfuhr es Ragnar, ganz entgegen dem gerade eben gefassten Vorsatz, den Streit nicht auf die Spitze zu treiben. »Oder hast du das vergessen?«

Bárðurs höhnisches Grinsen verschwand im Handumdrehen, und er wurde bleich. »Mein Vater hat behauptet, dass er im Lotto gewonnen hat«, korrigierte er. »Er hat gesagt, er hätte einen Haufen Geld auf der Bank, und das wollte er der WAHRHEIT überlassen, wenn wir nicht mit ihm zu dieser Versammlung gingen. Und ich hab dir auch gesagt, dass das wieder mal nur eine Lüge und ein Erpressungsversuch von dem Alten war, damit ich zum Licht fände, wie er sich ausdrückte, und mich entschwulen lassen würde, halleluja. Oder hast du das vergessen? Erinnerst du dich nicht, wie wütend du letztes Jahr warst, als ich dir das erzählte? Weißt du das nicht mehr?« Seine Stimme näherte sich dem hohen C und der Wein spritzte in alle Richtungen.

»Doch«, sagte Ragnar, »das weiß ich noch.« Er schluckte heftig und beschloss, sich nachzugießen. »Verzeih mir«, murmelte er und kippte das halbe Glas hinunter. Aber Bárður gab sich noch nicht zufrieden.

»Und?«, fragte er halsstarrig. Ragnar gab ihm keine Antwort. »Was willst du dann, verdammt nochmal?« Ragnar leerte den Rest des Glases in einem Zug und ging zum Fenster. Jetzt bleibt nichts anderes mehr übrig, dachte er, weshalb war ich bloß so blöd und hab meine Schnauze aufgerissen?

»Und was, wenn er nicht gelogen hat?«, fragte er leise. Er hatte Bárður den Rücken zugewandt. »Was, wenn er tatsächlich Millionen im Lotto gewonnen und sie auf ein Bankkonto eingezahlt hat, für das Hólmfríður eine Vollmacht hatte?«

Er rührte sich nicht, als das Rotweinglas direkt neben ihm an der Wand zersplitterte, zuckte aber ein klein wenig zusammen, als im Anschluss daran die Zimmertür heftig zugeschlagen wurde.

»Regen«, brummte er, »ewig dieser Regen auf dieser elenden Schäre.«

* * *

Die Scheibenwischer kamen die ganze Zeit kaum gegen die Wassermassen an, während sie von Breiðholt hinunter zum Hlemmur fuhren, und obwohl das Radio nicht lief, gaben beide während der Fahrt keinen Ton von sich. Doch als sie wieder in Stefáns Büro saßen, musste Katrín sich Luft machen. Sie schlug mit der Faust auf den Schreibtisch.

»Verdammt nochmal, wie ist so etwas nur möglich?«, schimpfte sie und sah Stefán anklagend an, obwohl der nun wirklich nichts dafür konnte. »Ich weiß«, sagte sie in entschuldigendem Ton, »das haben wir schon tausendmal gesehen, und ich habe sogar meine Abschlussarbeit in Psychologie über

Gewalt in der Ehe geschrieben. Da habe ich vierzehn Interviews mit Frauen gemacht, die das jahrelang über sich ergehen ließen, und das aus allen möglichen Perspektiven analysiert. Warum es so sein muss, ist mir ein Rätsel, ich kenne aber die Mechanismen. Manche reden sich sogar selber ein, dass es letzten Endes ihre eigene Schuld ist, und darin werden sie selbstredend von den Kerlen bestärkt. Ich weiß alles darüber, manche resignieren einfach oder sie brechen zusammen und lassen sich total kaputtmachen, und so weiter und so weiter. Ich weiß auch, wie diese oder jene Wissenschaftler das erklären, ich bin mir sogar sicher, dass sie auch Recht haben, und mir würde nicht im Traum einfallen, diesen Frauen irgendetwas vorzuwerfen. Aber trotzdem … Trotzdem kapier ich das im Grunde genommen nicht. Tut mir leid. Irgendwelche Dreckskerle schlagen ihre Frauen zusammen, immer und immer wieder, und trotzdem, *trotzdem* halten die weiter zu ihnen. Leben mit ihnen zusammen, tun ihnen alles zu Gefallen und verteidigen sie bis aufs Messer, einige zumindest. Wie ist das nur möglich?« Katrín ließ sich auf den Besucherstuhl fallen und stöhnte schwer. »Wir hätten sie mitnehmen und heute Nacht einsperren sollen. Das Ding mit der Pistole hätte schon ausgereicht, um das zu rechtfertigen. Und überdies die Briefe.«

»Und was hätte ihr das genützt?«, fragte Stefán. »Oder uns?«

»Nichts«, gab Katrín zu, »und trotzdem. Wir hätten sie mitnehmen sollen.«

Aber das hatten sie nicht getan, sondern ihr nur die Wohnungsschlüssel abgenommen und sie wieder zu ihren Kindern und ihrer Mutter geschickt und ihr gesagt, sie dürfe die Wohnung erst wieder betreten, wenn sie dazu die Erlaubnis von ihnen erhielte. Tinna war damit nicht einverstanden gewesen und hatte auf dem Weg zu den Autos lauthals protestiert. »Faschistenschweine!«, war das Letzte, was sie von ihr hörten, bevor sie die Autotür zuschlug und zu ihrer Mutter fuhr. Zumindest hofften sie, dass sie dort hinfuhr, aber genauso gut konnte sie auch Kurs auf die nächste Kneipe nehmen, oder auch ganz woanders hin.

Stefán hatte sich darum bemüht, Leute zu bekommen, die Tinna beschatten sollten, falls sie zu ihrem Úlfur fahren würde, hatte aber zur Antwort erhalten, dass für so etwas keine Leute abgestellt werden konnten, die Schichten seien ohnehin schon unterbesetzt.

»Du weißt, dass sie damals mit dem Mann zusammengelebt hat, den Úlfur seinerzeit beinahe erstochen hat?«, fragte Stefán.

»Ja. Und das macht es weiß Gott nicht einfacher, so etwas zu verstehen.«

Wieder machte sie eine resignierende Handbewegung. »Tut mir leid. Ich weiß nicht, weshalb ich mich so aufrege.«

»Reg dich ruhig auf«, sagte Stefán, »das ist völlig in Ordnung. Was ich wiederum nicht verstehe, ist, wie ein Mann fast anderthalb Jahre tot sein kann, ohne dass irgendjemand es merkt. Ohne dass irgendjemand ihn vermisst. Wie kann man so vereinsamt sein, so total allein, dass es niemandem auffällt, wenn jemand sich nicht mehr meldet, weil er tot ist? Das muss doch ein entsetzliches Leben gewesen sein. Das erinnert mich daran, dass wir mit diesem Meister Magnús sprechen müssen. Von Ólafurs Kindern wissen wir, dass er dessen Versammlungen besucht hat, ist das nicht etwas seltsam, dass diese Leute sich nicht nach ihm erkundigt haben?«

Katrín dachte eine Weile darüber nach. »Vielleicht«, sagte sie, »vielleicht aber auch nicht. Wie viele Mitglieder hat diese Gemeinde? Ein paar hundert? Ein paar tausend? Fällt es auf, wenn da jemand bei den Versammlungen fehlt?«

»Wohl kaum mehr als tausend, würde ich denken«, sagte

Stefán. »Und bestimmt kommen sehr viel weniger zu den Versammlungen. Wenn er wirklich regelmäßig dabei war, muss es doch irgendjemand gemerkt haben, dass er auf einmal nicht mehr kam, oder?«

»Ich weiß es nicht«, gab Katrín zu, »ich bin nie auf so einer Versammlung gewesen, aber wir können selbstverständlich mit diesem Meister reden. Nicht, dass ich mir etwas davon verspreche, denn ich halte es nicht für unwahrscheinlich, dass eben er und die WAHRHEIT es waren, die ihn so lange am Leben hielten, auch wenn sie nach seinem Tod kein sonderliches Interesse mehr für ihn aufbrachten. Ólafur hat nämlich sehr viel länger durchgehalten als viele andere Männer in seiner Situation«, fuhr sie fort. »Viel länger sogar als Leute, die wesentlich besser dran waren als er. Für viele ist das so gut wie ein Todesurteil.«

Stefán sah sie verständnislos an. »Wovon redest du eigentlich?«

»Vielleicht ist es etwas übertrieben, dass es auf viele zutrifft«, lenkte Katrín ein, »aber die Statistik besagt, dass ein ungewöhnlich hoher Prozentsatz von solchen Männern in der Psychiatrie landet, im Krankenhaus, in der Entzugsklinik oder ganz einfach im Grab, und manchmal mit vorherigem Aufenthalt in sämtlichen Institutionen, die ich genannt habe. Es sei denn, dass sie eine andere Frau finden, und zwar ziemlich bald.«

»Du sprichst von geschiedenen älteren Männern, nicht wahr?«, fragte Stefán, der sich unklar an einen Vortrag erinnerte, den er vor einigen Jahren über sich hatte ergehen lassen müssen.

»Ja, entschuldige. Männer in der gleichen Lage wie Ólafur. Ältere Männer, die, wie du gesagt hast, ihre Frauen verlieren, entweder weil sie starben oder sich nach jahrzehntelanger Ehe scheiden ließen. Wenn diese Männer in einem Jahr, maximal anderthalb, keine neue Frau finden. Besonders, wenn sie in sozialer Hinsicht schlecht gestellt sind. Viele von ihnen verkümmern schlicht und ergreifend. Das ist statistisch erwiesen, und deswegen hat es auch irgendwann einmal eine Untersuchung darüber gegeben, und dabei ist man zu diesen Ergebnissen gekommen.«

Stefán bohrte sich hektisch im Ohr. »Ich bin bestimmt einigen Männern begegnet, die in einer derartigen Situation waren«, sagte er nach kurzem Schweigen. »Ich hab sogar das dumpfe Gefühl, irgendwann mal etwas darüber gehört zu haben, was du da erzählst, aber ich erinnere mich nicht mehr so genau daran. Das ist also erforscht worden, sagst du?«

»Ja. Und es gibt da klare Zusammenhänge zwischen ...«

Stefán wehrte ab. »Ich hab's gerafft. Also, wenn meine Ragnhildur zu dem Schluss käme, dass sie die Nase voll von mir hat und mir den Stuhl vor die Tür setzt, dann muss ich mir so schnell wir möglich eine andere zulegen, wenn ich nicht total versacken will. Meinst du das?«

»Ja, etwas in der Art«, sagte Katrín lächelnd. »Besteht da irgendeine Gefahr, dass Ragnhildur die Schnauze voll von dir hat?«

»Würde mich nicht wundern«, brummte Stefán. »Ich verstehe sowieso nicht, wie sie es die ganzen Jahre mit mir ausgehalten hat. Aber da sie mich bis jetzt noch nicht aus dem Haus geworfen hat, hoffe ich, dass sie es auch noch ein bisschen länger mit mir aushält. Und das gilt wirklich nur für Männer, sagst du?«

»Soweit ich weiß, ja. Wir Frauen sind zäher ...«

Es klopfte an der Tür, und ein wuscheliger Männerkopf schaute durch den Spalt herein.

»Störe ich?« Als niemand widersprach, öffnete der ungebetene Gast die Tür ganz.

»Komm rein«, sagte Stefán. »Kennt ihr euch?«, fragte er und sah Katrín und den Gast an. Die schüttelten den Kopf, auch wenn beide vom anderen wussten, wer er war.

»Nicht so richtig«, sagte der Mann und ging mit ausgestreckter Hand auf Katrín zu. »Ich heiße Þórður. Und du bist Katrín, nicht wahr?« Sie nickte und schüttelte ihm die Hand. »Soweit ich weiß, ja.«

Er lächelte strahlend. Mann, der hat ordentlich was für seinen Zahnarzt hingeblättert, dachte Katrín.

»Þórður ist Guðjóns Nachfolger im Rauschgiftdezernat, wie du vielleicht weißt«, sagte Stefán.

Das wusste Katrín. Guðjón war noch keine fünfzig, hatte aber vor einem halben Jahr gekündigt und betrieb jetzt eine Kneipe im Stadtteil Grafarvogur. Er hatte vor dem Aberwitz und der Sinnlosigkeit ihres Tuns kapituliert, so hatte er Katrín erklärt, als sie ihn kurz danach zufällig getroffen hatte; dabei war auch der Name eines gewissen Sisyphus gefallen.

»Das habe ich gehört, ja.«

»Höchste Zeit, dass ihr euch kennen lernt«, sagte Stefán mit einem seltsamen Lächeln auf den Lippen, das Katrín zu einigen Gedanken inspirierte, für die sie sich schämte, als ihr das später am Abend einfiel.

»Was können wir für dich tun?«, fragte Stefán.

Þórður setzte sich auf den zweiten freien Stuhl und räusperte sich. »Vielleicht geht es eher um die Frage, was ich für euch tun kann«, sagte er. »Ich hoffe aber, dass es vielleicht uns allen etwas nützt. Ich habe hier ein paar Fotos mitgebracht, die ich euch zeigen möchte.« Er griff in die Brusttasche seines Jacketts und zog einen Umschlag heraus, den er auf Stefáns Schreibtisch legte. »Bestimmt kennt ihr jemanden auf den Bildern – wahrscheinlich sogar die meisten. Die Bildqualität lässt leider zu wünschen übrig, auf dem Video sieht man das besser. Wenn ihr möchtet, kann ich euch das nachher zeigen.«

Er lehnte sich auf dem Stuhl zurück und legte die Hände auf die Oberschenkel. Stefán zog die Fotos aus dem Umschlag, sah sich eines nach dem anderen an und reichte sie an Katrín weiter. Auf den ersten zehn Fotos waren drei Männer und zwei Frauen zu sehen, die aus einem imponierenden silbergrauen Mercedes ausstiegen und in das Erdgeschoss eines Gebäudes gingen, indem sich anscheinend sowohl Büros als auch Gewerberäumlichkeiten befanden. Die nächsten sieben Bilder zeigten nur zwei Männer, zuerst an der Tür desselben Gebäudes und dann mitten auf dem Parkplatz und zum Schluss bei einem Wagen, der auf den ersten Blick ein älterer japanischer PKW zu sein schien. Bei näherem Hinsehen stellte sich heraus, dass es ein koreanischer war. Die letzten beiden Fotos zeigten nur noch einen Mann, der immer noch auf dem Parkplatz stand und diesem Auto nachsah.

»Wie ihr seht, sind diese Aufnahmen alle in der genauen zeitlichen Reihenfolge angeordnet«, sagte Þórður, als Katrín das letzte Bild zurück auf den Stapel gelegt hatte. »Sie wurden am Ostersonntag des vergangenen Jahres zwischen achtzehn Uhr vierzig und achtzehn Uhr dreiundvierzig aufgenommen. Wir haben seinerzeit nichts weiter unternommen, wir wussten einfach nicht, was er da wollte – und wissen es eigentlich immer noch nicht, um die Wahrheit zu sagen. Aber als wir hörten, was mit Ólafur passiert war, fiel uns diese Szene wieder ein, und wir haben uns das Ganze noch einmal angesehen. Auch diesmal hat es uns nichts gesagt, aber was meint ihr? Irgendwelche Ideen?«

Stefán und Katrín kniffen Augen und Lippen zusammen und blickten sich lange an.

»Nein«, sagte Stefán nach einigem Nachdenken. »Auf jeden Fall nicht so auf die Schnelle.« Er griff noch einmal nach den Fotos und blätterte sie rasch durch. »Das hier sind Meister Magnús und Ólafur Áki Bárðarson, und auf den Bildern davor waren Lalli Fett und seine Truppe auf demselben Parkplatz.« Er sah Þórður an und schüttelte den Kopf. »Okay, ich weiß, wer die drei sind. Und Ási Stero natürlich. Aber was das zu bedeuten hat …«

Lalli Fett, mit richtigem Namen Lárus Kristjánson, war einer der umtriebigsten Drogenimporteure des Landes und in den letzten Jahren höchstwahrscheinlich, nein, ganz sicher verantwortlich gewesen für den Tod von mindestens drei Menschen, vermutlich aber noch mehr. Das war nicht nur der Polizei, sondern auch allgemein bekannt. Stefán wusste, dass Þórður und seine Leute seit geraumer Zeit zu der Ansicht tendierten, dass er der isländische Verbindungsmann zu den Litauern war, von dem man ausging, dass es ihn geben musste. »The missing link«, wie sie sich ausdrückten. Der Haken war nur der, dass sie dem verfluchten Kerl noch nie etwas hatten nachweisen können. Und Ási Stero, mit richtigem Namen Ásgeir Arason, war sein wichtigster Handlanger. Das wussten ebenfalls alle, aber es war unbewiesen, dass dahinter kriminelle Machenschaften steckten. Stefán schüttelte wieder den Kopf.

Für ihn bestand kein Zweifel daran, dass dieser Lárus für isländische Maßstäbe ein Schwerverbrecher war, und ihm war nicht weniger als anderen daran gelegen, diesen Mann hinter Schloss und Riegel zu bringen. Nichtsdestotrotz wurde er aber das Gefühl nicht los, dass sich einige seiner Kollegen allzu sehr auf ihn konzentrierten und praktisch alles, was nicht aufgeklärt werden konnte, auf sein Konto schrieben. Das galt vor allem für seine Vorgesetzten und die Leute im Rauschgiftdezernat. Und obwohl Stefán ihn seinen Kollegen gegenüber nie anders als Lárus, Lalli oder Lalli Fett bezeichnete, hatte er ihm doch einen anderen Namen gegeben, den er für sich behielt: Professor Moriarty.

»Wir wissen, dass Ólafur in der WAHRHEIT war«, sagte er, »das haben uns seine Kinder schon alles erzählt. Wir haben aber noch nicht mit Meister Magnús gesprochen, doch das steht auf unserem Programm. So gesehen haben wir bisher keine Veranlassung dazu gehabt. Aber Lalli Fett…« Er sah Þórður an. »Du sagst, dass ihr dem nicht weiter nachgegangen seid – dass ihr nie herausgefunden habt, was er da in Kópavogur wollte?«

Þórður nickte bestätigend. »Wir haben keine Ahnung. Damals waren wir Lalli Tag und Nacht auf den Fersen, und wir wissen außerdem noch von mindestens zwei weiteren Besuchen dort, einmal vor diesem und einmal danach. Wir haben aber keine Aufnahmen von ihm und dem Meister zusammen. Durch diese Tür«, sagte er, während er mit dem Finger auf eines der Fotos deutete, »kommt man in einen Flur im Untergeschoss des Hauses, im oberen Stock hat die WAHRHEIT ihren Versammlungssaal. Auf dem unteren Flur gibt es vier Türen, hinter einer ist die Treppe, die nach oben zu dem Saal führt, und hinter einer ist das Büro von Magnús. Tür Nummer drei führt zur Toilette, die sich die WAHRHEIT mit einem Unternehmen hinter der vierten Tür teilt. Dort befindet sich ein großes Lagerhaus, das mehr als die Hälfte der Fläche im Untergeschoss einnimmt.« Er zog ein anderes Foto aus dem Stapel und deutete auf drei große Schiebetüren. »Das ist die Firma, an deren Geschäften wir seinerzeit großes Interesse hatten und die wir sehr genau unter die Lupe genommen haben, nachdem sich herausgestellt hatte, dass Lalli dieses Haus mehrfach betreten hat. Wir haben aber nichts gefunden.«

»Was für ein Unternehmen ist das?«, fragte Katrín, die nicht zu irgendwelchen Ratespielen im Dienst aufgelegt war.

»Das ist das Lager einer Firma, die sich *Letthaus* nennt und Fertigbauhäuser aus Lettland importiert.«

»Und?«, fragte Stefán, der genauso wenig Lust auf Denksportaufgaben verspürte wie Katrín, obwohl er ahnte, worauf es hinauslaufen würde.

»Wir vermuteten, dass Lalli möglicherweise seine Finger bei diesem Import drin hatte. Dass die Isolierung in diesen Häusern zum Teil aus etwas anderem bestand als Steinwolle, oder etwas in der Art. Lettland und Litauen liegen nah beieinander. Das schien aber nicht der Fall zu sein. Soweit wir in Erfahrung bringen konnten, gibt es keine Verbindung zwischen Letthaus und Lalli, außer dass er vor vier Monaten ein Haus bei ihnen gekauft hat, das er auf einem der allerteuersten Grundstücke in Álftanes errichten ließ. Selbstverständlich mit ungehindertem Blick auf den Amtssitz des Präsidenten in Bessastaðir. Und am Ostersonntag war auch kein einziger Mitarbeiter der Firma Letthaus in dem Gebäude, das haben wir abgecheckt, das steht hundertprozentig fest. Deswegen blieb also nur die Verbindung zu Meister Magnús und der WAHRHEIT.«

»Und diese Verbindung habt ihr vermutlich auch abgecheckt?«, erkundigte sich Katrín.

»Und wie«, bestätigte Þórður prompt. »Selbstverständlich. Genau wie Letthaus. Wir haben sogar jemanden zu diesen Versammlungen geschickt, was weiß ich, nachdem Lalli zuerst beim Betreten des Hauses aufgenommen wurde, das war zwei Monate vor Ostern. Und da stellte sich auch sofort die Verbindung heraus. Lallis Mutter besucht diese Versammlungen, aber das war auch der einzige Verknüpfungspunkt. Bis jetzt, wie gesagt.«

Stefán und Katrín zogen beide gleichzeitig die Augenbrauen hoch. »Bis jetzt?«, fragte Stefán zweifelnd. »Was willst du damit andeuten?«

»Wir haben natürlich diesen Mann abgecheckt, dem der Meister damals zu Ostern zum Auto gefolgt ist. Unser Mann, den wir zu den Versammlungen geschickt haben, sagte, dass er ein hoffnungsloser Alkoholiker war, Invalide zudem, der sich nicht eine einzige Versammlung entgehen ließ. Der anschließende Routinecheck ergab, dass keinerlei Verbindung zwischen Lalli und ihm bestand, deswegen haben wir auch nichts weiter unternommen. Dasselbe galt für den Meister, die einzige Verbindung zwischen ihnen war Lallis Mutter. Ihr wisst ja sicher auch, dass dieser Typ sich rührend um seine Mutter kümmert, besser als die meisten, die ich kenne, was auch immer man sonst über diesen Dreckskerl sagen kann. Deswegen haben wir die Sache dann nicht weiter verfolgt. Und unser Mann war heilfroh, als er nicht mehr zu diesen Versammlungen gehen musste, das kann ich euch sagen«, grinste Þórður. »Svavar – ich brauche euch wohl kaum zu sagen, dass Svavar zu dieser Glaubensgemeinschaft gehört?« Er blickte die beiden fragend an.

Sie schüttelten die Köpfe. Ihr Vorgesetzter wurde häufig genug von den Medien befragt, wenn es um religiöse Angelegenheiten ging. Ein hochgestellter Polizeibeamter, der mit seinem Glauben und seiner Zugehörigkeit zu einer bestimmten Glaubensgemeinschaft nicht hinter dem Berg hielt, auch wenn sie von der breiten Bevölkerung als sektiererisch eingeordnet wurde – von denen gab es nicht viele.

Þórður nickte und fuhr fort. »Ja, Svavar hat natürlich unseren Mann bemerkt, und er hat wohl auch ein paarmal versucht, mit ihm über Glaubensfragen zu diskutieren, was der Gute ziemlich unangenehm fand, und hinzu kam all das andere, die Hallelujas und das religiöse Geschwätz, das ging ihm so langsam … Tja, sagen wir einfach, er war außerordentlich froh, als er von dieser Aufgabe befreit wurde.«

»Wann war das?«, fragte Stefán.

»Ungefähr einen Monat nachdem diese Aufnahmen gemacht wurden«, entgegnete Þórður.

»Aber er hat nichts darüber gesagt, dass Ólafur auf einmal nicht mehr zu den Versammlungen erschien, kurz nachdem diese Aufnahmen gemacht wurden?«, fragte Katrín.

»Nein. Vielleicht erinnere ich mich aber auch nicht mehr so genau daran. Er hat es damals wohl nicht für so wichtig gehalten. Die Leute kamen einfach oder blieben weg, und dann kamen sie wieder… Auf diesen Versammlungen waren immer so an die hundert Leute«, erklärte er, um seinen Mann in Schutz zu nehmen, »und nicht selten auch mehr. Wie dem auch sei, all das kam jetzt wieder hoch, als dieser Ólafur tot aufgefunden wurde. Daraufhin haben wir natürlich das Ganze wieder aufgerollt.«

»Wieso?«, fragte Stefán so missmutig wie nur möglich.

»Wieso? Sieh dir doch einfach den Zeitrahmen auf den Fotos an«, sagte Þórður eifrig. »Auf dem Video ist das sogar noch deutlicher. Da öffnet jemand die Tür für Lalli und seine Truppe, wir wissen zwar nicht, wer das macht, aber sie wird, wie gesagt, von innen geöffnet – und ein paar Sekunden später kommt Gottesmann Magnús höchstpersönlich zusammen mit Ólafur heraus, er gestikuliert und redet auf Ólafur ein, als gelte es sein Leben, bis der sich ins Auto setzt. Und inzwischen wissen wir, dass er am nächsten Tag, oder höchstens ein paar Tage später, tot war, dieser Ólafur. Das müsst ihr doch sehen, allein schon der Zeitrahmen deutet darauf hin, dass Ólafur auf dem Weg nach draußen seinem Meister zusammen mit Lalli und seiner Truppe begegnet ist. Und Magnús fuchtelt doch wohl nur deswegen so wild herum, weil er sich alle Mühe geben muss, dem alten Kerl diesen überaus merkwürdigen Besuch zu erklären. Ich bezweifle sehr, dass es dabei um Lallis Mutter gegangen ist.«

»Etwas lag ihm auf der Seele«, pflichtete Stefán ihm bei. Trotzdem schwang ein zweifelnder Unterton in seiner Stimme mit. »Aber wer sagt, dass es nicht um irgendwelche Glaubensfragen ging? Es war Ostersonntag, da hatte eine Versammlung stattgefunden, an der Ólafur teilgenommen hatte. Der Meister hat gepredigt – ich denke, davon kann man ausgehen, denn seine Osterpredigten sind ja berühmt – und vielleicht war Ólafur nicht einverstanden mit etwas, was er gesagt hat. Wie könnt ihr so sicher sein, dass …«

Þórður wehrte ungeduldig ab. »Ich weiß, ich weiß, sie können über alles Mögliche geredet haben, darüber wissen wir gar nichts, und irgendwie haben wir das seinerzeit auch so aufgefasst. Die Videoaufnahme ist zu undeutlich, um einen Lippenleser einzusetzen.«

»Lippenlesen ist ja auch keine sehr präzise Wissenschaft«, warf Katrín ein, »zumindest gibt es ich weiß nicht wie viele Versionen davon, was Materazzi zu Zidane gesagt haben soll.« Stefán und Þórður sahen sie verständnislos an. »Spielt keine Rolle«, fuhr sie fort, »Entschuldigung, mach einfach weiter.«

»Okay«, sagte Þórður, der jetzt aber nicht mehr ganz so eifrig klang wie zuvor. »Wie gesagt, wir wissen selbstverständlich nicht, worüber der Meister und Ólafur geredet haben, aber der Zeitrahmen …«

»Soweit ich sehen kann, gibt es eine Zeitspanne von etwa fünfundzwanzig Sekunden zwischen dem Augenblick, wo Lalli und Co. das Haus betreten und der Meister und Ólafur herauskommen«, warf Stefán immer noch zweifelnd ein. »Wie lang ist dieser Korridor? Wo befindet sich die Tür zu der Lagerhalle und die zum Treppenhaus? Wie lange braucht man, um von der Eingangstür ins Lagerhaus zu gelangen und von der Treppe zur Außentür?«

Þórður musste widerwillig zugeben, dass beide Türen sozusagen direkt beim Eingang waren.

»Also hätte Lalli in diesen zwanzig, nein fünfundzwanzig Sekunden mit Leichtigkeit in der Lagerhalle verschwunden sein können, bevor der Meister und Ólafur die Treppe herunterkamen und nach draußen gingen?«

»Doch, ja. Aber bei Letthaus war überhaupt niemand, also ...«

»Lalli kann doch da reingegangen sein, auch wenn niemand anwesend war. Habt ihr darüber mal nachgedacht?«

»Ja, doch, haben wir, aber ...«

»Aber trotzdem seid ihr zu dem Schluss gekommen, dass Lalli Fett etwas mit dem Mord an Ólafur zu tun hat«, stöhnte Stefán. »Weil sie letztes Jahr zu Ostern zur gleichen Zeit weniger als eine Minute zusammen im gleichen Haus waren. Und das, obwohl wir einen Mann im Visier haben, der aller Wahrscheinlichkeit nach Ólafur umgebracht hat.« Er schüttelte den Kopf. »Keine Ahnung, was in euren Köpfen vorgeht«, fuhr er fort, »aber für mich klingt das nicht sonderlich ...« Er brach den Satz ab, als er die überhebliche Miene sah, die sich in Þórðurs hagerem Gesicht breitmachte. »Und was jetzt?«, fragte er gereizt.

Þórður zog einen weiteren Umschlag aus der Brusttasche und legte ihn mit theatralischem Schwung auf den Tisch. »Die hier wurden im vergangenen Jahr eine Woche nach Ostern gemacht«, sagte er. »Genauer gesagt am Montag, dem fünften April 2005. Wir haben damals keine Verbindung dazwischen gesehen, das hat sich irgendwie überschnitten. Es ließ sich ja auch allenfalls über die Adresse eine Connection herstellen. Und bei all unserem bürokratischen Papierkram fiel bei niemandem der Groschen, ihr wisst, wie das ist. Es gab ja auch nicht den geringsten Anlass, Verbindungen zu ziehen. Aber jetzt schon.« Stefán sah Þórður eine ganze Weile misstrauisch an, bevor er ihm den Gefallen tat, sich die Fotos in dem Umschlag anzusehen.

Sie waren ebenfalls nicht sonderlich scharf, doch trotzdem waren die beiden Männer auf ihnen gut zu erkennen. Sie befanden sich offensichtlich in einem Imbisslokal und unterhielten sich lebhaft. Der eine war schwarz gekleidet, muskulös und groß gewachsen, er hatte ein Tattoo am Hals, einen Vollbart und einen kahlrasierten Schädel, ein Typ wie aus einem amerikanischen Krimi. Der andere trug eine Jeansjacke, er hatte Geheimratsecken, und die mausfarbenen Haare rings um den aufgehenden Vollmond auf dem Scheitel standen wirr vom Kopf ab. Er saß über das Essen gebeugt und hatte die Augen weit aufgerissen. Stefán wusste, dass er ziemlich groß war, doch im Vergleich zu dem Kahlgeschorenen wirkte er geradezu schmächtig. Er reichte Katrín die Fotos, die sie rasch durchblätterte.

»Ási Stero und Úlfur«, sagte sie, während sie Þórður die Bilder zurückreichte. »Was für eine Verbindung besteht zwischen den beiden?«

»Tja, das ist wohl die ganz große Frage, nicht wahr?«, antwortete Þórður wichtigtuerisch.

»Wie groß sie ist, weiß ich nicht«, erklärte Stefán trocken, »aber hast du irgendwelche Anworten?«

* * *

Úlfur blickte sich um und versuchte die Lage einzuschätzen. Das Zimmer hatte nur die eine Tür zum Korridor, über den er in diesen Raum geführt worden war. Da hatte sie sich aber öffnen lassen, wohlgemerkt, und das war im Augenblick nicht mehr der Fall, das hatte er getestet. Sie war fest verschlossen. Er kam zu dem Schluss, dass das nichts Gutes zu bedeuten hatte.

Ási hatte ihm zwar versichert, dass alles wieder in Ordnung käme, er solle einfach relaxen und sich keine Gedanken machen. Ási wollte mit Lalli sprechen, und gemeinsam würden sie ganz schnell eine Lösung für das Problem finden. Úlfur konnte sich aber des Gefühls nicht erwehren, dass das ebenfalls nichts Gutes zu bedeuten hatte. Vielleicht genau deswegen, weil er vor einer Stunde gehört hatte, wie Ási von außen den Schlüssel im Schloss umdrehte. Sogar der Flachmann mit Rum, den Ási auf den Schreibtisch gestellt hatte, bevor er ging, trug kaum etwas zu Úlfurs Beruhigung bei. Der erste Schluck hatte allerdings gutgetan und ihm geholfen, intensiv mit sich zu Rate zu gehen. Die Tür abzuchecken und darüber nachzudenken, weshalb Ási ihn eingesperrt hatte.

Úlfur war sich seit langem darüber im Klaren, dass er nicht die größte Intelligenzbestie auf dieser Insel war, diese Illusion hatte er sich abschminken müssen, als er vor achtzehn Jahren zum ersten Mal in Gefängnis von Litla-Hraun landete, damals war er achtzehn gewesen. Bislang hatte er aber sich und die Seinen damit trösten können, dass er auch nicht der Allerdümmste war, doch dieser Trost schien sich nunmehr in Nichts aufzulösen. Er stand mitten im Zimmer und ließ sich die Ereignisse der letzten Monate durch den Kopf gehen – vor allem aber die der letzten vierundzwanzig Stunden. Wieder einmal hatte er aufs falsche Pferd gesetzt, das war sonnenklar.

Das Fenster, dachte er: Das Fenster war die einzige Lösung. Der Raum befand sich im ersten Stock und war vollgestopft mit allem möglichen Kram in Regalen und Schränken, aber nicht an der Fensterwand. Die untere Hälfte des Fensters bestand aus einem Fach, das zu öffnen war. Es war zwar relativ schmal, aber Úlfur war sich ziemlich sicher, dass er es schaffen würde, sich da hindurchzwängen, vorausgesetzt, dass man es ganz aufstemmen konnte. Er öffnete es einen Spalt, um die

Lage draußen zu erkunden. Wenn es ihm gelingen würde, sich mit den Füßen zuerst hinauszuzwängen, waren es höchstens drei Meter bis nach unten auf die Rasenfläche. Úlfur hatte sich schon in schlimmeren Situationen befunden.

Trotz des schwer verhangenen Himmels waren es immer noch vier, fünf Stunden, bis es richtig dunkel werden würde, aber so lange wollte er nicht warten. So blöde war er nicht. Nach einigem Herumfummeln gelang es ihm, den Sicherheitshebel zu entfernen, der dafür sorgte, dass das Fensterfach nur bis zu einem bestimmten Winkel geöffnet werden konnte. Er stemmte es weit auf und war schon halb draußen, als ihm der Flachmann einfiel, deshalb krabbelte er noch einmal zurück. Dann zwängte er sich ein weiteres Mal durch die Öffnung in den Regen hinaus, hielt sich noch einen Moment an der Fensterbank fest und ließ sich fallen. Ein kurzes Abtasten ergab, dass sowohl er als auch der Flachmann heil waren.

* * *

Árni schloss die Tür hinter sich, stellte den Koffer ab, blickte sich um und atmete tief durch. Wieder zu Hause, dachte er, ich bin wieder zu Hause. Er überlegte kurz, ob er Stefán anrufen sollte, beschloss aber dann, es bleiben zu lassen und das Alleinsein zu genießen.

Er schlenderte ins Wohnzimmer, machte Licht, schaltete die Stereoanlage ein und legte *Antony and the Johnsons* ein. Als Nächstes genehmigte er sich einen Drink von dem Duty-free-Mitbringsel und machte es sich in seinem alten, gemütlichen Sessel zwischen den Boxen bequem. Eine Dreiviertelstunde später hatte er sich ausgekleidet und lag im Bett, hundemüde und schlafbedürftig nach der langen Reise. Trotzdem hatte er Probleme mit dem Einschlafen.

»Mannomann, Scheiße«, murmelte er eine halbe Stunde

später in die gähnende Leere auf der anderen Seite des Doppelbetts. »Scheiße, bin ein hoffnungsloser Fall, ein konditionierter, hoffnungsloser Banause.« Zehn Minuten nach dieser kurzen und bündigen Selbstanalyse war er fest eingeschlafen.

8

Montag

»Hast du deine Bewerbung schon eingereicht?«, fragte Ragnhildur, als sie ihm den Kaffeebecher zuschob.

»Nein«, antwortete Stefán grantig, »und ich weiß ehrlich gesagt nicht, ob ich das wirklich machen soll.«

Ragnhildur kniff ein Auge zu und sah den Mann, mit dem sie seit sechsunddreißig Jahren verheiratet war, drohend an. »Du bewirbst dich«, sagte sie. »Sei doch kein Kindskopf. Du bist viel zu alt, um dich tagaus, tagein und zu allen Tages- und Nachtzeiten quer durch die Stadt jagen zu lassen, und das weißt du selber ganz genau. Du hast sie doch hoffentlich schon geschrieben, oder nicht? Ist nicht morgen der letzte Abgabetermin?«

Stefán brummte etwas vor sich hin und schüttete Zucker in seinen Kaffee.

»Was?«

»Ja, ich habe sie geschrieben«, murmelte Stefán grantig. »Oder besser, ich habe das Formular ausgefüllt, mehr ist das ja nicht. Ich könnte wahrscheinlich genauso gut Klopapier in den Umschlag stecken, es käme aufs Gleiche hinaus. Für die steht ja sowieso schon fest, dass ich den Job übernehmen soll, und dagegen kann ich wenig machen, höchstens einen Skandal anzetteln oder den Dienst quittieren. Dazu hab ich aber keine Lust.«

Ragnhildur stellte sich auf die Zehenspitzen und verpasste ihm einen Kuss auf die Wange. »Fein«, sagte sie vergnügt. »Dann sind die also doch noch nicht von allen guten Geistern verlassen, diese hohen Herren. Und jetzt sei doch nicht so negativ, niemand sagt, dass du so wie Svavar sein musst, nur weil du seinen Posten übernimmst.«

»Da besteht wenig Gefahr«, knurrte Stefán.

»Und wer wird dein Nachfolger? Katrín?«

Stefán nickte. »Wenn ich etwas zu entscheiden habe, ja.«

Wieder musste Ragnhildur lächeln. »Genau das wird doch der Fall sein«, sagte sie aufmunternd, »in dem Augenblick, wo du deine neue Stelle antrittst. Darum dreht sich das Ganze doch.«

»Ja«, stimmte Stefán ihr widerwillig zu, »vielleicht.«

»Was ist mit Guðni?«, fragte Ragnhildur, nun sehr viel ernster. »Was haben sie im Krankenhaus gesagt?«

»Eigentlich nichts Neues«, antwortete Stefán mit einer leichten Grimasse. »Sie halten ihn noch in künstlichem Koma, gehen aber davon aus, dass sie ihn heute Nachmittag wecken können. Ich schaue bei ihm vorbei, wenn ich Zeit dazu habe. Übrigens, wie ist das eigentlich, sollten wir nicht bald mal die Jungs zum Essen einladen?«

Ihre beiden Söhne wohnten im Großraum Reykjavík, Bjarni in Hafnarfjörður und Oddur in Mosfellsbær. Obwohl sie mitsamt ihren Frauen und Kindern ziemlich häufig zu Besuch kamen, fand Stefán, dass sie diesbezüglich eher träge waren. Ihre Tochter Hrefna lebte mit ihrem Mann und zwei Kindern in Dänemark, sie war Ärztin und hatte dort eine gute Stelle. Für sie war es wesentlich schwieriger, die Eltern zu besuchen, als für die Brüder, den Tischler und den Computer-Guru.

»Oddur und Marianne fliegen am Mittwoch nach Frankreich«, erinnerte Ragnhildur ihn, »und Bjarni wird morgen mit seiner Familie in den Skagafjörður fahren, um dort zu angeln. Mit einer Einladung zum Essen werden wir wohl noch etwas warten müssen, fürchte ich.«

Stefán grunzte etwas Unverständliches und trank seinen Kaffee aus.

Er ging in die Diele, zog sich Schuhe und Anorak an und gab Ragnhildur einen Kuss. »Die Menschen müssen sich einfach dauernd in der Weltgeschichte herumtreiben«, sagte er. »Vielleicht sollten wir irgendwann im Herbst mal ein paar Tage zu Hrefna fahren? Wir haben sie so lange nicht gesehen, und dieses Jahr hat sie uns auch nicht die Kinder zu Besuch geschickt. Oder wollen sie etwa zu Weihnachten kommen?«

»Was soll das denn jetzt auf einmal?«, fragte sie misstrauisch. »Du warst ja nicht gerade begeistert von der Idee, als ich das im Frühjahr vorgeschlagen habe.«

»Da habe ich mich auch noch der Illusion hingegeben, dass uns hier ein anständiger Sommer bevorstünde«, antwortete Stefán. »Also bis heute Abend, Schatz.«

Er zog den Kopf ein und stiefelte hinaus in den Regen. Auf dem Weg zu seinem Auto gab er sich Mühe, die platt gedrückten Ringelblumen zu ignorieren, aber ohne Erfolg.

»Trostlos«, brummte er, als er die Wagentür zuschlug. »Trostlos bis zum Gehtnichtmehr.« Wie gewöhnlich fuhr er einen kleinen Schlenker zur Mosfell-Bäckerei an der Háaleitisbraut. Diesmal spendierte er sich zwei Kopenhagener mit Schokoladenguss. Das war wohl das Mindeste an so einem Tag.

* * *

Bárður wachte davon auf, dass jemand wiederholt ans Fenster klopfte, zwar leise und in unregelmäßigen Abständen, aber unendlich beharrlich. Es brauchte einige schlaftrunkene Sekunden, bis ihm klar wurde, dass dieser Jemand eine Pappel war, die vom unablässigen Südwestwind gepeitscht wurde. Da war es aber zu spät, um wieder einschlafen zu können. Er kroch aus dem Bett seines Neffen, der bei einem Freund übernachtet hatte. Nachdem er sich angezogen hatte, ging er leise in die Küche und begann, in einem der Schränke nach dem Kaffee zu suchen.

»Dafür dass du Urlaub hast, stehst du aber früh auf«, gähnte Hólmfríður, die kurze Zeit später in die Küche kam, den hellblauen Bademantel eng um sich geschlungen.

»Gleichfalls«, sagte Bárður, der jetzt hellwach war. »Entschuldige, ich wollte dich nicht wecken.«

»Es war sowieso Zeit für mich. Nicht alle können Urlaub machen.«

»Wo bewahrst du den Kaffee auf?«, fragte Bárður.

Seine Schwester deutete wortlos auf den Schrank daneben, wo er die Packung fand. »Man soll wohl ordentlich wach werden«, sagte Hólmfríður und gähnte ein weiteres Mal, als sie sah, wie ein Kaffeelöffel nach dem anderen in den Filtertrichter wanderte. »Den trinkt man wohl am besten mit Messer und Gabel.«

Bárður drehte sich um und verschränkte die halb nackten Arme vor der Brust. Schon sein Blick reichte aus, um das schläfrige Lächeln im Gesicht seiner Schwester zu vertreiben.

»Was verdienst du da bei Marel eigentlich im Monat?«, fragte er.

Unwillkürlich griff sie nach dem Gürtel ihres Bademantels und zog ihn enger.

»Was soll denn das?«, war ihre Gegenfrage. »Wozu willst du das wissen?«

Bárður zuckte die Achseln. »Ach, mir fiel nur gestern so ein, ob du vielleicht Unterstützung brauchst«, sagte er und versuchte, diese Lüge so natürlich wie möglich über die Lippen zu bringen. »Ich meine, voriges Jahr warst du doch total abgebrannt, und da wollte ich dir Geld leihen. Dazu ist es aber nie gekommen, deswegen hab ich einfach nur überlegt, wie du das alles schaffst.«

Hólmfríður legte den Kopf schräg. »Mein lieber Bárður«, sagte sie nach kurzem Schweigen, »du warst schon immer ein hoffnungsloser Schauspieler.« Sie zog den Bademantel zurecht und ging zu ihrem Bruder, legte ihm die Hände auf die Schultern und schob ihn von sich, um ihn dazu zu zwingen, ihr in die Augen zu sehen.

»Was hat dein Ragnar jetzt schon wieder für dummes Zeug geschwätzt?«, fragte sie gereizt. »Was soll ich denn nun verbrochen haben?«

Bárður wich ihrem Blick aus. »Komm, trinken wir einen Kaffee. Fangen wir damit an. Willst du eine Scheibe Toast?«

* * *

»Okay«, sagte Katrín, von Gewissensbissen geplagt, aber mit gespielter Munterkeit in der Stimme, »also bei euch ist schwer was los?«

»Jaha«, sagte ihr Sohn Eiður, »alles voll super. Und nachher darf ich ans Steuer und alles.«

Katrín zuckte zusammen. »Du darfst ans Steuer? Meinst du in unserem Jeep?« Außer dem in die Jahre gekommenen Mazda besaßen Sveinn und sie einen drei Jahre alten Nissan Patrol auf 38-Zoll-Reifen, mit allem Drum und Dran. Unbestreitbar ein tolles Spielzeug, aber inzwischen auch ein unerhört kostspieliges, seit die Treibstoffpreise die Grenzen des Anstands mehr als überschritten hatten.

»Nehee, du spinnst wohl?«, kreischte ihr achtjähriger Sohn

schockiert. »Nur so ein Spaßmotorrad, so ein kleines, du weißt schon. Aber trotzdem ein richtiges, verstehst du?«

Katrín war sich nicht sicher, ob sie verstand, atmete aber trotzdem auf. »Ach so«, sagte sie und entschloss sich, ihn nicht weiter zu diesem Thema zu befragen. »Und was macht ihr sonst noch?«

»Weiß ich noch nicht«, sagte Eiður, »aber das wird bestimmt auch klasse. Bötchen fahren, und wir machen Ausflüge und so was. Voll super. Warum bist du nicht mitgekommen? Du fährst doch sonst so gern mit uns weg?«

Katrín glaubte, sowohl Enttäuschung als auch Vorwürfe aus seiner Stimme herauszuhören, kam aber dann zu dem Schluss, dass sie sich das nur einbildete. Deswegen brauchte das Gespräch nicht in die Länge gezogen zu werden. Er war ja schließlich erst acht, mahnte sie sich selber, und seine Schwester zwölf. Ein Eis und eine Fahrt ins Schwimmbad reichten, um sämtliche Gedanken an Mama in den Hintergrund zu schieben. Die sie außerdem bereits am nächsten Sonntag mit ausgebreiteten Armen in Empfang nehmen würde. Sie wandte sich wieder ihrem Rechner und den anliegenden Aufgaben zu.

Lalli Fett, dachte sie, kaum zu glauben, wie angestrengt alle darum bemüht waren, ihn zum Drahtzieher hinter allen möglichen Verbrechen zu machen. Sie musste aber zugeben, dass es zweifellos verdammt Spaß machen würde, diesen miesen Typ beim Wickel zu kriegen.

Vertraute Schritte auf dem Korridor verhinderten, dass Katrín sich irgendwelchen Tagträumen über eine verdiente Strafe für Lárus Kristjánson hingeben konnte.

»Árni?«, rief sie, und die Schritte hielten inne.

»Hi«, sagte Árni und steckte seinen verwuschelten Kopf zur Tür herein. Unmöglicher Haarschnitt, und schlecht rasiert wie gewöhnlich, schoss es Katrín unwillkürlich durch den Kopf. »Hi«, sagte sie ebenfalls, »bist du schon wieder da?«

Árni nickte und ließ sich auf dem Besucherstuhl nieder. »Sonnenbraun und schnuckelig«, bestätigte er ungewöhnlich aufgekratzt. »Wie geht es Guðni?«

»Er lebt, leider«, sagte Katrín grinsend. Árni erwiderte das Grinsen. Er ist wirklich braun, dachte Katrín, und auf seine alberne Weise auch ein bisschen schnuckelig.

»Tja, es braucht wohl mehr als einen Block in Breiðholt, um Guðni zur Strecke zu bringen. Obwohl ich nicht verstehe, wie überhaupt irgendjemand in so einem Kasten überleben kann.«

Und überheblich, fügte Katrín im Stillen hinzu. So, wie sie Árni kannte, zweifelte sie keinen Augenblick daran, dass es ihm mit der letzten Bemerkung ernst war. Árni lebte in einem Dreiparteienhaus im Þingholt-Viertel, Reykjavík 101, am isländischen Nabel der Welt. Und in ihrer Anwesenheit hatte er sowohl in nüchternem als auch in angeheitertem Zustand verlauten lassen, dass er nirgendwo anders leben könnte, obwohl er genau wusste, dass sie im vierten Stock eines Häuserblocks im Hvassaleiti-Viertel wohnte. Sie glaubte zu wissen, dass das in den Augen des *Knirpses*, wie der Hund ihn zu nennen pflegte, genauso unmöglich war wie die Blocks in Breiðholt, obwohl der Knirps de facto in einem Wohnblock in Hafnarfjörður groß geworden war. Manche waren einfach unbelehrbar …

»Ich hab überlegt«, fuhr Árni fort, der keine Ahnung hatte, was seiner Kollegin durch den Kopf ging, »und zwar wegen seiner Post. Ich meine, wenn er mehr als ein Jahr tot gewesen ist, muss doch irgendjemand …«

»… seinen Briefkasten geleert haben«, führte Katrín den Satz zu Ende. »Ich weiß. Das war dieser Úlfur. Wir haben gestern bei ihm im Abfalleimer zwei Briefe an Ólafur gefunden.«

»Oh«, entfuhr es Árni enttäuscht. Er begann, am Reißverschluss seiner Windjacke herumzufummeln und wirkte auf einmal wieder ratlos und unbeholfen. Das passt besser zu ihm, dachte Katrín amüsiert.

»Hier«, sagte sie, während sie ihm das Fahndungsfoto von Úlfur reichte. »Das solltest du auch bei dir haben. Wir haben eine Reihe von Anrufen bekommen, von Leuten, die ihn hier und dort in der Stadt gesehen haben wollen, und außerdem hat sich eine Frau in Ólafsfjörður gemeldet und behauptet, dass sie ihn gestern gesehen hat, wie er in Richtung Dalvík fuhr.«

»Kennt er denn jemanden in Dalvík?«

»Nicht, dass wir wüssten. Also hier ist jedenfalls eine Liste mit fünf Leuten, die angerufen haben und nicht total gaga wirkten. Stefán hat gesagt, ich solle dich damit beauftragen, mit diesen Leuten zu sprechen, und anschließend mit den Nachbarn von Ólafur und Úlfur auf der sechsten Etage in Krummahólar. Alles klar?«

Árni nickte. »Okay. Wo ist Stefán?«

»Er ist zum Krankenhaus gefahren, um Guðni zu besuchen, und dann hatte er noch was anderes vor. Ich nehme an, dass er so in einer halben Stunde zurück sein wird.«

* * *

Da kein Handy auf Úlfurs Namen registriert war, beantragte Stefán eine Abhörgenehmigung für den Festnetzanschluss in Úlfurs Wohnung, obwohl sie versiegelt war, und darüber hinaus für Tinnas Handy und den Festnetzanschluss ihrer Mutter, denn Tinna hatte gesagt, sie wolle so lange dort wohnen, bis sie zurück in ihre Wohnung durfte. Der Richter unterzeichnete den Antrag anstandslos, und Stefán beschloss, es Svavar zu überlassen, die entsprechende Mannschaft dafür aufzutreiben. Und wenn möglich auch, um Tinna zu beschatten.

Er klopfte leise bei seinem Vorgesetzten an und betrat das Büro. Svavar telefonierte, bedeutete ihm aber, Platz zu nehmen. Als er das Gespräch beendet hatte, wandte er sich Stefán zu.

»Wo ist sie?«, fragte er ohne Umschweife, »möchtest du, dass ich sie mit dir durchgehe?«

»Wo ist was?«, fragte Stefán verwirrt. »Was willst du mit mir durchgehen?«

»Deine Bewerbung, Mensch«, lächelte Svavar und strich sich über die stahlgrauen, militärisch kurz geschnittenen Haare. »Bist du nicht deswegen gekommen?« Er streckte seine Hand nach einer Schublade im Schreibtisch aus, der er eine dünne schwarze Mappe entnahm. »Meine Begutachtung habe ich schon geschrieben, ebenso der Polizeihauptmeister und sein Stellvertreter. Das ist alles hier drin – das Einzige, was fehlt, ist deine Bewerbung, und alles Meinige wird dein.« Svavar breitete die goldbetressten Arme aus und lächelte noch strahlender. »Und sogar noch mehr, wenn die Umstrukturierungen über die Bühne sind.«

»Sie ist in Arbeit«, brummte Stefán und legte die Verfügung auf den Tisch. »Wir sind im Augenblick unterbesetzt«, sagte er, »könntest du vielleicht ein paar Leute dafür organisieren? So schnell wie möglich …«

Svavar nahm das Papier entgegen und setzte die Nickelbrille auf. »Mach ich«, sagte er, nachdem er die Verfügung überflogen hatte. Er lehnte sich zurück. »Im Ernst, Stefán – du musst deine Bewerbung einreichen, und zwar noch heute.«

»Ich weiß, ich weiß«, knurrte Stefán und stand auf. »Ich mach das. Aber mir fehlt ein Mann oder vielleicht sogar mehrere, um im Zusammenhang mit dem Fall eine Frau zu beschatten. Glaubst du, dass da irgendeine Möglichkeit besteht, Leute zu bekommen?«

Svavar schüttelte den Kopf. »Ich werde es versuchen, aber du weißt, wie die Lage ist. Die Hälfte der Leute ist im Urlaub, es wurden zu wenig Aushilfskräfte eingestellt, und alle Schichten sind unterbesetzt … Aber dafür bekomme ich schon welche«, sagte er aufmunternd und hielt die Abhörgenehmigung hoch.

»Prima«, sagte Stefán. »Du lässt mich vielleicht wissen, wann das angeleiert wird und wer sich darum kümmert und so weiter.«

»Einen Augenblick noch«, entgegnete Svavar und bedeutete Stefán, sich wieder zu setzen. »Ich möchte noch drei Dinge mit dir besprechen. Erstens, wie geht es Guðni?«

»Den Umständen entsprechend, wie es so schön heißt. Er wird in den nächsten Monaten wohl kaum arbeitsfähig sein.«

Svavar nickte. »Dann musst du zusehen, dass du jemanden findest, der für ihn einspringt. Wahrscheinlich auch für die Zukunft. Ist das nicht eine gute Gelegenheit, ihn in den Ruhestand abzuschieben?« Als Stefán nicht auf diese Frage reagierte, zuckte Svavar mit den Achseln. »Es ist natürlich deine Entscheidung«, fuhr er fort, »beziehungsweise, du wirst diese Entscheidung treffen müssen. Punkt zwei – du bist dir hoffentlich darüber im Klaren, dass du dich von dem Ding da trennen musst, wenn du meine Stelle übernimmst«, sagte er und deutete mit schlecht verhohlenem Abscheu auf Stefáns giftgrüne Baseballkappe. Stefáns Gesicht verzog sich, doch das übersah Svavar geflissentlich. »Ich weiß, dass manche es für einen Nachteil halten«, sagte er, »aber andere, und darunter ich, empfinden es als großen Vorteil, wieder die Uniform anlegen zu müssen, wenn man befördert wird. So wie ich dich kenne, gehörst du sicher zur ersten Gruppe.« Er lächelte milde und großmütig. »Aber du wirst sehen, daran gewöhnt man sich erstaunlich schnell. Nach kurzer Zeit kommt man sich ohne Uniform halb nackt vor.«

»Bestimmt«, sagte Stefán, der sich ziemlich sicher war, dass die letzte Feststellung garantiert nicht auf ihn zutreffen würde. »So weit habe ich einfach noch nicht gedacht, muss ich gestehen. Und was war noch?«

»Noch?«

»Du hast gesagt, du wolltest mit mir über drei Punkte reden?«

Svarar räusperte sich und fummelte an dem goldenen Stift herum, der auf dem Schreibtisch lag. »Dieser Fall«, begann er ungewöhnlich zögerlich, »der, den ihr gerade bearbeitet, wie ist da der Stand der Ermittlungen?«

Stefán sah ihn fragend an. »Seit gestern, als ich mit dir sprach, hat sich nichts geändert«, sagte er, »hinzugekommen ist jetzt nur diese Verfügung. Ólafur ist vor mehr als einem Jahr gestorben, wahrscheinlich voriges Jahr um Ostern herum. Alles deutet darauf hin, dass er von seinem Nachbarn erstochen wurde, und der ist verschwunden.«

»Ihr konzentriert euch also auf diesen Úlfur, nicht wahr?«

»Ja.« Stefán sah Svavar misstrauisch an. »Auf wen sonst?« Er glaubte zu wissen, worauf Svavar hinauswollte. Svavar hatte nie einen Hehl daraus gemacht, wie sehr er daran interessiert war, dass seine Leute das schafften, was dem Rauschgiftdezernat bislang trotz wiederholter und umfangreicher Versuche nicht gelungen war, nämlich Lalli Fett zur Strecke zu bringen. Bestimmt hat Þórður mit ihm gesprochen, dachte Stefán, nachdem er am Tag zuvor bei ihm selbst und Katrín nicht gerade auf begeisterte Zustimmung gestoßen war.

Erstaunlicherweise hatte Svavar aber nicht Lalli Fett im Sinn. »Ja, nein, nein, ich frage ja bloß«, sagte er. »Ich … ich kannte diesen Ólafur ein wenig«, gestand er, »also ich habe ihn natürlich nicht richtig gekannt, aber ich wusste, wer er war.

Ein etwas … seltsamer Zeitgenosse.« Svavar verstummte. Stefán wartete gespannt, das versprach, interessant zu werden.

»Auf jeden Fall hältst du mich bitte auf dem Laufenden«, fuhr Svavar nach einer längeren Pause fort. »Und du solltest vielleicht im Hinterkopf haben, wer dieser Mann ist, dieser Úlfur, oder besser, was für ein Mensch er ist, wenn ihr ihn geschnappt habt. Nach dem zu urteilen, was in unseren Akten steht, ist er wohl kein sonderlich – wie soll ich sagen – kein sonderlich vertrauenswürdiger Zeitgenosse, habe ich den Eindruck.«

»Ich verstehe nicht so recht, worauf du hinauswillst«, sagte Stefán bedächtig, »oder warum du darauf zu sprechen kommst. Und ich bin mir ziemlich sicher, dass es für uns beide besser wäre, wenn du das etwas genauer erklärst.«

»Mag sein«, gab Svavar zu, »aber trotzdem habe ich nicht vor, das zu tun, zumindest im Augenblick nicht. Falls nötig, werde ich es dir später erklären. Aber wie gesagt, du solltest das im Hinterkopf haben, wenn du diesen Mann verhörst.«

»Was denn?«, fragte Stefán. »Dass Úlfur dazu tendiert, uns Lügen aufzutischen?«

Svavar nickte feierlich. »Genau. Das hätte ich nicht besser formulieren können.«

»In Ordnung«, sagte Stefán, »ich werde es im Hinterkopf behalten. Ich wusste allerdings nicht, dass ich in dem Ruf stehe, zu leichtgläubig und naiv zu sein, wenn ich Leute vernehme, die unter Mordverdacht stehen, aber …«

»Das habe ich auch keineswegs behauptet«, unterbrach Svavar ihn, doch Stefán fuhr unbeirrt in seinem Satz fort. »… ich werde diesmal extrem scharf aufpassen. Bei diesem Mann. Bevor ich gehe, hätte ich aber gern noch von dir gewusst, was du meinst, wenn du sagst, dass Ólafur ein etwas seltsamer Zeitgenosse war. Ich gehe davon aus, dass du ihn im Rahmen eurer

Gemeindearbeit kennen gelernt hast – oder ist das auch etwas, was du lieber für dich behalten möchtest?«

Svavar schob seine Brille hoch. »Selbstverständlich nicht«, sagte er entrüstet. »Weshalb sollte ich das wollen? Ich bin schon immer ein gläubiger Mensch gewesen, und in den letzten zehn Jahren habe ich das Glück gehabt, von Meister Magnús geleitet zu werden, wie nicht nur du weißt, sondern wahrscheinlich auch die halbe Nation. Ich habe nie einen Hehl daraus gemacht, dass ich gläubig bin. Im Gegensatz zu anderen, die sich anscheinend dafür genieren, dass sie auf Gottes Pfaden wandeln ...«

* * *

»In Ordnung«, sagte Katrín am Telefon, »schick ihn rein.« Eine halbe Minute später stand Bárður in der Tür, klatschnass vom Scheitel bis zur Sohle und zitternd wie Espenlaub, was er aber selber kaum wahrzunehmen schien.

»Du untersuchst doch immer noch den Mord an meinem Vater, oder nicht?«, fragte er.

»Ja, das tue ich«, antwortete Katrín.

Daraufhin kam Bárður ganz ins Zimmer, machte die Tür zu und ließ sich auf den Stuhl gegenüber von Katrín fallen. »Gut. Ich habe mit meiner Schwester Hólmfríður gesprochen.«

Katrín wartete geduldig auf weitere Ausführungen, aber die kamen nicht. »Und?«, fragte sie schließlich.

»Was?«

»Du hast mit deiner Schwester gesprochen?«

Bárður zuckte zusammen und sprang auf. Um ihn herum hatte sich eine Pfütze gebildet. »Ja, und ich habe überlegt, wie das eigentlich abgewickelt wird.«

»Wie was abgewickelt wird?«, fragte Katrín.

Bárður fuchtelte mit den Armen. »Das Ganze«, sagte er ratlos. »Die Beerdigung, der Nachlass, die Banksachen und das alles, du weißt schon. Wie wird so etwas gehandhabt? An wen kann man sich wenden?«

Katrín zuckte mit den Schultern. »Das werden voraussichtlich du und deine Schwester entscheiden müssen. Ihr müsst ein Bestattungsunternehmen beauftragen. Aber es wird noch eine Weile dauern, bevor wir euch ...« Sie stockte und suchte nach passenden Worten, fand aber auf die Schnelle keine besseren. »Ich weiß leider noch nicht genau, wann wir euch die Leiche überlassen können«, sagte sie entschuldigend. »Wir geben euch aber sofort Bescheid, wenn das der Fall ist«, fügte sie hinzu und hatte das Gefühl, als würde sie die Situation nur noch verschlimmern.

Bárður schien sich jedoch nicht an ihrer Wortwahl zu stören. »Nein, nein, das ist schon in Ordnung. Es hat ja auch gar keine Eile, so wie die Dinge liegen. Aber das andere? Könntet ihr vielleicht... Habt ihr vielleicht...« Er hielt abrupt inne, stemmte die Hände in die Hüften und sah Katrín ins Gesicht. Dann setzte er sich wieder, stützte die Ellbogen auf den Schreibtisch und wischte sich das Wasser von der Stirn. »Also – es würde mir nie einfallen, dass... Ich weiß, dass Hólmfríður keiner Fliege etwas zuleide tun könnte, ich weiß, dass sie nicht mit... mit... Aber ich glaube, ich fürchte, dass sie vielleicht...« Er gab es auf und schlug unter Zucken und Schluchzen die Hände vors Gesicht.

Himmel, nicht schon wieder, dachte Katrín. Wenn es etwas gab, was sie nicht ausstehen konnte, dann waren es heulende Männer. Sie wusste nicht, wieso, sie fand ihre Haltung auch ziemlich mies in Anbetracht dessen, was sie in den letzten Jahren gelernt und erfahren hatte, aber sie konnte einfach nichts dagegen tun. Heulende Männer gingen ihr auf die Nerven, das hatten sie schon immer getan. Auch im Kino.

»Ich weiß überhaupt nicht, was ich machen soll«, schniefte Bárður zwischen den Schluchzern. »Ich weiß einfach nicht, was ich tun soll …«

»Na, na«, sagte Katrín und holte eine Packung Papiertaschentücher aus der Schublade. »Hier.«

Bárður brauchte einige Minuten und wer weiß wie viele Entschuldigungen, bis er sich wieder gefangen hatte. Als es Katrín endlich gelungen war, ihm zu versichern, dass es wirklich nicht schlimm war, legte er ein weiteres Mal ein völlig verändertes Verhalten an den Tag. Er richtete sich auf, sah ihr direkt in die Augen und redete mit ihr, als sei sie irgendeine Büroangestellte.

»Ihr könnt doch Auszüge, ich meine eine Kontenübersicht bei seiner Bank verlangen, nicht wahr?«

Katrín nickte. »Nicht einfach so, aber wir können …«

»Sehr gut«, sagte er, »dann macht das. So schnell wie möglich. Und ich würde diese Übersicht möglichst auch einsehen wollen, wenn ihr sie bekommt.«

»Weshalb …«, begann Katrín wieder, konnte aber ihren Satz nicht zu Ende bringen. Bárður sprang wieder auf, zog den nassen Regenmantel zurecht und nickte ihr zum Abschied zu.

»Dann erwarte ich euren Anruf, wenn ihr euch das angesehen habt«, sagte er, drehte sich auf dem Absatz um und marschierte hinaus.

Katrín nahm ein Papiertaschentuch zur Hand, wischte den Schreibtisch ab und dachte dabei über Syndrome, Psychosen und Manien nach. Irgendwie fand sie, dass etwas davon zu Bárðurs Benehmen passen musste. Aber ganz abgesehen von Bárðurs seelischem Gleichgewicht konnte es natürlich nichts schaden, sich Ólafurs Kontenbewegungen der letzten fünfzehn Monate anzusehen. Es würde wohl kaum eine zeitraubende Beschäftigung sein und stand ohnehin auf dem Programm.

Die Tür wurde aufgestoßen, noch bevor sie zum Telefonhörer greifen konnte. »Wer hat hier auf den Boden gepinkelt?«, blaffte der Hund und knallte eine Mappe auf ihren Schreibtisch. »Hier, das ist alles, was wir herausgefunden haben. Bei uns ist genug zu tun, deswegen werden wir uns da nicht weiter reinknien, es sei denn, dass ihr darum bittet. Lohnt sich nicht. Oder?«

»Vielleicht kommt das ein bisschen darauf an, was ihr bereits herausgefunden habt«, antwortete Katrín so höflich wie möglich. »Meinst du nicht?«

»Da ist nichts, was nicht zu dem passt, was ihr glaubt. Und wisst. Die Bestätigung dessen, was ich euch bereits am Samstagmorgen gesagt habe, und noch ein paar andere Kleinigkeiten. Fingerabdrücke sind schon etwas Erstaunliches. Die halten sogar länger als Finger. Gibt's was Neues von Guðni?«

»Er lebt.«

»Erstaunlich. Richte ihm Grüße von mir aus.« Er ging, ohne sich zu verabschieden oder die Tür hinter sich zuzumachen. Katrín stöhnte und öffnete die Mappe.

Der Hund hatte natürlich Recht: Die Ergebnisse des Erkennungsdienstes waren nicht dazu angetan, Úlfur von dem Verdacht zu befreien. Außer den Abdrücken, die er hinterließ, als er zu irgendeinem Zeitpunkt mit der rechten Hand den Griff des Messers gepackt hielt, das in Ólafurs Bauch gesteckt hatte, waren seine Fingerabdrücke sowohl an der leeren wie auch der halb vollen Ginflasche gewesen, an einem Glas und an diesen und jenen Gegenständen im Wohnzimmer und in der Küche. Seine Schuld ließ sich aber dadurch nicht unumstößlich nachweisen, denn außer Úlfur hatten mindestens acht andere Personen in Ólafurs Wohnung Fingerabdrücke hinterlassen, die deutlich genug zum Vergleich waren.

Die meisten stammten, wie nicht anders zu erwarten, von

Ólafur selber. Es war zwar unmöglich, von der Leiche im Nachhinein Fingerabdrücke zu nehmen, aber, wie der Hund gesagt hatte, die Abdrücke waren haltbarer als die Finger. Zahnbürste, Rasierapparat, der Nachttisch und die Bibel darauf, aber nicht zuletzt auch die Tatsache, dass sie sich überall befanden, ließen keinen anderen Schluss zu, als dass sie von dem Toten stammen mussten.

Ein Satz mit vier Fingern und der halben Handfläche befand sich ziemlich weit oben am Rahmen der Wohnzimmertür, von einem Unbekannten, und der Größe nach zu urteilen, stammten die Abdrücke vermutlich von einer Frau. Die Position ließ den Schluss zu, dass sie in der Tür gestanden und ins Zimmer geblickt hatte. Diese Abdrücke waren nirgendwo anders in der Wohnung gefunden worden.

Ein weiteres Set von Abdrücken befand sich an einem Glas und sonst nirgends, wahrscheinlich von einem unbekannten Mann.

Ein weiterer Unbekannter war auf die Toilette gegangen. Höchstwahrscheinlich hatte er das Badezimmerfenster geöffnet, das bei ihrem Eintreffen halb offen gestanden hatte. Die Position der Fingerabdrücke auf dem Klosettdeckel gab zu erkennen, dass dieser Mann sich übergeben haben musste. Und er war ganz eindeutig der Letzte, der abgezogen hatte.

Eine dritte unbekannte Person – vermutlich männlich – hatte einen deutlichen Daumenabdruck hinten am Heft des Messers hinterlassen, aber nirgendwo anders.

Und dann die Geschwister, Hólmfríður und Bárður. Katrín hatte ihnen Fingerabdrücke zum Vergleich abgenommen, da beide am Ostermontag des vergangenen Jahres ihren Vater besucht hatten. Dieser Tag war vermutlich sein letzter unter den Lebenden gewesen. Bárður hatte zusätzlich noch am vergangenen Freitag die Wohnung betreten. Seine Fingerabdrücke waren an verschiedenen Stellen gefunden worden, darunter am Couchtisch und am Küchenschrank. Und, wie nicht anders zu erwarten, auch an der Klinke der Wohnungstür. Aber nicht am Messer. An dem hatten sie wiederum Hólmfríðurs Abdrücke gefunden.

Katrín kniff die Augen zusammen und rief sich ins Gedächtnis, was Hólmfríður ausgesagt hatte. Hatte sie nicht abgespült? Das konnte die Erklärung sein, denn der Abdruck stammte von der linken Hand. Katrín versuchte, sich an den Samstagabend zu erinnern, als Hólmfríður ihr in der Küche im Haus ihrer Mutter gegenübergesessen hatte, konnte sich aber nicht darauf besinnen, ob sie Rechts- oder Linkshänderin war.

Katrín legte die Mappe zur Seite, faltete die Hände im Nacken und starrte zur hellgrauen Decke. Nichts von all dem überraschte sie sonderlich. Allerdings fand sie es etwas seltsam, dass man in der Wohnung eines Mannes, der allem Anschein nach kaum Freunde gehabt hatte und auch von seinen Angehörigen vernachlässigt worden war, die Fingerabdrücke von so vielen Menschen gefunden hatte. Der Hund betonte aber, dass es nicht die geringste Möglichkeit gäbe, mit auch nur annähernder Genauigkeit festzustellen, wie alt diese Abdrücke waren. Einige konnte man vielleicht, ausgehend von dem, was sie über den Tathergang wussten, zeitlich etwas näher bestimmen, und wahrscheinlich würde man damit den Zeitrahmen auch noch etwas mehr einengen können, falls es erforderlich wäre – und wenn Hólmfríður nach all dieser Zeit imstande wäre, ihre letzte Putzaktion bei ihrem Vater noch einigermaßen genau zu rekonstruieren.

Nein, solange es immer noch keine Namen für die unbekannten Personen gab, war da nichts, was sie überraschte. Höchstens das, was der Hund ganz zuunterst auf die Liste gesetzt hatte, beinahe wie eine x-beliebige Fußnote. Das war ein Mann, der mit Namen zu benennen war, dachte sie, und griff noch einmal nach der Mappe. Und sehr bekannt, zumindest in gewissen Kreisen, darunter ihren eigenen.

Ein halber Abdruck auf der Klinke der Schlafzimmertür, mehr nicht. Aber das genügte dem Hund, um mit fünfundneunzigprozentiger Sicherheit behaupten zu können, dass die achte Person, die in der Wohnung des invaliden Elektrikers Ólafur Áki Bárðarson ihre Fingerabdrücke hinterlassen hatte, Ásgeir Arason gewesen war, besser bekannt unter dem Namen Ási Stero. Die rechte Hand von Lalli Fett.

9

Montag

»Man kann also im Grunde genommen sagen, dass wir mit einer ganz neuen und erheblich komplizierteren Sachlage konfrontiert sind, findet ihr nicht?« Stefán blickte Katrín und Árni an. Ihm war weder anzusehen noch anzuhören, dass er das bedauerlich fand. Ganz im Gegenteil, es hatte den Anschein, als freute er sich darüber.

»Tja«, war das Einzige, was Árni von sich geben konnte. Bislang hatte er nichts anderes zu der Ermittlung beigetragen, als kreuz und quer durch die Stadt zu fahren, ohne dass irgendetwas dabei herausgekommen wäre. Er hatte sich mit fünf Personen unterhalten, aber letzten Endes war niemand von ihnen imstande gewesen, den Mann, den sie gesehen hatten, mit Gewissheit als Úlfur Kolbeinsson zu identifizieren. Außerdem konnte natürlich auch niemand von ihnen Informationen darüber geben, wohin oder in welche Richtung dieser Mann gegangen war, nachdem sie ihm begegnet waren. Und der einzige Nachbar in Krummahólar zwölf, der zu Hause gewesen war, als Árni sich dort umgesehen hatte, wohnte erst seit fünf Monaten in dem Block.

»Tja«, wiederholte Árni und wurde rot.

Katrín rettete ihn aus der Verlegenheit. »Es gibt zwar keinen Grund, irgendeine andere Möglichkeit auszuschließen«, stimmte sie ihm vorsichtig zu, »aber ich sehe erst recht keinen Grund, Úlfur auszuschließen.«

»Selbstverständlich nicht«, gab Stefán bereitwillig zu, »selbstverständlich schließen wir Úlfur nicht aus. Wie man das Ganze auch dreht und wendet, wir müssen ihn finden. Er hat zugegeben, in der in Frage kommenden Zeit zu Hause gewesen zu sein. Nach dem, was Tinna uns gesagt hat, war er sogar bis Mittwoch nach Ostern allein zu Hause, und er wohnt direkt gegenüber von Ólafur. Und obwohl die gute Frau angeblich keinen blassen Schimmer hat, wieso diese Briefe an Ólafur in ihrem Abfalleimer lagen, kann mir niemand weismachen, dass es die ersten waren, die dort landeten. Der Mann ist also zumindest ein höchst wichtiger Zeuge. Und wie du sagst, wir können ganz und gar nicht ausschließen, dass er Ólafur umgebracht hat. Ich bin sogar bereit, hier und jetzt zuzugeben, dass er trotz allem immer noch der wahrscheinlichste Kandidat ist. Aber ...«

Katrín und Árni nickten im Takt. Die Lage war jetzt völlig verändert, das stimmte. Da war jetzt ein *Aber* ins Spiel gekommen, und nicht nur eines. Zum einen hatte es nämlich jetzt doch den Anschein, als hätte Ólafur im vergangenen Jahr im Lotto gewonnen. Katríns Nachforschungen hatten ergeben, dass er am vierzehnten Februar 2005, anderthalb Monate vor seinem Tod, sechzehn Millionen Kronen auf sein Konto eingezahlt hatte. Die Erklärung für diese Einzahlung bestand nur in einem Wort: Lotto. Laut dem neuesten Kontoauszug war er immer noch mit neun Millionen im Plus.

Feste Bezüge und feste Abbuchungen waren seitdem monatlich durch die EDV-Systeme diverser Institutionen und Unternehmen gelaufen, als sei nichts vorgefallen. Als sei niemand gestorben.

Die Bezüge sowohl von der Renten- als auch der Sozialversicherung waren bis zum vergangenen Monatsende gewissenhaft auf sein Konto eingezahlt worden, und außer verschiedenen anfallenden Gebühren kamen nur zwei Abbuchungen auf den Monatsübersichten zum Vorschein. Einerseits eine monatliche Überweisung auf ein anderes Konto von Ólafur, das sich als Mehrwertkonto herausstellte. Katrín hatte auch für dieses Konto eine detaillierte Übersicht erhalten, die die letzten achtzehn Monate abdeckte. Von dort wurden die monatlichen Kosten für das Gemeinschaftseigentum, die Rundfunk- und Telefongebühren, Autosteuern, die Besitzsteuer sowie die Strom- und Heißwassergebühren und anderes abgebucht, ebenso Beträge in Höhe von jeweils fünftausend Kronen für die WAHRHEIT und den Alpha-Sender. Zusammen ergab das knapp siebzigtausend Kronen im Monat.

Der größte Überweisungsposten war jedoch eine monatliche Einzahlung in Höhe von fünfhunderttausend Kronen auf ein Konto einer anderen Bank. Die erste war Mitte April 2005 erfolgt, und zu diesem Zeitpunkt war Ólafur mit Sicherheit bereits eine Woche, wenn nicht sogar einen halben Monat tot gewesen. Aus der Übersicht war weder der Eigentümer dieses Kontos zu ermitteln, noch, woher die Millionen tatsächlich gekommen waren. Obwohl Katrín der Bankberaterin sehr zugesetzt hatte, weigerte die sich hartnäckig, irgendwelche diesbezüglichen Informationen an sie weiterzugeben, und blieb dabei, dass die Polizei genau wie andere sich an die Bestimmungen halten müsste, solange sie keine Papiere auf den Tisch legen konnte, die anderes besagten. Katrín hatte einen Antrag auf die entsprechende Verfügung gestellt, aber der Richterstand schien derzeit ebenso unterbesetzt zu sein wie die Polizei, zumindest hatte sie bislang keine Antwort auf ihren Antrag erhalten.

Die letzte Kontenbewegung, die nicht unter Festkosten einzuordnen war, bestand in einer EC-Lastschrift vom Karsamstag 2005, als Ólafur für knapp dreizehntausend Kronen Alkohol im Monopolladen gekauft hatte.

Zum anderen wussten sie jetzt, dass Ási Stero mindestens einmal in Ólafurs Wohnung gewesen war. Zwar nur mit fünfundneunzigprozentiger Gewissheit, aber das reichte ihnen im Augenblick vollkommen. Besonders, weil es nur ein halber Abdruck war. Die andere Hälfte war weder verschmiert noch undeutlich, sondern einfach nicht vorhanden. Als sei sie abgewischt worden. Hinzu kam, dass an der Klinke der Eingangstür sich nur die Fingerabdrücke von Bárður befunden hatten und keine anderen. Zwei Telefonanrufe ergaben, dass es nicht zum Aufgabenkreis der Putzkolonne für den Gemeinschaftsbereich gehörte, Türklinken zu putzen.

Die Annahme, dass Ási Stero bis zum Eintreffen von Bárður am vergangenen Freitag die letzte Person gewesen war, die Ólafurs Wohnung betreten hatte und sich Mühe gegeben hatte, alle Fingerabdrücke abzuwischen, um diese Tatsache zu verschleiern, war zwar verlockend, aber leider auch sehr weit hergeholt. Es gab keine Möglichkeit, das zu verifizieren, der Abdruck an der Schlafzimmertür konnte auch uralt sein. Und jemand ganz anderes, beispielsweise Hólmfríður, hätte beide Klinken und andere Flächen abwischen können, und selbstverständlich ließen sich da auch noch andere mögliche Erklärungen finden, wenn man sich intensiver damit befasste. Aber selbst wenn diese Schlussfolgerung richtig war, schloss das nicht aus, dass Ólafur schon lange vor Ásis Betreten der Wohnung seinen letzten Schnaufer getan hatte. Stefán hatte sie auch darauf hingewiesen, dass schon wesentlich ehrenwertere Menschen als Ási versucht hatten, alle Spuren von sich zu verwischen, und das aus geringerem Anlass als einem Leichenfund.

Nach wie vor blieb es aber eine unumstößliche Tatsache, dass Ási in der Wohnung gewesen war, wann immer es gewesen sein mochte. Dadurch gab es jetzt eine weitere Verbindung zwischen Ólafur und Ási, und das bedeutete, dass Lalli Fett allen Ernstes mit einbezogen werden musste. Stefán holte ein weiteres Mal die Fotos, die Þórður ihnen überlassen hatte, aus seiner Schreibtischschublade und ging sie rasch durch, zog drei aus dem Stapel heraus und breitete sie vor sich aus. Das erste zeigte Ási und Úlfur in lebhaftem Gespräch in einer Snackbar. Auf dem nächsten waren Ási, Lalli Fett und weitere drei Gestalten auf dem Weg ins Haus der WAHRHEIT und der Firma Letthaus zu sehen. Und die dritte Aufnahme zeigte Ólafur und Meister Magnús, als sie knapp eine halbe Minute später aus dieser Tür herauskamen. Stefán schnitt eine Grimasse.

»Ich weiß wirklich nicht, was daraus zu schließen ist«, sagte er, »aber ich habe das dumpfe Gefühl, dass Svavar kein bisschen begeistert sein wird. Þórður hingegen wird sich freuen.«

»Ja. Aber wo du schon Svavar erwähnst – was sollte das eigentlich, was er da über Úlfur gesagt hat? Wieso hat er da über Unglaubwürdigkeit und so etwas gefaselt?«

»Wie ich schon sagte, ich habe mir keinen Reim darauf machen können«, sagte Stefán achselzuckend. Aber der Gute hat ja bekanntlich eine Schwäche dafür, sich orakelhaft auszudrücken.«

»Und er konnte sich an Ólafur von den Versammlungen bei der Wahrheit erinnern?«, fragte Katrín.

»Ja, aber er legte großen Wert auf die Formulierung, dass er ihn *nur ein wenig* gekannt hat. Ólafur hat wohl keine einzige Versammlung ausgelassen, er hat sich um die Lautsprecheranlage und die Beleuchtung gekümmert, war da bei denen so etwas wie ein Faktotum, meinte er. Angeblich wusste er aber nicht mehr, als dass Ólafur als etwas seltsam galt.«

»Das will ja schon einiges besagen, wenn man in so einer Gesellschaft als seltsam gilt«, rutschte es Árni heraus.

Stefán zog eine Augenbraue hoch. »Was meinst du damit?«

»Ich meine nur …« Árni verstummte. Ihm wurde plötzlich bewusst, dass er rein gar nichts über die religiöse Einstellung dieser Menschen wusste, mit denen er seit vier Jahren den größten Teil des Tages und des Jahres zusammen war. Ihm war zwar schon seit langem bekannt, dass Svavar der WAHRHEIT angehörte, das wusste jeder, und tatsächlich gab es auch noch zwei oder drei andere in den höheren Dienstgraden, die sich zu diversen Glaubensgemeinschaften bekannten, obwohl sie es nicht so vor sich hertrugen wie Svavar. Er hatte aber keine Ahnung, was für eine Einstellung seine engsten Kollegen, Stefán, Katrín und Guðni zu religiösen Dingen hatten. Irgendwie kam es ihm so vor; als hätte er das nach all dieser Zeit eigentlich wissen müssen.

»Jedenfalls galt Ólafur als seltsam«, fuhr Stefán ungerührt fort. »Er hielt sich ziemlich zurück, auch wenn er sich nach den Versammlungen unter die Leute mischte. Meist zog er sich sofort zurück, wenn jemand versuchte, ihn in irgendwelche Gespräche hineinzuziehen, auch wenn er bis dahin anscheinend aufmerksam gelauscht hatte.« Stefán räusperte sich und setzte sich in Positur. »Genau so hat sich der heilige Svavar ausgedrückt«, fuhr Stefán fort und grinste Árni zu. »Die seltenen Male, wenn Ólafur sich an den Gesprächen beteiligte, hat er, wenn ich es richtig verstanden habe, nur irgendwelche Phrasen von sich gegeben, die er wahllos entweder aus der Bibel oder aus Magnús' Predigten nachplapperte. Etwas anderes hat Svavar nicht von ihm gehört. Tja denn«, sagte er und sah Katrín und Árni augenzwinkernd an, »es ist bald fünf. Ich schlage vor, dass ihr eine Runde bei den Nachbarn im sechsten Stock dreht und dann Feierabend macht, es sei denn, dabei würde sich etwas wirklich Wichtiges herausstellen. Irgendjemand muss doch etwas gesehen oder gehört haben – aber natürlich ist es lange her. Und zum Kuckuck noch mal, da muss doch auch jemand etwas gerochen haben …« Er zog die Nase kraus. »Das müsste eigentlich vor dem Abendessen zu schaffen sein, ihr braucht euch deswegen nicht bis spät in die Nacht die Hacken abzulaufen. Ólafur ist seit mehr als einem Jahr tot, nichts und niemand läuft uns davon, sehen wir mal von dem Mann ab, der ihn nach unserer bisherigen Annahme umgebracht hat. Und wenn sie den finden, werden wir umgehend informiert. All das hier«, sagte er und wies mit einer dramatischen Handbewegung auf den überladenen Schreibtisch, »all das ist zwar äußerst kurzweilig und interessant, aber das ist es auch noch morgen früh. Acht Uhr, bitte.«

»Aber …«, setzte Katrín an.

»Punkt acht«, wiederholte Stefán. »Und ich fände es nett, wenn einer von euch auf dem Heimweg bei Guðni vorbeischauen würde. Es gibt wohl kaum andere, die das tun.«

Er wartete geduldig, bis sich die Tür geschlossen hatte, bevor er sich seinem Computer zuwandte, um das Bewerbungsformular so schnell und gewissenhaft wie möglich auszufüllen. Anschließend druckte er es aus, unterschrieb es und steckte das Blatt in einen Umschlag, den er auf seinem Weg nach draußen in Svavars Fach legte.

Er war ihm zwar gelungen, sich Árni und Katrín gegenüber schnell und elegant um Svavars seltsame Reaktion herumzudrücken, doch das war genau das, was ihn am meisten beunruhigte. Es war zwar keine Lüge gewesen, dass Svavar sich gerne orakelhaft ausdrückte, aber hier hatte Stefán ihn zum ersten Mal dabei ertappt, wie er in einer Ermittlung, die in vollem Gange war, mit Informationen hinter dem Berg hielt. Er wusste weder, um welche Art von Informationen es sich handelte, noch, wie wichtig sie sein mochten. Doch das war im Grunde genommen auch Nebensache, bedenklich war nur, dass Svavar ihnen etwas vorenthielt.

Stefán war sich relativ sicher, dass es etwas mit der WAHRHEIT oder sogar dem Meister selbst zu tun haben musste. Das war im Grunde genommen die einzig mögliche Erklärung für Svavars Ausweichmanöver. Erklärungen und Entschuldigungen waren ja gut und schön, aber nach Stefáns Meinung gab es nichts, was dieses Verhalten rechtfertigte oder entschuldigte. Die Frage war bloß, wie er darauf reagieren sollte.

Da standen verschiedene Wege offen, daran mangelte es nicht. Aber es war kaum vorauszusehen, wohin sie zum Schluss führen würden. Und zwar nicht nur ihn selber, denn Stefán machte sich seinetwegen die geringsten Sorgen. Ragnhildur verdiente gut, in den letzten Jahren sogar besser als er, und er selber war alt und erprobt genug, um eine anständige Pension beanspruchen zu können, selbst wenn er sich auf der Stelle in den Ruhestand versetzen ließ. Zudem hatte er auch lange genug mit der Idee geliebäugelt, den ganzen Kram hinzuschmeißen und sich irgendeine angenehme Bürotätigkeit zu suchen, die es ihm ermöglichte, mehr Zeit mit den Enkelkindern einerseits und andererseits im Garten, auf dem Sofa und im Bett zu verbringen.

Nein, ginge es nur um seine eigene Karriere, würde er es sich nicht zweimal überlegen müssen, um jemanden loszuschicken – oder sich sogar selber auf den Weg zu machen, um Fingerabdrücke von Meister Magnús zu nehmen. Aber es gab anderes und Wichtigeres, das er nicht aufs Spiel setzen durfte, nur um des egoistischen Vergnügens willen, Svavar zu ärgern.

Deswegen galt es, bedächtig vorzugehen. Sich alles sehr genau durch den Kopf gehen zu lassen, bevor er die nächsten

Schritte in die Wege leitete. Und da gab es nur einen Rat: Er musste nach Hause und in den Garten, Regen hin oder her.

* * *

Úlfur fühlte sich miserabel. Ihm war kalt, er hatte Hunger, er war gestresst und überdies verkatert.

»Was hast du mitgebracht?«, fragte er mit zittriger Stimme. Er riss Tinna, die besorgt um sich blickte, die Tüte aus den Händen. Was sie sah, gefiel ihr nicht. Die Wände hatten Risse, die Fensterscheiben waren zum großen Teil kaputt, und das dämmrige Licht drinnen konnte nicht über die Tatsache hinwegtäuschen, dass der Boden im wahrsten Sinne des Wortes beschissen war. Es handelte sich zwar nur um Schafsmist, und wohl auch keinen frischen, aber trotzdem war es Mist.

»Hier kannst du auf keinen Fall bleiben, Úlfur, du holst dir hier eine Lungenentzündung und was sonst noch. Wo schläfst du überhaupt?«

»Dahinten ist eine Scheune«, sagte Úlfur, »und da gibt es noch Heu. Uraltes zwar, aber immerhin, es ist warm. Ey, es ist warm«, wiederholte er, während er in der Tüte wühlte, bis er endlich das fand, wonach er suchte. »*Nice*«, sagte er und schraubte den Deckel von einer dreieckigen Whiskyflasche.

»Hast du nicht meinen Schlafsack und meinen Anorak und das alles mitgebracht?«, fragte er. Nach dem ersten Schluck fühlte er sich wieder fit. »Und was mehr zu futtern als das da?« Er stieß mit dem Fuß nach der Tüte.

»Das ist alles im Auto«, sagte Tinna.

»Dann hol das jetzt gefälligst, Alte, worauf wartest du noch?«

»Meinst du nicht, dass es besser ist, wenn du mit mir in die Stadt zurückfährst?«, setzte Tinna an. »Ich meine, wie willst du denn …«

»Ich werde den Deubel tun und von hier wegfahren«, schnaubte Úlfur, »kapiert? Wie beschränkt bist du eigentlich, du dämliche Nutte?«

»Úlfur, nein …«

»Hol den verdammten Schlafsack, ich will dich jetzt ficken. Das Heu ist vielleicht warm, aber es sticht.«

»Ich … Ich habe meine Tage«, sagte Tinna entschuldigend. »Richtig heftig. Entschuldige.«

»Na schön«, sagte Úlfur achselzuckend, »dann bläst du mir eben einen.«

* * *

Katrín und Árni fuhren, wie es sich für echte Reykjavíker gehört, jeweils in ihren eigenen Autos nach Krummahólar und trafen sich auf dem Parkplatz. Immer noch lag der dumpfe Müllgeruch in der Luft, nicht nur im Eingangsbereich, sondern auch im sechsten Stock. Auf der rechten Seite war die Wohnung von Ólafur, links die von Úlfur. Die Wohnungstüren lagen einander gegenüber. Auf dem Flur gab es weitere sieben Wohnungen, die hinterste Wohnungstür lag genau gegenüber den Türen zum Aufzug und zum Treppenhaus, durch den Spion konnte man den gesamten Flur überblicken. Dort wohnte die Frau, mit der Árni tagsüber gesprochen hatte.

Sie teilten sich auf und arbeiteten sich von Wohnung zu Wohnung vor. In der einen war niemand zu Hause. In zwei anderen kamen Kinder oder halbwüchsige Jugendliche zur Tür, die Eltern waren nicht zu Hause. Die Kinder waren sehr hilfsbereit, sie fanden die Ereignisse der letzten Tage eher spannend als schrecklich. Über Ólafur wussten sie so gut wie gar nichts, außer einem Jungen, der aussagte, dass Ólafur ihn mehr als einmal »Satansbraten« genannt hatte. Wieso, wusste er nicht, und er hatte weder etwas dabei gefunden noch seinen Eltern davon erzählt, er hatte es einfach nur komisch gefunden.

»Nein, nie«, antwortete der Junge, als Árni ihn fragte, ob Ólafur jemals aggressiv geworden sei. Was hätte der alte Knacker denn einem Jungen wie ihm schon tun können? Der Junge war mindestens einsfünfundneunzig, und das vermutlich bereits seit seiner Konfirmation.

Die Besitzer der anderen drei Wohnungen konnten ebenfalls nichts Wesentliches beisteuern. Sie hatten Ólafur weder gekannt noch Umgang mit ihm gehabt. Er war immer für sich geblieben, hatte sich nie beschwert oder selber etwas getan, worüber sie sich hätten beschweren können, und sie hatten ganz einfach überhaupt nicht registriert, dass sie ihn nicht mehr im Aufzug oder auf dem Parkplatz oder sonst wo getroffen hatten. Mit Úlfur war es eine andere Sache, darin waren sie sich ebenfalls einig. Bei ihm und seiner Familie hatte es häufig genug Theater gegeben.

»Ich war schon mindestens zweimal, wenn nicht dreimal, drauf und dran, die Polizei anzurufen«, gestand die Wohnungsnachbarin von Tinna und Úlfur. Sie war um die vierzig, schlank und groß, sie trug ein grünes Kostüm und beigefarbene Schuhe, und um den Hals hatte sie einen apart gemusterten Schal drapiert. »Wenn es bei ihnen hoch herging. Er prügelt sie, da bin ich mir ziemlich sicher. Vielleicht die Kinder auch, was weiß man denn. Mir ist natürlich auch eingefallen, beim Jugendamt anzurufen, aber … Du weißt schon. Man will sich am liebsten nicht einmischen …« Sie errötete und sah Katrín verlegen an. Nein, dachte Katrín, die dieses Gefühl nur allzu gut kannte. Man will sich am liebsten nicht einmischen.

Sie räusperte sich. »Erinnerst du dich vielleicht an irgendetwas zu Ostern im vergangenen Jahr – wart ihr da zu Hause?«

Die Frau überlegte. »Ja«, erklärte sie dann, »ich glaube

schon. Ich kann mich nicht erinnern, dass wir weg waren. Das heißt, wir sind bestimmt einkaufen gegangen und haben Besuche gemacht, aber …«

»Aber ihr wart prinzipiell zu Hause«, führte Katrín den Satz zu Ende. Die Frau nickte. »Erinnerst du dich an etwas Ungewöhnliches? Etwas, was damals passiert ist? Streitigkeiten, Schlägereien, Lärm, ungewöhnlich viele Besucher, vielleicht sogar mitten in der Nacht?«

»Wann? Im vergangenen Jahr zu Ostern?«

»Ja, vor allem am Ostermontag, vielleicht auch noch einen Tag danach, oder sogar die nächsten Tage.«

»Nein. Wie soll man sich denn auch an so etwas genau erinnern?«

»Nein«, seufzte Katrín, »das kann man wohl kaum erwarten. Aber kannst du dich erinnern, ob seitdem jemand die Wohnung von Ólafur betreten hat oder da herausgekommen ist? Oder vielleicht auch nur vor der Tür gestanden und geklopft hat?«

»Nein. Im Augenblick jedenfalls nicht. Ich werde meinen Mann fragen, wenn er nach Hause kommt.«

»Tu das. Aber was ist mit dem Geruch? Habt ihr im letzten Jahr nie irgendeinen seltsamen Geruch hier verspürt?«

»Schlimmer als gewöhnlich, meinst du?«, fragte die Frau, und ihr Gesicht verzerrte sich, als ihr plötzlich klar wurde, wonach Katrín eigentlich gefragt hatte. Sie schlug sich die Hand vor den Mund und starrte Katrín mit weit aufgerissenen Augen an. »Du meinst …«

Katrín nickte.

»Großer Gott, jetzt, wo du das sagst …« Die Frau erbleichte und zog Katrín mit auf den Flur. »Du riechst das doch auch, oder nicht?« Das konnte Katrín nicht leugnen. »So riecht es hier immer. Ich weiß nicht, wie oft wir uns schon beschwert haben, aber daran ändert sich nie etwas. Voriges Jahr wurde unten im Keller sogar eine neue Klappvorrichtung für den Müllschlucker eingebaut. Irgendwann im letzten Frühjahr, im Mai oder Juni, glaube ich, da war der Gestank nämlich ganz besonders schlimm.« Sie schluckte mehrmals. »Wir … Uns ist nicht eingefallen, dass … Wir sind davon ausgegangen, dass der Geruch aus dem Müllschlucker kam, aber es war dann wohl …?«

Katrín nickte. »Sehr wahrscheinlich.«

»Mein Gott, ich glaube, ich muss … ich …« Sie glättete unentwegt unsichtbare Falten in ihrem Kostüm und starrte wie hypnotisiert auf ihre Schuhe.

»Wir melden uns, wenn wir noch weitere Fragen haben«, sagte Katrín kurz angebunden. Sie ging weiter zur nächsten Wohnungstür, wo sich die gleiche Szene in nahezu allen Einzelheiten wiederholte, abgesehen davon, dass sie jetzt einem untersetzten Mann mittleren Alters mit schütterem Oberlippenbart gegenüberstand, der sich die seitlichen Haare über die Glatze gekämmt hatte.

* * *

»Nein«, erklärte Svavar nachdrücklich. »Ihr werdet nichts unternehmen. Dazu besteht noch kein Anlass, und den wird es hoffentlich auch nie geben. Úlfur gehört zum Abschaum der Gesellschaft, er ist ein mehrfach vorbestrafter Krimineller. Sogar die isländische Schmutzpresse hütet sich davor, Leuten wie ihm Glauben zu schenken und Geschichten und Unterstellungen dieser Art in Umlauf zu bringen, und wir lassen uns erst recht nicht davon beeinflussen. Ihr braucht nichts zu fürchten.«

»Aber trotzdem«, wandte Ari ein, »was ist mit …«

»Hör dir an, was Svavar sagt«, unterbrach ihn sein Bruder

und klopfte Ari väterlich auf die Schulter. »Er hat vollkommen Recht. Wer glaubt denn einem solchen Mann? Einem verkommenen und entarteten Ausgesandten des Antichristen glauben doch nur diejenigen, die seinesgleichen sind. Und was geht uns das überhaupt an, was irgendwelche Leute glauben? Gar nichts, mein lieber Bruder, überhaupt nichts.«

Ari wich zurück und sah seinen Bruder verstört an. »Magnús«, sagte er, »was soll das denn. Es geht hier nicht um die Zeitungen oder irgendwelche Leute. Wir können nicht einfach der Polizei etwas vorlügen, als ob …«

Magnús legte einen Finger an die Lippen, um Ari zum Schweigen zu bringen, und sah Svavar entschuldigend an.

»Manchmal fürchte ich, dass mein lieber Bruder nicht stark genug im Glauben ist«, sagte er, während er Ari bei den Schultern packte und ihn zwang, ihm in die Augen zu sehen. »Du vergisst, dass wir der Polizei die Wahrheit gesagt haben. Oder habe ich da etwas missverstanden, hast du der Polizei etwa nicht die Wahrheit gesagt?« Ari senkte beschämt den Kopf. »Na also«, sagte Magnús. »Und nun hat uns die Polizei gesagt, was wir in Fortsetzung dessen von uns geben sollen.« Er sandte Svavar über die Schulter seines Bruder hinweg ein dankbares Lächeln, bevor er fortfuhr. »Und außerdem arbeiten wir nach göttlichem Gesetz und nicht nach menschlichem, das darfst du nie vergessen«, sagte er. Um sicherzustellen, dass Ari begriff, worum es ging, schüttelte er seinen Bruder. Ari kapitulierte. Er hatte größte Lust, seinen Bruder zu fragen, ob er der Polizei die ganze Wahrheit gesagt hatte, traute sich aber nicht. Nicht in Anwesenheit von Svavar.

»Du kennst ihn, Meister«, sagte Svavar, nachdem Ari gegangen war. »Was glaubst du selber? Ich weiß, er ist dein Bruder, aber ich muss trotzdem fragen – kann man ihm vertrauen?«

Magnús setzte sich in den ehrwürdigen tiefen Ledersessel

unter der Lampe in der Ecke und blickte mit gerunzelter Stirn vor sich hin. »Ich weiß es nicht«, sagte er nach langem Nachdenken. »Aber ich werde Gott bitten, ihm zu helfen. Und uns.« Er sah Svavar mit mildem Blick an. »Ich gebe dir Bescheid.«

Svavar nickte und ging. Er zweifelte keinen Augenblick daran, dass Gott der Bitte des Meisters willfahren würde. Und wenn der Meister ihm Bescheid gab, würde er bereit sein. Hoffte er.

10

Montag

Wie Stefán vermutet hatte, waren Katrín und Árni noch vor sieben mit der Befragung der Hausbewohner fertig.

»Ist ja vielleicht verständlich«, brummte Árni, »dass sie gedacht haben, der Gestank käme aus dem Müllschlucker, meine ich.« Katrín nickte. Am Ende des Flurs befanden sich zwei Türen, die eine zum Aufzug, die andere zum Treppenhaus. Rechts neben dem Lift war der Müllschlucker, anderthalb Meter von der ersten Tür entfernt, die zu Ólafurs Wohnung führte.

»Vielleicht«, sagte sie.

Da beide nichts weiter für den Abend vorhatten, beschlossen sie auf dem Weg nach unten, zusammen essen zu gehen und dabei in Ruhe den Fall durchzusprechen. Sie konnten sich aber nicht auf ein Restaurant einigen. Schließlich schlug Árni vor, zu ihm nach Hause zu fahren und etwas beim Pizzaservice zu bestellen.

»Ich meine, ich wohne doch so ziemlich auf halbem Weg zwischen dem Krankenhaus und dem Pizzalieferanten. Wir bestellen die Pizzen, schauen kurz bei Guðni herein und treffen dann ungefähr zur gleichen Zeit bei mir zu Hause ein wie der Bote. Ist das nicht ein prima Plan?«

Katrín zögerte, aber nicht lange. »Ja, der Plan ist prima«,

sagte sie. »Wir treffen uns im Krankenhaus.« Sie stiegen wieder in ihre Autos und fuhren los.

Guðnis Zustand war unverändert, und sie erhielten die Auskunft, dass er morgen geweckt werden würde, falls nichts dazwischenkäme.

»Was könnte das sein?«, fragte Katrín.

»Man kann nie wissen«, sagte die Krankenschwester achselzuckend. »Bei einem derartig schweren Herzversagen steht es während der ersten Tage immer auf Messers Schneide, vor allem, wenn die Betreffenden körperlich nicht gut drauf sind. Sein Zustand ist aber jetzt einigermaßen stabil, Puls und Blutdruck und anderes sind so weit okay. In Anbetracht der Umstände sieht es also nicht schlecht aus.« Weitere beziehungsweise präzisere Angaben konnten sie der Dame nicht entlocken.

»Furchtbar, den Kerl so zu sehen«, sagte Árni mit leicht zittriger Stimme, als ihnen draußen wieder der kalte Wind um die Ohren blies und er sich eine Zigarette angezündet hatte. Es hatte ihn mehr als erwartet mitgenommen, Guðni so hilflos und so grau im Gesicht in seinem Bett liegen zu sehen, mit einer Maske vor dem Gesicht und mit all diesen Schläuchen und Schnüren, die an Hände, Hals und Körper angeschlossen waren.

»Ja«, stimmte Katrín zu. »Das ist es, trotz allem. Aber offensichtlich nicht schrecklich genug«, fügte sie mit einem Seitenblick auf seine Zigarette hinzu.

Árni wurde rot und blies den Rauch von sich. »Irgendwann hör ich damit auf«, sagte er, »eines Tages höre ich mit diesem Scheiß auf.«

»Mir egal«, entgegnete Katrín achselzuckend.

Es passte ganz genau; kaum hatten sie Árnis Wohnung betreten, klingelte es schon, und Geld und Pizzen wechselten den Besitzer. Für Árni Hackfleisch, Pilze, Paprika und Chili, und für Katrín Oliven, Distelherzen, Thunfisch und sonnengetrocknete Tomaten. Trotz der gleichen Bezeichnung war das hier ein ganz anderes Essen als der geschmacklose Pappteig, den Stefán am Samstag für sie bestellt hatte, und Katrín verputzte die Köstlichkeit in Rekordzeit.

»Also dann«, sagte sie und wischte sich den Mund ab. »Machen wir uns an die Arbeit. Inwieweit hast du dich schon in den Fall eingearbeitet?«

Sie gingen ins Wohnzimmer, wo Katrín in groben Zügen auflistete, was alles passiert war, seit sie am vergangenen Freitag nach Krummahólar gerufen wurden. Árni stand unterdessen am offenen Fenster und versuchte, mehr nach draußen als drinnen zu rauchen. Zum Schluss gab er es auf und warf sich in seinen abgenutzten grünen Sessel, der gegenüber dem Sofa stand, auf dem Katrín Platz genommen hatte.

»Den Rest weißt du, nehme ich an«, beendete Katrín ihren Bericht und klappte ihre Mappe zu.

»Jawohl«, sagte Árni, »das kann man sagen. Wir haben aber wohl nicht vor, hier über Úlfar zu sprechen, oder?«

»Úlfur«, korrigierte Katrín, »er heißt Úlfur, nicht Úlfar. Ansonsten ja, ich sehe keinen Grund, im Augenblick irgendwelches Pulver auf ihn zu verschwenden. Es geht eher darum, vorbereitet zu sein, falls es sich herausstellen sollte, dass er den Alten doch nicht umgebracht hat. Für wahrscheinlich halte ich das aber nicht.«

Árni nickte zustimmend und griff ganz automatisch wieder nach seiner Zigarettenschachtel, besann sich aber im letzten Moment. »Okay. Wenn nicht Úlfur, wer dann? Fangen wir einfach damit an, da oben die Etage durchzukämmen, dann ist das erledigt. Niemand von den Leuten, mit denen wir gesprochen haben, scheint den Kerl gut gekannt zu haben, und niemand wusste etwas darüber, ob außer Úlfur noch andere Kontakt zu Ólafur gehabt hatten. Und es kommt einem so vor, als wäre keiner von denen dazu fähig, total auszurasten und mit dem Messer auf einen anderen loszugehen, obwohl man so was natürlich nie wissen kann. Merkwürdiges Sammelsurium da in dem Block, jedenfalls auf dieser Etage.«

»Wieso?«, fragte Katrín.

»Einfach so. Beispielsweise Ólafur, Invalide und Schluckspecht, der sich auf einmal bekehrt. Und dann Úlfur, ihm direkt gegenüber – gehört die Wohnung ihm? Oder den beiden?«

»Nein. Das ist noch eine von den wenigen städtischen Sozialwohnungen, die noch nicht verkauft worden sind.«

»Okay. Also Úlfur, wie gesagt, ebenfalls notorischer Säufer und Kleinkrimineller, der seine Frau prügelt. Wovon lebt er?«

»Tinna arbeitet halbtags als Putzfrau, und außerdem sitzt sie ein paar Stunden in einem Krónan-Billigmarkt an der Kasse. Úlfur *übernimmt diese und jene Aufträge*, wie sie sich ausgedrückt hat, was auch immer das bedeutet. Sie scheinen aber nicht schlecht dazustehen, offensichtlich bekommt er genug für seine Aufträge, worin auch immer sie bestehen mögen.«

»Damit hätten wir also zwei Zechkumpane, der eine bekehrt und mit Invalidenrente, und der andere wahrscheinlich immer noch auf dem direkten Weg ins Verderben, mit zwei Kindern und einer Frau, die für Niedriglohn arbeitet. Außerdem ist da noch ein Lehrerehepaar mit einem Kind, ein LKW-Fahrer mit Frau und zwei Kindern, ein Klempner mit Familie, ein Ingenieur mit seiner Frau, ein Hafenarbeiter mit Familie und zwei alleinstehende Mütter. Habe ich sie alle?« Er sah Katrín fragend an und wunderte sich über ihren kritischen Gesichtsausdruck. »Was ist?«, fragte er. »Habe ich jemanden vergessen?«

»Nein, niemanden«, antwortete Katrín. »Das war eine vollständige, aber eine typisch männliche Aufzählung.«

»Männliche Aufzählung?«, erkundigte sich Árni argwöhnisch. »Was meinst du denn damit?«

Katrín streckte den kleinen Finger an der linken Hand hoch. »Ein LKW-Fahrer mit *Frau* und *Kindern*.« Der Ringfinger folgte. »Ein Ingenieur und *Frau* …«, fuhr sie fort und war beim Mittelfinger angekommen. »Und nicht zu vergessen, zwei alleinstehende Mütter, natürlich. Nicht eine *Friseurin* und eine *Studentin*, sondern alleinstehende Mütter.«

Árni, der sich und anderen immer wieder einredete, voll und ganz auf Seiten von Emanzipation und Gleichberechtigung zu stehen, errötete vom Scheitel bis zur Sohle. »Entschuldige, ich … Du hast vollkommen Recht, ich …«

»Spielt keine Rolle«, sagte Katrín. »Aber was ist denn so seltsam an dieser Zusammensetzung? Ich hätte gedacht, das sei eigentlich ein ganz normaler Querschnitt durch die Bevölkerung. Genau wie in vielen anderen Wohnblocks. Wie ist es denn hier in deinem Haus? Ein Bulle und *seine Freundin* auf dieser Etage, ein junges Paar mit Kind auf der oberen, und wer war noch mal im Souterrain?«

»Eine Lieferwagenfahrerin«, murmelte Árni geknickt, »und ihr Mann ist Anstreicher.« Katrín konnte sich kein Lächeln abringen.

»Jedenfalls«, sagte Árni und gab sich einen mannhaften Ruck, »jedenfalls gibt es auf den ersten Blick unter diesen Leuten kaum einen wahrscheinlichen Kandidaten, mit Ausnahme von Úlfur. Können wir uns darauf vielleicht einigen?«

»Das können wir«, stimmte Katrín ihm zu.

Árni glaubte, immer noch Unmut aus ihrer Stimme herauszuhören. »Prima. Und Ólafurs Kinder erben vermutlich alles. Hat man ein Testament oder so etwas gefunden?«

»Nein, bislang noch nicht. Wahrscheinlich erben die Kinder alles. Aber das mit diesem Geld ist wirklich seltsam.«

Anscheinend hatte Katrín nicht vor, ihn weiter zu traktieren, und Árni atmete erleichtert auf. »Inwiefern?«, fragte er.

Katrín verzog das Gesicht. »Ach, ich weiß nicht. Woher ist es gekommen, wohin ist es gegangen? Wie ich dir schon gesagt habe, dieser Bárður kam heute zu mir und hat mir geradezu den Befehl erteilt, die Bankangelegenheiten seines Vaters unter die Lupe zu nehmen. Und obwohl er es nicht direkt gesagt hat, habe ich doch das unbestimmte Gefühl, dass er seine Schwester wegen irgendetwas in Verdacht hat. Ob es Mord ist oder Unterschlagung oder noch etwas anderes, weiß ich allerdings nicht. Veruntreuung von Geld ist wohl das Wahrscheinlichste, wenn man sich die Zusammenhänge ansieht.

»Oder Mord *und* Unterschlagung«, sagte Árni. »Sie bringt den Alten um, melkt dann sein Konto, und niemand weiß von nichts. Bis ihr Bruder aus dem Ausland zu Besuch kommt, und ausgerechnet er besitzt einen Schlüssel zu der Wohnung. Ich meine, ihre Fingerabdrücke waren doch an dem Messer, oder?«

»Ja, das waren sie. Aber du musst bedenken, dass sie auch den Abwasch gemacht hat. Laut ihrer Aussage hat sie die Waschmaschine angeworfen, gestaubsaugt, gespült, aufgeräumt …«

»Und dann ihren Vater umgebracht, als der ihr sagte, er würde einen Haufen Geld besitzen, von dem sie aber keine Krone abbekäme, wenn sie sich nicht zu seiner Sekte bekehrte. Bingo.«

»Und danach hätte sie sich dann monatlich eine halbe Million überweisen lassen?«

»Ja«, sagte er. »Warum nicht?«

Katrín schüttelte den Kopf. »Wie gesagt, die Sache mit diesem Geld macht mir Probleme. Wenn du jemanden umbringen würdest und wüsstest, dass er sechzehn Millionen auf dem Konto hat, und nehmen wir mal an, du hättest eine Vollmacht – wobei ich natürlich nicht weiß, ob diese Hólmfríður die hatte – würdest du dann seelenruhig ein ganzes Jahr untätig auf deinem Hintern sitzen und weiter nichts tun, als Monat für Monat eine halbe Million abzuheben? Oder würdest du nicht das Konto auf einen Schlag leeren und das Geld in Sicherheit bringen?«

»Ich würde es nach und nach abheben«, sagte Árni, ohne zu überlegen. »Das ist nämlich viel weniger verdächtig. Wenn ich alles auf einmal abheben würde, vielleicht kurz nach dem Mord, dann wäre es doch ein bisschen sehr *obvious*, dass ich der Mörder bin, oder nicht? Viel vernünftiger, so zu tun, als wüsste man von nichts, und über einen längeren Zeitraum hinweg portionsweise abzukassieren und sich irgendeine Geschichte auszudenken ...«

»Aber woher willst du wissen, dass das Opfer nicht schon am nächsten Tag gefunden wird, und dann hast du dir vielleicht erst einen winzigen Teil von dem Geld unter den Nagel gerissen?«, fragte Katrín.

Árni stand auf und ging zu seinem Laptop, der auf dem Esszimmertisch stand. »Das kann ich natürlich nicht wissen«, sagte er, während er den Rechner hochfuhr. »Aber das spielt ja auch keine Rolle. Wenn der Papa gefunden wird, kriege ich sowieso den Rest – oder zumindest die Hälfte vom Rest. Wenn ich alles auf einmal absahne und alles rauskommt, kriege ich allerdings keine müde Krone. Aber okay, lassen wir Hólmfríður im Augenblick, morgen früh wird sich herausstellen, ob sie oder jemand anderes jeden Monat eine halbe Million abgezockt hat. Wen nehmen wir uns als Nächstes vor? Bárður? Er bekommt wohl die andere Hälfte von dem, was noch übrig ist. Was ist mit ihm? Gab es da nicht Probleme zwischen Vater und Sohn?«

»Doch«, antwortete Katrín, »ich glaube, davon kann man ausgehen. Was machst du da eigentlich?«

»Ich checke die Lottogewinne ab«, sagte Árni. »Wann hat der Alte die Millionen einbezahlt?«

»Voriges Jahr am vierzehnten Februar«, sagte Katrín und stellte sich neben ihn.

»Zu blöde, dass du heute nicht aus denen herauskriegen konntest, wohin das Geld ging und woher es …«

»Ich hab euch das doch gesagt«, fiel Katrín ihm ins Wort, »als ich die Kontoauszüge bekam und diese Abbuchungen sah, habe ich versucht, das aus der Schnepfe in der Bank herauszuholen, aber …«

»Ich weiß, ich weiß«, unterbrach Árni sie im Gegenzug. Er hatte eine Heidenangst, Katrín wieder gegen sich aufzubringen. »Und du hast eine Verfügung beantragt, das weiß ich auch. Ich habe auch bloß gemeint, dass es einen ärgert, nicht, dass es deine Schuld ist. Aber wie gesagt, auch wenn wir nicht wissen, wo das Geld hinging, können wir vielleicht doch rausfinden, wo es herkam.« Er starrte auf den Monitor, fand das, wonach er suchte, und klickte sich mit der Maus weiter. »Hier«, sagte er, »Samstag, zwölfter Februar. Dreifacher Jackpot, knapp sechzehn komma vier Millionen …« Er verstummte und sah Katrín verblüfft an.

»Was?«, fragte sie ungeduldig. »Das passt doch, oder nicht? Er muss das Geld ja nicht alles eingezahlt haben, sechzehn Millionen gehen aufs Konto, den Rest behält er in der Tasche. Kauft im Alkoholladen ein, protzt ein bisschen herum …«

Árni schüttelte nur den Kopf. »Was?«, wiederholte Katrín.

»Dreifacher Jackpot, knapp sechzehn komma vier Millionen. O ja, das passt.« Er drehte den Laptop so, dass Katrín den Bildschirm vor sich hatte. »Das Dumme ist nur, dass da an dem Samstag gar keine Ausschüttung stattfand, weil niemand die richtigen Zahlen hatte.«

»Verdammt nochmal, woher hat dieser Mann die sechzehn Millionen bekommen?«

»Tja, das ist wohl die große Frage.«

* * *

Tinna kroch behutsam unter Úlfurs Arm weg und versuchte, so geräuschlos wie möglich aufzustehen. Die Whiskyflasche, eine von zweien, die sie mitgebracht hatte, lag halb leer in einem Heuhaufen neben ihm. Er schnarchte leise und regelmäßig. Sie schlich auf Zehenspitzen in den ehemaligen Schafstall und sah nachdenklich aus dem scheibenlosen Fenster.

Der Lack an ihrem vormaligen rettenden Ritter war ziemlich angekratzt. Mit der Zeit war es ihr immer klarer geworden, dass er keinen Deut besser war als das Monster, vor dem er sie seinerzeit gerettet hatte. Wahrscheinlich war er, alles in allem gesehen, sogar noch schlimmer, mit Ausnahme der Augenblicke, wenn er es von ihr bekommen hatte. Dann erinnerte er immer noch ein wenig an den Mann, den sie geheiratet hatte. Und nun plante er, ins Ausland zu gehen und ein neues Leben zu beginnen, und zwar mit ihr und den Kindern. Ein schönes Haus wollte er kaufen, hatte er gesagt, ein schönes großes Haus irgendwo da, wo das Wetter nicht so beschissen war wie in Island. Dort wollte er sich Arbeit suchen und ein neues Leben beginnen.

Schon in ein paar Monaten würde er nicht nur das richtige Haus, sondern auch Arbeit gefunden haben, hatte er behauptet, und dann könnten sie alle drei zu ihm kommen. Als sie danach fragte, woher er das Geld nehmen wollte, um im Ausland ein Haus zu kaufen, wo sie sich doch nicht einmal eine Wohnung in einem Wohnblock in Island leisten konnten, hatte er nur gelacht. Und dabei hatte sie gerade erst das Konto geleert und außerdem ihrer Mutter zehntausend Kronen geklaut, um einzukaufen und ihm etwas Bargeld zustecken zu können. Gelacht hatte er, und irgendetwas geschwafelt, dass er bislang nur Prozente von fälligen Zahlungen bekommen hätte, aber jetzt ginge es um den Gesamtbetrag, und den würde er selber einkassieren. Oder etwas vergleichbar Intelligentes, sie hatte nichts davon verstanden und es auch gar nicht erst versucht.

Es war nicht das erste Mal, dass Úlfur einen angeblich todsicheren Plan hatte, wie er reich werden würde. Die anderen Pläne waren entweder kläglich gescheitert oder hatten mit Schrecken geendet. Sie hatte nicht die geringste Hoffnung, dass der jetzige Plan, wie immer er war, sich in irgendeiner Weise von den anderen unterschied.

Fünf Minuten später stand sie mit einer brennenden Reyno in der Hand wieder am Durchgang zur Scheune und starrte auf ihren Ehemann. Eine bessere Gelegenheit würde es wohl nie geben, dachte sie. Er schlief, niemand wusste, wo er war, und niemand wusste, wo sie war. Da könnten Wochen und Monate, vielleicht sogar Jahre vergehen, bevor Úlfur gefunden würde. Genau wie bei diesem Ólafur mit seinem Jesusfimmel. Sie schüttelte sich unwillkürlich bei dem Gedanken an ihn, und eine Gänsehaut lief ihr über den Rücken.

* * *

Eine genauere Überprüfung der Lotto-Webseite ergab, dass Ólafur auch in den acht Monaten vor dem Februar 2005 niemals eine auch nur annähernd so hohe Summe hätte gewinnen können wie die, die er im Februar 2005 auf sein Konto eingezahlt hatte. Árni hielt es für müßig, noch weiter zurückzugehen.

»So einen Haufen Scheine konnte er ja wohl kaum unter dem Kopfkissen aufbewahren«, sagte er. »Also, im Lotto hat er nicht gewonnen. Was dann? Und wieso hat er das behauptet?«

Er ging zurück zu seinem bequemen Sessel, und Katrín nahm wieder auf dem Sofa Platz. Die Frau ist verdammt attraktiv, dachte Árni, biss sich aber sofort auf die Zunge und zündete sich hustend eine Zigarette an.

»Lotterien, Aktien, Pfandbriefe – oder vielleicht besaß er ja auch eine andere Wohnung, die er verkauft hat …« Katrín starrte mit leerem Blick auf ihre Zehen am Ende des Sofas, während sie über weitere Optionen nachdachte. »Das kriegen wir schon heraus. Und außerdem besteht noch die Möglichkeit, dass … Nein, eigentlich wohl kaum.«

»Was denn?«, fragte Árni.

»Wie kommt man an sechzehn Millionen heran? Aus der Übersicht geht nichts hervor, keine Personenkennziffer, gar nichts, nur das eine Wort, Lotto. Die Verfügung bezog sich ja auch nur auf eine normale Kontoübersicht. Das habe ich vermurkst, ich weiß«, sagte Katrín, noch bevor Árni ein Wort dazwischenschieben konnte, »aber nichts davon erklärt Ólafurs Lüge, dass er im Lotto gewonnen hat, und die tischt er sowohl seinen Kindern als auch der Bank auf. Weshalb? Was ist die wahrscheinlichste Erklärung?«

Árni brauchte nicht lange zu überlegen, um zu begreifen, worauf Katrín hinaus wollte.

»Illegales Geld?«, schlug er vor.

Katrín nickte. »Ist das nicht eine Möglichkeit?«

»Aber wie das?«, fragte Árni. »Wie stellst du dir das vor?«

»Ich weiß es nicht«, gab Katrín nach längerem Schweigen zu. »Ich habe wirklich keine Ahnung. Noch nicht …«

Gleichgültig, wie sie es drehten und wendeten, sie kamen zu keinem überzeugenden Ergebnis und beschlossen deswegen, Spekulationen dieser Art zurückzustellen und sich stattdessen mit anderen potentiellen Mördern als Úlfur zu befassen.

»Mordermittlung 1.01: *Follow the money*«, sagte Árni. »Sobald wir wissen, an wen die Überweisung vom Konto des Alten gegangen ist, wissen wir auch, wer ihn umgebracht hat, würde ich denken. Guðni würde sagen: *My money is on the money.*«

»Das würde Guðni gar nicht sagen«, widersprach Katrín. »Er würde sagen, dass wir das alles schon längst wissen und deswegen endlich mit diesem verfluchten Scheiß aufhören und uns lieber darauf konzentrieren sollten, die verdammte Kanaille zu finden.«

»Äh …«, stotterte Árni unsicher, so eine Ausdrucksweise war er von Katrín nicht gewöhnt.

»Aber egal«, sagte sie, bevor er weiterstammeln konnte, »Guðni ist nicht hier, deswegen können wir gut noch weitermachen mit dem Quatsch. Also, wir sollen hinter dem Geld her sein, sagst du, aber wir sind zu dem Schluss gekommen, dass wir das erst können, wenn wir wissen, wohin es gegangen ist. Aber okay, egal wohin auch immer das Zeug gegangen ist, eins steht fest, der Rest geht an Hólmfríður und Bárður. Mit Hólmfríður waren wir so weit durch …«

Weder Árni noch Katrín hielten Bárður für einen geeigneten Kandidaten für die Rolle des Mörders, auch wenn sie ihn zu diesem Zeitpunkt genauso wenig wie die anderen ausschließen konnten. Dasselbe galt für seinen Mann Ragnar, den sie ebenso rasch abfertigten, wie er ins Gespräch gekommen war. Keine Fingerabdrücke, und gar nichts, was darauf hindeutete, dass er in den letzten Jahren Ólafurs Wohnung betreten hatte.

»Er sagte mir, dass er in den letzten vier, fünf Jahren nicht dort gewesen sei, und ich sehe keinen Grund zu der Annahme, dass er gelogen hat«, erklärte Katrín. »Auf jeden Fall nicht, bevor sich etwas Gegenteiliges herausstellt.«

»Aber er muss ihn doch gehasst haben«, gab Árni zu bedenken. »Ich meine, wenn Ólafur sich tatsächlich Bárður gegenüber so verhalten hat und wenn sich Bárður wirklich diesen Quatsch von seinem Vater so zu Herzen genommen hat, wie er sagt. Ragnar. Ich meine, hat Ragnar nicht gesagt, dass Bárður …«

»Doch, ja«, unterbrach Katrín ihn ungeduldig, »er hat gesagt, dass Bárður sowohl vor als auch nach den Besuchen bei seinem Vater immer mehrere Tage völlig down gewesen ist. Trotzdem hat Bárður immer wieder von sich aus Verbindung zu seinem Vater aufgenommen. Ich habe das da am Freitag vielleicht nicht ganz richtig mitbekommen, als ich mit ihm sprach, aber ich habe ihn jedenfalls so verstanden, als habe er sich immer noch Hoffnungen gemacht, den Alten umkrempeln zu können ...«

»Genau wie der Alte gehofft hat, er würde Bárður umkrempeln können«, führte Árni den Gedanken fort.

Katrín nickte. »Ja. Trotzdem sehe ich ihn nicht als Mörder vor mir, und auch diesen Ragnar nicht. Wenn, dann hätten sie beide etwas damit zu tun, dann muss zumindest der eine den anderen decken, denn angeblich sind sie ja nach dem Abendessen bei Bárðurs Mutter direkt in ihr Hotel gegangen. Und wir haben keinerlei Anhaltspunkte, dass das nicht stimmt, zumindest bislang noch nicht.«

»Einverstanden«, sagte Árni. Damit war diese Sache abgetan. »Dann haben wir noch die Exfrau Sigurlaug. Ich kenne mich in den Erbschaftsbestimmungen nicht so aus, aber sie wird wohl keine besonderen Vorteile daraus ziehen, dass der Alte den Abgang gemacht hat, nicht wahr?«

Katrín zögerte. »Nein. Zumindest nicht, was Geld betrifft. Da bin ich mir relativ sicher. Aber ...« Sie biss sich auf die Unterlippe und nagte eine Weile daran herum, bevor sie fortfuhr. »Aber sie hatte sich einige Male offiziell bei der Polizei über ihn beschwert, weil er sie ständig belästigte. Und sie sagte, dass er genau am Ostermontag im vergangenen Jahr zuletzt angerufen hat. Sie konnte sich gut daran erinnern, angeblich war es kurz bevor ihre Kinder mit Anhang zum Essen kamen. Also Hólmfríður mit ihren Kindern und Bárður mit Ragnar. Dieselbe Leier wie gewöhnlich, sagte sie, er hatte abwechselnd mit dem Höllenfeuer gedroht oder das Himmelreich in Aussicht gestellt. Für ihn waren sie wohl vor Gottes Angesicht immer noch verheiratet, irdische Papiere hatten da wohl keine Gültigkeit. Um sich die Zukunft im Himmel zu sichern, brauchte sie nur wieder mit ihm zusammenzuziehen, der WAHRHEIT beizutreten und den Segen des Meisters zu erhalten. Würde sie aber weiter mit Viðar herumhuren, befände sie sich auf dem schnurgeraden Weg zur Hölle. Wer weiß, vielleicht war dieser letzte Anruf der Tropfen, der das Maß vollgemacht hat. Es sind schon Menschen aus geringerem Anlass umgebracht worden.«

»Dasselbe gilt natürlich auch für diesen Viðar«, sagte Árni nachdenklich. »Das kann auch für ihn das Korn gewesen sein, das das Fass zum Überlaufen gebracht hat, nicht wahr?«

Katrín nickte zustimmend. »Ja, genauso gut. Das Korn?«

Árni wehrte ab. »Oder der Tropfen. Spielt keine Rolle. Du hast ihnen keine Fingerabdrücke abgenommen?«

»Nein«, gab Katrín zu, »ich fand, dass es keine Veranlassung dazu gab. Von Bárður und Hólmfríður habe ich Fingerabdrücke zum Vergleich genommen, weil sie beide in der Wohnung ihres Vaters gewesen waren, Bárður sogar noch am letzten Freitag. Ragnar ist angeblich jahrelang nicht dort gewesen, und Sigurlaug und Viðar haben behauptet, diese Wohnung nie betreten zu haben, also habe ich nicht …«

»Und du hast ihnen geglaubt?«

»Wie gesagt, ich sah keinen Grund, weshalb ich das nicht tun sollte. Den sehe ich auch immer noch nicht, aber bei Bedarf können wir es natürlich nachholen. Im Übrigen hätten Sigurlaug und Viðar uns gar nichts von diesem letzten Anruf zu erzählen brauchen. Weshalb uns das sagen, wenn sie tatsächlich etwas mit dem Mord zu tun hatten? Es musste doch die Aufmerksamkeit eher auf sie lenken.« Katrín wickelte einen Finger um eine rote Locke, oder umgekehrt, und blickte auf ihre Knie, ohne sie zu sehen.

Árni sah sie jedoch nur allzu gut. Er stand auf. »Okay«, sagte er. »Rotwein? Bier? Kaffee?«

»Nein danke, aber ein Glas Wasser vielleicht.«

Árni brachte ihr das Wasser und öffnete eine Bierdose für sich. Ein Bier würde doch wohl in Ordnung sein. »Dann bleibt nur noch einer«, sagte er und zündete sich eine Zigarette an. »Oder zwei. Lalli Fett und Ási Stero.« Er fand solche Spitznamen für notorische Kriminelle albern, hatte sich aber mit der Zeit daran gewöhnt, sie zu verwenden, ohne es peinlich zu finden. Letzten Endes wurden diese Männer an seinem Arbeitsplatz nie anders genannt, es sei denn in offiziellen Berichten.

»Oder drei«, korrigierte Katrín. »Du vergisst Meister Magnús.«

Árni verschluckte sich beinahe an seinem Bier. »Meister Magnús«, stöhnte er. »Pah, dieser verdammte Idiot. Wie jemand an so etwas glauben kann …« Er zögerte und sah Katrín unsicher an.

»Mach ruhig weiter«, sagte sie, »an was glauben kann?«

Er schüttelte den Kopf. »Nichts«, murmelte er. Dann fasste er sich ein Herz. »Glaubst du an Gott?«, fragte er.

»Ich weiß es nicht«, erklärte Katrín geradeheraus. Árni sah sie ungläubig an.

»Was meinst du damit? Entweder glaubst du, oder …«

»Nein«, sagte Katrín und lächelte verhalten. »So einfach ist das nicht. Jedenfalls nicht für mich. Da ist etwas …« Sie verstummte, und Árni traute sich nicht, etwas zu sagen.

»Und du?«, fragte sie dann. »Du glaubst wohl nicht an Gott?«

»Was für einen Gott?«, entfuhr es Árni unwillkürlich. »Den, der die Welt vor sechstausend Jahren erschaffen hat? Der aus dreien besteht und trotzdem einer ist? Allmächtig soll er sein, aber trotzdem musste er vor zweitausend Jahren irgendeine Frau schwängern, um auf die Erde zu kommen. Und da hat er dreißig Jahre und mehr herumgehangen und sich kreuzigen lassen, und das nur, um wieder zum Himmel fliegen zu können und sich zu seinen eigenen Füßen niederzulassen, damit die Menschen sich einreden können, dass ihnen ein ewiges Leben in Glückseligkeit winkt, egal was sie vorher verbrochen haben, weil er alle ihre Sünden auf sich genommen hat? Oder den, der den Menschen Datteln und Weintrauben verspricht und unberührte Jungfrauen dutzendweise, wenn sie nur so schlau sind, bei der Verbreitung der Heilsbotschaft abzukratzen, sogar wenn sie nicht nur sich selbst, sondern dabei auch viele andere massakrieren. Oder den, der …«

Katrín hob abwehrend die Hand, und Árni verstummte abrupt, er war knallrot geworden. »Entschuldige«, sagte er betreten, »ich war nur …«

»Nein, das ist schon in Ordnung«, sagte Katrín, »kein Problem. Für mich ist es aber, wie ich gesagt habe, nicht ganz so einfach. Doch ich kann dir auf jeden Fall versichern, dass ich nicht an die Gottheiten glaube, von denen du geredet hast, falls es dir ein Trost ist. Und jetzt ist es, glaube ich, Zeit, nach Hause zu gehen.« Sie stand auf, und Árni sprang ebenfalls auf die Beine.

»Ich wollte dich nicht beleidigen«, sprudelte es aus ihm heraus, »ich hoffe, du gehst nicht deswegen …«

Katrín lächelte nachsichtig. »Mach dir keinen Kopf deswegen«, sagte sie, »der Gott, von dem ich nicht weiß, ob ich an ihn glaube, der ist ganz gewiss nicht wegen eines Bullen in 101 Reykjavík beleidigt, der ihn verleugnet. Und weshalb sollte ich dann seinetwegen beleidigt sein?«

* * *

»Sie ist weg«, sagte Ási. »Und was jetzt?«

»Und er war ganz bestimmt nicht bei ihr?«, fragte Lalli.

»Nein. Ich hab die Scheune gut im Blick, sie hat sich allein ins Auto gesetzt. Und jetzt ist sie also weg.«

»Hm«, sagte Lalli.

Warum von allen Orten ausgerechnet dort?, war seine erste Frage gewesen, als Ási ihn das erste Mal angerufen und ihm gesagt hatte, dass Tinna endlich gehalten hatte und es so aussähe, als sei ihr Ziel ein alter, ausgedienter Schafstall an der Hochebene Laxárdalsheiði. Das war natürlich Nebensache, wichtig war nur, was er in dieser Sache unternehmen sollte. Oder ob er überhaupt etwas unternehmen sollte.

Er hatte Ási aufgetragen, abzuwarten, bis Tinna sich wieder auf den Weg machen würde. Er beschloss, dass Ási da noch ein wenig länger auf seinem Posten bleiben könnte, und teilte ihm das mit. »Wie lang denn noch?«, nörgelte Ási. »Ich hab weder was zu trinken noch zu essen dabei, und ich häng hier schon seit Stunden herum.«

»Bis ich dir Bescheid sage«, erklärte Lalli gelassen. »Ist das nicht eine schöne Gegend?« Er brach das Gespräch ab, machte es sich auf dem Sofa bequem und schloss die Augen. »Úlfur«, murmelte er vor sich hin. »Úlfur, Úlfur, Úlfur. Was soll ich bloß mit dir machen, mein Bester?«

Wie Ási angedeutet hatte, war das ein hervorragender Ort, um ihn endgültig loszuwerden, wenn es sich als notwendig erweisen sollte. Úlfur war kein unverzichtbares Glied in der Kette, auf gar keinen Fall. Genau genommen war er inzwischen schon eher ein überflüssiges Zwischenglied, und letzten Endes es ging da ja auch nur um Kleingeld. Und Geld war sowieso nicht die Hauptsache in diesem Fall, genauso wenig wie bei vielen anderen Dingen, mit denen Lalli sich abgab. Er griff nach seinem Handy und rief ein weiteres Mal Ási an.

»Hör zu, Junge, komm einfach wieder in die Stadt, lassen wir Úlfur.«

»Okay«, sagte Ási, »aber wie gesagt, es ist keine Sache, ihn …«

»Schon klar, schon klar«, unterbrach Lalli ihn, »aber du weißt, dass wir so etwas nicht machen, mein Lieber. Nur wenn es absolut unumgänglich ist.«

* * *

Es fing schon an zu dämmern, als Ragnhildur in den Garten ging und Stefán befahl, ins Haus zu kommen und in die Badewanne zu steigen, die sie für ihn hatte einlaufen lassen. Eine halbe Stunde und ein halbes Rotweinglas später war er zu der Überzeugung gekommen, dass er genau auf dem richtigen Weg war.

»Gelobt sei das Unkraut«, murmelte er und zog den Stöpsel aus dem Abfluss. »Auf das ist Verlass.«

»Hast du deine Bewerbung eingereicht?«, fragte Ragnhildur, als er ins Bett gekrochen kam.

»Ja, das habe ich zwar getan, aber man könnte es so formulieren, dass mir die Stelle vielleicht jetzt gar nicht mehr so sicher ist.«

Ragnhildur sah von dem Buch hoch, das sie las. »Was hast du denn nun schon wieder angestellt?«

»Nichts«, sagte Stefán schmunzelnd. »Gar nichts. Ich gehe aber davon aus, dass ich morgen und übermorgen genug zu tun haben werde.«

Ragnhildur legte das Buch auf den Nachttisch und knipste die Lampe aus. »Du darfst nicht immer nur an dich selber denken, mein Alter«, sagte sie und kuschelte sich an Stefán. »Was wird denn aus dem armen Guðni, wenn du nicht da bist, um auf ihn aufzupassen? Und Katrín?«

»Katrín ist durchaus imstande, auf sich selber aufzupassen«, sagte Stefán und schaltete seine Lampe ebenfalls aus.

»Du weißt ganz genau, was ich meine, es würde überhaupt nichts schaden, wenn bei euch in den höheren Rängen auch ein paar Frauen wären. Ich möchte dich nur bitten, dass du keine Verrücktheiten machst, mein Schatz.«

»Bin ich es gewohnt, Verrücktheiten zu machen?«, fragte Stefán gekränkt.

»Gewohnt vielleicht nicht«, gähnte Ragnhildur, »aber ein paar Beispiele könnte ich schon anführen …«

Stefán grinste und schloss die Augen. Fünf Minuten später setzte er sich wieder auf und knipste das Licht an. Ragnhildur öffnete die Augen.

»Was schaust du mich denn so an?«, fragte sie schläfrig. »Wie siehst du denn aus?«

»Ich hab nur nachgedacht«, murmelte Stefán.

»Brauchst du Licht dazu?«

»Ich habe über dich nachgedacht. Über uns.«

»Und was hast du über uns gedacht?«, gähnte Ragnhildur.

»Weißt du was«, sagte Stefán, »wenn du mir sagen würdest, ich solle meinen Kram packen, weil du mich vor die Tür setzen willst, wär ich wahrscheinlich in ein oder zwei Jahren tot. Das ist statistisch erwiesen. Oder so gut wie.«

»Jetzt hör aber auf mit dem Quatsch und schlaf endlich ein, Alter. Sonst könnte es sein, dass ich dir noch nicht einmal gestatten würde, deinen Kram zu packen, bevor ich dich vor die Tür setze. Was ich in ungefähr zehn Sekunden tun werde, wenn du nicht diese blöde Lampe ausmachst.«

11

Dienstag

»Na schön«, erklärte Stefán, »gehen wir den Tag durch. Habt ihr die Zeitungen heute Morgen gesehen?« Árni und Katrín bejahten das. »Prima. Dann wisst ihr, was ich gestern Abend gemacht habe. Allerdings habe ich hauptsächlich Unkraut gejätet und die Beete ausgelichtet und dabei versucht nachzudenken, aber ich hatte auch mein Handy dabei. Ich hatte das Gefühl, dass die Herren Reporter liebend gern etwas mehr gewusst hätten, als ich ihnen sagen konnte. Sie haben wie gewöhnlich versucht, mich auszuquetschen, und zwei haben mich ganz direkt in Bezug auf die WAHRHEIT und Alpha gelöchert. Wie ihr seht, habe ich mich nicht dazu geäußert, und ganz offensichtlich haben auch der Meister und sein Bruder nichts sagen wollen, deswegen ist das Ergebnis ziemlich dünn.« Stefán schlug *Blaðið* und *Fréttablaðið* auf, beide Zeitungen hatten in der Spalte neben dem Hauptartikel in einer kleinen Randnotiz berichtet, dass Ólafur der WAHRHEIT angehört hatte und dass sein Fernseher lief und auf den Alpha-Sender eingestellt war, als man die Leiche fand. Und außerdem, dass er sich sowohl in der Gemeinde als auch beim Sender regelmäßig um technische Dinge gekümmert hatte.

»Zwei von den drei Punkten konnte ich bestätigen«, fuhr

Stefán fort, »aber ich muss zugeben, dass ich keine Ahnung hatte, dass er sowohl für Alpha als auch die WAHRHEIT gearbeitet hat. Svavar hat zwar erwähnt, dass er sich bei der WAHRHEIT um die Beleuchtung und die Lautsprecheranlage gekümmert hat, aber das habe ich nicht so verstanden, als sei er da für die Technik zuständig gewesen. Und von seiner Arbeit bei dem Fernsehsender wusste Svavar nichts. Nun denn. Da wir immer noch keine Nachrichten von Úlfur haben, halte ich es für angebracht, dass einer von euch losgeht, um mit den Brüdern Magnús und Ari zu sprechen und sie nach ihrer Verbindung zu dem Toten zu befragen. Etwas anderes wäre in Anbetracht dieser neuen Erkenntnisse über Ólafurs Nebentätigkeiten nicht zu verantworten, glaube ich. Árni, das übernimmst du, und ich erlaube mir vorzuschlagen, dass du mit Ari beginnst und dich dann heute Abend mit Magnús unterhältst, nachdem du an einer Versammlung teilgenommen hast.«

Árni schrak zusammen. »Ich soll zu so einer Versammlung – warum?«

»Warum nicht? Vielleicht, um uns einen kleinen Einblick in das zu verschaffen, wofür Ólafur anscheinend gelebt hat. Und in den Mann, mit dem du anschließend sprechen sollst. Kann doch wohl kaum schaden, oder was meinst du?«

»In Ordnung«, stöhnte Árni. »Aber was soll ich bis dahin tun? Diese Versammlung ist doch wohl erst heute Abend?«

»In der Zwischenzeit suchst du nach Úlfur. Katrín und ich werden uns noch mal in unsere sämtlichen Unterlagen vertiefen, das übliche Procedere. Wir hatten das wegen des Wirbels um Úlfur und wegen Guðni zurückgestellt, aber ich glaube, es ist an der Zeit, dass wir uns mal vorrangig und sehr intensiv mit Ólafurs Leben befassen. Und noch einmal mit der Bank reden, noch einmal seine Wohnung durchsuchen und mit Friðjón und Geir reden und so weiter.«

Katrín nickte in Richtung der Zeitungen, die immer noch aufgeschlagen auf Stefáns Schreibtisch lagen. »Was ist mit Úlfur, dem prädestinierten Mörder?«, fragte sie. »Sollte der nicht Priorität genießen? Wäre es nicht besser, dass sich zwei auf ihn konzentrieren und einer auf das andere?«

In beiden Zeitungen war das gleiche Bild von Úlfur auf der Titelseite, und seine kriminelle Laufbahn wurde bis ins kleinste Detail aufgelistet. Es wurde zwar nicht direkt gesagt, aber deutlich zu verstehen gegeben, dass seine Festnahme und der Prozess gegen ihn nur noch eine Formsache waren. Seine Nachbarn, mit denen Katrín und Árni sich tags zuvor unterhalten hatten, wussten offensichtlich im Nachhinein das eine oder andere über ihn zu sagen. Katrín war sich ziemlich sicher, dass seine Kinder das nicht gerne lesen würden.

»Tja, so ist das also«, sagte Stefán. »Wie gesagt, von Úlfur keine Spur, seitdem er dir am Sonntag durch die Lappen gegangen ist. Alle haben natürlich Ausschau nach ihm gehalten und sogar diverse Bars und Kneipen besucht. Ich hoffe, dass ich heute Leute abgestellt bekomme, um auch an allen möglichen in Frage kommenden Orten nach ihm zu suchen, zu Hause bei Verwandten und alten Bekannten aus dem Knast und so weiter. Außerdem vielleicht sogar jemanden, der Tinna observiert. Allerdings bin ich nicht sehr optimistisch, dass es klappen wird. Aber die Kollegen vom Streifendienst werden weiterhin Ausschau halten, und sobald Árni mit dem Fernsehdirektor gesprochen hat, wird er bei diversen Leuten vorsprechen. Falls sich Úlfur tatsächlich immer noch in der Stadt befinden sollte, werden wir ihn sehr bald schnappen. Nach all dem, was über ihn in den Zeitungen stand, kann er sich wohl kaum auf der Straße blicken lassen, ohne dass jemand ihn erkennt.«

»Falls er sich in der Stadt befindet?«, fragte Árni. »Wo denn sonst? Wo könnte er Unterschlupf gefunden haben?«

»Wo auch immer. Ob du's glaubst oder nicht, der Mann wird doch Freunde und Bekannte haben, die ihm ein Auto geliehen haben könnten. Außerdem sind seit seinem Verschwinden drei, nein vier Autos in Reykjavík als gestohlen gemeldet worden. Zwei Pkws, ein Jeep und ein Lieferwagen. Und außerdem auch ein Boot. Mir ist zwar nicht bekannt, dass Úlfur sich mit Booten auskennt, aber trotzdem – er kann im Augenblick überall auf der Insel sein. Und bis er gefunden wird, machen wir selbstverständlich mit unseren Nachforschungen weiter. Vielleicht finden wir ja etwas, was ihn endgültig zu Fall bringt, vielleicht auch etwas ganz anderes oder gar nichts, das wird sich zeigen. Katrín, du fängst mit Ólafurs finanziellen Angelegenheiten an. Wir müssen wissen, woher das Geld kam, aber noch wichtiger ist, wohin es ging. In der Zwischenzeit muss ich noch mit einem bestimmten Menschen sprechen. Wir treffen uns hier wieder in – na, was wollen wir sagen, in einer Stunde? In anderthalb Stunden? Und dann fahren wir nach Krummahólar.«

Katrín und Árni waren schon fast am Ende des Korridors, als Stefán noch einmal den grün beschirmten Kopf zur Tür hinausstreckte.

»Árni«, rief er, »komm doch noch mal her, ich hab was vergessen …«

* * *

Ein Anruf bei der isländischen Klassenlotterie ergab, dass Ólafur niemals im Lotto gewonnen hatte, auch nicht im skandinavischen Wikinger-Lotto. In den letzten zehn Jahren hatte es keinen Gewinner mit dieser Personenkennziffer gegeben. Weitere Anrufe ergaben, dass er auch kein Los bei den großen Wohltätigkeitslotterien besaß. Katrín verstand das einfach nicht. Woher waren diesem Ólafur Áki, der den Aussagen seiner Kinder zufolge keineswegs im Luxus gelebt hatte, urplötzlich sechzehn Millionen in den Schoß gefallen? Und gab es bei Summen von dieser Größenordnung denn überhaupt keine Meldepflicht seitens der Banken?

Katrín fand, dass telefonische Auskünfte nicht genügten. Sie setzte sich mit der Bank in Verbindung und verabredete ein Treffen mit der Dame, die sich als Ólafurs persönliche Beraterin ausgab.

* * *

»Und was kann ich für dich tun?«, fragte Ari, als Árni Platz genommen hatte. Árni hatte sich ihn keineswegs so groß vorgestellt, und trotz der glatt zurückgekämmten Haare und der schmalen Nase wirkte er nicht ganz so schleimig, wie er sich auf dem Bildschirm ausnahm, die seltenen Male, die Árni sich auf diesen Sender verirrt hatte. Dort spielte er natürlich auch eine andere Rolle, die Rolle eines Mannes, der Macht über andere hatte. Árni fand es angenehm zu wissen, dass es im Augenblick umgekehrt war.

»Ólafur Áki Bárðarson«, sagte er, »soweit ich weiß, hat er hier beim Alpha-Sender gearbeitet?«

»Gearbeitet ist wohl etwas zu viel gesagt«, entgegnete Ari. »Er war hier nie fest angestellt und hat keine Bezahlung dafür bekommen. Aber er hat uns hin und wieder die ein oder andere Gefälligkeit erwiesen, ja.« Seine Hände waren in ständiger Bewegung, entweder fingerte er an irgendwelchen Gegenständen auf dem Schreibtisch herum, strich sich Fusseln von der Hose oder fummelte an seinem Krawattenknoten herum.

»Was für Gefälligkeiten?«

»Nichts Besonderes, wie gesagt, das ein oder andere.« Ari faltete die Hände im Schoß, aber nur, um sie gleich wieder zu entfalten und sich stattdessen über die Haare zu streichen. »Er war Elektriker.«

»Das ist mir bekannt«, sagte Árni. »Er war Elektriker. Und als solcher hat er also hier bei euch gearbeitet?«

»Wie gesagt, er hat nicht bei uns gearbeitet, er ist nur …«

»Hin und wieder eingesprungen, das habe ich mitbekommen. Also noch einmal, was für Gefälligkeiten waren das?«

»Das weiß ich nicht«, sagte Ari. »Die technischen Dinge gehören nicht in mein Ressort. Da musst du den Sendeleiter fragen, er ist für die ganze Technik zuständig.«

Árni kam es so vor, als hätte sich Aris Stimme mindestens um eine halbe Oktave erhöht, seitdem sie sich zusammengesetzt hatten. »Vielleicht werde ich das tun«, sagte er ruhig. »Du hast ihn also nicht gekannt? Diesen Ólafur, meine ich?«

»Gekannt und nicht gekannt. Ich wusste von ihm. Sowohl hier beim Sender als auch auch in der WAHRHEIT. Er … Er hat auch bei meinem Bruder verschiedentlich ausgeholfen. Oder besser gesagt, bei der Gemeinde.«

»Ich weiß Bescheid«, sagte Árni. »Da war er wohl auch der gefällige Elektriker, nicht wahr?«

»Was denn sonst? Hast du nicht gerade gesagt, dass du darüber Bescheid weißt?«

Ganz bestimmt eine halbe Oktave, dachte Árni, wenn nicht sogar eine ganze. »Doch ja, das habe ich gesagt. Du kanntest ihn also, sagst du. War er ein sympathischer Mensch?«

Ari zuckte auf seinem Stuhl zusammen – oder war es ein Achselzucken? Árni war sich nicht sicher.

»Soweit ich weiß, ja.«

»Seltsam«, sagte Árni.

»Was?«

»Wir haben mit etlichen Leuten gesprochen, darunter auch mit seinen Kindern, aber du bist der Erste, der sagt, dass er sympathisch war,« sagte Árni. »Was hat dir denn so an diesem Ólafur gefallen?«

Ari sah ihn mit großen Augen an. »Was hat mir gefallen?«

»Ja. Deiner Ansicht nach war er ein sympathischer Mensch, was war denn so sympathisch an ihm?«

»Also, er war …« Ari geriet ins Stocken. »Er, ja, er war einfach … Er wirkte einfach ganz nett auf einen. Er sprach vielleicht dem Alkohol etwas reichlich zu, aber er war immer höflich und hilfsbereit. Immer bereit, uns eine helfende Hand zu reichen, wenn es nötig war. Ich weiß natürlich überhaupt nicht, wie er sich seinen Kindern gegenüber verhalten hat – oder sie sich ihm gegenüber – aber so wirkte er auf mich, wie gesagt.«

»Es muss dann doch so etwas wie ein kleiner Schock für dich gewesen sein?«, fragte Árni. »Und für den Sender, einen solchen Mann zu verlieren?«

»Ja, selbstverständlich war das ein Schock. Wie ich sagte, er war immer besonders …«

»Hilfsbereit und sympathisch, ja, das hast du gesagt. Aber weshalb habt ihr denn keine Nachforschungen angestellt, als er plötzlich nicht mehr auftauchte? Habt ihr ihn das ganze letzte Jahr nicht mehr gebraucht? Hat niemand ihn bei den Versammlungen vermisst? Wann hast du ihn zuletzt getroffen? Woher weißt du, dass er getrunken hat? Bist du bei ihm zu Hause gewesen?«

Ari schien bei jeder Frage, mit der Árni ihn bombardierte, kleiner zu werden. Das fand Árni sehr amüsant.

* * *

Þórður sagte hocherfreut sofort zu, als Stefán ihn um eine Besprechung bat. Bereits fünf Minuten später erschien er in Stefáns Büro, bewaffnet mit zwei Pappbechern von dem Gebräu, das dem Kaffeeautomaten auf dem Flur entströmte.

»Mit Milch und einer Extraportion Zucker«, sagte er, als er Stefán den einen reichte.

»Danke«, sagte Stefán und holte mehr Zucker aus einer Schublade. »Habt ihr mehr über Úlfur und Ási herausgefunden?«, fragte er und trank einen Schluck. »Oder über Lalli und den Meister?«

»Nicht direkt«, gab Þórður zu. »Noch nicht. Du weißt, wie das ist, es gibt dieser Tage nicht gerade ein Überangebot an Mitarbeitern.«

Stefán brummte zustimmend. »Nicht direkt, sagst du, aber trotzdem etwas?«

»Tja ... Ich weiß nicht, was ich sagen soll ...« Þórður sah mit zusammengekniffenen Augen zu Stefán hinüber, der ganz vertieft in seinem Kaffee herumrührte. »Glaubst du an Zufälle?«, fragte er dann.

Stefán blickte hoch.

»Man glaubt nicht an Zufälle«, sagte er, »Zufälle sind einfach eine Tatsache. Sie ereignen sich jeden Tag und zwar mehrmals am Tag und überall. Drück dich verständlich aus, Þórður, ich habe keine Lust auf irgendwelche Spielchen.«

Þórður machte eine entschuldigende Handbewegung. »Ja, ja. Natürlich gibt es alle möglichen Zufälle, ich hab mich da etwas blöd ausgedrückt. Okay, Ási ist im Januar letzten Jahres nach Stockholm geflogen, also 2005. Und dann war er fünf Tage verschwunden – wir hatten seinerzeit den Kollegen in Schweden Bescheid gesagt und sie gebeten, ihn im Auge zu behalten, aber das hat anscheinend nicht so richtig geklappt. Als er wieder auftauchte, quartierte er sich im besten Hotel in Stockholm ein, markierte den großen Mann und flog am nächsten Tag wieder nach Island. Praktisch zur gleichen Zeit, da liegen höchstens zwei Tage dazwischen, flog Meister Magnús ebenfalls nach Stockholm und nahm von dort die Fähre nach Riga. Lettland.«

»Ich weiß, wo Riga liegt«, knurrte Stefán.

»Entschuldige. Also ja, er fuhr nach Riga und kehrte drei Tage später nach Stockholm zurück. Und deswegen habe ich gefragt, ob du an Zufälle glaubst, oder besser gesagt, ob du es für einen Zufall hältst, dass diese beiden praktisch gleichzeitig in derselben Weltgegend unterwegs waren?«

»Weshalb nicht?«, fragte Stefán. »*All right*, ihr wisst jetzt, dass der Meister per Schiff nach Riga gefahren ist. Mir fällt nicht im Traum ein, dich danach zu fragen, wieso du das so viel später herausfinden konntest, als sei nichts einfacher als das, und zwar aus dem einfachen Grund, weil ich es weiß; so wie unser ganzer Apparat sich entwickelt hat – aber ihr habt keine Ahnung, was er da gemacht hat, ist das richtig?«

»Doch, ja, aber …«, setzte Þórður achselzuckend an.

»Weil ihr seinerzeit keinen Anlass hattet, ihn observieren zu lassen, den Gottesmann persönlich«, fuhr Stefán fort und ließ keine Einwände zu. »Und ihr wisst, dass Ási nach Stockholm geflogen ist und fünf Tage verschwunden war. Aber ihr habt keine Ahnung, wohin er gefahren ist oder was er in diesen fünf Tagen gemacht hat, habe ich das nicht auch richtig verstanden?«

»Doch, doch, aber du weißt genau, dass es ein Leichtes ist …«

»Unauffällig von Stockholm nach Riga zu gelangen und von da aus im Zweifelsfall auch nach Litauen, doch, ja, das weiß ich. Die Antwort ist also nein.«

»Nein?«

»Nein, ich glaube nicht, dass es ein Zufall gewesen ist, nicht in Anbetracht dessen, was wir jetzt wissen, wie du dich ausgedrückt hast. Die Frage ist bloß, was war es dann?«

Þórður strahlte übers ganze Gesicht. »Jetzt gefällst du mir«, sagte er. »Hast du irgendwelche Ideen?«

»Noch nicht«, gab Stefán zu, »es ist noch zu früh am Tag. Aber die werden schon kommen. Hast du das auch Svavar unterbreitet?«

»Nein«, gestand Þórður, der unruhig auf seinem Stuhl hin und her rutschte, so als müsse er Misstöne über sich ergehen lassen. »ich fand es besser, damit noch ein wenig zu warten.«

Selbstverständlich fandest du das, dachte Stefán, aber er sagte es nicht laut, zumal er selber ebenfalls vorhatte, damit noch zu warten. Nicht lange, aber doch ein wenig.

* * *

Im Grunde genommen hätte es Katrín gar nicht so überraschen dürfen, als sie sah, an wen monatlich eine halbe Million Kronen von Ólafur Áki Bárðarsons Konto überwiesen worden war. Sechzehn Überweisungen, insgesamt acht Millionen bis jetzt.

»Und am nächsten Monatsende wird vermutlich eine weitere halbe Million abgebucht?«

»Ja, vermutlich«, sagte die blutjung wirkende Frau am Computer. Sie trug die Haare kurz geschnitten und machte einen intelligenten Eindruck auf Katrín. »Allerdings weiß ich nicht so genau, wie das in ... in solchen Fällen gehandhabt wird«, fügte sie verunsichert hinzu. »Ich meine, da gibt es doch bestimmt Erben, ich denke, die Überweisung wird wohl storniert werden, aber ich bin mir nicht ganz sicher. Und dann könnte auch diese ... Hólmfríður«, las sie vom Bildschirm ab, »Hólmfríður Ólafsdóttir, sie hat die Vollmacht, sie könnte das stoppen. Aber wie gesagt, ich weiß nicht so genau, wie es gehandhabt wird, wenn so etwas passiert.« Sie lächelte Katrín verlegen an, die ermutigend zurücklächelte.

»Nein, nein, das interessiert mich auch gar nicht«, sagte sie. »Warst du letztes Jahr Ólafurs persönliche Beraterin, als er diese Zahlungüberweisungen in Auftrag gegeben hat?«

»Nein«, sagte das Mädchen, »ich habe im Dezember angefangen und Ólafur im Februar übernommen.« Sie starrte wieder auf den Monitor. »Ja, es war im Februar, da hat Gulla nämlich aufgehört…« Sie sah vom Bildschirm hoch und blickte Katrín an. »Mein Gott, und da war er die ganze Zeit schon tot. Das ist gruselig.« Ja, dachte Katrín, das ist es, und bat sie um den vollen Namen dieser Gulla.

»Aber es steht fest, dass er diesen Zahlungsauftrag gegeben hat? Wann war das genau?«

»Letztes Jahr im März«, sagte das Mädchen, »am dreiundzwanzigsten.«

Katrín notierte sich das. Mittwoch vor Ostern. »In Ordnung. Aber woher kamen diese sechzehn Millionen?«

Wieder befragte die junge Dame ihren Computer und runzelte die hübsch zurechtgezupften Brauen. »Sie wurden von Ólafur eingezahlt, hier bei uns an der Kasse.«

»Wie meinst du das?«

»*Cash*«, sagte die Bankberaterin und war offensichtlich selber erstaunt. »Kein Scheck, keine Überweisung – das Geld wurde einfach bar in Scheinen einbezahlt.«

Katrín versuchte, sich nicht anmerken zu lassen, dass sie mindestens ebenso erstaunt war. »Wie ist das eigentlich, wenn so eine hohe Geldsumme einbezahlt wird«, fragte sie, »und noch dazu in bar, werden da gar keine Erklärungen verlangt? Man kann doch wohl nicht einfach so hier hereinspazieren, sechzehn Millionen in bar einzahlen und als einzige Erklärung *Lotto* angeben? Gibt es keine Meldepflicht, wenn irgendwelche Grenzbeträge überschritten werden?«

»Doch, ab neunhunderttausend muss ein spezielles Formular ausgefüllt werden.«

»Und was geschieht mit solchen Formularen?«, fragte Katrín geduldig.

»Sie gehen an die interne Kontrolle«, antwortete das Mädchen ebenso geduldig. »Wenn die glauben, dass da etwas nicht stimmt, müssen sie es melden.«

»Wem?«

»Das weiß ich nicht. Der Polizei vielleicht? Ist das nicht logisch?«

Ja, dachte Katrín, als sie sich verabschiedet hatte, das ist eigentlich logisch. Aber gemessen an dem, was sich jetzt herausgestellt hatte, war es ihrer Ansicht nach sehr viel weniger logisch, dass Ólafur Áki erst jetzt aufgefunden worden war. Ihrer Meinung nach war es eigentlich das Mindeste, dass sich irgendjemand aus den Reihen seiner Glaubensbrüder und -schwestern, aus dieser Gemeinschaft, die sich die heilige WAHRHEIT, Gott, Nächstenliebe und andere christliche Tugenden auf ihre Fahnen geschrieben hatte, darum bemüht hätte herauszufinden, was aus Ólafur geworden war, nachdem er plötzlich nicht mehr bei den Versammlungen erschien. Und sein Verschwinden gemeldet hätte, wenn man keine Verbindung zu ihm bekam. Das war doch wohl das Mindeste, was man für eine halbe Million erwarten konnte. Aber das war Nebensache. Die Hauptsache war, dass Ólafur irgendwie an sechzehn Millionen Kronen in barem Geld herangekommen war. Aus irgendwelchen Gründen musste Katrín an Lalli Fett denken, aber sie hatte ihre Probleme damit, Querverbindungen zwischen ihm und Ólafur herzustellen.

* * *

»Jetzt reg dich doch ab«, sagte Magnús ungewöhnlich schroff, »atme einfach mal tief durch, mein lieber Ari. Was wollte dieser Mann? Wonach hat er gefragt?« Er nahm auf seinem ausladenden Schreibtischstuhl Platz und deutete auf den gegenüberliegenden Besucherstuhl. Ari setzte sich, holte tief Luft und wiederholte etwas langsamer das Sprüchlein, das er bereits kurz zuvor aufgesagt hatte.

»Und dann fragte er, ob ich je bei Ólafur zu Hause gewesen sei.«

»Und was hast du darauf geantwortet?«

»Ich habe natürlich nein gesagt, glaube ich.«

»Glaubst du?«, fragte Meister Magnús. »Entweder hast du ja oder nein gesagt, Junge, was soll das denn.«

Ari ging das Gespräch mit Árni noch einmal im Geiste durch. »Ja«, sagte er dann, »ich habe nein gesagt. Zeitweilig hat er viele Fragen auf einmal gestellt, ich überlegte nur gerade, ob ich da etwas durcheinandergebracht habe, aber ich bin mir ziemlich sicher, dass ich nein gesagt habe. Allerdings bin ich mir nicht sicher, ob er mir geglaubt hat. Und was ist, wenn sie herausfinden, dass ...«

»Reg dich ab«, wiederholte Magnús. »Der Mann hat doch nur seine Arbeit getan. Wir wussten, dass sie früher oder später bei uns auftauchen würden, das war vorauszusehen. Das hast du mir sogar selber gesagt, weißt du nicht mehr? Du hast gesagt, dass es dazu kommen würde. Und du hattest Recht damit. Erinnerst du dich, was ich dir darauf geantwortet habe?«

»Ich solle mir keine Sorgen machen.«

»Genau«, dröhnte Magnús zufrieden. »Dir keine Sorgen machen und auf den Herrn vertrauen, lieber Bruder. Dieser junge Mann, der heute zu dir gekommen ist, um dich auszufragen, der ist nichts anderes als ein Werkzeug des Antichristen, ein weiterer Ausgesandter Satans, das weißt du doch selber ganz genau. Er hat versucht, dich aus dem Konzept zu bringen. Und weißt du, was Svavar, unser lieber Bruder in Christo, mir gesagt hat, nachdem du gestern gegangen warst?« Ari schüttelte stumm den Kopf. »Er hat mir gesagt, dass in dem Team, das diesen Fall untersucht, ein Mann wäre, ein Gottloser, der sich als solcher auf dem Bewerbungsformular der Polizeischule deklarierte. Und genau dieser Gottlose hat dich heute Morgen besucht, ich habe ihn nach deiner Beschreibung erkannt. Wir brauchen uns keine Gedanken wegen solcher Menschen zu machen, Bruder, denn wir fürchten nicht das Urteil der Menschen, wir arbeiten …«

»Nicht nach ihren Gesetzen«, fiel ihm Ari ins Wort. »Ich weiß. Das sagst du nicht zum ersten Mal.«

Magnús zuckte zusammen und sah seinen Bruder erstaunt an. »Also was ist denn dann das Problem?«

»Das Problem ist, dass wir in dieser Welt der Menschen leben«, sagte Ari, »und dass wir gezwungen sind, uns nach ihren Gesetzen zu richten, ob wir wollen oder nicht.«

»Aha, aha!« Magnús erhob den Zeigefinger »Aber nur so lange, wie wir in deren Welt leben, und wir wissen, dass es nicht lange dauern wird …«

»Lange genug für mich«, sagte Ari leise. Dieses Gespräch tat ihm gut. Manchmal brauchte man die Dinge nur auszusprechen, um sie in den richtigen Zusammenhängen zu sehen. Wahrscheinlich hatte Magnús Recht, dieser unbedarfte Mensch von der Kriminalpolizei hatte nur seine Arbeit getan. Die Worte seines Bruders machten ihm aber trotzdem Sorgen, wenn auch ganz anderer Art. Er gab sich einen Ruck und ließ die Katze aus dem Sack.

»Mein lieber Magnús«, sagte er forscher, als es normalerweise seine Art war, »ich glaube, es wird Zeit, dass du aus deinen Höhen auf den Boden der Wirklichkeit hinuntersteigst und das Himmelreich ein wenig hintanstellst. Es ist noch nie günstig gewesen, wenn Dealer selber abhängig von dem Stoff sind, den sie unter die Leute bringen, egal welche Bezeichnung er trägt. Erinnerst du dich, dass du mir das gesagt hast? Oder hast du das bereits vergessen?« Im nächsten Moment sprang er auf und brachte sich in Sicherheit, bevor Magnús Gelegenheit bekam, ihn zu maßregeln.

Magnús sah lange auf die Tür, die hinter Ari ins Schloss gefallen war. Dann streckte er seine Hand nach dem Telefon aus.

»Ich bin es, Magnús«, sagte er und versuchte würdevoll zu klingen. »Weißt du, ich fürchte, dass unser lieber Ari vom Glauben abgekommen ist. Da muss etwas unternommen werden.«

* * *

»Es bedeutet bloß, dass es jetzt wirklich dringend ist, sich mit dem Meister zu unterhalten«, sagte Stefán, nachdem Katrín ihn informiert hatte. »Der muss doch diese Zahlungen zur Kenntnis genommen haben, verflixt nochmal. Eine halbe Million jeden Monat, so was entgeht einem doch nicht.«

»Ist es nicht am besten, wenn ich das gleich sofort mache?«, fragte Árni hoffnungsfroh. »Eigentlich brauche ich doch nicht bis zu dieser Versammlung zu warten?«

»Du besuchst diese Versammlung«, sagte Stefán mit Nachdruck, »darum kommst du nicht herum, mein Junge. Und nutz die Gelegenheit, um auch noch mit anderen außer Magnús zu reden und herauszufinden, ob sie Ólafur gekannt haben, und wenn ja, dann wie, und so weiter. Ich kann dir auch versprechen, dass du besser für die Unterhaltung mit dem Gottesmann gewappnet sein wirst, nachdem du dir seine Botschaft angehört hast. Was hat denn sein Bruder, der Fernsehdirektor gesagt?«

»Aus dem war nicht viel herauszuholen«, antwortete Árni, der sich bemühte, seine Enttäuschung nicht offen zu zeigen. Er hatte nicht die geringste Lust, an einer Versammlung bei der WAHRHEIT teilzunehmen, weder an diesem Tag noch sonstwann. »Er wirkte allerdings reichlich nervös, aber vielleicht ist er ja einfach so ein nervöser Typ. Doch irgendetwas war da komisch, fand ich ... Ach nee, ich weiß nicht.« Er berichtete Katrín und Stefán in kurzen Worten von dem Gespräch. Die beiden schienen nicht sonderlich beeindruckt zu sein.

»Hast du mit diesem Sendeleiter gesprochen?«, fragte Stefán.

»Ja, aber gebracht hat es nichts. Was Ari gesagt hat, stimmt. Ólafur ist hin und wieder eingesprungen. Er reparierte kaputte Aufnahmegeräte, wechselte Birnen in den Scheinwerfern aus, kontrollierte die Mikrofone, also alle möglichen Kleinigkeiten. Und immer nur ganz zufällig, manchmal ist er einfach bei denen hereingeschneit und hat gefragt, ob es etwas für ihn zu tun gäbe. Ganz seltene Male haben sie bei ihm angerufen, wenn sie wirklich dringend einen Ersatzmann brauchten, wenn jemand krank war oder dergleichen, aber meistens war es umgekehrt.«

»Weshalb?«, fragte Katrín. »War er kein guter Elektriker?«

»Darauf bin ich nicht so genau eingegangen«, musste Árni zugeben, »aber soweit ich verstanden habe, galt er als eher unzuverlässig. Und eigentlich auch als ziemlich lästig.«

»Na schön. Aber hast du das gekriegt, worum ich dich gebeten hatte?«, fragte Stefán.

»Ja.« Árni zog eine kleine Plastiktüte aus der Tasche und legte sie auf den Schreibtisch. Der Inhalt war deutlich zu erkennen: ein Kugelschreiber der edleren Sorte. »Einfach war es nicht. Er saß mir die ganze Zeit genau gegenüber, erst als ich mich verabschiedete und er sich gezwungen sah, aufzustehen und mich hinauszubegleiten, da hab ich ihn vorgehen lassen und konnte mir den Kugelschreiber schnappen.«

»Tüchtiges Bürschlein«, sagte Katrín und warf fragende Blicke auf Stefán und das Objekt in der Tüte. »Was ist das da?«

»Der Stift des Herrn Fernsehdirektors, nehme ich an«, sagte Stefán zufrieden. »Und es ist völlig überflüssig, sich über den Jungen lustig zu machen, ich hatte ihn darum gebeten, irgendeinen Gegenstand mitgehen zu lassen, der uns Fingerabdrücke von Ari liefern könnte, und das hat er wirklich ausgezeichnet gemacht.«

Árni hatte während dieses Wortwechsels stumm und knallrot dagesessen und wusste nicht, was schlimmer war, Katríns Spöttelei oder Stefáns Lob.

»Zur Sache«, sagte Stefán und klopfte mit den Fingerknöcheln auf den Schreibtisch. »Jetzt gilt es, sich in die unangenehme Arbeit zu stürzen. Die Feinheiten. Árni, du bringst das jetzt zu Friðjón, und anschließend machen wir uns auf den Weg nach Krummahólar, ich glaube …« Das Telefon auf Stefáns Schreibtisch schnitt ihm das Wort ab. Sowohl Katrín als auch Árni konnten hören, dass der Mann am anderen Ende der Leitung ein dringendes Anliegen hatte, auch wenn sie nicht verstehen konnten, was es war.

»Wo?«, fragte Stefán. »Wann?« Dann verabschiedete er sich hastig und versprach, gleich zu kommen.

»Árni, vergiss die Suche nach Úlfur, du fährst nach Krummahólar, sobald du den Stift bei Friðjón abgeliefert hast. Außerdem rufst du diese Hólmfríður an und fragst sie, ob sie irgendwann tagsüber zu dir stoßen und sich noch einmal ihre letzten Haushaltsarbeiten bei ihrem Vater in Erinnerung rufen kann. Du sagst ihr vielleicht auch das mit dem Geld und dem Konto. Und außerdem besuchst du diese Versammlung heute Abend, hörst du?« Árni gab keinen Ton von sich. »Gut«, sagte Stefán, »Katrín, du kommst mit mir.«

»Was ist denn eigentlich los?«, ließ sich Árni endlich seufzend vernehmen.

»Úlfur hat Tinna angerufen«, sagte Stefán. »Oder zumindestens gehen sie davon aus, dass es Úlfur war. Am besten hören wir uns die Aufzeichnung an. Katrín, du wirst vielleicht die Stimme erkennen.«

»Wo ist er?«, fragte Katrín, die bereits an der Tür war. »Wissen sie das?«

»Wenn wir davon ausgehen können, dass sich Tinna in Reykjavík befindet, dann ist Úlfur wahrscheinlich irgendwo im Dalir-Bezirk«, sagte Stefán, »oder vielleicht sogar noch weiter nördlich in Strandir. Das steht noch nicht genau fest.«

Die beiden gingen hinaus auf den Flur und ließen einen verdutzten Árni zurück. Und einen reichlich enttäuschten.

12

Dienstag

»Das habe ich gesagt, ja«, schnauzte Úlfur und versuchte dabei so energisch wie möglich zu klingen. »Fünfzig Millionen bis morgen Mittag, und zwar in Euro, keine Kronen, vielen Dank. Kapiert?«

»Aber… aber… Das kann ich einfach nicht, ich besitze keine fünfzig Millionen, wie stellst du dir das vor!«

»Du besitzt eine ganze verdammte Fernsehstation, die schröpft doch sämtliche armen Trottel in diesem Land jeden Tag bis aufs Blut. Du willst mir doch wohl nicht weismachen, dass du keine beschissenen fünfzig Millionen auftreiben kannst? Und zwar bis morgen Mittag, danach bin ich weg. Für ewig und alle Zeiten, verstehst du, dann bist du mich für immer los. Wenn nicht, dann kriegen die Bullen alles zu wissen, und die Zeitungen, und das Fernsehen – die ganze Palette.«

»Ja, aber …«, protestierte Ari, doch Úlfur hatte nicht die geringste Lust, sich sein Gejammer anzuhören und brach das Gespräch kurzerhand ab. »Arschloch«, murmelte er. Und wählte die Nummer des Bruders.

»Also was nun«, fragte er resolut, »was hältst du davon, dass wir ein für alle Mal abrechnen. Ich mach dir jetzt ein Angebot, das du nicht ausschlagen kannst …«

Er kicherte vor Vergnügen. Jetzt hätte Tinna ihn hören sollen, verdammt, wie cool er sein konnte.

* * *

»Das Gespräch lief über diesen Sendemast«, sagte der Mann und deutete auf eine Karte, »und diesen. Das bedeutet, dass er sich mit Sicherheit irgendwo in dieser Gegend befindet.« Er zeichnete einen Kreis auf der Karte ein, der grob gesehen den Dalir-Bezirk umfasste, aber auch bis Hólmavík im Norden und Barðaströnd im Westen reichte. »Wir peilen die Signale an, das wird gar nicht lange dauern, falls er sein Handy nicht abschaltet.«

»Es ist also im Augenblick eingeschaltet?«, fragte Stefán.

»Ja, sonst könnten wir ihn nicht orten. Im Augenblick telefoniert er sogar, aber das tut nichts zur Sache.«

»Er telefoniert – können wir da nicht mithören?«

»Für diese Nummer haben wir keine Abhörgenehmigung, und auch nicht für die, mit der er gerade spricht. Also, die Antwort ist nein, wir können nicht abhören.« Stefán fluchte innerlich, aber er wusste ganz genau, dass da nichts auszurichten war. Dieser Fall war nicht von solcher Wichtigkeit, dass er es sich herausnehmen konnte, die Abhörrestriktionen zu umgehen, und schon gar nicht mit diesen beiden Technikern an den Geräten. Falls man Bestimmungen und Bürokratie umgehen wollte, musste man vollkommen abgesichert sein. Diese beiden Männer kannte er aber so gut wie gar nicht.

»In Ordnung. Aber du kannst mir vielleicht sagen, was für eine Nummer das ist?«

Der Mann nickte und schrieb die Zahlenreihe auf.

»Das sagt mir gar nichts, wer hat diese Nummer?«

»Die WAHRHEIT«, sagte der Mann. »Die heilige WAHRHEIT in Kópavogur.«

Stefán zog scharf die Luft ein, Katrín ebenso.

»*Sorry*«, sagte der Mann, »ich kann da nichts machen. Selbst wenn ich es wollte, könnte ich das nicht so eins, zwei, drei schaffen. Du weißt doch, wie so was abläuft, die beim Netzbetreiber leiten das an uns weiter. Wir haben selber keinen Zugang zu den Anschlüssen, wir sitzen hier nur und hören ab, was von denen kommt. Wir müssten zuerst mit denen sprechen und sie darum bitten, dass sie …«

»Diese Nummern auf Abhören schalten, ich weiß. »Alles klar. Wir fahren jetzt los, und ihr ruft sofort an, wenn ihr das Signal lokalisiert habt.«

»Habt ihr ein GPS-Gerät im Auto?«

»Haben wir«, sagte Katrín. »Wir hören von euch.« Sie rannte hinter Stefán her. »Was jetzt?«, fragte sie.

»Jetzt fahren wir los. In den Westen, oder Richtung Norden, wie auch immer du das ausdrücken willst. Wir schnappen uns diesen Úlfur.«

Er zog sein Handy aus einer seiner Jackentaschen. »Du fährst. Ich muss noch die zuständige Polizeidienststelle anrufen, man möchte ja niemandem auf die Zehen treten, wenn es sich vermeiden lässt. Und wir brauchen außerdem Verstärkung.«

* * *

Meister Magnús überlegte nicht lange. Svavar war zwar für manches ganz gut zu gebrauchen, aber bei gewissen Problemen waren andere schlicht und ergreifend kompetenter, um sie zu lösen. So, wie sich die Dinge entwickelt hatten, gab es für ihn ganz einfach keine andere Wahl. Er tippte die Nummer ein, die ihm für den Fall angegeben worden war, dass er Lárus dringend erreichen musste. Fünf Minuten später rief Lalli Fett zurück, und Magnús trug ihm sein Anliegen vor.

»Tja, mein Lieber«, sagte Lalli, »merkwürdigerweise weiß

ich sogar, wo er sich aufhält. Zumindest, wo er sich gestern aufhielt. Er macht dir also immer noch Ärger, sagst du? War das nicht alles zufriedenstellend geregelt?«

»Er macht mir nicht nur Ärger«, entgegnete Magnús hektisch. »Jetzt kommt er mir direkt mit Drohungen. Er droht mir, und damit allem, für was ich stehe, allem, was ich hier auf Erden zu vollbringen habe. Du hast selber im vergangenen Jahr gesagt, er sei es nicht wert, dass ich meine Lebensaufgabe seinetwegen aufs Spiel setze, meine Seelsorge und das Heil der vielen tausend Seelen, die … Ja, wie du gesagt hast, er ist es nicht wert. Aber eine Sache ist es, ihm einmal im Monat etwas Geld zuzustecken, das lässt sich noch um der Ausbreitung der WAHRHEIT und der Gottesbotschaft willen vertreten, auch wenn es einen hart ankommt, aber das hier, das geht entschieden zu weit.«

»Bist du sicher, dass du das wirklich möchtest, mein Bester?«, fragte Lalli. Er steckte sich einen Nikotinkaugummi in den Mund und kaute heftig. »Was spricht dagegen, ihn einfach auspacken zu lassen, wenn er das möchte, das hast du voriges Jahr ja auch selber gesagt. Du hast nichts mit diesem Verbrechen zu tun, und wer wird denn schon auf ihn hören?«

Die gleichen Argumente wie bei Svavar, dachte der Meister und wies sie im nächsten Moment von sich. »Allzu viele«, sagte er. »Selbstverständlich habe ich nichts mit diesem Verbrechen zu tun, aber ich kann nichts, ich darf nichts tun, was unsere Arbeit aufs Spiel setzt. Wenn es nur um mich selbst ginge, würde ich mir keine grauen Haare wachsen lassen, das darfst du mir gerne glauben, mein lieber Lárus. Die Worte von Gottlosen vermögen mich weder zu erschrecken noch zu verletzen, das weißt du. Aber wir sprechen hier über etwas von sehr viel größerer Tragweite, wir sprechen über eine ganze Gemeinde, über das Seelenheil …«

Jetzt reichte es Lalli. »Mein werter Freund«, fiel er Magnús ins Wort, »da hast du vollkommen Recht. Die Frage ist nur, was ich deiner Meinung nach in dieser Sache unternehmen soll? Was ist zu tun? Wie weit darf man gehen? Was willst du? Oder Gott?«, fügte er hinzu, wobei er ein Kichern unterdrücken musste. »Was meinst du, was Gott von dir erwartet?«

»Was glaubst du?«, fragte Meister Magnús nach erheblichem Zögern. »Wie … Ich meine, was ist deiner Ansicht nach jetzt am besten zu tun?«

»Ich denke, ich überlasse es dir, das zu entscheiden«, entgegnete Lalli seelenruhig. »Wie Palli in Svaðastaðir immer gesagt hat: Meine Kühe reichen mir, wozu soll ich hinter den Kötern von anderen herlaufen?«

»Palli in – was? Was soll das denn?«, fragte der Meister.

Lalli lachte. »Nichts, ich hab nur Erinnerungen an das Landleben aufgefrischt. Aber hör zu, mein Lieber, du entscheidest das im Einvernehmen mit deinem verehrten Gott. Ich lass den Burschen holen, aber dann musst du entscheiden, wie es weitergehen soll. Ich fürchte aber, es wird ein Gewese werden, egal, was wir machen, Meister. Die Frage ist nur, wie viel Gewese, verstehst du? Und was für eine Art von Gewese.«

»Ich gebe dir Bescheid«, erklärte Magnús nach längerem Schweigen.

»Wir haben nicht endlos Zeit«, entgegnete Lalli. »Je mehr Zeit verstreicht, desto …«

»Ich gebe dir Bescheid«, wiederholte Magnús und beendete das Gespräch.

»Idiot«, sagte Lalli und schleuderte den Apparat in die Ecke. Es war nicht seine Art, die Beherrschung zu verlieren, aber dieser Gottesmann ging ihm langsam, aber sicher gewaltig auf die Nerven. Dennoch wollte er ihn noch nicht fallen lassen, nicht gleich. Erst wenn sich eine mindestens ebenso gute

Lösung auftun würde wie die, die der Pfaffe ihm ermöglicht hatte. Außerdem lief dieser idiotische Einfall von Úlfur der Vereinbarung, die er und Ási seinerzeit mit ihm getroffen hatten, voll und ganz zuwider, und schon deswegen war er gezwungen, in irgendeiner Form einzuschreiten. Er erhob sich schwerfällig und und trottete in die Ecke, bückte sich unter großen Anstrengungen und hob das Telefon auf.

»Hör zu, Ási«, sagte er keuchend, nachdem er gewählt hatte, »ich glaube, du musst nochmal in den Dalir-Bezirk. Du musst dort ein Paket abholen und es unbeschädigt bei mir abliefern.«

* * *

Die Eckwohnung war eine der besten Wohnungen auf der Etage, denn abgesehen von der Waschküche gab es Fenster mit toller Aussicht in allen Räumen. Dennoch blickte Árni sich mit größerem Abscheu um, als er sich selbst, und erst recht anderen, eingestehen mochte. Wohin er auch blickte – die Einrichtung, die Möbel, die Farben an den Wänden und auf dem Fußboden, der ganze Krempel, der da herumlag – alles in dieser Wohnung erweckte ein Gefühl in ihm, das er nur als Angst diagnostizieren konnte. Angst davor, selber einmal in solche Lebensumstände zu geraten wie der Mann, der hier gelebt hatte, so vollkommen allein auf der Welt, dass er nicht einmal Feinde hatte, wenn man seinen Angehörigen Glauben schenken durfte. Es mag ja noch angehen, dachte Árni, dass man keine Freunde hatte. Aber tiefer konnte man wohl nicht sinken, als noch nicht einmal Feinde zu haben. Doch Árni musste sich korrigieren, einen hatte er ja zumindest gehabt …

Er sah auf die Liste mit den Gegenständen, die vom Erkennungsdienst entfernt worden waren. Da stand zuoberst der Lazy-Boy-Sessel, in dem sich die Überreste von Ólafur befunden hatten. Ein großer, dunkelbrauner Fleck im Teppichboden zeigte die Stelle an, wo er gestanden hatte. Darüber hinaus waren hauptsächlich Gläser, Besteck und Körperpflegeutensilien in den Tüten von Friðjón, Eydís und den anderen Spurensicherungs-Nerds gelandet. Und natürlich die Mordwaffe, das große Brotmesser, von dem man annahm, dass es Ólafur ins Jenseits befördert hatte. Alles andere war an seinem Platz. Auf der Suche nach etwas, was ihn auf irgendeine Spur bringen könnte, begann Árni, Schränke und Schubladen zu öffnen. Es gelang ihm aber nicht, sich auf das, was er tat, zu konzentrieren, es war seiner Meinung nach in Anbetracht der Situation eine läppische Betätigung. Sie brauchten dringend einen neuen Mitarbeiter in ihrem Team, so viel stand fest. So langsam reichte es ihm, immer noch der Neuling zu sein, »der Junge«, wie Stefán ihn gerade vor einer Stunde noch genannt hatte, um ihn dann damit zu beauftragen, hier in diesem Dreck herumzuschnüffeln, während er selber und Katrín voll in Action waren. Trotzdem konnte er sich nicht vorstellen, den Kram hinzuschmeißen. Er war fünfunddreißig Jahre alt, und das war der erste Job, in dem er es länger als anderthalb Jahre ausgehalten hatte. Der erste – und einzige – Job, in dem er das Gefühl hatte, etwas Sinnvolles zu tun.

»Okay«, seufzte er, »*here we go …*«

Er hatte gerade den Schrank unter der Spüle geöffnet und eine beinahe leere Plastiktüte mit dem Aufdruck des Alkoholladens im Abfallkorb registriert, als er ein leises Klopfen hörte. Hólmfríður stand vor der Tür. Etwa einssiebzig groß, nur wenig jünger als er selber, schlank, mit kurz geschnittenen Haaren, knackigem Busen und ebensolchem Po. Sehr hübsch, dachte Árni und biss sich im nächsten Moment auf die Zunge.

»Komm rein«, sagte er freundlich. »Ich heiße Árni. Mein Beileid.« Dann warf er einen Blick auf den Kassenzettel mit dem Datum 26. März 2005, den er aus der Mülltüte gefischt hatte.

»Sag mal, hast du den Müll entsorgt, als du zuletzt hier warst?«, fragte er nachdenklich.

»Ja«, antwortete Hólmfríður verwundert. »Wieso?«

»Einfach so. Ich sehe, dass dein Vater am Samstag vor Ostern vier Flaschen Gin gekauft hat. Hast du eine Ahnung, wie viel er so generell getrunken hat?«

* * *

Stefán hätte Katrín am liebsten gebeten, an den Straßenrand zu fahren und ihn ans Steuer zu lassen, aber er biss die Zähne zusammen und klammerte sich noch fester an den Griff über der Tür. Von allen Leuten, bei denen er jemals im Auto gesessen hatte, war Katrín die sicherste und beste Fahrerin. Im Augenblick fand er zwar, dass sie angesichts der kurvigen Straße reichlich scharf fuhr, doch er wollte auf gar keinen Fall weitere Verzögerungen verursachen, die unweigerlich damit verbunden gewesen wären, anzuhalten und sich selber, den bedächtigen Großvater, hinters Steuer zu klemmen. Vor allem in Anbetracht der Tatsache, dass fast eine halbe Stunde damit vergangen war, alles Nötige zu organisieren, bevor sie endlich losfahren konnten.

»Der Dienstweg«, sagte er, »den werde ich als Erstes in Angriff nehmen. Der muss vereinfacht werden. Das geht einfach nicht, dass man zuerst mit Jón und Pétur und Páll reden muss, um …« Er verstummte mitten im Satz.

»Um was?«, fragte Katrín, während sie einen Lastwagen mit Anhänger überholte. »Und was meinst du damit, das Erste, was du tust, wenn?«

Stefán schloss unwillkürlich die Augen und öffnete sie erst wieder, als er sicher zu sein glaubte, dass sie das Ungetüm überholt hatte, ohne mit dem entgegenkommenden Jeep zusammenzukrachen, den er eben noch gesehen hatte..

»Um beispielsweise einen Mann in einem anderen Zuständigkeitsbereich festnehmen zu können, wenn sich das als notwendig und opportun erweisen sollte«, sagte er schließlich. »Im Prinzip dürfte das doch gar kein Thema sein, aber wenn es darauf ankommt …« Er versuchte, so lässig und unbekümmert mit den Achseln zu zucken, wie es ihm im Augenblick möglich war. »Du hast ja gehört, wie es lief.«

»Aber das andere?«, fragte Katrín und setzte die Scheibenwischer in Bewegung, als plötzlich ein Regenschauer auf sie herunterprasselte. »Was hast du mit dem anderen gemeint?« Sie war sich nicht sicher, ob es ratsam war, Stefán in der augenblicklichen Situation so zuzusetzen, aber sie konnte sich nicht zurückhalten. »Das Erste, was du machst, wenn?«

Stefán sah zum Seitenfenster hinaus, an dem gebüschbestandene Ferienhauskolonien vorbeischossen, die dann plötzlich einem dick bemoosten Lavafeld wichen.

»Du weißt, dass die Dienststellen im Hauptstadtbereich zusammengelegt werden sollen«, sagte er nach geraumer Zeit. »Dadurch wird sich einiges ändern. Unsere Abteilung, die Svavar geleitet hat, wird sich erheblich vergrößern, und zwar kommen nicht nur die Leute hinzu, die an den entsprechenden Stellen in Kópavogur und Hafnarfjörður gearbeitet haben. Für die neue Abteilung sind insgesamt fünfundzwanzig Mitarbeiter vorgesehen, aber der Arbeitsbereich bleibt ungefähr der Gleiche. Alles, was nicht unter die anderen Abteilungen fällt, übernehmen wir. Und Svavar hört auf, beziehungsweise er wird befördert. Er geht in die Skúlagata zum Polizeipräsidium, irgendeine richtig tolle und flotte Position mit noch mehr Tressen auf den Schultern. Das ist was für ihn.«

Katrín wartete, aber die Fortsetzung kam nicht gleich. »Und?«, fragte sie.

Stefán ächzte. »Und ich habe mich um diese neue Stelle beworben, die im Herbst eingerichtet wird. Mir wurde nahegelegt, das zu tun. Ich glaube allerdings auch, dass ich in dieser neuen Position vielleicht etwas ausrichten kann.« Er sah Katrín lächelnd an. »Und sei es auch nur, um dich und deine Karriere zu fördern oder ein Auge darauf zu haben, dass Guðni und Árni nicht gefeuert werden.«

Katrín errötete und beschloss, sich für den Rest der Fahrt auf die Straße zu konzentrieren.

Als sie schon beinahe oben auf dem Brattabrekka-Pass waren, der längst nicht mehr so steil war wie in früheren Zeiten, meldete sich Stefáns Handy.

»Der Hof heißt wie?«, fragte Stefán. »In Ordnung, gib mir die Koordinaten ...«

»Jetzt wissen wir es«, sagte er zu Katrín, als das Gespräch zu Ende war. »Der Bursche befindet sich aus was für verdammten Gründen auch immer auf irgendeinem verlassenen Bauernhof an der Laxárdalsheiði.«

* * *

»Nein«, sagte Hólmfríður, »Staub gewischt habe ich nicht. Ich hab nur aufgeräumt, Staub gesaugt, zwei Waschmaschinen angeworfen und gespült. Und wie du siehst, mit dem Aufräumen war es nicht weit her.« Sie wusste nicht genau, wie viel ihr Vater zum Schluss getrunken hatte, aber sie hielt es für unwahrscheinlich, dass es mehr als eine Flasche pro Tag gewesen war. Vermutlich wohl eher eine halbe, soweit sie das beurteilen konnte, aber manchmal war es wohl auch mehr gewesen. Als Bárður mittags am Ostermontag zu ihm gekommen war, hatte er bereits angefangen zu süffeln.

Ólafur hatte am Karsamstag vier Flaschen Gin gekauft. Alles deutete darauf hin, dass er in der Nacht zum Dienstag erstochen worden war. Auf dem Wohnzimmertisch hatten laut Bericht des Hunds zwei Flaschen gestanden, eine völlig, die andere halb leer. Úlfur hatte behauptet, am Ostersonntagabend eine halbe Flasche geliehen bekommen zu haben. Es fehlte also mindestens eine Flasche, wenn nicht sogar zwei.

»Was war mit dem Messer?«, fragte Árni. »Entschuldige, dass ich danach frage, aber es ist sehr wichtig. Weißt du noch, ob du es mit gespült hast? Das Messer, das – tja, du weißt schon …«

Hólmfríður kniff die Augen zusammen, beugte sich vor und kratzte sich mit beiden Händen am Kopf. Sie sah zumindest so aus, als würde sie versuchen, sich daran zu erinnern, dachte Árni, der ihr am Küchentisch gegenübersaß. Was für ein Job, dachte er, was für ein Scheißjob, der von ihm verlangte, alles in Zweifel zu ziehen, auch das – oder vielleicht sogar am meisten das, was er mit eigenen Augen sah. Versuchte Hólmfríður tatsächlich, sich zu erinnern, was sie vor mehr als einem Jahr in dieser Wohnung gemacht hatte, oder überlegte sie nur, mit welcher Antwort sie am günstigsten davonkäme?

»Nein«, erklärte Hólmfríður schließlich, »das weiß ich nicht mehr. Wenn es da irgendwo schmutzig herumgelegen hat, habe ich es mit Sicherheit gespült, sonst nicht.«

»Und abgetrocknet?«

»Wenn ich es gespült habe«, erklärte Hólmfríður, »habe ich es bestimmt auch abgetrocknet. Mehr kann ich eigentlich nicht sagen.« Sie sah Árni fragend an. »Was für eine Rolle spielt das eigentlich? Wieso bestellst du mich aus der Arbeit heraus hierher, um mich nach all dieser Zeit nach so etwas zu fragen?«

Árni gab ihr keine Antwort darauf. Auf Katríns Tipp hin hatte er Hólmfríður beobachtet und festgestellt, dass sie Rechtshänderin war. Das ließ vermuten, dass sie das Messer gespült und mit der rechten Hand die Schneide abgetrocknet und dabei das Heft in der linken gehalten hatte. So waren jedenfalls seine eigenen Spülgewohnheiten, auch wenn die vielleicht nicht unbedingt eine zuverlässige Richtschnur waren. Hólmfríður's Fingerabdrücke am Griff zeigten und bewiesen, dass sie ihn in der linken Hand gehalten hatte. Und entsprechend weniger gut passte es zu der Theorie, dass Hólmfríður dasselbe Messer ihrem Vater tief in den Bauch gestoßen hatte. Seine bisherigen Erfahrungen aus vergleichbaren Fällen hatten Árni zumindest gelehrt, dass so etwas meist mit der Hand gemacht wurde, mit der man immer instinktiv zupackte. Nicht immer, aber meistens. Und der alte Geir hatte gesagt, dass bei diesen Stichen Kraft angewendet worden war, vor allem beim letzten, der durch die Bauchhöhle bis zur Wirbelsäule vorgedrungen war.

»In Ordnung«, sagte er. »Wenn du dich hier umsiehst, ist da vielleicht noch etwas anderes, was nicht stimmt? Etwas, was anders ist, seit du zuletzt hier warst? Ich meine natürlich nicht den fehlenden Sessel und die Gläser und die Flaschen.«

Hólmfríður blickte sich um. »Die Fenster natürlich«, sagte sie. »Ich habe sämtliche Fenster aufgerissen, als ich kam, und auch die Balkontür. Ganz bestimmt hat er sie wie gewöhnlich alle sofort wieder zugemacht, als ich weg war. Er hat immer an der Heizung gespart, der Alte.«

»Zwei Fenster standen offen, als er gefunden wurde«, sagte Árni. »Das Badezimmer- und das Schlafzimmerfenster. Wir glauben zu wissen, wer das Badezimmerfenster zuletzt geöffnet hat. Am Schlafzimmerfenster waren nur deine Fingerabdrücke, also kann dein Vater es nicht zugemacht haben.«

»Dann … Dann ist er wohl nicht mehr ins Schlafzimmer gegangen, nachdem ich weg war. Er hätte nie bei offenem Fenster geschlafen, das kann ich dir versichern. Also ist er …«

»Ja, so ziemlich alles deutet darauf hin, dass es am Ostermontagabend passiert ist«, sagte Árni. Und das, was Hólmfríður gerade gesagt hatte, war eine weitere Bestätigung dafür. »Okay. Fällt dir noch etwas anderes auf, was nicht so ist, wie es sein sollte?«

»Nein«, sagte sie nach kurzem Überlegen, »ich glaube nicht. Wie gesagt, wenn da Gläser auf dem Tisch gestanden haben, dann wurden die erst dorthin gestellt, nachdem ich weg war, denn ich habe alle Gläser, die ich sah, gespült. Und auf dem Tisch stand nur eine Flasche, die war gerade erst angebrochen. Und das da …«, sie deutete auf eine Aluschale mit irgendwelchen vertrockneten und nicht mehr zu identifizierenden Überresten, »das war da nicht, als ich ihn verließ, denn ich habe zwei volle Abfalltüten in den Müllschlucker geworfen, als ich ging. Und ich habe auch eine neue Tüte in den Korb gesteckt, bevor ich ging.«

»Dieselbe, die auch jetzt noch da ist?«, fragte Árni. »Vom Alkoholladen?«

»Das weiß ich nicht mehr. Vielleicht. Bei ihm gab es nie andere Tüten als die aus dem Alkoholladen oder aus dem Nettó-Markt unten in Breiðholt. Abgesehen davon scheint mir hier alles genau so zu sein, wie es war, als ich das letzte Mal hier war. Der Dreck und die Schlamperei bei dem armen Kerl waren unglaublich, mehr hab ich einfach nicht geschafft.« Sie schüttelte sich, griff sich an die Oberarme und schnitt eine Grimasse. Árni verstand sie gut.

»Und abgesehen von dem, was du Katrín neulich erzählt hast, dass er dir Geld in Aussicht gestellt hat, wenn du die Versammlungen bei der WAHRHEIT besuchen würdest, also abgesehen davon war bei diesem Besuch nichts, was anders war als sonst?«

Hólmfríður schüttelte den Kopf. »Nein, nichts war anders. Bis auf den Sessel natürlich.« Árni hob fragend die Augenbrauen. »Der Lazy Boy«, sagte Hólmfríður erklärend, »der, in dem er …« Sie verstummte. In dem er gesessen hat, als er ermordet wurde, vollendete Árni in Gedanken den Satz und wartete geduldig auf die Fortsetzung, aber die kam nicht.

»Was war mit dem Sessel, diesem Lazy Boy?«, fragte er schließlich.

»Nichts«, antwortete Hólmfríður achselzuckend. »Nichts, außer dass er neu war. Oder zumindest hatte ich ihn vorher nicht bei ihm gesehen. Und ich weiß noch, dass ich ihn nach dem Sessel gefragt habe, ob er neu war.«

»Und was hat dein Vater geantwortet?«, fragte Árni.

»Dass er neu war«, sagte Hólmfríður. »Aber weiter haben wir nicht darüber gesprochen.« Sie wich Árnis Blick aus, der das dumpfe Gefühl hatte, dass Hólmfríður beileibe nicht alles über diesen Sessel gesagt hatte. Er konnte sich aber nicht vorstellen, was sie verschwieg, und beschloss, ein ganz anderes Thema anzuschneiden.

»Du hattest, nein, du hast immer noch die Vollmacht für das Konto deines Vaters«, sagte er. »Sein Hauptkonto. Stimmt das?«

Hólmfríður blickte ihn wieder an. »Ja, oder zumindest glaube ich das, diese Vollmacht habe ich vor langer Zeit bekommen, und falls er nichts daran geändert hat, wird sie wohl immer noch gültig sein. Wieso fragst du danach?« Aus irgendwelchen Gründen schien er einen wunden Punkt bei ihr getroffen zu haben.

»Du hast also schon lange nicht mehr Gebrauch von dieser Vollmacht gemacht?«, fragte Árni zögernd.

»Nein«, erklärte sie, »noch nie. Ich habe sie, seit ich vor fünfzehn oder sechzehn Jahren von zu Hause auszog, aber ich hatte es total vergessen. Bárður hat mich gestern wieder daran erinnert.« Sie sah Árni in die Augen, der nichts als Trauer und Unverständnis aus ihrem Blick lesen konnte. »Und jetzt fragst du mich danach. Was hat es eigentlich mit dieser Vollmacht auf sich? Mein Vater hat mich damals mit zur Bank geschleift, weil er meinte, es sei gut für uns beide, wenn ich diesen Wisch unterschreiben würde. Falls ich mal in finanziellen Schwierigkeiten wäre oder falls er mich bitten müsste, etwas für ihn zu erledigen. Aber ich habe das nicht so aufgefasst, als hätte ich da jederzeit Zugriff auf sein Konto, ich hab es auch nie angerührt. Das kannst du abchecken«, sagte sie müde. »Und das wirst du bestimmt auch tun, egal was ich sage. Ich versichere dir aber jetzt schon, dass ich weder damals noch später auch nur eine Krone auf diesem Konto angerührt habe, ich habe noch nicht mal den Kontostand überprüft oder so etwas, geschweige denn mehr. Dieses Konto hat einfach nicht für mich existiert, nicht einmal, als ich nach der Scheidung finanziell echt auf dem Zahnfleisch kroch. Das war sein Konto, nicht meins. Es ging mich nichts an.«

»Du bist nicht neugierig geworden, als er dir sagte, er habe im Lotto gewonnen? Du hast nicht kontrolliert, ob etwas dahintersteckte?«

»Nein«, erklärte Hólmfríður ohne zu zögern. »Das wäre mir nie im Leben eingefallen. Ich weiß auch gar nicht, ob es mir überhaupt noch bewusst war, dass ich das hätte tun können. Aber ich hätte es auch nicht getan, wenn ich mich daran erinnert hätte, ich wusste ganz genau, dass er keine müde Krone besaß. Sieh dich doch mal um, findest du, dass es hier so aussieht, als ob mein Vater reich gewesen wäre?«

Árni holte tief Atem. »Dein Vater hat im Februar vergangenen Jahres sechzehn Millionen auf dieses Konto eingezahlt«, sagte er. »Und zwar in bar. Er hat das Geld nicht im Lotto gewonnen und auch nicht in einer anderen Lotterie, soweit wir bisher feststellen konnten. Hast du irgendeine Idee, woher er dieses Geld hatte?«

Wenn das nicht echt ist, muss sie eine sehr gute Schauspielerin sein, dachte er, während er ihr Mienenspiel scharf beobachtete. Eine verdammt gute. Aber er bezweifelte, dass sie das war. Was dann wohl bedeutete, dass sie tatsächlich aus sämtlichen Wolken gefallen war.

* * *

Úlfur richtete sich halb auf und horchte. War das ein Auto? Tinna konnte doch wohl nicht schon wieder zurück sein? Er warf einen Blick auf seine Uhr. Nein, sie war bestimmt noch nicht einmal losgefahren. Er stand vorsichtig auf, schlich zum Fenster und sah hinaus. Die Sicht war nicht sonderlich gut, Nieselregen und Nebel. Er bemerkte nichts Ungewöhnliches, und weit und breit war kein Auto zu sehen. Er blieb noch eine Weile an der Fensteröffnung stehen und war schließlich überzeugt, dass er sich das Geräusch eingebildet haben musste. Er ging zurück in die Scheune und holte die Flasche, in der sich noch ein Rest befand; nur gut, dass Tinna gegen Abend mit Nachschub kommen würde. Morgen, dachte er vergnügt und schlenderte wieder zum Fenster, morgen zocke ich ab. Und dann nichts wie ab ins Ausland. Nach Schweden. Oder nach Spanien. Oder sonst wohin. Es standen ja genügend Orte zur Wahl, wenn man so viel Geld in der Tasche hatte. Er schraubte den Verschluss ab – und erstarrte im gleichen Moment. Wenn das keine Autotür war, die zugeschlagen wurde, will ich Hund heißen, dachte Úlfur, der in jungen Jahren diesen Ausspruch gelernt und ihn wegen seines eigenen Namens witzig gefunden hatte.

Der Verschluss wanderte wieder auf die Flasche, er ging in die Hocke und spähte vorsichtig über den Fenstersims in die graue Suppe hinaus. Und wartete. Zwei Minuten später sah er sie. Es waren zwei, und sie gaben sich alle Mühe, unbemerkt zu bleiben, indem sie auf ihrem Weg von der Landstraße zweihundert Meter weiter unten den Sichtschutz von Bodenerhebungen nutzten und durch Entwässerungsgräben näherkrochen. Der eine war groß und breit und von Kopf bis Fuß schwarz angezogen, mit Vollbart und Kahlkopf. Der andere war sehr viel kleiner und sehr viel bunter gekleidet. Sie hatten bereits die Hälfte der Strecke hinter sich gebracht.

»*Fucking shit*«, fluchte Úlfur, dem das Entsetzen Muskeln und Glieder lähmte. »Verfluchte Scheiße.« Er kippte den Rest aus der Flasche herunter. Jetzt galt es, schnelle Entschlüsse zu fassen. Zum Wagen zu kommen war ausgeschlossen, er würde nie unbemerkt zu dem Schuppen gelangen, wo er ihn untergestellt hatte, und höchstwahrscheinlich würde er es auch gar nicht schaffen, die Tür zum Schuppen zu öffnen, das Auto zu starten und loszufahren, ehe Ási und sein Kumpel ihn erreicht hatten. Denn der glatzköpfige Troll mit dem Bart war Ási Stero, so viel stand fest. Wie zum Teufel hatten sie ihn hier ausfindig gemacht?

Spielt keine Rolle, schärfte er sich ein, jetzt geht es nur darum, von hier wegzukommen. Er lief gebückt durch den Schafstall in den Heuschober. Soll ich wegrennen oder versuchen, mich zu verstecken? Idiotische Frage. Er blickte sich um. Die Tür am Westgiebel, wo der Schuppen Sichtschutz bot, die konnte er benutzen. Blieb bloß zu hoffen, dass die Angeln nicht zu sehr quietschten. Und dann so schnell wie möglich auf der anderen Seite in den Graben und runter zur Straße rennen …

* * *

»Was?«, fragte Bárður wie vom Donner gerührt. »Was sagst du da?«

»Das hörst du doch«, antwortete Hólmfríður müde, »Sechzehn Millionen. Letztes Jahr im Februar.«

»Er hat also nicht gelogen, als er ...«

»Nein, das hat er nicht«, bestätigte Hólmfríður. »Erstaunlicherweise.« Sie ließ das Wasser noch eine Weile laufen, bevor sie das Glas unter den Hahn hielt. »Also jedenfalls das mit dem Geld war nicht gelogen, aber das mit dem Lotto stimmte nicht.«

Bárður war immer noch geschockt. »Woher hat er das denn gehabt? Der Alte hat doch, soweit ich weiß, außer seiner Klapperkiste und dieser Wohnung überhaupt nichts besessen, und es ist ja schon fast ein Wunder, dass er die nicht vertrunken hat. Woher kommt dieses Geld?«

Hólmfríður trank einen Schluck. »Keine Ahnung.«

»Und was sagst du, acht Millionen sind weg? Auf das Konto von diesen verdammten Gehirnwäschern überwiesen worden? Acht Millionen?«

Hólmfríður trank noch einen kräftigen Schluck. »Ja, das sagt der Mann von der Kripo.«

»Nach seinem Tod?«

»Ja.«

»Dagegen klagen wir«, sagte Bárður entschlossen, »Das kann doch nicht legal sein, das ist doch einfach nicht möglich.«

»Vielleicht, vielleicht aber auch nicht«, sagte Hólmfríður skeptisch. »Er hat das selber so geregelt, bevor er starb. Und er hat uns ja auch gewarnt, erinnerst du dich nicht? Oder zumindest mich, er sagte, ich hätte Zeit, mir das zu überlegen. Aber je mehr Zeit ich mir zum Überlegen nähme, desto weniger würde ich bekommen. Das fiel mir auf einmal wieder ein, als mir der kleine Bulle da von dem Geld erzählte. Und wohin es ging. Also ich weiß nicht ... Es muss sich einfach zeigen. Ich storniere jetzt natürlich die Überweisungen. Wie du gesagt hast, ich habe ja schließlich die Vollmacht.«

Sie leerte das Wasserglas. Bárður sank auf seinem Stuhl zusammen und sah seine Schwester beschämt an.

»Entschuldige, Hólmfríður, ich weiß nicht, was da in mich gefahren war, es war nur … Ragnar hat auf einmal darüber geredet, dass du voriges Jahr total abgebrannt warst und dass es trotzdem so toll bei dir aussieht und …«

»Vergiss es, lieber Bruder«, sagte Hólmfríður und kniff ihn in beide Ohrläppchen. »Vergiss es. Du bist mein Bruder, mein einziger und bester und allerbester Bruder. Ich sage wie Jesus, wer von euch ohne Sünde ist …«

»… der werfe den ersten Stein«, führte ihr Bruder den Satz zu Ende und richtete sich wieder auf. »Du bist eine Heilige, Schwesterchen. Ein richtiger Schatz, auch wenn du mir jetzt auf einmal mit Bibelzitaten kommst.«

Hólmfríður konnte sich kein Lächeln abringen. »Vergeben kann man leicht«, sagte sie ernst, »vor allem Menschen, die man liebt. Und wenn die Sünden nicht schwerwiegender sind als das. Aber …« Sie verstummte und sah ihren Bruder forschend an.

»Aber was?«, fragte er.

»Aber was ist, wenn die Sünde größer ist?«, fragte sie zögernd. »Viel größer? Egal wie lieb man diesen Menschen hat, egal ob man selber einiges auf dem Gewissen hat – egal ob man versteht oder zu verstehen glaubt, was dazu geführt hat, dass die betreffende Person diese große Sünde begangen hat, muss man nicht trotzdem diesen verdammten Stein werfen, wenn die Sünde so groß ist, dass man einfach … einfach …« Sie kapitulierte, setzte sich ihrem Bruder gegenüber an den Tisch und ließ den Kopf auf die Arme sinken. »So groß, dass sie alle die Sünden, die man selber begangen hat, in den Schatten stellt und man einfach nicht mehr weiß, was man anderes tun kann, als die verdammten Steine zu schleudern?«

»Wovon in aller Welt redest du eigentlich?«, fragte Bárður

vorsichtig. »Ich hab dich noch nie im Leben so reden gehört, was ist los, Hólmfríður?«

»Kein Wunder, dass du fragst«, antwortete sie nach schier endlosem Schweigen. »Ungefähr das Gleiche frage ich mich nämlich auch schon die ganze Zeit, seitdem ich heute in Krummahólar war. Ich frage mich, wieso ich mir so etwas Verrücktes einbilden kann. Aber ich kann nichts dafür. Genau wie du geglaubt hast, dass ich Papa bestohlen hätte …«

»He, das hab ich doch gar nicht geglaubt«, warf Bárður dazwischen, »ich hab nur …«

»Genau wie du geglaubt hast, ich hätte Papa bestohlen«, wiederholte Hólmfríður, »so kann ich einfach nichts dafür, dass ich die ganze Zeit überlege, ob es wirklich sein kann. Und was ich machen soll.«

Bárður schüttelte den Kopf. »*Lost me again*«, sagte er. »*Sorry, sis*, aber ich begreife einfach nicht, worauf du …«

»Erinnerst du dich an das Abendessen bei Mama letztes Jahr zu Ostern? Am Ostermontag?«

»Ja natürlich, was ist …«

»Erinnerst du dich nicht, die Kinder waren schon vom Tisch aufgestanden, um sich ein Video anzusehen, und wir anderen blieben noch sitzen, und dann hast du von deinem Besuch bei Papa erzählt? Weißt du noch, was Mama da gesagt hat?«

»Nein, ich … Hat sie etwas Besonderes gesagt?«

»Nein. Sie hat nichts gesagt, überhaupt nichts, das war ja das Komische. Viðar hat irgendetwas dahergeschwätzt über einen Anruf, den sie tagsüber bekommen hatten, aber sie hat gar nichts gesagt. Fandest du das nicht seltsam? Ich weiß jedenfalls noch, dass ich das seltsam fand, denn sie hat normalerweise nicht mit ihrer Meinung hinter dem Berg gehalten, wenn wir ihr von Vaters neuesten Gemeinheiten erzählt haben. Aber du erinnerst dich vielleicht, was sie am vergangenen Freitag gesagt hat, als wir drei da zusammen auf dem Sofa saßen und glaubten, dass wir trauerten, weil der Alte tot war?«

Bárður sah seine Schwester verstört an. »Ehrlich gesagt verstehe ich nicht die Bohne. Im Ernst, du benimmst dich so seltsam, du redest so seltsames Zeug. Was …«

»Sie sagte, wir dürften nicht vergessen, dass Papa zwar nicht durch und durch schlecht, aber trotzdem ein mieser Kerl gewesen sei oder so etwas, und uns von seinem Lazy Boy aus Vorschriften gemacht hat, wie wir unser Leben zu leben hätten. Erinnerst du dich daran?«

Bárður sah sie mit großen Augen an. »Und?«, fragte er.

»Mama hat immer behauptet, und das hat sie auch der Kriminalbeamtin gesagt, die da abends noch kam, dass sie Papa nie besucht hat, nachdem er ausgezogen war. Dass sie nie die Wohnung in Krummahólar betreten hat. Wieso konnte sie dann wissen, dass er einen Lazy Boy besaß? Sag mir das, Bárður, wie konnte Mama das wissen? Hast du es ihr vielleicht gesagt? Also für mich gab es keinen Grund, mit ihr über die Einrichtung bei Papa zu reden, aber was ist mit dir?« Bárður schüttelte verneinend den Kopf. »Nein, das habe ich auch nicht geglaubt«, fuhr Hólmfríður fort. »Ich habe den Sessel zum ersten Mal an Ostern bei ihm gesehen und habe ihn sogar gefragt, ob er neu sei. Das war er. Papa muss ihn also irgendwann zwischen Weihnachten und Ostern gekauft haben. Jetzt überleg mal ein bisschen, ob du womöglich eine andere Erklärung finden kannst als die eine, die ich mir zurechtgelegt habe. Und wenn nicht, dann denk bitte darüber nach, was wir jetzt machen sollen. Du musst da eine Lösung finden, denn ich schaff das einfach nicht, auf gar keinen Fall. Du bist der große Bruder, du musst das irgendwie hinkriegen. Sollte es nicht so sein?« Sie stand auf, riss ein Blatt von der Küchenrolle und putzte sich die Nase. »Bis später.«

»Wohin willst du?«, fragte Bárður, der wie angeleimt auf seinem Stuhl saß.

»Ich gehe putzen«, sagte Hólmfríður. »Beim Rundfunk und in der Landesbank. Hättest du dich dazu aufgerafft, mich direkt danach zu fragen, würdest du schon längst wissen, was für Jobs ich angenommen habe, um finanziell über die Runden zu kommen.«

* * *

»Wir sind fast am Ziel«, sagte Stefán und drehte sich um, konnte aber den Streifenwagen aus Borgarnes, der ihnen gefolgt war, nicht sehen. »Du biegst gleich nach rechts ab, da ist ein Seitenweg, der Karte zufolge nicht asphaltiert. Er führt in einem Bogen am Hang entlang und endet etwas weiter östlich wieder auf der Landstraße. Wir sollten vielleicht kurz anhalten und auf die anderen warten.«

Katrín verlangsamte die Fahrt, starrte in den Nebel und sah die Abzweigung erst in dem Moment, als sie daran vorbeifuhr. Sie stoppte, setzte ein Stück zurück und bog ein. »Sollen wir hier warten, oder? Wie weit, glaubst du, ist es bis zu diesem Hof?«

Stefán besah sich die Karte. »Dieser Seitenweg ist wohl insgesamt fünf, sechs Kilometer lang, und bis zum Hof sind es sicher zwei Kilometer. Fahren wir noch ein Stück weiter und checken die Lage.« Katrín legte den Gang ein und fuhr los.

»Dahinten ist vermutlich dieser Hof«, sagte Stefán, als sie auf eine kleine Kuppe hinauffuhren. »Vielleicht sollte man nicht direkt bis zu den Gebäuden fahren, er könnte uns hören und versuchen, die Beine in …«

Katrín konnte nichts anderes tun, als nach links auszuweichen und notzubremsen, als Úlfur urplötzlich wild gestikulierend aus dem Nichts auftauchte. Dank des Antiblockiersystems und ihrer Geschicklichkeit gelang es ihr zwar, den Wagen auf der Straße zu halten, aber mehr konnte sie bei dem Tempo, das sie draufhatte, nicht tun. Aufprall und Schlag waren schwerer und lauter als die Schreie, die Stefán und sie unwillkürlich ausstießen. Úlfur flog in hohem Bogen vor dem Auto her und schien erst nach einer Ewigkeit wieder zur Erde zu kommen. Schließlich landete er aber doch. Dann war alles still.

Katrín brauchte zwei Sekunden, um den Sicherheitsgurt zu lösen, die Warnblinkanlage einzuschalten und aus dem Auto zu springen. Training ist etwas Großartiges, dachte sie, ohne zu denken, und schärfte sich ein, dergleichen beim nächsten Mal zu unterlassen. Hier war keine Zeit für derartige Überlegungen, es galt zu handeln.

»Er atmet«, sagte sie, als Stefán ein paar Sekunden später hinzukam. »Ruf die Hundertzwölf an.« Sie rannte wieder zurück zum Auto und holte den Verbandskasten. Es musste doch möglich sein, etwas von diesen Wunden zu verarzten, die nicht aufhören wollten zu bluten.

Sie war immer noch mit Úlfur beschäftigt, und Stefán telefonierte immer noch, als die Polizei aus Borgarnes über die blinde Kuppe geschossen kam. Sie blickten hoch. Und konnten nur zusehen.

* * *

Vier Flaschen, dachte Árni. Vier Flaschen Gin, gekauft am Karsamstagnachmittag. Und Ólafur hatte sicherlich auch noch Vorrat gehabt. Eine halbe Flasche hatte auf dem Tisch gestanden, als er gefunden wurde. Eine halbe Flasche war an Úlfur gegangen. Was dreieinhalb Flaschen innerhalb von zwei Tagen bedeutete.

»*No way*«, murmelte Árni und schloss die Tür hinter sich.

Er hatte die Schlüssel zu Ólafurs Auto, einem alten, blauen Hyundai Accent, eingesteckt, der sich an Ort und Stelle befand, nämlich auf dem Parkplatz, der zu Ólafurs Wohnung gehörte. Der rechte Hinterreifen war platt, ansonsten schien der Wagen in Ordnung zu sein. Doch als Árni sich hinters Steuer setzte und den Motor anlassen wollte, rührte sich nichts.

»Tot«, murmelte Árni, »genau wie sein Besitzer.« Wahrscheinlich war die Batterie leer, dachte er, was einen nach all dieser Zeit eigentlich nicht verwundern konnte. Aber das Auto war unbeschädigt. Es war nicht zerkratzt oder beschmiert worden, niemand hatte Spiegel oder Antenne abgebrochen, die Scheiben waren heil. Und wieso sollte es denn nicht unbeschädigt sein? dachte Árni, ärgerlich über seine eigenen Vorurteile, während er im Handschuhfach kramte. Er fand nichts von Bedeutung, ebenso wenig wie unter den Sitzen oder im Kofferraum. Kaum hatte er das Auto wieder abgeschlossen, klingelte sein Handy. »Árni.«

»Ich habe drei Nummern bekommen, und das ist jetzt die dritte, die ich probiere. Und die erste, unter der sich jemand meldet.«

»Entschuldigung«, sagte Árni, »aber mit wem spreche ich denn eigentlich?«

»Ich rufe vom Krankenhaus an, Intensivstation. Uns wurde mitgeteilt, diese Nummer oder die zwei anderen anzurufen – wegen eines gewissen Guðni, falls etwas passierte. Guðni Páll Pálsson, hallo? Bist du noch dran?«

Árni gelang es, den Kloß in seinem Hals hinunterzuschlucken und sich zu räuspern.

»Ja, ich … Was ist passiert?«

»Er ist aufgewacht, das ist passiert, mein Lieber.«

13

Dienstag

Wohin man auch blickte, überall standen alle möglichen Geräte und Apparate, die entweder zischelten, summten, fiepten oder tickten, einige regelmäßig, andere nicht. Bei den meisten Apparaten blinkten zudem kleine, meist rote oder orangefarbene Kontrolllämpchen, diskret, aber trotzdem penetrant und wichtig, genau wie die Geräusche. Auf einigen waren rote oder grüne Zahlen zu sehen, oder blaue Diagrammlinien auf kleinen Monitoren, und manchmal sogar beides. In der Ecke ganz hinten lag eine Frau, die leise im Takt mit der Pumpe wimmerte, die sie am Leben hielt. In einer anderen Ecke röchelte ein Mann vor Schmerzen in so unangenehm regelmäßigen Abständen, dass Árni bereits nach zehn Minuten Anwesenheit im Raum Zweifel an der modernen Medizin kamen. Zwei Krankenschwestern waren auf Kontrollgang, ein Arzt tauchte in der Tür auf, und am Bett der wimmernden Frau hielt eine junge, verweinte Frau Wache. Nichtsdestotrotz kam es Árni so vor, als hätte er selten mehr Stille erlebt.

Vielleicht war es das leere Bett gegenüber, das dieses Gefühl hervorrief. Es war frisch überzogen und schien geduldig auf den nächsten Patienten zu warten.

Aber vielleicht wurde dieses Gefühl auch durch das Bett

hervorgerufen, neben dem er saß. Guðni lag darin, friedfertiger und verletzlicher, als er normalerweise auszusehen pflegte. Er war aus dem Medikamentenschlaf aufgewacht, aber wieder eingeschlummert, bevor Árni eintraf. Die Minuten schlichen dahin, und Árni nickte auf seinem Stuhl ein. Kurz darauf schreckte er durch ein Röcheln und Husten wieder hoch und sprang geräuschvoll auf. Guðni sah Árni vorwurfsvoll an, der es mit einem Grinsen versuchte, von dem er glaubte, dass es zu den gegebenen Umständen passte.

»Hi«, sagte er. »Wieder zum Leben erwacht?« Er setzte sich wieder.

»Wo sind meine Klamotten?«, fragte Guðni. Seine Stimme war heiser und klang ganz anders als sonst.

»Ich … Das weiß ich nicht«, antwortete Árni verblüfft. Er blickte sich um. »Wahrscheinlich in dem Schrank da«, sagte er unsicher und deutete in die Richtung. »Wie geht's dir?«

»*Fucking great*, siehst du das nicht? Hol mir meinen Mantel.«

Árni rutschte auf seinem Stuhl hin und her, unschlüssig, wie er auf diese Bitte reagieren sollte.

»Ist dir kalt?«, fragte er nach kurzem Zögern. »Oder willst du dich vielleicht ins Nachtleben stürzen?« Besorgt, aber trotzdem aufmunternd, dachte er zufrieden, war das nicht angesagt unter solchen Umständen?

»Haha«, schnaufte Guðni, »hol mir gefälligst den Mantel, Junge.«

Árni fügte sich, ging zum Schrank und öffnete ihn. Es passte, Guðnis Sachen lagen zusammengefaltet im Regal, und der Mantel hing auf einem Bügel.

»Hier.« Er legte den Mantel vorsichtig auf die Bettdecke und achtete sehr darauf, sich nicht in irgendwelchen Schläuchen und Schnüren zu verheddern, die darunter hervorkamen.

Guðni suchte in allen Taschen und fand endlich eine etwas zusammengedrückte Packung London Docks.

»Na, endlich«, murmelte er gereizt und versuchte, die Packung zu öffnen. Árni war entsetzt und sah abwechselnd auf Guðni und die Krankenschwester.

»Mensch, was machst du denn da«, flüsterte er, »weißt du nicht, wo du bist?«

»Nun relax schon, Jungchen«, brummte Guðni. »Ich habe nicht vor, das verdammte Ding anzustecken.«

»Trotzdem …«

»Yess«, sagte Guðni, als es ihm gelungen war, die Schachtel zu öffnen und mit zitternder Hand einen Stumpen herauszuziehen. »Bring das Ding wieder weg«, sagte er, nachdem er sich unter Mühen eine London Docks in den linken Mundwinkel geschoben hatte. »Und jetzt erzähl mir, wie es weitergegangen ist. Hat Katrín den Idioten erwischt? Sie hat hoffentlich Hackfleisch aus ihm gemacht …«

* * *

»Du konntest gar nichts machen«, sagte Stefán, »überhaupt nichts.«

Katrín hockte immer noch neben Úlfurs Kopf und fühlte in regelmäßigen Abständen den Puls. Der war zwar schwach, aber einigermaßen konstant. Déjà-vu, dachte sie, aber trotzdem anders …

»Ich weiß«, sagte sie leise, »das hast du bereits gesagt.«

»Ich versteh einfach nicht, was sich der Mann dabei gedacht hat. Weshalb er sich da herumgetrieben hat und so auf die Straße gesprungen ist …«

»Ich auch nicht«, sagte Katrín. »Hoffen wir, dass er lange genug lebt, um es uns zu erklären.« Sie räusperte sich und legte Zeige- und Mittelfinger an Úlfurs Hals. Stefán stöhnte und ging zum Auto. Der Scheinwerfer rechts war kaputt und die Motorhaube stark verbeult. Er ging weiter und besah sich den Wagen von hinten, wo er wesentlich schlimmer zugerichtet war: sämtliche Rücklichter zertrümmert, und der Kotflügel schon fast auf dem Rücksitz.

»Seid ihr heil davongekommen?«, fragte er, indem er sich den beiden Polizisten aus Borgarnes zuwandte, die sich immer noch über ihr Auto beugten, dessen Vorderteil völlig demoliert war.

»So ziemlich, ja«, antwortete der ältere und stämmigere. Er ächzte leise, als er sich aufrichtete. »Ein paar Quetschungen vom Sicherheitsgurt, aber der Hals ist in Ordnung, glaube ich«, fügte er hinzu und rieb sich vorsichtig den Nacken.

»Und du?«, fragte Stefán den jüngeren und sportlicheren Polizisten, der kleinlaut neben seinem Vorgesetzten stand.

»Ja, ich glaube schon.«

»Prima«, sagte Stefán, »dann solltest du jetzt schnell mal das Warndreieck oben auf dem Hügel aufstellen, damit sich dieses Spiel nicht auch noch beim nächsten Auto wiederholt.« Der junge Mann beeilte sich, dem nachzukommen, froh, dass er so billig davongekommen war.

»Diese jungen Leute«, schimpfte der Ältere, »Ich weiß nicht, wieso man sie überhaupt ans Steuer lässt. Er lehnte sich an das Auto und verschränkte die Arme vor der Brust. »Wie wollen wir das managen?«

»Was denn?«, fragte Stefán.

»Na, diesen Schlamassel hier. Ihr fahrt einen Mann um, wir fahren euch hinten drauf …«

»Hier wird nichts gemanagt«, sagte Stefán schroff. »Das sind zwei Unfälle, die nichts miteinander zu tun haben, und sie werden als solche behandelt. Und nach den Vorschriften.«

»Aber …«

»Kein Aber. Es ist schon verdammt schlimm genug, was da passiert ist, das brauchen wir nicht durch irgendwelches Heckmeck noch schlimmer machen. Was glaubst du, wie lange der Junge aus Búðardalur brauchen wird?«

»Eine Viertelstunde«, antwortete der andere eingeschnappt, »oder zwanzig Minuten vielleicht.« Er warf Stefán einen bittenden Blick zu. »Er macht das nur vertretungsweise, und er ist allein, wie du sagst …«

»Er wird hoffentlich mit Bandmaß und Fotoapparat umgehen können«, schnaubte Stefán.

»Doch, ja, aber vielleicht wäre es möglich …«

»Vielleicht wäre was möglich?« Stefán geriet immer mehr in Wut. »Keine Ahnung, was man deiner Meinung nach da beschönigen oder frisieren könnte, was willst du tun?«

»Tja, nein, ich … Ich hab einfach überlegt …«

»Vergiss es. Es gibt hier einen Schwerverletzten, und wir haben ihn angefahren. Zwei Autos sind demoliert, eures vorne, unseres vorne und hinten, zwischen den Autos drei Meter. Was glaubst du eigentlich, was du da noch an diesen Tatsachen herumfrisieren kannst? Es liegt doch klar auf der Hand, was passiert ist. Ich begreife nicht, wie du auf diese Schnapsidee kommst, da etwas managen zu wollen, was irgendetwas an diesen Tatsachen ändern würde?«

»Ja, nein, vielleicht nicht so, sondern …«

Stefán trat vor seinen Kollegen und schob den Schirm seiner giftgrünen Baseballkappe hoch.

»Jetzt hältst du gefälligst die Schnauze«, sagte er, »und zwar sofort.«

Er drehte sich auf dem Absatz um und ging zurück zu Katrín und Úlfur.

»Wie lange dauert es noch, bis der Hubschrauber kommt?«, fragte Katrín.

»Nicht lange«, sagte Stefán beruhigend. »Der muss jeden Augenblick da sein.«

* * *

»Typisch Stefán«, keuchte Guðni, als Árni ihm in groben Zügen geschildert hatte, wie die Ermittlungen in der Zwischenzeit verlaufen waren. »Falls auch nur eine winzige Chance besteht, eine einfache Sache kompliziert zu machen, dann tut er das.«

Árni, dem diese Eigenschaft ihres Vorgesetzten völlig neu war, sah sich gezwungen, seinem schwerkranken Kollegen zu widersprechen. »Ich hatte eigentlich den Eindruck, dass er, wenn überhaupt, manchmal eher zu träge ist, irgendwelche Dinge zu verkomplizieren. Wie beispielsweise damals bei dem Überfall auf der Geirsgata.«

»Da bestand doch gar keine Möglichkeit, etwas kompliziert zu machen.«

»Was meinst du damit? Es hätte genauso gut der andere sein können, dieser, wie hieß er noch gleich?«

Guðni stoppte ihn mit zittriger Hand. »Nein. Und das hat Stefán gleich gesehen. Ich auch, und Katrín ebenfalls. Alle außer dir, mein Kleiner.« Árni errötete, sagte aber nichts. »Aber hier hat er eine Chance gewittert, und er wird bestimmt erst dann klein beigeben, wenn Úlfur ein Geständnis ablegt und damit sämtliche schlauen Überlegungen zunichtemacht, da kannst du Gift drauf nehmen.«

»Vielleicht«, stimmte Árni zu. Er bereute es bereits, Guðni widersprochen zu haben. Der war nach diesem kurzen Gespräch anscheinend total erschöpft. Árnis Handy vibrierte in der Jackentasche, und er warf einen Blick auf das Display, bevor er antwortete. »Stefán«, sagte er und ging hinaus auf den Flur.

Guðni war eingeschlafen, als er wieder zurückkehrte.

»Es sieht ganz so aus, als hätte Katrín tatsächlich Hackfleisch aus ihm gemacht«, flüsterte Árni. Er nahm den Stumpen aus Guðnis Mundwinkel und legte ihn auf den Nachttisch. Vielleicht war es Einbildung, aber es kam ihm so vor, als hätte Guðni bei dieser Nachricht schwach gegrinst.

* * *

»Und du kannst weder vor noch zurück, mein Lieber?« In Lallis Stimme schwang so etwas wie Fürsorglichkeit mit.

»Nein«, bestätigte Ási, »im Augenblick nicht. Wir sitzen hier mitten in der Pampa fest. Eigentlich wären wir am liebsten bei der Scheune geblieben, aber ich wollte nicht das Risiko eingehen, da oben rumzuhängen, die werden sich bestimmt nachher in dieser Klitsche umsehen. Aber wir haben es zur Straße geschafft, ohne dass sie uns bemerkt haben. Immerhin das.«

»Und die können den Wagen nicht sehen?«

»Nein, ich hatte ihn hier hinter einer alten Baracke bei der Straße hingestellt, den kann niemand sehen. Aber das war vielleicht ein Anblick, Lalli, das war wie im Kino. Du hättest deinen Spaß daran gehabt.«

»Bestimmt«, brummte Lalli, »bestimmt. Úlfur ist durch die Luft geschleudert worden, sagst du?«

»Durch die Luft geschleudert? Mann, der ist in hohem Bogen mehrere Meter geflogen. Wahnsinn, echt Wahnsinn. Und als dann die anderen Volltrottel kamen, Mann da …« Ási lachte beim Gedanken an die Szene leise. »Ein Witz ohnegleichen, sag ich dir, eine total filmreife Leistung. Die kamen da über den Hügel gebrettert, da ist so eine blinde Kuppe, und kurz davor eine scharfe Kurve, verstehst du – und dann, wow, Mann, dann hat's gekracht. Gut, dass Úlfur so weit geflogen ist, möchte ich fast sagen, sonst wäre er wahrscheinlich nochmal von demselben Auto überfahren worden, und mit ihm die beiden anderen. Das Auto von denen ist nämlich bei dem Aufprall noch ein paar Meter vorgeschossen. Das wäre natürlich noch komischer gewesen.«

»Noch komischer«, stimmte Lalli ein wenig zögernd zu. »Aber er lebt, sagst du?«

»Ja, ich denke schon«, sagte Ási. Er ging ein paar Schritte und spähte vorsichtig um die Ecke der Baracke. »Dieser Rotfuchs fummelt da zumindest immer noch an seinem Hals herum.«

»Schade«, sagte Lalli enttäuscht, »echt schade. Das wäre wirklich eine außerordentlich angenehme und brillante Lösung gewesen. Aber man kann ja nicht alles haben.«

»Diese Möglichkeit brauchen wir nicht gleich abzuschreiben«, sagte Ási aufmunternd, »auch wenn er vielleicht im Augenblick noch nicht hopsgegangen ist. Sein Hopser da, der war nämlich gewaltig, das sag ich dir.«

Er verstummte plötzlich, als ein knatterndes Motorengeräusch an seine Ohren drang. »Verdammt nochmal.« Mit ein paar Riesensätzen suchte er wieder Schutz zwischen Wagen und Baracke und duckte sich.

»Was ist denn los, Junge, was ist das für ein Geräusch?«

»Ein Hubschrauber«, schrie Ási, »da kommt ein Hubschrauber! Verdammt nochmal, das hätte man sich denken können, dass die einen Hubschrauber holen. Scheiße.«

»Glaubst du, dass sie dich gesehen haben? Oder das Auto?«

»Weiß nicht. Wahrscheinlich.«

»Tja, Ási, dir bleibt wohl nichts erspart. Wo führt dieser Weg hin, wenn ihr weiterfahrt?«

»Keine Ahnung.«

»Aber es ist keine Sackgasse? Kommt ihr nicht irgendwann wieder auf die Landstraße?«

»Ich denke schon.«

»Können die mit diesen Autos die Verfolgung aufnehmen?«

»Kaum.«

»Gut. Warte, bis die gelandet sind, und dann nichts wie los. Wir bleiben in Verbindung, mein Lieber.«

* * *

»Schwarz«, brüllte der Sanitäter, der das Dröhnen der Propeller zu übertönen versuchte, »wahrscheinlich ein BMW, groß.«

Stefán und Katrín starrten mit zusammengekniffenen Augen taleinwärts, aber Nieselregen und Nebel waren so dicht, dass sie kein Auto erkennen konnten.

»Lalli?«, fragte Katrín.

»Wohl kaum. Aber vielleicht Ási. Wahrscheinlich Ási. Das erklärt auch, weshalb Úlfur hier auf die Straße gerannt ist. Das nennt man vom Regen in die Traufe kommen.«

»Oder umgekehrt«, sagte Katrín. »Das möchte ich zumindest hoffen.«

»Ja. Úlfur ist wirklich vom Pech verfolgt, das kann man nicht anders sagen. Bist du sicher, dass du nicht mit denen nach Reykjavík fliegen willst?«

»Ich bleibe hier«, sagte Katrín entschlossen, »ich muss meine Aussage zu Protokoll geben.«

Sie warteten, bis der Hubschrauber wieder in der Luft war, und gingen dann die zweihundert Meter bis zu der Baracke. Dort konnten sie aber nichts entdecken, nicht einmal brauchbare Radspuren.

»Willst du nicht die Kollegen in Blönduós oder Hólmavík anrufen?«, fragte Katrín, als sie wieder auf der Straße waren. »Und auch die in Borgarnes und in Snæfellsbær, heißt das nicht jetzt so?«

»Das wäre dann Stykkishólmur«, antwortete Stefán unschlüssig, »aber dort werden sie wohl kaum hinwollen, denn dazu müssten sie doch etliche Schlenker fahren. Die Straße über die Laxárdalsheiði kommt im Hrútafjörður herunter, etwas nördlich von Brú. Man sollte vielleicht checken, ob da irgendwelche Leute von der Verkehrswacht unterwegs sind. Oder ihnen den Jungen aus Búðardalur hinterherschicken. Meines Erachtens bringt das aber nichts. Selbst wenn wir irgendwelche Leute von der Verkehrswacht auf sie ansetzen, und selbst wenn die es schaffen sollten, einen schwarzen BMW mit Ási an Bord zu stoppen, gibt es keine Möglichkeit zu beweisen, dass es sich um das Auto handelt, das hier war. Und selbst wenn das gelänge – was dann?« Er schüttelte den Kopf. »Es ist kein Gesetzesverstoß, wenn man sein Auto irgendwo am Straßenrand abstellt.«

»Aber wenn es …«

»Nein«, sagte Stefán, »das bringt wirklich gar nichts, glaub mir nur. Wir wissen allerdings, dass Ási hier war, und das hilft uns vielleicht etwas weiter.« Er sah besorgt zu Katrín hinüber. »Wenn Úlfur das überlebt – und das tut er bestimmt –, werden wir versuchen, mit der Zeit etwas aus ihm herauszuholen, auch wenn ich nicht sicher bin, dass dabei etwas herauskommt. Ob sie es geschafft haben, ihn in die Finger zu kriegen, bevor das hier passierte. Leute wie Úlfur sind immer sehr wortkarg, wenn jemand wie Lalli involviert ist, das weißt du. Ganz egal, was vorher geschehen ist.«

Katrín verzog das Gesicht. Ihr missfielen diese Schlussfolgerungen, auch wenn sie wusste, dass Stefán vollkommen Recht hatte. »Was für eine beschissene Situation«, sagte sie nach einigem Schweigen. »Erst Úlfur, dann der Auffahrunfall und jetzt das. Und ich steh hier rum wie Falschgeld und kann überhaupt nichts machen. Gar nichts!« Sie marschierte los, ohne nach rechts oder links zu blicken, und Stefán hatte seine liebe Mühe, mit ihr Schritt zu halten. »So etwas passiert einem direkt vor der Nase, aber man ist nur Zuschauer. Ich bin mir noch nie so nutzlos vorgekommen.«

»Jetzt hör aber mal, Katrín«, sagte Stefán scharf, »manchmal kann man einfach gar nichts machen, das ist nun einmal so, und das weißt du ganz gut.«

Blaulicht blinkte ganz in der Nähe, und kurze Zeit später tauchte das Polizeiauto auf der Kuppe auf. Stefán packte Katrín bei der Schulter und zwang sie, stehenzubleiben und ihm in die Augen zu sehen. »Außerdem stimmt das auch gar nicht. Wenn Úlfur überlebt, hat er es einzig und allein dir zu verdanken.«

»Nein«, sagte sie, »wenn Úlfur stirbt, ist es einzig und allein meine Schuld.«

* * *

»Und trotzdem gibt es Menschen, die zweifeln«, sagte der Meister und verdrehte die Augen. »Wunder geschehen jeden Tag, überall um uns herum, und trotzdem gibt es jene, die zweifeln, Lárus. Ist das nicht überaus merkwürdig?«

Lalli musste husten und machte sich nicht einmal die Mühe, das Telefon vom Mund wegzuhalten.

»Sehr merkwürdig«, sagte er. »Ich muss aber zugeben, dass ich nicht ganz verstehe, weshalb er so lange gewartet hat.«

»Wer?«

»Na, dein Gott doch. Hast du nicht über ihn gesprochen? Oder die Strafe Gottes? Da, wo ich herkomme, hat man nicht so lange mit der Rute gewartet, sage ich dir. Der alte Stebbi von Hurðarbak, der hat beispielsweise keine langen Faxen gemacht, wenn ich ihm Rüben geklaut hatte, o nein. Der Alte ist hinter mir her und hat mich eingeholt, obwohl er Mitte sechzig war und nur Gummilatschen trug, und dann hat er mich ordentlich versohlt. Nach der Tracht Prügel konnte ich drei Tage lang nicht sitzen. Trotzdem habe ich natürlich weiterhin seine Rüben geklaut. Was sagt uns das, mein verehrter Herr Pfarrer?«

»Nichts anderes als das, was ich dir schon lange sage, Lárus. Es ist an der Zeit, dass du das Wort Gottes und seinen heiligen, erlösenden Geist empfängst. Es wird dir die Tür zu neuer Herrlichkeit öffnen, Lárus, das Tor zu neuer unerhörter Herrlichkeit! Heute Abend ist wieder Versammlung …«

»Tut mir leid, Meister, heute Abend habe ich etwas vor. Aber du darfst gerne weiter beten. Wer weiß, vielleicht wird der Herr des Himmels dieses Werk vollenden, wenn du ihn nur richtig schön darum bittest.« Er legte auf und schloss die Augen.

»Das Tor zu neuer Herrlichkeit«, brummte er vor sich hin, »mein lieber Freund, du willst mir gar nicht gefallen.«

* * *

Bárður saß auf der Bettkante und starrte vor sich hin. Ragnar lag hinter ihm und hatte den Kopf auf den Ellbogen gelegt.

»Was kannst du denn schon machen?«, fragte er sanft. »Du kannst doch nicht einfach zu deiner Mutter gehen und sie fragen, ob sie deinen Vater umgebracht hat.« Bárður schüttelte den Kopf. »Außerdem steht keineswegs fest«, fuhr Ragnar fort, »dass sie tatsächlich in seiner Wohnung gewesen ist. Ich meine, auch wenn Hólmfríður da irgendeinen Quatsch über diesen Sessel erzählt …«

»Fang nicht schon wieder mit meiner Schwester an«, fauchte Bárður. »Du hast dich schon genug über sie ausgelassen, findest du nicht? Und das ist kein Quatsch, du hast ja selber auch gehört, was Mama über den Lazy Boy gesagt hat.«

Ragnar setzte sich auf und fasste Bárður vorsichtig bei den

Schultern. »Ja«, sagte er, »ich habe es gehört. Und ich kann mich auch daran erinnern. Doch das war am vergangenen Freitag. Weißt du denn wirklich noch, was du bei dem Abendessen bei deiner Mutter vor fast anderthalb Jahren gesagt hast? Bist du dir wirklich sicher, dass du diesen Sessel nicht erwähnt hast? Dass du nicht vielleicht gesagt hast, *da hockte der Kerl in seinem verdammten Lazy Boy und hat mir gesagt, ich sei pervers*. Kannst du dich wirklich haargenau daran erinnern, dass du nicht etwas in der Art von dir gegeben hast? Und kann deine Schwester sich sicher sein, dass sie nicht vielleicht auch diesen Sessel erwähnt hat, *da saß der alte Fiesling in seinem Lazy Boy und hat mich Hure genannt*. Wie könnt ihr euch so sicher sein?«

Bárður schüttelte Ragnars Hände ab. »Erinnerst du dich etwa, dass wir über diesen Sessel geredet haben? Und wieso sollten wir über einen verdammten Sessel geredet haben?«

»Aus dem gleichen Grund wie eure Mutter. Einfach so, um die Szene auszuschmücken, um eure Schilderung zu würzen. Genau wie sie, wie hat sie sich noch ausgedrückt? Wo er euch von seinem Lazy Boy aus Vorschriften gemacht hat, war das nicht irgendwie so? So etwas bringt man einfach ins Gespräch, ohne sich was dabei zu denken. Weshalb hättet ihr das nicht auch damals an dem Abend tun können, nachdem ihr gerade bei ihm gewesen wart?«

»Und sie erinnert sich an etwas, was wir vor mehr als einem Jahr gesagt haben, obwohl wir selber uns nicht mehr daran erinnern? Findest du das wahrscheinlich?«

»Auf jeden Fall halte ich es nicht für unmöglich. Die Leute merken sich die erstaunlichsten Dinge, alle möglichen komischen Banalitäten, an die sich sonst niemand erinnert, aber diese eine Person eben doch.«

»Und was ist mit dir?«, fragte Bárður störrisch. »Anscheinend hast du ja auf einmal ein Supergedächtnis, wo du doch sonst immer alles vergisst. Erinnerst du dich daran, dass wir über diesen dämlichen Sessel geredet haben?« Ragnar schüttelte den Kopf. »Genau«, sagte Bárður, »das habe ich mir gedacht.«

»Du verstehst mich nicht«, sagte Ragnar. »Es stimmt natürlich, ich weiß wirklich nicht, ob ihr den Sessel erwähnt habt, und bin mir auch fast sicher, dass ich jetzt zum ersten Mal von dir etwas über dieses Teil gehört habe. Die Sache ist bloß die, dass ich mich auch nicht erinnern kann, ob ihr ihn nicht vielleicht *doch* erwähnt habt, verstehst du? Wie du sagst, wer weiß das noch nach über einem Jahr? Höchstens vielleicht jemand, dem etwas besonders auffällt, jemand, der extrem genau zuhört und sich Sorgen macht. Wie beispielsweise deine Mutter?« Er unternahm einen weiteren Versuch, Bárður mit Handauflegen zu besänftigen. »Auch wenn Hólmfríður glaubt …«

Bárður sprang wie von der Tarantel gestochen auf. »Fängst du schon wieder an!«, schrie er. »Fängst du schon wieder damit an, an meiner Schwester herumzukritisieren! Auch wenn Hólmfríður *glaubt* – was glaubt? Denkst du, dass sie sich darüber freut, was ihr da aufgegangen ist? Glaubst du, dass sie mir das gesagt hat, weil sie unbedingt Mama in die Pfanne hauen möchte, weil sie scharf darauf ist, dass Mama eine Mörderin ist? Was ist eigentlich mit dir los? Was soll dieses ewige Gemeckere über Hólmfríður? Was hat sie dir getan? Ich hab's ja gewusst, ich hätte nie mit dir darüber reden sollen, es endet immer mit dem gleichen Scheiß …« Seine Stimme überschlug sich, und er wandte sich ab.

»Lieber Bárður, ich …«

»Lass mich und halt die Klappe. Halt einfach die Klappe.«

Ragnar verstummte und wagte nicht, sich zu rühren. Bárður stand mitten im Zimmer, krümmte sich zuckend zusammen und faltete die Hände auf dem haarlosen Scheitel.

»Weißt du was, Ragnar«, sagte Bárður deprimiert, als er sich wieder etwas gefangen hatte, »ich halte das nicht aus. Verstehst du, ich halte es einfach nicht länger aus.« Er drehte sich um und sah den Mann, mit dem er seit elf Jahren zusammenlebte, aus geröteten Augen an. »Du musst … Du musst damit aufhören. Du bist mein Mann, sie ist meine Schwester. Das ist doch keine verdammte Konkurrenz, ich begreife nicht, weshalb du so eifersüchtig auf …«

»Ich bin nicht eifersüchtig auf Hólmfríður, weshalb sollte ich …«

Bárður unterbrach ihn. »Das weiß ich nicht, und verstehen tu ich es ebenfalls nicht. Aber du bist eifersüchtig.« Er ging zum Bett und setzte sich neben Ragnar. »Und das muss anders werden, und zwar sofort. Im Ernst, sonst ist es aus zwischen uns.« Ragnar öffnete den Mund, um etwas zu sagen, aber Bárður ließ ihn nicht zu Wort kommen. »Und das möchte ich nicht. Also muss sich da etwas ändern. In Ordnung?«

Ragnar senkte den Kopf. »In Ordnung.«

»Gut. Und wie ich dir gesagt habe, es war überhaupt nichts dran an deinem Quatsch über Hólmfríður und Papas Geld. Sie hat es nicht angerührt.« Er zog die Nase hoch. »Nicht eine einzige Krone, sondern sie hat einfach wie verrückt geschuftet. Ich hätte es natürlich wissen müssen, ich hätte sie nie danach fragen dürfen. Und ich hätte es auch nie getan, wenn du nicht all dieses dumme Zeug von dir gegeben hättest. Jetzt ist sie natürlich gekränkt, und zwar zutiefst, auch wenn sie das Gegenteil behauptet. Aber sie verlässt sich zumindest immer noch auf mich, sie vertraut mir. Genau wie ich versuche, dir immer noch zu vertrauen. Okay?«

»Bárður, du weißt, dass du …«

Aber Bárður war noch keineswegs am Ende. »Ich habe nur euch drei, dich, Hólmfríður und Mama«, fuhr er fort, »und euch drei liebe ich am meisten auf der Welt. Das weißt du, Ragnar. Ihr seid die einzigen, denen ich vertraue, mit denen ich über alles reden kann, auf die ich mich verlassen kann, egal was ist. Mehr sind es nicht, nur ihr drei. Deswegen musst du mir jetzt helfen. Du musst mir helfen, einen Weg zu finden, um Hólmfríður zu beruhigen, ohne Mama fertigzumachen. Ich bin zu dir zurückgekommen, weil ich Ratschläge brauche, und nicht, um irgendeinen Schwachsinn über meine Schwester zu hören, denn ich möchte euch drei gerne auch in Zukunft um mich haben.« Diesmal gestattete er Ragnar, ihn zu umarmen.

»Ich will nicht wie Papa enden«, schluchzte er an seiner Schulter. »Ich will nicht als besoffenes altes Wrack enden, das sich selber vollpinkelt und auf Gehirnwäsche reinfällt, das allein vor seinem Fernseher in einer schäbigen Wohnung in einem schäbigen Block hockt, weil es allen scheißegal ist. So vollkommen scheißegal, dass sie nicht einmal merken, wenn ich tot bin.«

* * *

Guðni wachte auf und blickte sich verwirrt um. Er erinnerte sich unklar an ein Gespräch mit Árni, aber er wusste nicht mehr genau, um was es gegangen war. Genauso wenig konnte er sich einen Reim auf all diese Schläuche und Schnüre machen, die in ihm steckten oder mit Leukoplast an ihm befestigt worden waren. Doch dann sah er, wie zwei grün gekleidete Wesen einen total zugegipsten Mann in das Bett auf der anderen Seite des Zimmers hoben, und da erinnerte er sich, wo er war. Und weshalb er hier war.

»*Fuck*«, murmelte er und schlief wieder ein.

14

Mittwoch

Der Meister erhob seine Stimme: »Das sagt uns nur das, was wir im tiefsten Inneren schon immer gewusst haben, tief drinnen in unserem Herzen. Das sagt uns, dass man nicht klug zu sein braucht, sondern bloß das tun soll, was einem gesagt wurde: Folge deinem Herrn – und der Sieg ist errungen.«

Rhetorische Pause, dachte Árni. Gut gemacht.

»Wenn wir klug sein wollen«, fuhr der Meister fort, »wenn wir armseligen Menschen klüger sein wollen als der Herr, wenn wir uns entschließen, nur das zu tun, was uns selber am besten gefällt, wo enden wir dann, Brüder und Schwestern? Ich sage euch, wir enden auf *Abwegen*! Und-nun-alle-miteinander: Ameen!« Die Versammlung entsprach dem Wunsch des Meisters.

»Bereits bei unserer letzten Versammlung bin ich darauf eingegangen«, fuhr er fort. »Ich habe am vergangenen Sonntag über sogenannte Ansichten gesprochen. Darüber, wie sehr wir Menschen darauf bedacht sind, uns zu allem unsere Meinung zu bilden. Und darüber, wie gefährlich das sein kann, denn Ansichten und Meinungen haben im Reiche Gottes nichts verloren, halleluja! Es darf nie geschehen, dass wir in unserem Tun und Treiben nicht vom Geist Gottes gelenkt werden, dass wir uns dazu versteigen, uns eigene Meinungen zu bilden – alle miteinander: Ameen!«

Allmählich wurde es langweilig, fand Árni. Trotzdem irgendwie interessant, fügte er im Geiste hinzu, denn bislang war ihm nicht klar gewesen, wie sündig es war, Ansichten zu haben.

»Ich weiß mir nichts Schlimmeres als Menschen mit Ansichten«, fuhr der Meister fort. »Halleluja. Menschen, die ihre eigene Meinung über das Wort Gottes stellen! Und dann wundert man sich, dass Satan gierig geifernd den Erdball auf der Suche nach Seelen durchstreift, die er sich auf seine teuflische Weise untertan machen kann! Es braucht einen aber gar nicht zu verwundern, denn beim gegenwärtigen Zustand der Welt wird Satan reiche Beute zuteil, der Antichrist erntet, was er gesät hat! Allenthalben diese Menschen, die alles besser wissen, die sich dem Worte Gottes verweigern, weil sie Ansichten haben! Menschen, die mit ihren Ansichten zu mir kommen – wollt ihr wissen, was ich zu solchen Menschen sage? Ich sage: Weichet von mir, sage ich ihnen, schert euch fort mit euren Ansichten! Ich sage ihnen, dass ich keine Ansichten brauche, denn mit mir ist das Wort des Herrn. Halleluja! Ehrrre sei Gott!«

Der Meister trocknete sich mit einem weißen Tuch den Schweiß von der Stirn, nahm das Mikrofon vom Stativ und trat dicht an die Rampe. Das ist eine Bühne, dachte Árni, eine Wahnsinnsbühne. Der Saal war größer, als er sich vorgestellt hatte, die gläubigen Seelen zwar nicht so zahlreich, wie er gedacht hatte, aber die Show erfüllte sämtliche Erwartungen.

»Nein«, erklärte der Meister, »wir haben nichts mit Menschen zu schaffen, die Ansichten vertreten, denn Ansichten sind vergänglich, heute so und morgen anders. Aber an Gottes Wort lässt sich nicht deuteln. Mit Leuten, die Ansichten haben, wollen wir nichts zu schaffen haben! Wir wollen Menschen sehen, die auf die Knie fallen und sich vom Geist Gottes erfüllen lassen. HALLELUJA! HAHAHAHA …«

Árni schrak zusammen. Er konnte nicht genau sagen, ob dieses Gelächter des Meisters theatralisch und wahnsinnig war. Oder nur wahnsinnig. Letzten Endes war es auch egal, die Wirkung war dieselbe: eine Gänsehaut am ganzen Körper, weil der Schauder ihm vom Scheitel bis zur Sohle ging. Bescheuert, dachte er, was für ein unglaublicher Scheiß. Er blickte sich um und beobachtete die Leute um sich herum. Einige waren ihren Mienen und ihrem Gebaren nach ganz bestimmt auf Entzug, entweder Drogen oder Alkohol, da konnte es keinen Zweifel geben, so viel hatten ihn seine bisherigen Erfahrungen bei der Polizei gelehrt. Die Mehrzahl der Versammelten bestand aber aus völlig normal wirkenden Leuten sämtlicher Altersstufen und Gesellschaftsschichten, soweit er sehen konnte.

Eines jedoch war ihnen allen gemeinsam: Uneingeschränkte und bedingungslose Bewunderung strahlte aus all diesen Augen, die auf Magnús gerichtet waren. Alle sahen mit gespannter Erwartung dem Weltende und der Wiederkehr des Messias entgegen. Und Plätzen in der ersten Klasse auf dem Weg ins viel gepredigte tausendjährige Reich.

Wahnsinn, dachte Árni, und das nicht zum letzten Mal an diesem Abend.

* * *

»Für heute Abend ist Schluss«, erklärte Stefán resolut. »Und keine Widerrede, du fährst jetzt nach Hause. Es sei denn, du würdest auf ein Glas Rotwein bei uns hereinschauen wollen?«

Katrín schüttelte den Kopf. »Nein, ich möchte lieber nach Hause. Trotzdem vielen Dank. Aufgeschoben ist nicht aufgehoben.«

»Bist du dir sicher? Bist du nicht allein zu Haus, ist nicht Sveinn irgendwo mit den Kindern unterwegs?«

»Ich bin schon okay«, sagte Katrín resolut, »mach dir keine Gedanken. Im Ernst«, fügte sie hinzu, und als sie Stefáns Miene sah, versuchte sie zu lächeln. »Mir fehlt wirklich nichts. Nichts, was nicht ein guter Nachtschlaf wieder in Ordnung bringen könnte.«

»Mag sein«, sagte Stefán zögernd, »aber ich mach mir vielleicht genau wegen des Nachtschlafs Gedanken.«

»Ich kann dir zumindest versprechen, dass ich den eher in meinem eigenen als in einem fremden Bett bekomme«, antwortete Katrín, immer noch resolut. »Bis morgen.« Sie ging zu ihrem braven alten Mazda, startete ihn und fuhr nach Hause ins Hvassaleiti-Viertel.

Der junge Aushilfspolizist aus Búðardalur hatte sie alle vier nach Borgarnes gebracht, wo sie sich von ihm und seinen nervlich angespannten Kollegen aus diesem hübschen Örtchen verabschiedeten. Sie mieteten einen Leihwagen, verstauten die zwei Plastiktüten mit Úlfurs Habseligkeiten und seinen Schlafsack im Kofferraum und fuhren weiter nach Reykjavík. Sein Wagen, ein dunkelgrüner, drei Jahre alter Opel Vectra, den sie in dem Schuppen gefunden hatten, war am Sonntag in Reykjavík gestohlen worden. Es wäre natürlich verlockend gewesen, mit dem Auto, das anscheinend vollkommen in Ordnung war, in die Stadt zu fahren, aber sie hielten sich an die Regeln und ließen ihn stehen, wo er war. Am nächsten Tag würde jemand vom Erkennungsdienst hingeschickt werden, der den Wagen nach eingehendem Check nach Reykjavík zurückbringen würde.

Auf dem Weg nach Borgarnes hatten alle die meiste Zeit geschwiegen, aber als Stefán und Katrín wieder unter sich waren und die Brücke bei Borgarnes überquert hatten, wurde Stefán ungemein gesprächig. Katrín war sich nicht sicher, ob sie nicht die schweigsame Variante bevorzugte. Sie wusste, dass Stefán es gut meinte, so war es nicht, aber trotzdem ärgerte es sie. Hätte er sich auch so viele Gedanken wegen Árni gemacht, dachte sie, oder wegen Guðni, wenn die am Steuer gesessen hätten? Sie gestattete sich, das zu bezweifeln, und deswegen war sie so ärgerlich. Nicht weil Stefáns Besorgnisse ihretwegen überflüssig gewesen wären, sie sehnte sich nämlich im Augenblick tatsächlich nach Trost und einer warmen, verständnisvollen Umarmung. Wahrscheinlich würden Árni und Guðni nach einem solchen Tag ebenfalls ein Bedürfnis danach verspürt haben. Zumindest Árni, korrigierte sie sich, in Bezug auf Guðni war sie sich nicht so sicher.

Warum ist das so, fragte sie sich, wie kommt es, dass sogar Leute wie Stefán, der sie von Anfang an mit offenen Armen in das Team aufgenommen hatte und seitdem ständig bemüht war, ihr die Wege zu ebnen, und der überdies vermutlich kurz davor stand, ihr eine leitende Position anzuvertrauen, wenn alles gut ging – wie kommt es, dass sogar ein Mann wie er sich immer noch Frauen gegenüber benehmen muss, als seien sie Mimosen, wenn irgendetwas schiefläuft? Und gleichzeitig finden sie nichts natürlicher, als dass Männer in der gleichen Situation einen auf hart machen, die Zähne zusammenbeißen und so tun sollen, als sei nichts passiert.

Wie zuvor fand sie auch jetzt keine Antwort auf diese Frage. Sie parkte ihre Klapperkiste, schloss das Auto sorgfältig ab und nahm die Treppe zu ihrer Wohnung im Laufschritt.

Rotwein, dachte sie, ein Glas Rotwein wäre vielleicht doch nicht schlecht, auch wenn er nicht aus Stefáns eigener Produktion stammte. Im Regal lagen drei Flaschen: ein Rioja, ein argentinischer Merlot und ein deutscher Weißwein. Sie entschied sich für den Rioja. Unterdessen ließ sie eine Badewanne einlaufen und ging im Geiste noch einmal die Ereignisse des Tages durch. Die Höchstgeschwindigkeit auf der unbefestigen Landstraße war achtzig gewesen. Die meiste Zeit war sie erheblich schneller gefahren, aber nicht das letzte Stück auf dem holperigen Seitenweg. Sie hatte kaum mehr als sechzig draufgehabt, als Úlfur urplötzlich auf der Straße aufgetaucht war, aber das war in dieser Situation nicht entscheidend gewesen, Úlfur war direkt vor das Auto gesprungen, und sie hatte überhaupt nichts machen können. Ihre Reaktionen waren vollkommen korrekt gewesen, instinktiv, schnell, gezielt. Genau wie bei Guðni, als sie ihn auf dem Treppenabsatz in Krummahólar gefunden hatte. Falls Úlfur stirbt, ist es nicht meine Schuld, dachte sie. Und jetzt Schluss damit.

Sie zog sich aus, nahm das Rotweinglas und ihr Handy mit ins Badezimmer und stieg in die Badewanne.

»Nicht meine Schuld«, murmelte sie, »sondern mein Verdienst.«

Und dann rief sie Sveinn an. »Kannst du nach Hause kommen? Heute Abend noch?«

* * *

»... Nehmen wir uns doch ein Beispiel vor, Hillary Clinton«, sagte der Meister in eindringlichem Ton. »Seht euch diese Frau an. Sie ist attraktiv, sie ist clever, sie ist charmant – aber die Ideologie, die Ansichten, für die sie steht, das ist die Ideologie des Antichristen, halleluja! Ich hingegen sage: Ehrrre dem Herrn!« Er stieß mit der Faust in die Luft, und der ganze Saal tat es ihm nach.

»Die heutige Kollekte beläuft sich auf achtunddreißigtausendzweihundertundzwei Kronen«, murmelte er leise ins Mikrofon, und nach diesem beiläufigen Einschub erhöhte er seine Stimme wieder auf die volle Lautstärke. »Und er ist allenthalben, Brüder und Schwestern, der Antichrist – oder Satan, Beelzebub, ihr könnt ihn nennen, wie ihr wollt …«

Der Mann ist unglaublich, dachte Árni, einfach unglaublich. Manchmal fehlte bei dem, was er sagte, jeglicher Zusammenhang, jegliche Logik – wie beispielsweise bei dieser Feststellung über Hillary Clinton. Nichts wurde konkretisiert oder begründet, er schleuderte seine Behauptungen der Gemeinde entgegen, aus, und dann das nächste Halleluja. Eines von mindestens hundert, die er an allen möglichen Stellen in seine Predigt einstreute, manchmal am Ende von Sätzen, aber häufiger noch mittendrin. Árni hatte das Gefühl, dass er diesen Einschub so verwendete, wie andere *nicht wahr* oder *also*. Aber trotz zeitweiliger Zusammenhanglosigkeit, trotz der Längen und Wiederholungen gelang es ihm, sich bis zum Schluss an einen dünnen, aber kontinuierlichen roten Faden zu halten, und die Leute saßen da und lauschten ihm wie gebannt.

»… und sogar hier, mitten unter uns, Brüder und Schwestern, sitzt ein solcher, ein Ausgesandter des Antichristen!« Árni schrak zusammen und blickte auf den Meister, der mit sorgenvoller Miene ganz vorne an der Rampe stand. Ein Raunen ging durch den Saal, und die Leute blickten einander unsicher an. Unglaublich, dachte Árni. Ein totaler Spinner natürlich, aber augenscheinlich kein Dummkopf.

»Doch fürchtet euch nicht, Brüder und Schwestern, hier wird er keinen Sieg davontragen. Nicht hier, nicht jetzt, denn wir haben das Wort GOTTES! Halleluja! Wir werden ihn nicht mit Prügeln aus dem Haus treiben, wir werden ihm keine Gewalt antun, nein, wir wenden keine irdischen Waffen an, denn das steht uns nicht zu, unsere Waffen kommen von Gott, unsere Waffen SIND der lebendige Gott und sein Wort! HALLELUJA!«

Árni auf seinem Platz mitten im Saal atmete bei diesen

Worten erleichtert auf, da er überzeugt war, dass der erwähnte Ausgesandte des Antichristen niemand anderes war als er selber.

»Er ist wie die Schlange, er hat die Absicht, alles zu vergiften, unsere Gemeinschaft mit dem Herrn zu zerrütten, aber das wird ihm nicht gelingen! Und wisst ihr, weshalb? Wenn er zu mir hingekrochen kommt, wenn diese Natter mich mit ihren giftigen Zähnen und Klauen zu packen versucht, da werde ich ihr entgegenstehen, halleluja, ich werde mich ihr entgegenstellen, womit? Mit Gottes Milde und Sanftmut, Brüder und Schwestern, und-jetzt-alle-miteinander: AMEEN! Ich trete ihr entgegen wie David dem Goliath, wie Mose dem Pharao, ja, wie Christus den Pharisäern, und wie sie werde auch ich den Sieg davontragen!« Árni verlor für einen Augenblick den Faden, als er versuchte, sich eine Schlange mit Klauen vorzustellen, aber es gelang ihm, dem Rest der Predigt mit ungeteilter Aufmerksamkeit zu folgen. Das war seiner Ansicht nach durchaus als eine Art von Wunder einzustufen.

* * *

»Du bist mir vielleicht einer«, sagte Stefán und setzte sich.

»Was? Was habe ich denn jetzt schon wieder verbrochen?«, fragte Guðni heiser.

»Ich habe da draußen mit einer Krankenschwester gesprochen und sie gefragt, wie es um dich steht.«

»Und? Geht es ihnen mit meiner Genesung nicht schnell genug? Brauchen sie das Bett?«

»Ich glaube, es dreht sich eher darum, dass es mit deiner Genesung zu rasch vorangeht. Oder zumindest, dass du dieser Ansicht bist.«

Guðni versuchte, den Kopf zu schütteln. »Versteh ich nicht, amigo.«

»Soweit ich weiß, hast du dir einen Stumpen …«

»Und, was soll's? Diese verdammten faschistischen Tussis können mir nicht einfach meine London Docks wegnehmen. Ich habe sie ja auch gar nicht geraucht, verdammt nochmal.«

Er rang nach Luft, und Stefán beeilte sich, ihn zu beruhigen.

»Natürlich nicht«, sagte er, »und reg dich bloß nicht auf. Es reicht schon, wenn du dich mit den Dingern halb umbringst, du solltest dich nicht endgültig ins Jenseits befördern, indem du dich ihretwegen aufregst.«

Er grinste, und Guðni zog eine Grimasse.

»Ich sollte die anzeigen«, röchelte er. »Ich sollte diese Weiber wegen Diebstahls verklagen, Stefán, hörst du? Da waren noch sechs Stück in der Packung.«

»Und die sind auch noch drin, es wurde nichts gestohlen«, versicherte ihm Stefán. »Sie haben mir die Schachtel gezeigt.«

»Dann wegen Nötigung oder illegaler Beschlagnahmung. Ich will meine London Docks wiederhaben.« Er schloss die Augen. »Hat sie noch mehr gesagt?«, fragte er dann etwas ruhiger. »Die Tussi da vorne? Wie geht es mir?«

»Du bist am Leben«, antwortete Stefán freundlich. »Und morgen oder übermorgen kommst du hier raus und wirst auf die normale Station verlegt, wenn alles nach Plan läuft. Was vielleicht ganz gut ist«, sagte er und zwinkerte Guðni zu.

»Ja«, flüsterte Guðni, »das ist gut so. Ich krepiere hier ohne meinen Tabak. Aber das hast du wohl nicht gemeint«, grinste er Stefán an und kniff vielsagend ein Auge zu. »Weshalb ist es gut, wenn ich von hier verlegt werde? *Come on*, raus mit der Sprache.« Stefán atmete auf. Bei dem Kerl waren offensichtlich sowohl die grauen Zellen als auch die große Klappe intakt. Also ging es nur darum, den Körper wieder auf Vordermann zu bringen. Das konnte seine Zeit dauern, war aber ein nicht ganz hoffnungsloses Unterfangen. Er beugte sich zu Guðni hinunter.

»Wahrscheinlich sollte ich dir das gar nicht sagen«, erklärte er leise, »aber der Mann da in dem Bett gegenüber, der mit dem Gips – das ist Úlfur.«

»Jetzt reicht's aber!«, schnaubte Guðni.

»Selbstredend«, sagte Stefán lächelnd und stand auf. »Du musst viel ruhen, wir sehen uns morgen.«

Er verließ das Krankenhaus aber nicht gleich, sondern begab sich in das Zimmer für die nächsten Angehörigen. Da drinnen hatte er Tinna gesehen, als er kam, und sie saß immer noch da, geknickt, bleich und stumm, und schlürfte ihren Kaffee.

»Wir müssen miteinander reden«, sagte Stefán so rücksichtsvoll, wie er konnte.

»Jetzt?«, fragte Tinna leise.

Stefán zögerte. »Nein«, sagte er dann. »Das hat Zeit bis morgen. Hier.« Er reichte ihr seine Karte. »Ruf mich an, möglichst am Vormittag.«

Tinna nahm die Karte entgegen und steckte sie ein, ohne einen Blick darauf zu werfen. »Nach was wolltest du mich fragen?«, erkundigte sie sich, ohne von ihrer Kaffeetasse hochzublicken. »Was wollt ihr ihm jetzt schon wieder anhängen?«

»Tinna, wir versuchen nicht, ihm etwas …«

Sie stellte die Kaffeetasse ab und ging zu Stefán hinüber. Sie reichte ihm noch nicht einmal bis zur Brust, aber trotzdem wich Stefán zurück.

»Ich werde vielleicht morgen bei euch vorbeikommen«, sagte sie, »aber es ist keineswegs sicher, ob ich mit dir sprechen will. Gibt es da jemand anderen als dich, an den ich mich wegen eines Mordversuchs wenden kann?«

»Tinna, da war wirklich gar nichts zu machen – er ist urplötzlich aus dem Graben aufgetaucht und auf den Weg gesprungen, glaub mir. Wenn Katrín nicht …«

»Aus dem Weg«, sagte Tinna und drängte sich an ihm vorbei, drehte sich aber noch einmal um. »Úlfur ist kein Engel«, sagte sie zitternd. »Ich schwöre bei Gott, als ich ihn da in der Scheune liegen und schnarchen sah, ist mir sogar einen Augenblick lang selber der Gedanke gekommen, die verdammte Scheune anzuzünden. Aber ich habe es nicht getan, und weißt du, weshalb? Weil man so etwas einfach nicht macht. Weil niemand das Recht hat, einen anderen umzubringen, so ist es nun einmal. Nicht mal die Polizei. Und jetzt mach dich vom Acker und lass mich in Ruhe, ich muss nach Úlfur sehen.«

Stefán rührte sich eine ganze Weile nicht vom Fleck und starrte hinter ihr her. Als er endlich wieder draußen unter freiem Himmel war, zog er sein Handy aus der Tasche und wählte ein weiteres Mal eine Nummer, die er inzwischen schon auswendig konnte.

»Hallo Helena Dögg, hier spricht Stefán Einarsson, dein Vater Guðni ist einer von meinen Mitarbeitern. Noch einmal mit demselben Anliegen. Dein Vater liegt im Krankenhaus auf der Intensivstation, er ist schwer krank. Vielleicht besuchst du ihn mal, darüber würde er sich freuen. Ich mich auch.« Damit beendete er sein Gespräch mit der Voicemail.

Niemand, hatte die Krankenschwester gesagt. Niemand hatte Guðni in den drei Tagen besucht, die er nun schon auf der Intensivstation lag, mit Ausnahme von ihm, Katrín und Árni.

* * *

»Gott steh dir bei, junger Mann, wie kommst du denn auf so eine absurde Idee?«, fragte der Meister besorgt. Árni verschlug es die Sprache. In der Überzeugung, dass diesem Phrasendrescher gegenüber Angriff die beste Verteidigung war, hatte er sich ihm vorgestellt und ihn um eine Unterredung unter vier Augen gebeten. Er begann das Gespräch damit, Magnús dafür zu danken, dass er nicht von der Möglichkeit Gebrauch gemacht hatte, ihn als Ausgesandten des Antichristen aus dem Saal zu prügeln.

»Mein Freund, hast du nicht gesagt, dass du bei der Kriminalpolizei bist? Wie in aller Welt kommst du bloß darauf, dass ich in dir einen Vertreter des Bösen sehe?«

Árni drehte und wand sich auf seinem Stuhl, er hatte die Sprache noch nicht wiedergefunden. »Nein, lieber Bruder, damit war ein junger Bursche gemeint, sehr viel jünger als du – du hast ihn vielleicht gesehen? Groß, mit langen Haaren. Ein durchaus präsentabler Junge, aber langhaarig …« Der Meister schüttelte betrübt den Kopf. »Das ist wohl leider immer noch sehr üblich. Dieser junge Mann saß mit arroganter Miene da, hatte den Kopf in den Nacken geworfen und versuchte, meinem Blick standzuhalten, versuchte, mich so weit zu provozieren, dass ich ihn vor die Tür setzen würde. Was ich natürlich nicht getan habe, das dürfte dir nicht entgangen sein.«

Árni hatte größte Lust, den Meister danach zu fragen, was er – in Anbetracht der Haarpracht des Erlösers – an langhaarigen jungen Männern auszusetzen hatte, aber er widerstand der Versuchung. »Wer ist denn dieser junge Mann?«, fragte er.

»Wie er heißt, spielt keine Rolle. Er ist einer von denen, die sich bei den Arabern anbiedern, eines von diesen verlorenen Schafen, die sogar eine regelrechte Vereinigung gegründet haben, um gegen die rechtmäßigen Herren im Heiligen Land zu kämpfen, eine Vereinigung, die mit Tatsachenverdrehungen und Lügen für die Sache der Ungläubigen eintritt. Er schreibt Artikel in den Zeitungen und schwatzt im Radio über die Verbrechen des Staates Israel gegen die Ungläubigen. Und hier bei uns erscheint er auch regelmäßig, und zwar nur, um mich und die mir Anvertrauten zu provozieren.«

Árni befeuchtete seine Lippen. »Das hier ist doch eine christliche Gemeinde, oder nicht?«, fragte er.

Magnús sah ihn scharf an. »Selbstverständlich. Was ist denn das für eine Frage?«

»Nein, ich … Das da mit Israel, das habe ich nie richtig begriffen.«

»Vielleicht kann ich dir das bei Gelegenheit erklären«, sagte der Meister souverän. »Im Augenblick ist es dazu viel zu spät, und meine Zeit ist begrenzt. Auch kann ich kaum glauben, junger Mann, dass du gekommen bist, um etwas über die zwölf Stämme Israels zu erfahren?«

»Nein«, gab Árni zu. Er hätte sich zwar liebend gern auf ein hübsches Wortgefecht mit dem Meister über die zwölf Stämme Israels und deren Schicksal eingelassen, bevor der Messias zurückkehren konnte. Aber der Meister hatte Recht, es war schon spät. Und ohnehin zwecklos, mit solchen Leuten zu diskutieren, glaubte Árni zu wissen.

»Es geht um Ólafur Áki Bárðarson«, sagte er.

»Gott sei seiner Seele gnädig.« Der Meister senkte den Kopf und murmelte etwas vor sich hin, was Árni für ein Gebet hielt. Dann blickte Magnús hoch und sah Árni direkt in die Augen. »Was möchtest du über diesen braven Mann wissen?«

»Er … er hat doch hier gearbeitet, oder nicht? Und hat sich hier nützlich gemacht?«

»Ja. Ein überaus hilfsbereiter und gewissenhafter Zuarbeiter des Herrn, das war Ólafur. Er hat sich bei uns um das Lautsprechersystem und die Beleuchtung gekümmert. Ein großer Verlust für die Gemeinde.«

»Gewissenhaft?«

»Ja, sehr gewissenhaft. Ich weiß, dass er … dass er mit persönlichen Problemen zu kämpfen hatte, aber wenn es galt, dem Herrn zu dienen, war er stets zur Stelle. Er kam immer zeitig genug vor den Versammlungen, damit er überprüfen konnte, ob alles so war, wie es sein sollte. Und auch hinterher brachte er immer alles in Ordnung.« Der Meister stieß einen Seufzer aus. »Ich fürchte, dass die jungen Leute, die das jetzt übernommen haben, nicht ganz so ordentlich und akkurat sind wie der Verstorbene.«

»Nein«, sagte Árni nach kurzem Schweigen. »*Sorry*, aber irgendwie kriege ich das nicht auf die Reihe.«

»Was denn?«

»Dieser gewissenhafte Zuarbeiter Gottes erscheint dann auf einmal nicht mehr bei den Versammlungen. Der Mann, der sich um die Lautsprecheranlage gekümmert hat, ist urplötzlich wie vom Erdboden verschluckt, er meldet sich nicht – nun ja, der Ärmste war ja schließlich auch tot. Hat ihn denn niemand hier vermisst? Seid ihr nicht auf die Idee gekommen, nach ihm zu sehen, habt ihr nicht nachgeforscht, was aus der treuen Seele geworden ist? Soll man nicht der Hüter seines Bruders sein?«

»Doch«, stimmte Magnús ihm ohne zu zögern bei, »das soll man, so sagt uns die Heilige Schrift. Und glaub mir, wir haben versucht, Verbindung mit Ólafur aufzunehmen. Wir haben auch für ihn gebetet, denn wie gesagt, er wurde sehr vermisst. Aber wir bekamen einfach keine Verbindung zu ihm.«

»Und warum habt ihr dann nichts unternommen? Hattest du keine Angst, dass ihm etwas zugestoßen sein könnte? Weshalb hast du dich nicht an die Polizei, an uns gewandt und uns gebeten, etwas zu unternehmen, nach ihm fahnden zu lassen, irgendetwas. Du hast da doch die besten Verbindungen, würde ich denken.«

»Gewiss«, sagte Magnús, »gewiss. Und bestimmt hätte ich

mich an Svavar gewandt, auf den du vermutlich anspielst, wenn ich nicht völlig überzeugt gewesen wäre, dass Ólafur nicht nur am Leben war, sondern auch bei bester Gesundheit. Ich weiß inzwischen, dass diese Gewissheit auf einem Missverständnis beruhte, aber das ist es ja unter anderem, was uns Menschen kennzeichnet. Wie oft laufen wir nicht Gefahr, uns zu irren, und gleichzeitig bilden wir uns arroganterweise ein, unser Wissen sei mehr als das, was der Herr uns vermittelt hat.«

Árni kämpfte einen schweren inneren Kampf, während er auf seinem Stuhl saß und Magnús zuhörte. Die affektierte und schleimige Ausdrucksweise war so übertrieben, dass sie ihm zusätzlich zu den geistigen fast körperlich spürbare Qualen verursachte. Dennoch bemühte er sich nach Kräften, eine möglichst neutrale Miene aufzusetzen und beizubehalten.

»Diese Gewissheit, dass Ólafur bei bester Gesundheit war«, erkundigte er sich, »auf welchem Missverständnis beruhte sie, wenn ich fragen darf?«

Magnús hob die buschigen, aber gepflegten Brauen.

»Du machst einen aufgeweckten Eindruck, junger Mann, insofern müsstest du dir das eigentlich auch selbst denken können. Ein Mann, der aus einzigartiger Gewissenhaftigkeit und außerordentlicher Großzügigkeit heraus jeden Monat eine halbe Million Kronen auf das Konto unserer Gemeinschaft einzahlt – ja, man kommt selbstredend nicht umhin, sich zu fragen, wohin er entschwand und weshalb, aber dass er seine allerletzte Reise angetreten hätte, das wäre einem wohl als Allerletztes eingefallen.« Er beugte sich vor und sah Árni mit starrem Blick an. »Und sag mir nicht, junger Freund, dass ihr nichts von diesen Überweisungen wusstet. Ich bin ein gläubiger Mensch, ein Mann des Geistes und ein Streiter Gottes, aber das bedeutet nicht, dass ich mich nicht mit den winkligen Pfaden dieser Welt auskenne, die wir die unsere nennen – noch.« Magnús lehnt sich zurück und lächelte. Die Audienz war beendet.

Árni ließ trotzdem nicht locker. »Hast du jemals Ólafur zu Hause besucht?«

»Nein.«

»Du hast dich nie dazu herabgelassen, diesen gewissenhaften und freigebigen …«

»Er hat mich besucht. Seinen Gott besucht und seine Geschwister im Glauben, und das regelmäßig. Das genügte ihm, und das genügte Gott. Wir haben nach ihm geforscht, als er verschwand, aber ihn nicht gefunden. Hier.« Magnús griff nach einem dicken, schwarzen Buch auf seinem Schreibtisch und behielt es noch eine Weile in der Hand, bevor er es Árni reichte. »Lies das, mein Freund, und dann können wir uns wieder unterhalten. Wann auch immer.«

Er stand auf und hielt Árni die Bibel hin. Der nahm sie zögernd entgegen und verabschiedete sich. Kaum hatte sich die Tür hinter ihm geschlossen, zog er eine Plastiktüte aus der Tasche und wickelte sie vorsichtig um die Bibel.

* * *

Stefán hatte die Zigarre des Tages halb geraucht. Sein eigenes Herzversagen vor acht Jahren war bei weitem nicht so ernst gewesen wie Guðnis, aber es war eine eindringliche Mahnung gewesen, dass er etwas für seine Gesundheit tun musste, und er hatte sich diese Mahnung zu Herzen genommen. Er erlaubte sich immer noch jeden Tag sein Blätterteiggebäck, er trank seinen Kaffee mit reichlich Zucker, und selbst wenn er sich ab und zu klammheimlich einen Hamburger und ähnlich ungesundes Junkfood genehmigte, hatte er doch seine Ernährungsweise von Grund auf umgestellt. Er bewegte sich jetzt auch regelmäßig, und in den ersten beiden Jahren danach hatte er überhaupt nicht mehr geraucht. Inzwischen gestattete er sich wieder eine Zigarre am Tag. Die würde ihn wohl kaum umbringen, war seine Standardreaktion, wenn Ragnhildur ihn dafür kritisierte, was sie aber immer seltener tat. Und Rotwein war nur ein natürliches, herzstärkendes Heilmittel wie viele andere, darin waren sie sich einig. Solange man nicht zu viel davon trank …

Er nippte am Wein. Das wichtigste Argument für die Zigarre des Tages war die schlichte Wahrheit, dass sie ihm beim Nachdenken half. Eine Zigarre auf dem Balkon tat wahre Wunder, wenn es darum ging, den Tag Revue passieren zu lassen und zu irgendwelchen Schlüssen zu kommen, und sie verschaffte ihm den notwendigen Seelenfrieden für einen gemütlichen Abend auf dem Sofa. An diesem Abend gab es genug, worüber er während der Zigarre nachdenken musste. Über Guðni, über Katrín, über Svavar. Und diesen merkwürdigen Fall, den sie bearbeiteten. Er entschloss sich für die einfachere Variante und konzentrierte sich auf den Letztgenannten.

Obwohl ihn diese Vorstellung keineswegs befriedigte, ließ ihn der Gedanke nicht los, dass Úlfur eine Schlüsselrolle in dem Ganzen hatte. Man wusste zwar von keiner direkten Verbindung zwischen ihm und dem Meister, aber er hatte anscheinend mehr und engeren Kontakt zu Ólafur gehabt als die meisten, wenn nicht alle anderen. Und über Ási bestand auch eine Verbindung zu Lalli, der wiederum Verbindung zum Meister hatte, und der hatte Ólafur gekannt … Stefán machte die Zigarre aus, als sich in seinem Kopf alles zu drehen begann.

Úlfur, dachte er, Úlfur ist der Mann mit den Antworten.

»Hoffentlich überlebt er es bloß«, murmelte er in sein Rotweinglas und trank einen Schluck. Und sei es auch nur wegen Katrín, fügte er im Geiste hinzu.

»Bist du nicht bald mit deinem Sargnagel fertig?«, rief Ragnhildur aus dem Wohnzimmer. »Ist dir nicht klar, dass hier zehn eiskalte Zehlein dringendst gewärmt werden müssen?«

Ein albernes Lächeln breitete sich in Stefáns Gesicht aus, und das Blut strömte ihm aus dem Hirn. Er ging schnurstracks zum Sofa, wo Ragnhildur lag und ihm ihre Zehen entgegenstreckte. Pawlow wäre stolz auf ihn gewesen.

15

Mittwoch

»Ich bin weg«, flüsterte Katrín und verpasste Sveinn noch einen Kuss. Er lag im Ehebett zwischen ihren beiden Kindern Eiður und Íris. Die rührten sich nicht, aber Sveinn richtete sich schläfrig auf. »Nein, nein, schlaf du nur ruhig weiter«, sagte Katrín, »wir sehen uns heute Abend.«

Er konnte manchmal unmöglich sein, kindisch und nervend, aber manchmal war er auch richtig prima, dachte sie, während sie ihre Wimpern tuschte und sich vor dem Spiegel im Bad frisierte. Ein Mann, der ohne ein Widerwort alles zusammenpackte und drei Stunden Fahrt im Dunkeln und mit quengelnden Kindern auf der Rückbank auf sich nahm, wenn seine Frau ihn darum bat, das musste doch etwas wert sein, verflixt nochmal. Das war genau das, was Sveinn getan hatte. »Ich komme«, hatte er gesagt, mehr nicht. Keine Einwände, keine Fragen. Und er war gekommen, hatte sie in die Arme genommen und ihr bis in die frühen Morgenstunden zugehört. Hatte ihr den Rücken gestärkt und ihr dabei geholfen, sich endgültig darüber klar zu werden, was sie im Grunde genommen bereits wusste, nämlich dass Úlfur sich selbst die Schuld geben konnte und nicht ihr.

Auf jeden Fall ist er gut dressiert, dachte Katrín und lächelte sich selber zu, und wesentlich besser als gar keiner – das fand sie zumindest im Augenblick.

In der Diele warf sie unwillkürlich einen Blick auf eine von zwei Zeitungen, die auf dem Fußboden lagen. *Tatverdächtiger von Polizei niedergefahren*, stand mit Riesenlettern quer über dem Foto von Úlfur, als er aus dem Rettungshubschrauber herausgetragen wurde. *Schwebe zwischen Leben und Tod*, stand in etwas kleinerer Schrift darunter.

»Idioten«, schnaubte Katrín, »man sollte meinen, dass diese Reporter zumindest Isländisch könnten.« Sie schlug die Tür hinter sich zu, obwohl sie einen automatischen Türschließer hatte.

* * *

Aus dem Krankenhaus verlautete, dass der Zustand von Úlfur immer noch ernst war, aber im Augenblick stabil, was auch immer das bedeutete. Guðnis Zustand hingegen besserte sich erwartungsgemäß, und vielleicht sogar mehr als das. Darüber waren alle erleichtert. Nun kamen die unangenehmen Dinge auf Katrín und Stefán zu. Ihr Morgen war zum größten Teil damit ausgefüllt, den Anfragen der Journalisten und den Fragen der Kollegen von der Verkehrspolizei Rede und Antwort zu stehen, und nicht zuletzt auch den Fragen der Leute von der internen Dienstaufsicht. Im Gegensatz zu den Reportern fragten die nicht nur aus purer Neugierde.

Árni seinerseits lieferte dem Hund die Bibel ab und befasste sich anschließend mit der Durchsicht von Ólafurs Papieren, um dort möglicherweise Erklärungen für seinen plötzlichen Reichtum zu finden. Doch dann rief Geir ihn an und bat ihn darum, vorbeizukommen. Dieser Bitte kam Árni gerne nach, zumal seine Beschäftigung kaum irgendetwas gebracht hatte.

Sie kannten sich schon lange, Árni und Geir, und zwar seit

der Zeit vor fast zehn Jahren, als Árni Geirs Tochter Anna kennen gelernt hatte und kurze Zeit später mit ihr zusammengezogen war. Obwohl sie sich nach drei konfliktreichen Jahren trennten, hatte sich die Freundschaft zwischen Árni und seinem Exschwiegervater in spe seitdem ohne Unterbrechung gehalten. Árni hatte den Alten im Verdacht, einen nicht geringen Anteil daran gehabt zu haben, dass Árni in die Polizeischule aufgenommen wurde und eine Stelle bei der Kriminalpolizei bekam, noch bevor er die Schule absolviert hatte. Nach Geirs Ansicht hatte er bereits genug gelernt. Árni hatte fünf Jahre an der Universität studiert, und zwar acht Fächer. Zwar immer nur ein Semester pro Fach, aber trotzdem …

Der süßliche und seltsam schwere Geruch des Todes schlug Árni entgegen, als er den Korridor im Leichenhaus betrat. Er hatte Árni nie etwas ausgemacht, weder, als er Geir neu kennen gelernt hatte, noch in späteren Jahren, als sich seine Besuche am Arbeitsplatz im Zusammenhang mit seinem Job mehrten. Auch jetzt störte ihn der Leichengeruch nicht.

»Lieber Árni, schön, dich zu sehen«, sagte Geir, als Árni den Obduktionsraum betrat. »Und sieh dir das an, hast du jemals so etwas gesehen?«

Árni hätte sich bestimmt mehr erschrocken, wenn er nicht schon irgendwie geahnt hätte, was ihn erwartete. Das Wenige, was noch von Ólafur Áki Bárðarson übrig war, brachte ihn aber dazu, die Augen weit aufzureißen. Eine leichte Gänsehaut lief ihm über den Rücken.

»Noch nie«, gab er zu. »Weshalb ist er so braun?«

»Aah«, sagte Geir und rieb sich die Hände. »Ich muss zugeben, dass es die erste Mumie ist, die mir unters Messer kommt.«

»Mumie?«, echote Árni.

»Ja, das ist nichts anderes als eine Mumie. Bei ihm zu Hause waren nämlich optimale Bedingungen für einen Mumifizierungsprozess, zwei offene Fenster, gut geheizt, das hätte nicht besser sein können. Ich bin natürlich kein Spezialist auf diesem Gebiet, denn, wie gesagt, so etwas ist mir jetzt zum ersten Mal auf den Seziertisch gekommen. Ich habe mir allerdings inzwischen einiges angelesen, und die braune Farbe ...« Er spreizte die Finger und sah Árni erwartungsvoll an. »Tja, wie soll ich das ausdrücken, da finden gewisse chemische Reaktionen statt. Wie genau willst du das wissen?«

Árni hätte Geir zwar gern den Gefallen getan, aber an diesem Morgen war er nicht so richtig dazu aufgelegt, einen langen Vortrag über sich ergehen zu lassen.

»Ich brauche bloß eine verkürzte Ausgabe«, sagte er, »und in verständlicher Sprache.«

Geir konnte seine Enttäuschung nur schwer verhehlen. »Na schön. Also, da finden chemische Reaktionen statt, die ... Vermutlich ist die kürzeste Ausgabe die, dass das einfach eine natürliche Gerbmethode bei Lufttrocknung ist. Hier, fass ihn mal an ...«

Árni folgte Geirs Anweisung und betastete Schädel und Brust.

»Wie Leder«, bestätigte er.

»Genau, richtiges Leder. Und sieh mal das hier ...« Er deutete auf ein paar dunkle, unregelmäßig geformte Stücke in einer Schale auf dem Nebentisch. »Weißt du, was das ist?«

Árni tippte ein Stück vorsichtig an. »Das Herz«, sagte er zweifelnd, »und – die Nieren? Und das da, was ist das?«

»Die Bauchspeicheldrüse«, gluckste Geir. »Alles eingetrocknet und perfekt erhalten, wie kleine Imitate. Die Leber dagegen war mehr oder weniger aufgefressen, und außerdem ist ihm sowohl außen als auch innen einiges weggenagt worden, aber insgesamt gesehen ist der Arme erstaunlich gut konserviert.«

»Ich hätte geglaubt, dass nach so langer Zeit nichts als das Skelett übrig sein würde«, gestand Árni. »Ich hätte gedacht, dass Insekten und Würmer den Rest besorgen.«

»Wenn er irgendwo draußen gelegen hätte, wäre das auch der Fall«, sagte Geir. »Und dasselbe gilt auch unter gewissen Umständen in Innenräumen. Aber unter diesen Bedingungen – also, die Fliegen kommen natürlich sofort, vor allem Stubenfliegen und Schmeißfliegen. Die legen ihre Eier in Mund, Nase und Augen, sobald ein Lebewesen seinen letzten Schnaufer getan hat. Und in die Wunden natürlich. Aber es hat seine Grenzen, was sie in der Zeit fressen können, die ihnen zur Verfügung steht, denn eine Leiche trocknet relativ schnell aus. Je trockener sie wird, desto weniger haben sie zu knabbern. Das verlangsamt die Verwesung und den ganzen Fäulnisprozess. Nach sechs bis acht Wochen, maximal zehn, setzt der Austrocknungsprozess ein.«

»Luftgetrocknet also.«

»Luftgetrocknet«, bestätigte Geir grinsend.

»Und wie lange dauert so etwas?«, fragte Árni.

»Wie ich schon sagte, die Verwesung beginnt sofort, und daran schließt sich der Austrocknungsprozess an, und der Körper schrumpft ziemlich rasch«, antwortete Geir. »Der Gesamtablauf – tja, Ólafur hat sich in den letzten vier bis sechs Monaten wohl kaum noch verändert, würde ich denken. Reesa vespulae, also der nordamerikanische Wespenkäfer, hat ihn auch angeknabbert, der ist ganz versessen auf so etwas, von denen gibt es aber nicht so viele im sechsten Stock eines Betonhauses. Und bevor ich's vergesse, ich habe Friðjón die Überreste von seinen Klamotten geschickt, und auch seine Brieftasche. Die steckte in dem, was mal seine Hosentasche war, vier Tausendkronenscheine, Kleingeld und Kontokarte, alles an seinem Platz.«

»Prima«, sagte Árni. »Aber du hast mich wohl kaum gebeten, hierherzukommen, um mir das zu sagen, oder?«

Geir schlug die Hände zusammen. »Nicht zu fassen, Árni, was man ins Schwätzen geraten kann. Hier, sieh mal das hier …« Er zog Árni zum Seziertisch und wies auf eine dunkle Stelle an der ledrigen Haut über der dritten Rippe, »und das und das hier und das da.« Árni folgte seinen Bewegungen mit den Augen und nickte. Dort, wo Geir hinzeigte, waren überall deutliche Einkerbungen in der ledrigen Haut.

»Ich habe euch das im Grunde genommen auch schon angedeutet, und jetzt kann ich es bestätigen. Ólafur hat vier Stiche erhalten, drei in den Brustkorb und einen in die Bauchhöhle. Wenn man genau hinschaut, kann man dahinter ein bestimmtes Muster erkennen. Sieh mal hier, das ergibt eine Linie, diagonal von links oben nach rechts unten.«

»Aber woher weißt du, dass sie nicht …«

»Moment, Moment, mein lieber Árni, nicht vorgreifen. Ich sage diagonal von links nach rechts und von oben nach unten, und das ist nicht einfach so ins Blaue hinein gesagt. Bist du es von mir gewohnt, dass ich ins Blaue hinein rede?« Árni schüttelte den Kopf. »Nein«, erklärte Geir, »das ist nicht meine Art. Wenn diese Einstiche – wenn diese Linie von rechts unten nach links oben verliefe, dann sähen diese Risse anders aus. De facto sind es auch an zwei Stellen mehr als Risse«, sagte er, während er auf die größeren Einkerbungen wies. »Also dann wären die Einschnitte anders, und auch diese Sprünge an den Rippen«, fügte er fröhlich hinzu und nahm ein paar Röntgenbilder zur Hand. »Hier, sieh mal, an den Rippen oberhalb der beiden größten Einstiche sind Sprünge, sie sind zwar sehr fein, aber sie sind trotzdem da, siehst du das nicht? Gut. Es geht um ein Brotmesser oder eine Brotsäge, wie immer du das Ding nennen willst. Einseitig gezähnt, ohne eine richtige

Spitze. Und das bedeutet, dass der Messerrücken nach oben wies und die Schneide nach unten. Mit anderen Worten, die Schneide hat die untere Rippe angeritzt, und der Rücken hat die Rippe darüber beschädigt. Diese zwei Stiche«, sagte er eifrig, »die sind eingedrungen, nicht tief, aber sie landeten zwischen den Rippen. Und dann ist da noch der letzte Stich, der dem Ärmsten den Garaus gemacht hat. Das kann man schon mit bloßem Auge erkennen, aber auf den Röntgenbildern sieht man es noch besser, guck mal…« Geir hielt noch ein Röntgenbild gegen das Licht, und Árni tat ihm den Gefallen, angestrengt hinzusehen. »Er liegt in derselben Richtung wie die anderen«, sagte Geir, »und die Beschädigung an der Wirbelsäule zeigt, dass der Stich von oben und von links kam.«

»Was also bedeutet, dass der Mörder Rechtshänder war, oder was?«

»Höchstwahrscheinlich. Aber da ist noch mehr. Die schräge Richtung des Stichs, also der Einfallswinkel der Klinge, der wird immer enger, je weiter es nach unten geht. Die Entfernung zwischen den Stichen – oder sagen wir, der Unterschied in der Höhe – reicht nicht aus, um diesen großen Unterschied beim Einfallswinkel zu erklären.« Er lächelte Árni strahlend an, erntete aber im Gegenzug nur einen verständnislosen Blick.

»Ich habe keine Ahnung, wovon du redest«, sagte Árni. »Nicht den leisesten Schimmer.«

»Na schön«, sagte Geir, die Geduld in Person. »Friðjón, Eydís und ich haben uns das gestern Abend zusammen angesehen, die Fotos und die Röntgenbilder und – ja, kurz gesagt, die Position der Leiche, als wir eintrafen, die Verbreitung des Bluts und dann die Anordnung der Stiche, wie gesagt, wenn man das alles in einen Zusammenhang stellt, dann ist es am wahrscheinlichsten – und merk dir das, Árni: am wahrscheinlichsten –, dass Ólafur gestanden haben muss, als der erste Stich erfolgte, und gesessen, als der letzte und kräftigste die Bauchhöhle durchstoßen hat und an der Wirbelsäule stecken geblieben ist. Wahrscheinlich hat er auch beim Stich davor bereits gesessen. Und irgendetwas dazwischen bei den beiden anderen Stichen.«

»Und daraus schließen wir was?«, fragte Árni und kratzte sich am Kopf.

»Was ihr daraus schließt, weiß ich natürlich nicht, aber so ist unser Ergebnis«, entgegnete Geir, und er klang etwas irritiert. »Ich hätte gedacht, das sei eine ganze Menge.«

»Doch, ja, natürlich. Entschuldige, ich dachte vielleicht nur …«

»Da ist aber noch etwas«, sagte Geir, »ich habe eines vergessen.« Er griff nach einem Messer, das auf dem nächsten Tisch lag. »Es wurde eindeutig so gehalten, wenn ich die Einstiche richtig deute.« Er hob das Messer mit der rechten Hand so hoch, dass Daumen und Zeigefinger das Heft von hinten umgriffen, und der kleine Finger war ganz unten am Heft. »Selbstverständlich ist da noch die Frage, aus welcher Höhe der Betreffende zum Stich angesetzt hat, aber alles in allem glaube ich behaupten zu können, dass der Mörder nicht kleiner als Ólafur gewesen sein kann, auf jeden Fall nicht viel kleiner. Ólafur war circa Einsneunundsiebzig, das können wir auch aufrunden und Einsachtzig sagen.«

»Aber er hätte auch größer sein können? Der Mann mit dem Messer, meine ich?«

»Ja, er hätte auch größer sein können.«

»Wie groß maximal?«

»Ich bin ein Genie, Árni, aber ich bin kein Hellseher.«

»Okay«, sagte Árni. »Vielen Dank.«

Ólafur Áki Bárðarson bleckte immer noch grinsend seine Zähne, als Árni den Obduktionsraum verließ.

* * *

Viðar saß auf dem Beifahrersitz des Volvos und kühlte seine Stirn an der Seitenscheibe. Er hatte den Sicherheitsgurt immer noch nicht gelöst, obwohl Sigurlaug bereits vor einer Viertelstunde vor dem Gebäude vorgefahren war, in dem er arbeitete, und seine Mittagspause vor zehn Minuten zu Ende gegangen war.

»Das meinst du doch nicht im Ernst, Sigurlaug?«, fragte er. »Ich meine, nicht wirklich im Ernst?«

»Doch«, erklärte Sigurlaug entschlossen. »Wie oft soll ich dir das noch sagen?«

»Aber weshalb – ich meine, weswegen …«

»Du hast gehört, was Ragnar gesagt hat.«

»Ja, das habe ich. Genau wie du. Aber was hat er denn letzten Endes gesagt? Im Grunde genommen gar nichts. Hólmfríður und Bárður haben sich gegenseitig irgendwelche Flausen in den Kopf gesetzt. Ich begreife nicht, wie sie so etwas über ihre Mutter denken können.«

»Es ist meine Schuld«, entgegnete Sigurlaug scharf. »Ich hätte ihnen sagen müssen, was geschehen ist.«

»Trotzdem«, sagte Viðar, »ich finde es trotzdem außerordentlich mies. Und die beiden trauen sich nicht einmal, es dir selber ins Gesicht zu sagen, und schicken deswegen Ragnar mit diesen Unterstellungen zu dir.«

»Es waren keine Unterstellungen, es waren Fragen«, korrigierte Sigurlaug. »Und sie haben ihn nicht geschickt, sondern er ist von sich aus gekommen, obwohl Bárður ihn gebeten hat, das nicht zu tun.«

»Behauptet er«, nörgelte Viðar. »Aber schön, gehen wir davon aus, dass es stimmt. Und das bedeutet bloß, dass sie keinen Ton sagen werden, insofern können wir ganz beruhigt sein. Am besten gehen wir jetzt einfach wieder zurück in die Arbeit.«

Sigurlaug schüttelte den Kopf, sie ärgerte sich über die Querköpfigkeit ihres Mannes.

»Nein. Sie haben sich diese Flausen in den Kopf gesetzt, wie du sagst, und da werden sie herumschwirren und alles um uns herum vergiften, es sei denn, ich lüge die beiden an oder sage der Polizei die Wahrheit. Ich habe meinen Kindern noch nie etwas vorgelogen, Viðar.«

»Nein, selbstverständlich nicht«, drängte Viðar weiter. »Aber das hier ist ja vielleicht kein ganz normaler Fall, meine liebe Silla – ich meine, zu was soll das denn gut sein? Wir hatten es doch alles genau besprochen, wenn wir nur den Mund halten, besteht so gut wie gar keine Möglichkeit, dass ...«

»Das behauptest du. Aber so langsam glaube ich, dass du Unrecht hast. Die Leute bei der Kripo sind doch nicht auf den Kopf gefallen, die kommen uns früher oder später auf die Spur, da bin ich mir sehr sicher. Und wir beide würden viel besser dastehen, Viðar, wenn wir aus freien Stücken zu ihnen gehen. Ich hätte dieser rothaarigen jungen Frau nichts vorlügen sollen und du auch nicht.«

»Aber wir haben es beide getan, geschehen ist geschehen. Es ist nichts damit gewonnen, jetzt loszustürzen und ...«

»Mach, was du willst«, fiel ihm Sigurlaug ins Wort. »Aber ich bin entschlossen, jetzt direkt zum Hauptdezernat zu fahren und mit dieser Rothaarigen zu sprechen, damit die Sache ins Reine kommt. Geschehen ist geschehen, o ja, und wir ändern nichts an dem Geschehenen, aber wir können zumindest versuchen, jetzt das Richtige zu tun, auch wenn es zu spät ist. Viel zu spät. Und davon bringst du mich nicht ab, mein Lieber. Die Frage ist bloß, ob du mitkommst oder nicht?«

Viðar stöhnte laut auf. »Ich komme mit«, sagte er dann. »Anscheinend willst du dich nicht zur Vernunft bringen lassen, deshalb habe ich wohl keine andere Wahl, als mitzugehen. Außer dir einen über die Rübe zu ziehen und dich k.o. zu schlagen.«

»Probier's doch mal«, entgegnete Sigurlaug lächelnd. »Ich glaube, du würdest es bereuen.«

Sie ließ den Motor an und schaltete Scheibenwischer und Heizung ein. »Du wirst schon sehen«, sagte sie, »du wirst dich wesentlich besser fühlen, wenn es überstanden ist.«

»Das bezweifle ich stark«, seufzte Viðar.

* * *

Das Laufband war das neueste, teuerste und vollkommenste Gerät auf dem Markt. Es war eingestellt auf eine Geschwindigkeit von fünf Kilometern.

»Was hast du mit dem Wagen gemacht, Junge?«, fragte Lalli keuchend und schnaufend.

»Den haben wir in eine Schlucht da auf der Holtavörðuheiði runterkollern lassen, genau wie du gesagt hast. Wir haben alle Spuren abgewischt, und dann nichts wie runter in die Schlucht. Der tauchte praktisch völlig unter. Sah irre aus.«

»Habt ihr das Auto schon als gestohlen gemeldet?«

»Ja. Es war auf Baddis Namen registriert, ich hab ihm auch Bescheid gesagt.«

»Sehr schön, wunderbar«, sagte Lalli und verringerte das Tempo auf viereinhalb Kilometer. Acht Minuten hatte er hinter sich, zwölf vor sich ... Er beschloss, dass es fürs Erste reichte, schaltete das Laufband ab und hievte sich unter Mühen von dem Gerät herunter.

»Super Schuhe«, sagte Ási anerkennend.

Lalli blickte erfreut auf seine Füße. »Ja, findest du nicht? Die haben Luftkissen in den Sohlen. Verflixt bequem.« Er griff nach einem Handtuch und trocknete sich den Schweiß von der Stirn, bevor er sich auf seinem Sessel niederließ.

»Solltest du jetzt nicht Dehnübungen machen?«, fragte Ási. »Die gehören unbedingt dazu, vorher und hinterher.«

Lalli wehrte mit der Hand ab. »Später. Hier ist deine neue Nummer.« Er zog eine Prepaid-Karte aus einer Schublade und warf sie in Ásis Richtung, der sie geschickt auffing.

»Jetzt gleich? Ich hab doch erst vor zwei Wochen …«

»Man kann nie vorsichtig genug sein, Junge. Und hier ist meine neue Nummer«, sagte er und reichte Ási einen Zettel vom Telefonanbieter. »Alles klar?«

»Alles klar«, bestätigte Ási, nachdem er sich die Nummer eingeprägt hatte. Er schob den Zettel zurück, und Lalli ließ ihn durch den Reißwolf gehen.

»Handys sind doch was Wunderbares«, sagte Lalli. Sie konnten zwar wesentlich leichter als Festnetzanschlüsse abgehört werden, und er wusste, dass den Gesetzeshütern keine sonderlich großen Hindernisse entgegenstanden, um die Ermächtigung zu solchen Spielchen zu erhalten, falls sie sich denn überhaupt die Mühe machten, ihr Tun zu legitimieren. Bei Festnetzanschlüssen war es im Gegensatz zu den Handys sehr viel umständlicher, die Nummer zu wechseln. Man konnte sich jederzeit eine oder mehrere neue Prepaid-Karten kaufen, und solange die Typen diese Nummern nicht kannten, konnten sie nur dann abhören, wenn sie die Sprecher präzise lokalisiert hatten. Man brauchte nur irgendwelche Jóns und Gunnas, die nicht im Radarfeld der Bullen waren, für solche Einkäufe anheuern. Außerdem durfte man natürlich nicht telefonieren, wenn man wusste, dass die Polizei irgendwo in der Nähe herumlungerte, und damit hatte es sich.

»Also, mein Lieber«, sagte er, als Ási die neue Karte eingelegt und die alte in den kräftigen Schredder gesteckt hatte, »als Nächstes möchte ich, dass du dich heute blicken lässt. Die dürfen dich auch gern irgendwo greifen, wenn sie mit dir plaudern möchten, die lieben Leutchen da unten am Hlemmur. Du hast doch den gestrigen Tag abgedeckt?«

»Total, von morgens bis abends.«

»Jetzt, ja.«

»Was meinst du mit jetzt?«

»Tja, so wie diese Technik heutzutage fortschreitet – ich weiß nicht genau, ob die dich nicht aufgrund unserer Gespräche gestern da oben in der Pampa haben orten können. Wenn sie beispielsweise die Telefonkarte in die Hände bekämen, die du dort benutzt hast. Das werden sie aber wohl kaum nachträglich bewerkstelligen können.« Er zwinkerte Ási zu.

»Du machst wohl Witze«, sagte Ási. »Nachträglich?«

»Vielleicht«, entgegnete Lalli, »vielleicht aber auch nicht. Aber man geht nie ein Risiko ein, mein Junge, das habe ich dir schon oft gesagt und sage es noch einmal: niemals ein unnötiges Risiko eingehen. Was mich daran erinnert – was meinst du, was sollen wir mit unserem werten Gottesmann machen?«

Ási verzog das Gesicht zu einer Grimasse und verdrehte die Augen, was kein schöner Anblick war. »Diesen blöden Schleimscheißer? Der ist doch echt durchgeknallt. Und ein Langweiler ohnegleichen.«

»Richtig, bei dem guten Mann sind selbstverständlich etliche Schrauben locker, wie du sagst. Er ist natürlich schon immer komisch gewesen, aber in letzter Zeit hat es sich wesentlich verschlimmert. Man kann sich nicht mehr auf ihn verlassen. Und du weißt, mein lieber Ási, was ich von unzuverlässigen Leuten halte.«

»Was hast du vor?«

»Ach, ich weiß nicht«, sagte Lalli, »ich weiß es ehrlich gesagt noch nicht genau. Wir werden aber erst dann etwas unternehmen, wenn die nächste Sendung im Haus ist. Sie ist bereits unterwegs, und das muss seinen Gang gehen. Aber ob es danach noch weitere werden …« Er ging zum Fenster und starrte mit zweifelndem Blick zum Himmel. »Kommt Zeit, kommt Rat, mein lieber Ási«, sagte er leise. »Ich muss mir das sehr gründlich durch den Kopf gehen lassen, glaube ich. Und nun geh schön spielen, mein Junge.«

Lalli beobachtete, wie Ási mit einem neuen schwarzen BMW mit quietschenden und qualmenden Reifen losfuhr, was ihm ein leises Lächeln entlockte. Autos waren eigentlich wie Handys, sie waren mobil, und man konnte sie auf alle möglichen Leute registrieren lassen. Er selbst kutschierte nur im Mercedes oder Range Rover herum, ihm konnte es egal sein, wer ihn wohin fahren sah, denn er achtete immer sehr darauf, nur dann loszufahren, wenn zwei Faktoren sichergestellt waren: dass es keine Rolle spielte, ob andere wussten, wo er war, und dass es nur mit enormem Arbeitsaufwand möglich war herauszufinden, was er dort machte. Wie beispielsweise hier in diesem Haus.

Das gängige Klischee sah natürlich vor, dass Typen wie Ási und Konsorten in schwarzen BMWs durch die Gegend bretterten, und deswegen legte er größten Wert darauf, dass seine engsten Mitarbeiter in ihrer Freizeit solche Autos fuhren, etwas anderes kam überhaupt nicht in Frage. Darüber freuten sich Polizei und Medien, und natürlich war es wichtig, die bei Laune zu halten. Aber genauso nachdrücklich bestand er darauf, dass solche Wagen bei der Arbeit nichts zu suchen hatten. Dann mussten ganz andere Fahrzeuge verwendet weden. Stinknormale Autos, die niemand wahrnahm, sogar wenn sie direkt neben einem geparkt waren. Deswegen war ihm unbegreiflich, was Ási sich dabei gedacht hatte, mit dem BMW in den Norden zu fahren. Das konnte nur zweierlei bedeuten: Nachlässigkeit oder vorsätzlicher Ungehorsam. Lalli gefiel weder die eine noch die andere Variante. Genauso wenig wie der geschorene Schädel oder das Tattoo im Nacken, beides hatte sich Ási zugelegt, ohne ihn zu fragen.

»Kommt Zeit, kommt Rat«, murmelte er noch einmal, und bestieg wieder das Laufband.

* * *

»Und wann war das, sagst du?«, fragte Katrín und richtete sich unwillkürlich auf.

»Am Ostermontag im vorigen Jahr«, antwortete Sigurlaug, »oder eigentlich eher in der Nacht auf den Dienstag. Es war schon nach Mitternacht.« Sie sah Viðar an, der das widerwillig bestätigte. »Ich möchte aber noch einmal betonen, dass Ólafur am Leben war, als wir ihn verließen. Tote überschütten einen normalerweise nicht mit Beschimpfungen oder drohen einem die ewigen Höllenqualen an. Wie gesagt, wir sind zwischen zwölf und halb eins bei ihm gewesen …«

Katrín unterbrach sie. »In Anbetracht der Lage müssen wir wohl getrennt mit euch sprechen«, sagte sie. »Ich hole meinen Kollegen, und der wird mit dir reden, Viðar. In Ordnung?«

Viðar machte eine resignierende Handbewegung. »Ich hab's dir ja gesagt, Silla. Ich habe dir gesagt, dass sie da ein Theater draus machen würden, ein Riesentheater.«

»Aber wir waren doch zusammen dort, warum können wir nicht …«

»So sind einfach die Vorschriften bei uns«, sagte Katrín beruhigend und streckte ihre Hand nach dem Telefon aus. »Hier macht niemand Theater.«

»Ach, wirklich nicht?«, stieß Viðar hervor. »Wie viele Krimis haben wir im Fernsehen gesehen, Silla? Das hättest du wissen können, genau das hab ich dir gesagt. Sie glauben uns nicht, jetzt sperren sie uns in zwei getrennte Räume und nehmen uns in die Mangel.«

»Red keinen Blödsinn, Viðar«, entgegnete Sigurlaug brüsk. »Bleib ganz ruhig und benimm dich normal.« Sie wandte sich Katrín zu. »Du tust einfach, was du tun musst, meine Liebe.«

Katrín zog die Augenbrauen hoch, rief zu Árni durch und erklärte ihm die Lage.

»Bitte geh jetzt auf den Flur, Árni kommt sofort«, sagte sie zu Viðar, der betreten aufstand und noch betretener zur Tür ging.

»Also dann nochmal von vorne«, sagte Katrín, als die Tür hinter ihm ins Schloss gefallen war. »Vielleicht sagst du mir noch deinen vollen Namen, die Personenkennziffer und deinen Wohnsitz, bevor wir weitermachen?«

Sigurlaug sagte ihr Sprüchlein anstandslos ein weiteres Mal auf.

»Und wie gesagt, du bist in der Nacht auf den – Moment mal – neunundzwanzigsten März 2005 zusammen mit Viðar in der Wohnung von Ólafur Áki Bárðarson gewesen. Wie ist der Vatersname von Viðar?«

»Jafetsson.«

»Zusammen mit Viðar Jafetsson, deinem Partner, nicht wahr?«

»Wenn der neunundzwanzigste März der Dienstag nach Ostern war, ja. Muss das denn so formell sein? Ich meine, ich weiß, du hast über die Vorschriften gesprochen, aber …«

Katrín musste lächeln. »Wenn wir die formellen Dinge hinter uns gebracht haben, können wir das Ganze etwas lockerer angehen«, sagte sie. »Ich muss dich aber darauf hinweisen, dass ich dieses Gespräch mitschneide, und wenn wir fertig sind, muss ich dir Fingerabdrücke abnehmen. Ist das in Ordnung?«

* * *

»Jetzt bist du wohl nicht mehr so ein toller Macker wie damals, als du meinen Úlfur verknackt hast«, zischte Tinna in Guðnis Ohr. »Nicht mehr der knallharte Typ!«

Guðni betrachtete sie neugierig. »*Sorry, babe*«, flüsterte er, »keine Ahnung, wovon du redest. Ich hab ihn nicht in die Pfanne gehauen, wie du es nennst. Aber sag mir mal, wieso ist er jetzt überhaupt *dein* Úlfur? Ich kann ja gut verstehen, dass du den anderen loswerden wolltest, aber dann zu dem Typ ins Bett zu springen, auf den er losgestochen hat, das raff ich nicht.«

Eine der Krankenschwestern, die zwischen den Betten hin und her schwebten, schielte neugierig zu den beiden hinüber, mischte sich aber nicht ein.

»Natürlich kapierst du das nicht«, wisperte Tinna, »du bist ja nur ein dicker blöder Bulle.«

»*That's me*«, griente Guðni. »Aber ehrlich, Baby, was findest du an diesem Úlfur? Sind die Prügel, die du von ihm kassierst, besser als die von deinem Ex? Lässt du ihn deswegen auf dich drauf? Oder hattest du ihn schon längst raufgelassen, als das damals passierte? Hat dieses arme Schwein damals, wie hieß er doch noch, dich deswegen zu Brei geschlagen, als Úlfur durchdrehte und ihm das Messer in die Wampe gerammt hat?«

»Nein«, fauchte Tinna, laut genug, dass beide Krankenschwestern ihre Arbeiten unterbrachen und zu ihnen hinübersahen.

»Nein«, wiederholte sie ganz leise. Die Schwestern wandten sich wieder ihrer Beschäftigung zu. »Úlfur und ich haben uns erst später zusammengetan, als er wieder aus dem Knast kam. Malli …«

»Malli, ganz richtig«, warf Guðni ein. »Marselíus hieß der Idiot. Mach weiter, was war mit Malli?«

»Du glaubst, dass Úlfur ein Scheißkerl ist, genau wie Malli.

Der war aber viel schlimmer.« Tinna versuchte krampfhaft, ihre Stimme unter Kontrolle zu halten. »Der hat mich nämlich geschlagen, weil es ihm Spaß machte. Weil er es klasse fand. Nüchtern, besoffen, zugedröhnt, das spielte überhaupt keine Rolle. Morgens, abends und mittags hat er mich geprügelt – und manchmal hat er mich sogar mitten in der Nacht geweckt, weil er eine Runde für fällig hielt. Úlli – Úlfur ist nicht so. Manchmal verliert er die Kontrolle über sich, aber das kommt nur ganz selten vor, und nur, wenn er richtig widerlich besoffen ist. Und er bereut es auch immer.« Sie deutete auf die gelbe Verfärbung im Gesicht, die im Abklingen war. »Und er ist auch nicht so schlau, nur da hinzulangen, wo niemand was sieht. Úlli ist kein Traumprinz, aber er ist auch kein schlechter Mensch. Im Gegensatz zu Malli.« Sie richtete sich auf und sah Guðni verächtlich an. »Und im Gegensatz zu dir.«

Guðni grinste so breit, wie es seine Kräfte gestatteten. »Und weil er kein schlechter Mensch ist – was ich dir, *by the way*, nicht abkaufe –, ist es also total in Ordnung, dass er dich so hin und wieder mal zu Brei schlägt und einem anderen Mann den Bauch aufschlitzt, nur weil der tatsächlich ein schlechter Mensch war? *Come on*, du kannst mir viel erzählen.«

Tinna zögerte einen Augenblick, dann beugte sie sich dicht zu Guðnis Ohr herunter. »Soll ich dir was sagen? Soll ich dir ein kleines Geheimnis verraten, du Superbulle, du Supermann? Du sagst, dass Úlfur ein Scheißkerl ist, und du hast ihn für drei Jahre in den Knast gebracht, weil du überzeugt warst, dass er auf Malli losgestochen hat – aber das hat er gar nicht. Wie findest du das, du Superbulle? Wie gefällt dir das?«

Sie verschränkte die kurzen Arme über dem drallen Bauch und sah Guðni herausfordernd an, doch der war nicht beeindruckt.

»Blödsinn«, sagte er, »weder Malli noch Úlli – ey, das ist

echt komisch, Malli und Úlli, Úlli und Malli … Na, egal – du stichst also Malli in den Wanst, und keiner von den beiden gibt danach auch nur einen Mucks von sich? Weder Malli, der sich daran aufgeilte, dich zu quälen, noch Úlli, der für die Messerstecherei verknackt wurde?« Guðni schnaubte verächtlich. »Ich weiß nicht, Mädel, ob dir das schon mal aufgefallen ist, aber du bist wirklich nicht der Typ, um den wir Männer uns reißen und für den wir uns aufopfern. Tut mir leid, Schätzchen.«

Die Röte, die Tinna ins Gesicht stieg, hatte zur Folge, dass der gelbe Fleck jetzt fast dieselbe Farbe annahm wie das Haar.

»Sagt der Casanova persönlich«, zischte sie. »Von mir aus kannst du glauben, was du willst, und natürlich ist es bequemer für dich, mir nicht zu glauben, aber …« Sie richtete sich auf und verstummte, als die Krankenschwester, die sie aus den Augenwinkeln beobachtet hatte, mit besorgter Miene herbeigeeilt kam.

»Entschuldigung«, sagte sie, »ist alles in Ordnung?«

»Alles bestens«, erklärte Guðni, »wir sind alte Bekannte. Könnte ich jetzt eine London Docks bekommen?«

»Ich muss euch darum bitten, etwas leiser zu sein«, sagte die Krankenschwester und warf Tinna einen vorwurfsvollen Blick zu. »Guðni wird heute Abend oder Morgen früh auf die Kardiologie verlegt, vielleicht könnt ihr dieses Gespräch bis dahin vertagen.«

»Alles klar, Schwester«, sagte Guðni, und Tinna schickte sich an zu gehen. Er bedeutete ihr aber mit einer Handbewegung zu bleiben. »Wir benehmen uns anständig«, versprach er der Krankenschwester, »und es wird auch nicht mehr lange dauern. Okay?« Guðnis Neugierde war erwacht, und er konnte sich nicht bis zum nächsten Tag gedulden, um die Fortsetzung zu hören.

»Aber was?«, flüsterte er, als die Krankenschwester sich entfernt hatte. »Du weißt, dass ich dir nicht glaube, aber was?«

»Ich weiß, dass es angenehmer für dich ist, mir nicht zu glauben«, korrigierte Tinna. »Aber die Sache ist die, dass Malli echt keine Ahnung hatte, wer da zugestochen hat. Der war komplett aus der Welt, und das weißt du. Er konnte sich an nichts erinnern.«

»Okay. Aber was ist mit Úlli?«

Tinna lächelte ihn verschwörerisch an. »Úlli war sich nicht sicher, er war ja auch total knülle. Er konnte sich überhaupt nicht daran erinnern, ob er zum Messer gegriffen hatte, erinnerst du dich nicht?«

Guðni nickte, daran konnte er sich erinnern. Er wusste noch ganz genau, dass Úlfur sich angeblich an nichts erinnern konnte. Er hatte ihm allerdings nicht geglaubt, und überdies hatte es ja auch keine Rolle gespielt, ob er sich erinnerte oder nicht. Úlfur war vor dem Laden eines Herrenausstatters aufgegriffen worden, über und über mit Blut bespritzt, und man hatte seine Fingerabdrücke am Heft des Messers gefunden. *Open and shut case.*

»Die Sache ist aber die, dass er sich auch nicht erinnern konnte, es *nicht* getan zu haben«, beharrte Tinna und blickte wehmütig zum Bett von Úlfur, der immer noch nicht das Bewusstsein wiedererlangt hatte. »Und dass ich es getan haben könnte, das ist dem Armen nie eingefallen …«

Sie sah Guðni wieder an und lachte leise. »Du siehst also, Mister Supercop, dass du gar nicht so sonderlich super bist.«

»Und weshalb erzählst du mir das alles?«, fragte Guðni nach kurzem Schweigen. »Bist du dir so sicher, dass ich den Quatsch, den du mir jetzt erzählt hast, nicht weitertrage?«

Tinna schürzte die Lippen. »Herrjemine, der Superbulle will mich vielleicht verklagen?«, entgegnete sie. »Bei wem denn?

Bei Úlli? Meinst du etwa im Ernst, dass er dir glaubt, ausgerechnet dir?« Sie schüttelte den orangefarbenen Kopf. »Vergiss es. Oder willst du das deinen Kumpels bei der Polizei erzählen, jetzt, dreizehn Jahre später? Was willst du denen denn sagen, *sorry*, ich habe den Falschen kassiert, es war die Alte, die das getan hat? Das glaub ich einfach nicht. Und die würden doch bloß sagen, dass der Fall schon längst zu den Akten gelegt worden ist und wieso du das jetzt in Erfahrung gebracht haben willst. Und eins kann ich dir versprechen: Falls da welche verrückt genug wären, dir zu glauben und mich zu befragen – denen würde ich einfach sagen, dass du ein alter Macho bist und nicht mehr ganz richtig tickst und dass ich nie ein einziges Wort von diesem Schwachsinn von mir gegeben habe, den du angeblich gehört haben willst.«

»Gesagt hast du es aber«, entgegnete Guðni kurzatmig. Er war seit fünf Stunden ununterbrochen wach, und dieses Gespräch hatte ihm zugesetzt. »Weshalb und wieso sagst du mir das jetzt?«

»Weil du gar nichts unternehmen kannst. Und weil es gut für dich ist, endlich Bescheid zu wissen. Vielleicht denkst du dann beim nächsten Mal ein bisschen mehr nach, bevor du dir den ersten Besten schnappst.«

Guðni schüttelte den Kopf. »*Bullshit*«, flüsterte er, »*fucking bullshit*. Und selbst wenn du mit dem Messer auf Malli losgegangen bist«, flüsterte er mit erhobenem Zeigefinger, »und dafür habe ich natürlich nur dein Wort, genau wie du gesagt hast – mit Ólafurs Tod hattest du nichts zu tun, das war Úlfur. Und du kannst sicher sein, dass ich es bei nächster Gelegenheit in null Komma nix aus ihm herausholen werde.«

»Du verdammter …«

Beide Krankenschwestern reagierten rasch, als Tinna wieder die Stimme erhob, und eilten herbei. Tinna war aber schon draußen, als sie Guðnis Bett erreichten. Guðni lehnte sich grinsend in die Kissen zurück und schlief kurze Zeit später ein.

* * *

»Und du bist ganz sicher, dass du ihn erkannt hast?«

»Ja, es war Magnús von der WAHRHEIT. Da bin ich mir vollkommen sicher …«

Katrín schaltete die Aufzeichnung aus, und Schweigen senkte sich über das Büro. Es war Stefán, der es endlich durchbrach.

»Tja.« Er sah Árni an. »Und Viðar? Stimmt das auch mit seiner Version überein?«

»Ja«, bestätigte Árni, »im Großen und Ganzen schon. Jedenfalls gibt es da keine Widersprüche, höchstens bei dem ein oder anderen unwesentlichen Detail.«

»Tja«, wiederholte Stefán. »Meister Magnús. Was hat er gestern gesagt, als du dich mit ihm unterhalten hast? Wenn ich mich richtig erinnere, hat er abgestritten, dass er jemals bei Ólafur zu Hause war?«

»Genau. Er hat gesagt, dass Hillary Clinton eine Handlangerin des Teufels, oder besser gesagt, des Antichristen ist, dass das Weltende bevorsteht – und dass er niemals in Ólafurs Wohnung gewesen ist. Das waren so die Hauptpunkte. Ja, und dass er sich keine Sorgen um Ólafur gemacht habe, weil Tote keine Spenden überweisen können. Das halte ich für ein ziemlich dünnes Argument von einem Mann, der all den Quatsch glaubt, den er glaubt …«

»Ja, ja, ja«, schnaufte Stefán. »Ist schon gut. Wir müssen …«

»Wie kommt er denn darauf, dass Hillary Clinton eine Handlangerin des Teufels ist?«, warf Katrín interessiert dazwischen.

»Erklärt hat er das nicht«, entgegnete Árni, »aber soweit ich verstanden habe, sind alle, die etwas gegen den Treibhauseffekt und ganz allgemein gegen Armut und Katastrophen unternehmen wollen, in den Augen dieser Truppe Spießgesellen und Ausgesandte des Antichristen. Durch so etwas zögert sich die Wiederkehr des Messias hinaus, der kommt nämlich erst, wenn alles endgültig im Eimer ist, falls ich es richtig verstanden habe. Vielleicht fällt Hillary bei einer derartigen Rechnungslegung unter diese Gruppe, obwohl sie mir eigentlich nicht so richtig den Eindruck macht, als würde sie etwas gegen …«

»Vielleicht ist es deswegen, weil sie eine Frau ist«, sagte Katrín nachdenklich, »eine Frau, die nach Macht strebt. Ist das nicht auch verboten?«

»Ganz bestimmt«, sagte Árni, »obwohl ich nicht weiß …«

Stefán ließ die Faust auf den Schreibtisch niedergehen, nicht sehr energisch, aber energisch genug.

»Hallo«, sagte er, »können wir vielleicht die theologischen Fragen beiseitelassen und weitermachen? Prima. Ólafur ruft Sigurlaug am Ostermontag an, und zwar nicht zum ersten Mal, wie wir wissen, das ist bei uns dokumentiert. Er droht ihr und überschüttet sie mit Schmähungen, und gleichzeitig verspricht er ihr das Blaue vom Himmel herunter, wenn sie zu ihm kommen würde. Am gleichen Tag wird er von seinen Kindern besucht, das wissen wir bereits, und da ist es genau dieselbe Geschichte. Drohungen, Beschimpfungen, und zwischendurch Lockangebote.« Er nahm die Kappe ab und kratzte sich am Kopf. »Woher kommt dieses ganze Geld, wissen wir da schon etwas mehr?«

»Nein«, musste Katrín zugeben.

»Nein, zum Kuckuck nochmal. Sechzehn Millionen, in bar.« Stefáns Gesicht verzog sich. »Was schließen wir daraus?

Kommt es womöglich von Lalli, oder ist es vom Himmel gefallen, oder was zum Teufel läuft da eigentlich ab?« Katrín und Árni wussten keine Antwort auf diese Fragen und zogen es vor zu schweigen. »Na schön«, knurrte Stefán, »früher oder später werden wir schon etwas herausfinden. Die treffen sich also an dem Abend alle zum Essen bei Sigurlaug. Hólmfríður – heißt sie nicht so, die Tochter?«

»Ja.«

»Hólmfríður und Bárður erzählen von dem unangenehmen Verhalten des Alten, sie tauschen ihre Erfahrungen aus, und wie hat sie sich noch ausgedrückt, diese Sigurlaug?«

»Sie hatte jetzt die Nase gestrichen voll von seinen Bösartigkeiten«, sagte Katrín, »und fand, es sei an der Zeit, etwas zu unternehmen. Deswegen ist sie losgefahren, nachdem ihre Kinder gegangen waren, und hat zur Sicherheit Viðar mitgenommen. Sie hatte vor, den Kerl zur Vernunft zu bringen, obwohl sie jetzt überhaupt nicht mehr versteht, wieso ihr einfallen konnte, dass so etwas möglich wäre. Und als sie sich dem Wohnblock näherten, sind sie Meister Magnús begegnet, der aus dem Haus kam.«

»Viðar war sich auch total sicher, dass er das war«, schob Árni dazwischen.

»Und das war kurz vor halb eins?«

»So ungefähr«, bestätigte Katrín. »Sie betätigt die Klingel, Ólafur lässt sie ins Haus, die beiden fahren mit dem Aufzug nach oben, sie streiten sich mit Ólafur, und sie gehen wieder. Ólafur bleibt zurück, und sie hören sein Gezeter noch bis zum Lift. Danach haben sie ihn weder gesehen noch von ihm gehört, und dass er tot war, haben sie erst am vergangenen Freitag erfahren. Schluss, aus.«

»Keine Tätlichkeiten, keine Schlägerei, nur Streit«, sagte Árni. »Darin stimmen beide überein. Aber ich weiß nicht, irgendwie finde ich das ziemlich schwach, die könnten beide lügen. Das haben sie doch am Freitag auch schon mal gemacht, als sie behaupteten, niemals in Ólafurs Wohnung gewesen zu sein.«

»Ja, selbstverständlich könnten sie lügen«, stimmte Stefán zu, »aber damit stehen sie nicht alleine da. Und dann wären diese Lügen dümmer, als die Polizei erlaubt, denn sonst hätten sie nicht gesagt, dass Magnús ging, als sie kamen. Das reicht meiner Meinung nach schon aus, um uns davor zu bewahren, die Sache noch komplizierter zu machen, als sie ohnehin schon ist. *All right*, Árni, du bringst ihre Fingerabdrücke zu Friðjón und bittest ihn, sie mit denen aus der Wohnung zu vergleichen. Was ist bei den anderen Teilen herausgekommen? Bei dem Kugelschreiber und der Bibel?«

»Friðjón hat gesagt, ich soll später wiederkommen.« Árni sah Stefán entschuldigend an. »Ich glaube, es wäre besser, wenn du ihm die bringst, das könnte die Sache etwas beschleunigen …«

»Blödsinn, du bringst ihm das. Ich werde ihn anrufen und ihm einen kleinen Tritt versetzen. Katrín, wir müssen Ási zu fassen kriegen, und zwar so schnell wie möglich. Gib Anweisung, dass Ausschau nach ihm gehalten wird.«

»Und dann?«

»Dann unterhalten wir uns mit ihm. Ich hätte gern von ihm gehört, was er da bei Ólafur gewollt hat. Wenn mir das, was er sagt, nicht gefällt, wird er uns ein wenig länger Gesellschaft leisten müssen.«

»Glaubst du, dass Ási …?«

»Ich glaube gar nichts. Ich weiß überhaupt nicht, was ich glauben soll.«

* * *

»Hier«, sagte Eydís und gab Árni den Kugelschreiber und die Bibel uneingewickelt zurück. »Das kannst du wieder mitnehmen. Wie ihr vermutet habt, passen die Abdrücke von beiden zu dem, was wir in der Wohnung gefunden haben. Die da waren an dem Glas auf dem Tisch«, sagte sie und deutete auf die Bibel, »und derjenige, der den Kugelschreiber in der Hand gehabt hat, dem ist schlecht geworden.«

»Schlecht geworden?«, fragte Árni.

»Ja, der hat die Kloschüssel umarmt, und ich bezweifle sehr, dass er daraus getrunken hat. Ich befass mich jetzt mit denen«, sagte sie und griff nach den Fingerabdrücken, die Árni ihr gebracht hatte. »Ich ruf an, sobald etwas feststeht.«

»Und was soll ich damit machen?«, fragte Árni und hielt die Bibel und den Kugelschreiber hoch.

»Das ist deine Sache«, erklärte Eydís. »Vielleicht liest du das Ding und benutzt den Kuli, um dir dabei was zu notieren.«

»Danke, mit dem Buch bin ich durch.« Er verabschiedete sich und ging in den Sommer hinaus, der diesen Namen nicht verdient hatte, bewaffnet mit einem Kugelschreiber und der Heiligen Schrift.

* * *

Ási war schnell gefunden, und er kam dem Ansinnen der Polizeibeamten, sich zu ihnen ins Auto zu setzen und mit ihnen ins Hauptdezernat zu fahren, gern nach.

»Seid ihr sicher, dass ihr nicht lieber mit mir fahren wollt?«, fragte er gut gelaunt auf dem Rücksitz des Streifenwagens. »Ist doch echt Scheiße, in solchen japanischen Schrottmühlen herumzukutschieren.«

Auch im Verhörraum spielte er sich in den ersten Minuten ziemlich auf, als er wortreich und beflissen in allen Einzelheiten schilderte, wie er am Tag zuvor einen Kumpel beim Snooker deklassiert hatte; er schien sich großartig zu fühlen. Und dabei blieb es so lange, bis Katrín und Stefán aufhörten, ihn nach Úlfur und dem verlassenen Bauernhof an der Laxárdalsheiði zu fragen und sich dem Wohnblock in Krummahólar und Ólafur zuwandten. Da verschlug es ihm anscheinend die Sprache. Sie versuchten zwei Stunden lang, etwas aus ihm herauszuholen, erhielten aber immer wieder die gleiche Antwort: »Ich will mit meinem Rechtsanwalt sprechen.«

Zum Schluss gaben sie es auf und teilten ihm mit, dass er verhaftet wäre und unter Verdacht stünde. Sie ließen ihn in eine der wenigen, unwirtlichen Zellen im Dezernat bringen, die immer noch benutzt wurden. Anschließend holten sie sich den Pseudokaffee aus dem Automaten auf dem Flur.

»Untersuchungshaft?«, fragte Katrín.

»Ich weiß es nicht. Ich sollte sie wahrscheinlich beantragen, denn das, was wir gegen ihn haben, würde ausreichen«, antwortete Stefán und trank einen Schluck von dem Gebräu. »Der Fingerabdruck, die Verbindung zu Úlfur und sein bisheriges Strafregister. Es müsste reichen. Aber ich brauche es erst morgen zu entscheiden, vielleicht wird der Kerl ja heute Nacht weich.«

»Du bist ja vielleicht optimistisch«, sagte Katrín.

»Muss man das nicht sein in diesen letzten und schlimmsten Zeiten?«

»Vielleicht. Es war ein richtiger Schock für ihn, als wir ihn nach Krummahólar fragten«, entgegnete Katrín.

»Er hat ganz offensichtlich überhaupt nicht damit gerechnet, dass wir ihn in irgendeiner Form mit Ólafurs Wohnung in Verbindung bringen könnten.«

»Und trotzdem hat er nicht protestiert. Weder gegen die Festnahme noch dagegen, dass er in Krummahólar war. Er hat noch nicht mal gefragt, woher wir das wissen, sondern verlangte nur nach seinem Rechtsanwalt.«

»Der Mann ist nicht auf den Kopf gefallen, er weiß, dass wir ihm sowieso noch nichts zu sagen brauchen. Er weiß auch, dass er sich im Hinblick auf die Fortsetzung selber keinen Gefallen damit tut, Protest einzulegen, falls wir tatsächlich Beweise haben, dass er dort gewesen ist. Und überdies hat er bestimmt klare Anweisungen, die Klappe zu halten, wenn er sich nicht sicher ist, was er sagen soll. Für mich ist seine Reaktion nur eine Bestätigung dessen, was du gesagt hast – es hat ihn total überrascht.«

»Ja«, pflichtete Katrín Stefán bei, »und vielleicht ist es auch nicht verwunderlich, wenn er glaubte, dass er sämtliche Spuren verwischt hätte. Falls er das war, der da als Letzter mit einem Putzlappen rumgewischt hat.«

Sie schwiegen eine ganze Weile nachdenklich und tranken ihren Kaffee.

»Und die frommen Brüder waren ebenfalls beide in Krummahólar«, sagte Katrín schließlich. »In Ólafurs Wohnung. Der eine hat etwas getrunken, der andere hat gekotzt, sagt Árni. Wo steckt Árni eigentlich?«

»Ich hab ihn nach Hause geschickt«, sagte Stefán, »und ich glaube, dass wir jetzt auch Schluss machen sollten. Das hat sich zu einem derartigen Wirrwarr entwickelt, dass es uns bestimmt guttut, das Ganze zu überschlafen. Fahr nach Hause, wir sehen uns morgen früh.«

Sobald Katrín aus dem Zimmer war, griff Stefán nach dem Telefon und rief Svavar an.

»Wir müssen miteinander reden.«

»Hat das nicht Zeit bis morgen?«, fragte Svavar. »Ich muss jetzt eigentlich zu einem Treffen«, fügte er entschuldigend hinzu. »Aber wenn es sehr dringend ist, kann ich vielleicht …«

»Nein, geh du nur zu deinem Treffen«, sagte Stefán. »Es hat Zeit bis morgen. Um acht Uhr, passt das?«

* * *

Einsamkeit, dachte Katrín, Einsamkeit war etwas ziemlich Unattraktives. Gewiss hatte sie sich nach der Freiheit gesehnt, die damit verbunden war, Ehemann und Kinder los zu sein, und sie hatte es anfangs voll genossen. Solange alles nach Wunsch lief. Doch als sie sich wegen des Unfalls elend fühlte, hatte sie Sveinn angerufen und ihn gebeten, nach Hause zu kommen. Was war daraus zu schließen? Und was für Schlüsse konnte sie aus dem letzten Teil des Gesprächs mit Sigurlaug ziehen, dem Teil, den sie Stefán nicht vorgespielt hatte? Árni hatte sich die Aufzeichnung bestimmt angehört.

Sigurlaug hatte vor einigen Tagen noch Ausflüchte gemacht, als Katrín sie nach dem Grund für die Trennung von Ólafur gefragt hatte, doch diesmal war sie der Frage nicht ausgewichen. Und die Antwort hatte Katrín überrascht.

Ólafur hatte schon immer Alkoholprobleme gehabt. Und er war auch hin und wieder handgreiflich geworden, wie Sigurlaug sich ausdrückte, aber nie ernsthaft und nur im Rahmen dessen, was als normal gelten konnte. Katrín hatte bei dieser Erklärung der Atem gestockt, und es war ihr schwergefallen, mit ihrer Missbilligung hinter dem Berg zu halten. Erstaunlicherweise hatten aber nicht diese beiden Tatsachen dazu geführt, dass Sigurlaug endlich den entscheidenden Schritt tat und sich den Alten vom Hals schaffte, sondern dazu kam es erst, als sie das Gefühl hatte, dass er überhaupt nicht vorhanden war.

»Egal, ob er zu Hause war oder nicht«, hatte Sigurlaug erklärt, »er war nie zu Hause bei mir. Nicht in den letzten fünfzehn, zwanzig Jahren, nicht, nachdem er impotent wurde. Davor war er doch hin und wieder mal präsent, aber als das wegfiel, war einfach nichts mehr. Gar nichts. Uns verband nichts, wir hatten keine gemeinsamen Interessen. Außer den Kindern gab es nichts, worüber wir sprechen konnten, und an denen hatte er auch kein sonderliches Interesse. Und ich sah es schon vor mir, im Alter ganz allein dazustehen, obwohl er im Haus war. Wozu mit jemandem zusammenleben, den man gar nicht kennt und den man nicht einmal mag? Nein«, hatte sie gesagt, »wenn ich denn sowieso schon allein sein sollte, dann war es doch besser, allein mit mir selbst zu sein als mit einem stänkernden Suffkopp. Also habe ich ihn vor die Tür gesetzt.«

Katrín parkte ihren Mazda vor ihrem Wohnblock und schloss ihn ab. Sveinn und sie hatten doch zumindest das Interesse am Hochland gemeinsam. Oder vielleicht nicht? Sie setzte sich in den Jeep, um ins Landesinnere zu fahren, hinauf auf einen Gletscher, über eine endlose Hochebene mit Sand- und Geröllwüsten und grünen Oasen dazwischen, um dann am Zielort auszusteigen und all das, was sie umgab, auf sich einwirken zu lassen. Die Weite und Unendlichkeit ringsum in sich aufzusaugen. Sveinn genoss eine solche Reise zwar auch, aber unter ganz anderen Vorzeichen. Das Vergnügen und die Herausforderung bestanden für ihn in der Fahrt selbst und darin, alle natürlichen Hindernisse mit dem vierradgetriebenen Krafttroll zu bewältigen. Und was hatten sie sonst noch gemeinsam? Den Sex natürlich, doch wie Sigurlaug angedeutet hatte, war das kein sonderlich sicheres Fundament, auf dem man aufbauen konnte …

Trotzdem. Es war natürlich reichlich mies, nur aus dem Grunde bei jemandem zu bleiben, weil der Betreffende besser als niemand war. Und war Sveinn bei genauerem Hinsehen etwas anderes und mehr? Sie steckte den Schlüssel vorsichtig ins Schloss und betrat die Wohnung auf Zehenspitzen. Das war eine überflüssige Vorsichtsmaßnahme, es war ja noch gar nicht so spät. Kreischen und lautes Gelächter schlugen ihr entgegen, als sie die Tür zum Wohnzimmer aufmachte, und im gleichen Augenblick waren sämtliche Zweifel bei ihr verflogen.

Verflixt nochmal, dachte sie, er ist viel besser als gar keiner. Oder nicht?

* * *

»Hier hänge ich ganz allein herum und schufte von morgens früh bis abends spät, und du amüsierst dich da mit all diesen tollen Typen«, sagte Árni. »Vermisst du mich überhaupt nicht?«

»Natürlich vermisse ich dich«, entgegnete Ásta mit vorwurfsvollem Unterton, »aber nicht ich bin ja mitten im Urlaub abgehauen. Was soll ich denn tun, einfach nur im Bett liegen und mich in den Schlaf weinen?«

»Nein, was denn, wer sagt denn das«, stammelte Árni. Er war etwas gekränkt, denn er fand, dass er das nicht verdient hatte.

»Du«, antwortete Ásta prompt, »Hast du es mir nicht zu verstehen gegeben? Dass ich mich schämen sollte, den Urlaub zu genießen, während du dich krumm schuftest?«

»Nee, nein, das war doch nur ein Witz, was soll das denn. Immer noch dieselbe Sonne?«, fragte er munter, aber Ásta ließ sich nicht so leicht vom Thema abbringen.

»Ja, immer dieselbe Sonne. Aber was ist mit dir? Hier hänge ich allein und verlassen herum, weil du abgehauen bist, und ich höre tagelang keinen Ton von dir. Du hattest doch versprochen, mich anzurufen, erinnerst du dich nicht? Vermisst du mich denn überhaupt nicht?«

»Doch, natürlich«, sagte Árni, »natürlich vermisse ich dich. Es ist bloß – es war bloß so viel …«

»So viel zu tun, ich weiß. Wir sehen uns am Freitag.« Sie legte auf.

»Scheiße, Scheiße, Scheiße, dreimal verfluchte Scheiße«, knirschte Árni.

Er griff nach der Bibel, die er auf den Couchtisch gelegt hatte, als er nach Hause kam, und schleuderte sie in die Ecke. Wieso konnte er sich nicht normal benehmen? Warum konnte er ihr nicht einfach sagen, was Sache war, dass er sie so sehr vermisste, dass er nachts kaum schlafen konnte? Dass er sie bei sich haben wollte und sich danach sehnte, ihre Hand zu halten, sie in die Arme zu nehmen, in ihrem Haar zu wühlen, an ihrem Hals zu schnuppern … Warum hatte er das nicht sagen können, anstatt irgendwelche missglückten Witze zu reißen?

»Du bist einfach nicht zu retten«, brummte er grimmig vor sich hin, »du bist nicht zu retten, Árni Esel Eysteinsson.«

Das neue Album von den Red Hot Chili Peppers konnte ihn aus der tiefsten Trübsal herausreißen, und noch bevor die zweite CD halb durch war, war er zu dem Schluss gekommen, dass das Leben eigentlich doch nicht so furchtbar war. Vielleicht sollte er seine Brüder Elli und Addi anrufen und abchecken, ob sie Lust hatten, mit ihm ins Kino zu gehen. Es war lange her, seit er seine Brüder von sich aus angerufen hatte, viel zu lange. Dasselbe galt für seine Freunde. Hatte er keine Freunde mehr? Seitdem sie einer nach dem anderen zu verantwortungsvollen Familienvätern geworden waren, hatte er den Kontakt zu den meisten verloren. Er konnte sich aber nicht erinnern, ob er aufgehört hatte, sie anzurufen, oder umgekehrt.

Árni stand auf, holte die Bibel aus der Ecke und blätterte geistesabwesend darin herum. Es war ein schönes Buch, das musste man schon sagen, mit glänzendem, glattem Kunstledereinband, rundherum Goldschnitt, und das Papier war wesentlich edler als das Klopapier in seiner eigenen Bibel, die er von der Genesis bis zur Offenbarung vollgekritzelt und rosa markiert hatte. Soweit er sehen konnte, handelte es sich um einen Sonderdruck für die WAHRHEIT, deren Anhänger sie in den Tempeln des Mammons unermüdlich den Kunden und

Besuchern in die Hand drückten, in der Hoffnung, ein paar verlorene Seelen zu retten. Oder sie sich zu krallen, das hing natürlich von der Perspektive ab, aus der man so etwas betrachtete.

Schmutzblatt, ob es auch in der Bibel Schmutzblatt heißt?, dachte er. Er wollte das Buch gerade wieder zuklappen und weglegen, als seine Augen an drei Worten unten auf dem Schmutzblatt hängenblieben. Sie waren weder prophetisch noch göttlich, aber sie machten ihn überaus nachdenklich: *Printed in Lithuania*.

16

Donnerstag

Die Sonne hatte sich zwar nach vielen Tagen Abwesenheit an diesem Morgen blicken lassen, doch das reichte nicht aus, um Stefáns Stirn zu entrunzeln. Mit der Linken blätterte er in der Bibel, die Árni ihm mit dem Morgenkaffee gebracht hatte. Mit Daumen und Zeigefinger der rechten Hand zupfte er in regelmäßigen Abständen an seiner Unterlippe. Zog, dehnte und ließ los. Immer wieder. Und schnitt Grimassen. Gehabe, stets und ständig endloses Gehabe. *Jävla skit*, dachte er auf Schwedisch, was manchmal vorkam, obwohl er nie in Schweden gelebt hatte und nur einmal dort gewesen war.

»Müssen wir diese Möglichkeit nicht zumindest ins Auge fassen?«, traute Katrín sich nach geraumer Zeit zu fragen.

»Doch«, seufzte Stefán, »das müssen wir wohl. Augenblick …« Er griff nach dem Telefon und rief Svavar an, um die Besprechung, die vor fünf Minuten hätte beginnen sollen, zu verschieben. Svavar hatte nichts dagegen einzuwenden, und sie vereinbarten, sich stattdessen um zehn zu treffen.

»Schlimmes schiebt man am besten auf«, murmelte Stefán, nachdem er aufgelegt hatte. Árni rutschte unruhig auf seinem Stuhl hin und her und befeuchtete seine Lippen.

»Also, du glaubst doch nicht, dass Svavar etwa …?«

»Red keinen Blösinn, Junge«, sagte Stefán scharf. »Falls – und ich betone: falls – etwas daran sein sollte, dann kann ich euch versprechen, dass Svavar der Erste sein wird, der den Meister ans Messer liefert, und zwar ohne Rücksicht auf Verluste. Er ist vielleicht, wie soll man sagen, ein etwas gottesfürchtigerer Mensch als wir anderen, und ich glaube auch – nein, ich bin mir sicher, dass er in Bezug auf den Fall Ólafur etwas weiß, was er mir nicht sagen will. Gemessen an dem, was wir bis jetzt wissen, wette ich, dass es irgendetwas mit den Besuchen der Brüder bei Ólafur am Ostermontag zu tun hat. Aber das hier …« Stefán hielt die Bibel hoch und schüttelte den Kopf. »Svavar würde sich niemals an so etwas beteiligen und es auf keinen Fall verschweigen, wenn er davon wüsste – falls es sich denn tatsächlich so verhält, was wir natürlich noch gar nicht wissen. Nicht Svavar. Ich weigere mich einfach, das zu glauben, das würde er nicht einmal tun, um den Meister zu decken. Aber die Sache ist natürlich die, dass uns absolut keine Beweise vorliegen, es geht nur um Spekulationen.« Er nahm die Baseballkappe ab, legte sie auf den Schreibtisch und faltete seine Pranken im Nacken. »Spekulationen, nichts anderes, und noch dazu ziemlich weit hergeholte«, sagte er nachdrücklich und sah Katrín und Árni an. Die schwiegen.

»Nun habt euch doch nicht so und sagt etwas«, appellierte Stefán an sie. »Sagen wir, dass – tja, worüber reden wir hier eigentlich? Katrín, was meinst du?«

Katrín nahm sich Zeit mit der Antwort.

»Im besten Fall über totalen Schwachsinn«, sagte sie dann, klang aber nicht sehr überzeugt. »Und im schlimmsten Fall …«

»Im schlimmsten Fall was?«

»Ach, ich weiß nicht. Meister Magnús als Drogenimporteur? Ist das wirklich vorstellbar? Und dass er die Bibel benutzt, um … Ist das nicht irgendwie etwas zu viel des Guten?

Ich meine, der Mann ist ja schließlich Priester? Oder vielleicht nicht Priester, aber so gut wie, und im Grunde genommen heiliger als die, wenn man ihm und der ganzen Truppe von der WAHRHEIT Glauben schenken will. Svavar beispielsweise.«

»Eben deswegen«, warf Árni ein. »Alles für die Verbreitung der Botschaft, der Zweck heiligt die Mittel. Die Welt geht ja sowieso zugrunde, und diese Leute da haben meines Wissens nicht so viel mit anderen Gesetzen am Hut als denen, die sie selber aus der Bibel herauslesen.«

»Árni, wo steht es in der Bibel, dass es in Ordnung ist, Geld zu verdienen, indem man seine Mitmenschen zugrunde richtet?«, fragte Katrín zweifelnd. »Dass es in Ordnung ist, Rauschgift zu verkaufen?«

»Nirgends«, gab Árni bereitwillig zu, »jedenfalls nicht ausdrücklich mit diesen Worten. Aber diese Typen sind doch sowieso komplett ins Alte Testament abgetaucht, und dort ist ja so ziemlich alles erlaubt, vorausgesetzt, dass man Gott auf seiner Seite hat und zu dessen höherer Ehre arbeitet, notabene. Und angesichts dessen, was ich bei denen gesehen und gehört habe, zweifle ich keinen Augenblick daran, dass der Meister überzeugt davon ist, Gott auf seiner Seite zu haben, egal was er macht. Aber wie gesagt, das ist nur so eine Idee. Mir ist aufgefallen, dass diese Bibel in Litauen gedruckt wurde, und von euch weiß ich, dass Þórður nach einer Verbindung zwischen Magnús und Lalli Fett sucht. Vielleicht ist das ja die Connection, vielleicht auch nicht – aber es würde auf jeden Fall einiges erklären. Auch wenn ich, ehrlich gesagt, einige Probleme damit habe, von da eine Verbindung zu Ólafur herzustellen, eine, die irgendeinen Sinn ergibt.«

»*All right*«, sagte Stefán, »gehen wir das also durch. Was wissen wir?« Er stand auf, griff zum Filzstift und fing an, etwas an die weiße Tafel zu kritzeln.

»Also«, sagte er und trat zur Seite. »Ungefähr so schaut's aus, nicht wahr?« Sie sahen sich das Kunstwerk an der Tafel an.

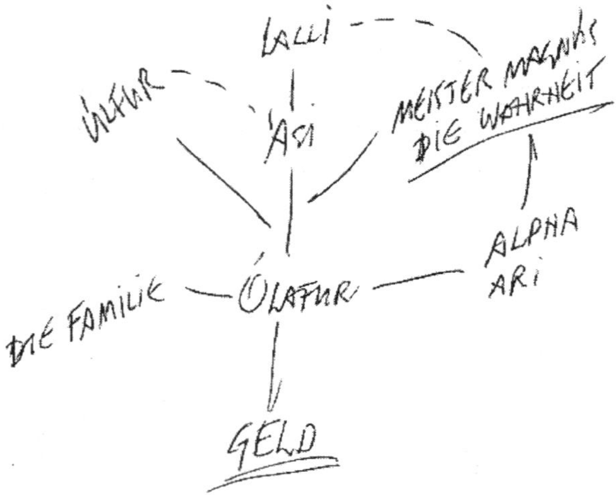

»Ólafur Áki, Úlfur, Ási Stero und Lalli Fett, Meister Magnús und sein Bruder Ari – wir wissen, dass all diese Männer in irgendeiner Weise in Verbindung zueinander gestanden haben, direkt oder indirekt. Ólafur Áki wohnte gegenüber von Úlfur, und sie haben manchmal zusammen gebechert. Úlfurs Fingerabdrücke waren überall in der Wohnung, und unter anderem auch an dem Messer. Wir wissen ebenfalls, dass Ólafur in der WAHRHEIT war, wo Meister Magnús der Oberpriester ist, und dass Ólafur hin und wieder als Techniker beim Alpha-Sender eingesprungen ist«, zählte Stefán auf und klopfte mit dem Filzstift an die jeweiligen Namen auf der Tafel. Katrín und Árni waren damit beschäftigt, Stefáns Übersicht nachzuzeichnen.

Genau wie in der Schule, dachte Árni, kritzelte aber schweigend weiter.

»Wir wissen, dass Lalli und Ási und Co. den Meister besucht haben, oder zumindest den Tempel der WAHRHEIT, und zwar mindestens dreimal im vergangenen Jahr«, fuhr Stefán fort. »Ebenso wissen wir, dass der Meister voriges Jahr im Januar mit der Fähre von Stockholm nach Riga gefahren ist. Ási Stero flog nach Stockholm und tauchte für einige Tage unter. Die Riga-Reise des Meisters und das Verschwinden von Ási überschneiden sich zumindest teilweise. Und wir wissen – oder halten es für wahrscheinlich –, dass Ólafur am Ostersonntag im vergangenen Jahr Lalli, Ási und deren Truppe im Haus der WAHRHEIT begegnet ist. Ein oder zwei Tage später war er tot, erstochen mit einem Messer, das nicht entfernt worden war. Und dann geht es wie gesagt um Ási, der …«

»Der sich ein paar Tage nach Ostern mit Úlfur getroffen hat«, führte Katrín den Satz zu Ende. »Und gestern hinter einem Schuppen an der Laxárdalsheiði auf der Lauer lag.«

»Jawohl. Und in Ólafurs Wohnung einen Fingerabdruck hinterlassen hat.«

»Woher wusste Ási eigentlich, wo Úlfur war?«, warf Árni ein.

»Entweder hat Úlfur es ihm direkt gesagt, oder Ási hat sich an Tinnas Fersen geheftet, was ich für wahrscheinlicher halte«, sagte Stefán. »Offensichtlich herrscht bei Lalli nicht dieselbe Personalknappheit wie bei uns. Aber das nur nebenbei. Ási war also da im Norden, das ist so gut wie sicher, glaube ich, und er war in Ólafurs Wohnung. Die Frage ist nur, in welcher Absicht er an diesen beiden Orten war.«

»Wissen wir inzwischen etwas über die Connection Úlfur und Ási?«, fragte Árni. »Und natürlich auch Lalli.«

»Nein. Entweder haben die im Rauschgiftdezernat nicht versucht, mitzuhören, als sie die Aufnahmen gemacht haben, oder sie haben es aus irgendwelchen Gründen nicht machen können. Nachdem, was Þórður sagt, steht in all den Massen von Unterlagen zu Lalli nichts über Úlfur und alle, die mit ihm in Verbindung stehen, bis auf dieses eine Treffen mit Ási. Vielleicht ist das nicht weiter verwunderlich, Úlfur ist Alkoholiker, er ist ein Dieb und hat nicht selten auch zu etwas Stärkerem als Schnaps gegriffen, um sich in einen Rausch zu versetzen. Wie ihr wisst, setzt Lalli Fett solche Leute nie bei irgendwelchen wichtigen Aufträgen ein. Trotzdem könnte es sein, dass Úlfur früher mal für Lalli im Kleinhandel tätig gewesen ist, da gibt es ja bekanntlich alle möglichen Gestalten. Fragst du, weil du etwas Bestimmtes im Sinn hast?«

»Nein, einfach nur so«, stotterte Árni mit rotem Kopf. »Aus keinem besonderen Grund, ich hab nur gerade nachgedacht.«

»Prima«, sagte Stefán, »mach weiter damit. Und dann sind da wie gesagt noch die beiden Brüder, der Meister und der Fernsehdirektor, die haben beide Ólafur letztes Jahr zu Ostern besucht. Wir haben Zeugen, die den Meister beim Verlassen des Hauses gesehen haben, und nachdem Ari sich dort übergeben hat, ist anscheinend niemand mehr aufs Klo gegangen, oder zumindest hat sich niemand draufgesetzt. Insofern können wir meines Erachtens ruhig davon ausgehen, dass dieser Besuch an demselben Abend stattgefunden hat.«

»Und was ist mit der Familie?«, fragte Árni. »Kann man die streichen?«

»Streichen vielleicht nicht, aber zurückstellen«, antwortete Stefán. »Und schließlich kommen noch das eventuelle Rauschgift in den Bibeln hinzu und die sechzehn Millionen, die Ólafur letztes Jahr auf sein Konto eingezahlt hat. Woher kamen diese sechzehn Millionen in bar? Wie dem auch sei, das ist das, was wir wissen. Im Grunde genommen ist es auch gar nicht so wenig. Die Frage ist nur, was wir daraus schlussfolgern können.«

»Wie gesagt, diese Verknüpfung von Drogenimport und

Ólafur, die kann ich nicht nachvollziehen«, sagte Árni, »selbst wenn er da an Ostern Lalli und Ási begegnet ist. Da muss es eine Verbindung dazwischen geben, aber welche? Besteht beispielsweise die Möglichkeit, dass das Geld von Lalli kommt? Dass er Ólafur und die WAHRHEIT dazu benutzt hat, um Geld zu waschen?«

»Das wäre eine außerordentlich ungewöhnliche Art von Geldwäsche«, erklärte Katrín, die nicht sehr überzeugt klang. »Einen alten Schluckspecht mit einem Sack voll Geld in die Bank zu schicken, um es auf ein normales Girokonto einzuzahlen. Nein, ich glaube, wir sollten versuchen herauszufinden, ob es nicht zwei getrennte Fälle sind.«

»Es spielt doch wohl kaum eine Rolle, ob es sich um einen oder zwei Fälle handelt«, protestierte Árni. »Es liegt doch auf der Hand, dass da eine Verbindung besteht. Die Frage ist nur, welche.«

»Du hast mich missverstanden«, sagte Katrín, »oder vielleicht habe ich mich nicht klar genug ausgedrückt. Ich bin der Meinung, dass wir uns auf den Mord an Ólafur konzentrieren sollten, von dem wir wissen, dass er verübt wurde. Über Drogenschmuggel in Bibeln wissen wir bislang noch gar nichts – noch nicht einmal, ob er stattgefunden hat. Und noch weniger über Ólafur als Geldwäscher für Lalli Fett, das sehe ich einfach nicht vor mir, *sorry*.«

»Aber …«, setzte Árni an, doch Stefán schnitt ihm das Wort ab. »Nein, nein, Katrín hat völlig Recht«, sagte er. »Wir müssen uns wirklich auf Ólafur konzentrieren, wie sie sagt. Das mit den Bibeln leite ich an Þórður weiter, er ist in einer wesentlich besseren Position, um herauszufinden, ob da etwas dran ist oder nicht. Und außerdem: Falls etwas dran ist, dann gehört es ohnehin in seinen Arbeitsbereich und nicht in unseren. Aber ich werde dafür sorgen, dass er uns auf dem Laufenden hält.

Und was das Geld betrifft – Katrín, hast du wegen der Meldung von der Bank schon mit den Leuten von der Abteilung für Wirtschaftskriminalität gesprochen?«

»Ja. Sie haben versprochen, sich das heute anzusehen.«

»Gut«, sagte Stefán. »Sieh zu, dass sie ihr Versprechen halten.«

»Und was machen wir jetzt?«, fragte Árni und klang missmutiger, als ihm lieb war.

»Ihr stellt zunächst einmal fest, ob Ási heute Nacht eine Erleuchtung gehabt hat«, sagte Stefán. »Anschließend bestellt ihr die gottesfürchtigen Brüder zu einem formellen Gespräch in eine von unseren guten Stuben.«

»Und falls Ási keine Erleuchtung gehabt hat – und davon gehe ich eigentlich aus –, was dann?«, fragte Katrín.

»Dann gestattet ihr ihm, noch etwas länger einzusitzen. Bis mittags vielleicht, bis dahin hat Þórður Zeit, sich zu entscheiden, was er tun will.«

»Du willst also keinen Antrag auf U-Haft stellen?«

»Ich glaube nicht«, sagte Stefán mit einer Grimasse. »Nicht gleich. Ich gehe nämlich davon aus, dass Þórður ihn lieber auf freiem Fuß haben möchte, um ihn im Auge zu behalten, falls da bei den Bibeln etwas herauskommt. Ich sage euch Bescheid, wenn ich meine Meinung ändere.« Katrín und Árni standen auf, Stefán setzte sich. »Und ihr haltet mich bitte auf dem Laufenden.«

Als sie sein Büro verlassen hatten, stand er wieder auf und ging die zwei Schritte zur Tafel. Er nahm die Kappe vom Filzstift ab und zog einen neuen Strich von der WAHRHEIT nach oben. Und darüber schrieb er einen Namen, den er aber gleich wieder auswischte.

»Svavar«, murmelte er, »was zum Teufel geht eigentlich in dir vor?«

* * *

»Ich habe mir den Kopf darüber zerbrochen, ob ich nicht doch einen Fehler gemacht habe«, sagte Svavar am Telefon und räusperte sich verlegen. »Ob es nicht besser ist, wenn ihr Brüder beide kommt und hier erzählt, was ihr wisst.«

»Wieso das denn auf einmal?« Meister Magnús war es anzuhören, dass ihm dieser Vorschlag sehr gegen den Strich ging. »Hast du nicht selbst gesagt, dass …«

»Ja«, gab Svavar zu, »ich weiß, was ich gesagt habe. Aber im Nachhinein bin ich zu der Überzeugung gekommen, dass ich die Lage falsch eingeschätzt habe, verstehst du.«

»Nein, ich verstehe nicht«, polterte Magnús, »überhaupt nicht. Ich habe darauf vertraut, Svavar, dass du uns in dieser Sache gute Ratschläge gibst. Darauf vertraut, dass du uns davor bewahren könntest, in solche weltlichen Umtriebe wie …«

Svavar seufzte. Er mochte den Meister sehr und brachte ihm als Prediger und geistiger Leitfigur uneingeschränkte Wertschätzung entgegen. Doch manchmal konnte er sich des Verdachts nicht erwehren, dass der Meister sehr wenig Bodenkontakt hatte, obwohl er das nicht laut sagte.

»Ich gebe dir nur einen guten Rat, Magnús«, erklärte er geduldig. »Ich habe es dir bereits gesagt und sage es jetzt wieder: Wie sehr würde ich mir wünschen, dass ihr bereits im vergangenen Jahr zu mir gekommen wärt, dann hätte dieser Fall nicht so prekär und kompliziert zu werden brauchen. In Anbetracht der gegenwärtigen Lage ist das der beste Rat, den ich euch geben kann. So wie sich die Dinge entwickelt haben, kann ich mein Schweigen nicht länger wahren.«

»Was meinst du damit, wie sich die Dinge entwickelt haben?«

Svavar zögerte einen Augenblick, kam aber zu dem Schluss, dass es keinen Sinn hatte, um die Dinge herumzureden.

»Ich habe gestern auf deinen Wunsch hin mit Ari gesprochen«, sagte er, »und wir hatten ein langes und gutes Gespräch, das …«

»Und?«, fiel Magnús ihm ins Wort. »Hast du es geschafft, den Jungen zur Vernunft zu bringen? Ihm die Folgen klarzumachen, für uns, für die WAHRHEIT, wenn das bekannt wird?«

»Das habe ich versucht, mein lieber Magnús, aber die Wahrheit ist die, dass es zum Schluss Ari war, der mich zur Vernunft gebracht hat. Er hat mich danach gefragt, was für Folgen es haben würde, wenn meine Leute herausfinden, dass ihr dort wart und …«

»Aber mein lieber Svavar, du hast gesagt, es sei überhaupt nicht sicher, dass sie es jemals herausfinden würden. Du hast mir versichert, dass …«

»Nein, Magnús, ich habe dir nur versichert, dass ich alles in meiner Macht Stehende tun würde, euch aus der Sache herauszuhalten, und versuchen würde, den Schaden in Grenzen zu halten, wenn es nicht gelänge. Und nun kann ich euch da nicht länger heraushalten.«

»Weshalb nicht?«, fragte Magnús ungehalten.

»Ich befürchte, dass mein Wunschdenken mich in die Irre geleitet hat, als wir vor kurzem miteinander sprachen«, seufzte Svavar. »Als ich euch sagte, nichts zu unternehmen. Ich habe sehr viel Glück in meinem Leben gehabt, Magnús, der Herr hat mich mannigfach gesegnet, sowohl im Privatleben als auch im Beruf. Ich habe Glück mit meinen Mitarbeitern gehabt, nicht zuletzt mit denen, die mir unterstellt sind. Trotz all ihrer Fehler sind es fähige Leute, und vor allen Dingen sind sie keine Dummköpfe. Mein gestriges Gespräch mit Ari hat mir die Augen geöffnet, es ist nur eine Frage der Zeit, wann diese fähigen Leute euch nachweisen, dass ihr bei Ólafur wart. Wahrscheinlich haben sie das sogar bereits getan. Deswegen ist es wichtig, dass ihr die Initiative ergreift, dass ihr hierherkommt und die Karten auf den Tisch legt, bevor ihr wie ganz gewöhnliche Verdächtige zur Vernehmung vorgeladen werdet. Ich kann dir aber zumindest eines versprechen, Magnús, ich werde Stefán und seinen Leuten klarmachen, dass es sich hier ganz und gar um eine Kette von unglücklichen Zufällen handelt, die man nicht an die Medien weiterleiten muss.«

»Fähige Leute, sagst du«, entrüstete sich der Meister. »Hast du mir nicht neulich erst gesagt, dass einer von denen ein erklärter Gottesleugner ist? Ein Mann, der sich mit seiner Gottlosigkeit brüstet? Und willst du mir jetzt etwa weismachen, dass der gleiche Gottlose sich an deine Empfehlungen hält? Dass er nicht die Gelegenheit beim Schopf ergreift, um uns mit Dreck zu bewerfen und uns suspekt zu machen? Dieser Junge, der mir hier gestern gegenübersaß und das Andenken unseres verstorbenen Bruders mit bösartigen Bezichtigungen gegen mich und die WAHRHEIT beschmutzte? Der Gottes heiliges Wort anzweifelt und voller Gleichgültigkeit und Überheblichkeit meine vom Herrn inspirierten Worte vernahm? Nein, Svavar, ich bin der Meinung, dass du uns seinerzeit genau das Richtige geraten hast. Wir sagen nichts und vertrauen auf den Herrn. Er wird uns den Weg weisen.«

Am anderen Ende der Leitung schüttelte Svavar den Kopf. »Selbstverständlich vertrauen wir auf den Herrn«, pflichtete er bei, »und eben deswegen zögere ich nicht, dir zu raten, zu uns zu kommen und deine Geschichte zu erzählen, so wie sie sich zugetragen hat. Genau das hat Ari vor.«

Der Meister verschluckte sich beim Atemholen. »Was meinst du damit, Svavar? Was … kannst du nicht …« Er verstummte mitten im Satz.

»Kann ich was nicht?«, fragte Svavar.

»Nichts. Ich mache es selber, ich rufe ihn an und rede mit ihm. Er darf nicht …«

»Zu spät«, sagte Svavar, »er ist bereits hier. Er sitzt mir hier gegenüber. Stefán kommt in einer halben Stunde zu mir, und es wäre gut, wenn du dann auch da sein würdest.«

»Ihr wisst nicht, was ihr tut«, sagte Magnús, »Gott steh euch beiden bei, ihr wisst nicht, was ihr tut.« Er legte auf.

Svavar hörte nur noch das Besetztzeichen und legte ebenfalls den Hörer auf die Gabel.

»Ich hab es dir ja gesagt«, murmelte Ari, »er ist verwirrt im Kopf, der Arme.«

* * *

Ási Stero hatte keine Erleuchtung bekommen, er schwieg weiter vor sich hin, verlangte aber zwischendurch immer mal wieder entweder einen Rechtsanwalt oder die Freilassung. Nach einer Dreiviertelstunde Auf-der-Stelle-Treten glaubten Katrín und Árni zu wissen, dass aus ihm nichts herauszubekommen war, und ließen ihn wieder in die Zelle bringen.

»Ich hätte U-Haft beantragt«, sagte Katrín nachdenklich. »Wir haben genug gegen ihn in der Hand.«

»Ja«, stimmte Árni ihr zu, »aber es ist immer wieder die gleiche Geschichte – sobald die eine Chance wittern, Lalli zu schnappen, hat das unbedingte Priorität.«

»Lalli und Meister Magnús«, sagte Katrín, »und Rauschgift in Bibeln. Du findest das wohl gar nicht unglaubwürdig? Du fändest es toll, nicht wahr?« Ihre Schritte hallten auf den kahlen Korridoren wider, als sie Seite an Seite in ihre Büros zurückgingen. »Du hoffst, dass es so ist, oder?«

Árni wusste nicht so recht, wie er auf diese Art von Verhör reagieren sollte. »Tja«, sagte er verlegen, »ich weiß nun nicht, ob ich es direkt hoffe …«

»Aber du würdest es nicht schlecht finden«, beharrte Katrín. »Was hast du gegen Gott? Was hat er dir getan?«

Árni blieb stehen. »Gott hat mir gar nichts getan«, sagte er, »es gibt ihn ja auch gar nicht. Aber diese Vorstellungen von einem Gott ...«

»Woher weißt du, dass es ihn nicht gibt?«, fiel Katrín ihm ins Wort. »Wie kannst du hier stehen und das so selbstverständlich behaupten, als würden all diese Millionen oder Milliarden von Menschen, die auf ihren Gott vertrauen, seit Tausenden von Jahren nichts als Schwachsinn von sich geben?«

»Die Menschen haben auch lange geglaubt, dass die Erde flach und der Mittelpunkt des Universums ist«, antwortete Árni ohne groß zu überlegen. »Und die Gottesmänner haben lange genug Menschen massakriert, die etwas anderes behaupteten. Aber ansonsten hast du den Nagel auf den Kopf getroffen, als du gesagt hast, dass die Leute an ihren Gott glaubten. Das ist doch genau das Problem – dieser Gott und jener Gott, alle sind der Überzeugung, dass sie an den einzig richtigen glauben, und entsprechend verurteilen sie andere. Töten andere, schlachten sie ab im Namen von ... Ach, du weißt schon, was ich meine. Religionen sind nur ...«

Árni setzte sich wieder in Bewegung. »Dieses Leben reicht mir«, sagte er. »Es hat zwar unheimlich viele Macken, aber es ist auf jeden Fall mein Leben. Meine Welt, hier und jetzt. Und diese Welt ist einfach zu verrückt, zu chaotisch, zu grotesk, als dass ich mich mit der Vorstellung zufriedengeben könnte, dass irgendjemand sich das Ganze ausgedacht und dann auch noch erschaffen hat. Das müsste dann ja ein voll abgedrehter Psychopath, ein Sadist und total beschwiemelter Fiesling sein, und ich sehe nicht, dass wir mit so einem Typ auf der Kommandobrücke besser bedient wären. Und das ist ja auch eine ganz gute Beschreibung von dem Gott, der sich im Alten Testament offenbart beziehungsweise in den Mosebüchern, weiter bin ich mit dem Schwachsinn gar nicht gekommen. Ein komplett durchgeknallter Massenmörder, ehrlich gesagt. Jesus war so gesehen ein prima Zeitgenosse, glaube ich, aber dass er der Sohn Gottes war und dazu noch sein eingeborener... Und wie gesagt, ich habe ja nichts gegen Gott als solchen, nur gegen solche Typen wie Magnús in der WAHRHEIT und seinen Bruder, gegen solche Leute wie Bush und Konsorten, die alle Gott nur für ihre Zwecke einsetzen, genau wie ihre anderen Waffen, um ihre Ziele durchzusetzen, um an die Macht zu kommen oder an Geld – und meistens beides. Genau wie die Mullahs und Ajatollahs und die Rabbiner und wie sie alle heißen mögen, dieses ganze verdammte Pack.«

Er öffnete die Tür zu dem Flur, auf dem sich ihre Büros befanden, und hielt sie für Katrín auf. Sie blieb in der Tür zu ihrem Büro stehen. »Also ist Gott die Quelle allen Übels? Mit welchem Namen auch immer man ihn benennt?«

Árni schüttelte ungeduldig den Kopf. »Nicht Gott, und nicht allen Übels, nein. Aber diese Vorstellung von Gott und all das, was die Menschen in seinem Namen im Laufe der Zeit getan haben und immer noch tun – das ist wirklich grauenhaft, finde ich. *Sorry*, so ist es einfach. Und irgendwie kann ich mir das überhaupt nicht mit der Botschaft von Christus zusammenreimen, hinter der sich diese Typen verstecken.«

»Aber was ist mit all dem Guten, das im Namen des Glaubens zustande kam?«, fragte Katrín. »Und auch immer noch zustande kommt, auf der ganzen Welt. Hat das nichts zu bedeuten?«

»Nein«, antwortete Árni ohne zu zögern, »gar nichts. Ich sehe nicht, dass wir irgendeinen Gott brauchen, der uns sagt, dass wir uns anderen gegenüber anständig verhalten und denen helfen sollen, die hilfsbedürftig sind. Geschweige denn das Versprechen auf ein Himmelreich für unsere guten Taten, oder die Androhung der Hölle, falls wir uns nicht bewähren.« Árni war knallrot geworden, er hatte noch nie so lange und so offen mit Katrín geredet, und er wusste nicht, ob sie ihm das übel nehmen würde. Aber Katrín lächelte nur, ein bisschen schief und sehr nett, fand er, und seine Röte vertiefte sich noch.

»Eigentlich verstehe ich nicht so richtig, wie du an Gott glauben kannst«, sagte er etwas unsicherer als vorher, »oder was es auch ist, an das du glaubst, nach wie vielen? – nach zehn, zwölf Jahren in diesem Job. Nach all dem, was du erlebt und gesehen hast …«

»Nach all dem, was ich gesehen habe«, antwortete sie nachdenklich, »kann ich eigentlich nicht anders, als an etwas anderes, Größeres und Besseres glauben als dieses armselige Menschengeschlecht, dem wir angehören. Ich glaube, es schadet uns gar nicht, derartige Hoffnungen zu hegen, damit wir überhaupt weitermachen können. Auf jeden Fall kann ich sie ab und zu gut gebrauchen. Ich wünschte, ich hätte einen ebenso starken Glauben an die Menschheit wie du, aber das …« Katrín schüttelte den Kopf. »Die Fragen nach der Ewigkeit müssen warten. Du befasst dich jetzt mit dem Fernsehdirektor, und ich versuche, den Meister zu erreichen, okay?«

Sie machte Árni die Tür vor der Nase zu, der geknickt zu seinem Kabuff schlich.

»Glaube an die Menschheit«, brummte er, »wenn das bloß der Fall wäre …«

Er schlug die Nummer des Alpha-Senders nach, griff nach dem Telefon, besann sich aber im letzten Augenblick und fischte stattdessen den Zettel mit der Nummer des Hotels auf Kreta aus der Tasche. Er hatte Glück, Ásta antwortete beim zweiten Klingeln.

»Hi«, sagte er, »wie geht's dir?«

»Prima«, antwortete Ásta vorsichtig. »Und dir?«

»Ja, auch prima«, log Árni. Er sah hoch, als geklopft wurde. Katríns Rotschopf erschien im Türspalt.

»Stefán rief gerade an«, sagte sie, »wir brauchen nicht mehr hinter den Brüdern herzutelefonieren.« Sie winkte entschuldigend, als sie sah, dass er am Telefon war, und verschwand.

»Entschuldige«, sagte Árni, »da kam gerade jemand. Also, wann landet deine Maschine morgen?«

* * *

»Du weißt es schon seit geraumer Zeit«, behauptete Stefán, der sich nicht die geringste Mühe gab, seine Wut zu kaschieren. »Du hast deinen eigenen Leuten wichtige Informationen vorenthalten. Wie willst du das rechtfertigen? Und was soll ich deiner Meinung nach jetzt tun? Schweigen?«

Svavar putzte seine Brille überaus energisch und konzentriert. Dann setzte er sie sich auf die spitze Nase und sah seinen Mitarbeiter und Nachfolger in spe an.

»Ja«, sagte er, »ich erwarte von dir, dass du schweigst. In Bezug auf diesen einen Punkt. Selbstverständlich nicht über das, was die Brüder dir soeben gesagt haben, aber ich sehe keinen Grund, dass du deinen Verdacht weiterleitest, dass ich …«

»Es geht nicht um einen Verdacht«, fuhr Stefán Svavar an. »Ich bin mir nämlich sicher, dass du das, was die beiden ausgesagt haben, vorhin nicht zum ersten Mal gehört hast. Du wusstest es schon, als wir das letzte Mal miteinander sprachen, als du mich davor gewarnt hast, alles zu glauben, was ein Mensch wie Úlfur von sich gibt.«

»Selbstverständlich bist du dir sicher«, gab Svavar geduldig zu, »und da wir unter uns sind, gebe ich auch gerne zu, dass ich am vergangenen Samstag davon erfahren habe. Vorher aber nicht, wohlgemerkt. Ich hatte wirklich keine Ahnung, dass der arme Ólafur tot war, bevor er am letzten Freitag gefunden wurde. Aber offiziell, außerhalb dieser vier Wände, habe ich erst vorhin davon erfahren, dass auch die Brüder involviert sind. Das werden sie sicherlich auch bestätigen, wenn man sie danach befragt. Es nutzt keinem von uns, wenn du etwas anderes behauptest, weil du nichts anderes in der Hand hast als die eigene Überzeugung, mein lieber Stefán. Du schadest dir nur selber, und außerdem natürlich der gesamten Kriminalpolizei. Und was ist denn eigentlich mein Vergehen, wenn man genau hinschaut? Ja, meinetwegen haben sich vielleicht eure Ermittlungen etwas verzögert, aber das ist auch alles. Ich habe einen Fehler gemacht, einen sehr dummen, das war menschliches Versagen, weil mein Blick wegen einer persönlichen Freundschaft getrübt war. Ich bedaure diesen Fehler, aber jetzt habe ich ihn korrigiert, und das muss genügen.«

Stefán war alles andere als einverstanden mit dieser Darstellung, aber er wusste, dass Svarar insofern Recht hatte, als er nur etwas tun konnte, was ihm selbst mehr schaden würde als Svavar. Doch das war Nebensache.

»Du behauptest, dass du den Fehler korrigiert hast und dass das genügen muss«, sagte er nach einigem Überlegen. »Mir genügt das aber keineswegs. Ich habe kein besonderes Bedürfnis, mich wegen dieser Sache in Schwierigkeiten zu bringen, im Grunde genommen überhaupt keins, darum geht es auch gar nicht. Aber ich habe das dringende Bedürfnis, meinen Kollegen vertrauen zu können, und zwar vor allem meinem Vorgesetzten. Mag sein, dass es kein großes Vergehen war, Svavar, aber wie kann ich dir in Zukunft je wieder vertrauen? Nicht zuletzt im Zusammenhang mit dieser Ermittlung? Willst du wirklich von mir verlangen, dass ich dich über die weitere Entwicklung informiere, wenn die Gefahr besteht, dass du sie im nächsten Moment an diejenigen weiterleitest, die wir im Visier haben und verhören?«

Svavars Nase rötete sich, aber ansonsten zeigte er keinerlei Reaktion.

Stefán stand auf. »Bis später.«

»Stefán«, rief Svavar hinter ihm her.

Stefán drehte sich um. »Ja?«, sagte er.

»Du kannst dich damit trösten, dass ich nicht mehr lange dein Vorgesetzter sein werde.« Sie verabschiedeten sich kurz, und Stefán verließ das Zimmer.

Sie hatten gelogen, die Brüder, und zwar beide. Sie hatten ihn und Svavar vorhin angelogen, als sie Seite an Seite in Svavars Büro saßen und ihre Geschichten erzählten. Ob sie auch Svavar angelogen hatten, als sie sich zuerst an ihn gewandt hatten, war eine andere und wesentlich leidigere Angelegenheit. Am liebsten hätte er Svavar rundheraus danach gefragt, aber dann hätte er seine Karten auf den Tisch legen müssen, und das wollte er nicht. Falls Svavar wusste, dass die Brüder logen, bedeutete es, dass er sie immer noch abschirmte. Und falls er es nicht wusste, hatte Stefán nicht vor, es ihm zu sagen. Er ging eilig nach unten, denn Katrín und Árni waren jetzt wohl im Begriff, mit den offiziellen Vernehmungen der beiden Brüder zu beginnen, und Stefán war sehr daran gelegen, dass sie ebenfalls nicht die Karten aufdeckten. Nicht gleich, dachte er, lassen wir sie doch lieber noch ein wenig länger lügen.

17

Donnerstag

»Gehen wir das Ganze noch einmal durch«, sagte Katrín freundlich, »und zwar von Anfang an.«

»Zum Kuckuck nochmal, wozu denn, Mädel?«, fragte Meister Magnús gereizt. »Ich habe dir gesagt, was ich weiß und an was ich mich erinnere. Ich habe alles zugegeben, ich habe eine schreckliche Sünde bekannt, die allein der Herr mir verzeihen kann. Und ich habe dir erläutert, was mich zu dieser Sünde gegen Gott und die Menschen verleitete. Was willst du mehr?«

»Ob da noch mehr ist, wird sich zeigen«, sagte Katrín gelassen. »Ich würde es aber gern noch einmal Punkt für Punkt mit dir durchgehen. Was hast du gesagt, wann warst du bei Ólafur?«

Der Meister schlug die Hände zum Himmel. »Das hast du doch da alles in deinem Computer, Mädel, du hast es dir genau aufgeschrieben, und außerdem hast du unser Gespräch mitgeschnitten. Was in aller Welt hat das zu bedeuten?«

Katrín lächelte nachsichtig und wartete. Der Meister seufzte theatralisch.

»Na schön, na schön. Ich habe Ólafur am Abend des Ostermontags im vergangenen Jahr besucht, es war wahrscheinlich kurz vor Mitternacht. Ich bin dort etwa zwanzig Minuten geblieben, vielleicht auch eine halbe Stunde, und bin dann wieder gegangen. Zufrieden?«

»Eine etwas ungewöhnliche Besuchszeit«, sagte Katrín. »Was wolltest du von ihm?«

»Ich habe schon …« Katrín sah ihn nur fragend an, und wieder gab er nach. »Der Verstorbene hatte Alkoholprobleme«, sagte er. »Er war ein guter, hilfsbereiter und gottesfürchtiger Mensch, unser Ólafur, Gott hab ihn selig, aber er hatte auch mit seinen bösen Geistern zu kämpfen. Der Antichrist ist überall zugegen und geht voller Heimtücke zu Werke, aber einem Mädchen in deinem Beruf brauche ich das wohl kaum zu sagen. Der gute Ólafur hatte mich an diesem Abend angerufen und mich inständig um diesen Besuch gebeten, um ihm Trost und Segen zu spenden. Ich versuchte zunächst, ihn am Telefon zu beruhigen, aber er bestand darauf, dass ich zu ihm käme. Er sagte, er habe an diesem Tag Streit mit seinen Kindern gehabt, er wusste weder aus noch ein und fürchtete, im Kampf mit dem Teufel Alkohol zu unterliegen.«

Stimme, Handbewegungen, Augenbrauen, die ganze Körpersprache waren perfekt inszeniert. Katrín beobachtete ihn fasziniert und verspürte instinktiv eine tiefe Abneigung gegen diesen professionellen Heuchler.

»Seine Verzagtheit war offensichtlich so groß«, fuhr der Meister fort, »dass ich mich gezwungen sah, seiner Bitte nachzukommen, zumal ja Ólafur stets bereit gewesen war, mir, dem Herrn und der WAHRHEIT ganz und gar uneigennützig zu dienen. So verhielt es sich, mein Mädchen.«

»Du bist also zu ihm gefahren, und was dann? Worüber habt ihr gesprochen?«

»Wie ich bereits gesagt habe, kann ich mich nicht im Detail an Einzelheiten erinnern, aber wir haben unter anderem über seine Kinder gesprochen. Sein Sohn befand sich auf den

Abwegen sexueller Perversion und war nicht bereit, sich von seinem Vater durch die Gnadenkraft Christi zu einem besseren Leben anleiten zu lassen. Und seine Tochter war – tja, was soll ich sagen, Ólafur machte sich große Sorgen wegen ihrer moralischen Gesinnung. Und außerdem haben wir über den Alkohol gesprochen und die Kraft des Gebets. Wir haben zusammen gebetet, und er war sehr viel ruhiger, als ich ihn verließ.«

»Das Geld hat er aber nicht erwähnt?«, fragte Katrín. »Die Überweisungen auf das Konto begannen kurz nach seinem Tod. Bist du dir da ganz sicher?«

»Ja, ich bin mir da ganz sicher. Während unseres kurzen Beisammenseins hat er mit keinem Wort das Geld erwähnt, das kannst du mir glauben.«

»Du hast ein Glas Wasser akzeptiert und bist gegangen?«

»Genau. Ich habe ein Glas Wasser getrunken und bin gegangen.«

»Und was geschah als Nächstes?«

Wieder seufzte der Meister effektvoll. »Als Nächstes rief mich ein paar Tage später ein Mann an, der sich nicht vorstellte. Er teilte mir mit, dass Ólafur tot war. Dass er auf brutale Weise ermordet worden war. Und dieser Mann deutete an, dass das vielleicht keine Überraschung für mich sei. Ich sagte ihm, dass ich keine Ahnung hätte, worüber er späche, und derartige Geschmacklosigkeiten nicht zu schätzen wisse. Ich wies ihn darauf hin, sich mit der Polizei in Verbindung zu setzen, falls es tatsächlich wahr sein sollte. Daraufhin lachte er nur und behauptete, ich würde wohl kaum Interesse daran haben, dass er sich an die Polizei wandte. Er fragte mich danach, was es meiner Meinung nach für die WAHRHEIT bedeutete, wenn bekannt würde, dass ich mich ungefähr zu der Zeit bei Ólafur aufgehalten hätte, als er ermordet wurde. Ich fragte zurück, woher er wüsste, wann die Tat begangen wurde und dass ich dort gewesen wäre.«

»Und was sagte er?«, drängelte Katrín.

»Er sagte, das ginge mich nichts an. Er verwendete allerdings sehr unschöne Ausdrücke, die ich hier nicht wiederholen möchte, aber das war, wie gesagt, die Bedeutung. Ich glaube, an dem Punkt habe ich aufgelegt. Aber er rief wieder an. Ich verbat mir weitere Beschimpfungen und Unterstellungen und wies ihn noch einmal darauf hin, sich an die Polizei zu wenden. Ich wollte gerade wieder auflegen, als er meinen Bruder ins Spiel brachte.«

»Ari?«

»Ja, Ari. Ich habe nur den einen leiblichen Bruder, aber zahlreiche Brüder in Christo. Dieser Mann am Telefon also, von dem ich bald herausfand, dass er Úlfur hieß – was für ein außerordentlich passender Name für einen Ganoven und Übeltäter –, er sagte, dass Ari ebenfalls dort bei Ólafur gewesen war, und zwar etwas später in derselben Nacht.«

»Und als Nächstes verlangte er Geld, nicht wahr? Für sein Schweigen?«

»Ja. Er wollte zehn Millionen, sonst würde er sich an die Polizei wenden und ihnen alles erzählen. Ich sagte ihm, dass er das gerne tun könne, ich hätte weder etwas zu verlieren noch zu verbergen. Da lachte er nur und erklärte, er würde sich später wieder melden. Als ich mich daraufhin telefonisch mit Ari in Verbindung setzte, stellte sich heraus, dass dieser Mann ihn ebenfalls angerufen und weitere zehn Millionen von ihm verlangt hatte.«

»Und Ari hatte tatsächlich in dieser Nacht Ólafur auch einen Besuch abgestattet?«

»Ja. Aber deine Ausdrucksweise ist in seinem Fall unpassend, denn Ólafur war ja bereits tot, als Ari eintraf.«

* * *

»Wie bist du in die Wohnung gekommen?«, fragte Árni. »Wenn Ólafur schon tot war, wer hat dir dann die Tür aufgemacht?« Die leichten Zuckungen in Aris Gesichtsmuskulatur ließen darauf schließen, dass er sich im Augenblick alles andere als wohl fühlte.

»Ich habe unten geklingelt, und jemand hat mir aufgemacht. Ganz einfach.«

»Und wie erklärst du dir das? Warum in aller Welt sollte ich dir das glauben?«

»Du kannst glauben, was du willst«, sagte Ari entnervt, »aber so ist es gewesen. Ich habe geklingelt, jemand hat geöffnet, und ich bin im Aufzug nach oben gefahren. Die Tür zu Ólafurs Wohnung stand halb auf, ich klopfte an und ging hinein. Dort saß er zusammengekrümmt und blutüberströmt in dem Sessel, und in seinem Bauch steckte ein enormes Messer. Da war … da war überall Blut. Ich … Mir wurde schlecht, und ich sah mich nach dem Badezimmer um. Als ich es gefunden hatte, musste ich mich übergeben, und dann bin ich wieder gegangen.«

»Weshalb bist du gegangen? Weshalb hast du nicht den Notruf verständigt?«

»Ich …« Ari senkte den Blick und räusperte sich ein paarmal. »Ich schäme mich, es zuzugeben, aber ich … ich hatte Angst, dass … Ich wusste, dass mein Bruder kurz zuvor dort gewesen war, und ich hatte Angst, dass …«

Árni nickte verständnisvoll. »Wieso und weshalb?«, fragte er dann.

Ari schrak zusammen. »Was meinst du damit?«

»Wieso wusstest du, dass dein Bruder kurz zuvor dort gewesen war, und weshalb glaubtest du, dass er Ólafur das angetan haben konnte?«

»Äh, ja, Ólafur hatte mich angerufen und mir gesagt, dass

Magnús unterwegs zu ihm sei. Er fragte, ob ich nicht auch vorbeischauen könnte. Ich war nicht sonderlich erpicht darauf, es war schon sehr spät, und der nächste Tag war ein Arbeitstag. Aber ich erklärte mich schließlich trotzdem bereit, zu ihm zu kommen.«

»Was wollte Ólafur? Was wollte er von dir?«

Ari war leichenblass, doch hier und da blühten rote Flecken in seinem Gesicht. »Das, also das war eigentlich eher unklar. Er sagte, dass er mich treffen müsse, wegen einer wichtigen, ja, wegen einer wichtigen Angelegenheit, die keinen Aufschub duldete – ja. Er versprach, mir das zu erklären, wenn ich käme, aber …«

Árni reichte ihm ein Papiertuch und Ari trocknete sich den Schweiß von der Stirn.

»In Ordnung«, sagte Árni, »aber wieso gingst du davon aus, dass dein Bruder etwas damit zu tun hatte?«

»Ich ging nicht davon aus, ich befürchtete nur, dass es so sein könnte. Ich habe nicht sehr klar denken können, das war ein furchtbarer Schock, und ich … ja, ich bin einfach nach Hause gefahren. Lag wach im Bett und überlegte, was ich machen sollte, ob ich Magnús anrufen sollte, die Polizei anrufen sollte – oder vielleicht auch etwas ganz anderes. Am Ende beschloss ich, gar nichts zu tun. Es in die Hände des Herrn zu legen …«

»Und was geschah als Nächstes?«

»Als Nächstes rief dieser Mann an, dieser Úlfur. Es war ein paar Tage später. Ich wusste da natürlich noch nicht, wie er hieß, aber … ja. Er sagte, er habe mich gesehen, und Magnús auch, und er sagte, dass er wüsste, was Ólafur widerfahren war. Er sagte, er könne uns davor bewahren, dass sich die Leute die Mäuler über uns zerrissen, und womöglich sogar vor dem Gefängnis. Er fragte, ob es uns in unseren Positionen nicht etwas wert sei, dass nicht herauskäme, dass wir da in der Wohnung gewesen waren, und auch das andere, dass wir nichts unternommen haben, nicht den Notruf oder die Polizei verständigt haben. Das hat das Ganze ja natürlich noch viel schlimmer gemacht, der Mann hatte völlig Recht. Wir hatten beide nicht nur verdächtig, sondern auch verwerflich gehandelt.«

»Wie viel wollte er?«

»Zehn Millionen.«

»Und was hast du ihm gesagt?«

»Dass ich so viel Geld gar nicht zur Verfügung hätte, auf jeden Fall nicht so eins, zwei, drei. Ich bat um eine Frist, damit ich das Geld besorgen könnte, aber mir ging es natürlich vor allem darum, Zeit zum Nachdenken herauszuschlagen.«

»Hast du diese zehn Millionen gezahlt?«

»Nein. Mein Bruder Magnús rief mich eine halbe Stunde später an, da hatte dieser Mann auch mit ihm telefoniert. Wir … wir haben die Ereignisse des Abends durchgesprochen, und Magnús bat mich, nichts zu unternehmen. Er versprach, die Sache in die Hand zu nehmen.«

»Was meinte er damit?«

Die Zuckungen im Gesicht des Fernsehdirektors häuften sich.

»Ich weiß es nicht. Ich habe ihn nicht danach gefragt.«

»Und danach wurdest du nicht mehr mit Geldforderungen belästigt?«

»Doch, aber da war es anders. Nun wollte er keine zehn Millionen mehr, sondern hunderttausend. Monatlich. Ich sollte hunderttausend Kronen im Monat auf ein Konto einzahlen, das er mir nannte.«

»Was für ein Konto? Wer besitzt es?«

»Die Firma heißt Flax. Ich versuchte herauszufinden, wer dahintersteckt, sowohl im Internet als auch im Telefonbuch, aber dabei kam nichts heraus. Nicht einmal eine Adresse.«

»Und du hast es dann getan, oder nicht? Du hast hunderttausend im Monat überwiesen?«

»Ja«, sagte Ari leise. »Irgendwie war da nichts anderes zu machen. Danach habe ich lange nichts mehr von ihm gehört, erst am vergangenen Dienstag wieder.«

* * *

»Warum diese Kehrtwendung?«, fragte Katrín. »Warum dieser Sinneswandel? Erst verlangt er zehn Millionen, und dann ändert er seine Meinung und will hunderttausend im Monat? Was ist da passiert?« Das Zögern war weder lang noch auffällig, aber es war da, genau wie beim ersten Mal, als sie diese Frage stellte.

»Ich glaube, ich habe es dir bereits gesagt, ebenso wie alles andere, was ich die letzten zwanzig Minuten von mir gegeben habe«, stöhnte der Meister. »Ich habe wirklich keine Ahnung. Danach müsst ihr ihn selber fragen.«

»Und du hast herausgefunden, dass es Úlfur war, weil du auf deinem Display die Nummer des Anrufers sehen konntest.«

»Ja, die Nummer stand auf dem Display, und die habe ich dann ins Telefonbuch im Internet eingegeben. Das war ganz einfach.«

»Dir ist nicht eingefallen, ihn anzurufen und ihm zu sagen, dass du herausgefunden hattest, wer er war? Oder die Gespräche mit ihm aufzunehmen und ihm zu drohen, damit zur Polizei zu gehen? Das war doch Erpressung.«

»Doch«, sagte der Meister ungehalten. Mit seinen großen Tönen war es vorbei, mit der Scheinheiligkeit auch, und hinter der sorgsam einstudierten Rolle schien mehr und mehr der Mensch durch. »Mir ist Verschiedenes eingefallen, Mädel. Aber was auch immer es war – die Folgen wären stets die gleichen gewesen.«

»Du meinst, du wärst hier bei uns gelandet und die ganze Angelegenheit in den Medien?«

»Ja. Auch wenn ich mir gewissermaßen die Hoffnung gestatte, dass all das, was wir hier besprechen, innerhalb dieser vier Wände verbleiben kann. Ich sehe nämlich nicht, dass irgendjemandem ein Gefallen damit getan wird, wenn diese Sache an die große Glocke der Medien gehängt wird.«

Und wieso kommst du auf die Idee, dass ich dir einen Gefallen tun werde, hätte Katrín beinahe gefragt, doch es gelang ihr, stattdessen dezent zu hüsteln.

»Und danach hast du die ganze Zeit nichts von ihm gehört, bis er sich am vergangenen Dienstag wieder gemeldet hat, sagst du?«

»Nein. Ich habe ja auch immer die vereinbarte Summe bezahlt.«

»Aber am Dienstag verlangte er fünfzig Millionen?«

»Ja, und zwar in Euro, das hat er besonders hervorgehoben.«

»Und du hast gesagt ...«

»Ich habe ihm erklärt, er würde in Beelzebubs ewigen Höllenfeuern schmoren, und habe das Gespräch abgebrochen«, sagte der Meister in einem so gelassenen Ton, als würde er über Pfannkuchen oder das Wetter reden. »Was geschieht nun?«

»Nun muss ich das ins Reine schreiben, es ausdrucken, und du musst unterschreiben. Dann kannst du gehen.«

* * *

»Und?«, fragte Stefán. »Wie ist es gelaufen?«

»Gut«, antwortete Þórður. »Ási ist es beinahe gelungen, so zu tun, als wäre nichts, aber eben nicht ganz. Er hat sich beinahe den Hals verrenkt, als er den Meister sah, so schnell hat er den Kopf in die andere Richtung gedreht. Beim Hinausgehen hat er dann nicht mehr in die Richtung von Magnús geblickt, sondern starr geradeaus. Der Meister hat deutlicher reagiert, ihm gelang es nicht, seine Überraschung zu kaschieren. Aber gegrüßt haben sie sich natürlich nicht.«

»Und der Fernsehdirektor?«

»Nichts«, sagte Þórður. »Er hat Ási ebenfalls gesehen, aber bei ihm konnte ich keine Reaktion feststellen, die darauf hindeutete, dass er den Mann kannte.«

»Hm.«

»Ja.«

»Ási hat sich ins nächstbeste Taxi gestürzt«, sagte Katrín, »und die Brüder sind in ihren Autos davongefahren, jeder in seine Richtung.«

»Irgendwie scheint es da im Augenblick mit der Bruderliebe bei den Jesusbrüdern ziemlich zu hapern«, schaltete Árni sich ein.

Katrín setzte sich auf einen der beiden Besucherstühle vor Stefáns chaotischem Schreibtisch und überschlug die Beine. »Ihr wollt nicht, dass sie wissen, dass wir wissen, geht es darum? War es dir deswegen so wichtig, dass wir ihnen – oder zumindest dem Meister – nicht die Aufnahmen von Lalli und Co. zeigen?«

Stefán nahm ihr gegenüber auf seinem Schreibtischstuhl Platz. »Ja. Was haben sie gesagt, haben sie von geistigem und geistlichem Beistand oder Ähnlichem gefaselt, als ihr gefragt habt, was sie bei Ólafur wollten?«

»Etwas in der Art«, sagte Katrín. »Der arme Kerl bedurfte angeblich des Trostes wegen der sexuellen Perversionen seines Sohnes und der Ausschweifungen seiner Tochter.«

»Der Fernsehdirektor hat behauptet, keine Ahnung gehabt zu haben, was der Kerl von ihm wollte, nur dass es anscheinend dringend gewesen sei. Ólafur tat angeblich sehr geheimnisvoll. Aber das mit … Das, was Katrín erwähnt hat, dass wir sie nicht wissen lassen sollen, was wir über gewisse Verbindungen wissen, nützt das irgendwas? Ich meine, Ási weiß doch, dass wir wissen, dass er da war, also …«

»Aber weder er noch die Brüder haben Anlass zu glauben, dass wir irgendwelche Kenntnisse über Verbindungen zwischen ihnen haben. Für sie wissen wir lediglich, dass sie alle bei Ólafur waren.«

Árni zog die Nase hoch. »Okay. Aber wie ist es, besteht die Möglichkeit, nach so langer Zeit eine detaillierte Übersicht über die Telefongespräche von diesen Nummern zu bekommen? Bei Ólafur, bei der WAHRHEIT und beim Fernsehdirektor? Um zu sehen, wer wen angerufen hat und ob überhaupt jemand bei ihnen angerufen hat?«

»Nein«, sagte Stefán, »so perfektioniert sind wir nun doch noch nicht, dass wir solche Informationen bekommen können. Zum Glück.«

»Nicht, was normale Nummern betrifft«, korrigierte Þórður, der sich auf der einzigen freien Ecke des Schreibtischs niedergelassen hatte. »Bestimmte Nummern werden aber ständig überwacht, und diese Listen werden aufbewahrt. Zur Sicherheit.«

»Zur Sicherheit«, mokierte sich Árni. »Klingt ja toll. Hier.« Er zog ein kleines Diktafon aus der Tasche, auf dem er das Gespräch mit Ari aufgezeichnet hatte, und reichte es Katrín. »Tauschen wir?«

»Ich hab meins nicht mitgebracht«, sagte Katrín und nahm das Gerät entgegen. »Du kannst es dir nachher bei mir abholen. Was liegt als Nächstes an?«

»Als Nächstes hört ihr euch die Aufzeichnungen an, und falls ihr da über nichts stolpert, kümmert ihr euch um diese Firma, wie hieß sie noch? Flex?«

»Flax«, sagten Katrín und Árni unisono.

»Flax, ja genau. Wir brauchen eine Verfügung, dass wir uns die Buchhaltung bei denen ansehen dürfen – oder zumindest das Bankkonto, und das müssen wir dann überprüfen. Darüber hinaus werden wir im Fall Ólafur im Augenblick nichts weiter unternehmen, bevor wir uns nicht mit Úlfur unterhalten haben. Das wird wohl noch nicht so bald möglich sein, so wie ich diese Ärzte kenne. Aber es gibt genug zu tun. Katrín, du schaust vielleicht nach, was sonst noch anliegt, womit wir uns nebenbei befassen können. Alles klar?«

»Aber was ist mit der anderen Sache?«, erkundigte sich Árni vorsichtig.

»Das ist unsere Angelegenheit«, erklärte Þórður lächelnd. »Aber danke für den Tipp.«

»Moment mal, heißt das etwa, dass bei dieser Sache mit den Bibeln tatsächlich etwas herausgekommen ist?«, fragte Katrín.

»Noch nicht«, gab Þórður zu, »aber wir sind auf einer Spur, der es sich sehr wohl lohnt nachzugehen. Übrigens, habt ihr schon von dem BMW auf der Holtavörðuheiði gehört? Nein?« Er stand auf und reckte sich. »Die haben da einen schwarzen BMW in einer Schlucht irgendwo auf der Hochebene gefunden, wenn ich das richtig verstanden habe. Der war halb unter Wasser. Der Wagen wurde am Montag als gestohlen gemeldet, er war auf irgendein Jüngelchen registriert, von dem wir wissen, dass es sich an Lalli und Ási rangehängt hat. Kein großer Fisch, aber wir wissen wie gesagt von ihm. Im Übrigen ist es merkwürdig«, fügte er hinzu, während er zur Tür ging, »dass Ási mit einem BMW in den Norden gefahren ist. Normalerweise benutzen die bei ihren *dienstlichen* Aufträgen bescheidenere Autotypen. Sollte denen da vielleicht jetzt ein doppelter Bluff vorschweben?« Er grinste hintergründig, hob die Hand zum Abschied und verließ das Zimmer.

»Also«, sagte Stefán, »ihr wisst, was ihr zu …« Er verstummte mitten im Satz und griff nach dem klingelnden Telefon. Katrín und Árni brauchten nicht zu fragen, wer am Apparat war, sie konnten jedes Wort hören, das der Hund von sich gab.

»Friðjón hier. Der Frau gehören der Handabdruck und die Finger am Türrahmen in der Diele, und ihr Macker hatte den Daumen an dem Messer. Ich dachte, du würdest das vielleicht wissen wollen. Den Bericht kriegst du.« Im nächsten Moment hatte er aufgelegt.

»Aha«, sagte Stefán. »Und ich hatte die liebe Familie eigentlich bereits abgeschrieben. Warum können die Dinge nicht wenigstens manchmal einfach und unkompliziert sein?«

* * *

Lallis Schweiß rann in Strömen, als er unter Aufbietung aller Kräfte bei einem Tempo von fünf Stundenkilometern voranstapfte, mit dem Blick auf Täler und Hügel von Reykjavík und das blaue Meer. Nach fünfzehn Minuten schaltete er das Laufband aus und nahm schweigend das Handtuch entgegen, das Ási ihm reichte. Der hatte sich vor einer halben Stunde wieder zurückgemeldet, aber seitdem nicht viel von sich gegeben.

»Weshalb haben die dich heute Nacht dabehalten?«, fragte Lalli keuchend, während er ein neues Handy aus einem Schrank in der Ecke holte. »Nimm jetzt das, und entsorge das andere«, sagte er, »wir gehen kein Risiko ein, mein lieber Ási, kein Risiko. Wer weiß, was sie mit deinem Apparat gemacht haben, während du in der Zelle warst. Weswegen haben sie dich die Nacht dort verbringen lassen?«

»Keine Ahnung. Sie haben mich immer wieder nach Úlfur gefragt und nach dieser Scheune, wo er sich versteckt hatte, und ich habe ihnen selbstverständlich gesagt, dass ich mit den

Jungs im Billardclub war, verstehst du, aber – ja, sie haben mir einfach nicht geglaubt. Du weißt, wie die Bullen sind, die …«

»Ja«, unterbrach ihn Lalli, »ich weiß, wie die sind. Die behalten nicht jemanden über Nacht da wegen etwas, was sie sich ganz schnell bestätigen lassen können, auch dann nicht, wenn sie wissen, dass so ein Alibi frei erfunden ist, so sind sie nun einmal, die Bullen, mein lieber Ási. Du erzählst mir aber nicht die ganze Geschichte, mein Lieber, obwohl du doch genau wissen solltest, dass ich immer die ganze Geschichte hören will. Und du weißt ebenso genau, dass sie mir sowieso irgendwann zu Ohren kommen wird. Was war da los? Was wollten sie, dieser Karottenkopf und der grüne Hüne? Haben die dich nicht in die Zange genommen, mein Lieber?«

Ási musste heftig schlucken und fingerte an seinem Bart herum. »Ja. Und der Junge, du weißt schon, dieser komische Pimpf, der war heute Morgen mit dem Feuermelder da. Also äh, ja …«

»Also äh, ja?«, äffte Lalli ihn spöttisch nach.

»Sie wollten wissen, was ich in Krummahólar zu suchen hatte. In Ólafurs Wohnung.«

Lallis Doppelkinn vermehrte sich um zwei weitere, während er diese Mitteilung verdauen musste. Dann sah er von seinen neuen Schuhen hoch und blickte Ási ins Gesicht.

»Und was hast du gesagt?«

»Keinen Ton, natürlich«, sagte Ási im Brustton der Überzeugung, »kein einziges Tönchen.«

»Schön. Und woher wussten die, dass du dort warst?«

»Das haben sie nicht gesagt«, brummte Ási.

»Ich weiß, dass sie das nicht gesagt haben, selbstverständlich haben sie das nicht gesagt. Ich frage dich, mein Lieber – wieso wussten sie, wieso konnten sie wissen, dass du dich bei dem Kerl rumgetrieben hast?«

»Keine Ahnung«, gestand Ási. »Ich weiß es ganz einfach nicht. Vielleicht hat mich jemand gesehen, oder – nein, ich weiß es nicht.«

»Hm. Und die beiden Gottesbrüder, die waren da heute auch am Hlemmur, sagst du?«

»Ja.«

»Hm. Aha. In Ordnung. Nun möchte ich duschen, mein Junge, sag Kári, dass er mir die Mädchen vorbeischicken soll. Mit Handtüchern, sauberen Handtüchern. Und du siehst zu, dass du in die Sonne kommst, die Gute hat sich diesen Sommer noch nicht sehr oft blicken lassen. Kauf dir ein Eis.«

Sobald Ási zur Tür hinaus war, begann Lalli sich auszuziehen, Schuhe, Jogginghose, Slip, und zuletzt das T-Shirt. Er betrachtete sich in einem Spiegel, der vom Boden bis zur Decke reichte. »Fett bist du, mein Lieber«, murmelte er übel gelaunt und tätschelte seinen Bauch, »wirklich fett.« Er schnitt seinem Spiegelbild eine Grimasse. »Opfer, immer wieder Opfer«, murmelte er. »Und dieses wird nicht billig.«

»Was wird nicht billig, du schnuckeliger Fettmops?«, fragte die Blonde, als sie die Nase zur Tür hineinsteckte.

»Willst du damit sagen, dass wir dich teuer kommen?«, fragte die Dunkelhaarige, die der anderen lächelnd folgte. »Schätzchen, hast du abgenommen?«

Lalli grinste. Kommt Zeit, kommt Rat.

* * *

»Circa zehn Zentimeter, würde ich denken«, sagte Árni. »Einssiebzig vielleicht, er ist wirklich nicht groß.« Er sah Katrín an, die zustimmend nickte. Viðar war kleiner als sie, wesentlich kleiner, und Sigurlaug war noch kleiner als er. Árni hörte ein paar Sekunden zu, bedankte sich und beendete das Gespräch.

»Was hat Geir gesagt?«, knurrte Stefán.

»Er hat gesagt – selbstverständlich unter Vorbehalt –, dass er es für so gut wie unmöglich hält, dass ein so kleiner Mann Ólafur diese Verletzungen beigebracht haben kann. Er will es nicht völlig ausschließen, aber …«

»Ja, ja, ich weiß. Und mir reicht das im Moment, es erspart uns einigen Wirbel. Wann hattest du übrigens vorgehabt, uns das mitzuteilen?«, fragte Stefán. »Das mit der Größe des Messerstechers?«

Árni wäre am liebsten im Erdboden versunken, aber das stand nicht zu Gebote.

»Tut mir leid«, murmelte er, »ich hatte das völlig vergessen, bis die Sache mit Viðar vorhin aufkam, da fiel es mir wieder ein.«

»Wir können also Viðar, Sigurlaug und auch Hólmfríður ausschließen, nicht wahr?«

»Ja, ich denke schon. Und Lalli natürlich auch.«

»Lalli stand nie zur Debatte«, korrigierte Katrín ihn, »nicht als der Mann mit dem Messer. Er lässt andere die Drecksarbeit für sich machen.«

»Leute wie Ási Stero«, ergänzte Stefán, »der Ólafur ebenfalls irgendwann im vergangenen Jahr einen Besuch abgestattet hat. Vielleicht auch, um ihm geistigen Beistand zu leisten, wer weiß? Aber das steht auf einem ganz anderen Blatt. Ihr geht jetzt und hört euch die Aufnahmen mit den Brüdern an, und ich sehe zu, dass ich die Verfügungen für diese Firma Flix oder Flux bekomme, oder wie immer die heißt.«

»Flax«, korrigierten Katrín und Árni im Chor.

»Genau«, sagte Stefán, »das habe ich gemeint.«

* * *

Nach der Dusche und dem, was darauf folgte, wühlte Lalli in Schränken und Schubladen herum, um sich zu vergewissern, dass er alles Notwendige beisammenhatte. Das Papier war an seinem Platz, fast durchsichtiges weißes Papier, zusammengefaltet in der untersten Schreibtischschublade. Die Rolle mit dem hauchdünnen Goldband bewahrte er in der obersten Schublade auf. Der rote Siegellack war ebenfalls an seinem Platz im Schrank, und das Siegel stand wie ein Dekorationsgegenstand zwischen anderem Krimskrams in einem Regal hinter dem Schreibtisch. Es fehlte also nur der Inhalt, aber darüber machte er sich keine Gedanken, an den war leicht heranzukommen.

»Allzeit bereit«, brummte Lalli vergnügt, holte das nächste neue Handy aus dem Eckschrank und begab sich dann zu seinen Autos. Diesmal wählte er den Range Rover, und ganz entgegen seiner Gewohnheit setzte er sich selbst ans Steuer. Schon beim dritten Blick in den Rückspiegel bestätigte sich sein Verdacht, und er grinste mitleidig. Sie hatten also wieder mit diesem Spiel angefangen, die Ärmsten.

Er nahm den direkten Weg zur Kringla, fuhr die Rampe zu den oberen Parkplätzen hoch und stellte den Wagen ohne Skrupel auf dem Behindertenparkplatz vor dem Südeingang zur Shopping Mall ab. Dann mischte er sich unter die Menschen und trottete so schnell, wie es die kurzen Beine erlaubten, zum Ausgang bei der Tiefgarage an der Seite, wo die Bibliothek war.

»Also, mein lieber Kári«, sagte er kurzatmig, »jetzt kommen wir zum nächsten Punkt. Fahr los.«

Zwanzig Minuten später war er sich so gut wie sicher, dass niemand wusste, wo er war, und wies Kári an, nicht allzu weit entfernt im Auto auf ihn zu warten.

»Garðabær«, murmelte er, als er aus dem Auto gestiegen war, »jetzt zwingen die einen sogar schon, nach Garðabær zu fahren, diese Blödmänner.«

Er betrat das Einkaufszentrum und setzte sich an einen Tisch in einem Lokal, das eine Mischung aus Café und Sportbar war. Erst als der Kaffee vor ihm auf dem Tisch stand, nahm er das Handy in Betrieb und rief an.

»Hallo, lieber Freund«, sagte er, »es ist schon eine ganze Weile her, wie geht es dir denn, mein Lieber?« Er trank einen Schluck Kaffee. »Prima, das hört man gern. Hör zu, mein Freund, ich weiß, es ist eine schlimme Unsitte von mir, aber ich rufe natürlich immer nur dann an, wenn ich etwas brauche – ach so, ja, du verstehst das, lieber Freund. Also, ich erwarte in Kürze eine Sendung, und ich möchte dich bitten, sie für mich klarzumachen. Sag mal, der Tarif hat sich inzwischen doch nicht geändert, lieber Freund?«

* * *

Die Firma Flax OHG schien aus nicht viel mehr als dem Namen, einer Kennziffer und dem Bankkonto zu bestehen, auf das die Brüder Magnús und Ari in den letzten sechzehn Monaten eingezahlt hatten. Stefán hatte beantragt, eine Liste über die Gesellschafter und den Geschäftsführer beim Handelsregister zu bekommen, aber er rechnete nicht damit, sehr viel schlauer zu sein, wenn diese Informationen vorlägen. Ebenso wenig ging er davon aus, mehr über den endgültigen Bestimmungsort der hundertvierzigtausend Kronen in Erfahrung zu bringen, die monatlich vom Konto der Firma Flax auf das Konto einer anderen Firma eingezahlt wurden, die den Informationen zufolge, die er im Internet, im Telefonbuch und vom Handelsregister bekommen hatte, vom Umfang her etwa genauso groß war wie Flax OHG. Plötzlich klopfte es an der Tür.

»Herein«, sagte Stefán und legte die Papiere zur Seite.

»Hast du da etwas herausgefunden?«, fragte Katrín.

»Ist Úlfur bei Flax eingetragen?«, fragte Árni. Sie setzten sich.

»Nein. Die hundertvierzigtausend verschwinden sofort wieder auf das Konto eines anderen Scheinunternehmens. Bestimmt wäre es möglich, dem etwas gründlicher nachzugehen und sogar ein paar von den Leuten zu vernehmen, die als Geschäftsführer registriert sind, aber irgendwie habe ich das Gefühl, dass sich diese Leute da am Busbahnhof oder in den Cafés in der Innenstadt herumtreiben und gar nicht wissen, dass sie eine Firma besitzen.«

»Lalli?«, fragte Katrín.

»Ja, ich denke schon«, sagte Stefán. »Aber das ist nur etwas, was ich vermute. In Anbetracht der Überlastung unserer Kollegen bei der Abteilung für Wirtschaftskriminalität sehe ich nicht, dass sie Zeit haben werden, sich mit solchem Pipifax abzugeben. Vor allem, wenn man bedenkt, wie viel dabei herausgekommen ist, als wir sie darum gebeten haben, diese Einzahlung von Ólafur abzuchecken«, knurrte er. Die Abteilung für Wirtschaftskriminalität hatte das Versprechen, das Katrín ihnen abgerungen hatte, eingelöst und untersucht, was aus dem Meldeformular geworden war, das die Bank pflichtschuldigst an die Polizei weitergeleitet hatte. Mit dem kärglichen Ergebnis, dass es ganz so aussah, als wäre die Meldung einfach ad acta gelegt worden. Ólafurs Erklärung, dieses eine Wort »Lotto«, war entweder einfach als legitim abgesegnet worden, oder, was wahrscheinlicher war, man hatte wegen Arbeitsüberlastung schlicht keine Zeit gehabt, der Sache auf den Grund zu gehen.

»Die würden ganz bestimmt auch eine Strafanzeige vermasseln«, warf Árni ein, »sogar wenn Lalli sich herablassen und ihnen die Sache in eigener Person erklären würde.«

»Na, na, na«, ermahnte ihn Stefán, »du solltest nicht schlecht über deine Kollegen sprechen.«

»Auch nicht über die, die es verdient haben?«

»Vor allem nicht die, die es verdient haben«, sagte Stefán, »und außerdem habe ich nicht vor, mich dazu zu äußern, wer in diesem Zusammenhang was verdient hat. Wir treten in unserer Abteilung nicht nach jemandem, der am Boden liegt, denk daran, Árni. Also dann, die restlichen sechzigtausend Kronen sind in den gleichen regelmäßigen Abständen auf ein anderes Konto eingezahlt worden, das Úlfur Kolbeinsson gehört, diesem vorbildlichen Mitbürger. Was schließen wir aus dem Ganzen?«

»Der Meister hat ausdrücklich gesagt, dass die Ausgesandten des Antichristen weithin zu finden und voller Heimtücke sind«, erklärte Árni griesgrämig.

»Dieses Durcheinander ist schon recht seltsam«, sagte Katrín, ohne auf Árnis Gefasel einzugehen. »Vor allem, wenn Lalli hinter Flax steckt, was mit Sicherheit der Fall ist. Er hat schon immer ein Faible für derartige Pseudofirmen gehabt, um auf diese Weise sein Geld zu waschen, das wissen wir. Aber das passt auch ausgezeichnet zu dem Punkt, über den sowohl Árni als auch ich gestolpert sind, als wir uns die Aufzeichnungen angehört haben. Úlfur hat zuerst zehn Millionen von ihnen verlangt, und im nächsten Zug hunderttausend im Monat. Die beiden Brüder hatten angeblich keine Ahnung, weshalb, und das mag gerne stimmen. Zumindest glaube ich, dass Ari wirklich keine Ahnung hatte. Aber er hat da etwas gesagt – wie hat er das noch ausgedrückt, Árni? Magnús wollte …?«

»Magnús versprach, die Sache in die Hand zu nehmen.«

»Was hat er damit gemeint?«, fragte Stefán.

»Genau das war meine nächste Frage. Er sagt, er habe seinen Bruder nicht danach gefragt.«

»Und Magnús erwähnt mit keinem Wort, dass er irgendetwas *in die Hand genommen hat*«, fuhr Katrín fort. »Er sagte nur, er habe sich gezwungen gesehen zu zahlen. Aber wenn er tatsächlich von Anfang an gewusst hat, dass es Úlfur war, und guten Kontakt zu Lalli hatte ...«

»Ja, das würde genau zu Lalli passen«, knurrte Stefán.

Das Kunststoffpolster auf dem Stuhl knarrte, als Árni sich bewegte. »Das – was?«, fragte er.

»Úlfur ruft die beiden Brüder an und verlangt zehn Millionen von ihnen, das passt gut zu Úlfur, glaube ich«, sagte Katrín. »Eine große Summe, richtig cool. Aber auch gefährlich. Man verlangt nicht zehn Millionen – nicht mal heutzutage, nicht mal von solchen Leuten, es sei denn, dass man sämtliche Trümpfe in der Hand hat. Na, wie dem auch sei – Úlfur ruft Ari an und den Meister, und ich würde jede Wette eingehen, dass der Meister sich unverzüglich mit Lalli in Verbindung gesetzt hat.«

»Und der schickt Ási los, um sich Úlfur vorzuknöpfen«, fuhr Stefán fort. »Um ihn zur Vernunft zu bringen, auf die eine oder andere Weise. Und das führt dazu, dass Lalli eine Chance für ein paar Nebeneinnahmen wittert, er weiß, wie viel er aus den Brüdern herausquetschen kann, ohne dass es ihnen allzu weh tut. Er schwätzt dem Meister irgendwas vor und rät ihm zu zahlen. Und selbst wenn Úlfur nicht den IQ eines Atomphysikers hat – so blöd ist er nicht, sich mit Lalli anzulegen. Er gibt sich mit seinem Scherflein zufrieden. Bis letzten Dienstag, weil er sich da auf einmal in die Ecke gedrängt fühlt. Bringt sich zunächst auf dem Land in Sicherheit, auf der Flucht vor uns, aber vor allem vor Lalli, und hat bestimmt vor, sich ins Ausland abzusetzen. Deswegen verlangt er jetzt Euros und keine Kronen.«

»Ich verstehe das trotzdem nicht so ganz«, nörgelte Árni, »ich meine, hundertvierzigtausend, das sind doch nur Lappalien für Lalli, wenn das stimmt, was wir über den Mann wissen. Weshalb gibt er sich mit so etwas ab? Weshalb nicht einfach Úlfur zum Schweigen bringen, wenn Lalli tatsächlich mit dem Meister unter einer Decke steckte beziehungsweise steckt?«

»Aus zwei Gründen«, sagte Stefán mit erhobenem Zeigefinger. »Zum einen ist Lalli bekannt dafür, dass er jede Gelegenheit beim Schopf ergreift. Wie du sagst, es handelt sich nicht um schwindelerregende Summen, aber in den nunmehr sechzehn Monaten sind daraus doch rund anderthalb Millionen geworden. Und zum anderen«, hier fügte er den Mittelfinger hinzu, »hat er auf diese Weise den Meister besser in der Zange. Und außerdem amüsiert er sich bestimmt köstlich dabei.«

»Und wie ist dann jetzt die Lage?« Árni sah von Stefán zu Katrín und dann wieder auf Stefán. »Wer hat Ólafur umgebracht? Úlfur?«

Die quietschenden Bremsen eines Stadtbusses waren das Einzige, was in Stefáns Büro die Stille der nächsten Sekunden unterbrach.

»Möglich«, sagte Stefán schließlich. »Ja, diese Möglichkeit besteht gewiss. Aber irgendwie habe ich meine Probleme mit der Vorstellung, dass eine verkrachte Existenz wie Úlfur, der das Hasenpanier ergreift, sobald wir bei ihm anklopfen, kaltschnäuzig genug ist, um so einen Zustand so lange auszuhalten. Er wohnt direkt gegenüber von Ólafur, was bedeutet, dass er in den letzten sechzehn Monaten jeden Tag an das erinnert wurde, was er getan hat. Es mag ja noch angehen, wenn er nur davon gewusst hat, dass Ólafur tot war, aber wenn er ihn tatsächlich selber umgebracht hat…«

»Und hinzu kommt dann noch die Erpressung«, fiel Katrín ihm ins Wort. »Dazu gehört schon eine gewaltige Portion Kaltblütigkeit, erst einen Mann umzubringen und dann noch Schweigegelder von anderen zu erpressen.«

»Und vergessen wir nicht die halb volle Ginflasche auf dem Tisch«, fügte Stefán hinzu. »Hätte Úlfur die zurückgelassen? Ich glaube nicht.«

»Aber was ist mit den Fingerabdrücken am Messer?«, fragte Árni.

»Automatische Reaktion?«, schlug Stefán vor. »Er kommt rein, sieht den Alten in seinem Blut, fasst das Messer an und lässt es wieder los. Macht sich aus dem Staub, weil er eine Scheißangst hat, wieder im Knast zu landen, und deswegen ruft er auch nicht die Hundertzwölf an, klar. Allein zu Hause, kein Alibi …«

»Aber wieso hat er die Fingerabdrücke an dem Messer nicht abgewischt?«, beharrte Árni.

»Die erste Reaktion war einfach panisch«, sagte Katrín, »und dann hat er sich nicht mehr in die Wohnung zurückgetraut. Das wäre zumindest eine mögliche Erklärung. Im Grunde genommen ist es aber auch egal, ob er den Kerl erstochen hat oder nicht, es ist in beiden Fällen gleichermaßen idiotisch, Fingerabdrücke an der Mordwaffe zu hinterlassen. Also ich plädiere für Panik, egal, ob er der Täter war oder nicht. Nicht zu vergessen, dass er ganz bestimmt auch ziemlich besoffen war.«

»Und ich erinnere daran, dass die meisten Abdrücke am Messer zwar deutlich erkennbar, aber trotzdem irgendwie verwischt waren, wie der Hund sich ausgedrückt hat«, sagte Stefán. »Was auch bedeuten kann, dass das Heft mit Handschuhen angefasst wurde, nachdem alle anderen ihre Spuren hinterlassen hatten.«

»Und damit wären wir wohl bei einem von den beiden Jesusbrüdern?«, fragte Árni. »Magnús oder Ari?«

»Eher Ari«, sagte Katrín zu Árnis Enttäuschung. Er fand zwar beide unerträglich, aber dem Fernsehdirektor konnte er doch etwas mehr Sympathie entgegenbringen. »Sigurlaug und Viðar begegneten dem Meister auf dem Weg aus dem Haus, und Ólafur war angeblich noch quicklebendig, als sie ihn aufsuchten«, fuhr Katrín fort. »Und wenn wir den wissenschaftlichen Erkenntnissen von Geir und Friðjón Glauben schenken dürfen, dann können es nicht diese klein gewachsenen Lebensabschnittspartner gewesen sein, die zum Brotmesser gegriffen haben. In Anbetracht dessen, was uns Geir neulich gesagt hat, glaube ich nicht so recht an das, was Ari behauptet. Wie hat Geir sich noch ausgedrückt, es sei ein langes Sterben bei ihm gewesen?«

»Das glaubte er, ja«, musste Árni widerstrebend zugeben. »Aber es muss ja nicht unbedingt bedeuten, dass er …«

»Nein, nein«, unterbrach Katrín ihn. »Ari kann wirklich der Meinung gewesen sein, dass Ólafur tot war. Bedenkt man aber den Zeitrahmen, dann lag wohl kaum mehr als eine halbe Stunde zwischen dem Verlassen der Wohnung von Sigurlaug und Viðar und Aris Eintreffen. Da kann er also noch nicht tot gewesen sein, auch wenn Ari ihn nicht erstochen hat. Was es natürlich nur noch schlimmer macht, dass er nicht die Hundertzwölf angerufen hat. Zudem hat er keine überzeugende Erklärung dafür, wie er in das Haus gekommen ist und wer ihm die Tür geöffnet hat, wenn es nicht Ólafur selber war.«

Árni war immer noch nicht überzeugt. »Aber weshalb? Weshalb hätte Ari Ólafur umbringen sollen? Hat er bei Alpha eine falsche Birne in einen Scheinwerfer geschraubt? Und selbst wenn er Handschuhe anhatte, als er zustach, weswegen hat er sie dann ausgezogen, um zu kotzen und das Fenster im Badezimmer zu öffnen?«

Stefán räusperte sich. »Geir hat Sigurlaug und Viðar keineswegs vollständig auschließen können, auch wenn er sie für unwahrscheinliche Kandidaten hält. Außerdem wissen wir gar nichts darüber, was Bárður und Ragnar in dieser Nacht unternommen haben. Sie behaupten, nach dem Abendessen bei Sigurlaug direkt ins Hotel gegangen zu sein, aber wir haben nichts unternommen, um uns das bestätigen zu lassen. Das wird selbstverständlich nach all dieser Zeit sehr schwer, wenn nicht sogar unmöglich sein, es ist ja nicht so, dass in den Hotels Buch darüber geführt wird, wann die Gäste kommen und gehen, höchstens wenn sie ein- oder auschecken. Wir dürfen aber auch nicht unseren Freund N. N. vergessen, der ist ja bei jeder ordentlichen Ermittlung sozusagen unentbehrlich. Wer weiß, vielleicht trug der ja sogar Handschuhe. Und außerdem ist da auch noch Ási. Stellen wir uns vor, dass der Meister deswegen zu Ólafur ging, weil er mit ihm darüber reden wollte, was auf diesen Aufnahmen von Þórður zu sehen ist. Und stellen wir uns vor, dass der Meister mit dem Ergebnis dieses Gesprächs keineswegs zufrieden war. Ólafur war aller Wahrscheinlichkeit nach betrunken, und ich gehe davon aus, dass er auch bereits mit Ari telefoniert hatte. Wir wissen auch, dass Ólafur nicht gerade gut mit Alkohol umgehen konnte. Das ist meines Erachtens die einzig vernünftige Erklärung für Aris nächtlichen Besuch bei Ólafur. Vielleicht war sein Zustand so, dass sogar der Meister ihn nicht ruhig stellen konnte, ihn überzeugen konnte, so etwas lieber für sich zu behalten. Und was macht der Meister dann?«

»Er ruft Lalli an«, sagte Árni.

»Das ist jedenfalls nicht unwahrscheinlicher als vieles andere«, stimmte Stefán zu. »Und es ist vollkommen klar, dass wir uns eingehender mit Ási unterhalten müssen, sobald Þórður uns grünes Licht gibt.«

»Das wäre natürlich der Gipfel«, sagte Katrín, »wenn Lalli Ási geschickt hat, um Ólafur zum Schweigen zu bringen, und in Fortsetzung dessen Úlfur dabei behilflich ist, den Halsabschneidern Geld aus der Tasche zu ziehen.«

»Ja, das würde er bestimmt komisch finden, dieses üble Stinktier«, sagte Stefán grinsend.

»Und was machen wir jetzt?«, fragte Árni.

»Abwarten«, antwortete Stefán. »Abwarten und Tee trinken, bis es wieder Sinn macht, dass wir uns da von Neuem hineinknien, wann immer das sein wird. Bis dahin gibt's genug anderes zu tun.«

III

August 2006

1

Dienstag

Árni war einigermaßen zufrieden mit sich selbst, dem Leben und dem Dasein, als er an diesem Morgen trotz Sturm und Regen, die im Kampf gegen das schöne Wetter in diesem Sommer ein weiteres Mal die Oberhand behalten hatten, zu Fuß zur Arbeit ging. Diese Zufriedenheit hatte auch abends um acht noch nicht nachgelassen, als sich die Dunkelheit über die Stadt Kópavogur senkte. Er saß am Fenster eines menschenleeren Büros im sechsten Stock und hatte Blick auf den Tempel der WAHRHEIT.

Die ersten Tage nach Ástas Rückkehr von Kreta waren besser gewesen, als er je zu hoffen gewagt hatte, und jetzt war sie nach einer Woche bei ihren Eltern in Húsavík wieder bei ihm, frisch und fröhlich wie nie zuvor. Er hatte selten so gut geschlafen wie in den letzten Tagen. Alles war an seinem Platz, auch Ásta. Er hatte nicht die geringste Lust, darüber nachzudenken, ob so eine Denkweise als altmodisch und chauvinistisch einzustufen war, so vergnügt war er. Aber nicht allein Ástas Rückkehr war der Anlass zu dieser optimistischen Stimmung, obwohl sie sicherlich den größten Teil zu seiner ungewohnten Lebensfreude und Zuversicht beigetragen hatte.

Zum einen war es in den letzten Tagen bei der Arbeit bestens gelaufen, er hatte einen Fall nach dem anderen gelöst. Zwar nur kleine Fälle, einer unbedeutender als der andere, aber die wollten ja schließlich auch gelöst sein.

Zum anderen ging es Guðni wesentlich besser, er hatte sogar schon damit angefangen, sich draußen an die Wand gedrückt klammheimlich die ein oder andere London Docks anzuzünden; und trotz Ermahnungen, Zurechtweisungen und Verboten von Ärzten wie von Krankenschwestern kaute er zwischendurch unentwegt an seinen Stumpen.

Und zum dritten stand ein spannender Abend bevor, glaubte Árni, auch wenn sich bislang noch nicht viel ereignet hatte. So spannend, dass er es immer noch nicht leid geworden war, darauf zu warten, dass etwas passierte, obwohl er seit bald sechs Stunden hier auf diesem Stuhl vor dem Fenster hockte.

Fünftausend Bibeln, hatte Þórður gesagt, fünftausend Bibeln waren seit Februar vergangenen Jahres im Auftrag der WAHRHEIT gedruckt und nach Island geschickt worden, fünfhundert in jeder Sendung. Das waren eine Menge Bibeln für eine Glaubensgemeinschaft, die eintausendachthundert Mitglieder zählte. In den Jahren davor waren es trotz ihres Missionierungseifers in den Malls von Kringla und Smáralind insgesamt nur fünfhundert Bibeln gewesen. Und nun war wieder eine Palette mit Bibeln eingetroffen.

Den Informationen zufolge, die Þórður von seinen Kollegen in den baltischen Ländern erhalten hatte, waren sie in Vilnius gedruckt worden, in einer alten und angesehenen Druckerei, die seit der Mitte des achtzehnten Jahrhunderts ununterbrochen in Betrieb gewesen war und sämtliche Revolutionen, Kriege und andere Widrigkeiten bis zum heutigen Tag überstanden hatte. Sie war im Zuge der Umwälzungen im letzten Jahrzehnt des vergangenen Jahrhunderts wie so vieles andere privatisiert worden, doch die neuen Besitzer waren klug genug gewesen, den Namen beizubehalten, und die Druckerei profitierte immer noch von ihrer Tradition und ihrem Ruf. Nach außen hin wirkte alles glatt und gefällig und so, wie es sein sollte. Als aber die Anfrage aus Island kam, befasste sich die litauische Polizei damit, wer hinter der Kommanditgesellschaft steckte, die vor zehn Jahren das alteingesessene und ehrwürdige Unternehmen gekauft hatte, das im Laufe der Jahrhunderte sowohl die Bibel als auch das Kommunistische Manifest mit mustergültiger Präzision gedruckt hatte. Zuerst Bibeln, dann das Kommunistische Manifest, und jetzt wieder Bibeln. Nachdem es der Polizei in Litauen gelungen war, die Fäden von Vilnius nach Kaunas zurückzuverfolgen, der Hochburg der litauischen Amphetamin-Produktion, bedurfte es großer Überzeugungskraft seitens der isländischen Polizei, ihre Kollegen in Litauen dazu zu bringen, sich zunächst noch zurückzuhalten. Aber das war gelungen.

Die Palette stand seit fünf Tagen unangerührt in der Lagerhalle des Zolls, inmitten von Kühlschränken, Fernsehern, Strumpfhosen, Blumentöpfen, Wäscheklammern und sonstigen Bedarfsgütern. Und die Leute vom Zoll und von der Rauschgiftabteilung hatten Tag und Nacht diese Kostbarkeiten überwacht, denn die Hunde hatten an der Palette geschnüffelt und bestätigt, was sie zu wissen glaubten: In diesen Bibeln befand sich etwas mehr als nur Gottes Wort.

Normalerweise wurden Drogen, die man aufgespürt hatte, konfisziert und mit etwas anderem ausgetauscht, was ähnlich aussah und von ähnlicher Konsistenz war. Anschließend wurde alles wieder so verpackt, dass man keinen Unterschied sehen konnte. Dann hieß es nur Geduld haben, bis jemand die Sendung auslöste, und möglichst auch noch so lange, bis der Betreffende das kostbare Zeug auspackte, bevor man zuschlug und den oder die Täter auf frischer Tat ertappte. So etwas war meist nicht weiter problematisch, vor allem, wenn in Autos geschmuggelt wurde. In diesem Fall hatte sich allerdings herausgestellt, dass diese Methode nicht anwendbar war. Die Bibeln waren in dünnes, weißes Papier verpackt und mit einem Goldfaden zugeschnürt, jeweils zehn Stück zusammen, und jedes Paket war an beiden Seiten mit einem schön ziselierten Siegel plombiert worden. Der Versuch, das Siegel von einem der Pakete zu entfernen, misslang kläglich, deswegen blieb nichts anderes übrig, als dieses Paket mitten in dem Stapel zu verstecken und die Palette zu ihrem Bestimmungsort gehen zu lassen. Sie wurde nicht mehr angerührt, damit ihr nicht von außen anzusehen war, dass jemand sich an der Sendung zu schaffen gemacht hatte. Und heute war das passiert, worauf man gewartet hatte: Die Bibeln waren ausgelöst und nach Kópavogur gebracht worden, in den Tempel der WAHRHEIT.

Ebenso wie in den anderen Abteilungen herrschte auch im Rauschgiftdezernat derzeit Personalmangel, und Þórður hatte Stefán darum gebeten, dass auch sie drei, Stefán, Katrín und Árni, an dieser Aktion teilnahmen, zusammen mit seinen Leuten und einem achtköpfigen Team von der Zollfahndung. Keiner von ihnen hatte sich dem verweigert, es reichte ihnen auch allmählich mit Autodiebstählen, Schmierereien an Häusern, eingeschlagenen Fensterscheiben und Kinnhaken. Der Fall Ólafur lag auf Eis, bis diese Aktion über die Bühne war und die Ärzte im Krankenhaus befanden, dass Úlfur vernehmungsfähig war.

Nur zwei Dinge warfen einen leichten Schatten auf Árnis Dasein, wie er da am Fenster saß, in den Regen hinausstarrte und darauf wartete, dass etwas geschah; die Erinnerung an die lange überfällige Beerdigung von Ólafur, an der er hatte teilnehmen müssen, und die Tatsache, dass sowohl Meister Magnús als auch sein Bruder, der Fernsehdirektor, in dem Fall viel zu billig wegkommen würden, so wie es im Augenblick den Anschein hatte.

Die Beerdigung in aller Stille hatte stattgefunden, nachdem Geir kurz vor Monatsende grünes Licht dafür gegeben hatte. Der Alte hatte das allerdings nur sehr widerstrebend getan. Er war sogar mit dem Ansinnen an die Kinder herangetreten, Ólafur weiter bei sich behalten zu dürfen, aber das hatten Bárður und Hólmfríður rundheraus abgelehnt und verlangt, dass ihnen die sterblichen Überreste des Vaters unverzüglich überlassen wurden.

Bei der Beisetzung waren nur der Pfarrer, Hólmfríður, Bárður, Ragnar und Árni anwesend. Weder Sigurlaug noch Hólmfríðurs Kinder waren gekommen, und keine einzige Träne floss. Der Pfarrer machte nur wenige Worte, anscheinend hatte er nicht viele Informationen über den Toten erhalten. Die Zeremonie dauerte insgesamt nicht einmal zwanzig Minuten.

Árni hatte sich nach der Beisetzung nicht zurückhalten können und die Geschwister gefragt, warum sie einen Pastor der Staatskirche engagiert hatten und nicht Meister Magnús, was Ólafur doch wohl unbedingt gewollt hätte. Sie sagten ihm, dass der Meister stark darauf gedrängt hatte, die Beerdigung vornehmen zu dürfen; er hatte ihnen sogar angeboten, die gesamten Kosten zu übernehmen, aber das war für die beiden überhaupt nicht in Frage gekommen.

»Dieser Mann«, hatte Hólmfríður verächtlich gesagt, »der hat diesen armen Menschen, der aber doch unser Vater war, zu einem plärrenden Vollidioten gemacht, der nur noch fanatisches Geschwätz von sich gab. Und wenn wir ihn in den letzten Jahren vernachlässigt haben, dann war das nicht zuletzt die Schuld dieses Heuchlers und Pseudopfaffen. Und er hat unserem Vater gegenüber auch keine besondere Anhänglichkeit gezeigt, hat bloß stillschweigend jeden Monat eine halbe Million abkassiert, ohne auch nur ein einziges Mal nach ihm zu sehen …«

Árni hielt sich zurück und fragte die Geschwister nicht, für welche Geldsumme sie bereit gewesen wären, ihrerseits nach ihrem Vater zu sehen. Aber mehr noch beschäftigte ihn der Gedanke, was die beiden wohl sagen würden, wenn sie erführen, dass Magnús nicht nur das Geld entgegengenommen, sondern auch die ganze Zeit gewusst hatte, dass Ólafur tot war. Es würde bestimmt interessant sein, den Prozess mitzuverfolgen, der letzten Endes unvermeidlich war. Acht Millionen waren keine Kleinigkeit für normale Angehörige der arbeitenden Bevölkerung. Da mussten die Geschwister doch eigentlich vor Gericht gehen. Er konnte sie aber im Augenblick noch nicht darüber informieren, genauso wenig wie über anderes im Zusammenhang mit dem Fall, was ihm leid tat. Die Fragen der Geschwister nach den Fortschritten und dem Stand der Ermittlungen im Mordfall des Vaters beantwortete er mit leeren Standardphrasen, was ihnen sichtlich missfiel, aber das war nicht zu ändern. Er tröstete sich mit dem Gedanken, dass es nun ganz bestimmt nicht mehr lange dauern würde, bis sie sich die Brüder ernsthaft vorknöpfen konnten, und ebenso Ási und Úlfur. Vielleicht würde es dazu führen, dass endlich festgestellt werden konnte, woher diese sechzehn Millionen gekommen waren, obwohl er weiterhin skeptisch blieb. Bislang war überhaupt nichts zum Vorschein gekommen, was den plötzlichen Reichtum des Toten erklärte, das Geld war anscheinend tatsächlich vom Himmel gefallen.

Árni rieb sich die Schläfen, stand auf und stampfte mit den Füßen auf, bevor er sich wieder auf sein mageres Hinterteil setzte und in das Dämmerlicht unter dem schwer verhangenen Himmel starrte. Da passierte immer noch nichts.

2

Mittwoch

»Position beziehen«, schrie Þórður ins Funkgerät, als Ási Stero an der Nordseite des Hauses der WAHRHEIT vorfuhr, aus dem Auto ausstieg und zusammen mit einem anderen Mann durch die Kellertür ins Haus ging. Es war halb elf Uhr morgens, der Himmel war nur leicht bedeckt. Zwölf Grad waren es draußen, fast schon ein Sommertag.

Árni sprang auf und ging zu Katrín hinüber, die in einer Ecke des Büros auf einer Campingmatratze lag. Sie hatte sich mit ihrem Anorak zugedeckt und verwendete eine Rolle Klopapier als Kopfkissen. Sie hatte die Nachtschicht übernommen und bis jetzt gerade mal drei Stunden geschlafen, aber sie sprang wie eine Feder auf die Beine, als Árni sie anstieß. Beide rannten die Treppe hinunter und auf die Straße hinaus, überquerten sie und blieben an dem Eckhaus rechts vom Haus der WAHRHEIT stehen.

»Was jetzt?«, flüsterte Árni.

»Erstens brauchst du nicht zu flüstern«, sagte Katrín, die ihr Haar unter der Kapuze des Anoraks verbarg. »Und zweitens solltest du dir eine Zigarette anzünden, und dann werden wir uns mal die Schaufenster hier angucken, so als hätten wir nichts Besseres zu tun.«

* * *

Obwohl Lalli zu wissen glaubte, dass Þórður und seine Mannschaft ihn gut genug kannten und ihn in solchen Stunden nicht mit allzu vielen Leuten beschatteten, blieb er seiner Überzeugung treu und ging kein Risiko ein. Deswegen ließ er sich von Kári eine halbe Stunde in dem Mercedes herumkutschieren, bevor sie Kurs auf den Bestimmungsort nahmen. Sie fuhren im Aufzug in den achten Stock, und auf dem Weg nach oben summte Lalli vor sich hin. Da musste ihm schon jemand ganz dicht auf den Fersen sein, um zu sehen, in welche Etage er fuhr, und so gut wie direkt neben ihm stehen, um festzustellen, wo genau auf dieser Etage er ein wenig zu verweilen gedachte. Wie vermutet folgte ihnen aber an diesem Tag niemand.

»Eigentlich weiß ich gar nicht, weshalb ich so gestresst bin, Kári«, sagte er, als sie das Büro eines Bekannten betraten, der zufälligerweise außer Haus war. »Es ist ja nicht ungesetzlich, aus dem Fenster zu schauen. Auch nicht, wenn man ein Fernglas benutzt.«

* * *

»Wie lange warten wir noch?«, fragte Stefán.

»Bis sie wieder herauskommen«, antwortete Þórður ungeduldig und sah auf die Uhr. Es war bereits nach zwölf, aber Ási und sein Kumpel waren immer noch nicht wieder aufgetaucht, weder an der rückwärtigen Tür noch am Haupteingang. Sie saßen in einem braunen Transporter, und er drehte sich nach hinten um. »Kriegt ihr gar nichts rein?«

Der Mann mit dem Kopfhörer schüttelte schweigend den Kopf. »Nichts von Bedeutung«, sagte ein anderer Mann, der vor einem Monitor saß und nur an einem Ohr einen Ohrhörer trug. »Wir könnten natürlich versuchen, den Wagen woanders hinzustellen.«

»Nein«, sagte Þórður entschlossen, »wir warten.«

»Er ist in einem BMW gekommen«, mischte sich Stefán unvermittelt ein.

»Ich weiß«, sagte Þórður, der an seinen Fingernägeln kaute. »Ich weiß. Aber wie ich sagte – vielleicht halten sich diese Jungs für cleverer, als sie sind.«

»Der doppelte Bluff, meinst du?«

»Der doppelte Bluff«, bestätigte Þórður. Er klang zuversichtlich, fand Stefán.

* * *

»Ganz nette Lampe«, sagte Árni munter, »die grüne da.«

»O Mann, jetzt halt doch die Klappe.« Katrín blickte sich um. Diese Aktion war inzwischen fast schon zur Farce geworden, so viel stand fest. Sie hatten jetzt auf einer Länge von zweihundert Metern mindestens viermal sämtliche Schaufenster auf beiden Seiten der Straße abgeklappert und waren genauso oft den acht Muskelprotzen begegnet, die genau wie sie an einem helllichten Tag wie diesem Mittwoch anscheinend nichts Besseres zu tun hatten, als sich Lampen, Nähmaschinen, Bastelartikel, Audio-Zubehör und sonstiges Zeug anzusehen, das in den Schaufenstern der verschiedenen Geschäfte ausgestellt war. Es hätte einer ganz speziellen Art von Blindheit bedurft, um nicht zu bemerken, dass all diese Leute sich sehr sonderbar verhielten, dachte sie, falls die Leute Augen im Kopf hatten und hin und wieder mal aus dem Fenster schauten. Und die Kollegen, die im Auto gekommen waren, wirkten noch auffälliger. Fünf Autos auf fünf Parkplätzen in unmittelbarer Nähe des Hauses, und in jedem Wagen saßen zwei Männer.

»Sollen wir uns jetzt Gardinen anschauen, Liebling?«, fragte Árni. Katrín versetzte ihm einen Klaps auf die Schulter. Und achtete sorgfältig darauf, dass er nicht das Grinsen sah, das sie nicht unterdrücken konnte.

»Ja«, sagte sie, »schauen wir uns Gardinen an.«

* * *

»Nun tanzt, Püppchen, tanzt«, summte Lalli. »Es ist doch wirklich amüsant, findest du nicht, Kári?«, fragte er und setzte das Fernglas ab. Kári nickte stumm. »Ich weiß, ich weiß«, seufzte Lalli, »man kann sich nicht den lieben langen Tag mit Spielen vergnügen. Die Kühe melken sich nicht selber, sagte Orri in Vellir, wenn er uns Kinder morgens aus dem Bett warf, um sich dann selber wieder in die Falle zu hauen.« Er zog ein Handy hervor und reichte es Kári.

»Mach du das für mich, bei so was habe ich lauter linke Daumen.«

»Was soll ich schreiben?«

»Gogogo«, quietschte Lalli.

»Go, go, go?«

»Ja, gogogo. Wie die Bullen im Fernsehen.« Er hielt sich wieder das Fernglas an die Augen und stützte sich mit den Ellbogen auf das Fensterbrett.

* * *

»Go, go, go!«, schrie Þórður in das Funkgerät und sprang aus dem Wagen. Stefán stieg auf der rechten Seite aus und folgte ihm. Vier Autos auf dem Parkplatz fuhren mit quietschenden Reifen auf Ási und seinen Kumpel zu, und acht Männer sprangen heraus. Drei weitere tauchten aus diversen Ecken auf.

»Das müsste reichen«, dachte Stefán, der ein ungutes Gefühl im Magen gehabt hatte, seit die Palette tags zuvor das Lagerhaus beim Zoll verlassen hatte. Irgendwie gefiel ihm das Ganze nicht.

Ási und sein zu kurz geratener Kumpel ließen die Plastiktüten fallen und hoben unaufgefordert die Hände. Ási feixte übers ganze Gesicht.

* * *

»Ach ja«, sagte Lalli im Aufzug, »es ist reichlich kindisch von mir, ich weiß. Aber manchmal möchte man ja auch sein Späßchen haben, das kennst du sicher auch, mein lieber Kári?« Kári grunzte etwas. »Weißt du was, ich glaube, unser Mann war auch bei dieser Großaktion dabei, kam er nicht da aus der Ecke angerannt, wo die Mülltonnen stehen, was meinst du?«

»Hab ich nicht bemerkt.«

»Nein, natürlich hast du das nicht bemerkt. Aber du hast ihn doch hoffentlich schon bezahlt, lieber Freund?«

»Ja.«

»Gut. Gut, gut. Ich hoffe, dass er es gewesen ist, ich muss Ási bei Gelegenheit danach fragen. Und der Siegellack, das Siegel, das Band? Alles entsorgt?«

»Alles entsorgt«, bestätigte Kári.

»Du bist ein Fels in der Brandung, mein lieber Kári. Ein Prachtjunge.«

Der Aufzug stoppte ruckend, und sie gingen schweigend zum Auto.

»Also«, sagte Lalli und klang ein wenig betrübt, als sie aus der Tiefgarage hochfuhren, »damit ist also dieses Kapitel abgeschlossen. Wahrscheinlich müssen wir jetzt einstweilen wieder auf die alte Methode zurückgreifen, so unsicher sie auch ist. Die schnappen sich inzwischen jeden Dritten oder Vierten, den sie uns aus dem Baltikum schicken. Wirklich ein bisschen schade, muss ich sagen, es lief doch alles so wunderbar, und ich fand das auch so witzig und passend, wenn du verstehst, was ich meine, Kári.«

»Du meinst, wegen Marx?«

Lalli zuckte zusammen und richtete sich unwillkürlich auf seinem Sitz auf.

»Nanu, mein Lieber, ich hab ja gar nicht gewusst, was für verborgene Qualitäten du hast.«

* * *

»Und was war in den Tüten?«, fragte Katrín, die wie alle anderen, die sich auf der Südseite des Gebäudes befunden hatten, den Parkplatz hinter dem Haus erst erreichte, als die Aktion bereits vorbei war.

»Broschüren von Letthaus«, sagte Stefán. »Sie behaupten, sie hätten sich da drinnen die ganze Zeit über Fertighäuser informiert. Ich gehe davon aus, dass die Angestellten das bestätigen werden.«

»Und die Bibeln?«, fragte Árni keuchend, »und das Dope?«

Stefáns Gesicht verzog sich zu einer Grimasse. »Die halbe Rauschgiftabteilung und einige Zollbeamte mitsamt den Hunden sind jetzt da oben im Haus. Ich bezweifle aber, dass sie etwas finden werden.«

»Aber die Hunde hatten doch ...«

»Das war vor dem Wochenende«, sagte Stefán, »als die Palette frisch eingetroffen war. An fünf Tagen kann viel passieren.« Árni weigerte sich, das zu glauben. Das war seine Idee gewesen, er hatte sie auf die richtige Spur gebracht – diese Aktion hätte mit der Beschlagnahmung von kiloweise Amphetamin, verpackt in Bibeln, enden sollen, und nicht so.

»Aber wie ... wer ...« Er schüttelte ungläubig den Kopf. »Da wurde doch Tag und Nacht Wache gehalten.«

»Ja«, sagte Stefán dumpf, »so ist es.«

»Das bedeutet also ...«

»Ja. Das bedeutet es.«

»Verfluchte Scheiße«, schnaubte Árni.

»Das hätte ich nicht besser ausdrücken können«, murmelte Katrín.

* * *

Stefán behielt wieder einmal Recht, die Palette enthielt nichts anderes als das, was in den Zollpapieren angegeben war. Fünfhundert Bibeln, gedruckt in Vilnius in Litauen. Meister Magnús schäumte vor Wut über das Eindringen der Pharisäer in sein Gotteshaus. Er empörte sich wortgewaltig über den Frevel, den die Gesetzeshüter an Gottes heiligem Wort verübten, als sie ein Bücherpaket nach dem anderen aufrissen und die Bibeln von sich warfen, sobald sich herausstellte, dass sie genau das waren, was sie vorgaben zu sein. Ási wiederum saß auf der Rückbank eines Polizeiautos und verlangte, freigelassen zu werden. Beiden wurde keine Beachtung geschenkt, weder Ási noch dem Meister.

»Verdammter Schlamassel«, sagte Þórður abgekämpft und lehnte sich gegen eine Wand.

»Ja«, stimmte Stefán zu, »anders kann man das wohl kaum ausdrücken. Irgendeine Idee?«

»Im Augenblick noch nicht«, sagte Þórður. »Aber es ist natürlich verlockend, den Schuldigen bei den Leuten vom Zoll zu suchen. Ich weigere mich einfach zu glauben, dass einer von meinen Kollegen …«

»Selbstverständlich«, sagte Stefán, »das kann ich dir nicht verdenken.«

»Aber da muss sich jemand anders dahinterklemmen«, stöhnte Þórður. »Du bist auf jeden Fall fein raus, und deine Leute auch, denn ihr habt ja erst gestern von dieser Scheißpalette erfahren, als ich euch hinzugeholt habe.«

»Das ist zwar unbestreitbar ein angenehmes Gefühl, aber

deswegen ist bei uns auch nicht unbedingt Friede, Freude, Eierkuchen.«

»Svavar?«

»Ja. Er will bestimmt mit uns beiden sprechen, und zwar schleunigst. Also sobald du hier loskommst?«

»Ich komme«, versprach Þórður. »Nach diesem Fiasko sehe ich nicht, dass irgendein Weg daran vorbeiführt.«

»Prima«, entgegnete Stefán. »Ich nehme Ási mit. Du hast ja wohl kaum noch etwas mit ihm zu schaffen?«

»Nein, absolut nichts.«

»Dachte ich mir.«

* * *

Guðni wieherte so, dass er beinahe erstickt wäre, und Árni sah sich gezwungen, ihm ordentlich auf den Rücken zu klopfen.

»Entschuldige«, sagte er besorgt, »ich wollte dich nicht umbringen.«

»Dazu braucht es wohl etwas mehr«, röchelte Guðni und ließ sich wieder in die Kissen zurücksinken. »Das ist brillant, *fucking brilliant*. Und was ist nun, sind diese Gottesmänner jetzt zusammen mit Ási in Litla-Hraun?«

»Noch nicht«, sagte Árni und setzte sich wieder. »Stefán hat U-Haft für Ási beantragt und gleich heute Nachmittag bekommen, der ist jetzt in der Einzelzelle und wird morgen früh verhört. Die beiden Brüder werden im Dezernat vernommen. Katrín redete immer noch mit Magnús, als ich ging, den Fernsehdirektor habe ich erst mal sich selbst überlassen. Das ist meine Mittagspause«, erklärte er entschuldigend, »ich muss bald wieder zurück.«

»Kein Problem«, sagte Guðni, der seine Stimme wiedergefunden hatte. Auch seine Gesichtsfarbe war schon fast wieder normal. »Und ist da bei den Vernehmungen etwas herausgekommen?«

»Nein, nicht bei mir jedenfalls. Magnús hält sich immer noch an die gleiche Story. Kennt keinen Lalli, und auch keinen Ási, weiß nichts und erinnert sich an nichts, außer dass Ólafur tot war, als er zu ihm kam. Aber wir haben ja auch gerade erst angefangen, es wird sich bestimmt noch bis heute Abend und vielleicht sogar noch länger hinziehen.«

»Willst du mir etwa sagen, dass Stefán sich immer noch daran klammert, dass jemand anderes als Úlfur den Alten abgemurkst hat? Und *by the way*, warum zum Teufel habt ihr eigentlich diesen Úlfur immer noch nicht richtig in die Zange genommen?«

»Das habe ich dir doch schon mehrmals gesagt«, antwortete Árni im Ton des Bedauerns. »Wir dürfen es nicht. Bislang haben wir höchstens zehn Minuten am Stück mit ihm reden dürfen, und immer war ein Arzt oder eine Krankenschwester dabei. Ich weiß nicht, wann wir ihn richtig in die Mangel nehmen dürfen, aber so, wie diese Ärztetruppe ihn bewacht, wird es wahrscheinlich erst sein, wenn er sich zum nächsten Reykjavík-Marathon angemeldet hat. Irgendwie sind das ja bald schon schwedische Verhältnisse.« Er schüttelte den Kopf. »Echt beknackt.«

»Und währenddessen vergnügt Stefán sich damit, alles zu verkomplizieren«, knurrte Guðni. »Das macht dem Kerl Spaß. Will er die frommen Brüder auch nach Litla-Hraun schicken?«

»Keine Ahnung. Ich weiß nur, dass er mit dem Gedanken spielt. Vor allem Ari, glaube ich, weil die Exfrau von Ólafur und ihr neuer Typ Magnús begegnet sind, als er das Haus verließ. Und weil irgendjemand Ari die Tür aufgemacht hat, als er da klingelte. Die beiden waren da schon weg.«

»Und was sagt seine Heiligkeit Svavar zu dem Ganzen?«

»Stefán und Þórður waren gerade auf dem Weg zu ihm, als ich aus dem Haus ging. Er hat ein paarmal bei uns hereingeschaut, nachdem wir die Brüder ins Dezernat gebracht hatten, aber er hat sich bislang noch nicht eingemischt. Er hat sich aber kurz nach unserem Kommen eine halbe Stunde mit Stefán unterhalten und die Tür zugeschlagen, als er ging, mehr nicht. Und die Medien, die machen sich vor lauter Aufregung schon fast in die Hose.«

»Scheißpack«, erklärte Guðni vergnügt und streckte die Hand nach seinem Stumpen aus. »Auf jeden Fall ist anscheinend echt was los. Ob man die Brüder wohl dafür verknacken kann, dass sie so lange geschwiegen haben? Das fällt doch bestimmt unter Verdunkelung und Behinderung bei der Ausübung der Gerechtigkeit, wie es so schön heißt. Meinst du nicht?« Er grinste verschwörerisch und biss fest auf die Zigarre.

»Ich denke schon«, sagte Árni, »und der Meister wird außerdem wegen Geldhinterziehung angeklagt, oder so was Ähnliches, weil er weiterhin das Geld von dem Alten abgesahnt hat, obwohl er wusste, dass er tot war. Er hat sozusagen aus dem Nachlass gestohlen, verstehst du?«

»Könnte mir vorstellen, dass die Paragraphenhengste das weidlich ausschlachten werden«, erklärte Guðni tiefsinnig. »Aber wen juckt das? Die Jesusbrüder haben abgewirtschaftet, oder was meinst du, amigo?«

»Ich hoffe es zumindest«, sagte Árni und stand auf. »Ich hoffe es wirklich.«

»Ach nee, hast du was gegen diese Jesusfreaks?«, fragte Guðni.

Árni zögerte. »Ja, irgendwie schon. Und was ist mit dir? Glaubst du an Gott?«

»Ich glaube gar nichts, Partner, rein gar nichts.«

»Gut zu wissen, dass da noch jemand so ungläubig ist wie ich«, brummte Árni.

»Ich bin noch ungläubiger als du«, widersprach Guðni, »denn du glaubst ja, dass es keinen Gott gibt.«

»Du etwa nicht?«, fragte Árni, der auf alles andere gefasst war als eine Diskussion mit Guðni über metaphysische Fragen, auch wenn es sich nur um primitive Ansätze handelte. »Ich meine, ich glaube, ich weiß, worauf du hinauswillst, aber ...«

»Ich will auf gar nichts hinaus«, fiel Guðni ihm ins Wort. »Vorläufig nicht. Der Unterschied zwischen dir und mir besteht darin, dass du felsenfest daran glaubst, dass Gott nicht existiert, während ich weder daran glaube, dass es ihn gibt, noch, dass es ihn nicht gibt.«

»Sondern was?«

»Es ist mir schnuppe, Partner. *Don't give a damn*. Ey, man kann weder beweisen, dass es ihn gibt, noch, dass es ihn nicht gibt. Und bis nicht eines von beiden klargestellt worden ist, glaube ich an keines von beiden. Was glaubst du eigentlich, wieso ich als Bulle so *fucking brilliant* bin?«

* * *

Nachdem Stefán und Þórður gegangen waren, saß Svavar lange regungslos im Halbdunkel da. Die Fotos lagen auf seinem Schreibtisch, und das, was die beiden ihm gesagt hatten, hallte noch in seinen Ohren nach. Sie hatten zwar keine Beweise, und darauf hatte er sie auch hingewiesen, aber er wusste trotzdem, dass sie Recht hatten, auch wenn es schwierig war, das zu schlucken.

Die ersten Zweifel hatten sich bei ihm gemeldet, als Magnús mit seinem unfassbaren Anliegen zu ihm gekommen war und ihn um Rat gebeten hatte. Er hatte sich bemüht, den Meister und seinen Bruder zu verstehen, ihr Schweigen mit denselben Gründen zu rechtfertigen wie sie, mit diesem Unheil, das ihnen unweigerlich drohte, wenn alles bekannt würde, und mit ihrer wichtigen Stellung in der Gesellschaft. Gottes Mühlen mahlten ja schließlich anders als die der Menschen. Anfangs hatte diese Argumentation seine Zweifel in Schranken halten können. Ihm war es aber nicht gelungen, sie ganz zum Schweigen zu bringen, denn im Gegensatz zum Meister lebte und wirkte er in einer Welt, in der menschliche Mühlen mahlten und menschliche Gesetze walteten.

Und nun war Gewissheit an die Stelle des Zweifels getreten, die Gewissheit, dass die Brüder versagt hatten. Und genauso hatte er selber versagt. Das Schweigen über Ólafur war eine Sache, dafür konnte man möglicherweise eine Erklärung finden, vielleicht sogar eine Entschuldigung, und dafür ließe sich womöglich auch Vergebung finden. Aber das, was die Aufnahmen mit Lalli zeigten, und die acht Millionen – die hatte der Meister Svavar gegenüber nicht erwähnt, und dafür gab es keine Erklärung und keine Entschuldigung, weder mit Argumenten noch mit Bibelworten.

Svavar nahm die Brille ab und legte sie behutsam auf den Schreibtisch. Menschen, das wusste er aus langer Erfahrung, waren zu allem fähig. Menschen konnten versagen, und das war oft genug der Fall. Aber wenn sogar Menschen wie der Meister versagten, blieb nur noch eines. Er lehnte sich vor und faltete die Hände zum Gebet.

3

Mittwoch bis Donnerstag

»Woher kennst du diese Leute?«, fragte Katrín ein weiteres Mal und legte Magnús das Foto vor.

»Ich kenne diese Leute nicht«, murmelte Magnús. »Ich habe sie nie zuvor gesehen.«

Katrín legte das Foto zur Seite, das Lalli und Ási zeigte, die mit zwei unbekannten jungen Frauen und einem unbekannten Mann durch den Hintereingang das Haus der WAHRHEIT betraten. »Was hattest du mit diesen Leuten am Ostersonntag im vergangenen Jahr zu bereden? Und was hast du zu Ólafur gesagt, als du mit ihm zu seinem Auto gegangen bist?«

»Ich habe nicht mit diesen Leuten geredet«, sagte Magnús, der die Geduld zu verlieren schien. »Ich habe sie nie gesehen. Ich kann mich nicht erinnern, worüber ich mit Ólafur geredet habe, wahrscheinlich über seinen perversen Sohn oder seine Tochter oder Gott. Oder alles drei.«

»Was wollten Lárus und Ásgeir am Ostersonntag in deinem Büro?«, fuhr Katrín unbeirrt fort. »Worüber habt ihr euch unterhalten?«

»Wie lange willst du noch damit weitermachen, Mädel? Ist das überhaupt von Rechts wegen zulässig? Ich weiß nicht, wie oft ich dir das noch sagen soll, ich kenne diese Leute nicht, von denen du redest. Sie waren da vermutlich auf dem Weg zu der Firma Letthaus, der wir eine Lagerhalle unten im Souterrain vermieten. Der Eingang ist derselbe.«

»Am Ostersonntag im vergangenen Jahr hat niemand von der Firma Letthaus dort gearbeitet«, sagte Katrín, »das haben wir überprüft. Aber du warst dort. Um was ging es?«

»Bin ich verhaftet?«, fragte Magnús. »Oder darf ich jetzt gehen?«

»Nein«, sagte Katrín, »und nochmals nein. Was wolltest du von Ólafur Áki Bárðarson in der Nacht zum neunundzwanzigsten März vergangenen Jahres?«

»Nein und nochmals nein? Was für eine Antwort ist denn das? Bin ich verhaftet oder darf ich jetzt gehen?«

»Nein, du bist nicht verhaftet, und nein, du darfst nicht gehen«, erklärte Katrín, ohne eine Miene zu verziehen oder die Stimme zu erheben. »Was wolltest du in der Nacht auf den …«

»Ich lasse mir das nicht länger gefallen«, legte der Meister los und sprang erregt auf. »Wenn ich nicht verhaftet bin, kann ich meiner Wege gehen!«

»In dem Fall muss ich dir leider mitteilen, dass ich hier einen Haftbefehl gegen dich vorliegen habe, unterzeichnet von …«

Zornesrot ließ Magnús sich wieder auf seinen Stuhl fallen.

»Was wolltest du in der Nacht auf den neunundzwanzigsten März von Ólafur Áki Bárðarson?«, wiederholte Katrín.

Der Meister schwieg lange, bevor er sich aufrichtete, die Krawatte zurechtrückte und seinen dunkelblauen Blazer mit doppelter Knopfreihe glatt strich. Er hatte das Licht gesehen.

»Wie lange plagt ihr doch meine Seele und peinigt mich mit Worten«, setzte er mit blitzenden Augen und großem Pathos an. »Ihr habt mich nun zehnmal verhört und schämt euch nicht, mich so zu misshandeln. Habe ich wirklich gefehlt, so trifft doch wahrlich mein Vergehen mich selbst. Wollt ihr euch wahrlich über mich …«

»Welche Verbindung besteht zwischen dir und Lárus Kristjansson?«, fiel Katrín ihm ins Wort.

»Wollt ihr euch wahrlich über mich erheben, dann beweist mir meine Schmach«, fuhr der Meister unbeirrt fort, so als hätte er Katríns Frage nicht gehört. »So redet Hiob zu seinen Peinigern, mein Mädel, und genau wie Hiob sitze ich hier, wie ein Verfolgter wegen böser Zungen und anderer, die falsches Zeugnis wider mich ablegen. Doch genau wie Hiob werde ich dadurch erstarken, denn ER wird mich …«

»Du warst in der Nacht auf den neunundzwanzigsten März im vergangenen Jahr in Ólafurs Wohnung«, fuhr Katrín unerbittlich fort. »Was war dein wirkliches Anliegen? Hatte es etwas damit zu tun, dass Lárus und Ásgeir dir am Ostersonntag im Haus der WAHRHEIT einen Besuch abstatteten?«

* * *

Der Fußboden unter den nackten Sohlen war kalt und hart, und die Wände, an denen Guðni sich im schwachen Schimmer der Notbeleuchtung entlangtastete, waren weder weicher noch wärmer. Als er auf den Korridor kam, blendete ihn das grelle Licht, und er hielt einen Augenblick inne, um sich daran zu gewöhnen, bevor er sich mit schwankenden Schritten in Richtung des Dienstraums für das Krankenpersonal schleppte. Sein Atem ging schwer, und bei jedem Schritt dehnte sich die nur halb verheilte Narbe schmerzhaft, die vom Hals bis unter den Nabel reichte. Als er sie sich das letzte Mal angesehen hatte, fand er, dass sie verwegen aussah. Er klopfte an die Sichtscheibe und grinste, als die beiden Krankenschwestern beinahe von den Stühlen fielen, auf denen sie eingenickt waren. Die kleinere und zierlichere sprang auf und eilte auf die Sprechklappe zu.

»Fehlt dir etwas? Weshalb hast du nicht nach uns geklingelt?«

Guðni schüttelte den Kopf. »Mir fehlt gar nichts, Schätzchen«, sagte er beruhigend, »mir geht's prima. Ich hab nur überlegt, weil ich gehört habe, dass da ein Kumpel von mir, der vor kurzem einen Unfall hatte, hier im Krankenhaus liegt. Er war zur gleichen Zeit wie ich auf der Intensivstation, aber jetzt ist er auf eine andere Station verlegt worden.« Er machte eine Pause, um Atem zu holen. Währenddessen kam die Krankenschwester auf den Gang hinaus und versuchte, Guðni wieder in Richtung seines Krankenzimmers zu schieben, doch der sträubte sich.

»Ich hab bloß überlegt, ob du nicht die Station und die Zimmernummer für mich rausfinden könntest, damit ich ihn besuchen kann, verstehst du?«, sagte er störrisch und rührte sich nicht vom Fleck.

»Du musst ruhen, Guðni«, sagte die Krankenschwester, »eigentlich müsstest du im Tiefschlaf liegen. Und du besuchst jetzt auch niemanden, weißt du nicht, wie spät es ist?«

»Natürlich will ich ihn nicht jetzt besuchen, spinnst du denn? Aber wo ich nun schon einmal wach bin, könntest du das doch schnell für mich nachsehen, damit ich ihn vielleicht morgen früh besuchen kann, ohne dass ich hier ein weiteres Mal dumm rumstehen muss, solange jemand für mich nachschaut, wo er ist.«

Die Krankenschwester fasste Guðni am Ellbogen und schob ihn sanft, aber entschlossen zu seinem Zimmer.

»Kannst du nicht schlafen? Möchtest du, dass ich dir etwas zum Einschlafen gebe?«

»Nein, nein«, sagte Guðni und folgte ihr jetzt lammfromm

zu seinem Zimmer. »Ich schlaf bestimmt sofort wieder ein. Besonders, wenn du so reizend bist, das für mich abzuchecken, dann werde ich ganz bestimmt ruhiger, verstehst du …«

* * *

»Es war halb zwei, ich habe geklingelt, und ich wurde hereingelassen«, wiederholte Ari, den Tränen nahe. »Ich fuhr nach oben, die Tür stand halb offen, und als ich die Wohnung betrat, saß Ólafur da blutüberströmt in seinem Sessel, er war eindeutig tot. Mir wurde schlecht. Ich bekam Angst und ging wieder. Das ist das, was passiert ist, und es ist genau so passiert.«

»Ólafur war ganz sicher noch nicht tot«, sagte Árni, »soweit ich weiß, ist er langsam, aber sicher verblutet. Er wäre wahrscheinlich noch am Leben, wenn du den Notruf verständigt hättest. Insofern kann man schon sagen, dass du ihn umgebracht hast, auch wenn du vielleicht nicht zugestochen hast.«

»Ich … nein, ich …« Ari starrte auf seine Hände. »Er war tot. Ich bin … Ich war mir da ganz sicher. Wie kannst du sagen, dass ich … Ich kann es einfach nicht glauben. Er war tot.«

»Weshalb hast du nicht die Hundertzwölf angerufen?«

»Das habe ich doch gerade gesagt, ich hatte Angst, dass …«

»Dass dein Bruder es getan hätte, ich weiß. Wieso hast du das geglaubt? War es, weil du von seinen Geschäften mit diesem Mann hier wusstest?«, fragte Árni und klopfte mit dem Zeigefinger auf das Foto von Lalli Fett, das ihn beim Hintereingang zum Tempel der WAHRHEIT zeigte. »Und weil du wusstest, dass Ólafur diesen Mann zusammen mit deinem Bruder gesehen hatte?«

»Ich kenne diesen Mann nicht«, murmelte Ari. »Ich weiß, wer er ist, ich habe Bilder von ihm in den Zeitungen gesehen, aber ich kenne ihn überhaupt nicht. Und ich glaube, dass mein Bruder ihn genauso wenig kennt, das ist …«

»Das ist was?«

»Das ist einfach Quatsch. Das ist ein Albtraum. Wann hörst du endlich damit auf, wann darf ich gehen? Meine Frau …«

»Nicht gleich«, sagte Árni. »Du darfst erst gehen, wenn du mir gesagt hast, weshalb du in der bewussten Nacht zu Ólafur gegangen bist und weshalb du glaubtest, dass dein Bruder ihn umgebracht hatte. Wohlgemerkt, wenn du es nicht selber getan hast. Ich hab noch nie gehört, dass Tote – oder halb Tote – sich von ihren Sesseln erheben und Besuchern die Tür öffnen. Aber ich bin natürlich kein gläubiger Mensch. Hast du Ólafur umgebracht? Wenn ja, weshalb?«

»Ich spiel da nicht mehr mit«, sagte Ari und zog die Nase hoch. »Ich sage nichts mehr, kein einziges Wort.«

»Dann sehe ich mich gezwungen, dir mitzuteilen, dass ich hier einen Haftbefehl gegen dich vorliegen habe, unterzeichnet von …«

»Meinetwegen mach, was du willst«, sagte Ari. »Du kannst mit deinem Wisch herumwedeln, so lange du willst, aber ich mach jetzt nicht mehr mit bei diesem Quatsch.« Mit diesen Worten verstummte er.

Árni bombardierte ihn noch eine Weile mit weiteren Fragen, aber Ari blieb stur. Zum Schluss schaltete Árni das Aufnahmegerät aus, verließ das Vernehmungszimmer mit den grau gestrichenen Wänden und machte die Tür hinter sich zu. Er klopfte an die Nebentür, und Katrín kam heraus.

»Gibt's was Neues?«, fragte Árni.

»Nein«, sagte Katrín.

Sie nickten dem Uniformierten auf dem Korridor zu und gingen in ihre Abteilung, um Stefán über den Stand der Dinge zu informieren. Das, was sie ihm zu berichten hatten, fand er alles andere als erhebend.

»Schickt sie nach Haus«, schnauzte er die beiden an, die

vorsichtshalber an der Tür stehen geblieben waren. »Entschuldigt«, brummte er dann, »aber ich habe mich den ganzen Abend mit Svavar und den Pressefritzen rumschlagen müssen. Schickt sie nach Hause, diese Armleuchter. Wir werden sie morgen wieder holen lassen, es sei denn, dass wir etwas aus Ási Stero herauskriegen können. Árni, wie geht es Guðni?«

»Es hat sich so angehört, als sei er schon wieder ziemlich gut drauf.«

»Prima. Bis morgen.«

* * *

Guðni sah auf die Uhr. Eine halbe Stunde. Das müsste reichen, dachte er, die beiden Damen waren bestimmt schon wieder eingenickt. Falls nicht ein Notfall aufgetreten war, und dann würden sie sowieso beschäftigt sein. Er schlug das Oberbett ein weiteres Mal zurück, stützte sich auf den Ellbogen, richtete sich vorsichtig auf und schob sich zur Bettkante vor. Als seine Füße den eiskalten Boden berührten, wartete er ein paar Sekunden, bis der Schwindel vorüber war. Dann tastete er sich bis zur Tür vor und öffnete sie einen Spalt. Auf dem Stationskorridor schien alles vollkommen ruhig zu sein. Er schlüpfte aus dem Zimmer, und mithilfe der Griffleiste an der Wand kämpfte er sich schwer atmend den Korridor entlang. Als er es in den Aufenthaltsbereich vor der Station geschafft hatte, sah er sich gezwungen, sich auf einen der Stühle am Fenster zu setzen, um Kräfte für die nächste Etappe zu schöpfen. Das Herz hämmerte ihm in der Brust, und sein Atem ging stockender, als ihm lieb sein konnte, aber es war keine Zeit dazu, sich darüber den Kopf zu zerbrechen. Einen kurzen Moment lang spielte er sogar mit dem Gedanken, sein Vorhaben aufzugeben.

»Bloß nicht schlapp machen«, murmelte er dann, »reiß dich

zusammen, amigo.« Er versuchte, sich auf das zu konzentrieren, was er sich vorgenommen hatte, stand langsam und vorsichtig auf und öffnete die Augen. Alles schien derzeit im Fokus zu sein. Zumindest so einigermaßen.

* * *

Katrín machte die Tür so leise zu, wie die Tür es gestattete, zog sich Mantel und Schuhe aus und ging auf Zehenspitzen ins Badezimmer. Sie hatte gerade angefangen, sich die Zähne zu putzen, als sich die Badezimmertür öffnete und Sveinn nur mit einer Unterhose bekleidet hereinkam.

»Hi«, sagte er schläfrig und ging zum Klo, »schwieriger Tag heute?« Er hob die Klobrille hoch und machte mit der linken Hand Fingerübungen, während er den Strahl mit der rechten steuerte.

»Ömmhömm«, sagte Katrín und putzte weiter. Nirgendwo Fettpolster, dachte sie unwillkürlich. Mit Sixpack und allem Drum und Dran. Und der Po immer gleich knackig. Sveinn gähnte ein weiteres Mal, zog ab, klappte die Brille runter und kam zum Waschbecken. Und gut dressiert, fügte Katrín in Gedanken hinzu. Das war doch etwas.

»Darf ich?«, fragte Sveinn und drehte den Heißwasserhahn auf, um sich die Hände zu waschen.

»Bitte sehr«, sagte Katrín und spuckte haarscharf an seinen Händen vorbei ins Waschbecken. »Wie war's bei euch heute?«

»Prima«, sagte Sveinn und schüttelte sich das Wasser von den Fingern. »Wir waren erst im Zoo, dann im Kino, dann essen bei Mama und Eis auf dem Heimweg. Voll super.«

Katrín lächelte ein schäumendes Zahnpasta-Lächeln und drehte das kalte Wasser auf. Voll super. Denselben Ausdruck hatte Eiður für die Ferientage mit dem Vater und der Schwester verwendet: voll super. Die Frage war bloß, wer das von wem hatte. Sie spülte gut aus und trank anschließend einen Schluck Wasser.

»Morgen noch und das Wochenende«, sagte sie, »und dann darfst du wieder zur Arbeit. Freust du dich nicht darauf?«

Sveinn stellte sich hinter sie und schlang seine Arme um Katrín.

»Ich kann's dir schwören, Katrín«, sagte er und sah ihr im Spiegel in die Augen, »es war richtig toll mit den Kindern, hat total Spaß gemacht. Ich hätte es ja nie geglaubt, aber – weißt du, was für zwei Supersprösslinge wir haben? Soll ich dir sagen, was Íris mir heute gesagt hat, als wir …«

Katrín drehte sich in seinen Armen um und legte einen Finger an die Lippen. »Die Supersprösslinge schlafen«, sagte sie, »sprich nicht so laut. Sag's mir morgen, oder später.«

»*Sorry*«, flüsterte Sveinn und ließ Katrín los. »Hab nicht daran gedacht. Kommst du nicht ins Bett?«

Katrín nickte. »Gleich.«

Katrín Anna Eiðsdóttir, dachte sie und sah sich selber in die Augen, nachdem Sveinn gegangen war; du bist einfach unmöglich, total unmöglich. Sie schnitt ein paar Grimassen vor dem Spiegel.

Ihre Besorgnisse wegen ihrer Ehe, die sich in den letzten drei, vier Jahren vermehrt hatten, waren ebenso wie die Probleme immer noch vorhanden. Aber Sveinn hatte sich in den letzten Monaten Mühe gegeben und Fortschritte gemacht. Keine riesigen Fortschritte zwar, aber im Grunde genommen doch erstaunlich große, und die Reise mit den Kindern hatte ihm offensichtlich gut getan. Der Junge mauserte sich.

Katrín hob den Deckel der Klobrille, ließ den Slip runter und setzte sich. Ja, dachte sie, der mausert sich. Der gute Junge wird so langsam ein bisschen erwachsen. Und was mache ich dann?

Sie stand auf und zog ab, machte sich aber nicht die Mühe, den Slip wieder hochzuziehen. Stattdessen schüttelte sie ihn ab und zog sich ganz aus. Blieb eine Weile vor dem großen Spiegel stehen und betrachtete sich. Eine Zeile aus einem Lied mit den Grýlur fiel ihr ein – *Du bist zu wei-hei-heiß* … Aber abgesehen davon? Die linke Brust war etwas größer als die rechte. So war es immer gewesen, und sie hatte sich noch nie daran gestört. Zwei Schwangerschaften hatten unterhalb des Nabels deutliche Spuren hinterlassen, aber ihr wäre nie eingefallen, das korrigieren zu lassen, sie war achtunddreißig Jahre alt, einssechsundsiebzig groß und wog vierundsechzig Kilo. War sie zu stämmig? Sie ließ die Muskeln spielen und drehte und wendete sich vor dem Spiegel. Nein, dachte Katrín lächelnd, da stimmt alles. Sie stieg in die Dusche und drehte das Wasser auf.

Es ist schon bald zwei, dachte sie, und ich muss unbedingt vor acht im Dezernat sein …

Sie trocknete sich ab und ging nackt ins Schlafzimmer. Aus dem Ehebett hörte sie leises Schnarchen, aber darüber machte sie sich keine Gedanken.

So was von verrückt, dachte Katrín, als sie unter die Bettdecke kroch und sich an Sveinn kuschelte. Man könnte glauben, man wäre sechzehn …

Sie legte ihm die rechte Hand auf die Brust und tastete sich mit den Fingerkuppen nach unten vor. Wie erwartet, war Sveinn hellwach, noch bevor sie den Nabel erreicht hatte.

* * *

Úlfur öffnete die Augen und konnte gar nichts erkennen. Erst nach einigen Sekunden wurde ihm der Grund dafür klar, die Tür zum Flur war zu, das Licht ausgeschaltet und die Vorhänge zugezogen. Die einzige Lichtquelle war der Monitor des Geräts für die Herzstromkurve, an das er angeschlossen war.

»*Well, well, well*«, ertönte es aus dem Dunkeln, und zwar unangenehm nah. »Tatsächlich aufgewacht?« Úlfur wurde starr vor Entsetzen. »Und so ein verdammtes Arschloch wie du liegt da auch noch wie ein feiner Pinkel in einem Einzelzimmer, während anständige Leute wie ich übereinandergestapelt werden wie Heringe in der Tonne. Ist das vielleicht gerecht?«

Úlfur tastete hektisch auf dem Oberbett herum, fand aber nichts. Guðni knipste die Nachttischlampe an und hielt ihm die Klingel vor.

»Suchst du etwa danach, du armes kleines Schwein? Tut mir leid, aber die habe ich jetzt. Du hast mich da neulich fast umgebracht, wusstest du das?« Úlfur schüttelte den Kopf. »Nein, das wusstest du nicht«, flüsterte Guðni. »Es ist dir aber nicht gelungen, du hast es nicht geschafft, mich umzubringen, dir fehlte ja auch so ein Messer wie das, womit du Ólafur abgemurkst hast. Hast du etwa Schiss, amigo?« Úlfur antwortete nicht, sondern starrte mit großen Augen auf seinen Peiniger, dessen Gesicht ganz dicht vor seinem war.

»Gut«, sagte Guðni, »den darfst du auch ruhig weiter haben. Und jetzt sagst du mir, wie sich das alles zugetragen hat, als du Ólafur umgebracht hast. Hat er dir keinen Fusel geben wollen, ging es darum?« Úlfur schwieg immer noch. Guðni stieß ihm mit dem Zeigefinger in die Seite. »Tut das weh?« Úlfur nickte so energisch, wie es der steife Kragen erlaubte. »Ja, das kann ich mir vorstellen. Weißt du, was die Tinna mir da neulich erzählt hat? Sie hat gesagt, dass sie damals auf diesen Marselíus eingestochen hat, ihr wärt beide bloß so zugedröhnt gewesen, dass ihr das nicht gerafft habt. Wie gefällt dir das? Ganz schön cleveres Mädel, deine Tinna, wenn auch reichlich *ugly*. Du kommst ihr da richtig gelegen, du warst völlig zugeknallt, und sie hat diesen Malli dazu gebracht, sie ein bisschen zu vermöbeln – darin ist sie gut, nicht wahr, die Tinna? Sie lässt sich also verdreschen und erwartet, dass du sie rettest, weil sie weiß, was für ein Gentleman du bist … Das bist du doch, so ein *fucking gentleman*, nicht wahr, Úlli? Du lässt nicht zu, dass jemand vor deinen Augen Frauen prügelt? Nicht mal solche hässlichen Krähen wie die Tinna. Und du gehst auf den Kerl los. Aber sie versetzt ihm die Messerstiche, amigo. Nicht du, sondern sie. Doch du musst deswegen einsitzen, wie viel Jahre hast du noch gekriegt, waren es nicht drei? Für etwas, was diese fette kleine Tussi getan hat, Mensch, Junge, wie findest du das? Ich würde nicht mal drei Stunden, geschweige denn drei Jahre für jemand anderen in den Knast gehen wollen, und schon gar nicht für so eine potthässliche Kuh. Ich nicht.«

Guðni ließ sich auf einen Stuhl fallen, er war total erledigt nach dieser langen Rede. Úlfur bemerkte das jedoch nicht, er lag nur da und starrte zur weißen Decke, leichenblass und völlig hilflos, das rechte Bein im Streckverband, und beide Arme bis zu den Schultern eingegipst.

* * *

Meister Magnús lag mit gefalteten Händen auf den Knien, er hatte den Kopf gesenkt und die Augen geschlossen.

»Um Himmels willen«, flehte er, »ich habe nichts gesagt, keinen einzigen Ton. Sie haben mir sogar irgendwelche Fotos gezeigt, aber ich habe trotzdem nichts gesagt, glaub mir doch!« Er riskierte es, zu einem schwarz gekleideten Riesen hochzublicken, der drohend vor ihm aufragte und sein Gesicht hinter einer Bankräubermütze verbarg. Ein zweiter, nur wenig kleinerer Mann stand mit vor der Brust verschränkten Armen an der Schlafzimmertür.

»Morgen wirst du zur Polizei gehen«, sagte der Mann, der vor ihm stand, »und zwar morgen Nachmittag, und dann wirst du denen sagen, dass du unseren Freund kennst. Dass du dich erinnerst, ihn einmal getroffen zu haben, als er dich im letzten Jahr zu Ostern besuchte, weil er sich Sorgen wegen seiner Mutter machte, die damals in deiner Gemeinde war. Ihr habt da nur über sie und ihr geistiges Wohlergehen gesprochen. Erinnerst du dich nicht?« Magnús nickte und leckte sich über die Lippen.

»Ja, ich erinnere mich«, sagte er. »Ich erinnere mich sogar gut, aber es war nicht zu Ostern, sondern im Advent im Jahr davor, als wir …«

»Es *war* zu Ostern im vergangenen Jahr. *Erinnerst* du dich?«

»Ja.«

»Prima. Unser Freund bat mich auch, dir auszurichten, dass ihr quitt wärt. Ich soll dich allerdings daran erinnern, dass er etwas gegen Menschen hat, die versuchen, seiner alten Mutter Geld aus der Tasche zu locken, aber dass er dir im wahren christlichen Geist der Nächstenliebe verziehen hat. Er hat mich auch gebeten, dich an den Geschäftspartner zu erinnern, den du da voriges Jahr in Vilnius getroffen hast. Erinnerst du dich an den?«

»Nein, nein, überhaupt nicht«, sprudelte es aus Magnús heraus, »ich schwör's, ich werde mich an nichts erinnern …«

»O nein, du sollst dich eben sehr gut an ihn erinnern. Du wusstest bloß nicht, dass er etwas mit unserem Freund zu tun hatte, davon hast du erst erfahren, als die beiden dich im vergangenen Jahr zu Ostern dieses eine Mal gemeinsam besucht haben.«

»Aber …«

»Dieser Mann, dieser Partner, den du da in Litauen getroffen hast, hat dir angeboten, die Kosten für den Druck der Bibeln für die WAHRHEIT zu übernehmen. Hat dir angeboten, Druck und Transport und all das Drumherum zu bezahlen, erinnerst du dich? Und hat außerdem deine Gemeinde über seine Firma großzügig unterstützt, war es nicht so?«

»Doch, es war so«, flüsterte Magnús, »das hat er getan.«

»Genau. Du hast aber nie gewusst, weshalb, nicht wahr? Hast nur gedacht, es sei einer von den vielen, die der WAHRHEIT Wohltaten erweisen wollen, nicht wahr?« Magnús nickte. »Nicht wahr?«, wiederholte der Mann. Er packte jetzt Magnús am Bart und zwang ihn, ihm in die Augen zu sehen, die das Einzige waren, was die Bankräubermütze freigab.

»Ja.« Magnús' weicher Bariton hatte sich in einen schrillen Sopran verwandelt.

»Dein Bruder, der Fernsehdirektor«, fuhr der Maskierte in gelassenem Ton fort, »weiß er von dieser großzügigen Unterstützung deines Geschäftspartners? Weiß er, weshalb er so freigebig war?«

»Nein.«

»Weiß er, dass unser aller Freund letztes Jahr zu Ostern zu dir gekommen ist?«

»Nein.«

»Bestimmt weiß er es. Aber weiß er auch, worüber ihr gesprochen habt?«

»Nein, überhaupt nicht …«

»Ich glaube dir nicht. Aber das spielt keine Rolle, vorausgesetzt, du sorgst dafür, dass er es vergisst. Sonst würden wir uns gezwungen sehen, ihm dabei behilflich zu sein, es zu vergessen, und das möchtest du doch nicht, oder?«

»Nein.«

»Nein, genau. Meister, glaubst du, dass du das alles behalten kannst?«

»Ja, habe mir alles gemerkt. Ganz … ganz genau.«

»Weißt du was, ich glaube dir. Ich glaube, dass du dir alles gut gemerkt hast. Aber unser Freund ist ein wenig misstrauisch, er vertraut den Menschen nicht so wie wir beiden, verstehst du?«

Magnús griff instinktiv nach der Hand, die der Mann ihm hinstreckte, und ließ sich von ihm auf die Beine helfen.

»Ja, doch«, murmelte Magnús, »das verstehe ich.«

Er zuckte zusammen, als der Maskierte den Händedruck verstärkte, und versuchte, sich aus dem Griff zu befreien.

»Unser Freund hat mich gebeten, dir noch etwas auszurichten«, sagte der Schwarzgekleidete. »Das hier ist keineswegs persönlich gemeint. Ich soll dir auch sagen, dass er gegen Gewalt ist, so im Prinzip, verstehst du? Als pragmatischer Mensch weiß er aber, dass Not kein Gebot kennt. Das hier soll nur so ein kleiner Reminder sein, so ähnlich, wie wenn Leute sich ein Stück Bindfaden um den Finger wickeln, um sich an etwas zu erinnern.« Der andere Maskierte war in zwei Sprüngen bei ihnen, packte Magnús mit eisernem Griff und schlug ihm die lederbehandschuhte Hand vor den Mund, als er anfing zu brüllen. Das Knacken, das entstand, als der Mittelfinger brach, war erstaunlich laut. Blut und Wasser hatte Magnús bereits geschwitzt, doch jetzt gaben auch andere Schleusentore nach. Das Herz wollte ihm schier aus der Brust springen, als der stechende Schmerz ihn durchfuhr wie der heilige Geist.

»Pssst«, sagte der Riese und ließ die Hand des Meisters los. »Ganz ruhig, es ist ja schon vorbei.« Er zog eine Rosenschere aus der Innentasche seiner Jacke und hielt sie Magnús vor. »Ich darf mir vielleicht erlauben zu sagen, dass du riesiges Schwein hast, Meister. Ich hatte nämlich vorgehabt, die hier zum Einsatz zu bringen, verstehst du, aber unser gemeinsamer Freund hat mir das nicht gestattet. Er hat gesagt, es sei nicht nötig, du wärst im Grunde deines Herzens ein vernünftiger Mensch. Aber du darfst gewiss sein, dass sie zur Verwendung kommt, wenn dieser kleine Reminder nicht ausreicht. In Ordnung?«

Magnús murmelte etwas Unverständliches.

»Super. Wirklich riesiges Schwein, Meister«, erklärte der Peiniger in aufmunterndem Ton. »Du glaubst mir das jetzt vielleicht nicht, deswegen möchte ich dir empfehlen, dir morgen die Mittagsnachrichten anzuhören, bevor du zur Polizei gehst – damit du ganz klar siehst, was für ein Schwein du gehabt hast. Erst die Nachrichten, dann die Polizei, okay?«

Der andere Maskierte lockerte seinen Griff, und Magnús sackte auf seinem Bett zusammen.

»Ja«, murmelte er mit tränenerstickter Stimme.

»Ey, warum denn Trübsal blasen«, sagte sein Peiniger munter. »Gott wird bestimmt alles wieder gutmachen. Schlag doch einfach die Bibel auf, da findest du gewiss Trost. Bibeln hast du doch vermutlich genug, nicht wahr?«

O ja, dachte Magnús, als die beiden im nächtlichen Dunkel verschwunden waren, Bibeln habe ich genug. Ungefähr viertausend Stück. Und dieser irregeleitete junge Mann hatte sogar Recht, es war ein gewisser Trost für ihn, sie an ihrem Platz zu wissen.

»Der Herr ist mein Hirte«, murmelte er, »nichts wird mir fehlen …«

Fünf Minuten später stand er auf und bestellte ein Taxi. Der Herr war zwar gewiss sein wichtigster Lebensanker, aber ER kümmerte sich nicht um gebrochene Finger.

Einfach war es nicht, aber mit Geduld und Geschick gelang es ihm trotz des gebrochenen Fingers, den notwendigen Unterhosen- und Hosenwechsel vorzunehmen, bevor das Taxi vorfuhr.

* * *

»Brav, mein Junge«, sagte Guðni, während er den Gürtel seines Bademantels festzurrte. »Deine Geschichte war richtig prima, verdammt prima. Dich mag ich. Und jetzt versuch zu schlafen, amigo, du musst morgen früh gut drauf sein, wenn du mit den netten Bullen redest. Vergiss aber nicht, was passiert, wenn du den bösen Bullen linken willst, mein kleines Wölfchen. *Hasta la vista.*«

Er wankte zur Tür und spähte auf den Korridor hinaus. Dort war alles im tiefsten Frieden, und er traute sich loszugehen. Er machte die Tür leise hinter sich zu und tappte Schritt für Schritt am Geländer aus der Station hinaus. Im Aufenthaltsbereich machte er wieder eine Pause und kaute einen halben Stumpen, während er sich das, was Úlfur ihm gesagt hatte, noch einmal durch den Kopf gehen ließ.

»Prima Geschichte«, wiederholte er noch einmal, »verdammt prima.« Dann stand er unter Mühen auf und machte sich auf den Weg zum Aufzug. Zeit, sich hinzulegen, dachte er, allerhöchste Zeit.

4

Donnerstag

Ost oder West, das ist hier die Frage, dachte Stefán, der sich nicht entscheiden konnte. Krankenhaus oder Gefängnis? Úlfur oder Ási Stero?

Der Anruf aus dem Krankenhaus hatte ihn überrascht. Eine ältere Frau hatte ihn barsch gefragt, ob er »dieser Stefán« sei. Das hatte er friedfertig und lammfromm zugegeben, doch es hatte sie nicht milder gestimmt.

»Hier ist ein Patient, der verlangt, mit dir zu sprechen, oder mit irgendeiner Katrín oder einem Árni«, hatte sie gesagt, und der Ton ließ absolut keinen Zweifel daran, wer die Schuld an diesem aberwitzigen Einfall des Patienten trug. Als Nächstes ließ sie sich in aller Ausführlichkeit über das unverantwortliche Vorhaben der Polizei aus, einen Mann in diesem Zustand zu verhören. Sie endete damit, dass sie keine Verantwortung für die Folgen übernehmen könne. Dann knallte sie den Hörer auf, ohne zu sagen, um welchen Patienten es sich handelte, aber Stefán hatte keine Zweifel daran, dass da nur Úlfur in Frage kam.

Selbstverständlich hätte er auch Krankenhaus und Gefängnis nacheinander besuchen können, aber das wäre nichts als purer Egoismus seinerseits gewesen. Er warf im Geiste eine

Einkronenmünze in die Luft, der Kabeljau war oben, und er fasste seinen Entschluss. Setzte sich die Baseballkappe auf, steckte den Kopenhagener in die Jackentasche und stiefelte den Korridor entlang.

»Katrín und Árni, ihr fahrt ins Krankenhaus, sobald ihr Zeit habt. Am besten so bald wie möglich. Anscheinend hat Úlfur etwas mit uns zu bereden. Ich mache mich auf den Weg nach Eyrarbakki und versuche, etwas aus Ási herauszuquetschen. Wir bleiben in Verbindung, okay?«

Wirklich ein bemerkenswertes Phänomen, dachte er auf dem Weg zum Auto. Man hat die Wahl zwischen zwei Möglichkeiten, kann sich nicht entscheiden und wirft eine Münze hoch. Und wählt dann die Möglichkeit, die nicht oben landet. Ausnahmslos.

* * *

»Hast du heute Morgen die Zeitungen gelesen?«, fragte Katrín auf dem Weg zum Krankenhaus.

»Ja.«

»Dann hast du wohl deinen Spaß gehabt?«

Árni stöhnte innerlich. »Es ist vielleicht etwas übertrieben, dass ich Spaß …«

»Aber du findest, dass sie das verdient haben, nicht wahr? Alle beide haben Ehre und Vertrauen verwirkt, noch bevor die offizielle Strafanzeige erfolgt.«

Árni zappelte verlegen auf seinem Sitz.

»Ja«, gab er zögernd zu, »es stört mich zumindest nicht. Und ja, eigentlich finde ich, dass ihnen recht geschieht.«

»Ich auch«, sagte Katrín, »aber ich bedaure all diejenigen, die ihnen vertraut und geglaubt haben.«

Ich nicht, dachte Árni. Denen geschieht ebenfalls recht, verdammt nochmal, wie konnte man so bescheuert sein. Und er war sich keineswegs sicher, ob die Brüder von diesen Leuten verurteilt würden. Er sagte aber nichts, sondern brummte etwas Unverständliches vor sich hin.

»Was?«, hakte Katrín nach.

»Ja, nein, du hast wahrscheinlich Recht«, stammelte Árni. »Es ist bestimmt entsetzlich, wenn man jemanden praktisch wie einen Gott verehrt, und dann stellt sich auf einmal heraus, dass er nicht weniger als ein Dreckskerl ist – sogar ein ungewöhnlich fieses Exemplar von Dreckskerl. Das ist ganz bestimmt tierisch frustrierend.«

* * *

Nach kurzem Überlegen packte Stefán den Männerchor *Heimir* zurück in die Hülle, schob stattdessen *Sticky Fingers* in den CD-Player und erhöhte die Lautstärke. Auf dem Weg aus der Stadt hinaus wurde Jagger lauthals von Stefán begleitet. Ob es da in dem ersten Lied wirklich um Farinzucker ging oder etwas wesentlich Ungesunderes, war ihm wie immer schnuppe.

Nicht wenige seiner Kollegen beschwerten sich darüber, ständig zwischen Reykjavík und Litla-Hraun, dem Gefängnis in Eyrarbakki, hin- und herfahren zu müssen, um Untersuchungshäftlinge zu vernehmen. Stefán hingegen gab sich der Hoffnung hin, dass es noch eine ganze Weile dauern würde, bis man ein neues Untersuchungsgefängnis in Reykjavík errichtete. Er betrachtete diese Fahrten als willkommene Gelegenheit, aus der Stadt herauszukommen, und die Þrengsli-Strecke fand er einfach besonders schön. Wenn er allein unterwegs war, gönnte er sich meist das Vergnügen, bei der automatischen Wetterstation mitten auf der Strecke anzuhalten, aus dem Auto zu steigen und ein paar Schritte in das dick bemooste Lavafeld zu laufen. Er blieb dann immer eine Weile in einer Mulde stehen, von wo aus er in alle Richtungen blicken konnte und nichts als unberührte Wildnis sah, und zwar bei jedem Wetter, das von dem technischen Wunder am Straßenrand gemessen wurde.

»Hier sind wir noch nicht einmal eine halbe Stunde von Reykjavík entfernt«, hatte er einmal zu Árni gesagt, den er in dem vergeblichen Versuch, den Jungen von der Schönheit der Natur zu überzeugen, mit in die Lava geschleift hatte. »Und hier ist gar nichts. Wir könnten genauso gut irgendwo im Hochland oder auf dem Mond sein«, hatte er gesagt und die Arme ausgebreitet. »Wohin du auch blickst, abgesehen von dir selber bemerkst du nirgends einen Hinweis auf menschliches Leben. Sogar die Straße, über die wir gekommen sind, ist nicht mehr zu sehen.« Árni hatte sich achselzuckend umgeschaut und gefragt, was denn so besonders an diesem Moos sei, an Lava und an kahlen Bergen, und war wieder zum Auto gegangen.

Stefán schüttelte unwillkürlich den Kopf, während er sich die Szene in Erinnerung rief. Der Anblick, der sich ihm bot, als er kurz darauf auf die Ausfallstraße einbog, die in den Süden Islands führt, beschwor eine andere und etwas ältere Erinnerung in ihm herauf. Innerhalb von wenigen Monaten war südlich des Rauðavatn-Sees ein ganz neues Wohnviertel entstanden, und die Überlegungen, die ein alter und recht eigenwilliger Kollege von ihm vor einigen Jahren von sich gegeben hatte, waren ihm noch genau im Gedächtnis. Woher sollten all die Menschen kommen, um diese Häuser zu füllen? Woher die ganzen Menschen nehmen, die in den überdimensionalen Geschäftszentren einkaufen sollten, die überall wie Pilze aus dem Boden schossen? Wer besaß diese Häuser und wer baute solche Häuser? Stefán erinnerte sich, dass er keine Antwort auf diese Fragen gehabt hatte. Sein Kollege hatte ihm daraufhin seine Theorie unterbreitet, dass dahinter womöglich die gleichen Leute steckten, die überall im Land die Fischfangquoten aufkauften und die Fischerdörfer rund um die Insel in den Ruin trieben.

Als Stefán an diesem Donnerstagmorgen im August an der neuen Siedlung Norðlingaholt vorbeifuhr und unterdessen mit Mick Jagger von *Brown Sugar* zu *Sway* übergegangen war, fand er diese Idee nicht verrückter als viele andere.

An diesem Tag war aber keine Zeit dafür, mitten in der Lava anzuhalten, auf jeden Fall nicht auf dem Hinweg. Vielleicht würde er sich ja auf der Rückfahrt die Freiheit nehmen können …

* * *

Katrín und Árni standen zu beiden Seiten von Úlfurs Krankenbett und warteten darauf, dass er etwas sagte. Sie hatten sich bemerkbar gemacht, und er hatte ihnen zu verstehen gegeben, dass er von ihrer Anwesenheit wusste, mehr aber nicht. Katrín räusperte sich.

»Wenn du deine Meinung geändert hast, gehen wir einfach«, sagte sie. »Wir können wiederkommen, wenn es dir etwas besser geht. Die Ärzte sind sowieso dagegen, dass wir …«

Úlfurs Blick ließ sie verstummen. Sie sah Árni an, der offensichtlich auch nicht wusste, wie man sich unter diesen Umständen zu verhalten hatte. »Aber wir können auch gern noch ein wenig länger bleiben«, sagte sie, setzte sich auf einen Stuhl am Bett und unterdrückte ein Gähnen. Sie und Sveinn waren erst um halb vier eingeschlafen, aber das war es mehr als wert gewesen …

Sie musste sich zusammenreißen, um nicht idiotisch zu lächeln. Stattdessen warf sie Árni einen befehlenden Blick zu, dem er Folge leistete. Als er sich ebenfalls gesetzt hatte, schien

Úlfur ruhiger zu werden. Er leckte sich über die Lippen und räusperte sich.

»Also, ich möchte … ich muss … Habt ihr kein Aufnahmegerät dabei oder so etwas?« Er sprach etwas stockend, und die Stimme war so heiser, dass es fast wie ein Flüstern klang. Katrín und Árni blickten sich fragend an.

»Leider nein«, sagte Katrín dann. »Aber wir sind ja zu zweit, also wenn es darum geht, dass jemand etwas bezeugt …«

Úlfur schüttelte ganz vorsichtig den Kopf. »Es ist besser, wenn ihr das aufnehmt. Ich kann das nicht … Ich möchte das nicht ständig wiederholen müssen, verstehst du. Genug, das zwei … Genug, das einmal zu sagen. Fürs Erste.«

Wieder blickten sich Katrín und Árni fragend an. Katrín traf die Entscheidung. »In Ordnung«, sagte sie, »Árni wird ein Diktafon besorgen, und ich warte hier so lange. Okay?«

Árni verdrehte die Augen, stand aber dennoch ohne Widerworte auf und verließ das Zimmer.

»Wir unterhalten uns einfach derweilen«, sagte Katrín, »oder wir schweigen, falls dir das lieber ist.« Úlfur sagte nichts, und Katrín entschied sich, sein Schweigen als grünes Licht für eine Fortsetzung der Unterhaltung zu deuten.

»Dieser Hof da«, sagte sie, »dieser verlassene Bauernhof an der Laxárdalsheiði, wo du dich versteckt hast – weshalb bist du dorthin gegangen? Woher wusstest du von ihm?«

»Oma und Opa haben dort gelebt«, murmelte Úlfur. »Ich bin als Junge mehrere Sommer bei ihnen auf dem Land gewesen. Als kleiner Junge, sie haben nämlich die Landwirtschaft drangegeben, als ich neun war, und sind in die Stadt gezogen. Der Hof verödete dann. Die Ställe und die Scheune wurden noch ein paar Jahre genutzt, aber …« Er blickte zur Seite. »In diesen Sommern bei ihnen habe ich mich wohl gefühlt, so gut ist es mir nie wieder gegangen. Sie sind 1985 kurz nacheinander gestorben, da waren nur zwei Wochen zwischen ihnen.«

Katrín schauderte es unwillkürlich. Úlfur Kolbeinsson war ihr als nicht sonderlich sympathischer Zeitgenosse vorgekommen, als sie zuerst von ihm hörte, und kaum etwas von dem, was sie seitdem über ihn erfahren hatte, war dazu angetan, sein Ansehen zu verbessern. Ein hoffnungsloser Kleinkrimineller, der wer weiß wie viele Male wegen Einbruchs, Diebstahls und Körperverletzung, darunter einer lebensgefährlichen, angeklagt und verurteilt worden war. Ein Kerl, der trank und seine Frau schlug. Ein Kotzbrocken der schlimmsten Sorte, Punkt.

Etwas menschlicher war der Mann, den sie vor drei Wochen beinahe umgebracht hatte, er spielte eine sehr viel konkretere Rolle für sie. Und jetzt auf einmal war er ein Wrack, das ihr einen von Oma und Opa vorsülzte – er war irgendwann einmal ein kleiner Junge gewesen, der neugeborene Lämmer mit der Flasche aufzog und die Hunde auf hartnäckige Schafe gehetzt hatte, die immer wieder auf die Heuwiese einzudringen versuchten. Von den drei Ausgaben seiner Person konnte sie am besten mit der ersten zurechtkommen, und sie hielt es für geraten, eine Unterhaltung mit den beiden anderen auszuklammern.

»Interessant«, sagte sie kurz angebunden und stand auf. »Wir unterhalten uns, sobald Árni das Aufnahmegerät geholt hat, okay?«

* * *

Zwar genoss Stefán die Fahrt über die Þrengsli-Strecke am meisten, doch auch das Lavafeld Svínahraun besaß seine Reize, und nicht zuletzt die kleine Raststätte Litla Kaffistófan oder das am schwarzen Sandstrand gelegene Restaurant »Hafið bláa« waren lohnende Ziele. Kaffee in einer großen weißen

Tasse zu trinken, mit einem gezuckerten isländischen Pfannkuchen oder einem im Fett gebackenen Räderkuchen mitten unter LKW-Fahrern und allen möglichen Menschen jeglicher Gesellschaftsschichten, war ein schwer zu erklärendes, aber sehr konkretes Vergnügen, während der Hummer und die Aussicht auf Meer und Strand im »Hafið bláa« eine ebenso abstrakte wie undefinierbare Sehnsucht nach etwas in ihm weckte, von dem er noch nicht herausgefunden hatte, was es war.

No, I won't forget to put roses on your graaa-a-a-ve, summte er auf der Brücke über die Ölfusá vor sich hin, und als er auf dem Parkplatz vor dem Gefängnis Litla-Hraun anhielt, lief die *Moonlight mile*. Stefán hatte es sich zur Gewohnheit gemacht, ein Tempo zu halten, bei dem auf dem Weg nach Eyrarbakki *Sticky Fingers* einmal durchlaufen konnte. Er wartete, bis der Song zu Ende war. Manches war einfach so, wie es zu sein hatte. Sein Handy hörte er erst, als er den Motor abgestellt hatte.

* * *

Die Ärztin war Mitte vierzig, trug eine billige Bónus-Brille auf der Nase und hatte ihr braunes Haar zu einem strengen Knoten gezwungen, der an Festigkeit ihren verkrampften Schultern in nichts nachstand. Sie betonte ein weiteres Mal, dass sie mit dieser Aktion keineswegs einverstanden war. Aber da Úlfur sich einfach nichts sagen lassen wollte, könne sie nichts anderes tun, als an das Verantwortungsbewusstsein von Katrín und Árni zu appellieren, nicht auf diesen unvernünftigen Wunsch des Patienten einzugehen. Sie zogen es jedoch vor, die Bitte der Ärztin in den Wind zu schlagen, und wandten sich Úlfur zu. Árni schaltete das Aufnahmegerät ein.

* * *

»Ich versuche seit einer halben Stunde, dich anzurufen«, beklagte sich der Gefängnisdirektor, während er zusammen mit Stefán den Korridor im Trakt für die Untersuchungshäftlinge entlangmarschierte. »Weshalb hast du nicht geantwortet?«

»Ich hatte das Ding auf stumm geschaltet«, log Stefán. »Wie kann so etwas passieren? War der Kerl nicht in Isolationshaft?«

»Selbstverständlich hat eine Leibesvisitation stattgefunden«, knurrte der Gefängnisdirektor, »aber wir durchleuchten diese Leute nicht, bevor wir …«

»Er wird wohl kaum eine Spritze in seinen Eingeweiden gehabt haben«, fiel Stefán ihm ins Wort. »Die muss von außerhalb gekommen sein. Ási hat zwar mit Anabolika rumgemacht, wenn man den Geschichten und seinem Namen Glauben schenken darf, aber nicht mit Rauschgift. Lalli Fett duldet im engsten Kreis keine Süchtigen, deswegen ist es völlig ausgeschlossen, dass er sich selber den goldenen Schuss gesetzt hat. Wer hat Zugang zu den Zellen?«

»Wer hat …«

»Zugang zu den Zellen? Wer hatte heute Nacht Wache? Sitzen hier welche ein, die Verbindung zu Lalli Fett haben? Ich möchte alle Namen, alle Aufnahmen aus den Kontrollkameras und alle Informationen, und zwar sofort, verstanden? Nicht morgen, nicht nachher, sondern sofort.« Der Gefängnisdirektor wusste zwar, dass Stefán nicht befugt war, so etwas zu verlangen, denn Eyrarbakki gehörte nicht in seinen Zuständigkeitsbereich, aber er wusste auch, dass es manchmal nicht geraten war, sich an Formalitäten zu klammern.

»Ich leite es unverzüglich in die Wege«, sagte er resolut.

* * *

»Ich hatte keinen Tropfen Alkohol mehr im Haus«, erklärte Úlfur. Árni hielt ihm das Gerät dicht vor den Mund. »Tinna war mit den Kindern in einem Ferienhaus, wir sind Gründonnerstag dorthin gefahren. Anfangs war das auch ganz in Ordnung, aber dann ... Ja, dann haben wir uns also ein bisschen gestritten. Sie – ach nee, das spielt keine Rolle. Ich bin jedenfalls in die Stadt zurückgefahren, hab aber in der Hektik nicht daran gedacht, den Schnaps mitzunehmen. Also musste ich dann abends rüber zu Ólafur. Der hatte immer was vorrätig, der alte Knacker. Zwar bloß Gin, aber trotzdem, besser als nichts. Meistens hab ich ein Glas mit ihm getrunken und dann ein bisschen was von ihm geschnorrt und bin wieder rüber zu mir. Länger da mit ihm zu sitzen, dazu hatte ich keinen Bock, nicht in den letzten Jahren, nachdem er sich bekehrt hatte. Es ist ... Man muss da bei diesen Therapien richtig aufpassen. Häufig genug ist es ja alles ganz okay und so weiter, aber manchmal sind da so Typen – vor allem bei der Anschlusstherapie in Staðarfell – die, ach Mann, ihr wisst schon, die sind da total auf dem Jesus-Trip und diesem ganzen Quatsch. Die lauern all diesen armen Schweinen richtiggehend auf. Die mit ihrem Zwölf-Schritte-Programm sind genau wie die Taliban, oder vielleicht noch schlimmer. Dabei immer scheißfreundlich, nichts als Amen und Halleluja und Jesus, unser bester Freund, und dieser ganze verdammte Mist.« Úlfur sah mit halb geschlossenen Augen zur Decke und verstummte. Árni warf Katrín ungeduldige Blicke zu, aber die gab ihm zu verstehen, dass er Úlfur nicht drängeln sollte.

»Aber dann, wie gesagt«, fuhr Úlfur kurz darauf fort, »dann kam Ólafur auf einmal von Staðarfell zurück und war richtig schlimm bekehrt, der Ärmste, die hatten ihn total umgekrempelt. Ich hab getan, was ich konnte, um ihn wieder zurückzukrempeln, aber der war so was von auf den Scheiß abgefahren. Mensch, der hat einem nur noch Bibelsprüche um die Ohren gehauen. Mit dem Alkohol war dann zunächst ’ne kleine Pause, aber es hat nicht lange gedauert, da hat er wieder angefangen. Also danach bin ich dann immer nur möglichst kurz bei ihm geblieben und hab ihn auch immer seltener besucht, höchstens dann, wenn mir selber der Fusel ausgegangen war. Letztes Jahr am Ostersonntag habe ich eine halbe Flasche von ihm geschnorrt, und dann bin ich am Ostermontag noch einmal zu ihm rüber, ich glaub, es war so um die Abendessenszeit, ich kann mich da nicht mehr so genau erinnern …«

»Um die Abendessenszeit?«, rutschte es Árni heraus. Katrín sah ihn strafend an, aber Úlfur ließ sich anscheinend durch diese Unterbrechung nicht beeinträchtigen.

»Ja«, sagte er. »Irgendwie hatte ich da so einen Durchhänger, ihr wisst, was ich meine. Ich war ganz allein zu Hause, und die Alte stocksauer irgendwo in der Pampa, und da war nur der alte Knacker, mit dem man sich unterhalten konnte. Ich hab mich zu ihm gehockt und ein Glas mit ihm getrunken, das war auch ganz in Ordnung. Er selber hatte schon ordentlich einen in der Krone, als ich kam, und wir haben da so rumgelabert. Er quasselte mir einen von seinen Kindern vor, na ja, Kinder, die sind natürlich beide schon erwachsen, aber trotzdem. Sein Sohn ist schwul, das wisst ihr bestimmt, und der Alte fand das total beschissen. Dafür hatte ich vollstes Verständnis. Wir haben also da über Schwule geredet, und ich hab ihm was über Tinna und das ewige Theater mit ihr erzählt. Wir haben bloß gelabert und getrunken. Irgendwann hatte ich dann aber keinen Bock mehr und hab ihn gefragt, ob er mir nicht ein paar Tropfen ausleihen könnte. Der hatte noch jede Menge Vorrat, da standen noch zwei Flaschen im Schrank und eine halb voll auf dem Tisch. Ich hab also die halbe mitgenommen und bin zu mir rüber, das war auch gar kein Thema. Da noch nicht. Weiß nicht mehr genau, wie spät es war, vielleicht neun oder zehn, irgendwas in der Richtung. Hört mal, kann ich vielleicht einen Schluck Wasser bekommen?«

* * *

Leblos, das war das Wort. Es traf hervorragend auf Ási Stero zu, der mit nacktem Oberkörper in seiner Zelle auf dem Fußboden lag. Die Spritze steckte noch in den imposanten Muskeln des Oberarms, und eine Schnur war um das angewinkelte Ellbogengelenk gewickelt. Stefán wäre jede Wette eingegangen, dass die erst hinterher dort platziert worden war, ob Geir das nun würde bestätigen können oder nicht. Ási rührte keine Drogen an, das stand ganz einfach fest, und auf gar keinen Fall war er ein Fixer. In der Zelle gab es nicht die geringsten Anzeichen für Gewaltanwendung, was darauf hindeutete, dass Ási denjenigen, der ihm die tödliche Spritze verpasst hatte, gekannt hatte. Und nicht nur gekannt, sondern ihm auch vertraut haben musste.

Stefán hielt sich nicht lange in der Zelle auf. Auch wenn noch nicht so viel Zeit seit Ásis Tod verstrichen war, dass sich Leichengeruch bemerkbar machen konnte, fühlte er sich unwohl und ging schnell hinaus auf den Korridor. Laut Vorschriften hatten außer Aufsehern, Rechtsanwälten und Angehörigen der Kriminalpolizei nur nahe Familienangehörige Zugang zu Häftlingen in der Isolation, und das auch nur in Ausnahmefällen. Sämtliche Besucher mussten erfasst werden. Seitdem sich am Abend vorher die Zellentür hinter Ási geschlossen hatte, war kein einziger Besucher registriert worden. Die Gefängnisbediensteten hatten ihm nur noch gegen zehn eine Tasse Kaffee gebracht und später die Zelle durch die Sichtluke kontrolliert, bevor sie das Licht löschten. Wenn man den Eintragungen in die Kontrollbücher Glauben schenken konnte, war danach niemand mehr zu Ási gekommen, bis man ihn an diesem Morgen kurz vor acht tot aufgefunden hatte. Keine Menschenseele.

Geir war auf dem Weg nach Eyrarbakki, und Stefán glaubte, im Voraus zu wissen, zu welchem Ergebnis er im Hinblick auf die Todeszeit kommen würde – nämlich zwischen halb drei und halb vier in der vergangenen Nacht. In diesem Zeitraum waren nämlich wundersamerweise sämtliche Kontrollkameras in Litla-Hraun ausgefallen. Er warf einen Blick auf die Liste mit den Gefängnisaufsehern, die Nachtschicht gehabt hatten, er kannte sie alle, es waren zuverlässige Leute, aber vielleicht nicht die Aufgewecktesten. So wie die Technisierung fortgeschritten war, brauchten sie trotzdem gar nichts damit zu tun zu haben. Die Technologie war gewiss eine der wichtigsten Waffen der Polizei, vorausgesetzt, alles war so, wie es sein sollte. Aber sie konnte sich auch nachteilig auswirken, wenn man zu sehr auf sie vertraute. Ganz besonders, wenn man die technische Kompetenz des Gegners unterschätzte, die nicht selten kaum geringer war und meist sogar die Fähigkeiten derjenigen übertraf, die sich im Schutz der Technik sicher wähnten.

Stefán beschloss, die Gefängnisaufseher im Augenblick zurückzustellen und sich auf die Liste mit den derzeitigen Gefängnisinsassen zu konzentrieren. Unter ihnen waren acht litauische Staatsbürger, und wenn man etwas auf Gerüchte geben durfte, standen zumindest einige von ihnen in enger Verbindung zu Lalli Fett und damit zu Ási Stero. Der Haken war allerdings der, dass die meisten von ihnen gar nichts von einer solchen Verbindung wussten, denn bei ihnen handelte es sich in der Mehrzahl nur um unselige Kuriere. Leute, die in Litauen in irgendeiner Bar oder Tankstelle aufgegabelt worden waren und, vollgestopft mit Amphetamin, aufs Geratewohl nach Island geschickt wurden, gegen eine Bezahlung, die es in ihren Augen sehr wohl wert war, ein solches Risiko auf sich zu nehmen. Diese Leute waren in ihrem endlich wieder freien Heimatland zumeist arbeitslos und lebten in bitterster Armut, und in den wenigsten Fällen hatten sie irgendeine Ahnung, wer die Leute waren, die sie schickten. Und noch weniger, wer die Sendungen in Empfang nahm, die sie entweder unter Lebensgefahr in ihren Eingeweiden transportierten, wie sich vor nicht allzu langer Zeit im Osten Islands herausgestellt hatte, oder in Autos, mit denen sie sich nach langer Reise über Land in Dänemark auf der Fähre nach Island einschifften.

Nein, dachte Stefán, das hat bestimmt nichts mit den Litauern zu tun. Da standen nämlich noch andere Namen auf der Liste, die er kannte und die besser ins Bild passten. Wie beispielsweise Eddi Schofel, Eðvald Valgeirsson, der vor vier Jahren wegen Totschlags verurteilt worden war. Er hatte ein klares Geständnis abgelegt, aber Stefán und seine Kollegen glaubten zu wissen, dass Lalli und auch Ási da im allernächsten Umfeld gewesen waren.

Es gab aber noch mehr Personen, die Stefán in Verdacht hatte, dass sie Lalli Fett jeden Gefallen tun würden, um dadurch in der Hackordnung aufzusteigen, wenn sie wieder auf freiem Fuß waren. Und unter ihnen waren einige, die vor nichts zurückschreckten. Falls etwas so schieflaufen würde, dass sie geschnappt wurden, konnten sie auf jeden Fall davon ausgehen, dass Lalli ihnen den Aufenthalt im Knast erträglicher machen würde.

Stefán zweifelte keine Sekunde daran, dass Lalli Fett hier die Fäden gezogen hatte. Ási wäre nie und nimmer hier an diesem Ort zu Tode gekommen, es sei denn mit Wissen und auf Geheiß von Lalli, etwas anderes war völlig undenkbar. Aber

Stefán wusste ganz genau, dass es ebenso sonnenklar wie aussichtslos war, das zu beweisen, selbst wenn Ásis Mörder wider Erwarten so ungeschickt und sorglos gewesen wäre, irgendwelche Spuren zu hinterlassen, die auf ihn deuteten. Alle, die für Lalli arbeiteten, besaßen Verstand genug, darüber Stillschweigen zu bewahren. Die Wenigen, die so unvernünftig gewesen waren, das nicht zu tun, waren entweder tot, verschollen oder verstümmelt, soweit Stefán wusste.

Und jetzt war also auch Ási Stero tot. Nicht, dass Stefán dem Mann sonderlich nachtrauerte. In Anbetracht dessen, was er über ihn zu wissen glaubte, war es alles andere als ein Verlust für die Menschheit. Nichtsdestotrotz drängte sich die Frage auf: Was hatte Ási sich zuschulden kommen lassen, um so enden zu müssen?

In Fortsetzung dieser Frage stellte sich die nächste: Hatte der Mann irgendwelche Angehörigen? Hatte er eine Frau, Eltern, Kinder, Geschwister, alte Freunde und Bekannte? Würde irgendjemand wegen Ási heute Abend Tränen vergießen?

Stefán schüttelte genervt den Kopf. Dann zog er sein Handy aus der Tasche und rief Ragnhildur an.

»Ich weiß noch nicht, wann ich heut Abend nach Hause komme«, sagte er nach einem kurzen, aber anregenden Austausch über Belanglosigkeiten. »Ich weiß noch nicht einmal, ob ich heute überhaupt nach Hause komme. Aber sobald ich Genaueres weiß, melde ich mich …«

* * *

»Später am Abend, vielleicht so gegen Mitternacht oder so was«, fuhr Úlfur fort, dem das Wasser anscheinend gut getan hatte, »da war ich dann schon echt knülle, und außerdem war ich total sauer wegen Tinna. Ich hatte mit ihr telefoniert, aber sie machte weiter mit ihren dämlichen Zicken. Deswegen bin ich dann noch mal rüber zu Ólafur. Nein, ich meine, ich wollte noch mal rüber zu ihm. Es muss so gegen zwölf gewesen sein, ich hatte mir *Alarmstufe: Rot* mit Steven Seagal reingezogen, ein Superfilm, sogar mit Oscar-Nominierungen. Also und dabei war natürlich auch die Pulle leer geworden, und außerdem hatte ich mit Tinna telefoniert, damit sind bestimmt zwei, drei Stunden draufgegangen. Als ich da auf den Flur kam, um bei Ólafur mehr Schnaps zu schnorren, da seh ich auf einmal den Jesusmeister, der den Ólafur umgekrempelt hat, und der marschiert bei ihm zur Tür herein. Also da bin ich …«

»Meister Magnús?«, warf Árni unwillkürlich ein.

»Genau, Meister Magnús. Und deswegen wollte ich lieber abwarten, versteht ihr. Hab nur ab und zu durch den Spion geguckt, um zu sehen, was da ablief. Ich war in der Küche, als ich seine Wohnungstür höre. Oder sagen wir mal, ich höre irgendeine Tür und werfe einen Blick auf den Flur, und der Jesustyp macht sich vom Acker, er steht vor dem Aufzug und wartet, dass er hochkommt. Deswegen hab ich dann noch mal ein bisschen gewartet, ich wollte erst rüber zu Ólafur, wenn er wirklich weg war. Dann musste ich aber auf einmal pissen, also ja, Entschuldigung. Ich bin aufs Klo, und danach mach ich die Tür auf, aber da standen dann schon wieder irgendwelche Typen vor der Tür, eine alte Tussi und so ein schmächtiges Kerlchen, und Ólafur lässt sie zu sich rein. Also setz ich mich erst mal wieder und fang noch mal von vorne mit *Alarmstufe: Rot* an, ich meine, das ist ja wirklich ein Spitzenfilm.« Úlfur verstummte, als geklopft wurde und eine streng dreinblickende Krankenschwester hereinmarschiert kam.

»Ihr müsst jetzt eine Pause machen«, sagte sie, »es reicht ja wohl erst einmal.«

»Aber …«, widersprachen alle, doch die Krankenschwester ließ sich nicht beirren. »Kein Aber. Ich habe klare ärztliche Anweisungen. Ich muss Úlfurs Zustand überprüfen, und er braucht ein wenig Ruhe. Falls alles in Ordnung ist, könnt ihr in einer Viertelstunde weitermachen.«

Katrín und Árni standen widerwillig auf und gingen langsam zur Tür.

»Hast du ihn umgebracht?«, fragte Árni in der Tür. Die Krankenschwester schlug ihm die Tür so heftig vor der Nase zu, dass das Geräusch die Antwort von Úlfur übertönte.

»Was meinst du«, fragte Katrín, »ist das jetzt ein Geständnis, oder was will er uns da eigentlich sagen?«

»Keine Ahnung«, entgegnet Árni kopfschüttelnd.

* * *

»Und wie nicht anders zu erwarten, war der Meister vernünftig und einsichtig, nicht wahr?«, fragte Lalli und schaltete das Laufband ein. Kári konnte sich ein kleines Grinsen nicht verkneifen.

»Außerordentlich einsichtig«, bestätigte er. »Ehrlich gesagt glühte er vor lauter Einsicht.«

»Gut«, erklärte Lalli, der jetzt die Geschwindigkeit von vier auf fünf erhöhte. »Gut, gut, mein Lieber. Und gibt's auch gute Nachrichten aus Eyrarbakki?«

»Prima Nachrichten aus Eyrarbakki«, sagte Kári.

»Wir sprechen zwar von guten Nachrichten, mein Junge, von prima Nachrichten. Aber letztlich sind es auch traurige Nachrichten, zutiefst traurig.« Lalli stapfte schweigend weiter und blickte mit betrübter Miene über den blauen Sund. »Ási war ein guter Junge«, keuchte er ein wenig später. »Ein wirklich guter Junge, aber zum Schluss war er einfach nicht mehr ganz zuverlässig.«

»Gar nicht mehr zuverlässig«, stimmte Kári ihm beflissen zu. Vielleicht etwas zu beflissen, dachte Lalli. Dieser Kári scheint nicht auf den Kopf gefallen zu sein. Beflissen und clever. Den sollte man lieber im Auge behalten.

»Hast du Vigaudas erreicht?«, fragte er nach einigen hundert Metern Trotten auf dem Band.

»Jawohl.«

»Und was hat der Gute gesagt?«

»Die haben da wohl gestern eine Razzia in der Druckerei veranstaltet, aber selbstverständlich nichts gefunden. Er lässt dir schöne Grüße ausrichten und sagt, er würde dir im Gegenzug was Hübsches schicken. Was Rothaariges.«

»Reizend von ihm«, japste Lalli und verringerte die Geschwindigkeit auf viereinhalb. »Immer so aufmerksam, unser Vigaudas. Wie läuft es mit dem Abkassieren bei denen in Keflavík?«, fragte er dann.

»Es läuft«, antwortete Kári. »Ich glaube, das wird morgen endgültig klargemacht. Die haben sich gestern regelrecht in die Hose geschissen, als wir uns das Mädchen geschnappt und …«

»Ich bin gar nicht für Gewaltanwendung, mein lieber Kári«, schnaufte Lalli. »Ein friedliebender Mensch, das bin ich. Wenn ich einen detaillierten Bericht möchte, dann bitte ich darum. Wie ist denn übrigens die Lage in Litla-Hraun, wissen wir schon, wer uns da die Kunden stiehlt?«

»Eddi hat Gvendur gesagt, er glaubt, dass es einer von den Aufsehern ist, irgendeine Aushilfskraft.«

»Der arbeitet für wen?«

»Das wusste er nicht. Wahrscheinlich für Móli oder die kleinen Litauer.«

»Prima. Gib das an die richtigen Stellen weiter, dem Burschen muss das Handwerk gelegt werden. Unserem Mann in Eyrarbakki sind fast die Hälfte der Kunden durch die Lappen gegangen, seitdem dieser Typ uns dort unterbietet, wer auch immer es ist. Es geht einfach nicht, dass da irgendjemand daherkommt, ohne irgendjemanden um Erlaubnis zu bitten, und glaubt, uns so mir nichts, dir nichts ins Handwerk pfuschen zu können.«

»Du meinst dich?«, warf Kári ein.

Lalli kniff die Augen zusammen. »Die Leute könnten auf dumme Gedanken kommen, wenn man solchem Unwesen nicht gleich einen Riegel vorschiebt«, sagte er. »Wie findest du übrigens meine Schuhe?«

»Super«, sagte Kári aufgeräumt, »verdammt cool. Ich hab die Dinger gestern in der Kringla gesehen und hätte sie mir auch beinahe gekauft.«

Den muss man wirklich im Auge behalten, ermahnte Lalli sich selber. Er blickte starr geradeaus und stapfte in dieselbe Richtung.

»*Ist-die-Esja-denn-nicht-super*«, brachte er nach kurzem Schweigen keuchend hervor.

»*Und-Akrafjall-der reine-Wahnsinn*«, fuhr Kári mit träumerischem Gesichtsausdruck fort.

Außerordentlich gut im Auge behalten, korrigierte sich Lalli im Stillen.

* * *

»Also wie gesagt, ich hab dann noch ein bisschen gewartet, bis die beiden endlich wieder gegangen sind«, erklärte Úlfur, als Katrín und Árni wieder neben dem Bett saßen. »Dann bin ich zu ihm rüber. Der Kerl war voll breit, richtig gaga.«

Úlfur war zwar mit dem Bein im Streckverband, den Armen im Gips und dem steifen Kragen um den Hals völlig hilflos, aber er wirkte keineswegs mehr so angeschlagen wie anfangs. Ganz im Gegenteil, er schien richtig aufzuleben und dadurch zu Kräften zu kommen, dass er sich alles von der Seele redete.

Was wiederum bestätigte, worüber Katrín und Árni gesprochen hatten, während sie vor dem Krankenzimmer darauf warteten, wieder zu ihm gelassen zu werden, nämlich dass diese Damen und Herren Ärzte ihre Patienten durchweg viel zu sehr mit Samthandschuhen anfassten.

»Ich hab also noch ein Glas mit ihm getrunken«, fuhr Úlfur fort, »und versucht, mich mit ihm zu unterhalten, aber aus dem kam nichts als Schwachsinn raus, ehrlich. Ich meine, ich kann mich auch nicht für Schwule erwärmen, genauso wenig wie er, versteht ihr, aber der Alte ist da irgendwie total ausgetickt wegen seinem Sohn. Ich hatte echt keinen Bock, mir das Gelaber anzuhören, und hab ihn einfach gefragt, ob er mir nicht noch ein paar Tropfen borgen würde, aber dann hat der Kerl echt einen Rappel gekriegt und hat wieder mit dieser Leier angefangen, dass ich erst dann wieder was von ihm kriegen würde, wenn ich mit ihm zu einer von diesen Versammlungen bei diesen durchgeknallten Jesusbrüdern ginge, die sich ihn da in Staðarfell gekrallt hatten. Meine Fresse, ich hab versucht, vernünftig mit ihm zu reden, aber der stellte sich einfach auf stur, sagte nein und nein und nochmals nein. Erst wenn du zu Gott gefunden hast und blabla und diese ganze Leier. Ich hab mir also einfach die Flasche gegriffen, die da halb voll auf dem Tisch stand, aber er hat sie mir wieder weggerissen. Das war nicht weiter schlimm, ich hab auch gar kein Theater gemacht, sondern bin einfach in die Küche gegangen und hab mir eine Pulle aus dem Schrank geholt. Die letzte Flasche war das, aber ich meine, er hatte ja noch die halb volle da auf dem Tisch, und am nächsten Tag hatte der Alkoholladen ja auch wieder auf, also ich hatte deswegen kein schlechtes Gewissen. Und ihr müsst auch bedenken, wenn man so total im Keller ist, wenn man so down ist und so besoffen ist, dann spielt sich da oben in der Birne nicht mehr viel ab, es geht höchstens darum, wie man an noch mehr Fusel rankommt, versteht ihr.«

Jetzt schwang ein anderer Unterton bei Úlfur mit, er war unsicher geworden, zögerte und klang beinahe bittend.

»Ich meine, man ist da irgendwie, wie soll man das sagen, so was wie total weggetreten.« Er blickte Katrín und Árni an. »Also, dann steht der Kerl auf und kommt hinter mir her in die Küche und will mich stoppen, mir die Pulle aus der Hand reißen. Und ich hab einfach …« Er räusperte sich und leckte sich über die Lippen. »Ich, also ich hab mir das Messer geschnappt, das da auf dem Tisch lag, und hab ihn damit ein bisschen gepiekst und dann noch mal, soweit ich weiß, aber ganz sicher bin ich mir da nicht. Irgendwie ist das alles so verschwommen. Ich hab heut Nacht versucht, mich genau daran zu erinnern, und ich glaube, ich hab da noch mal zugestochen. Auf jeden Fall ist er rückwärts gegangen und ich hinter ihm her, mit der Buddel in der einen und dem Messer in der anderen Hand. Da hab ich dann noch mal zugestoßen. Und dann rastet der Kerl komplett aus, er brüllt mich an, beschimpft mich und nennt mich einen Sohn des Satans oder so was Ähnliches, und er versucht, mir die Flasche wegzureißen. Und dann bin ich – ja. Dann bin auch ausgerastet …«

* * *

»Das verstehe ich gut«, sagte der Mann am anderen Ende der Leitung, »aber mein lieber Stefán, du bist dir hoffentlich darüber im Klaren, dass dieser Fall uns untersteht. Wir nehmen natürlich gern alle Informationen entgegen, die du uns geben kannst, und ich verspreche dir, dass ich dich von A bis Z auf dem Laufenden halten werde. Du musst aber akzeptieren, dass diese Angelegenheit nicht in deinen Zuständigkeitsbereich gehört, ganz gleich, was da vorausgegangen ist. Ist das klar?«

Stefán kannte den Mann nicht sonderlich gut, aber zwei Dinge wusste er: Der Amtmann von Selfoss war ein noch größerer Stones-Fan als er, und so etwas wie Zurückstecken gab es für ihn nicht. Beides konnte nach Stefáns Ansicht natürlich auch unbestreitbar von Vorteil sein, und zudem hatte der Kerl selbstverständlich Recht. Dagegen war kaum etwas auszurichten, also tröstete er sich mit dem Gedanken an Hummer zum Mittagessen im »Hafið bláa«, das ließ sich gut einrichten, wenn er im Gefängnis noch ein wenig Zeit vertrödelte.

»Ist schon klar«, sagte er unwillig. »Denk aber daran, dass Ási Stero keine Drogen angerührt hat. Ich gehe jede Wette mit dir ein, dass du nicht einen einzigen Einstich außer diesem letzten bei ihm finden wirst, nirgendwo. Und auch keine anderen Anzeichen für Rauschgiftkonsum. Es geht hier also nicht um die herkömmliche Überdosis.«

»Für mich gibt es keine herkömmliche Überdosis«, sagte der goldbetresste Amtmann am anderen Ende der Leitung. »Vor allem nicht in Litla-Hraun. Du kannst ganz beruhigt sein, der Fall wird sehr gründlich untersucht werden. Bei Bedarf werden wir uns an euch wenden, wir sind weder so borniert noch so von uns eingenommen, dass wir nicht auf jegliche Unterstützung zurückgreifen, die zur Verfügung steht, auch wenn du uns vielleicht für Provinzdeppen hältst.«

* * *

»An viel mehr an diesem Abend kann ich mich eigentlich nicht erinnern«, sagte Úlfur matt.

»Was hast du gemacht, nachdem du mit dem Messer auf ihn losgegangen bist?«, fragte Katrín.

»Bin wieder in meine Wohnung zurück. Oder nein, zuerst hat's da noch bei Ólafur gebimmelt. Ich, also ich hab einfach auf den Knopf gedrückt, und zwar mit dem Flaschenhals, glaube ich. Ich konnte da gar nicht mehr klar denken. Dann bin ich rüber, blieb aber noch an der Tür, um zu sehen, wer da hochkam. Ich hatte irgendwie gehofft, es wäre Tinna, dass sie vielleicht zuerst bei uns geklingelt und dann kapiert hätte, dass ich bei Ólafur war, oder so was. Jedenfalls hatte ich gehofft, dass sie es war, denn wenn ich einen in der Krone habe, dann bin ich immer … Nee, das spielt wohl keine Rolle.«

»Aber es war nicht Tinna?«, fragte Árni.

»Nein, das war der Fernsehkerl, der auf dem Jesussender, den Ólafur immer geglotzt hat. Der Bruder von dem anderen, von diesem Meister. Ich bin dann also ins Wohnzimmer und hab weitergemacht mit Steven Seagal und weitergesoffen. Ich weiß nicht, ich hab da keinen klaren Gedanken mehr fassen können. Ich hatte meinen Schnaps, und das war super. Und sonst weiß ich eigentlich nichts mehr von diesem Abend, das ist alles ein totaler Kuddelmuddel. Als ich am nächsten Tag aufwachte, konnte ich mich aber doch an genug erinnern. An das Messer in seinem Bauch, an das Blut – und auf einmal hatte ich tierisch Schiss. Ich meine, ich hatte ja schon mal wegen … Ihr wisst schon. Also ich … Jedenfalls war noch eine halbe Flasche übrig, und nach ein paar Schlucken fühlte ich mich etwas besser. Als Nächstes bin ich zum Alkoholladen und hab mir Nachschub geholt. Tinna ist dann auch irgendwann nach Hause gekommen. Und irgendwie hab ich dann einfach gar nichts gemacht. Ich hatte natürlich einen tierischen Moralischen und all das, aber gemacht habe ich nichts. Saß nur rum und wartete darauf, dass die Bullen kämen. Aber die kamen eben gar nicht. Da sind dann ein paar Tage vergangen, niemand kam, nichts passierte. Und dann fing ich an zu überlegen, versteht ihr. Mir fiel der Fernsehkerl wieder ein, und auch der Meister. Und diese anderen Leute. Vor allem aber der Fernsehheini, der kam nämlich nachher … nachdem ich – ihr wisst schon.«

Úlfur zog die Nase hoch und rieb sich die Augen. Katrín reichte ihm das Wasserglas vom Nachttisch.

»Danke«, sagte Úlfur und zog noch einmal die Nase hoch. »Er ist danach gekommen, und trotzdem ist nichts passiert, er hat nicht die Polizei angerufen oder so was. Ich hab also überlegt. Und noch ein paar Tage später hab ich's endlich gerafft.« Er grinste albern und trank einen Schluck Wasser.

Árni konnte sich nicht zurückhalten. »Was hast du gerafft?«, fragte er ungeduldig.

»Was für eine Chance das war. Ich hab sie beide angerufen, diese Jesusbrüder, und hab Kohle von ihnen verlangt. Ich wusste nicht, wer die beiden anderen waren, die zwischendurch gekommen sind, die konnte ich also nicht anmachen. Aber die Jesusbrüder haben sich vor Angst bald in die Hose geschissen. Die wollten auf keinen Fall, dass jemand erfuhr, dass sie dort gewesen waren, das war ganz klar. Ich wusste also, dass ich die am Haken hatte. Aber dann hat sich Ási eingeklinkt…«

»Ásgrímur Arason?«, fragte Katrín vorsichtig. »Ási Stero?«

»Ja, Ási Stero«, bestätigte Úlfur und schnitt eine Grimasse. Anscheinend ließen seine Kräfte wieder nach.

»Was wollte er?«, fragte Katrín, obwohl sie die Antwort wusste.

»Er hat mich gefragt, was mir eigentlich einfiele, die Freunde seines Freundes zu belästigen, oder so was in der Art. Ich wusste natürlich, wen er da meinte, und hab sofort den totalen Rückzieher gemacht. Er wollte aber unbedingt ganz genau wissen, was da abgelaufen war, und ich hab's ihm gesagt. Ich hab ihm genau das gesagt, was ich euch jetzt erzählt habe, ihr könnt ihn danach fragen. Er ist sogar zu mir nach Hause gekommen und war auch drinnen bei Ólafur, um abzuchecken, ob es tatsächlich stimmte. Und danach hat er nur okay gesagt, ich sollte mich bedeckt halten, er würde sich wieder bei mir melden. Am nächsten Tag hat er mir dann gesagt, was ich tun sollte, ich sollte noch mal die Jesusbrüder anrufen und von beiden hundert Mille im Monat verlangen. Er hat mir auch ’ne Kontonummer durchgegeben. Die Nummer kann ich euch geben, ich hab sie mir aufgeschrieben. Und ich sollte Prozente kriegen. Fand ich eigentlich ganz schön mies, aber … Also, wenn Ási Stero einem so was sagt, da hat’s keinen Zweck zu mosern. Und es war ja schließlich auch Kohle, zwar nur ein bisschen, aber besser als nichts. Steuerfrei. Und eigentlich lief alles bestens. Bis dann neulich der Schwule zu Besuch kam, und als er den Alten entdeckte, da war dann natürlich die Kacke am Dampfen. Ich hatte mir vorgenommen, voll cool zu bleiben, es war ja klar, dass der Alte irgendwann gefunden werden würde, und ich hatte mir genau überlegt, wie ich mich verhalten sollte. Trotzdem bin ich in Panik geraten und abgehauen. Und dann kam Ási und hatte vor … Okay, und das Weitere wisst ihr.«

»Ja, wir wissen, was dann geschah«, bestätigte Katrín. »Was ist mit Lalli Fett? Lárus Kristjansson? Hat er jemals direkt mit dir gesprochen?«

»Nein«, flüsterte Úlfur, »nur Ási. Ási Stero.«

* * *

Magnús brauchte nicht auf die Mittagsnachrichten zu warten, denn schon in den Kurznachrichten um elf Uhr wurde gemeldet, was in Litla-Hraun vorgefallen war. Er glaubte zu wissen, was die Glocke geschlagen hatte, weshalb der Mann mit der Bankräubermütze so viel Wert darauf gelegt hatte, dass er sich die Nachrichten anhörte, bevor er zur Polizei ging. Er rief Gott um Beistand an und telefonierte anschließend mit seinem Bruder, dem Fernsehdirektor.

»Mein lieber Ari«, sagte er, »wir müssen unbedingt miteinander reden. Und zusammen beten. Die Kraft des Gebets, lieber Ari, die Gnadenkraft des Herrn, wird uns sicher durch die bevorstehenden Bedrängnisse geleiten.«

Ari seufzte am anderen Ende der Leitung, aber das hörte Magnús nicht.

5

Donnerstag

Stefán war müde, sauer und unzufrieden mit so ziemlich allem und allen, in erster Linie aber mit sich selbst. Nur nicht mit Guðni.

»Du hattest natürlich von Anfang an Recht«, sagte er, »Úlfur, und niemand anderes. Irgendwie fürchte ich, dass Ási umgebracht wurde, weil ich so starrsinnig war. Wenn ich mich auf Úlfur konzentriert und mich nicht um das andere gekümmert hätte …«

Guðni tätschelte ihm tröstend die Hand. »He, es ist doch nicht deine Schuld, wenn Lalli sich seiner Helfershelfer entledigt. *Good riddance to bad rubbish*, würde ich sagen.«

»Ich bin nicht für die Todesstrafe«, sagte Stefán etwas irritiert, »egal, wer sie an wem vollstreckt. Wie ich dir schon häufig genug erklärt habe …«

»Ja, ja, ich weiß. Du bist ein weicher Typ, dafür kannst du nichts, du Ärmster. Aber was hast du gesagt, Úlfur hat also wirklich ein volles Geständnis abgelegt?«

»Ja«, sagte Stefán, »das hat er getan. Ich hab es mir vorhin angehört. Er hat da allerdings etwas einfließen lassen, was …« Stefán sah Guðni argwöhnisch an, doch der lag in seinem Krankenbett und machte einen auf schlapp und unschuldig.

»Spielt keine Rolle. Ich muss aber zugeben, es hat mich doch etwas überrascht. Hätte nicht gedacht, dass so ein armer Hund wie er so lange über ein solches Verbrechen Schweigen bewahren kann. Meiner Meinung nach hätte er schon vor langer Zeit zusammenklappen müssen, wenn er zugestochen hätte.« Er schüttelte den Kopf. »Tja, so kann man sich irren.«

»Mordermittlung 1.01«, entgegnete Guðni heiser. »Erinnerst du dich? *Numero uno*: die Saufkumpane abchecken.«

»Was wir gemacht haben, und es hat alles gepasst«, stöhnte Stefán. »Die Fingerabdrücke am Messer, kein Alibi, ein vorbestrafter Gewalttäter, der sogar für ein ganz ähnliches Vergehen eingesessen hat. Nimmt Reißaus, als wir eintreffen. Und wie du sagst, ein Lehrbuchbeispiel für einen schäbigen isländischen Mord im Suff. Das ist einem natürlich schon von Anfang an in die Augen gesprungen. Die wahrscheinlichste Erklärung ist häufig genug die richtige, und so weiter. Wir hatten praktisch sämtliche Karten in der Hand, alle, bis auf das Geständnis ...« Erstaunt und ärgerlich über sich selber schüttelte er den Kopf.

»Bei dir hat es nur in einem Punkt gehapert«, sagte Guðni, »du hast den Faktor Säufer nicht einbezogen. Ein Säufer ist in erster Line Säufer, alles andere ist nebensächlich. Die Arbeit, die Familie, sogar Gott, die kommen immer erst an zweiter Stelle, wenn die Leute diese Stufe erreicht haben. Das kannst du mir glauben. Und das, was du uns da immer vorleierst, wie war das noch? Je schwerer das Verbrechen ...?«

»Desto stärker das Bedürfnis, es zu gestehen«, führte Stefán den Satz zu Ende. »Und je größer die Kluft zwischen der Schwere des Verbrechens und dem geistigem Format des Täters, desto kürzer ist die Zeit bis zum Geständnis. So ungefähr lautet diese Theorie, und sie stammt nicht von mir. Das ist erforscht und genauestens untersucht worden, das Gewissen lässt den Leuten einfach keine ...«

»Ja, ja, ich weiß schon«, fiel ihm Guðni ins Wort. »Aber damit so etwas wie ein Gewissen zum Zuge kommen kann, muss es erst mal vorhanden sein. Und bei deiner Gleichung fehlt einfach der Schnaps, der dämpft nämlich Gewissensbisse verdammt gut ab. Und eins kann ich dir sagen«, fügte er grinsend hinzu, »Gleichungen ohne Schnaps, die hauen einfach nicht hin.«

»Vielleicht«, räumte Stefán zögernd ein. »Ich werde das in Zukunft beherzigen. Aber komisch ist, dass er uns anderthalb Jahre, nachdem er Ólafur umgebracht hat, an sein Krankenbett ruft und alles gesteht ... Sehr komisch.«

»Nein«, widersprach Guðni, »das ist überhaupt nicht komisch. Erstens: In der Zwischenzeit ist natürlich die Leiche gefunden worden, und dadurch entsteht eine völlig neue Situation. Jetzt treten wir auf den Plan und wühlen in allem herum. Und da kriegt er es mit der Angst zu tun, dass wir ihm auf die Spur kommen. Wie war das noch, sind Gewissensbisse nicht nur die Angst davor, dass man entlarvt wird?«

»Das hat zwar irgendjemand mal so formuliert, aber ...«, entgegnete Stefán kopfschüttelnd.

»Ja, ja, du willst das nicht glauben, aber das ist nur eine Variante deiner heißgeliebten Theorie über den Geständnisdruck oder wie du das nennen willst. Und im Übrigen bist du ganz einfach viel zu weich, mein lieber Stefán. Und zweitens: Úlfur hat einfach eine Scheißangst davor, selber zu krepieren. Das kann ich dir sagen, das Gefühl kann einen schon richtig irre im Kopf machen«, sagte Guðni mit gedämpfter Stimme, »wenn man glaubt, dass es vorbei ist. Da kann man schon ziemlich viel verrücktes Zeug von sich geben.«

Stefán wusste nicht so recht, wie er auf dieses Statement reagieren sollte, und ging deswegen nicht darauf ein.

»Und drittens«, sagte Guðni, der nach der Schachtel mit den London Docks tastete.

»Drittens was?«, fragte Stefán.

Guðni zog einen halb zerkauten Stumpen aus der Schachtel, der an seinen Platz im linken Mundwinkel wanderte. »Drittens hat der Kerl doch jetzt schon seit Wochen keinen Tropfen Alkohol mehr gekriegt. Und das kann jeden richtigen Säufer dazu bringen, nach seiner Mama zu winseln und alles zu beichten, das sag ich dir.«

IV

Oktober 2006

»Und wie geht's meinem Herrn Kriminaloberkommissar heute?«, fragte Ragnhildur und verpasste Stefán einen Schmatz in den Nacken. Der brummte etwas vor sich hin und rührte weiter in seiner Tasse. Der September und bislang auch der Oktober waren sonniger und sehr viel weniger stürmisch gewesen als sämtliche Sommermonate zusammengenommen, und insgesamt gesehen fühlte er sich ziemlich wohl. Lalli Fett war zwar immer noch auf freiem Fuß, niemand war bislang wegen Mordes an Ási Stero angeklagt worden, und es hatte nicht den Anschein, als würde es in absehbarer Zeit dazu kommen. Und sie hatten auch immer noch keine Ahnung, auf welche Weise Ólafur zu seinem Reichtum gekommen war. Und das machte Stefán zu schaffen.

Zum Ausgleich dafür hatte sich Stefán königlich über den Abhörzirkus amüsiert, und außerdem war die Kartoffelernte wesentlich besser ausgefallen, als er zu hoffen gewagt hatte. Und es sah ganz danach aus, als würde Úlfur für den Mord an Ólafur verurteilt werden. Er hatte zwar vor einer Woche aus irgendwelchen Gründen sein Geständnis widerrufen, doch das, was er auf dem Diktafon ohne jeglichen Zwang gesagt hatte, war juristisch gesehen unanfechtbar. Katrín und Árni waren beide Zeugen, und das würde vollkommen ausreichen, um ihn zu verurteilen, da bestand für Stefán kein Zweifel. Und zudem würden sich Meister Magnús und sein Bruder Ari demnächst für etliche, unterschiedlich schwere Vergehen vor Gericht verantworten müssen, doch das war so gesehen keine Genugtuung. Stefán bezweifelte sehr, dass sie schwere Strafen zu erwarten hätten, er ging davon aus, dass das meiste, wenn nicht sogar alles, auf Bewährung ausgesetzt würde, selbst wenn die Aussagen der beiden über das, was sich zugetragen hatte, weit davon entfernt waren, glaubwürdig zu sein. Das galt vor allem für das, was der Meister über seine Kontakte zu Lalli und Ási von sich gegeben hatte. Das Schlimmste aber war, dass nichts davon den Brüdern etwas anhaben zu können schien.

Nicht wenige waren Svavars Beispiel gefolgt und aus der WAHRHEIT ausgetreten, doch nachdem der Meister sich öffentlich als armseligen Sünder angeprangert hatte, dem es dank der Gnade und der Barmherzigkeit des Herrn gelungen war, sich aus den Klauen von Beelzebub zu befreien, hatten sich die Lücken schnell wieder gefüllt. Mit anderen Worten, die Tatsache, dass er nichts als das unschuldige Opfer eines Ausgesandten des Antichristen war, tat ihre Wirkung. Beides schien denjenigen, die sich auf seine Botschaft einließen, glatt runterzugehen. Und die Einschaltzahlen des Alpha-Senders waren noch nie so hoch gewesen wie in den letzten zwei Monaten.

»Gott ist doch vielleicht hin und wieder ganz vernünftig«, sagte Stefán, während er die Fotos der beiden Brüder auf der Seite zwei in *Fréttablaðið* betrachtete, »aber er könnte sich vielleicht ein bisschen mehr um das Unkraut in seinem Garten kümmern.«

»Seit wann glaubst du denn an Gott?«, frozzelte Ragnhildur und goss sich Kaffee ein.

»Schon immer«, antwortete Stefán verwundert, »und das

weißt du ganz genau. An meinen Gott, und der ist in Ordnung. Ein bisschen faul vielleicht für meinen Geschmack, aber ansonsten in Ordnung.« Er blätterte weiter. »Er hat uns sogar endlich von den Amis befreit«, fügte er hinzu, als er die Nachrichten auf Seite vier in Augenschein genommen hatte.

»Es war doch wohl eher George Bush, der den Stützpunkt in Keflavík geschlossen hat«, korrigierte Ragnhildur. »Nicht Gott.«

»Was sind denn das für kommunistische Anschauungen, Weib? Willst du mir weismachen, dass Bush nicht der Vertreter der Allmacht auf Erden ist?« Er blätterte weiter und überflog die Seiten schnell und mit begrenztem Interesse. Doch auf einmal stieß er auf eine Nachricht, die er aufmerksam las. Anschließend lachte er laut auf.

»Was ist denn da so lustig?«, fragte Ragnhildur.

»Nichts«, sagte Stefán, »da ist genau genommen gar nichts lustig, wenn man es richtig bedenkt.« Er drehte die Zeitung um und schob sie Ragnhildur hin. »Wer von euch ohne Sünde ist«, sagte er, »der kann trotzdem im Knast landen ... Erinnerst du dich an diesen Spielhöllenraub in einer von den sogenannten Goldgruben?«, fragte er dann.

»Nein, nicht so richtig«, sagte Ragnhildur.

»Lies das«, sagte Stefán. Ragnhildur las.

Goldgrubenräuber streitet immer noch ab

Gestern kam der Antrag auf Wiederaufnahme des Verfahrens im sogenannten Goldgrubenraub beim Bezirksgericht in Reykjavík zur Verhandlung. Aus zuverlässigen rechtskundigen Quellen verlautet, dass diesem Antrag wohl nicht stattgegeben wird, zumal kein neues Beweismaterial aufgetaucht ist, seitdem das Urteil um diese Zeit im vergangenen Jahr erging. Die

Vorgeschichte ist die, dass am 12. Februar des vergangenen Jahres eine Tasche mit mehr als 16 Millionen Kronen Inhalt abhandenkam. Eine Aushilfskraft der Firma Security Cars *war an dem Tag unterwegs, um die Geldscheinwechselautomaten in den Spielotheken zu leeren. Es war bereits die fünfte Goldgrube, die er an diesem Tag aufsuchte. Der Geldbote hat immer behauptet, die Geldtasche im Kofferraum des Autos eingeschlossen zu haben, das ihm zur Verfügung gestellt worden war, nachdem der Geldtransporter, mit dem er am Morgen losgefahren war, einen Motorschaden gehabt hatte. Er behauptet, er habe den Deckel des Kofferraums zugeschlagen, nachdem er die Tasche dort deponiert hatte, und den Wagen anschließend ordnungsgemäß mit der Zentralverriegelung abgeschlossen, bevor er zum Kiosk neben dem Nettó-Billigmarkt ging, um sich eine Schachtel Zigaretten zu kaufen. Als er bei der nächsten Goldgrube vorfuhr, war die Tasche angeblich verschwunden. Den Informationen von* Fréttablaðið *zufolge wird der Antrag auf Wiederaufnahme des Verfahrens mit den Berichten von Versicherungsgesellschaften begründet, aus denen hervorgeht, dass die sogenannten Zentralverriegelungen bei vielen älteren und billigen Modellen alles andere als sicher sind. Der Wagen, der dem Goldgrubenräuber ersatzweise zur Verfügung gestellt wurde, war ein elf Jahre alter blauer Hyundai Accent. In den Berichten der Versicherungsgesellschaften ist zwar nicht speziell von diesem Autotyp die Rede, aber …*

»Und?«, fragte Ragnhildur. »Was sagt mir das?«

»Dieser Fall war immer irgendwie seltsam«, antwortete Stefán. »Und auch ziemlich peinlich für die Leute bei dieser Firma *Security Cars*. Ich meine, als das andere Auto kaputt ging, haben die den Mann ganz alleine losgeschickt und ihm nur eine alte Klapperkiste zur Verfügung gestellt. Soweit ich weiß, haben die inzwischen auch die Regeln für die Arbeitsabläufe geändert. Ich selber hatte damals nichts mit dem Fall zu tun, aber ich hab das Ganze natürlich mit verfolgt. Da hätten wir schon lange drauf kommen können, aber man erinnert sich leider nie so genau an konkrete Daten. Der Fall galt auch in gewissem Sinne als aufgeklärt.« Er räusperte sich. Diese Entschuldigung war ebenso beschämend wie wahr, er musste in den sauren Apfel beißen. »Der Junge, der da verurteilt wurde, hatte sich nie etwas zuschulden kommen lassen und hat die ganze Zeit seine Unschuld beteuert. Ich möchte wetten, dass wir, wenn wir uns genauer mit den Kontenbewegungen durch EC- oder Kreditkarten von Ólafur Áki Bárðarson befassen, zu dem Ergebnis kommen, dass er an diesem Tag im Februar genau in diesem Einkaufszentrum war. Entweder im Nettó-Markt oder im Alkoholladen. Wahrscheinlich sogar beides.«

»Und was bedeutet das?«, fragte Ragnhildur, die immer noch nicht so recht wusste, worauf Stefán hinauswollte.

»Nach dem Geständnis von Úlfur gab es nur noch eine einzige Frage, die offen und ungelöst ist, nämlich die, woher Ólafur das ganze Geld hatte«, erklärte Stefán ihr. »Sechzehn Millionen. Das hat mich die ganze Zeit gewurmt. Seinen Kindern gegenüber hat er behauptet, er habe im Lotto gewonnen. Ich glaube jetzt, dass er womöglich gar nicht gelogen hat. Er meinte bloß nicht dasselbe Lotto wie wir. Ólafur besaß nämlich einen alten, blauen Hyundai Accent…«

»Meinst du, dass…?« Ragnhildur sah den grinsenden Stefán ungläubig an.

»Ja. Ich glaube, der arme Junge, diese Aushilfskraft, der hat die Geldtasche zwar in den Kofferraum gestellt, ist dann aber tatsächlich mit leerem Kofferraum losgefahren, nachdem er sich die Zigaretten gekauft hatte, genau wie er behauptet hat. Aber da ist niemand ins Auto eingebrochen und hat die Tasche gestohlen – es war einfach nicht sein Auto. Der Wagen hatte keine Firmenaufschrift, es war ein älterer blauer Hyundai, genau so einer, wie Ólafur ihn besaß. Ich bin mir sicher, dass er seine Tasche einfach im falschen Kofferraum deponiert hat. Ólafur kommt vom Einkaufen zurück, öffnet seinen Kofferraum, öffnet die Tasche – und was sieht er? Ein Gottesgeschenk, das ist wie Manna vom Himmel. Ich glaube, ich muss mal ganz schnell beim Staatsanwalt anrufen.«

»Und was wird mit dem Erbe?«, fragte Ragnhildur. »Hast du nicht gesagt, er hätte zwei Kinder gehabt? Was wird denn mit dem Geld, wenn das stimmt? Geraten die dann nicht in Schwierigkeiten?«

»Vielleicht«, gab Stefán zu, »aber dieser junge Mann, dieser Geldbote, der geht doch wohl vor, meinst du nicht? Das andere ist eigentlich bloß ein gefundenes Fressen für die Juristen, und das interessiert mich nicht. Wie gesagt, ich muss mit dem Staatsanwalt sprechen. Und dann werde ich die Jungs anrufen, wann wollen wir sie mit ihren Familien zum Essen einladen? Und wann kommt Hrefna aus Kopenhagen? Als wir neulich bei ihr waren, hat sie da nicht versprochen, dass sie kommen würde?«

»Doch«, sagte Ragnhildur, »das hat sie gesagt. Und hast du nicht gesagt, dass du heute staubsaugen würdest?«

* * *

Guðni blickte sich zufrieden um.

»*Alone at last*«, murmelte er und warf sich in seinen Lazy Boy vor dem Fernseher. »Endlich, endlich.«

Er hatte drei Monate im Krankenhaus und in der Reha-Klinik hinter sich, mit Scharen von Ärzten und Krankenschwestern und allen möglichen Leuten, die sich tagaus, tagein unter dem Vorwand falsch verstandener Fürsorglichkeit in sein Leben und seine Lebensweise eingemischt hatten. Jetzt hatte er die Schnauze gestrichen voll von all diesen Gesundheitsfetischisten. Er zog die Schachtel mit den London Docks aus der Tasche, steckte sich zur Feier des Tages eine an und war froh, den Stumpen ohne missbillige Kommentare und schiefe Blicke genießen zu können. Als er ihn halb aufgeraucht hatte, griff er nach seinem Handy und ging die Namensliste durch.

Helena erschien auf dem Display. Guðni zögerte lange und rauchte den Stumpen zu Ende. Dann rief er an.

btb

Der preisgekrönte Krimi-Bestseller aus Schweden

Åsa Larsson

Sonnensturm

Roman. 352 Seiten
ISBN 978-3-442-73600-3

Zwischen Schnee und Eis und ewiger Nacht geschieht ein schreckliches Verbrechen: Viktor Strångdgard liegt tot in der Kirche vor dem Altar, brutal ermordet. Die hochschwangere Kriminalinspektorin Anna-Maria Mella nimmt die Ermittlungen auf. Und auch die Anwältin Rebecka Martinsson, eine alte Freundin des Toten, kehrt kurz entschlossen in ihre ehemalige Heimat zurück. Sie ahnt nicht, dass auch ihr die Vergangenheit gefährlich werden kann …

»Die Bücher von Larsson sind kleine Wunder.«
Tobias Gohlis, DIE ZEIT